获奖作品选 重庆日报报业集团新闻奖

管 洪 主编

2018
年度卷

重庆大学出版社

图书在版编目（CIP）数据

重庆日报报业集团新闻奖获奖作品选. 2018 年度卷 /
管洪主编. -- 重庆：重庆大学出版社,2021.2
ISBN 978-7-5689-2002-5

Ⅰ.①重… Ⅱ.①管… Ⅲ.①新闻—作品集—中国—
当代 Ⅳ.①I253

中国版本图书馆 CIP 数据核字（2020）第 016697 号

重庆日报报业集团新闻奖获奖作品选（2018 年度卷）
CHONGQING RIBAO BAOYE JITUAN XINWEN JIANG
HUOJIANG ZUOPIN XUAN（2018 NIANDU JUAN）
管 洪 主编
策划编辑：重庆日报报业集团图书出版有限责任公司
责任编辑：夏 宇 版式设计：夏 宇
责任校对：关德强 责任印制：邱 瑶
*
重庆大学出版社出版发行
出版人：饶帮华
社址：重庆市沙坪坝区大学城西路 21 号
邮编：401331
电话：（023）88617190 88617185（中小学）
传真：（023）88617186 88617166
网址：http://www.cqup.com.cn
邮箱：fxk@cqup.com.cn（营销中心）
全国新华书店经销
重庆共创印务有限公司印刷
*
开本：787mm×1092mm 1/16 印张：43 字数：842 千
2021 年 2 月第 1 版 2021 年 2 月第 1 次印刷
ISBN 978-7-5689-2002-5 定价：98.00 元

编委会名单

主　　编：管　洪

副 主 编：向泽映

编　　委：张永才　戴　伟　彭德术　姜春勇

　　　　　刘长发　陈　兵　张红梅　崔　健

执行主编：崔　健

责任编辑：吴　昊　康仁明　李明渝　吴　浙

目 录 Contents

下篇:月度优秀新闻奖获奖作品

2018年1月重庆日报报业集团新闻奖获奖作品

2018年2月重庆日报报业集团新闻奖获奖作品

上篇：中国新闻奖获奖作品

绝壁上的"天路"（存目）

作品标题 绝壁上的"天路"

参评项目 网络专题

奖　　项 中国新闻奖网络专题一等奖

刊播网站 华龙网

首发日期 2017-11-01

语　　种 汉语

页面点击量

　　（PV） 　**1800 万+单独访客数**

　　（UV） 　**1000 万+独立地址**

　　访问量（IP） 　**832 万**

主创人员 李春燕　周秋含　张一叶（张勇）

编　　辑 康延芳　周梦莹　徐焱

作品简介

　　习近平总书记强调，我们要立下愚公移山志，咬定目标、苦干实干，坚决打赢脱贫攻坚战，确保到 2020 年所有贫困地区和贫困人口一道迈入全面小康社会。党的十九大报告指出，目前我国社会主要矛盾已经转化为人民日益增长的美好生活需要和不平衡不充分的发展之间的矛盾。在全国上下深入学习贯彻十九大精神的大背景下，华龙网以发挥主流网络媒体的重要作用为己任，在习总书记提出"精准扶贫"四周年的节点，策划推出了这一以全媒体形式呈现的系列报道。下庄人的故事正是以愚公移山的精神摆脱贫困、解决这一矛盾的缩影。此专题报道紧扣时代主题，采写扎实、影响广泛，为坚决打好脱贫攻坚战营造了良好的舆论氛围。

采编过程

　　一、选题策划上：抓住关键节点提前策划。做好重大主题宣传，首先需要契合重大的节点。2013 年 11 月 3 日，习近平总书记来到贵州十八洞村考察扶贫开发，首次提出"精准扶贫"理念，为脱贫攻坚提供了一把"金钥匙"。2017年11月3日，是习近平总书记提出"精准扶贫"四周年。华龙网在年中进行下半年重点选题策划时，便以精准扶贫、精准脱贫为方向，将目光瞄准基层，经过大量收集、整理和筛选之后，决定以巫山县下庄村修路为选题，进行重点策划。十九大闭幕后，在第十九届中央政治局常委同中外记者见面会上，习近平总书记再次发出掷地有声的庄严承诺：全面建成小康社会，一个不能少；共同富裕路上，一个不能掉队。再次彰显了打赢脱贫攻坚战的坚定决心。报道紧抓节点，紧紧围绕"一个不能少"来呈现、推出，非常及时，服务大局。

二、采访上：两度深入大山走转改。为做好报道，华龙网派出十余人次包括首席在内的文字、摄影、摄像记者采访团队，两度驱车8小时，深入离主城500多公里的天坑中的下庄村进行蹲点采访。首次进山时，当地刚结束一轮暴雨，造成沿途不同程度的落石，道路通行受阻，当地村民正对遭受损毁的进村路进行抢修，车辆根本无法通行。于是，记者徒步进入下庄村，一路上记录了下庄修路人最真实的心路历程。记者真正与当地村民吃在一起、住在一起，融入下庄的生活，所以采访到了最接地气的素材。仅采访就前后持续一个多月，因部分当年修路人已迁离下庄，在外地打工、生活，记者又辗转多地联系走访，前后共采访20余人，录制了近500分钟的视频素材，拍摄了200余张照片，收集了大量文字资料，由此理清了修路过程中的一个个故事，为后期的成稿打下了坚实的基础。正是这种俯下身、沉下心的采访方式，让最后呈现出来的作品更具深度、厚度，也更加有温度，一改常规重大主题宣传的风格，以一种走心的形式引发读者共鸣，从而形成受众主动进行传播的效果。

三、后期编辑上：精心打磨，力求尽善尽美。在前期采集的丰富素材基础上，后期编辑过程中精益求精，十余次召开编辑碰头会，对文稿编辑、专题制作、视频制作等进行头脑风暴，专题设计十易其稿，最终确定了"路·历程""路·影像""路·信念""路·故事"等专题形式。除专题设计外，该报道还采用多种手段和形式，深度稿件、视频、H5、高清图片、VR全景、原声再现、手绘漫画等多种产品矩阵，根据内容选择呈现形式，实现影响力、传播效果的最大化。

推荐理由

在脱贫攻坚工作进入决胜阶段及全国上下深入学习贯彻十九大精神的大背景下，以全媒体形式推出该系列报道，为坚决打好"精准脱贫"攻坚战营造了良好的舆论氛围，发挥了主流网络媒体的重要作用。

下庄人不惜以生命为代价也要修路，以联通世界、脱贫以造福子孙的英勇壮举，生动体现了人民群众渴望脱贫致富、奔向美好生活的内驱动力，也从一个角度反映了"精准扶贫""精准脱贫"的群众基础和基层呼声，诠释了"平衡发展"对满足人民群众"对美好生活需要"的重大意义。下庄人一直在通过自己努力追求美好生活，这种不等不靠、靠自己奋斗追求美好生活的精神，正是解决人民日益增长的美好生活需要和不平衡不充分的发展之间的矛盾所需要的。

系列报道的推出，不但激活了下庄人不等不靠，在党和政府领导下用奋斗追求美好生活的精神内核，而且发掘出下庄人学习贯彻十九大精神的现实意义。

该系列报道发布后，得到中央网信办的高度认可，被中央网信办全网推送。"下庄精神"和下庄的"天路"在网上很快成为热点，转载达数百家。人民网、腾讯网、百度新闻等数十家网站在首页进行了突出展示。部分外省市媒体还根据华龙网报道制作专题、节目等，跟进报道。搜索引擎查找"绝壁上的天路"词条，搜索结果已达 151 万个。系列报道刊发后 5 天，全网阅读量便达 1.25 亿人次，其中，华龙网自有平台阅读量超过千万人次。

此系列报道还得到业界高度认可。2018 年 3 月上旬，由中国人民大学、清华大学、复旦大学、华中科技大学、武汉大学的专家评委会评选出的"中国媒介融合创新榜"在武汉大学揭晓，《绝壁上的"天路"》全媒体系列报道与人民日报推出的《快看呐！这是我的军装照》等共同荣获"2017 中国十大融合创新报道"奖。2017 年 12 月，由人民日报全国党媒公共平台和人民网联合主办的首届全国党媒优秀原创视频评选结果揭晓，该作品获得"十佳选题奖"。中央网信办主管的《网络传播》杂志官微以此为案例，发表了题为《如何打造"亿级爆款"，看华龙网〈绝壁上的"天路"〉传递感动》的文章，引导业界充分探讨主题宣传如何打造"亿级爆款"。

作品评语

重大主题宣传如何入脑入心，产生良好的传播效应？这是摆在主流媒体面前的重要课题，这组报道以讲典型故事的方式来诠释重大主题，恰好给出了答案。

从报道形式上看，系列报道涵盖文、图、音、像多种元素的多媒体立体表达，丰富多彩的全媒体报道形式，满足了不同层次的受众在不同场景下的浏览需求，提供了良好的阅读观看体验。

从内容上看，上篇阐释了下庄人以血肉之躯问天要路的价值和意义，集中表现下庄人自强不息的精神、战天斗地的气概。中篇集中报道"下庄修路过程中，从来不只是下庄人在战斗"，展现了 20 年来党和政府、新闻媒体和社会人士对下庄人的关注和支持。下篇将视野拓展到全市，用各个地方老百姓和下庄人一样自强不息、修路致富的故事告诉人们：下庄人不仅仅属于下庄，下庄精神不止在下庄，从而实现了"下庄精神也正是重庆人爬坡上坎、负重前行精神的缩影""下庄精神也正是重庆人共有的精神特质，在山城的脱贫路上传递，随处可见"的主题升华。

整个系列报道导向鲜明，案例典型，立意高远，采写扎实，影响广泛，发挥了网络主流媒体的价值发掘和引领作用。

百姓故事（存目）

中国新闻奖网络新闻专栏 2017 年每月第 2 周作品目录

月份	作品标题	刊播日期
1 月	"柚"人	2017-01-14
2 月	"双高"美女硅谷回国破壁"水泥森林"	2017-02-09
3 月	"骗"骗子的常 Sir	2017-03-10
4 月	大山里的留守女童足球队	2017-04-13
5 月	"天使"在人间	2017-05-12
6 月	一米三的"高个子"	2017-06-08
7 月	捡垃圾的亿万富翁	2017-07-12
8 月	跨界当"村姑"	2017-08-10
9 月	墙上藏着我的"小仙女"	2017-09-14
10 月	汉丰湖畔观鸟人	2017-10-12
11 月	八旬夫妻的无名理发店	2017-11-08
12 月	"天使"的救赎	2017-12-14

栏 目 名 称　**百姓故事**
创 办 日 期　**2014-08**
奖　　　　项　**中国新闻奖新闻名专栏一等奖**
刊 播 网 站　**华龙网**
网站主办单位　**重庆市委宣传部**
更 新 周 期　**每周更新**
所 在 频 道　**重庆频道**
语　　　　种　**汉语**
主 创 人 员　**李春燕　周秋含　张一叶（张勇）　康延芳　唐蜀春**
　　　　　　　张译文　冯珊　杨涛　肖子琦　宋煦

专栏简介

2014 年，中宣部对全国新闻战线开展"走转改"大型主题采访活动"行进中国·精彩故事"进行部署，华龙网品牌栏目《百姓故事》正是契合了这一重大时代主题。

《百姓故事》栏目坚持正确的舆论导向，坚持打造有思想、有温度、有品质的作品。栏目结合地方实际，聚焦小人物，着力挖掘普通人物的闪光点，用真实具体的事例、有血有肉的人物和引人入胜的情节践行"讲好中国故事"的媒体责任和使命。

采编团队以图、文及视频三种形式立体呈现，依托华龙网"十媒一体"的新媒体优势，除首页小头条重点展示外，还通过多种新兴媒体平台同时推送，反响强烈。

在 2014 年、2015 年、2016 年、2017 年"感动重庆十大人物"评选中，均有一半左右由该栏目推出。同时，该栏目推出的不少人物也在全国引起较大反响，纷纷获评"时代楷模""中国好人""全国道德模范"等称号。该栏目报道推出重庆江北区观音桥街道办事处调解员马善祥当选全国道德模范、时代楷模，此报道也曾获中国新闻奖二等奖；推出的重庆九龙坡区公安分局民警卢攀，涪陵区警察兄弟徐斌、徐浩获评"中国好人"；推出的独臂警察陈冰被公安部授予全国公安系统一级英模称号；"溜索法官"视频访谈获得中国新闻奖三等奖。此外，该栏目获评 2017 年中国城市新闻网站品牌栏目精品奖；同年入选国家网信办主编的《讲好中国故事 网络传播案例集》。

推荐理由

此专栏下接地气，采编人员俯下身、沉下心，关注焦点对准普通老百姓，传播了真善美的社会正能量，体现了主流媒体责任；上有高度，栏目中大多平民故事，用小人物的小角度侧面体现大主题，见证了社会发展进程的方方面面，实有成效。栏目中的故事大多朴实感人，起到成风化人的效果，且实实在在推出了一批有影响的典型。

此专栏也是落实习近平总书记"用中国人和中国家庭的精彩故事阐释'中国梦'"、讲好中国故事的生动实践，是新闻战线践行"走转改"的深化。专栏始终坚持党性和人民性相统一，坚持正确的舆论导向，充分挖掘正能量的故事，持续打造了一批有思想、有温度、有品质的作品，推出了一批有血有肉的基层人物，让中国精神和社会主义核心价值观得到了更好的传播和弘扬。

作品评语

该栏目践行以人民为中心的价值追求，通过聚焦基层的小人物，着力挖掘普通人物的闪光点，用真实具体的事例、有血有肉的人物、引人入胜的情节，生动讲述了一个个精彩故事。该栏目能够俯下身、沉下心，为普通老百姓、民间小人物树碑立传，体现了主流媒体责任，传播了真善美的社会正能量。

重走古诗路　思君下渝州
——探寻重庆古诗地图全媒体系列报道

重庆日报记者（集体）

江流自古书巴字　山色今朝画巨然
——渝中古诗探秘

"城郭生成造化镌，如麻舟楫两崖边。江流自古书巴字，山色今朝画巨然……"

一首清代诗人何明礼的《重庆府》，生动地描述了渝中半岛的繁华盛景。

渝中半岛，两江环抱，远在周朝时期，即为巴国国都。作为重庆母城，渝中半岛有着厚重的人文历史积淀，留下过众多文人雅士的足迹。

"重走古诗路　思君下渝州"系列报道的第一站自然便从这里开始。

渝中古诗知多少
众多诗作谁开篇

此次采访界定的"古诗"是指辛亥革命以前创作的反映重庆的诗歌。那么，描写渝中半岛的古诗有多少呢？

记者在采访中发现，要真正梳理清楚以渝中为题材的古诗数量是个难题。

主编过《重庆通史》的重庆市地方史研究会会长周勇、《巴县历代诗歌选注》主编之一林永蔚、主编过《历代巴渝古诗选注》的巴渝文化研究专家熊笃都表示，目前没有确切的描写渝中半岛古诗的数量统计。记者发现，目前也没有一本专门集纳渝中古诗的专著。

通过采访收集，记者也只掌握了几十首反映渝中的古诗。为什么现在收集到的吟诵渝中的古诗不多？

专家认为，一是文字记载的关于古代巴渝文化的史料并不多；二是古代巴渝几经战乱，尤其是张献忠攻破重庆古城后，很多史料散佚；三是明清以前，文人墨客多是从水路路过渝中，在此少有停留。

"时至明清，大量移民进入巴渝地区，促进了重庆经济的发展繁荣，本土与寓居重庆的文化名流，共同推进了重庆的文化繁荣，诗歌创作这才出现了一个高潮。"周勇介绍。

追根溯源，能否确定描写母城的第一首诗歌究竟是哪一篇呢？

"根据我研究的史料表明，李白是有明确记载的吟咏渝中的第一位诗人，《峨眉山月歌》是吟咏渝中的第一首诗。"周勇表示，在李白的《峨眉山月歌》中有一句"思君不见下渝州"，这里所提到的"渝州"，即今天重庆主城的渝中区。这首诗是李白写于唐开元年间出蜀途中。在此之前是否还有描写渝中的诗歌？周勇称，他暂未发现。

对此，也有学者认为，现在还无法证明唐代以前没有文人写过渝中，李白是否为吟咏渝中第一人，尚需进一步考证。

唐代之后，陆续有文人在诗作中开始提及今天的渝中区，北宋的苏轼、南宋的范成大等著名诗人都留下了关于渝中的诗作。

"老人歌"中显文脉
洪崖洞里诗作丰

"重庆历史上四次大规模的筑城都在渝中半岛。"重庆市文化遗产研究院研究员袁东山介绍，其中，南宋重庆知府彭大雅为抗击元兵，组织军民弃泥墙改用砖石砌墙，并扩大了重庆城的规模，延伸到了通远门、临江门一带，重庆母城格局就此形成。

如何了解当年筑城的情景呢？元代著名文学家袁桷的一首《渝州老人歌》就反映了这段历史。

林永蔚介绍，诗中"小儿舞槊红离离，大儿挽车上栈迟。渴饮古涧之层冰，暮宿古松之危枝。渝江之水人马瞬息渡，排石列栅犹支持"等数句，描写了当时军民修筑城池的情景。

"对于修筑重庆城，史料中曾有记载，但以诗歌来反映的却不多见，袁桷的这首诗具有弥补史料不足的意义。"林永蔚说。

古诗中对渝中半岛关注较多的地方是哪里？据记者调查，洪崖洞要算一个。

明代洪崖洞地僻人稀，一派田园风光，城内数条小溪交汇于此，沿崖而下，构成"浓翠滴空蒙"的佳景，有苏轼、任仲仪、黄庭坚题刻数篇。"洪崖滴翠"在明代就被列为"渝城八景"之一，不少诗人在此留下佳作。

清代四川川东道张九镒诗云："手拍洪崖肩，洞壑认仙踪。"奉节知县姜会照赞叹："自是仙崖张画景，岚光一片袅清风。"曾修订"巴渝十二景"的清乾隆年间巴县知县王尔鉴更有诗作传世："洪崖肩许拍，古洞象难求。携得一樽酒，来看五色浮。珠飞高岸落，翠涌大江流。掩映斜阳里，波光点石头。"

如今这里已被建成洪崖洞民俗风貌区，以颇具巴渝传统建筑特色的吊脚楼为主体，依山就势，成为渝中区吸引游客的重要景点。

金碧不知何处去
"第一山"中觅余香

重庆古城的最高处在哪里？可能很多人都不知道。一说是金碧山，有诗为证。

金碧山在何处？据考证，就在今天新华路、人民公园一带。金碧山上原有座寺庙叫"崇因寺"。此寺建于北宋，山门外有一座石牌坊，上书"第一山"三个大字。王尔鉴曾作诗云："巴山耸秀处，金碧有高台。"

在"巴渝十二景"中，排名首位的就是"金碧流香"。王尔鉴曾著文称，金碧山上，"每轻风徐过，馥馥然袭袂香流，寻之并无花木，岂心清闻妙香耶？"

既然没有花木哪里来的妙香呢？这飘了几百年的"香"究竟从何而来？

有趣的是，王尔鉴、周开丰、姜会照三位清代诗人各自以《金碧流香》为题，用诗歌写出了心中的答案。

王尔鉴在诗中写道："何处天香至，疑从月窟来。"意思是金碧山的香味是从月宫里飘来的。

周开丰觉得："轻扬何处至，虚谷异花香。"即金碧山的香味来自"异花香"。

姜会照则认为："心清自有妙香来。"在他看来，这金碧山的"香"，其实是来自自己的心香。

直到今天，仍然没人知道这奇妙的香味从何而来，这似乎成了一宗"悬案"。

说到重庆古城最高处，还有一地不得不提，那就是位于通远门内的金汤街，此处也是古时重庆城的制高点，曾建有五福宫，是观山望景的好去处。

五福宫建于何时不详。明朝兵部尚书兼文渊阁大学士王应熊在《五福宫殿铭》中写道："五福宫乃城中最高处，俯窥阛阓，坐带江流。"

明朝巴县乡贤刘道开有诗写五福宫："山从城内起，殿倚堞边开。万井须眉列，双流衣带回。红云擎北帝，紫气郁东台。不有题诗客，谁当载酒来。"

明末清初，五福宫毁于兵火。清人黄钟吕在《兵后入城经五福宫有感二首》中感慨："荆棘复荆棘，何为葳此宫。"

如今，五福宫早不见踪影，用于抵御兵火的通远门已成公园，每日三三两两喝茶的人们闲坐其间，聊着老城的故事。

《夜雨寄北》传千古
秋池究竟在哪里

"君问归期未有期，巴山夜雨涨秋池。何当共剪西窗烛，却话巴山夜雨时。"

在众多描述渝中区的古诗中，晚唐诗人李商隐的《夜雨寄北》，恐怕是最著名的，但同时也是最具争议的。

渝中半岛三面环水，古时陆路只有沿佛图关山脊一线通往川西。佛图关是镇守重庆古城的重要关隘，被称为"佛图雄关"。相传，唐大中九年（855年），李商隐从巴州赴梓州任职途中曾在此借宿，有感而发创作了《夜雨寄北》。然而，李商隐究竟是否到过重庆，在学术界有不同说法。他笔下描写的"巴山夜雨"真的是佛图关的景致吗？诗文中提到的"秋池"又在哪里？

重庆师范大学教授鲜于煌表示，在袁行霈著的《中国文学作品选注》一书中，对《夜雨寄北》中"巴山"的校注是"泛指川东一带的山"，"夜雨、秋池极有可能是诗人笔下的意象，而没有具体的所指"。

尽管无法证明李商隐曾来过渝中，但鹅岭公园（佛图关公园属鹅岭公园园区——记者注）园长任财国介绍，佛图关海拔最高的地方确实曾有一座夜雨寺，夜雨寺外还有一块夜雨石。而秋池，应该就在夜雨寺附近。2009年那里修建工程时，夜雨寺的残留被全部拆掉。

如今，渝中区正沿着李子坝、佛图关、化龙桥、虎头岩一线，打造长约4.5公里的山地公园，拟今年年底建成。昔日的"佛图雄关"将变身为市民休闲、健身的好去处。

曾经沧海难为水　心在巫山十二峰
——探寻古诗中的巫山

巫山，地处三峡库区腹心，长江上、中游之交，扼守长江巫峡起端，毗邻湖北巴东，素有"万峰磅礴一江通，锁钥荆襄气势雄"的地貌特征和"渝东门户"之称。

在巫山龙骨坡发现的巫山人化石距今200多万年，是中国境内迄今发现最早的人类化石，为揭开人类起源之谜提供了珍贵的依据。

历史悠久的巫山，文化底蕴深厚，这里的先民创造了灿烂辉煌的古代文明，是巫文化的诞生地之一。

发源于此的巫山神女文化，已成为中华传统文化中的一种独特象征和审美追求。千百年来，人们对爱和美的向往与追求，总是跟巫山神女紧密联系在一起。

古人云："行到巫山必有诗。"神奇的文化积淀，雄奇的巫峡，奇峰突兀、云腾雾绕的巫山十二峰，引来历代无数文人墨客的驻足和吟咏，留下了难以计数的锦绣华章。

据不完全统计，从先秦到清末，历代文人在巫山留下吟咏自然山水和人文景观的古诗近 5000 首。其中，唐宋两代是巫山古诗最繁盛的时期，李白、杜甫、刘禹锡、白居易、元稹、欧阳修、司马光、王安石、苏轼、黄庭坚等纷纷为巫山吟诵，可谓流光溢彩，蔚为大观。

此乃中华传统文化中的珍贵遗产，是巴渝文化的历史见证。

日前，记者一行来到巫山，怀着对先贤的感恩之心、对传统文化的礼敬之情，探寻古诗中的这块不凡之地。

古老中国最多情的一块石头

"巫山十二郁苍苍，片石亭亭号女郎。……何事神仙九天上，人间来就楚襄王。"（刘禹锡《巫山神女庙》）

提起巫山，人们的第一印象恐怕就是巫山神女了。

凡乘船游三峡的游客，到巫山县城东约 15 公里处，都会拥上甲板，争相观赏神女峰。只见巫峡北岸，一根巨石突兀于青峰云霞之中，云雾缭绕，若隐若现，宛若一个亭亭玉立的少女。

巫山神女峰，被人们称为"古老中国最多情的一块石头"。古往今来，不知多少诗人为之倾倒、为之咏叹，留下无以计数的诗篇，如同奔流不息的长江，千百年流淌不绝，神女文化已成为中国传统文化中的一个独特符号。

巫山神女源于一个流传久远的古代神话故事。据《巫山县志》记载："赤帝女瑶姬，未行而卒，葬于巫山之阳为神女。"说的就是，瑶姬下凡助大禹治水，之后化身为石，成为为百姓庄稼保丰收，为行船保平安的护佑之神。

真正让世人知道巫山神女之名，则源自先秦时的辞赋大家宋玉的《高唐赋》："妾在巫山之阳，高丘之阻，且为朝云，暮为行雨。朝朝暮暮，阳台之下。"另有《神女赋》："茂矣美矣，诸好备矣。盛矣丽矣，难测究矣。上古既无，世所未见，瑰姿玮态，不可胜赞。"宋玉运用铺陈排比、比喻、夸张等艺术手法，巧妙构思，成功地塑造了一位"美貌横生，晔兮如华，温乎如莹"，感情丰富细腻的女神形象，奠定了巫山神女美神和爱神的文学地位。

从那时起，巫山神女"生活"在世上已有 2000 多年了。

其实，比宋玉更早写神女的是他的老师屈原。据考证，屈原的《九歌·山鬼》是现存最早描写神女的诗歌。

"若有人兮山之阿，被薜荔兮带女萝。……"巫山文化研究会会长向承彦介绍，《九歌·山鬼》叙述的是一位多情的山鬼，在山中与心上人幽会，以及再次等待心上人而心上人未来的情绪，描绘了一个瑰丽而又离奇的女神形象。郭沫若等诸多专家考证，认为山鬼就是巫山神女。据此，也可以说《九歌·山鬼》是目前能够查证的关于巫山的第一首古诗。

神女应无恙　守望添新篇

自屈原、宋玉以后，历代文人墨客纷纷将"巫山神女""巫山云雨"引入诗，"巫山云雨"还成为不多的源自巴渝文化的成语典故。神女的形象也不断被赋予新的内涵，从最初的男女欢合演变为美与忠贞爱情的象征，尤其是在唐宋诗歌中达到了高峰。

其中家喻户晓、广为传唱的当属唐代元稹为悼念妻子而作的《离思五首·其四》："曾经沧海难为水，除却巫山不是云。取次花丛懒回顾，半缘修道半缘君。"这首诗的前两句，堪称是情诗中的金句。

类似描绘男女离别思念之情的诗歌还有很多。比如，李白的"一枝红艳露凝香，云雨巫山枉断肠"（《清平调·其二》），孟浩然的"今夜神仙女，应来感梦情"（《送桓子之郢成礼》），张九龄的"神女去已久，云空冥冥"（《巫山高》），王安石的"朝朝暮暮空云雨，不尽襄王万古愁"（《巫峡》）。

也有借用巫山云雨表现家国之痛的，如韦庄的"朝朝暮暮阳台下，为雨为云楚国亡"（《谒巫山庙》）；有歌颂巫山神女功德的，如苏轼的"飘萧驾风驭，弭节朝天关。倏忽巡四方，不知道里艰。古妆具法服，邃殿罗烟鬟。百神自奔走，杂沓来趋班"（《神女庙》），诗人有感于神女造福人间，建不世之功，发出了颂扬崇敬的咏叹。

神女应无恙，当惊世界殊。巫山县文化委员会主任宋传勇介绍，近年来，巫山利用深厚的文化历史资源，巧打"诗歌牌"，作为国家级贫困县的巫山，以旅游促进脱贫攻坚，以文化提升景区品质，而巫山特有的神女文化正是其中的核心内容。

神女庙已经复建完成并已对外开放。神女庙位于神女峰峰顶，由神女殿、朝云暮雨亭、神女伴月亭等组成。从山脚到山顶共有台阶3000多级，游客可近距离观赏神女峰景色，还可远眺长江、红叶美景。

唐朝乔知之曾在《巫山高》中这样描述巫山红叶："想像神女姿，摘芳共珍荐。楚云何逶迤，红树日葱蒨。"作为一个知名文化品牌，中国三峡巫山国际红叶节已成功举办了10届，每年吸引上千万游客前往。今年，巫山县还将举办第三届"巫山神女杯"艺术电影周。宋传勇表示，神女、云雨、红叶都是爱的标识，要把这些资源聚合于巫山，打造中国恋城。

不仅如此，巫山还依据巫山云雨的创意，建成"朝云""暮雨""文峰""高唐"4个公园；在滨江路文化雕塑一条街上，竖立着21尊历史文化名人雕塑。

一项文化大工程也正在实施——巫山投资近200万元，将历代诗文结集出版，取名《巫山诗文》，总共18册，预计在1000万字以上，目前已出版12册。

一块石头，一个象征，一种文化，在长江边伫立千年，成就了巫山这座小城，述说着千百年来人们对爱和美的向往。

众水会涪万　瞿塘争一门
——探寻古诗中的奉节

夔门雄峙，瞿塘幽深。奉节地处重庆东部边缘、长江三峡西首的瞿塘峡畔，古称鱼复，据荆楚上游，控巴蜀东门，距今已有2000多年历史。从汉代起，奉节即为巴东郡、巴州、信州、夔州、夔州府和江关都尉、三巴校尉等治地，是下川东政治、经济、军事中心。

这是一片文化积淀深厚的沃土——"奉节人"遗址发现的象牙刻划图案和石哨，将人类雕刻艺术和音乐艺术的萌芽提前了数万年，改写了世界艺术史；在这里，考古学家还发现了包括鱼复浦遗址、老关庙遗址、白帝城遗址等在内的从旧石器时代至战国时期的遗址。

在这样的土壤里，来自民间的古歌谣《滟滪歌》《渔者歌》等成为奉节古诗的源头。"滟滪大如马，瞿唐不可下。滟滪大如牛，瞿唐不可流。""巴东三峡巫峡长，猿鸣三声泪沾裳。"……这些歌谣以最直白的形式表达了三峡之险峻，以及三峡人的情感世界。

2000多年来，深厚的文化积淀，加之这里是古代水路进出巴蜀的必经之地，故众多文人墨客来往于此，诗歌创作丰盈，以唐宋为高峰，从未中断。李白、杜甫、刘禹锡、王十朋、陆游、孟郊、白居易、苏轼、黄庭坚、范成大、杨慎、张问陶等在此为官、旅居，留下万余首传世诗篇，产生了以李白、杜甫为代表的浪漫主义和现实主义两大诗歌主流。奉节因此成为中国古代往来诗人最多、诗歌创作最丰的地方，是中国诗歌绕不开的地标。

在这里，历代优秀诗作形成中国山水诗中的壮美典范。"众水会涪万，瞿塘争一门"（杜甫《长江二首》），成为对夔门形胜最精彩的描绘，也是对夔州诗魂的绝妙概括；"朝辞白帝彩云间，千里江陵一日还"（李白《早发白帝城》），成为大多数中国人对三峡最初的认识；陆游写下"十二巫山见九峰，船头彩翠满秋空"；孟郊感叹"巴山上峡重复重，阳台碧峭十二峰"……

在这里，忧患意识、人生感悟等情愫在诗歌里熔为一炉。王十朋在《修塗》中的诗句"莫将逆旅视居官，宜作吾家活计看"，成为古代社会中清官思想的典型表现；范成大在《劳畲耕》中"奸吏大雀鼠，盗胥众蟥蝝"的感叹，反映出宋代峡江经济社会发展的落后以及奸吏对百姓的盘剥。

在这里，曾任夔州刺史的刘禹锡，用三峡民歌开《竹枝词》新风，使之从民间歌谣"雅化"为文人雅作，为民俗文化与精英文化的交融提供了生动的案例。一句"东边日出西边雨，道是无晴却有晴"，更是成为情歌经典。

可以说，涵盖山水风情、民俗文化、现实批判等广阔内容的奉节古诗，浸润着这里的一山一水、一草一木，形成了一部自成体系、独具特色的地域诗歌发展史。如此源远流长、博大精深的诗化形态，让奉节以诗城名动文坛，在全国绝无仅有，在世界范围内都实属罕见。

为何奉节会成为历代诗人的青睐之地？有专家称，这首先得益于奉节的地理位置，三峡要冲，夔门形胜，大山大水在这里聚合成气势磅礴的迷人画卷；其次是巴楚文化在此交汇，加之白帝城托孤等历史事件，在这里云蒸霞蔚成一幕幕壮阔景观；此外，浓郁的三峡地域特色和风俗民情，更是一曲曲让人魂牵梦绕的交响乐章。这一切，都激发出诗人们的创作灵感，让无数诗坛巨擘吟咏长啸，挥洒翰墨。

光阴荏苒，诗脉连绵。如今，奉节县整理出版了《夔州诗全集》，收录历代 742 位诗人 4464 首作品。夔州诗词学会、夔州杜甫研究会等诗词学会累计发展会员 2000 多人。诗教活动广泛深入，诗词进校园、进机关、进社区、进院坝、进企业、进景区的"六进"活动在全县广泛开展。同时，奉节正积极推进文旅结合，打造"三峡之巅，诗·橙奉节"文化旅游核心品牌，全长 30 余公里的中华诗词碑林正在建设中。

历史上恢宏壮美的奉节古诗早已汇入人心，流贯古今，经久不衰。

作品标题	重走古诗路　思君下渝州——探寻重庆古诗地图全媒体系列报道					
序号	单篇作品标题	体裁	字数/时长	刊播日期	刊播版面	备注
1	江流自古书巴字　山色今朝画巨然——渝中古诗探秘	通讯	2764	2017-06-05	11	代表作
2	牵筜沂九龙　崎岖驿路重——古诗里的九龙坡风光	通讯	2658	2017-06-06	9	
3	江风无限好　诗酒夕阳间——巴南古诗探秘	通讯	2308	2017-06-09	9	
4	倚栏频北望　雄镇拥金沙——江北古诗探秘	通讯	2769	2017-06-13	9	

序号	单篇作品标题	体裁	字数/时长	刊播日期	刊播版面	备注
5	清代武将作诗描写威武霸气的二郎关	通讯	1200	2017-06-15	9	
6	候人兮猗！中国最早的情诗诞生在南岸	通讯	2236	2017-06-20	9	
7	古驿苍茫落照西　千年璧山话沧桑——探寻古诗中的璧山	通讯	2654	2017-06-21	9	
8	江山青峰耸缙云　云来舒卷目缤纷——古诗里的北碚	通讯	2314	2017-06-27	9	
9	井径东出县　山河古合州——名人诗作绘成合川古诗地图	通讯	1063	2017-06-30	9	
10	綦水一带环　瀛岭千峰矗——探寻古诗中的綦江	通讯	1004	2017-07-06	9	
11	金佛何崔嵬　缥缈云霞间——探寻古诗中的南川	通讯	2678	2017-07-07	9	
12	青袍白马翻然去　念取昌州旧海棠——古诗歌勾勒出大足印象	通讯	1255	2017-07-12	9	
13	水曲流巴字　山长幻寿文——长寿古诗探秘	通讯	2576	2017-07-13	9	
14	铜梁指斜谷　剑道望中区——探寻铜梁古诗地图	通讯	893	2017-07-18	9	
15	新丰谷里曾为瑞　分得黔南一派川——武隆古诗探秘	通讯	2347	2017-07-20	10	
16	几江形势甲川东　山势崔巍类鼎钟——探寻古诗中的江津之秘	通讯	2309	2017-07-25	9	
17	酉山貌横心多空　如奇士不矜修容——酉阳古诗探秘	通讯	2339	2017-07-26	9	
18	流成永字三江秀　汇入碧川万顷涛——探寻古诗中的永川	通讯	2045	2017-08-02	9	
19	开州盛山十二景　盛名之下已沧桑——探寻古诗中的开州	通讯	2581	2017-08-03	9	
20	巫峡中心郡　巴城四面春——探寻古诗中的忠县	通讯	2876	2017-08-08	9	
21	摩围山下路横斜　二水争流带碧沙——古诗揭开彭水千年面纱	通讯	2270	2017-08-10	9	
22	平都天下古名山　自信山中岁月闲——探寻古诗中的丰都	通讯	2689	2017-08-22	8	

序号	单篇作品标题	体裁	字数/时长	刊播日期	刊播版面	备注
23	径转横渠水一方　堰边风起忽闻香——荣昌古诗探秘	通讯	2788	2017-08-24	9	
24	峡里云安县　江楼翼瓦齐——探寻古诗中的云阳	通讯	2695	2017-08-30	9	
25	曾经沧海难为水　心在巫山十二峰——探寻古诗中的巫山	通讯	2325	2017-09-12	9	代表作
26	《巫山高》以巫山命名的古诗体	通讯	768	2017-09-12	9	
27	城盘龙虎势　山起凤凰仪——城口古诗探秘	通讯	2578	2017-09-14	34	
28	猫儿峡风光似夔门　石林二十景惹人醉——探寻古诗中的大渡口	通讯	2473	2017-09-14	34	
29	盐井平分万灶烟　引从白鹿记当年——探寻古诗中的巫溪	通讯	2853	2017-09-19	9	
30	巫溪五句子　古巴巫文化"活化石"	通讯	768	2017-09-19	9	
31	东南佳山水　武陵花雨深——走进黔江觅古诗	通讯	2370	2017-09-22	9	
32	尚爱此山看不足　天生福地武陵山	通讯	1390	2017-09-22	9	
33	玉峰若笔立　千树看猿悬——探秘古诗中的渝北	通讯	2871	2017-09-26	13	
34	雪霁美景今仍在　华蓥高腔代代传	通讯	1239	2017-09-26	13	
35	一句"朝辞白帝彩云间"响彻千年	通讯	1230	2017-10-04	4	
36	众水会涪万　瞿塘争一门——探寻古诗中的奉节	通讯	1454	2017-10-04	4	代表作

作品标题　重走古诗路　思君下渝州——探寻重庆古诗地图全媒体系列报道

参评项目　系列（连续、组合）报道

奖　　项　中国新闻奖报纸系列报道三等奖

作　　者　集体

刊播单位　重庆日报

首发日期　2017-06-05—2017-10-04

刊播版面　第11版、第9版、第4版

采编过程

重庆日报"重走古诗路 思君下渝州——探寻重庆古诗地图全媒体系列报道"从 2017 年 6 月 5 日启动，历时 4 个多月，采访团队走遍全市 38 个区县，行程上万公里，挖掘史料，实地寻访，对话专家，共计推出 36 个整版、16 万字的报道，梳理古诗近万首，以客观、理性、虔诚的态度，讲述了这些古诗背后有着怎样的故事。其中蕴含了哪些中华优秀传统文化的人文精神，那些历代文人诗吟过的地方，今天发生了怎样的变化。在挖掘古诗中传播文脉，在实地感悟中记录变迁。

报道除在重庆日报刊登外，还在重庆日报官方网站、重庆日报客户端、官方微信公众号、区县头条微信公众号、同茂大道 416 号微信公众号连续推出，并制作了"巴渝古诗热度地图""古诗热度排行榜"等全媒体产品在网上发布，增强了报道的互动性。

社会效果

报道在人民网、新华网等全国各大网站上纷纷转载，《重庆艺苑》就此发表论文《渝州山水入诗来》，引起社会各界广泛反响和热烈好评。

有读者称赞，挖掘巴山渝水丰厚的古诗文化，把山水重庆的自然景观与历史文化紧密结合，这个选题好！有专家称赞报道在"追寻古人留下的足迹中穿越历史、连接时空、感悟变革、见证辉煌，通过系列化、大版面、融合式、持续性传播，让受众在审美沉醉中浓郁乡愁，在古今对比中触摸沧桑，进而领略重庆美丽多姿的山川景物和美丽独特的风土人情"，增强了广大市民对家乡的认同感和自豪感，加深了人们对巴渝文脉的了解和热爱，达到了宣传好重庆形象、普及弘扬传播优秀传统文化的效果。

推荐理由

党的十九大报告强调要"推动中华优秀文化创造性转化、创新性发展"，用中华优秀传统文化精髓滋养当代中国人的精神世界，提振人们的精神力量。

主流媒体该如何承担起这一责任与担当？这组报道就是一个很好的回答。

报道的创新之处在于，这是重庆第一次以区域为视角对巴渝古诗进行全面梳理的报道。过去曾有学者对巴渝古诗词作过研究，但多是以时间为轴，或以名人为轴，研究的范围也多集中在三峡周边地区，而这一系列以区域划分为轴线，对重庆古诗路进行全面整体梳理，通过探寻、挖掘、考证，为读者拼出一幅重庆古诗的全景图，令报道具有开创性和开拓性，堪称一项规模宏大的传统文化传播普及工程。

报道的另一特色就是积极开展衍生活动，把一个单纯的系列报道延伸到多个方面，让传播立体化。召开"重走古诗路"系列报道研讨会、评选"重庆最美十大古诗"、举办"巴渝古诗词传承盛典"大型文艺晚会、出版图书《思君下渝州——探寻重庆古诗地图》等，把单一的报道做成了线上线下联动，发展成系列活动与产品，让数百年前的历史变成了今天的热点新闻，进而不断扩大了这一系列的传播力、影响力，让更多的人感受到了文化传承的力量和党报的责任担当。

用"红船精神"凝聚力争上游的力量

重庆日报记者　单士兵

党的十九大闭幕仅一周，习近平总书记就带领新一届中共中央政治局常委，在一大旧址中重温誓词，在南湖红船旁沉思历史，重申中国革命精神之源"红船精神"，强调要结合时代特点大力弘扬"红船精神"，让"红船精神"永放光芒。当前，各地干部群众正掀起弘扬"红船精神"的热潮。"红船精神"的核心内涵是理想信念，是我们走在新时代前列的精神动力。"红船精神"所承载的首创精神、奋斗精神和奉献精神是激励我们党长期顽强奋斗、不断发展壮大的力量源泉。对于重庆来说，要抓住大力弘扬"红船精神"的契机，结合自身实际，积极汲取"红船劈波行，精神聚人心"的思想精髓，提振力争上游的精气神。

"红船精神"蕴含坚定理想、敢为人先、百折不挠的价值力量，是滋养力争上游的精气神的源泉。力争上游的精气神，对于拓宽重庆的视野，提高重庆的境界，保持重庆的定力，增强重庆的动力，激发重庆的活力，塑造重庆的新形象，有着迫切的现实性、准确的针对性和深刻的逻辑性。重庆是中国西部大开发的重要战略支点，处在"一带一路"和长江经济带的联结点上，正在加快建设内陆开放高地、山清水秀美丽之地。这"两点""两地"是习近平总书记对重庆提出的定位要求，为重庆改革发展提供了根本遵循。"两点""两地"既是目标位置，也是机遇挑战。要落实"两点""两地"定位要求，重庆必须增强发展的紧迫感，革除陈旧观念，增强锐意进取的勇气、敢为人先的锐气、蓬勃向上的朝气，求真务实、勇于创新，迎着目标、奋力拼搏，以力争上游的精气神，汇聚不断向上的力量。

红船，是一条信念之船、理想之船。力争上游的精气神来自坚定的理想信念。重庆处于长江上游，两江穿城，绵长辽阔，群山环抱，巍峨雄奇。天地大美，山高水远，没有坚定信念的人，不可能抵达风光无限的高处。从古老的巴渝文化到革命年代的红岩精神，从唱响重庆的三峡移民精神到领航中国的"红船精神"，有太多坚定目标、催人奋进的理想信念，激励着巴渝人民披荆斩棘、勇毅前行。特别是红岩精神与"红船精神"一脉相承，两者的共同点是对理想信念的执着，是对党的事业的执着。理想信念是精神层面的东西，也是实打实、能感知、可衡量的。力争上游，要众人划桨行好船，心往一处想，劲往一处使。要有力争上游的精气神，就绝不能把理想信念当口号喊，绝不能得"软骨病"。要切实补足精神之"钙"、强健奋进之"魂"、提振拼搏之"气"，从而点亮信仰灯塔，确立价值坐标，涵养精神境界，渡过急流险滩，抵达成功彼岸。

红船，是一条创新之船、奋进之船。力争上游的精气神体现于具体的行动方法。力争上游是价值观，更是方法论。舵手引领、击楫勇进，逢山开路、遇水架桥。重庆要有力争上游的精气神，体现在目标行动上，就要始终坚持党中央集中统一领导，确保中央有部署，重庆有行动，让重庆改革发展与中央战略部署同频共振；体现在方式方法上，要找准重庆发展的着力点和主攻方向，既遵循"顶层设计"，又注重牵住"牛鼻子"，学会"弹钢琴"。特别是随着改革进入深水区，前方有很多难关要闯，很多险滩要过，开弓没有回头箭，正是中流击水时。这时候，要坚决反对消极无为、懒政怠政、不思进取、马达空转。要有力争上游的精神，就必须既要有魄力、定力，又要有毅力、耐力。要务实笃行、敢于创新、不畏险阻、攻坚克难，啃掉一批"硬骨头"，拔除一批"拦路虎"，穿越问题峡谷，拥抱改革红利。

秀水泱泱，红船依旧。两江浩荡，不舍昼夜。地处长江上游的重庆，要用"红船精神"凝聚起强大力量，在各项工作实践中力争上游。要从"红船精神"中得到理想信念的支撑，以开放文化提升改革发展的格局，涵养务实作风，滋养奉献意识，蕴蓄创新精神，真正落实好"两点""两地"的定位要求，打造内陆开放高地，建设西部创新中心，办好民生实事，让重庆力争上游的精气神得以高扬，让重庆人以积极进取的崭新形象得到尊重。

作品标题　用"红船精神"凝聚力争上游的力量
参评项目　评论
奖　　项　中国新闻奖报纸评论三等奖
作　　者　单士兵
编　　辑　张永才　许阳
刊播单位　重庆日报
首发日期　2017-12-15
刊播版面　第3版

采编过程

党的十九大闭幕后，各地掀起弘扬"红船精神"的热潮。汲取"红船精神"的价值，需要坚持问题导向，结合地方实际。对于重庆来说，当时最迫切的任务就是营造良好的政治生态，激发干部群众干事创业的精气神。作为党报评论员，作者以其职业敏感，清晰认识到赓续"红船精神"的血脉基因，用"红船精神"承载的首创精神、奋斗精神、奉献精神激励重庆干部群众，对重庆改革发展稳定具有重要的价值意义。作者根据习近平总书记对重庆提出的"两点""两地"的定位要求，结合重庆地处长江上游的特点，强调在各项工作实践中也要力争上游，明确提出观点，要用"红船精神"来凝聚力争上游的力量。

社会效果

这篇评论在题材选择、观点深度、文本表达、传播广度等方面，体现了党报评论重大的价值引导作用。文章既讲价值观，也重方法论，既通"天线"，又接"地气"，在彰显主题宣传的精神价值的同时，深刻体现了重庆市委统一思想、凝聚力量的要求，对推动干部群众坚定理想信念，克服精神懈怠，以务实、奋斗、奉献精神面对问题挑战，起到了积极有效的作用。此后，重庆市委在有关工作要求中，明确提出要强化"上游意识"，担起"上游责任"，体现"上游水平"，表明这篇评论提供了很好的议程设置。

这篇评论在报纸、网络、移动新媒体上得到了广泛传播，被重庆本地各家媒体转发，被人民网、光明网、搜狐网等数十家网络媒体转载，还被多家微信公众号转载，引起读者热烈反响，在广大干部群众中起到凝心聚力的作用。这篇文章展现出党报的权威性和指导性，体现了党报人对自身使命的体察担当。这篇评论荣获第二十一届重庆新闻奖评论一等奖。

推荐理由

本文立意高远，结构严谨，逻辑清晰，论据充分，说理透彻，文风朴实，体现了党报在统一思想、凝聚力量方面的重要引领作用，是一篇优秀的评论文章。

中篇：年度优秀新闻奖获奖作品

2018 年重庆日报报业集团年度优秀新闻作品

总书记提到的这些"重庆宝贝"
已成为群众致富的"摇钱树"(存目)

作品标题   总书记提到的这些"重庆宝贝"已成为群众致富的"摇钱树"
参评项目   系列报道
作　　者   集团前方联合报道组
刊播单位   重庆日报
首发日期   2018-03-12
刊播版面   第 6 版、第 7 版

作品评价

以前后方联动的方式,对总书记所提到的"重庆宝贝"做了细致的报道。有具体的新闻故事,加上新闻延伸和图片,易于阅读,有很好的传播效果。

采编过程

前方报道。

社会效果

反响好。

全媒体传播效果

各媒体均有报道。

注:本作品同时获得"2018 年 3 月重庆日报报业集团新闻奖"。

充分发挥领导干部的示范性斗争性（存目）

作品标题　充分发挥领导干部的示范性斗争性
参评项目　评论
作　　者　单士兵　张勇　侯金亮　张燕　程正龙
责任编辑　单士兵
刊播单位　重庆日报
首发日期　2018-03-27
刊播版面　第 3 版要闻

作品评价

独家策划，政治站位高，紧扣习近平总书记重要讲话精神。文章以高深的立意、流畅的结构、鲜活的语言对肃清工作进行了深度解读。

采编过程

全国两会期间，习近平总书记亲临重庆代表团参加审议并作重要讲话，为学习好、领会透、贯彻实总书记重要讲话精神，理论评论部第一时间推出相关评论，对八性作深入解读，及时、迅速、高效。

社会效果

四篇系列评论件见报后，成为当天转载率极高的文章，社会关注度高，赢得良好的社会效应。

全媒体传播效果

稿件被网易、新浪等多个全国知名门户、客户端转载。理论头条官方微信号还专门推出微信文章，阅读量过万，传播效果非常好。

注：本作品同时获得"2018 年 3 月重庆日报报业集团新闻奖"。

重庆一副县长与干部儿子的微信聊天记录，在网上传开了……

重庆日报记者　彭瑜

　　父亲是重庆市忠县原副县长杨志刚，儿子是忠县安监局办公室副主任、安监局派驻金鸡镇傅坝村第一书记杨骅。

　　不过，现在他们父子俩不能聊天了。

　　今年8月21日早上8点多，重庆市忠县安监局派驻到忠县金鸡镇傅坝村担任第一书记的杨骅突发疾病，倒在了扶贫岗位上。

　　杨骅去世后，帮扶贫困户张启斌的女儿张荣梅在灵堂前失声痛哭。她说，就在事发前夜，杨骅还特地赶到她家吃晚饭，再三叮嘱她，就要上大学了，得把时间用到学习上，从接触异性朋友到别去歌城唱歌等细节都讲到了。

　　贫困户刘兴国，至今提起杨骅就感激涕零。他说，杨骅四次到他家做工作，帮忙张罗砖瓦，支持改造危房。现在房子修好了，恩人却走了。

　　金鸡镇蜂水村支部书记彭涛说，并肩工作一年多，直到杨骅去世，才知道他是老县长的儿子。平日里，开完会杨骅就会拿扫把扫地；食堂炊事员做饭忙，他就帮忙洗菜、剥蒜；修建"四好公路"查勘线路，杨骅带头钻丛林、攀悬崖，人晒黑了，皮肤也划破了。彭涛还说，杨骅不摆谱、没架子，像兄弟、如朋友。

　　忠县安监局办公室梁兆珊回忆说，杨骅对人友善，他经常不忍心拒绝别人。在办公室工作，哪个科室赶个材料，第一个想到的就是让杨骅把关，甚至请他亲自操刀；谁的电脑、打印机坏了，只要吼一声，或者在微信、QQ里留个言，他准能丢下手头的活儿，急忙跑去处理。

　　杨骅走了，办公楼里还时常出现"杨骅""骅骅""杨哥""骅哥"的求助声，只是再没有他"马上到""立即办""这就来"的回应了。

　　梁兆珊抱怨过杨骅不懂拒绝，杨骅却说，在局办公室工作，这些小事就该努力多做、用心做好。

　　忠县安监局局长岳忠华说，杨骅今年48岁，至今还是办公室副主任，但他从没因为职务晋升找过组织。他的父亲、忠县原副县长杨志刚也没为儿子在这方面说人情、打招呼。

把群众当亲人、以脱贫为己任，9月中旬，中共忠县县委追授杨骅同志"忠县优秀共产党员"称号，并在全县深入开展向杨骅同志学习的活动。

　　杨骅去世50多天了，领导、干部、群众，为啥还念念不忘他的勤恳、他的友善、他的质朴。随着采访的深入，杨骅生前与父亲的深夜微信聊天记录曝光，谈工作、聊扶贫、讲廉政，浓浓的父子情打动人心，款款公仆情怀又让人感佩至深。

　　从县局办公室工作到进村扶贫，杨骅说，这是新的课题、新的起点，但他热爱这份工作。

　　儿子觉得办公室工作太闭塞了。父亲开导他，办公室工作做得不错，扶贫工作更锻炼人，是金子总会发光。

　　儿子第一次走上讲台发言，父亲关心地问紧张吗？当儿子回复"心很平静，很好"时，老父亲给儿子发了"大拇指"表情包，就像小时候给予儿子的表扬。

　　儿子从蜂水村驻村工作队员调整到傅坝村任第一书记。父亲提醒儿子，不能迎来送往，听习主席的话，低调做人。

　　村里的水有鱼腥味，只能用矿泉水泡面。杨骅很乐观，他说，一个人幸福的生活从这里开始。父亲关爱儿子，让他买纯净水煮饭，用村里的水洗漱。

　　儿子发来一个违纪通报，父亲提醒"这些教训很深刻，下乡工作要严守党纪国法"，并告诉儿子，"热情、周到、廉洁"是干部的基本素质。

　　多少个夜深人静的夜晚，父子俩就这样在微信里聊天，但没有聊过关于提拔、待遇方面的话题。

　　现在，杨志刚依然坚持给杨骅的手机充电、上网，夜深人静的时候，他就打开手机看着这些聊天记录。他说，很想再发微信过去，可儿子再也不会回复了。

　　"就当他一直在傅坝扶贫吧。"杨志刚安慰自己。说完，一滴眼泪滴在手机屏幕上，模糊了杨骅的头像。

　　9月3日，杨志刚与老伴、儿媳带着被子、食用油等物品前往金鸡镇，看望慰问贫困户张启斌、刘兴国。杨志刚说，儿子走了，对贫困户的帮扶关爱，他与家人还会坚持下去……

　　向奋斗在扶贫路上的人民公仆致敬，让我们永远记住这张年轻的面孔！

作品标题　重庆一副县长与干部儿子的微信聊天记录，在网上传开了……
参评项目　全媒体
作　　者　彭瑜
责任编辑　王方杰　李鹏
刊播单位　重庆日报

首发日期　**2018-10-11**
刊播版面　**重庆日报微信头条**

作品评价

10 月 11 日，重庆日报以《重庆一副县长与干部儿子的微信聊天记录，在网上传开了……》为题，在微信公众号上推送了关于重庆忠县原副县长杨志刚与其因下村扶贫不幸牺牲的儿子杨骅的微信聊天记录后，在网络上引发强烈反响，两人"谈工作、聊扶贫、讲廉政，浓浓的父子情打动人心，款款公仆情怀又让人感佩至深"。

首先，从选题来看，真实依然是最能打动人心的力量。这篇报道涉及的脱贫攻坚、乡村振兴、全面从严治党、干部家风建设等内容，尤其是"父子微信聊天记录"，以如此动人、贴近生活与人性、毫无说教的方式呈现，完全满足新媒体传播的所有特性。在政治生态过去几年被严重破坏的重庆，这对修复政治生态、传播正能量，特别是彰显基层干部的责任担当，其意义更是非同寻常。

其次，从包装手法、表达方式来看，所有细节的自然呈现十分重要。新媒体浩如烟海，真正的好报道不是靠炫技、靠渲染、靠炒作，一定是朴实无华、正气充沛的，一定是有着故事、生动形象的，一定是润物无声、动人心弦的。所以，在编写制作上，不观点先行，不先入为主，只是突出父子两人聊天截图，略作简单背景介绍。

最后，从传播方式来看，在互联网时代，为取得主旋律报道效果最大化，既要自带流量，还要主动作为。稿件刊出后，重庆日报充分利用自身新媒体平台转发，也通过全国党媒平台等强力推送，事实证明效果非常好，这篇报道的刷屏，进一步提升了人们利用新媒体传播正能量的自信心。

采编过程

10 月 10 日，重庆日报记者彭瑜在自己的微信公众号"记者进村"中，推送了《曝光我市一县长与儿子的微信聊天记录》一文，全文虽然不长，但其张张聊天截图，立即引起重庆日报副总编辑李鹏的高度关注，要求迅速组织精兵强将，在网络上重新对这一先进事例进行采访报道。

事实上，关于杨骅的先进事例，此前重庆日报先后以《扶贫路上，他用生命践行承诺》《家风留在杨骅身上的三个烙印》为题，已经刊发过两次长篇报道，受其地域媒体的局限性，始终没能在全国构成较大反响。

如何用新媒体的方式，用网友喜闻乐见的方式，对这一典型事例进行重新报道，成为我们着力考虑的问题。最终，我们将突破口定在聊天记录上，用网友最常见最易接触的方式，打动网友的心弦。

经过重新采写、编辑梳理，10 月 11 日，重庆日报微信公众号推送了该条稿件。

社会效果

经各大媒体转载后，稿件在网络上迅速发酵，许多网友在稿件后纷纷留言，盛赞杨骅的先进事迹和父子聊天中饱含的公仆情怀。

稿件发出后，人民日报两微一端、新华社微信公众号和客户端、工人日报微信公众号、全国党媒信息公共平台微信公众号、共青团中央微信公众号以及澎湃新闻、今日头条、新浪、搜狐、网易、腾讯新闻等客户端和网站纷纷予以转载，在网络上引起强烈反响，好评连连。

人民日报微信公众号转发该条稿件后，几分钟内，阅读量就冲破 10 万+，点赞量破万，目前该条稿件阅读量已达 136.09 万，点赞 3.58 万；新华社、共青团中央、澎湃新闻等转发后，皆是迅速突破 10 万+大关。目前，该条稿件已被数百家网站、微信公众号、客户端及各种自媒体平台号转发，总阅读量超千万。网友纷纷评论：

"不忘初心、砥砺前行。共产党员就是平时能够看得出来，关键时刻能够站得出来。"

"向这对了不起的父子致敬！说他们了不起，不是他们职位多高，财富多多，而是他们的思想，他们的行为，从他们的身上看到了我们事业的希望。"

"这样的干部，心怀群众、一心为公，老百姓自然拥护、爱戴，为这样的干部点赞，人民的好公仆一路走好！"

"读完聊天记录，已是热泪盈眶。父子俩微信聊天内容太感人了！俗话说，'有其父必有其子'，老县长教育儿子清正廉洁，关心群众，帮扶贫困。作为干部的儿子，杨骅确实很争气，在扶贫的道路上贡献了自己的一切！"

"父亲践行了他的言论，儿子继承了他的正直。希望每一位父亲都能这样以身作则，中国终将走向伟大。"

"作为一名基层干部，深深体会到他的不易，他用行动诠释了什么叫为人民服务，基层能够多一些像他这样心系群众的干部的话，一定会加快实现中国梦的步伐。"

注：本作品同时获得"2018 年 10 月重庆日报报业集团新闻奖"。

看效果·数说丨
五组数据了解一下山清水秀的重庆（存目）

作品标题　**看效果·数说丨五组数据了解一下山清水秀的重庆**
参评项目　**全媒体**
作　者　**罗永攀　张皓**
责任编辑　**邓晞　谢澄　何田田**
刊播单位　**上游新闻**
首发日期　**2018-10-10**
刊播版面　**重庆频道**

作品评价

作为规定动作"看效果"的开栏作品，如何选取老百姓关注的题材来完成？记者寻找了多次，找准了老百姓关心的环保话题。点击量很快就过百万，得到了市委宣传部以及环保局的表扬和肯定。

采编过程

记者从一份20页的文件中，找到了十九大以来重庆环保的变化数据，精确到天，比如空气质量优良的天数增加4天、水质改善等，这些指标是市民可以感受得到的，用数据量化出来，让受众直观地感受到，体会到实实在在的效果，达到了"看效果"的目的。

社会效果

符合当下主旋律，传播正能量，作品得到了广大网友的认可。

全媒体传播效果

作品得到了广大网友的认可，点击量400万+。

注：本作品同时获得"2018年10月重庆日报报业集团新闻奖"。

凝视过 5000 具尸体，从死亡出发去理解生

重庆晚报记者　刘春燕

劳伦斯·布洛克所说的 800 万种死法，其实都只有一种真相。

5 月 3 日深夜 12 点，重庆。冰冻了几个小时后的尸体躺在尸检台上，皮肤蜡黄。法医在提取第二轮心血和尿液。灯极亮，唯独这间屋子是殡仪馆里的白夜。门外的通道正对着几米外的一排火化炉炉门，再过一阵它们会渐次打开。时间刚翻过旧的一天，有人离去，有人新生。

王灿经历过无数次这样的夜晚。

一次崩溃

王灿的女儿第一次参观她的工作间吓坏了：进门一排玻璃柜，一百多个颅骨摆满了一整面墙。这些都是法医们在工作中搜集的无名颅骨，男女老少，天南地北，空洞的眼孔在某个角度会折射光，像一种凝视。这里是重庆市公安局刑侦总队。王灿是法医勘查大队副大队长。

《法医秦明》的畅销罪案小说，很给法医这个职业圈粉，但悬疑故事终究是娱乐，真正的工作不是。王灿做了 23 年法医，给 5000 多具尸体进行过尸检，5000 多个生命，没有一个曾经是虚构的。

王灿是新疆医科大学第一批法医专业毕业生，"想学医又不想闻医院的药水味，结果选了一个更不好闻的专业"，这是她笑话自己的底料。

哭的日子在后面。

前 15 年的职业生涯在西北某市，她是全市唯一的法医，市辖区县乡村所有现场她都出。忙到什么程度？前 5 年，平均每天只能睡四五个小时。死神从不跟人商量时间，法医要 24 小时×365 天待机。那时候通信靠 BB 机，经常找不到电话回复，她干脆住在办公室，办公室有电话。

第一次崩溃很快就来了。

在一条壕沟里发现一个死者，同事用绳子拴着柳条筐把她放下去尸检。被毒死的人腐败后有一种异常的臭，整条壕沟里都密密实实充满那种气味，像把她压在一个长方形的盒子里，没有气孔。她一个人。

三个小时后她中毒了，头晕，呼吸困难，无法站立。回到单位她不停地洗，一直洗到皮肤开始脱水，鼻子里依然还是那个味道，她觉得血液里都是。她又喝酒，想快速挥发代谢，还是不行。喝酒的时候，眼泪像雪崩，心里天摇地动：人一生总会有那么几个时刻独自质疑和追问——我为什么要过这样的生活？

　　对于她来说，这个时刻来得早了点，25岁。那个气味一个多月后才彻底散去，她决定改行，复习考研。

命运

　　命运是无论有多少预定路线和突然改变，无论人生如何小径分叉，你终究还是会走上的那条路。

　　高强度的工作，高强度的复习，临考前几天，发案了。

　　一个40多岁的男人，怀疑妻子出轨，砍了她一百多刀。

　　——"几乎是剁成碎块，当着两个孩子的面，一个11岁，一个8岁。"

　　——"墙上地上所有可以附着的表面都沾满了血……后来很久，两个孩子一直不说话，不吃东西，不睡觉。"

　　年轻的女法医控制不住身体一直抖，800万种死法，任何一种都是镜子，有的会照出人变成野兽的面相。

　　死刑执行前，王灿去看他，问他当时想过孩子吗，他说大脑是空白的，什么都没想；问他还有什么要求，他说只求尽快偿命。他想要一双新布鞋，重新走路。

　　"这个案子我没有哭，从开始到最后都是难过，压在心上，每天都在那里，搬不动，又躲不开。"

　　考研错过了，那就错过吧，她决定留下来当法医。

情义是什么

　　西北冷，冬天大部分的日子都在零下20摄氏度，冬天又长得没有尽头，像工作一样，每一天是同一天。

　　一个维吾尔族姑娘温暖的友情，比冬天的雪来得更早一些。这是她的助手。在无数次没有尸检室的野外、没有明亮灯光的夜晚，残损的或者完整的尸体旁边，只有大风、雨雪、冰碴、泥水。她和她，天地茫茫。

　　太冷了，鼻子冻，鼻涕往下掉，助手会给王灿擦，每天晚上再把王灿的鞋子擦干净，给她洗衣服，整理工具箱。这一年，两个姑娘经历了四五百具尸体。并肩战斗的情义是凌晨两点静悄悄飘落的树叶，浸润泥土，滋养大树，无声无息。

直到有一天惊觉这种情义长进身体，长成你自己的一部分，失去会剧痛。

又是一个野外的现场，车只能停在两公里外，王灿和同事要提着各种工具箱步行进山。到达后，发现少拿了一样，十几斤重的箱子，一个男同事不忍心让她回去扛，抢着返回去拿。

一声巨响，太阳变成了血红色。

恐怖分子在车上安装了炸药，同事打开的一瞬间被引爆。所有人都在往爆炸的方向跑，恐惧在那一刻是失效的，牺牲的人和活着的人，早就长成同一棵大树。你要去找你的亲人，没有什么能够阻挡。

王灿一点一点寻找，一点一点拼接战友支离破碎的身体。那个人消失了，像空气一样，像穿过田野的风，无处不在，但她抓不到。她觉得自己全身都在痛，手痛到抬不起来，周围的东西开始晃动，眼前的天一秒钟就黑了。她昏过去了。

很多年过去，重新说起这个平静的午后，她只能一个词一个词地讲，连不成句，中间有时候会停两秒。

那个战友，是她一生都不会忘记的人。她被困在自责的铁栏里，觉得战友是替她牺牲的。

不卖的东西

法医一定会有某一个时刻，有一根隐秘的心弦被深深牵动，绞痛，那时候，一个法医才完成了关键的一次翻越：从死亡出发，逆向去理解生，理解超越个人生活空间的情感和逻辑。

王灿的翻越，是在怀孕那一年。

怀孕5个月的时候，一个刚出生3个月的婴儿，被表姑杀了，尸体摆在案板上。王灿到达现场就开始哭，整个工作过程，眼泪没有停。她不能摸肚子，但她会不停地想起腹中的孩子，她想给时间按暂停键，按不下去。最好的法医也是人，人和人只是痛点不同。

王灿临产前7天，一个孕妇被杀了，肚子被划开。凶手追着杀人，杀了一家四口，孕妇是在户外被追上杀害的。

还有7天就要当妈妈的女法医，要用这种方式鉴定另一个母亲和孩子的离世。王灿完全弯不下腰了，也无法蹲下，用手支撑也站不了多久，眼泪还在不停掉。历劫会让人飞升。

怀孕这一年，王灿对500多具尸体进行了尸检。

觉得整个人都要撑不住的时候，她会开车去野外，找一个没人的地方停下来，什么都不做，也尽量不想。有时候是几个小时，有时候是一天。她从不跟家人和朋友谈工作，这个小世界是她自己的，不交流，不倾诉。

"从来没有什么满血复活，只是喘一口气，然后继续。"唯有时间治愈万物，要等，漫长的等。

从西北来重庆是一次治愈，因为团聚。丈夫的家乡在重庆，一个大家庭终于团聚。2010年，王灿进入重庆市公安局刑侦总队，负责全市的凶杀刑事案件，自杀、意外、无名尸体等非正常死亡的现场勘查鉴定，以及普通刑事、行政案件伤情鉴定。一口气做到重庆市公安局刑侦总队刑事科学技术中心授权签字人、副主任法医师、重庆市法医学会理事。

"在哪个时刻意识到一种职业成长?"

"有，很明确、很清晰，甚至很沉重地意识到，你要对自己签下的每一个名字负责，不管过去多少年，那个名字应该是铁打的。"

有一个酒鬼死在路边，酒精浓度爆表，寻常的认知都觉得是"醉死的"。王灿尸检时发现背部皮肤有沙沙的声响，后腹膜全是血肿，这是外力造成的伤害。有一种意见倾向于认为是意外，王灿很坚持，侦查员最后沿途追查了8公里摄像头，还原了真相——酒鬼摇晃走路，撞上了一伙青年，一群人把他按倒在地，其中一人用穿着皮鞋的脚踩酒鬼的背，导致挤压综合征死亡。

活体临床鉴定受到的干扰会更多，总是会有相关利益方请吃饭，王灿的丈夫说，别去，他们请你吃多少，我翻倍请你。

"其实就是一种本能的直觉：我那么辛苦地工作，拼了命一样投入自己，然后，钱扔过来就买走了？不卖。""20多年，我签了8000多份鉴定报告，每一个名字都经得起检验。这个不卖。"

生死镜像

2012年的1月10日，重庆照母山上，有一个女子早上就孤身前来，一直坐到夜幕降临。一言不发，也没有看一眼手机。她是王灿。

头一天，她刚拿到自己乳腺肿瘤的病理检验结果：恶性。

王灿一直认为，法医不争，普遍淡泊，"这个职业，太懂得人生的终局"。每一次从他人的生死中看到的都是镜像，每一个镜像最终都会投向自身：人如何理解自己的生死。

拿到结果，她第一个电话是打给领导的，请一个长假，然后给丈夫打了一个电话，只说了三分钟，核心意思只有一句：会好好治疗，但不要过度治疗。

照母山上的那一天，她关了手机，想得最多的是：我的女儿怎么办。女儿7岁，她想起自己从来没给孩子做过一顿饭，吃食堂长大的小姑娘，从不抱怨，最大的心愿是：妈妈你可以去当老师吗？这样我可以每天跟你一起上课，一起放假。

她给丈夫和女儿各写了一张没有交出去的留言。给丈夫说：如果离开了，马上火化，不要仪式，回归土地。给女儿说：要独立，要有本领，做有价值的事情。照顾好爸爸，他不如你。

接下来，手术、反复复查、化疗、再复查……治疗是一条长路。2013年，丈夫外派出国工作，她要一边工作，一边治病，一边带孩子。"实际上是孩子带我，她是个了不起的小姑娘。"

女儿9岁的暑假，王灿坐着轮椅去化疗，每次都是女儿带她去。三甲医院，上千人在排号，9岁的孩子，脖子上挂一个水壶，先把妈妈推到人少的空地，然后在大人堆里挤来挤去帮妈妈排队。王灿看着她迅速被淹没的小小背影，要赶紧擦去眼泪，不能让她回来看到眼睛红过。

母女连心，孩子也几乎不在妈妈面前掉泪，老师给王灿说，孩子课间会悄悄哭，跟最好的同学说，我怕我没有妈妈，很怕。

王灿很多的人生第一次，都发生在生病之后。一家三口第一次出门旅游，女儿都11岁了；第一次看到一夜春风吹红了花蕾，是在病房的窗前；第一次知道EXO是一个孩子们多么喜欢的歌唱组合，青春是这样的美好……

她觉得自己像是一个没有青春的人，没有香水化妆品，没有细高跟小黑裙，没看到过风吹稻浪成海连天，总是看到生命最极端的面相，总是要和深渊互相凝望。"我不希望女儿像我。"

生病以后，领导照顾她离开现场勘验岗位，她拒绝了。那台专用的值班电话有一种召唤的力量。它骤响，那就是发案了：时间、地点、死亡人数、现场情况……她会记一个清单，拟出现场工作需要做的事，23年来的习惯。她不离开，这就是跟女儿说的"做有价值的事情"。生病6年，她做了6年。

她写给丈夫的留言里，最后一句话是——如果离去，希望所有人尽快忘了我，好好去生活。

作品标题　凝视过5000具尸体，从死亡出发去理解生
参评项目　通讯
作　者　刘春燕
责任编辑　谭旭
刊播单位　重庆晚报
首发日期　2018-05-06
刊播版面　慢新闻APP

作品评价

法医题材近年来无论在新闻还是影视领域都是热点，如何在写尽的角度中写出新鲜的陌生感，这篇人物报道进行了一次有心的尝试。人是文学最大的价值，人也是人物特稿最大的价值，人和人的故事不同，通过每一具尸体，法医和法医对生死的理解不同，投射于自身的表现不同。记者很好地捕捉了发生在这个女法医职业生涯中的种种极端案例，从中去发现人在极端境遇中的极值：比如因为替她拿工具箱而被恐怖分子炸死的战友，她要拼接炸碎的遗体；比如自己怀孕的时候要给无辜被害的孕妇、婴儿做尸检；比如经历过5000具尸体，自己现在身患乳腺癌，重新对职业的审视……稿件摒弃了通常法医报道中常用的查案、离奇、侦破套路，从情感出发，回到生死本身，既有真实可信的人，也从人的眼睛里看到兽，看到人在极端境遇中的不同面相。

采编过程

稿件前后经历接近两个月，与采访对象建立信任感，对方才愿意讲述自己的故事，尤其是在新疆工作的那10多年，战友牺牲的自责与隐痛，自己身患乳腺癌的恐惧与痛苦，采访过程长，一个细节要等待很久，情绪到达一种程度，故事才会慢慢出来。现场的部分，中间等待一个月，记者跟随法医进入勘验现场，深夜到殡仪馆进行尸检，进行动物活体实验，最终获得稿件需要的细节和现场感。

社会效果

北京一家影视公司主动联系晚报购买该稿件的影视改编权，目前正在与报社谈合作，也为人物特稿采写探索提供了一种思路。

全媒体传播效果

新浪、央视新闻、腾讯、澎湃、网易、凤凰网、公安部中国警察网、公安部刑侦局、中央政法委长安网等转载，其中腾讯、今日头条等阅读量超100万。

注：本作品同时获得"2018年5月重庆日报报业集团新闻奖"。

拐走主人儿子当亲生养了 26 年　保姆赎罪

重庆晚报记者　聂莎　黄艳春　刘涛

48 岁的何小平无意中看了一档电视节目——《宝贝回家》，讲的是一位七八十岁的老母亲，一辈子都在找四五十年前丢失的孩子，满头白发了还在找。这勾起了何小平 26 年前的一件往事。

上周，何小平辗转联系到记者，她说："我一定要把这件坏事说出来，说出来，我才能赎罪。"

保姆
她在重庆解放碑附近一户人家做保姆，只做了两三天，就把主人家一岁多的男孩拐跑了

1992 年，22 岁的何小平在重庆解放碑附近一户人家做保姆，主人家有个一岁多的男孩。只做了两三天，她就把这个男孩拐跑了。

应该是五六月份，何小平记得刚栽完秧子，她从四川省南充市李渡镇五大山村（原）来到重庆，揣着一张捡来的身份证，来到储奇门人才市场。她打定主意，要用这张身份证找一个保姆的活路。

她站在储奇门人才市场等机会，等来一个男人。男人问她做不做保姆，她说做。男人问她要身份证，她就把那张捡来的身份证给了男人。她跟身份证上的人还真有几分相像，男人没有仔细辨认，也是为了省 5 元钱的登记费，便私自把她带回家。

家里有个小男孩，在地上走得歪歪撇撇，看起来一岁零四五个月的样子，何小平去抱他他也不认生。

何小平就在南充把这个拐来的男孩养大，一晃男孩 27 岁了，没人找过她。

镇命
第一个孩子死了第二个孩子又死了，她相信捡个孩子来养才镇得住命

何小平 18 岁结婚，19 岁有了第一个孩子，是个男孩，冬月里生的，40

多天之后，深更半夜死了，抱到河边挖了个坑埋了。

21 岁，何小平有了第二个孩子，也是个男孩，腊月里生的，十个多月之后，也是深更半夜，又死了。何小平回忆，当天吃了晚饭，孩子哭闹不止，哭到半夜不哭了。她想起第一个孩子也是这么死的，生怕这个也死了，慌忙抱到镇上医院，医生说已经死了。她抱着死去的孩子往家走，她不能让村里人知道她又死了个孩子——死一个死二个要遭人笑话的。她敲开村里的独身哑巴的门，给了哑巴 10 块钱，连夜到河边挖了个坑把孩子埋了。

埋了孩子第二天，她就去找丈夫。她丈夫在外打工，村里人都以为她是带着孩子去的，又死了孩子这件事就没有人知道了。那个年代，村里人都顾着吃饱饭，也没有人真的在意。

死第一个孩子的时候，村里的老人就警告何小平："你八字大，命硬，要捡个孩子回来养才养得活、镇得住命。"何小平这回信了。

死了的孩子没有销户，她把拐来的孩子当亲生的养，沿用了第二个孩子的户口、生日、姓名，叫刘金心。那个时候，何小平没有意识到她是拐走了别人的孩子，她觉得"我没了孩子，这个孩子跟我死了的孩子一般大，就像是我的"。

这个孩子似乎真的为何小平"镇住了命"，以为自己不会再有生养的何小平，在 1995 年又生了个女儿。

亲生
26 年来她把孩子当亲生的养，还在南充给他买了婚房

生下女儿之后，何小平第一次想到"把拐来的孩子还回去"，但是她很害怕，怕坐牢，男孩就一直养在何小平身边。

丈夫刘小强（化名）不喜欢这个男孩，何小平坚持"你不喜欢就算了，反正我要这个孩子"。夫妇俩常常因此吵架，刘小强常年不回家。

何小平一人带着两个孩子在李渡镇租房子、打零工，饭馆、茶馆、工厂，见活儿就干。2000 年，她攒下 2.5 万元，那时南充市一套两室一厅的房子要 5 万元，隔着一条街就是孔迩街小学。为了方便刘金心读书，她把 2.5 万元全部拿出来付了首付。她每天带着小女儿出去打工，出门之前把饭做好，挂一把钥匙在刘金心的脖子上，刘金心放了学自己回来吃饭。

2003 年，何小平和刘小强离了婚。

离婚后的何小平做了两笔"大生意"，她跟一个亲戚去黑龙江贩卫生筷回南充卖，50 元一箱买进，75 元卖出。南充市的大小饭馆都被她跑遍了，一年赚了七八万。后来生产卫生筷的厂子因不符合国家标准倒闭了，何小平回到饭馆"端盘子"。

前几年，何小平又去山西贩煤炭回南充卖，夏天一吨煤进价600元，她卖1200元，冬天一吨煤进价1000元，她还卖1200元，两年赚了十五六万。

2014年，何小平用这笔钱又在南充市买了一套房子，三室一厅，90多平方米，单价4500元，首付13万，贷款20年，写的是刘金心的名字。

除了何小平和前夫刘小强，没有人知道刘金心是拐来的，邻居只看到何小平不容易，"一个人把两个孩子拉扯大"。刘小强也承认："我没怎么管两个孩子，都是她在操心，新房子是她买给儿子结婚用的。"后来刘金心和女朋友分手了，据何小平说，是因为订婚的时候女方要6万元彩礼单，但她只拿得出2万元。

记者在里屋看到一套护肤品，何小平说是去年9月刘金心送给她的生日礼物，刘金心也在电话里证实："因为我妈一辈子不容易，舍不得吃舍不得穿，我每个月给她一两千块钱喊她喜欢什么自己买，但她都替我把钱攒下来，所以我现在就看她差什么买给她。"

何小平说这些，是要反复证明："我知道我自己做了歹事，可是我一直把儿子当亲生的养，儿子也把我当亲妈。"

寻亲
"如果他跟着亲生父母，在解放碑长大，也许会读大学、硕士、博士"

这些年，何小平无数次想过要给这个拐来的儿子找到亲生父母。"那时候我太年轻，不懂事，死了两个孩子就像得了失心疯。后来我自己有了生养，体会到当妈的心，丢了孩子心里该有好痛。"可是"一想到要伏法，我就不敢了"，哪怕三四年前，前夫刘小强跟她发生口角后，扬言要举报她，"敲诈"她13万元，她也认了，写下一张欠条。不过刘小强说："那是我一时意气，我知道那是何小平的死穴，吓唬她的，欠条过后被我撕了。"他强调："拐个孩子，是她自己的主意，我是不同意的，不过她这些年一直对孩子很好，我基本没怎么管。"

何小平去庙里求了一尊观音菩萨，把菩萨带回家摆在客厅最显眼的位置。"我把我做的歹事全部说给菩萨听，求菩萨原谅我。"接着她一个人偷偷来了一趟重庆，那是她时隔多年再次来重庆，她想找到当年那户人家，可是"一切都变了样，翻天覆地，全是高楼大厦，我找不到路"，何小平只好又回去。

直到2017年夏天，何小平无意中看到一档电视节目《宝贝回家》。"七八十岁的老母亲，一辈子都在找四五十年前丢失的孩子，满头白发了还在找。我觉得我自己不是人，作孽呀。"

何小平跟儿子、女儿坦白了，女儿哭着求她："妈妈不要去自首，我怕你要坐牢。"但何小平执意去了南充市公安局顺庆区分局打拐办自首。

2018 年 1 月 3 日，记者也去了南充市公安局顺庆区分局打拐办。警方证实：大约半年前采集了何小平、刘小强、刘金心的 DNA，可以证明的是刘金心与何小平和刘小强没有血缘关系。

刘金心不能接受。"那天我买了一瓶白酒，把自己灌醉了。"后来他离开南充，去了广州一家电子厂打工，月薪 5000 元。"我前几天又把自己喝进了医院，心里憋得难受。"但他宁愿憋着也不愿多谈，只说，"我妈对我这么好，我没想过我妈不是我妈，亲生的能找到就找，不能找到就算了。"

刘金心初中辍学，是何小平觉得最对不起他的地方。"如果他跟着亲生父母，在解放碑长大，也许会读大学、硕士、博士，一定会有出息。但他跟着我，吃了很多苦，书没读好，也没个好工作。"

刘金心的 DNA 被放入中国失踪人口档案库，可是，半年过去了，通过比对认亲没有找到他的亲生父母。

寻亲关键词：
解放碑、大院、医院、绿色大门、梦生……

何小平很着急，上周，她再次来到重庆，希望通过慢新闻-重庆晚报公开寻找刘金心的亲生父母。

线索一：解放碑

何小平说，1992 年来重庆，她先在临江门舅舅家住了一晚，是舅舅给了她那张捡来的身份证，还给她出了做保姆拐孩子的主意。但舅舅十多年前去世之后，她跟舅舅一家就失去了联系，也忘了他家的具体地址。

从舅舅家走到解放碑 2 路车总站，何小平一路打听，走到储奇门人才市场，遇见男主人，男主人带着她从储奇门人才市场出来，坐了一趟公交车，大约两三站就到了，好像又回到了解放碑。

当年的 2 路车总站，至今仍在解放碑邹容支路。1 月 4 日，记者带着何小平从邹容支路出发，走到储奇门人才市场，试图帮助她寻找记忆，但她说，"记不住了，都变了"。

而就在十几天前，储奇门人才市场也被拆掉，劳动力却没有散去，他们还在原地站着等待，几十年了他们习惯在这里寻找雇主。一直生活在附近的陈婆婆说，往前走就是凯旋路、较场口、解放碑一带，不需要坐车，几十年来也没有公交车；凯旋路倒是有公交车去七星岗、文化宫方向，原来是 9 路，现在是 109 路。她当年会不会是走到凯旋路，又坐的车？

南充警方也来重庆找过。原解放碑派出所、较场口派出所、大阳沟派出所整合为新的大阳沟派出所，但是南充警方没有在大阳沟派出所找到当年的报警记录。

线索二：成片的大院子、医院

何小平说，男主人带她回家，是一个大院子，高高的门槛，里面住了很多户人家。雇她的那户人家好像是院门正对着的那间，屋里搭了阁楼，一家三口睡在阁楼上面，女主人好像是医生或者护士，曾经说过一句"我们医院忙得很"。何小平还记得那一片好像有成片的大院子。

根据老重庆人回忆，1992年有成片大院子的，很有可能是七星岗。

记者找到七星岗街道劳动就业社会保障服务中心，见到66岁的文正光，他从1957年就住在七星岗一带，退休后返聘负责退休人员管理工作。他回忆，现在的财信渝中城，就是当年的上三八街5号，这个地址有9个大院子连成一片，从上三八街5号附1号到附9号，旁边是七星岗公社医院，如果有医生或者护士住在这里，那就对了。

文正光又发动了发小群一起寻找，大家七嘴八舌，其中有个老居民说，依稀记得附8号院，院门正对着的一户人家，女主人是护士，听说她后来去了上海，早已失去联系。但没人记得大院儿曾经有人丢过孩子。

记者找到当年管户籍的老片警杨林，他说：1992年丢了一个孩子这么大的事，除非没有报警，如果报了警我肯定知道，但我记忆里没有接到这样的案件。

线索三：绿色大门

何小平又说，她记得院子大门刷了绿色的油漆。

挨着上三八街5号院的，是工读院，当年这个院子的大门还真刷了绿色的油漆。我们找到一位老居民，54岁的蒋晓玲，她说，院子里有一户人家，也是1991年生了个儿子，年份对得上，但没听说过丢孩子的事，后来搬走了，也就没有联系，偶尔在街上遇见过一两回，也没有留电话。

线索四："梦生"

何小平说，白天男女主人出门上班，她一个人带孩子，到了下午五六点钟，会来一个老太太，给孩子喂饭，喂完饭就走，应该是孩子的外婆。她曾经听过外婆唤"梦生（音）吃饭了"，梦生应该就是孩子的乳名。

外婆带何小平认过门，外婆家跟大院子就隔着一条街，是一栋两层楼的楼房，外婆住二楼，她的那间屋子可以望到江。

文正光说，从前，与上三八街 5 号院、工读院隔着一条街，确实有一栋两层楼的红砖楼房，当年没有高楼大厦的遮挡是可以望到江的。但是有没有住着那样一位外婆，就不知道了。

坐牢未必能如她所愿
法律之外她该如何赎罪

何小平也不知道，我们寻找的路径是否正确。"如果地址是对的，那户人家丢了孩子为什么不报警？或者，地址找错了？也许我把孩子拐跑之后，那个家庭就破裂了，两口子离了婚，又各自有了家庭有了孩子，不方便出来相认了？"她有很多猜测，"我只想找到孩子的亲生父母，找到了我就去坐牢，给自己赎罪。丢了孩子的妈妈，一定一辈子都在找这个孩子，是我害了她。"

可是，南充警方说目前证据太单一，无法证明何小平当年拐骗了一个孩子。前夫、女儿、邻居都说何小平精神状态正常，刘金心认为"妈妈不可能在我的身世问题上开玩笑"，记者与何小平沟通后也判断她精神正常、逻辑清晰。

重庆百君律师事务所的黄自强律师说："我国《刑法》在 1997 年做过一次修改，1997 年以前，用的是 1979 年制定的《刑法》。根据从旧从轻的原则，1992 年的案子，应该按旧法判。"

"根据 1979 年《刑法》，拐骗，判处 5 年以下有期徒刑。"

"1979 年《刑法》还有一个关于追诉时效的规定：最高刑不满 5 年的，追诉时效是 5 年；刑期 5 年以上不满 10 年的，追诉时效是 10 年；刑期 10 年以上的，追诉时效是 15 年；无期徒刑和死刑的，追诉时效是 20 年；如果 20 年以后必须追诉的，比如社会影响非常恶劣、社会伤痛无法消除的，需由最高人民检察院核准；只有在对嫌疑人采取了强制措施以后，嫌疑人逃避侦查的，才不受追诉时效的限制。"

"但是，如果犯罪行为有连续或者继续状态的，犯罪行为从行为终了之日计算。但何时是行为终了之日，这就存在争议了。另外，拐骗儿童罪是指以欺骗、诱惑等手段使不满 14 周岁的男、女儿童脱离家庭或者监护人的行为；可是，法律没有明确规定嫌疑人把儿童拐骗之后怎么办，一方面她把孩子当亲生的养大，另一方面她对亲生父母造成的伤害无法弥补。以上只是我从法律层面的分析，最后怎么判，由司法机关做更多调查才能下结论。"

"从目前的案情来看，没有找到受害人，案子的推进会有一些重大障碍，需要进一步收集和固定证据，当事人想坐牢，恐怕未必能如她所愿。"

何小平听了不知是喜是悲，她说："那我怎么才能赎罪呢？我说给菩萨听，可不可以？"

作品标题　**拐走主人儿子当亲生养了26年　保姆赎罪**
参评项目　**系列报道**
作　　者　**聂莎　黄艳春　刘涛**
责任编辑　**严艺菲**
刊播单位　**重庆晚报**
首发日期　**2018-01-11**
刊播版面　**慢新闻APP 1月11日、1月14日、1月15日、2月9日、**
　　　　　2月14日

作品评价

作品就一篇罕见且无巧不成书的保姆拐走主人儿子的百姓故事，进行了多方位调查，以事实逐步接近真相。

写作逻辑清晰，以事实传递真相，易读耐读；传播效果得益于这种"干货"架构，遂使得传播更为深远，且悬念让用户更关注真相背后的世态人心。

写作很成功，抓住新闻在新常态下的传播规律。

采编过程

记者在宝贝回家网上，发现采访线索。听了志愿者关于拐走主人孩子保姆的转述，记者职业敏感的第一反应是，捕捉到了这是一条可遇不可求的线索。

赴四川采访，走访当事保姆及当年的相关知情人等，逐步还原事件缘由。其间，对人物的挖掘受年代久远，一些关键信息灭失或难佐证等影响，除采访四川的记者外，重庆方面的信源也必须触及。

由此，记者分兵三路，进行采访，最终形成稿件。

社会效果

传播相当广泛，在网易、腾讯等知名新闻客户端上，关注者众多。

所有关注者，对保姆现在的悔、当年的恶进行评论，更多的人则对现在孩子的命运及其亲生父母进行关注，希望采访继续抽丝剥茧，在还原事件真相的同时，看到这段离奇的人间悲情有个好结局。

全媒体传播效果

重庆晚报、慢新闻、上游新闻等传播渠道先后对作品进行报道。网易、腾讯等新闻网站连续数天置顶为头条。随着报道的持续影响，跟帖中的一些互动线索也浮出水面。由此，记者继续进行深挖，陆续推出后续报道。迄今，被拐孩子已经与亲人相认，当年保姆也完成了救赎。据不完全统计，慢新闻APP等全媒体传播渠道超过 10 家，其效果深远，引发了一段时间国内用户的强烈关注。

　　注：本作品同时获得"2018 年 1 月重庆日报报业集团新闻奖"。

"重庆脊梁"系列报道

重庆晨报记者　李晟　刘波

宁割头不割地　巴蔓子精神感染世世代代重庆人
渝中区将建巴将军公园供游客凭吊，预计明年建成并对外开放

巴蔓子精神

巴蔓子在楚王的使者面前毫无惧色，视死如归。这种刚烈正直，在强权面前永不低头的英勇之气，其实就是每一个重庆人与生俱来的性格基因。

如何学习

巴蔓子的勇、义、忠，都不是逞一时之快，而是基于一个词——"大义"，为了救百姓于水火，为了维护祖国的领土完整。

渝中区七星岗有一家利中家具店，就在这家店地下，埋葬着一位对于重庆人来说几乎家喻户晓的人物。他生活在 2000 多年前的这片土地上，却以自己的勇敢、重诺、忠诚，感染着世世代代的重庆人。

这位早已把自身精神融入这片土地的人，就是历史上最令重庆人自豪的英雄人物——巴蔓子。

到底 2000 多年前，巴蔓子书写下怎样的故事？他的精神是如何感染世世代代重庆人的？如今，我们又该如何继承这位将军留给我们的宝贵财富？

昨天，重庆晨报记者专访了三峡博物馆名誉馆长、重庆文史馆馆员王川平。"深埋地底的巴蔓子墓，就如同他的精神植根于这片大地之中一样，虽然乍一看上去并不起眼，却融入巴渝人民的血脉之中，如同脊梁，撑起这座世代被人称颂的英雄之城。"

巴蔓子用生命誓守忠诚之心

要讲巴蔓子，必须得回到 2000 多年前的春秋时期。

从春秋时期开始，巴与楚虽是长江中上游地区相邻的两个大国，而在中原各诸侯国的眼中，仍被视为蛮夷之国，所以巴与楚常常结成同盟，以维持各自的地位和利益。但巴与楚又经常发生矛盾，甚至相互打仗，在一次双方出兵伐申时，楚文王使巴军惊骇，从而导致了巴与楚关系的破裂。

战争消耗的是国力，对双方都没有什么好处，所以最明智的做法仍是以和为贵。战国时期巴与楚曾采用联姻的方式来改善两国关系。

《华阳国志·巴志》记载，"周之季世，巴国有乱，将军有蔓子请师于楚，许以三城。楚王救巴"。

王川平说，从史料上推测当时巴国可能发生了动乱，或遭到了蜀国的攻伐（当时巴国与蜀国常为争夺盐井而相互征战），巴国将军巴蔓子不得已，以割让三座城池为条件向楚国求救。因为两国王室通婚，加上获得三城的巨大诱惑，所以楚王立即派兵援助，很快就平息了巴国的动乱。

动乱平息后，楚王便要求巴蔓子兑现诺言，割让三城。

作为巴国的忠勇之臣，巴蔓子当然不会将巴国的领土拱手送给楚王，但也不愿做一个背信弃义之人。在婉拒楚国使者割让城池的要求后，巴蔓子慷慨作答："许诺，为大丈夫之言。然，巴国疆土不可分，人臣岂能私下割城。吾宁可一死，以谢食言之罪。"

留下这番话后，巴蔓子当着众人的面自刎而死。

楚国使臣没有完成接收巴国三城的任务，只得将巴将军的头颅带回国去复命。楚王听罢不禁深受感动："假使我们楚国能得到巴蔓子这样忠勇义气的将军，又何必在乎那几座城池呢！"

于是下令以上卿之礼埋葬了巴将军的头颅。巴国也为将军举行了国葬，其无头之躯埋葬在国都江州，供后人缅怀凭吊。

只有断头将军没有投降将军

千百年来，巴蔓子以头留城、忠信两全的故事在巴渝大地上广为传颂，巴蔓子的精神已经一点一滴渗透进重庆人的灵魂。

王川平说，巴蔓子将军为了保祖国的完整，为了保一方百姓的安宁，义无反顾地牺牲自己生命。在信义两难全之时，巴将军用自己的生命、自己的头颅使巴国既没有失去丝毫国土，又没有背上背信弃义的罪名。这种牺牲小我顾全大局的行为，已经融入重庆人的血与肉，成为历代重庆人所追求的一种非常重要的精神品质。

历史上，还有很多巴国英雄因为表现了这一品质，而成为重庆人民历代敬仰的英雄人物。比如高呼"我州但有断头将军，无有降将军也"的东汉名将严颜，他最终也随着刘璋的败绩，自刎而死；有戎马40多年，为明代立下赫赫战功的巴国忠州女将军秦良玉；也有全城百姓出动，齐心对抗蒙军进攻的钓鱼城军民。

而在抗战年间，整座重庆城的人们，也在战火纷飞中用自己的实际行动向全世界诠释了这座城市的忠义之情。

在得知巴黎和会上帝国主义欺压中国的恶行后，重庆市民群情激奋。学生们先后成立川东学生救国团、重庆商学联合会，还举行多次演说，反对帝国主义暴行。游行途经之处，得到重庆各个阶层市民的支持，其队伍不断壮大。

在抗战中，重庆女性也是巾帼不让须眉，为党为国英勇捐躯的重庆女性数不胜数，最为可歌可泣的应该就是江姐了，为她而写的歌曲《红梅赞》至今传唱于大江南北，提醒人们当年英烈们的勇敢无畏。

巴蔓子精神已融入重庆人血脉

巴蔓子在楚王的使者面前毫无惧色，视死如归。这种刚烈正直，在强权面前永不低头的英勇之气，其实就是每一个重庆人与生俱来的性格基因。

王川平说，在现代重庆社会中，"耿直"两个字，已成为重庆人对一个人品行是否良好的基本判定标准。不"耿直"，背叛朋友、背叛组织，这样的行为在重庆人眼中是非常严重的道德失信行为。

"这样的耿直文化，也许正是来自巴文化中，一代代像巴蔓子这样的英雄所创造的'宁可站着死，不愿跪着生'的文化。"

就像老舍先生在《陪都赞》里写的一样："救护队忠勇服务尽责任，赴汤蹈火，何惧那烈日如焚，那倭寇屡施狂暴何足论。众市民随炸随修，楼房日日新……气坏了日本鬼，就乐坏了重庆人。"重庆人勇往直前的精神在外族侵略的时候表现得淋漓尽致，敌方越是强大，就越能激起重庆人奋勇反抗的干劲。

王川平说，这种坚强不屈、奋勇拼搏、勇于牺牲、自强不息的精神甚至成了中华民族坚韧不屈精神的象征，为国际社会所赞赏。

重庆的特有职业"棒棒"，就是劳动人民凭着自己坚强不屈的品质，勇于登重庆陡峭的山路，在爬坡上坎中、在起早贪黑中，用自己的体力、汗水维持着自己作为一个劳动者的尊严。

如果说"义"对应的是重庆人口中的"耿直"的话，那么"勇"就应该对应的是重庆人口中的"雄起"。

王川平说，这个重庆独创的词之所以能流行起来，就是因为它代表了一种克服万难、勇往直前、蓬勃向上、不达目的誓不罢休的气势。

以巴蔓子将军为代表的这种勇猛、面对困难不低头不服输、鼓足干劲迎难而上的重庆精神性格，不仅是重庆人民可贵的性格特点，也是中华民族宝贵的精神财富。

王川平说，有了这样不怕苦不服输的性格，个人才可以在激烈的社会竞争中找到一席之地，中华民族才能够在激烈的国际竞争中屹立于民族之林。

那么我们究竟该如何学习巴蔓子的精神呢？

王川平说，必须基于对巴蔓子精神的正确认识，"巴蔓子的勇、义、忠，都不是逞一时之快，而是基于一个词——'大义'，为了救百姓于水火，为了维护祖国的领土完整"。

渝中区将建巴将军公园

顺着利中家具店旁边的楼梯向下，就是通往巴蔓子墓的路，如今，这里已经被暂时封闭。去年，渝中区就启动了对巴蔓子墓的维护修复工作。未来，在这里，游客们不仅能看到修缮完毕的巴蔓子墓，还可以逛一逛新建成的巴将军公园。

据渝中区文管所相关负责人介绍，巴将军公园有 4035.79 平方米，公园紧靠七星岗公交站，距解放碑中央商务区 1000 米左右。

整个公园设计以"山水重庆""人文重庆""活力重庆"为主题。未来，公园内不仅有水池供市民休憩、游玩，还有巴将军塑像和生平供游客凭吊。

巴将军公园将重点打造纪念巴将军的文化主题，体现重庆"英雄之城"。

因此，公园在设计构架上，将和巴蔓子墓以及通远门城墙遥相呼应，产生关联，整个公园场地将形成"中心一带，两侧三区"的景观构架。

其中，文化展示带以场地靠近巴将军墓的一端为开始，拟通过地下通道直达将军墓主体；以通向通远门城墙遗址公园为结束，可通过人行横道或设计中的人行天桥到达通远门城墙遗址公园。文化展示带在空间上连通了公园周边最重要的两处文化景观；在具体设计上，文化展示带以主题雕塑为始末，以景观小品为载体向游客讲述巴将军事迹。

同时，在靠近业成花园一侧，一端休闲活动区将安放部分健身器材，中间以道路和绿化带分割，另一端安静休息区以静心水池和茂密绿化为主。

此外，公园还将修建地下车库，设计有公交车位、普通车位以及机械车位，其中机械车位 252 个。

据悉，巴将军公园预计 2019 年建成并对外开放。

忠勇坚毅　包容开拓
钓鱼城精神是重庆人的主流精神

钓鱼城精神

重庆人的血性，重庆人的宁死不降，重庆人的乐观进取，重庆人克服一切困难执行正确命令……这一切的一切，都在钓鱼城的数十年坚守中，被重庆人用自己的鲜血与生命，写进了世界的历史之中。

如何学习

学习钓鱼城军民的精神，不仅是要从史书中去领悟，更重要的是把这种精神贯穿到我们的工作中去，面对工作中的困难，不能畏难退缩，而要负重坚韧地去寻找解决问题的办法。此外，人民利益为先是所有人应该永记于心的原则，为大众利益乐于牺牲，为国家发展甘于奉献，是每一个重庆人都应该从先辈身上继承的精神动力。

——重庆市文化遗产研究院副院长袁东山

在重庆合川区，有一座本该在历史上默默无闻的古城池，但它却因为700多年前的一群重庆人，从此被世界人民所熟知，那就是被誉为"上帝折鞭之处"的钓鱼城。而让这座古城池闻名全球的人，就是南宋时期的钓鱼城军民。

"重庆人的血性，重庆人的宁死不降，重庆人的乐观进取，重庆人克服一切困难执行正确命令……这一切的一切，都在钓鱼城的数十年坚守中，被重庆人用自己的鲜血与生命，写进了世界的历史之中。"带领考古队员对钓鱼城遗址进行了10多年考古发掘和深入研究的重庆市文化遗产研究院副院长袁东山说。

翻开那段历史，重庆人忠勇与坚毅、包容与开拓的精神，被集中展现在了这片古战场上。

弹丸之岛
挡住蒙古铁蹄改写世界历史

顺着蜿蜒的石梯而上，连绵不断的坚固的石墙和巍峨的城门，是这座古城池留给人们不变的印象。

这座700多年前决定蒙元帝国横扫欧亚战争走向的城垒，这座在13世纪以一城之力将中国宋王朝往后拖曳了20年的城垒，这座在宋元战争中被血与火浸泡了近半个世纪的城垒，就是钓鱼城。

袁东山说，1259年，从蒙古草原额尔古纳河畔崛起的成吉思汗的铁骑横扫欧亚大陆，直逼南宋王朝都城。蒙哥大汗亲率4万大军入蜀，欲从合川撕开一个口子，长驱直入四川，与各路军会合后直捣南宋最后的巢穴。

然而，计算战争胜负和进度的算盘声，有时仅仅是"醉里挑灯看剑"的将军用来自娱的乐曲。在欧亚战场一路披靡的蒙哥大概已经好久不知战败的滋味，所以他想：一个弹丸岛城，一群不食血腥的软塌塌的军民，有什么可怕的？

但让蒙哥和他无往不胜的军队意想不到的是，在这个弹丸之地却发生了令全世界瞠目的一件事：十年间，洪水一样浸淫了欧亚非40个国家的元蒙大军，却在钓鱼城如堤坝般被拦腰截住。

随着"一代天骄"之孙蒙哥像棕熊一样在城墙边沉重地倒下，随着"上帝之鞭"在惨白的月光中折成两半，已经围住鄂州、准备在黄鹤楼下支锅造饭的蒙古骑兵，立即打马北上；越过西亚、中东、已经能看得见金字塔尖顶的蒙古西征军，勒马止步，掉头东还……

袁东山说，如果不是钓鱼城，中国乃至世界文明史在某些章节里恐怕有所改动……

钓鱼城精神
植根重庆人的心灵深处

打开电脑里的发掘记录，时光随着袁东山的讲述，回到了760多年前的南宋末年。

1258年2月，成吉思汗的孙子蒙哥大汗下令分中路、东路、西路三路大举伐宋。西路由蒙哥亲率主力，进攻四川。计划攻占四川后，三路会师，再攻取南宋都城临安。

时任合州知州的王坚，调动治下石照、汉初、巴川、赤水、铜梁五县共17万人，增筑城防设施，加修了一条藏兵、运兵的地下秘密坑道。还把西门内的天池扩大到周围100多步，新开小池13处，凿井92眼，使钓鱼城有了充足的水源。

当时成都及川西北府州均被蒙军占领，所以蒙哥并未把钓鱼城放在眼里。袁东山说，1259年农历二月初三，蒙哥率军从鸡爪滩渡过渠江，在石子山扎营，亲自督军战于钓鱼城下。蒙古军队攻破钓鱼城南外城后，从二月初七到三月底，先后猛攻镇西门、东新门、菁华门等处，都被击退。

四月初三到二十二，接连20天大雷雨，蒙军暂时停止进攻，雷雨一停，蒙哥亲自督军攻打失去南外城屏障的护国门。护国门是钓鱼城最大的城门，两面都是悬崖峭壁，城中军民在此以栈道出入。护国门东100多米的城墙下还有一个隐秘的飞檐洞，天然的巨石夹峙，形成了"一线天"孔道，王坚组织敢死队员从暗道攀岩而下，内外夹击，大败蒙军。

天气渐渐转暖，一场大雨后，随之而来的就是酷热，蒙古人不适应南方湿热的气候，军中痢疾流行，士气低落，战斗力大降。相反，钓鱼城军民斗志昂扬，宋军将领能够在城上"张盖而坐"从容指挥。

同时，王坚"坚壁清野"的策略使蒙军陷入极大的补给困难，蒙哥急于了解城内具体情况，便命士兵在钓鱼城东门对面200米外的高地脑顶坪筑台，台上架起一座高楼，楼顶接上长杆，高过钓鱼城的城墙，上有飞车，人在里面可以窥视城内一举一动。

钓鱼城军民在蒙军筑台建楼时，就对准那里安好了炮位。7月21日，蒙哥亲自率兵来到城下，刚把飞车升起，城内多个投石机集中发射，飞箭巨石如同雨下，桅杆被打折，飞车内的士兵也被抛到百步以外摔死。蒙哥中了飞石，退回营中。

为了动摇蒙军攻城的决心，钓鱼城守将把30多斤重的两尾鲜鱼加上面饼数百张，用投石机抛到蒙古军营中，并附信一封，让蒙哥把鱼煎了和面饼吃，称城里粮食和水都很充足，再守10年，蒙军也攻不下钓鱼城。

蒙哥身负重伤，又受此羞辱，在军队撤退到金剑山温汤峡时就死了。据《元史》记载，不少随蒙哥出征的将领战死钓鱼城下，可见战斗之惨烈。

守城 36 年
智慧与乐观精神贯穿战争始终

"钓鱼城军民坚韧不拔、英勇顽强、克难攻坚、勇于担当的精神，正是我们当前全面建成小康社会，实现伟大中国梦所必需的。"

袁东山说，"忠勇坚毅、包容开拓"的精神，已植根于重庆的土壤之中，植根于重庆人的心灵深处，是重庆先进文化的重要组成部分，是重庆人的主流精神。

袁东山心目中的重庆城市精神，首先在于它的负重坚韧。独特的自然环境，艰辛的历史磨炼，赋予了这块土地负重自强、坚韧不拔的卓越品格。

巴人先祖廪君，率众筚路蓝缕，以启山林，终于崛起清江流域。南宋末年，钓鱼城以区区孤城，抵抗强敌达36年之久，击毙元酋蒙哥，成为世界战争史上一大奇迹。抗战时期，重庆作为东方反法西斯的精神堡垒，当欧洲各大城市相继陷落之际，苦撑危局，演绎出一出出悲壮故事。

日常生活中，无数普通重庆人，更是以坚韧乐观的性格挑战命运，笑对人生。如三峡纤夫，拉着岁月的纤绳，在大浪淘沙中苦苦跋涉；如"山城棒棒军"，挑着沉重的担子，在大街小巷默默奔波；如个体老板，驮着自家的产品，在烈日炙烤下殷殷忙碌。

"这些小人物身上展现的坚韧气质，正是重庆城市精神一道最鲜明的底色！"袁东山说。

重庆城市精神，其次在于它的慷慨大义。

重庆是一座有性格的城市，慷慨大义，是重庆城市精神的又一显著特征。慷慨是一种高尚的精神境界，是为正义事业勇于献身，是为大众利益乐于牺牲，是为国家发展甘于奉献。

巴蔓子为国家利益，割头谢绝楚王；巾帼英雄秦良玉为民族大义，率众征讨叛逆，70 岁仍坚持"反清复明"；30 万川军将士脚踏草鞋、身背大刀，告别父老，为抵御倭寇而洒尽热血；红岩英烈为寻求真理，"甘愿将牢底坐穿"，直至牺牲生命也在所不惜……

虽然历史时段不同，行为主体不同，但这些事迹都体现了慷慨大义、舍己为人的精神。

新闻纵深>>>
"十三五"期间，争取让钓鱼城成为世界文化遗产

早已入选中国申报世界文化遗产预备名单的钓鱼城古战场遗址，力争在"十三五"末申遗成功。"目前已向国家文物局提交世界文化遗产申报书并排在钓鱼城前边的，仅有 3 个。"昨天，市文物局相关负责人说，我市去年就已经完成了申遗要件，并在 10 个月前向国家文物局正式提交钓鱼城古战场遗址世界文化遗产申报书。这标志着钓鱼城古战场遗址申遗工作取得阶段性成果，进入实质性推进阶段。

2016 年，合川区先后完成钓鱼城遗址危岩加固工程、摩崖题刻防风化加固、安防消防等文物保护工程，对钓鱼城范家堰遗址开展了 4000 平方米的考古发掘，丰富了遗址的文化内涵。同时，还委托相关机构编制了范家堰、南一字城、水军码头、九口锅、古地道、宋代城门这 6 处重要遗址的保护展示利用方案。另外，还做了一些如《钓鱼城军事防御思想、防御体系及其典范性、独特性研究》等深度挖掘钓鱼城价值的课题研究。

工作人员说，在钓鱼城古战场遗址核心保护区内，将不做任何的"加法"，原汁原味地保护。即使在遗址保护的缓冲区，也禁止建和古战场遗址无关的建筑。

18 岁写成《革命军》　　邹容精神是我们的宝贵精神财富

一条邹容路、一座邹容纪念碑，让山城人民永远记住了百年前那个以一本《革命军》影响全中国的重庆崽儿邹容。

但你知道在显名之后，史料之外，这个土生土长的重庆人还有着怎样鲜为人知的故事吗？

近日，我们走访了邹容的曾孙邹以海，听他讲述邹容璀璨而短暂的一生。

20 岁就死于狱中的邹容，还留有后人？面对我们的疑问，邹以海说，曾祖邹容牺牲时年仅 20 岁，并未结婚生子。"我爷爷是邹容牺牲后过继到他名下的，这也是我是邹容曾孙的原因。"

而邹容留下的书信、抚恤证书和原版《革命军》，也是经由邹以海的祖辈们代代传承。

自请入狱与战友共生死

"回溯辛亥百年，曾祖邹容给我的历史影像，来自儿时的那一幕。当时，我家五口人蜗居在重庆储奇门行街民政局分配的 10 多平方米的窄居里。一天，才 7 岁的我和小伙伴玩耍，见一队人马敲锣打鼓来我家，来给我家贴'光荣之家'红条幅。当晚，祖母给我讲述了邹容的故事，并拿出邹容的老照片给我看。从此，邹容的相貌在我心中留下了影像。我为家有这样一个光荣的老祖宗兴奋了好几天。"

邹以海说，曾祖邹容胸怀天下兴亡，是人所共知的民族英豪，但他同时还是一个有血有肉的情义男儿。

1903 年，进步人士陈范在上海主编的《苏报》全文连载了邹容（18 岁）的《革命军》，这篇两万字的战斗檄文，引起了清政府的极大恐慌。于是联合上海英国租界当局，抓捕了为《革命军》作序的章太炎，当时邹容有时间可以脱身，但他没有这样做。

得知章太炎被捕，邹容只身到英租界巡捕房投案。

包裹着高高红头巾的印度狱警，一把挡住他，不相信长篇《革命军》出自眼前这位青年之手，当邹容流畅背诵并解释出大段原文后，这个印度老爷兵惊讶不已。

个性刚烈为清廷所不容

入狱后，邹容先是和章太炎关在一个牢房。问他为何不逃脱留得青山在，邹容说："你为我而坐牢，我哪有逍遥在外之理呢！生死也要和你在一起。"足见邹容的侠义。

章太炎比邹容大 18 岁，可谓忘年交，因为《苏报案》章太炎被判 3 年，邹容被判 2 年。

在狱中他们相濡以沫，以诗唱和，相互激励。

个性刚烈的邹容，在狱中常为犯人的非人待遇与狱监抗议争辩，章太炎劝慰他心平气和等待2年后的出狱。清政府深知邹容年轻而激进，出狱后必会更加反叛。由此可知，邹容的狱中结局便可想见了。

翻出自己收集的史料，邹以海说，章太炎在《邹容传》中写到曾祖邹容牺牲时的情景，"其夕，积阴不开，天寒雨湿，鸡初鸣，卒于狱中，旦日，余往抚其尸，但其目不瞑，同系者皆疑医师受贿鸩之"。

1905年4月3日这天凌晨，在旧中国"风雨如晦，鸡鸣不已"的寒冷日子里，壮志未酬年仅20岁的邹容，就这样被清廷毒杀了。

1912年2月，孙中山以临时大总统的名义签命令，追赠邹容为"大将军"。

邹容12岁时走进科考考场

邹以海说，从小聪颖言行叛逆的曾祖邹容，和他大哥邹绍阳性格迥异，思想观念大相径庭，他疾恶如仇，大哥温良敦厚。

在一次童子生的考试中，邹容和大哥同在考场应考，因为考题偏僻难懂，考生多数无从下笔，邹容便问考官，考官不但不解释，还差人要打邹容的手板，12岁的邹容大声说，要打你来打，不要叫别人来打，说罢愤然离场罢考！而大哥却热衷科考，一直为科举准备着。

邹以海说，邹容的大哥多次参加科考，最后总算考取拔贡，担任候补知县。反其道而行之的邹容，曾经宣称：衰世科名得之有何用！

在科举道路上分道扬镳，但并没有妨碍他对大哥和家人的骨肉亲情。

邹以海说，曾祖在留学日本途中，先后给父母和大哥的家书中，充分表达了对父母的思念和出国留学未能在家侍奉二老的丝丝憾意，希望哥哥能不时回家侍奉父母，以代为尽孝。

"曾祖邹容那辈共有兄弟姊妹12人，曾祖排行老二，和他大哥关系最密切，他小大哥7岁，在赴日留学途中，和大哥的家书中提到：离家时看到大哥的两个儿子（其中一个就是我的爷爷邹兴树，当时才几岁）十分可爱，很是高兴，由此可见与父母和大哥的深挚亲情。"邹以海说。

为明心志赴日留学改名邹容

"我们邹家在清道光末期，随高祖邹建德（邹容的爷爷）从湖广孝戌原籍迁居重庆。1870—1885年，邹家在邹容父亲邹子璠的悉心打理下，家道日渐殷实富裕。曾祖邹容那辈邹家一共有八个儿子、四个女儿。按照当时订下的字辈，长辈们给曾祖邹容取名邹绍陶，这是邹子璠依据《诗经·国风·王风》

中的'君子阳阳，……''君子陶陶，……'两句而来。"邹以海说，邹容这个名字，是曾祖赴日留学时，为明心志而自己改的。

邹以海说，1903 年 8 月邹容终于成行，乘船东下上海，转乘海轮到东京，实现了他多年的留日夙愿。正像当时秋瑾留学日本后，由以前的秋闺瑾自己改为秋瑾，有再造自我之意，她以前的名字反而不为人所知了。邹容一到东京，被这里如火如荼的爱国救亡气氛所感染，于是，他给自己改名叫"邹容"，隐含从此容颜改变、脱胎换骨的寓意。

邹容在日本留学期间经常参加留日集会，加入拒俄义勇队等，他的广博学识，他的爱国激情，他的演讲才华，得到了充分激活与释放。从此，"邹容"这个名字便在留日学生中广泛传扬，他的那本反帝反封建战斗檄文《革命军》，首次正式署名邹容，100 多万册的刻印本，成为清末发行量最大的反清读本，更使邹容的名字不胫而走，传扬到了广大台港澳和东南亚的华人聚集地。

邹容是个热血的重庆崽儿

从重百临江商场缓缓向解放碑行去，熙熙攘攘的邹容路满是繁华时尚的气息，看着手中书本上那张年轻的黑白面孔，很难想象就是这样一个年仅 20 岁的重庆年轻人，曾用他的笔和青春，为全中国的人们带来了一场翻天覆地的思想变革。

在邹容后人的讲述中，100 多年前的那位年轻人身上，充满着重庆人骨子里的耿直，眼见不平愤然反抗，为追逐理想不惜舍身而去……

回溯百年之前的中国大地，中国资产阶级民主革命时代，是一个群星灿烂、可歌可泣的时代，是一个需要英雄、又创造了英雄的时代。邹容就是这个时代的骄子。

在戊戌变法昙花一现、义和团运动悲壮失败，刀光剑影、长夜难明的岁月里，以邹容为代表的一代先进的重庆青年，没有悲观，更没有停止，他们同全国许多先进的中国人一起，重新探索救国救民的真理。

在时代的洪流中，邹容以炽烈的革命激情，通俗而犀利的笔触，写出了"搏龙屠虎"的《革命军》，成为中国同盟会成立以前著名的资产阶级革命宣传家，也是四川第一位资产阶级革命宣传家。他的《革命军》是我国资产阶级民主革命理论的奠基之作，不朽宏文。这颗中国民主革命战场上升腾起来的璀璨新星和他的《革命军》，震撼了当时的思想界，给祖国和故乡的革命运动带来了不可磨灭的影响。

少年邹容最爱读英雄人物传记

邹容最爱读的是英雄人物传记，他投身革命活动，都是在爱国精神和强国梦感召下的自觉行为。

邹以海说，在100多年前，邹容家境殷实，邹容的父亲经过多年打拼，积聚了万贯家财成为一方富商，但邹容并不贪恋这些，一点都没有富家子弟的纨绔作风。"邹容从小饱读诗书，生活节俭，少年时擅长书法雕刻，尤其喜欢读英雄人物传记，从中汲取精神能量，他投身于革命活动，都是在爱国精神和强国梦感召下的自觉行为。"

邹容从小好学多思，忧国忧民，但生于清朝末世，有志不能伸、有才无法展，他不忍看到民不聊生、外敌入侵、国土沦丧的境况，努力去探索救国救民的真理。

邹以海说，年仅18岁的邹容洋洋洒洒地写出了两万字的《革命军》，首次明确提出了建立"中华共和国"的理想，被时人和后代研究者认为是辛亥革命的"义师先声"。

"曾祖父身上对真理不断探寻的精神，穿越重重迷雾看清事实的真相，并为之奋斗不息的一生，是我们的宝贵精神财富。"邹以海说。

邹容精神

在戊戌变法昙花一现、义和团运动悲壮失败，刀光剑影、长夜难明的岁月里，以邹容为代表的一代先进重庆青年，没有悲观，更没有停止，他们同全国许多先进的中国人一起，重新探索救国救民的真理。

如何学习

邹容身上对真理不断探寻的精神，穿越重重迷雾看清事实的真相，并为之奋斗不息的一生，是我们的宝贵精神财富。在今天，中华民族的伟大复兴、各项事业的发展，我们都需要学习这种坚韧不拔、为了理想奋斗拼搏的精神。

红岩精神因邓颖超题词而扬名
激励3300万重庆人开拓进取

红岩村将建设红色文化主题公园，打造红色文化休闲旅游品牌

红岩村北面濒临嘉陵江，原本是一个规模颇大的私有农场。抗日战争爆

发后，周恩来、董必武、叶剑英、博古、吴玉章、王若飞、邓颖超等中共著名领导人曾在此生活、工作，并在这里写下了中国共产党历史上不可磨灭的精神之一——红岩精神。

如今，人们来到重庆，会时刻感受到"红岩精神"。漫步在重庆，众多红色旅游景点，正成为吸引大批游客纷至沓来的热点。

国共重庆谈判《双十协定》签字处桂园、八路军办事处旧址、曾家岩五十号周公馆、渣滓洞和白公馆，参加"红岩文化一日游"的游客，就可在短短一天时间之内，追寻革命前辈的足迹，回顾那段难忘的历史。

"红岩精神"是强大精神动力

什么是"红岩精神"？重庆市地方史研究会会长、西南大学教授、中国抗战大后方研究协同创新中心主任周勇说，"红岩精神"就是指在抗战时期和解放战争时期，以周恩来为代表的老一辈无产阶级革命家，在党中央领导下，团结带领国统区广大共产党人和革命志士，在争取民族独立和人民解放的斗争实践中锤炼、培育、形成的崇高革命精神，其基本内涵包括崇高思想境界、坚定理想信念、巨大人格力量和浩然革命正气四个方面。

"半个多世纪过去了，尽管我们所处的时代和面临的任务与产生'红岩精神'的时代背景不同了，但'红岩精神'仍然是团结和激励3300万重庆人心系重庆、建设重庆、振兴重庆、开拓进取的强大精神动力。"周勇说。

邓颖超题词"红岩精神，永放光芒"

"红岩精神"是如何被最终概括并得以扬名的？难道就是因为一部《红岩》小说吗？

周勇说，"红岩精神"之所以能够被很多人熟知，其实是源于1985年邓颖超的重庆行。

1985年10月14日，红岩村迎来了大家十分尊敬和爱戴的邓颖超。在红岩村礼堂，她留下了珍贵的题词："红岩精神，永放光芒。"

因为邓颖超同志的题词，"红岩精神"声名远播。

"邓颖超此时所提的'红岩精神'，实际上是指周恩来等南方局领导人带领广大共产党员和革命志士，把共产主义理想信念同中华民族传统美德和民族气节结合起来，在斗争实践中培育形成的崇高思想境界、坚定理想信念、巨大人格力量和浩然革命正气，涵盖了南方局在重庆工作期间形成的人格、风范和川东地下党的英烈们的斗争精神。"

周勇说，从邓颖超重返山城的行程安排中，就可以看出这一点。在重庆的几天时间里，除了故地重游，邓颖超还会见了当年一起工作过的老同志，其中既有周恩来的警卫副官廖其康、孩子剧团团员张莺、红岩招待所所长杨继干、新华日报记者鲁明，还有当年川东地下党的刘隆华、甘露、林蒙、贾唯英、王宇光等同志。

她当面赞扬刘隆华说："你很能干，听说你工作做得很好。"这位胸襟宽广、经验丰富、目光深邃的老革命家，对历史上为党做出过贡献的老同志、老战友，是十分亲切、不分彼此的。

同时，邓颖超还深情地回忆起董老"为六毛钱作检讨"的事，直率地表示了对当时党风问题的忧虑。"那时为了六毛钱董老都作检讨，而现在有的人浪费国家财产几百万、几千万都不心疼哟！"

1978年党的十一届三中全会后，邓颖超担任过四年中纪委第二书记，对十年浩劫给党的优良传统和作风造成的破坏十分了解。因此，在缅怀红岩的优良传统时，她也敏锐地看到了中国共产党在新时期所面临的严峻考验。

董必武为六毛钱作检讨

周勇介绍，董必武为了六毛钱作检讨的事，是当年红岩招待所所长杨继干回忆中最深刻的事情之一。

杨继干曾说，当时红岩村工作人员的伙食费是一个月三块法币，毛主席来重庆，看大家成天吃空心菜、胡豆，说伙食比延安还差，伙食费这才增加到五块六。

杨继干看周恩来工作太辛苦，每天睡觉很少，就早晨给他加了两个鸡蛋。

周恩来问有病的同志吃什么？杨继干说，每天半磅牛奶、两个鸡蛋、一个月四斤肉。眼见周恩来还不答应加伙食，杨继干说道："你不要管，伙食由我安排。"

没想到，周恩来火了，生气地说："你不让我管你，我让你回去当老百姓。"杨继干还回忆道，当时每个月的开支账目都由董老核查。有一次，有六毛钱平不了账，董老在大会上作了检查，还给党中央写了检讨。

周勇说，董必武是驻重庆时间最长的南方局领导人之一，他一生清廉，立党为公，严于律己，虽然长期担任党的重要领导职务，但从不自视特殊，甘愿当人民的"配角"和"老牛"。

抗战时期，董必武在重庆负责党的统战工作，长期以朴素简单的穿着与国民党上层人士打交道，他说："我们共产党人，是要革命，不是要讲阔气，同国民党比，要比革命，比谁是真正为亿万中国人民谋利益，比谁能得到中国劳苦大众的拥护。我们每花一分钱，都要想到解放区人民的艰苦生活，想到敌占区人民逃荒要饭的惨景。"

在管理伙食开支方面，董必武对身边的工作人员说："我们党的经费来得不容易，每分每厘都是同志们用血汗甚至生命换来的，我们只有精打细算的责任，没有浪费铺张的权力。"作为管理南方局经费的负责人，董必武总是提倡勤俭节约，做到物尽其用，财尽其力。为了节省开支，他要求自己的伙食标准比规定的低；发给的衣物、用品，只要还能凑合就继续用。

新中国成立后，董必武仍旧保持这一作风，并题写了"民生在勤，勤则不匮""性习于俭，俭以养廉"作为自己的座右铭。他无论走到哪里，都把艰苦朴素、克己奉公的作风带到哪里。

正是老一辈无产阶级革命家的这种率先垂范，无形地影响、教育着红岩村其他同志，进而使艰苦奋斗的优良作风成为红岩村每一位同志的自觉行为，也是他们终身遵守的人生准则。

"红岩精神"独具魅力

"中国共产党在波澜壮阔的历史进程中孕育过一系列伟大的革命精神，例如井冈山精神、长征精神、延安精神、西柏坡精神、红岩精神。其中，红岩精神是在革命战争年代，由中国共产党人在国民党统治区培育形成的革命精神，独具魅力。"周勇说。

新时代学习红岩精神有何重要意义，我们又该怎样弘扬红岩精神？周勇认为，红岩精神蕴涵着党的思想、组织、作风建设等方面的丰富经验，是与时俱进的精神财富，红岩精神为中国共产党执掌政权并长期执政提供了历史镜鉴。

"红岩精神为中国共产党应对国内外挑战提供了政治智慧。"周勇说，在新的历史条件下，当今的共产党人要学习以周恩来为代表的南方局共产党人"相忍为国""同仇敌忾""合而不同""斗而不破"的领导艺术，求取国内各社会阶层利益诉求的最大公约数。

"红岩精神更为今天共产党人坚守政治品格，经受市场经济考验提供了成功典范。"周勇说，共产党人在交友时，一定要交"良朋益友"，做到君子之交淡如水，为政之道清似茶。既要相敬如宾，又要划出公私分明的界限；心中要有敬畏，才能守得住底线。因此，红岩精神也是我们今天重塑风清气正的政治生态的强大精神力量。

红岩精神

在抗战时期和解放战争时期，以周恩来为代表的老一辈无产阶级革命家，在党中央领导下，团结带领国统区广大共产党人和革命志士，在争取民族独立和人民解放的斗争实践中锤炼、培育、形成的崇高革命精神，其基本内涵包括崇高思想境界、坚定理想信念、巨大人格力量和浩然革命正气四个方面。

如何学习

现在，红岩精神为共产党人坚守政治品格、经受市场经济考验提供了成功典范。当今的共产党人在交友时，一定要交"良朋益友"，做到君子之交淡如水，为政之道清似茶。既要相敬如宾，又要划出公私分明的界限；心中要有敬畏，才能守得住底线。因此，红岩精神也是我们今天重塑风清气正的政治生态的强大精神力量。

——重庆市地方史研究会会长、西南大学教授、
中国抗战大后方研究协同创新中心主任周勇

相关新闻>>>
红岩联线推出的智慧笔记本成畅销品

红岩联线相关负责人近日介绍，红岩村未来的提档升级正考虑加入一些体验式项目，比如"红岩简餐"，吃的就是当年老一辈无产阶级革命家常吃的简单餐食，很有教育意义。

最近，红岩联线推出的智慧笔记本成了畅销品，它可以帮助大家把红岩文化带回家。

在这款笔记本中，游客可以通过扫描二维码、结合语音导览了解红岩故事。笔记本设计人性化，使用起来也很便捷。

根据红岩联线管理中心"十三五"规划，红岩村将建设红色文化主题公园，打造红色文化休闲旅游品牌。

具体而言，将推进红岩文化与旅游、教育、科技的深度融合发展，全力建设行业领先的国家一级博物馆，创建国家AAAAA级旅游景区，打造世界知名、全国一流的教育基地和红色旅游目的地，全面提升红岩文化产业市场竞争力；有序实施红岩革命纪念馆、红岩魂陈列馆两大基本陈列和7个革命旧址复原陈列展览升级，每年紧扣时代主题举办5个以上专题展览。

明大德、守公德、严私德，"狱中八条"早有警示
"狱中八条"提醒领导干部不论任何时候，都要不忘初心和使命

这是一份用烈士鲜血和生命总结出的"最后嘱托"，这充满血泪的字里行间，有悲愤，有忧虑，有思考，有希望，却没有一点颓伤和灰心，充分表现

了这群共产党人的大无畏精神和高瞻远瞩的眼光。这是他们在走向刑场前，向党组织表述的赤胆忠心和殷切希望。

它是《重庆党组织破坏经过和狱中情形的报告》中最后一章的内容，也是最重要的一部分内容，它就是如今我们所熟知的"狱中八条"。

那么，"狱中八条"是如何诞生的？它的背后有着怎样的故事？对如何明大德、守公德、严私德又有何警示作用？

昨天，市委党史研究室主任徐塞声为我们逐一解读了"狱中八条"。"'狱中八条'的每一个字，其实都是烈士们在反复问我们：到底每一位共产党员的初心是什么，使命是什么，它时刻提醒着每一位领导干部，不论在任何时候都要不忘初心和使命。"

诞生
罗广斌根据烈士最后嘱托　整理形成"狱中八条"

说起"狱中八条"的诞生经过，徐塞声说，这离不开一个广为大家所熟知的人物——罗广斌。

1948年9月，共产党员罗广斌因叛徒出卖被捕，随后被关进渣滓洞监狱二楼七室。七室是隔离室，专关态度"顽固"、不守监规的犯人，管理更加严格，平时不准放风。

七室里有一位罗广斌认识的囚犯张国维（1939年加入中国共产党，被捕前任重庆沙磁区学运特支委员），直接领导过罗广斌的工作，互相很熟悉。趁特务看守不注意，两人悄悄交谈。张国维十分冷静地分析罗广斌的情况。罗广斌的哥哥是国民党高级将领，基于此，张国维估计罗广斌最有可能活着出去，他叮嘱罗广斌要注意搜集情况，征求意见，总结经验，有朝一日向党报告。

1949年2月，罗广斌被转押到白公馆。在这里，他与同室难友刘国锧（他的入党介绍人，被捕前任沙磁区学运特支书记）、王朴（被捕前任重庆北区工委委员）、陈然（被捕前任《挺进报》特支委员）等进一步结成生死患难之交，进行过多次深入的讨论。

就在"11·27"大屠杀那天子夜，当渣滓洞的屠杀火焰还在燃烧之际，在白公馆的罗广斌带领尚未被杀的十多位难友，趁敌人疏于看守之际，冒死突围，冲出牢笼，蛰伏乡间，三天之后迎来重庆解放。

1949年11月30日，重庆解放。12月1日成立"脱险同志联络处"，接待从各个监狱脱险的和其他遭受迫害的同志。罗广斌参加了筹备杨虎城将军和"11·27"殉难烈士追悼会的工作。为了执行难友们的嘱托，他每天夜晚趴在地铺上奋笔疾书，追记和整理同志们在狱中的讨论和总结。到12月25日，即大屠杀后的第28天，重庆解放后的第25天，罗广斌的这份名为《重庆党组织破坏经过和狱中情形的报告》（以下简称《报告》）写成，上报给中共重庆市委。

这份报告分为 7 个部分，现在只存第一、二、三、七 4 个部分和第四部分的大部，报告比较充分地反映了当时地下斗争、监狱斗争的艰难历程，以及《挺进报》事件引发的大破坏带来的惨痛教训和烈士们的崇高精神风貌。其中，第七部分"狱中意见"，共有八条，3000 多字，是《报告》的核心部分。

"狱中八条"，是从第七部分"狱中意见"中提炼而成的。

1989 年，市委党史研究室原副主任、研究员胡康民，根据川东地下党老同志萧泽宽等人提供的线索，在重庆档案馆找到了这份报告，并立即加以整理和挖掘，将其中的"狱中意见"归纳成了"狱中八条"，并在当年《红岩春秋》杂志"渣滓洞、白公馆烈士殉难 40 周年纪念特刊"中首次披露。

具体要求
第一条就要求领导干部"明大德"

徐塞声说："'狱中八条'中的第一条'防止领导成员腐化'，就是要求领导干部要'明大德'，坚定理想信念。这是狱中同志们痛切感受到的最根本、最重要的教训。"

1948 年由《挺进报》改变发行方式带来的重庆地下党组织大破坏，主要是由于几个主要领导干部相继叛变，才造成一度难以遏止的破坏势头。叛徒人数很少，只占被捕人数的 5%，但是影响极坏，破坏性极大。

"狱中意见"着重揭露了几个叛徒的内心世界和蜕变规律，久远地警示革命后来人。

比如，叛变前，冉益智是中共重庆市委副书记。1948 年 4 月 16 日，冉益智在北碚被捕，经不住特务的突击刑讯，供出北碚学运特支书记胡有犹，随后又供出已被捕但还未被敌特查明身份的市委书记刘国定。因为还有所保留，冉益智被关进了白公馆。

在白公馆，冉益智的精神完全崩溃，更谈不上有共产党坚定的理想信念。过去受他教育、对他崇拜的下级反过来帮助他，劝他悬崖勒马，就此稳住，不能再往下滑，但是他根本不听。他白天有时唉声叹气，晚上夜不成寐，起来写"遗嘱"。最后，他终于在讲了一通"理由"之后，主动要求出牢，参加特务组织。

提醒领导干部要"守公德""严私德"

徐塞声说，"狱中八条"第六条"重视党员特别是领导干部的经济、恋爱和生活作风问题"，提醒领导干部要"守公德""严私德"。就是要求领导干部要把党和人民的利益放在第一位，严格约束自己的操守和行为。

"狱中意见"指出："从所有叛徒、烈士中加以比较，经济、恋爱、私生活问题，这三个个人问题是否处理得好，往往决定他们的工作态度和对革命是否忠贞。"

重庆地下党组织大破坏的元凶祸首刘国定，在巴县农业学校读书时，参加"一二·九"爱国学生运动，成为重庆秘密学联的主要领导人之一。1938年入党后，刘国定先后担任巴县县委书记、巴县中心县委宣传部部长、重庆市委副书记、川东特别区临工委委员、重庆市工委书记。

刘国定工于心计，城府甚深，察言观色，能言善辩，在抗日救亡运动中锋头颇健，在建立和发展党的组织工作中也发挥过积极作用，受到同志们的好评和领导的器重。但是，刘国定骨子里是个人至上主义者。到形势相对平静，他在社会上站住了脚，在党内取得了一定的地位时，便开始私欲膨胀。

据狱中同志揭发，刘国定平时收入有限但却追求享受。他想轧姘头养情妇做生意，向川东临委管经济的干部何忠发（后为烈士）借钱。何忠发说："组织上有钱不能借，私人没有钱可借。"

刘国定对此怀恨在心，向川东临委书记王璞诬陷何忠发有经济问题。王璞经过调查了解，才发现是刘国定的问题。后来，何忠发就是因为刘国定出卖而被捕的。

现实意义
它着眼教育预防在先

徐塞声说，通过字字血泪的"狱中八条"，我们可以知道，当年烈士们已经清醒地看到，作为地下党的领导干部，只要生活腐化，搞个人迷信，哪怕只是在经济、恋爱和生活作风上有问题，也可能在严峻的斗争面前，经受不起考验，终将成为革命的叛徒。

所以，他们建议加强党内教育，特别是革命气节道德教育，注重实际锻炼，严格组织纪律，实行整党整风。

徐塞声说，中国特色社会主义进入新时代，我们党面临的执政考验、改革开放考验、市场经济考验、外部环境考验是长期的和复杂的，面临的精神懈怠危险、能力不足危险、脱离群众危险、消极腐败危险是尖锐的、严峻的。一些人以权谋私，贪赃枉法，腐化堕落，党性原则和纪律法规被践踏，干部队伍被腐蚀，这些问题严重败坏了党风政风，严重损毁了党和政府在群众心目中的形象。

"狱中八条"是几百名烈士用鲜血和泪水凝铸出来的，朴实无华、明白简洁。它揭示了当时党内生活和领导干部中的一些突出问题，至今仍有较强的现实意义。

"狱中八条"的"防止领导成员腐化""加强党内教育和实际斗争的锻炼""严格进行整党整风运动"等，都是坚持着眼教育，预防在先。

徐塞声认为，"狱中八条"警示我们要加强理想信念教育，首先拧紧党员干部理想信念的这个"总开关"。理想信念动摇是最危险的动摇，理想信念滑坡是最危险的滑坡。教育引导党员干部特别是领导干部筑牢信仰之基，补足精神之钙，不忘初心。要把守纪律讲规矩摆在更加重要的位置，进一步强化纪律规矩意识，知敬畏、存戒惧、守底线。把严守政治纪律和政治规矩放在首位，坚定执行党的政治路线，在政治立场、政治方向、政治原则、政治道路上同党中央保持高度一致。

"狱中八条"

一、防止领导成员腐化；
二、加强党内教育和实际斗争的锻炼；
三、不要理想主义，对上级也不要迷信；
四、注意路线问题，不要从"右"跳到"左"；
五、切勿轻视敌人；
六、重视党员特别是领导干部的经济、恋爱和生活作风问题；
七、严格进行整党整风；
八、惩办叛徒、特务。

"狱中八条"现实意义

建议加强党内教育，特别是理念信念教育和党的纪律教育，不忘初心，重实际锻炼，严格组织纪律，加强党风廉政建设，营造风清气正的政治生态。

陈然烈士说，"矿砂经过提炼，才能生出金子"。

领导狱中斗争的许晓轩烈士的"唯一意见"是，"特别注意党员的审查教育，防止腐化，绝不容许非党思想在党内蔓延"。

如何学习

"狱中八条"产生于重庆，是革命烈士用鲜血和生命换来的经验与教训，既是一份宝贵的党史资料，也是一份厚重的党性教材。

明大德、守公德、严私德的各种要求，都可以从中找到。

作品标题　"重庆脊梁"系列报道

参评项目　系列报道

作　　者　李晟　刘波

责任编辑　黎伟　姚莉　王文渊

刊播单位　重庆晨报

首发日期　2018-03-29

刊播版面　2018-03-29 第 4 版、2018-03-30 第 4 版、2018-04-02 第 3 版、2018-04-08 第 3 版、2018-04-11 第 4 版

作品评价

　　独家策划。围绕总书记要求我们学什么展开，深度挖掘了包括巴蔓子、钓鱼城、邹容、红岩精神、"狱中八条"等在内的重庆独有的精神脊梁，把老故事讲出了新意。

采编过程

　　如何把老故事讲出新意，记者采访了我市众多的文史专家，从这些人们耳熟能详的故事中讲出了我们在现在的工作、生活中该如何学习。记者完成了高难度的稿件采访，并把稿件写得让读者喜闻乐见。

社会效果

　　稿件可读性强，受到了读者的高度关注，并被网易、新浪等多个全国知名客户端转载。

　　注：本作品同时获得"2018 年 4 月重庆日报报业集团新闻奖"。

"重庆都市民宿调查" 系列报道

市场太火 朝天门一小区就有 300 多家民宿

重庆商报记者 刘晓娜 李舒 张瀚祥

编者按 随着重庆都市旅游的快速发展，越来越多的都市民宿涌现。据有关机构统计，2018 年上半年，重庆民宿收入排名全国第七，是去年同期收入的 3.7 倍，订单量是去年同期的 3.5 倍。

在民宿的"自由生长"中，越来越多的都市民宿经营者、住宿旅客与小区业主、物业公司产生矛盾和冲突，有关部门、单位也试图在现有的法律框架下推动这一新兴业态的规范化、健康化发展。在倡导共享经济发展的当下，如何壮大民宿发展规模、规范民宿发展市场、破解民宿发展困局，重庆都市民宿发展又面临哪些"危"与"机"？记者对此进行了深入调查。

7 月 20 日，来自武汉的大学生李彦（化名）在江北机场下飞机后，打开手机的第一件事，是在"爱彼迎"民宿平台上发了条信息。

按照民宿主人给的路线，她乘坐轨道在小什字站下车，一路导航来到朝天门的某居民小区顺利入住了提前预订的民宿房间。

最近一年来，像李彦这样的自由行游客来到重庆后，越来越多地选择民宿作为落脚地，催生了这一新兴住宿业态在重庆迅速发展。尤其在渝中区，朝天门、洪崖洞、解放碑一带几乎已成了民宿的聚集地。某些网红景点周边的居民小区迅速被民宿"占据"，甚至一个小区就有 300 多个民宿正在经营。

游客的选择
80 后、90 后成"寄宿"主力

上周五，来自长沙的 90 后游客万莘拉着行李箱从解放碑坐轻轨到了工贸站，又换乘公交车来到了南滨路的某个居民小区，凭借密码入住了一家民宿。

这是一套四室两厅的江景房，万莘预订的是其中最小的一间卧室，单晚房价80元。房间很小，只能容下一张1米的小床和一个小衣柜。万莘觉得很满意，立即在"爱彼迎"平台上给房东发了信息："你家太漂亮了，是我来重庆住得最好的房间。"

在网上预订之前，万莘看了其他客人对这家民宿的评价，总共180多条评价，95%以上都是好评，因此房东也是平台上的"超赞房东"。既往客人对房东的评价会直接影响其他客人是否预订。以万莘为例，她就是被评价中的"可以看着江景吃早餐"所吸引。

万莘告诉记者，此次她来重庆都是住的民宿，并且每天换一个地方，前三晚分别住在洪崖洞、解放碑，最后一晚住在南滨路。

"对于我来说，住民宿也是旅行体验中很重要的一部分。"万莘说，与冷冰冰的酒店旅馆相比，民宿更有温度，可以感受家一样的温暖，尤其是能与本地居民深入交流，感受当地的社区文化。刚工作三年的她，每年都会到世界各地旅行，每到一处几乎都是住民宿。

记者调查发现，在民宿的客群中，80后、90后白领和大学生是主力。

旅游的红利
闲置房变民宿月入过万元

从表面上看，很多"超赞房东"不以民宿维生，仅仅是作为一种生活方式。他们通过网络平台将自己闲置的房屋提供给游客，赚取一定的租金。这也与"民宿"这种共享住宿形态的起源初衷是一致的。

聂娜便是"爱彼迎"平台上的一名兼职房东，她把南滨路上一套闲置的江景房简单装饰后，就在平台上注册出售。由于照片效果好，去年9月挂出来之后很快就接到了订单，"开业"不久就赶上"十一"黄金周，短短一个星期的销售额就达4000多元。聂娜平时要上班，接待客人、房间清洁都是退休的父母在帮忙做，她主要负责在网上与客人沟通。由于房间装修好、江景视野佳、包早餐等吸引力，每个月的订单额都在1万元左右。

在洪崖洞、解放碑、朝天门等热点区域，这个平台上已经出现了专业运营民宿的房东，他们的头像不是自己的照片，而是民宿的品牌Logo。他们往往拥有多套房源，并且每套房源风格不一，在设计上组成系列。这当中，有着不少创客的身影。

在朝天门海客瀛洲小区，由于地理位置好，落地窗设计，又是53楼的超高建筑，让这里成为城市民宿的聚居地。一年多前，小区内开民宿的还不多，但随着重庆都市旅游走红，现在整个小区有超过300家民宿，正在装修的还有30多家，每天小区内游客的数量远远多于原有住户。

创客的经验
想要脱颖而出品质很关键

在观音桥商圈旁的煌华晶萃城，刘颖和她的小伙伴的民宿就坐落于此。"我们进入民宿市场还算比较早的，当时重庆旅游还没有如此火爆，民宿市场也只是分担酒店宾馆承载不下的客人。"刘颖说，2016年年中，正在做餐饮生意的她，和两个大学同学一拍即合准备开民宿，选址定了之后就开始找房源。

谈及创业之初的经历，刘颖用"举步维艰"形容。首先是选房源，用尽了各种方式查找房源信息，从押金、租期、租金等方面与房东讨价还价；其次是装修，小本生意经费有限，想买好的家具和装饰品让房间看起来有品质，然而一分钱一分货。"当时大热天，我们几个顶着太阳跑遍了主城区各大家具市场淘货，淘宝待收货常常显示着近百个快递的信息。"刘颖说，为了节约经费，外出淘货都是公交出行，为了早点拿到想要的货，时常深夜里几个人还在淘宝。

"总投入20多万元，经历近1个月准备，7间风格不同的民宿终于上线了。"刘颖说，当时做梦都在想着如何接待客人，如何让客人住得满意，给个5星好评。"除了应有的干净卫生、热情服务，我们还提供饮用水、水果等服务。"

经过两年多的发展，刘颖的民宿逐渐壮大，在"去哪儿"平台上，获得了金牌酒店的称号，好评率高达4.7分（满分5分），不少客人给出了好评肯定。

面对竞争越来越激烈的民宿市场，刘颖很坦然。"每个人都想从中分食一块蛋糕，想要从中脱颖而出，品质很关键。用最贴心的服务换取客人的舒心体验。"

重庆市旅店业协会会长梅凤林告诉记者，在民宿的经营中，80后、90后的从业率很高，出现了不少民宿创客，政府也在大力扶持和规范。

链接>>>
重庆民宿市场排名全国第七

今年7月8日，重庆日报、携程集团联合发布了《2018年重庆上半年旅游大数据报告》（以下简称《报告》）。数据显示，2018年上半年，重庆接待境内外游客超过2.6亿人次，实现旅游总收入超过1900亿元，游客接待量、旅游总收入均呈两位数增长，增幅排名全国前列，民宿收入全国排名第七。

《报告》对来渝游客进行了"画像"。今年上半年，在携程平台上预订重庆旅游产品的用户，从年龄结构上看，90后来渝游客占比20%，人数最多；其次是80后、60后、50后，各自占比19%；再次为70后（占比16%）、00后（占比7%）。这组数据表明，80后、90后年轻群体占比达39%，成为重庆旅游的绝对主力。"爱自由"是年轻群体的标签，今年上半年，重庆自由行游客同比增幅达45%。同时，"够洒脱""重体验""舍得花"等均为年轻群体的特征。

近年来，民宿成为旅游经济新风口，旅游业越发达的地区民宿产业越火。《报告》提取了途家全平台数据。数据显示，今年上半年，重庆民宿收入排名全国第七，是去年同期收入的3.7倍，订单量是去年同期的3.5倍。其中，重庆民宿的平均价格为320元/夜，高端民宿价格超过1500元/夜。购买民宿产品的用户来渝平均消费水平3500元（客单价）。解放碑、观音桥、五里店、三峡广场、南坪商圈等地的民宿产品销售最为火爆。

声音>>>
我市民宿区域发展不均衡

重庆市旅店业协会会长梅凤林告诉记者，今年上半年全市餐饮住宿业的增长率达到了13.7%，是一个很可喜的数据。

梅凤林说，根据协会的不完全统计，全市的各种住宿业态在1万家以上，其中主城有8000多家。不过，在这当中，具备正规许可资质的酒店、旅馆等传统业态只有约6000家。也就是说，剩余的经营者几乎是通过网络平台经营的民宿、家庭旅馆等。

梅凤林表示，重庆的床位是比较充足的，之所以出现节假日"一房难求"，其实也反映出各区域住宿业发展的不均衡。游客往往选择距离景点较近、交通方便的核心区域，而大渡口、九龙坡等地，价格便宜却有很多空房。因此，民宿也普遍聚集在网红景点和沿江一带，尤其以渝中区、江北区居多。

民宿特色鲜明、氛围有亲和力，拓展了旅游住宿产品供给的覆盖面，为消费者提供了更多选择。但在民宿火爆的同时，除了区位优势明显、平均出租率超过90%的民宿盈利之外，不少民宿处于淡旺季明显、经营压力巨大、投资回报遥遥无期的状况。梅凤林认为："造成这一现象的，就是因为民宿主人缺乏深入的市场论证，凭热情、靠感觉、一哄而上地发展民宿，背离了市场规律。"

担心扰民　业主反对小区开民宿

重庆商报记者　张瀚祥　李舒　刘晓娜

白天在阳台看长江观南山，夜晚临窗看南滨路灯火璀璨。这样的旅游生活是不是很有诗意？但最近一年，随着大量游客涌入民宿，让朝天门长江边海客瀛洲的住户们苦不堪言，生活不仅不再"诗意"，还变得很"糟心"。同样的问题，在渝中区、江北区的一些小区也存在。

民宿产生之初，本意是将城市居民的闲置房源拿出来与游客共享。因此，很多民宿都是在成熟社区"生长"起来的。随着重庆都市旅游迅速发展，游客越来越多，游客与居民、民宿主与邻居之间的矛盾也越演越烈。

现象 1
游客数超过业主数
扰民、漏水让业主苦不堪言

7 月 19 日，记者来到位于渝中区朝天门旁的海客瀛洲，在没有保安登记身份的情况下自由走进了小区。记者在小区内碰到了 4 位从山东来重庆旅游的游客，跟随他们，到达了 B 幢 48 楼 9 号房。4 位游客告诉记者，他们通过"途家网"预订了这套民宿江景房，共 7 个房间，住了全家十多人。"7 间房总共不到 1600 元，平均一间 200 元多一点，比酒店舒服多了，而且更划算。"该游客说。

记者在房内看到，这家城市民宿取名为"浮生七舍"，是一套大户型的跃层，楼上楼下分隔成了 7 个房间，并配备了 7 个卫生间。站在客厅外宽阔的观景阳台上，可以看到长江、南滨路、南山和东水门长江大桥等重庆特色景观。

同住 B 幢的业主何先生说，海客瀛洲地理位置好，是重庆少有的落地窗设计，又是 53 楼的超高建筑，让这里成为城市民宿的聚居地。一年多前，小区内开民宿的还不多，但随着重庆都市旅游走红，现在整个小区有超过 300 家民宿，每天小区内游客的数量远远多于原有住户。

C 幢的业主赵女士给记者展示了一张前段时间刚拍的民宿装修现场的照片。照片显示，客厅内的一堵墙被拆掉，主体承重结构的飘窗被拆后裸露出钢筋。在几位业主陪同下，记者来到 C 幢 17 楼 12 号房间，但敲门后无人应答。"之前开民宿的老板和我们业主闹得很凶，现在他们都学'聪明'了，陌生人敲门根本不会开门。"赵女士说。

记者在 B 幢 22 楼 8 号房间看到，原本是两套房子，中间已被打通，变成了一个有 300 多平方米的大房间，过道两旁均是小房间，门上标有房间号，俨然是宾馆的模样。

A 幢的业主王女士说，民宿装修随意改动内部结构，事实上已对部分业主的居住质量造成了影响。前不久，她家的天花板出现多处漏水，原因就是楼上的民宿将室内改造成了 5 个房间，并配套了 5 个厕所，防水没做好所致。

不仅民宿装修改造房屋影响了业主，大量游客的涌入也对海客瀛洲的业主造成了影响，业主和游客发生口角、打架事件经常发生。A 幢的业主李先生说，他家隔壁就是一家民宿，上个月，民宿的游客将很多装着剩饭的垃圾袋放在门口，油污弄了一地。早上送孩子去幼儿园的李先生非常生气，便敲对方的门理论。没想到，屋内 4 个健硕的游客冲出来殴打李先生。随后李先生向派出所报警。最后，民宿老板向李先生赔偿了医药费，才了结此事。

不仅如此，由于每天有上千游客进入小区住宿，电梯超负荷运转，让业主和游客的出行都受到了影响。据了解，海客瀛洲共有三幢楼，均是 53 层，每幢楼配备了 6 部电梯，但如今每幢楼房能够使用的电梯仅有 3 部。"从年初就开始修电梯，直到现在都没修好，早晚高峰期要等 20 ~ 30 分钟才能坐上电梯，老人和小孩根本挤不赢游客，所以业主经常为坐电梯和游客吵架。"何先生说。

对此，负责海客瀛洲物业工作的众联山物管公司工作人员告诉记者，小区业主和民宿老板、游客发生纠纷已有很长一段时间了，虽然他们对民宿下过整改通知，也联系过街道相关部门，但物管没有执法权，无法对其进行处理。

记者联系上一位在海客瀛洲经营民宿的老板"云里"（昵称），当记者问到是否担心在居民小区内开民宿有违规风险时，她表示，自己只是把一套房子改造成了共享住宿，并没有像那些商业性质的民宿开一二十家，应该不算是违规。

现象 2
民宿入驻居民楼被区别对待
物管费电费均翻倍

在渝中区北区路文华大厦，位于重医附二院旁的这个老小区由于距离解放碑、洪崖洞仅 10 分钟左右的路程，也成为民宿的聚集地。

今年初才投身民宿业的张淑芳两个月前就到此来找房源。"解放碑和洪崖洞都火起来了，我们也想来淘一笔金。"张淑芳说，她和丈夫长期在外地打工，听朋友们说开民宿好挣钱，于是收了工钱就回到重庆打算好好干一场。

他们在解放碑周围找房源找了一个多星期，但始终没找到满意的房子。"不是太贵了，就是小区太老，房子旧得没法改造。"最终，经过私人中介介绍，张淑芳在解放碑文华大厦找到了一套三室一厅。

本来想以这套房子起家，逐渐拓宽自己的民宿生意，然而才刚刚起步，张淑芳的致富梦就受到冲击。"小区物管知道我们是开民宿的，就开始对我们提出种种苛刻要求。"张淑芳说，小区物业正常收取物管费是每平方米1元，而针对开民宿的收费则是每平方米3元；居民住宅用电重庆统一电价是每度0.54元，该小区电费由物业代收则涨成每度1元。

记者暗访文华大厦小区物管中心，张淑芳的这一说法得到证实。"最初小区是不同意民宿进入的，最后物管公司决定，可以让民宿进入，但为了加强管理，决定提高民宿的物管费用和电费。"小区物业管理人员说，现在楼栋里有3家开民宿的，都是在打"擦边球"，相关部门也没来查。

张淑芳还告诉记者，得知她是来开民宿，还有私人中介找她收"保护费"。中介向她承诺："我们和物管的人是拜了把子的兄弟，每年收取2000元左右，保证你不会被查处。"张淑芳说，对方无法提供票据协议，她不敢冒险去交这个"保护费"。

如今，张淑芳签下的房子已摆了一个月。"我们也很想去办个手续合法经营小本生意，但却不知道如何去办。"谈及未来，张淑芳说，他们可能会把租来的房子转租出去，再出去打工。

现象3
民宿炒热小区租金
单间配套月租 2500 元依然抢手

渝中区财信渝中城小区地理位置优越，加上小区配套设施新，自2017年交房以来，备受民宿创业者青睐。正因民宿扎堆涌入，该小区的租金也不断上涨，单间配套的月租金被炒到2500元左右，是同类小区的两倍左右。

王磊是渝中区朝天门人，他也想从民宿中获得一桶金。"我们自己的房子就在望龙门，但老小区开民宿条件太差了，拿不出手。"于是王磊和合作伙伴相中了位于七星岗渝中城的大商铺，计划投入30万元创业。

"商铺每月租金8000元，建筑面积300多平方米，在寸土寸金的商圈周边，租金并不算贵。"王磊给记者算了一笔账，租金加上物管费、水电气费、人工费等，每月开销大约2万元。而300多平方米可以隔出10个房间，每晚均价200元，预计每月20天满房来算，每月毛收入将在4万元左右，每月收益就有2万元左右。"生意做起来后，要是房间不够，我们还可以拓展楼上的公寓楼。"王磊和同伴都对这个项目充满信心。

王磊说，正是因为民宿的大量入驻，该小区房屋的租金也被炒热，一个单间配套月租金2500元是再正常不过的事情，甚至出现有钱也租不到房的现象。

现象4
高档小区业主反对民宿
游客被拦在小区大门外

上周四，记者来到北滨路的龙湖春森彼岸小区。在小区入口处，六七个年轻游客被保安拦在门口，由于没有业主卡，保安要求他们说清进入小区的目的。即便他们有小区的门禁密码，保安也不允许进入。在门禁旁边，一个易拉宝上的"物业提醒"明确写着："民宿人员禁止进入非法民宿场所！一经发现，立即报警！"

一份"关于春森彼岸全体业主抵制小区经营民宿的倡议书"也在网上传播。这份倡议书显示，据不完全统计，该小区的民宿已多达几十家，已严重影响到居家业主的正常生活，对小区的品质和安全造成巨大威胁。倡议书里还劝告："正在打算进场开办民宿的业主朋友，请及早打消念头，为避免你们今后投入的人力物力浪费，请及时转身。"

同样是高档小区，南岸区的融创玖玺台小区业主向南岸区公安分局写了一封"联名信"，要求取缔小区非法民宿和整治违法住改商。

官方回应>>>
渝中区开始对民宿进行摸排
南岸区将组建民宿行业协会

据了解，针对朝天门海客瀛洲小区民宿和居民的矛盾，渝中区相关政府部门已经介入。

朝天门街道城市管理科负责人告诉记者，今年5月，街道会同渝中区信访办、渝中区法制办、渝中区房管局、朝天门工商所、朝天门派出所等部门和单位，召开了海客瀛洲民宿规范联席会议，并明确了三点：物业公司加强对小区进出人员管理；派出所对民宿开办人员进行安全教育、法制宣传；街道联合相关职能部门完善民宿经营行为。

同时，公安等部门也对海客瀛洲的所有民宿进行了摸排、登记造册。渝中区公安分局明确表示，未经许可擅自经营旅店业属于违法行为；由于日租房、民宿不能取得消防许可证，因此不能办理特种行业许可证。

在现场，海客瀛洲的业主提出，朝天门街道能否协同相关部门，像解放碑街道辖区的城市传说小区一样，为海客瀛洲小区也出具一份限期拆除整改非法经营小旅馆的公告？朝天门街道城市管理科负责人表示，目前我国对民宿的管理还没有一个明确的标准，没有相关法律认定其是否违法；同时，街道不具备认定民宿是合法还是违法的主体资格，因此让街道认定和取缔民宿不具备相关法律支撑。该负责人建议，在无相关法规界定民宿违法的情况下，可以从各自受损利益角度出发，通过司法渠道维护自己的权利。

据悉，渝中区正在着手加强对民宿酒店、客栈、家庭旅馆、社会宾馆的管理。目前正在由区公安分局、区工商分局、区旅发委对全区民宿酒店、客栈、家庭旅馆、社会宾馆等非星级宾馆饭店开展全面摸排，登记造册，预计在本月底前完成摸排。

另据了解，南岸区也出现了多个小区公开要求取缔小区民宿的事件。对此，南岸区旅游局副局长卢伯明表示，最近一两年，重庆的民宿共享经济发展迅猛，但由于目前民宿没有明确的法律规定，相关部门在执法上有一定的困难。"我们计划联合旅游行业协会，组建南岸区的民宿行业协会，通过协会的规章制度去约束南岸民宿的发展。"同时，卢伯明透露，下一步将联合南岸区各职能部门，开展辖区内民宿等网约房的盘查登记工作。

游客居民　如何同住一个屋檐下？

重庆商报记者　刘晓娜　张瀚祥　李舒

在都市旅游的发展中，国内外诸多城市都遭遇了小区居民与城市民宿之间的矛盾。

如今，重庆的都市旅游也发展到了这个阶段，不可避免地要面临类似的社会问题。一方面，民宿作为共享经济的产物，满足了人们出行住宿多样化、个性化的选择，让游客体验到本地风土人情，为本地居民的闲置房产提供了一条利用途径，增加了居民收入；另一方面，游客大量进入也对本地居民的生活带来了改变甚至是干扰。

在抓住旅游市场的同时兼顾到本地居民的正常生活，如何平衡二者的利益？能否找到解决之道？

焦点1
小区开民宿合法性如何界定？

2016年7月，《关于深化改革推进出租汽车行业健康发展的指导意见》

《网络预约出租汽车经营服务管理暂行办法》对外公布，争论已久的网约车合法性终于得到明确。如今，民宿等网约房形式的走红，也将民宿共享经济的合法性推向风口浪尖。那么，我们离网约房合法还有多远？

西南政法大学民商法学院副教授徐银波表示，目前国内对于民宿还没有相关的专门性法规，民宿相关的规范和纠纷运用的是行政法和民法。

"民宿这一新生事物想要得到法律认可，首先要符合行政法和民法的规定。"徐银波说，在行政法上，民宿属于一种经营行为，既然是经营行为就必须取得经营许可证和营业执照；在民法上，民宿主人把住宅改为经营性用房，需要取得有利害关系的业主的一致同意才可经营民宿。"所以从行政法角度讲，业主可以去工商局等单位举报；从民法角度讲，业主也可以民事诉讼要求恢复原状。"

北京大成（重庆）律师事务所律师温晓峰认为，按照物权法规定，住房改商用要经过本栋业主的同意，其他栋的业主如果要主张阻拦，需要举证此经营行为对他（她）生活造成了影响。按照最高人民法院 2014 年的案例指导，只要房屋从专供个人和家庭使用变成了商用或旅游业，都要按照物权法的规定办理相关手续。

焦点 2
小区民宿能拿到正规手续吗？

我国去年公布了《旅游民宿基本要求与评价》行业标准（以下简称《标准》），并于 2017 年 10 月 1 日起正式实施。该《标准》是国内首个旅游民宿行业标准，从民宿的定义、评价原则、基本要求、管理规范及等级划分条件等方面对我国民宿行业发展给出了指导性意见。在基本要求方面，《标准》强调民宿经营场地应征得当地政府及相关部门的同意；经营者必须依法取得当地政府要求的相关证照，并满足公安机关治安消防相关要求；民宿单幢建筑客房数量应不超过 14 间（套）。此外，民宿从业人员还应经过卫生培训和健康检查，持证上岗。

重庆市旅店业协会会长梅凤林介绍，行业内认可的民宿，普遍是指符合国家标准的乡村民宿、民宿酒店。而在居民楼中经营的民宿，其实在行业内看来就是传统的家庭旅馆，只不过现在通过网络平台销售。"这样的家庭旅馆是没办法拿到经营许可证的，首先因为没法过消防，消防是一个联动的系统，正规的酒店是整层楼一起过消防，喷淋、烟感等装置的联动才具备可能性。"她说，家庭旅馆规模小、太分散，没法满足酒店旅馆的消防要求，因此也拿不到经营旅馆的特种许可证。

温晓峰律师认为，民宿符合国家倡导绿色经济、共享经济的方向，这是大前提。但它属于旅店行业，应该纳入旅店行业的管理，主要涉及入住人员的登记和消防设施方面，如果不加注意就会受到治安管理处罚，也容易成为不法分子藏污纳垢的地点。作为经营行为，民宿应该按照规定办理营业执照、照章纳税。

创客心声>>>
期待民宿在阳光下经营

2015 年，共享经济写入了我国"十三五"规划，同年，国务院有关文件也提出"积极发展客栈民宿、短租公寓、长租公寓等细分业态"，并将其定性为生活性服务业，将在多维度给予政策支持。

民宿主聂娜认为，经济发展始终快于法律的制定，而民宿正是经济发展中产生的新事物。重庆之所以有越来越多的创客进入共享住宿领域，一方面说明重庆的旅游经济越来越发达，另一方面也说明这个城市的创业土壤肥沃，这也正是重庆让她着迷的原因。"我相信重庆是一座包容的城市，年轻人依托民宿创业，把城市的闲置房进行装修、升级，盘活闲置资源，共同参与小区维护。"她认为，对待民宿当前存在的问题，堵不如疏，堵将激化业主与民宿主之间的矛盾，而通过疏导、制约，则会推动这个行业的规范化、健康化发展。

民宿经营者刘颖表示，城市民宿目前处于灰色地带，对于经营者而言如同随时握着一颗"定时炸弹"，常常对未来感到焦虑。"希望政府相关部门规范这个行业，让我们在阳光下经营，也让从业者的权益得到保障。"同时，她也提到，希望公安向民宿开放身份信息认证系统，解决民宿存在的安全隐患，减轻周边居民的担忧。

重庆市旅店业协会民宿分会会长赵清宇告诉记者，目前也有一些城市民宿表达了想入会的愿望，不过由于城市民宿的发展目前都是一个无序的状态，还需要经过一个论证和规范的过程，长期来看今后会将城市民宿也纳入行业协会的管理，促进其有序的发展。

专家观点>>>
民宿主应承担更多公共开支

针对国内多地出现社区居民反对在小区开设民宿的事件，四川大学旅游学院李原教授认为，现如今民宿的确处于法律意义上的灰色地带，但城市民宿的发展是一个趋势，需要各方协同发展。

一方面，公安、工商、物业等单位部门应该制定严格的管理规定；另一方面，民宿应当遵守社区的习惯和规定，与社区居民和谐相处；同时，民宿主人也应当承担更多比例的社区公共性开支，并启动与社区、邻居的利益分享机制。"只有多方的理解和协调，才能促进社会的发展，实现多方共赢。"

"很多民宿没有前台，凭房东发的房门密码就能进入，因此小区业主会担心不法分子进入。"重庆市旅店业协会会长梅凤林说，如果能通过科技手段，使用身份证芯片来开锁，同时在门上安装人脸识别系统，实现"一人一证"，就能在某种程度上解决业主们担心的安全问题。她还建议，如果门锁硬件成本较高，可以通过政府适当补贴的方式来扶持民宿。

不过，她建议这种规范管理方式只针对公寓类民宿，对于争议最多的小区民宿，她的观点是应该取缔。"不过要给这些民宿创业者找出路，可由政府利用一些闲置楼宇打造民宿集群，整体过消防，再由协会来办理经营许可证，创客进入后按照自己的风格来运营。说不定还会形成新的网红景点。"

他山之石
其他城市是如何管理民宿的

在国内，福建厦门市政府在去年出台了《厦门市民宿管理暂行办法》。民宿经营者应当依法向所在地街道办事处（镇人民政府）提出开设民宿申请，提交材料包括商事主体登记证明材料、法定代表人或负责人的身份证件、民宿建筑的产权证明（或住宅合法建造证明）及房屋租赁合同以及标明经营场所各层出入口、内部通道、客房房号等功能区分布以及监控、消防等技防设施安装位置的平面示意图等。同时，对民宿的消防安全也提出了具体的标准，按照国家部门的有关规定严格执行。

在国外，日本、欧洲等旅游发达的国家更早面临民宿带来的难题。他们是如何解决的？今年6月15日，日本政府最终决定监管民宿的《住宅宿泊事业法》正式实施，这意味着在灰色地带发展了30多年的日本民宿业，终于走向了阳光。对于民宿业普遍头疼的公安消防问题，日本消防部门规定：如果民宿经营者与客人一同居住，且客房面积小于50平方米，消防要求视同普通住宅；除此以外，所有民宿必须设置与酒店相同的消防设备。

作品标题　"重庆都市民宿调查"系列报道
参评项目　系列报道
作　　者　刘晓娜　李舒　张瀚祥
责任编辑　罗文　何君
刊播单位　重庆商报
首发日期　2018-07-23

中篇：年度优秀新闻奖获奖作品

刊播版面 头版、第 2 版、第 3 版财经头条

作品评价

在重庆民宿如火如荼发展、越来越多的市民进入民宿经营之际，本报推出 3 个版头的专题策划报道，实地调查重庆民宿经营规模及现状，洞悉其中存在的问题，探析相应对策，题材紧扣政府工作主线，内容主流，调查充分深入，体现了很好的策划报道思路。

采编过程

抓住重庆民宿发展的乱象，本报策划了三个整版的报道。头版"民宿之机"《市场太火　朝天门一小区就有 300 多家民宿》，记者实地走访洪崖洞、解放碑、朝天门等热点区域，报道了民宿经营概况，如房源构成、品牌特点和设计风格等，以及普遍出现的问题，让读者基本了解到目前重庆民宿市场总体情况、主要特点和主要问题。第 2 版"民宿之忧"《担心扰民　业主反对小区开民宿》，记者通过多点调查走访，客观反映了民宿经营出现的住客扰民、治安不好管理、装修不规范、消防存在隐患等问题，以及渝中区、南岸区等地推出的整改举措。第 3 版"民宿之路"《游客居民　如何同住一个屋檐下？》结合外地及国外民宿经营经验，深入探讨重庆民宿经营如何规范和高品质发展话题，对小区开民宿合法性如何界定、小区民宿能拿到正规手续等问题，采访业界权威人士进行详细解答，具有很强的释疑效果。

社会效果

整组报道广受社会关注，特别是民宿主和小区业主，同时在行业界和学界也受到了很高的关注。在本报报道之后，主城多个区县的政府部门和公安部门都行动起来，渝中区召集各部门和街道紧急召开座谈会商谈解决办法；南岸区公安分局在多个小区发布公告，要求小区内民宿立即取缔。

全媒体传播效果

在上游新闻、上游财经等集团新媒体平台上广泛传播，增加了平台的点击率。同时，也被凤凰网、新浪网、搜狐网等媒体纷纷转载，形成了很好的传播效果。整组报道当天在上游新闻客户端综合阅读量 10 万+；大渝网头条区转发，阅读量 79.6 万。本报报道之后，引发了全国媒体争相跟进，体现了本报报道的影响力。

注：本作品同时获得"2018 年 7 月重庆日报报业集团新闻奖"。

重庆经济发展的"加减乘除"系列报道

加法篇：
机器人、大数据　重庆新兴产业正全面发力

华龙网记者　佘振芳

编者按　高质量发展正成为经济工作主旋律。刚刚召开的全市经济工作会，为全市经济工作指明了方向。重庆经济发展中有哪些新动向、新亮点？华龙网推出系列报道《重庆经济发展的"加减乘除"》，今日推出"加法篇"。

重庆的机器人产业，越来越有看头。

去年12月，2017中国机器人产业发展大会上，重庆两江新区与北京康力优蓝、中骥智荟教育、清华机器人联盟、湖南大学签署战略合作协议。未来的机器人智谷就在这里。

与此同时，重庆的大数据产业发展也正如火如荼。

去年12月1日，马化腾来重庆，亲身示范如何扫码乘索道。今年1月11日，马云携阿里巴巴、蚂蚁金服与重庆市政府签署战略合作协议，将在重庆设立阿里巴巴区域中心，打造基于"城市大脑"的"智能重庆"。

重庆，这个中国著名的老工业基地，其战略性新兴产业正蓬勃发展。

世界前五机器人厂商四家落户两江新区　工业机器人产值近80亿元

川崎、库卡、ABB、发那科……世界前五位的机器人厂商已有四家落户两江新区。

上个月与两江新区签约的北京康力优蓝机器人科技有限公司是中国机器人行业的龙头企业，是全球领先的服务型机器人研发制造及机器人应用解决方案提供商，也是目前国内唯一具备一米二以上商用服务机器人模具化量产能力的机器人公司。

不仅如此，两江新区还计划与重庆中骥智荟教育科技有限公司、中国科技自动化联盟、清华机器人技术与产业协同创新联盟一起，建设汇聚全球人工智能与机器人领域创新创业和产业生态的"人工智能与未来机器人学院（研究院）"，为建设世界级机器人智谷提供有力支撑。

作为国家级开发开放新区，两江新区比较优势明显，产业基础雄厚，投资环境与政策良好，是重庆智能产业集中发展的主承接平台，正努力打造西部地区机器人及人工智能产业的创新高地。

两江新区管委会相关负责人介绍，全球第五的川崎机器人投资 2 亿元，包含双腕机器人、6 轴机器人、NC 机器人等 3 条生产线及系统集成，设计产能 8000 台，现一期已建成投产。全球第三的库卡徕斯与长安工业合资的机器人项目计划投资 0.58 亿元，主要开展机器人系统集成、展示体验及技术咨询，预计产值达 2 亿元以上，现已开始运营。

不得不提的是，落户重庆两江新区的国家机器人检测与评定中心（重庆）项目建筑主体已全部完成，即将正式投入运行，为国产机器人提升核心技术助力。国家机器人检测与评定中心总部设在上海，在重庆、广州和沈阳设立了三个分中心。

记者了解到，国家机器人检测与评定中心（重庆）项目计划投资 3 亿元，是西部地区唯一的国家级第三方机器人检测与评定机构，将建设机器人研发和检测两大平台。下设工业机器人试验室、服务机器人试验室、零部件试验室、环境（含 EMC、NVH）试验室等四大试验室，可提供检测服务项目 300余项，涵盖机器人相关标准 100 余项。

随着国家机器人检测与评定中心（重庆）在两江新区建成投运，它将着力从标准、检测、认证等方面提升产品质量水平和市场竞争力，为重庆市机器人产业发展注入强劲动力。

除了工业机器人，两江新区还将重点发展医疗、康复、助老助残、商用机器人以及管道巡检、电力巡检、消防、安保、水下救援等特种机器人。

上述负责人透露，按照"以工业机器人发展为先导，服务机器人、特种机器人为重点"的思路，规划到 2020 年，两江新区力争实现年产工业机器人1.2 万台、服务机器人及特种机器人 2 万台，机器人及智能制造行业年产值超过 200 亿元，建成国内高端机器人产业的聚集区。

放眼重庆全域来看，在工业机器人领域，重庆已初步形成研发、整机制造、系统集成、零部件配套、应用服务全产业体系。通过对智能产业载体的培育塑造，包括永川国家机器人新型工业示范基地、两江新区智能制造及机器人产业园等多个专业突出的智能特色园区目前发展良好。

记者从重庆市经信委了解到，截至 2017 年，我市工业机器人企业突破120 家，2017 年工业机器人产值共 79.8 亿元，同比增长 33%。工业机器人本体（3 自由度、30 公斤以上）共生产 3739 台，同比增加 60.6%。

大数据智能化产业持续发力　2017 年销售收入约 3500 亿元

1 月 11 日，重庆市政府与阿里巴巴集团、蚂蚁金服集团签署合作协议，根据协议，双方重点围绕经济发展、社会治理、民生服务三大领域深化合作，共同打造基于"城市数据大脑"的"智能重庆"。

这只是重庆发力大数据智能化产业的其中一个缩影。

基于良好的网络基础条件，目前我市云计算、大数据和物联网产业已初步形成规模。中国联通西南数据中心、中国电信云计算重庆基地、浪潮（重庆）云计算中心等一批高水平的数据中心已建成投运，服务器运营支撑能力达到 15 万台。一些企业在人工智能、车联网、智能家居和智慧城市等物联网应用领域研发的产品已经在全国领先。

位于重庆两江新区互联网产业园的云丛科技成立不到 3 年，但其运用国际领先的自主知识产权核心算法，使人脸识别准确率达到 99.8%，稳居国内人脸识别第一梯队。同时，其人脸识别技术广泛应用于银行、机场、公安等领域，承担了国家人工智能重大工程"人工智能基础资源公共服务平台"建设任务。

最快今年上半年内，游客下载一款 APP 后，即可一键搞定重庆多个景区购票及酒店入住，还能用声控技术远程操控入住房间房门和家电开关。科大讯飞推出的智慧旅游智能技术，先期运用到安徽黄山景区，推出的大数据分析游客喜好设计出游路线等服务，广受用户欢迎。此次与重庆旅投合作推出的重庆全域旅游 APP，不仅功能进一步升级，而且加载了多种声控技术，将推动重庆智慧旅游智能化应用。

市经信委提供的数据显示，目前，重庆共有大数据智能化产业企业约3000 家，其中，规模以上企业约 900 家。据统计，2017 年，全市大数据智能化产业实现销售收入约 3500 亿元，同比增长 30% 左右，增速快于全市规模工业产值增速 20 个百分点；2018 年，预计全市大数据智能化可实现销售收入约4500 亿元。

另据媒体报道，为推动智能产业快速发展，重庆市经信委结合重庆产业基础条件，遴选了大数据、人工智能、智能机器人、智能网联汽车、集成电路、智能硬件、智能制造装备等 12 个产业予以重点推进，发展目标是到 2020年实现产值 7500 亿元、力争到 2022 年突破 1 万亿元。

实践证明，智能产业增长潜力巨大。它们将接续传统产业迅速成长，推动重庆市经济不断地"上台阶"。

减法篇：
减少企业运行成本　激发市场主体活力

华龙网记者　周晓雪

编者按　高质量发展正成为经济工作主旋律。1 月 16 日召开的全市经济工作会，为全市经济工作指明了方向。重庆经济发展中有哪些新动向、新亮点？华龙网推出系列报道《重庆经济发展的"加减乘除"》，今日推出"减法篇"。

推动经济高质量发展，必须做好"加减乘除"的组合方程式，其中"减法"尤为重要，唯有减轻负担，才可轻装上阵。

记者了解到，重庆市通过推行商事制度改革，降低准入门槛，释放政策红利，为企业松绑，切实降低企业制度性成本，营造更为便捷的营商环境。

大学生办微企 2 周拿执照　还获得 3 万元补助

"我的梦想算是起步了，是国家帮助我，一步一步圆了梦想。"看着手机银行显示 10 万元设备补助的到账信息，廖杨的脸上洋溢着自信的笑容。

2014 年，在四川一所专科院校毕业后，廖杨回到重庆。他找亲戚朋友东拼西凑了点钱，在九龙坡区杨家坪租了个门面，请了一个工人，准备在这个只有十几平方米的"小天地"大展一番身手。

"梦想很美好，现实很残酷。"廖杨说，由于主体规模小，也没有创新技术，小门面的生意在很长一段时间里"苟延残喘"地坚持着。

2015 年，廖杨一边为了维持生意运作而挣扎，一边也梦想着可以注册属于自己的公司。"我想开家像样的广告公司，可一直缺钱，何况听说办理那些手续非常麻烦。"

一次偶然的机会，他听到朋友说起一系列"不敢相信的好事"。

廖杨所听到的"不敢相信的好事"包括放宽了市场准入条件、创办微企有补贴、税收有优惠，还可以申请设备补助……

"真有那么好？注册公司这么方便？办个营业执照就能得到资金补助？"廖杨带着半信半疑的心理，来到九龙坡区行政服务大厅工商登记窗口了解情况，"当时我看到行政服务大厅人很多，工商登记窗口开得也多，叫号机不停根据办理事项引导群众到各个窗口办理各类登记，我找到了咨询窗口，详细进行了咨询。"

"可以办理的，你的资料准备好了吗？我们现场为你办理。"听完廖杨的情况说明后，工作人员给了他一个肯定的答复。

工作人员告诉廖杨，目前推行的"多证合一"改革，通过部门间的信息共享和业务协同，实现"让信息多跑路，让企业少跑腿"，以前办理营业执照后需要办理的税务登记证、组织机构代码证、统计证、社保证等，都与营业执照进行了整合，企业在办理营业执照后即能达到预定可生产经营状态，大幅缩短企业从筹备开办到进入市场的时间。

另外，廖杨还得知，政府大力支持微型企业发展，只要符合条件，还可以申请补助。廖杨记下了需要的所有资料，高高兴兴回去准备。

两周后，廖杨成功取得工商执照，并且参加了为期一周的微企培训。两个月后，3万元微型企业补助金打到了廖杨的银行卡上。

有了政策的支持，干事自然有了底气。从一个小门面，到一个小作坊，再到如今430平方米的厂房，廖杨的公司逐渐走上正轨，员工增加到12人，涉及业务也越来越广。

"我们去年全年经营额200余万元，享受到税收优惠政策，如今还获得10万元设备补助。"廖杨认为，公司能发展到今天的规模，每一步都离不开政策的支持。

工商登记"随地办"　　激发民间创业冲动

事实上，那些"不敢相信的好事"远不止那么几件。

比如落实注册资本认缴登记制，公司登记时无须再提交验资报告，有效减轻了投资者的创业资金压力。同时，放宽住所（经营场所）登记条件，简化场地证明材料和手续，释放更多场地资源，有效解决制约小微企业、初创企业发展的场所问题。

目前，重庆市工商部门正以提升注册登记便利化为目标，进一步创新服务方式，"随地办"制度孕育而生。

"比如你家在茶园，个体门面在南坪，以往必须要去经营场所所在地工商所办注册登记事宜，现在同一区县范围内任一工商所就能办理注册登记。"南岸区工商分局相关负责人表示，按照改革要求，"随地办"目前仅适用于个体工商户注册登记，下一步我市将进一步扩大"随地办"适用范围，今年年底前实现所有市场主体的全市通办。

推进商事登记制度改革为市场注入了全新的活力，也激发了深藏民间的创业冲动。改革以来，全市共新设立各类市场主体135.20万户，其中，新设立企业46.16万户，企业月均新设立数量较2013年增长50.25%；市场主体总量达到234.43万户，较改革前增长52.25%。

出台 188 项减负目录清单　让企业轻装上阵

在降低企业成本方面，除了商事制度改革，重庆还先后出台企业减负 30 条、电气降本 15 条等减负政策，以及 5 批累计 188 项企业减负目录清单。通过降低企业成本，让企业轻装上阵，企业赢利能力随之增强。

记者了解到，市经信委牵头出台了后续减负政策目录清单（第五批），含收费减免、税收优惠、财政扶持和减负措施等 37 条措施，全市已出台 5 批目录清单，共 188 项减负政策措施。今年前三季度为企业减负超 300 亿元。

同时，企业用电用气的价格也实实在在地降低了，通过落实"电气 15 条"，争取燃气价格优惠，有序开展水电、火电配比直接交易，指导企业科学用电、错峰用电，今年为企业节约燃气成本 4.2 亿元，直接交易电量 48 亿度，前三季降低成本 4.2 亿元，前三季节约成本 6.3 亿元。

降低企业融资成本。通过加快转贷政策扩容，引导金融机构给予小微企业票据贴现优惠，为企业节约融资成本 4.9 亿元。

支持龙头企业本地配套，组织 42 次本地采购对接会，实现配套采购金额 653 亿元，同比增长 16.2%，降低企业进项物流成本 3.2 亿元。

此外，市经信委还降低出项物流成本，推动与笔电品牌商签订物流价格递减协议，优化渝深、渝沪公路价格标准，推进降低集货成本。

就在最近，我市还修订完善了《关于进一步落实涉企政策促进经济平稳发展的意见》，从降低企业融资、用工成本，改进金融服务和政府服务，促进民营企业发展等方面制订了可操作的举措，让企业有更多获得感。

乘法篇：
发挥创新"乘数"效应　引领经济转型升级

华龙网记者　祝可

编者按　高质量发展正成为经济工作主旋律。1 月 16 日召开的全市经济工作会，为全市经济工作指明了方向。重庆经济发展中有哪些新动向、新亮点？华龙网推出系列报道《重庆经济发展的"加减乘除"》，今日推出"乘法篇"。

从高速增长到高质量发展，离不开创新的"乘数效应"。

一家制造电线电缆的重庆企业，通过技术创新，研发出了业内领先的多项产品，将业务从地下拓展到了"天上"。

一个曾靠收取佣金为生的互联网服务交易平台，通过商业模式的创新，发展成西南地区互联网企业独角兽，创始人被邀请到北京参加李克强总理主持的经济形势专家和企业家座谈会。

汇聚电子信息产业龙头企业的西永微电园，积极探索制度创新，创下了自贸试验区多项业务全国首例，为企业降低成本，各项产业实现跨越式发展。

在重庆大地上，创新的因子越来越活跃，创新的氛围越来越浓厚，下一步，重庆还将继续培育创新生态体系，为经济发展增添新动能。

技术创新：
破解行业百年难题　将业务拓展到天上

向千家万户输送电力的电缆，可以形象地比喻为城市的"血管"，它确保百姓生活和企业生产所需，如果遇到高温严寒天气或发生火灾爆炸事故，将带来巨大的财产损失，甚至危及人民群众生命。

那么，它能否像人体的血管一样，定期做检查、量血压，并防患于未然？

重庆一家企业做到了，他们研发了一款"网络神经电缆"，将智能芯片置入电缆，这些芯片能精确感知电缆的运行状况，像人的感觉神经一样。

"痛"即表示芯线有断点，"胀"为负荷过大、电流过强，"烫"则为温度过高……再运用遥感、物联网、大数据、云计算等高新技术，将芯片的实时监测数据传输回监控终端。

维护人员只需坐在控制中心，就能对整个电网实时监控，哪一截负荷过大、哪一截线路老化、哪一截有断点，定位精准，一目了然，系统还会自动预警。

这款产品是由渝丰电线电缆有限公司和重庆大学联手研发的，历时一年半，斥资 300 余万元，破解了行业百年难题，填补了市场空白。

记者了解到，渝丰线缆与一流研究院所、高校建立了研发联盟，推动关键技术领域不断突破，目前取得国家专利 75 项、美国和德国专利 6 项、省级高新技术产品 12 项，被认定为国家高新技术企业。

持续的创新，给公司带来了源源不断的订单。曾令果告诉记者，2017 年，公司销售增幅达到 65%，销售额突破 20 亿元，其中高新技术产品对销售增长做出了重要贡献，高新技术产品占公司整个销售额的 45%。

据曾令果介绍，公司与中国北斗合作创立的航空航天军工电缆工程技术研究中心，被认定为重庆市省部级研发平台，也是该行业唯一的航天军工中心。未来，在创新驱动下，渝丰线缆不满足于"地下"，还将向"天上"发展。

模式创新：

从佣金模式到深挖大数据　成长为西南地区独角兽

位于照母山下的互联网产业园 3 号楼里，荡漾着欢笑声。

一场程序员的"马拉松"在这里落下帷幕，获奖的极客团队喜不自胜，他们的项目将在猪八戒网的支持下，尽快落地上线。

"你们用知识改变世界，我们为你们保驾护航。"猪八戒网是国内领先的知识工作者共享服务平台，如今已拥有 1300 万注册用户，前不久，其创始人兼 CEO 朱明跃作为企业家代表，还参加了李克强总理主持的经济形势专家和企业家座谈会。

在朱明跃看来，成立 11 年的猪八戒网能走到现在并发展壮大，离不开商业模式的创新，而最重要的一次颠覆，莫过于三年前从佣金模式转型到"大数据钻井"模式。

此前，佣金模式虽然为猪八戒带来了每年数千万元的收益，但逐渐遇到了天花板：变现能力降低、跳单趋向频繁。经过深思熟虑，2015 年，猪八戒网宣布免佣金服务，转而打造"数据海洋+钻井平台"。

通过深挖积淀多年的大数据，猪八戒做起了商标注册和知识产权等增值服务，营收翻了 10 倍左右，其中知识产权业务带来的收益就超过 40%。

通过商业模式的创新，猪八戒不仅自己成长为独角兽企业，还造福成千上万知识工作者，为双创企业打造全方位的立体生态，带动了一批双创企业的发展。

按照计划，未来 3 年，猪八戒网将在全国 1000 个区（县、市）布局共享服务中心。目前，已在四川德阳市、重庆开州区和江苏句容市等 16 个城市成功布局共享服务中心，并正加速在其他城市的布局。

制度创新：

多项业务实现全国首例　对外贸易迎来新机遇

一个多月前，五辆满载进口波音 737 型飞行模拟训练器的监管车在重庆西永海关详细查验后，缓缓驶出西永综合保税区大门，这标志着第三批自由贸易试验区首单"保税+融资租赁"业务在西永综保区成功完成。

该业务为华科融资租赁有限公司降低了成本、提高了风险防范能力，预计年出口额将达到 1 亿美元。

自贸试验区建设的核心任务在于制度创新，作为自贸试验区的重要组成部分，西永微电园在制度创新方面也走在了前面，过去半年，多项业务在西永率先开展，为企业带来了诸多看得见的实惠。

在全国率先试点"内销选择性征税"和"增值税企业一般纳税人资格"政策，可为企业减轻税负 50% 以上。

全国首推"3C 免办"监管模式，对多次进出境研发产品申请免于办理强制性产品认证，助推园区企业加快产品开发进程，成功帮助惠普在半年内推出 44 种远销全球的新型产品。

在第三批自贸试验区中率先开展艺术品保税贸易业务，借助四川美术学院人才资源积极开展对外文化贸易。

率先推出无纸化通关改革，简化加工贸易监管手续……

"通过近年的发展和创新，西永正在实现跨越，预计将实现三个突破。"西永微电园相关负责人介绍说，集成电路产业突破 100 亿元，增速近 50%；工业总产值突破 1500 亿元，增速近 30%；外贸进出口额突破 1700 亿元，增速近 15%。

培育创新生态：
组建产业技术联盟　提高集群创新能力

公开报道显示，2017 年全年，重庆规模以上工业企业研发投入达到约 280 亿元，同比增长 18%，企业研发机构数量达到 1200 家以上。

"创新是引领经济发展的第一动力，目前不少企业的创新都贯穿其发展全过程，通过围绕产业链布局创新链、资源链，促进各类创新资源向主导产业链集聚。"市经信委科技处相关负责人表示，重庆通过培育创新生态体系，围绕新兴产业集群组建汽车、电子、大数据等产业技术联盟，以及智能网联汽车制造业创新中心等平台，初步形成了全产业链龙头企业和高成长性中小企业协同创新的格局。

为了弥补重庆科研创新不足的短板，去年 11 月 22 日，重庆市与知名院校开展技术创新合作专项行动首批项目集中签约举行。据新华网报道，同济大学将与重庆市科委、重庆两江新区管委会共建同济大学重庆研究院，中国兵器科学研究院与重庆理工大学签约，将联合发起组建军民融合新型高端研发机构。

按照规划，到 2020 年，重庆将引进国内外 100 所以上知名高校、科研机构等创新资源以多种模式落户重庆。

接下来，重庆还将突出研发机构建设、创新生态培育、科技型中小企业培育和新产品研发推广等，在重大技术领域、关键技术环节和重点新产品实现突破，形成一批具有自主知识产权的关键技术和产品，提高集群创新能力，增强产业接续替代发展能力。

未来已来，唯有充分发挥创新激励的乘数效应，才能真正让企业拥有核心竞争力，推动产业转型升级，推动高质量发展，为经济发展插上腾飞的翅膀。

除法篇：
甩掉"包袱"　重庆转型步伐愈加轻盈

华龙网记者　黄军

编者按　高质量发展正成为经济工作主旋律。1月16日召开的全市经济工作会，为全市经济工作指明了方向。重庆经济发展中有哪些新动向、新亮点？华龙网推出系列报道《重庆经济发展的"加减乘除"》，今日推出"除法篇"。

"二师兄"飞上了大数据的"风口"，养殖户不再担心供需失衡造成的猪肉价格波动。

354家煤炭关闭，全市煤炭产业结构得到优化，安全事故也大大减少。

增加直接融资比例，去年7家渝企挂牌上市，60家被列入重点培育上市企业名单……

去库存、去产能、去杠杆，重庆发展的背包愈加轻便，转型的步伐愈加轻盈。

农业去库存：
打造全国最大"猪交所"　生猪买全国、卖全国

巨大的电子交易屏上，绿色的数字和红色的曲线不断地跳跃、变化，每5秒更新一次，数字动辄定格在上百亿。

你以为这是股票交易中心？错了，这是国家级重庆（荣昌）生猪交易市场大厅，俗称"猪交所"。

2014年5月，荣昌国家生猪市场上线，2016年交易量开始大幅增长。2017年，荣昌国家生猪市场交易额突破368亿元，成交量突破2630万头，占全国生猪年流通量8%左右，生猪交易范围覆盖全国。

"以前养殖户卖猪主要通过猪贩子，不但中间环节多，而且不少猪贩子收了猪却打白条，致使养殖户很长时间拿不到钱。"市场首席质量官代有兵介绍，国家生猪市场通过数字化市场平台，打破了地域限制，将市场信息变得

更加透明，实现了生猪的"买全国、卖全国"。同时减少了生猪交易环节，通过第三方支付通道，双方交易完成即可结算到账。

通过猪产业的"接二联三"，荣昌畜牧产业不仅主导了国内生猪市场的定价权，还成为行业标准的制订者、畜牧产业的风向标。

就在上周，荣昌区政府与阿里巴巴签署战略合作协议，将共同建设生猪大数据中心。人工智能技术将为生猪产业构建检测预警模型，为养殖户提供生产规模规划辅助，避免供需失衡造成的猪肉价格波动，帮助养殖户去库存，实现农业供给侧结构性改革新突破。

煤炭去产能：
两年关退 354 个煤矿　提前 1 年完成任务

"再见了，老伙计！"2017 年 11 月 22 日，在中梁山南、北矿关闭验收复查现场，面对这个自己工作了"一辈子"的矿井，老矿工肖显明忍不住流下了不舍的泪水。

随着重庆煤监局对中梁山南、北矿关闭验收复查合格，2017 年全市关闭 10 个煤矿的计划全部完成。至此，我市用两年时间关闭退出煤矿 354 个、累计去产能 2348 万吨/年，提前 1 年超额完成了国家下达我市的煤炭去产能 3 年目标任务。

煤炭行业去产能，是推进供给侧结构性改革的重要内容之一。

"自 2014 年开始，我市大力推进煤炭去产能。市委、市政府高度重视煤矿关闭退出工作，多次召开会议研究部署，要求煤炭行业将加快去产能工作作为推动煤矿安全生产形势稳定好转的治本之策来抓，这为我们全面提速煤矿关闭退出工作提供了重要遵循和指针。"重庆煤监局、市煤管局主要负责人介绍。

为此，市政府成立了煤炭去产能工作领导小组，建立了"市级督导、区县主体、部门协作、乡镇盯守、联合执法"的工作机制和科学有效的动态管理机制，与各产煤区县政府和市级部门签订了目标责任书。

同时，市级和区县分别出台了相关配套奖补政策，对主动申请关闭并验收复查合格的煤矿每矿给予 600 万元中央、市级奖补和区县自定的奖补。仅 2016 年，全市就关闭煤矿 344 家，去产能 2084 万吨，全部淘汰年产 9 万吨以下的煤矿。

煤矿关闭，并不意味着"山穷水尽"。区县政府还对其不同程度给予用地、投融资、基础设施建设、就业培训等方面的扶持，引导有条件的煤矿因地制宜、寻找出路，千方百计帮扶煤矿企业转型发展。

为进一步调整优化全市煤炭产业结构，确保煤矿安全生产，2018 年，全市预计再关闭退出煤矿 5 个、削减生产能力 200 万余吨/年，全面提高煤炭供给体系质量，促进全市煤炭行业安全生产。

企业去杠杆：
7 家企业上市融资 49 亿元　60 家列入重点培育名单

为加大企业去杠杆力度，重庆鼓励工业企业直接上市融资，让全市规模工业资产负债率得到有效降低。

去年，我市共有 6 家企业登录 A 股，1 家实现香港 H 股上市，募资额合计 49 亿元。市金融办还公布了三批拟上市重点培育企业，共有 60 家企业被纳入名单。

股转中心表现活跃，截至 2017 年 11 月，重庆 OTC 共有托管及挂牌企业 1578 家，累计为企业融资 698.26 亿元，实现股票增发融资 23.27 亿元，位居全国前列。重庆股转中心还推出了青年创新创业板，专为青年创新创业企业提供"融资+融智"综合服务的交易平台，在 1 月 1 日开业当天，就迎来了 19 家首批挂牌企业。

据了解，重庆还将推进工业企业、民营企业、科创企业上市专项行动，力争 2020 年境内外上市公司达到 100 家。

重庆经济发展的"除法"篇，还表现在工业去库存、清理"僵尸企业"等方面。

引导企业调整产品结构、加大新产品开发上市力度、帮助企业开拓市场、鼓励企业本地配套等措施初见成效，截至 2017 年 11 月末，全市工业产成品占流动资产比重 8.6%，同比下降 0.1 个百分点；产成品存货周转天数 12.8 天，同比减少 1.3 天。

来自相关部门的数据显示，截至 2017 年 6 月底，我市累计注销"僵尸企业"4.34 万户，吊销 3.45 万户，市属国有"僵尸企业"392 户，已处置 269 户。

不破则不立，有舍才有得，唯有做好"除法"文章，甩掉"包袱"轻装上阵，才能让重庆转型步伐更轻盈。

作品标题　重庆经济发展的"加减乘除"系列报道
参评项目　系列报道
作　者　佘振芳　周晓雪　祝可　黄军
责任编辑　康延芳
刊播单位　华龙网
首发日期　2018-01-17

刊播版面　华龙网首页、"重庆"客户端、华龙网官方微博、微信等

作品评价

中央经济工作会议上，将推动高质量发展定为当前和今后的一个时期确定发展思路。且认为，中国特色社会主义进入了新时代，我国经济发展也进入了新时代，基本特征就是我国经济已由高速增长阶段转向高质量发展阶段。

为做好全市经济工作会的报道，助推重庆经济高质量发展，华龙网从2018年1月17日开始推出《重庆经济发展的"加减乘除"》系列策划，聚焦新的经济增长点、企业减少运行成本、创新驱动和供给侧改革四个主题，"加减乘除"四则运算与四个主题巧妙结合，整体策划吸睛亮眼。

经济报道一向"高大上"，如何写得接地气，是一个难题。这一系列报道，从个案、故事入手，丰富立体，娓娓道来。比如"大学生办微企2周拿执照，还获得3万元补助""猪八戒网从佣金模式到深挖大数据，成长为西南地区独角兽""荣昌打造全国最大'猪交所'，生猪'买全国、卖全国'"等，让读者更好地理解我市经济发展的变化。

采编过程

早在全市经济工作会召开前一个月，华龙网新闻中心经济小组就开始提前策划、寻找线索，经过一周左右的材料搜集、走访调查，捕捉到重庆经济的"加减乘除法"这一线索主题，然后根据主题寻找到了数据和案例。

会议召开前两周，记者开始走访各个区县，寻找案例素材。分别采访了创业者、企业、相关部门等，深入挖掘故事细节，并反复沟通核实。报道成稿后，还对其反复修改，让经济报道更具故事性、接地气。

社会效果

报道发出后，收到不少网友及行业人士的转发点赞，并得到了相关经济部门的认可，称"报道视角独特，发掘典范意义超强"，极大地提高了华龙网影响力。

全媒体传播效果

系列报道刊发后，反响强烈，被各大主流媒体纷纷转载，包括人民网、网易、新浪、搜狐、凤凰、腾讯、中国网、光明网、中国新闻网、中国日报网、北青网、中国广播网等多家主流网站以及东北网、东方网、天津网、山西新闻网、红网各地方门户网站。

注：本作品同时获得"2018年1月重庆日报报业集团新闻奖"。

中篇：年度优秀新闻奖获奖作品

约否？"智博会"即将开启，
这封山水邀请函请收下（存目）

作品标题 约否？"智博会"即将开启，这封山水邀请函请收下

参评项目 全媒体

作 者 张一叶 刘颜 蓝心妤 易华 宋卫

责任编辑 周梦莹

刊播单位 华龙网

首发日期 2018-08-08

刊播版面 华龙网首页、华龙网客户端首页、华龙网官方微博等

作品评价

在"智博会"倒计时 15 天时，华龙网策划爆款 H5《约否？"智博会"即将开启，这封山水邀请函请收下》，手绘风格精致唯美，技术上采用单双机模式，亮点在于网友可实现邀请友人双机同步看片，整个作品清新流畅，寓意展现重庆这座立体多面的山水之城，正张开双臂迎接八方来宾。

采编过程

智博会期间，为了更好地迎接来自五湖四海的宾朋，充分展现山城魅力，华龙网融媒体制作团队在 7 月初便开始策划统筹。作品利用一封邀请函的形式开场，本身融合了声音、影像、文字等多种形式，且互动形式还能由用户根据移动接收终端的状况自主选择，体现出了独到的匠心。

在点击观看模式之后，出现的是详细内容，用户可以自主选择单双机模式，点进去的惊喜都不一样，配以每一帧画面、文字、配乐，都精致美观，清新秀丽。用简洁的手绘风格来展现重庆的风貌，充满了现代时尚元素。看完整个作品，会让人对智博会、对重庆都有一个崭新的认识。

社会效果

目前，该作品发布当天，点击量 24 小时已经突破 200 万+，在媒体朋友

圈中呈刷屏之势。获得网信办全网推送提示，被网络传播杂志作为优秀案例展播。

全媒体传播效果

报道在华龙网首页、"重庆"客户端分别进行了重点推荐，在"重庆"客户端首日访问量达 200 万+，成为当日该平台上访问量最高的稿件，并在微信朋友圈引起大量转发评论。

注：本作品同时获得"2018 年 8 月重庆日报报业集团新闻奖"。

下篇：月度优秀新闻奖获奖作品

2018 年 1 月重庆日报报业集团新闻奖获奖作品

摔跤吧！校长

重庆日报记者　彭光瑞

决赛最后一局，时间只剩不到 1 分钟。

摔跤垫上，女孩压低身形，紧盯对手。

对已经 2：9 大比分落后的她来说，靠得分制胜已经无望；要想取胜，只剩下一种可能——让对方双肩着地，直接结束比赛。

女孩呼呼喘着粗气，伸在身前的双手不停地比画着……突然，她欺身上前，一记穿腿摔掀翻对手，旋即合身扑上，将其双肩死死压下。

"KO！我们是冠军！"裁判哨响，看台上一位大叔跳将起来，手舞足蹈，纵声大叫。

这不是电影《摔跤吧！爸爸》中的片段，而是重庆市第五届运动会女子自由式摔跤乙组 43 公斤级决赛的真实场景。

夺冠的女孩不是印度姑娘吉塔，而是云阳县红狮中学学生黄丹；情绪激动的不是宝莱坞巨星阿米尔汗，而是红狮中学校长王平仲。

"玩抱抱"抱出冠军队伍

"后面队员抱前面队员。预备，开始！"

2017 年 12 月 28 日凌晨 5 点半，红狮中学操场上，一场看上去有些古怪的训练课正在进行。

三十来个孩子，两人一组，这回你抱我，下回我抱你，蹒跚往返。山里的凌晨寒风凛冽，孩子们衣衫尽湿，身上裹着白色的雾气。

这是红狮中学摔跤队晨间训练的例行项目。教练李学奎说，大家把这叫作"玩抱抱"，用于力量训练——因为没有专业训练器材，队友成了最合适的"天然器材"。到了下午的训练课，训练器材换成教练不知从哪儿捡来的两个重型拖拉机轮胎。翻轮胎、拉轮胎、滚轮胎，队员借此能训练到多组肌群。

"条件有限，只能用土办法。"李学奎说，学校唯一的训练室，是一间不到 80 平方米的会议室。装备是他和校长从重庆运动技术学院讨来的"二手货"，没要钱。

重庆日报报业集团新闻奖获奖作品选（2018年度卷）

训练室太小，不够所有队员在里面折腾。所以，天气好时，大家就在操场上拉开架势；遇上刮风下雨，只能分期分批在室内训练。

正规摔跤队通常配有桑拿室、健身室，队员赛前减重还有专门的饮食安排。但在红狮中学，赛前减重全靠节食。渴了饿了，只能拼意志，硬扛。

不久前，学校组织孩子们去电影院看了《摔跤吧！爸爸》。电影里阿米尔·汗饰演的"爸爸"用茅草和沙土给女儿搭训练场那幕，让大家印象深刻。

"我们至少还有摔跤垫，比吉塔条件好。"第二天晨训时，一位队员的话让李学奎湿了眼眶。就在这样的条件下，这群孩子硬生生赢得了 33 个市级冠军，李学奎为之自豪。

老校长的"摔跤计划"

自从看过电影，队员们便开始把"摔跤吧！校长"挂在了嘴上。

对此，王平仲有点小得意。3 年前，这里的孩子还不知道打架和摔跤的区别。3 年后，这里出了 8 个国家一级运动员、15 个国家二级运动员和 33 个市级比赛冠军。

王平仲其实不会摔跤。2015 年初，上级考虑到他年过半百，将其从更加偏远的云阳沙陀中学调到距县城 1 小时车程的红狮中学，同时期望王平仲能把这所当时全县排名倒数的中学办出特色。

红狮中学地处农村，留守儿童、贫困生超过七成。因条件所限，很多孩子文化成绩不太理想，想要通过文化考试改变命运，太难。

但农村娃儿吃得了苦，搞体育容易上手，一旦出了成绩，升学、就业更占起手。按照高校招生政策，只要学生获得国家二级运动员以上证书，就可通过高校对"国家高水平运动员"的特招考试，进入大学甚至是重点大学。

王平仲原先在沙陀中学有办举重特色学校的经验，这一次，他想到了摔跤。

当时的红狮中学，没钱、没教练、没队员。怎么办？

王平仲想尽办法，才从县里"化缘"要来 20 万元专项资金，总算迈出了实施"摔跤计划"的第一步。

没教练，王平仲通过"老关系"介绍，认识并相中了前市运动队队员向乙烜。此时向乙烜已退役，在一家押运公司做保安队长。王平仲"神奇"地说服了他到学校任教，谈好的"身价"仅相当于向乙烜当时收入的一半。半年后，他又如法炮制，将前国家队运动员，当时已在另一个区县担任教练的李学奎挖了过来。有人疑惑，这是如何办到的？王平仲的解释很简单，有些东西，不是金钱能衡量的。

没队员，王平仲陪着教练们对全校 1500 多名孩子进行逐一挑选，相中了

16 名身体素质不错的队员。人数不够，他又带着教练走街串巷，发现有潜力的苗子就主动上门做工作。

包吃住，免学费、训练费。面对王平仲开出的优厚条件，家长们将信将疑地同意了他的请求，几十名孩子就这样"糊里糊涂"地成了摔跤队员。

让孩子们走出大山，走得更远

黄丹回来了！这是最近红狮摔跤队的一条大新闻。

黄丹 2017 年初就被湖北一所体院的院校专业队相中，并前往集训了大半年。2017 年 12 月初她又回到了重庆，还明确拒绝了专业队的邀请，重新加入学校摔跤队，准备迎接随后的特招考试。

短发，大眼，面容清秀，个头不高。黄丹看上去并不起眼，但她却是队里的佼佼者。12 月 27 日下午的实战对抗训练，女队员们看到黄丹上场，纷纷"躲猫猫"。教练不得不安排男队员当黄丹的陪练。因为陪练的男孩曾练过举重，力量明显占优，黄丹应战并不情愿，但几个回合下来，她最终以微弱优势获胜。

"看，是不是和吉塔一样，能摔过男孩子。"教练向乙烜对这位得意弟子的表现很满意。年初黄丹离开时，他着实舍不得。因为黄丹的确是棵好苗子，受训仅一年多，就在赛场上屡获好成绩，从乙组到甲组一路征战，多次击败专业选手夺冠。

但她怎么又回来了？几位教练和校长王平仲都不明白。

"教练，专业路线需要的时间太长，我不想一直啃老。我必须得照顾爷爷奶奶……"这是黄丹在微信上给李学奎的解释。李学奎说，黄丹父母离异，据说已各自组成家庭，家中只有年过七旬的爷爷奶奶，孩子的想法也合情合理。

但王平仲心里很不是滋味。

当初很多人曾问他，为什么要让这帮孩子练摔跤？他的答复是，希望给孩子们多一条出路，照现在的情况，摔跤队每年有 20 多人能够被特招，比例超过五成。他给孩子们准备的那条"路"，看上去已经铺好了。

黄丹是在这条"路"上走得最好的孩子之一，特招上大学几乎没有难度。但是从运动员的角度，专业队有飞得更高的机会，黄丹却选择了放弃。

黄丹的选择得到了队友们的理解。

"我也不考虑去专业队。"来自云阳县一个贫困农家的队员吴本银说。吴本银的父亲因病丧失劳动力，全家依靠母亲的微薄收入过活，妹妹才刚读小学不久。原本他打算初中毕业后外出打工，供妹妹读书，却意外地被选进了摔跤队。

2016 年，17 岁的吴本银连续在市级比赛中取得优异成绩，现在已是国家一级运动员。对他来说，前面的"路"已然清晰——考上成都体育学院或武汉体育学院，毕业后当一名体育老师。至于做专业运动员，太难！太远！

"仅是如此，着实可惜。"王平仲说，他没有电影中"父亲"的执念，没想过一定要孩子们到国际赛场为国争光。再说，队员们也不是都有吉塔那样的运动天赋。只是如果可能，他还是希望这些孩子，能通过摔跤走出大山，走得更远。

作品标题　摔跤吧！校长
参评项目　通讯
作　　者　彭光瑞
责任编辑　王海达　袁文蕙
刊播单位　重庆日报
首发日期　2018-01-05
刊播版面　第 6 版重庆新闻

作品评价

作品从红狮中学专注体育特色教育，其培养出的学生在全市范围屡获佳绩进入，关注农村学生特别是留守、贫困家庭学生的生存现状，深入了解了在现阶段教育体制和激励政策下，农村学校与贫困学生通过体育竞技项目，为自己打开一条全新求学通道的艰辛及其带来的希望，具有较强的现实意义。

采编过程

记者通过重庆日报专刊刊发的一条广告短文得到线索随后跟进采访，与云阳县红狮中学师生同吃同住 4 天时间，深入了解学校发展学生从事摔跤竞技的初衷，和一步步克服困难的过程。同时与多名贫困学生深入接触，了解他们对摔跤的认知、从事竞技运动外部环境以及坚持下去的心理动力。通过细节和故事素描的方式，最终成稿。

社会效果

作品刊发后，被新浪、腾讯、搜狐等多家门户网站转载。在重庆日报官方微信公号刊发后，转发量较大。

一位护林员的芳华 30 年

重庆日报记者　张红梅　陈维灯

2017 年 12 月 16 日，当田第美从第 6 次化疗后的昏迷中醒来时，黄泽辉正趴在病床旁小睡。睡梦中的黄泽辉一脸疲惫、胡子拉碴、头发蓬松。田第美不忍心吵醒丈夫，只是轻轻地将垂到黄泽辉额前的一缕头发拨开。上一次见丈夫如此疲倦地沉沉睡去，该是 3 年前的那个冬夜吧。看着窗外灰蒙蒙的天空，田第美的思绪回到了官山林场的那个冬夜。

"不到 18 岁我就干这行，没人比我更熟悉林场"
——雪下面哪里有个坑，哪里有树干横着，黄泽辉都知道

那天夜里，大雪纷飞，林场的积雪没过膝盖。

雪夜里，黄泽辉带着一袭风雪，推开了家门……

这么恶劣的天气里，他干啥去了？

原来，一天前，官山林场管护站接到了一个特殊的任务：卫星遥感监测发现重庆与湖北交界处出现了一块"天窗"，疑似有人在深山里种植罂粟，国家林业局委托市林业局派人去核实情况。"天窗"所在的区域临近湖北省竹溪县双桥乡，从林场管护站所在地到那里单程超过 30 公里。官山林场平均海拔超过 2000 米，12 月时早已是冰天雪地，茫茫丛林里的羊肠小道被冰雪深埋。这无疑是个异常艰巨的任务。

黄泽辉主动接下了这个任务。

"不到 18 岁我就干这行了，没有人比我更熟悉林场。" 1987 年，黄泽辉接替过世的父亲，成了原红池坝飞播造林管理站千子扒播区一名临时护林员。在 30 年的时间里，千子扒播区几经更迭，成了今天的官山林场；林场的护林员换了一批又一批，但黄泽辉一直在坚守。

一起去核实情况的还有邓承涛和何久文。第二天一大早天刚亮，三人就出发了。

羊肠小道上的"杠子雪"（指从高处被风吹到低洼处堆积的雪）已没过胸口，视野里除了树只有雪。三人在茫茫林海雪原里艰难跋涉着，眉毛上挂

着冰凌，结冰的裤管如石头般又硬又冷。

走着走着，邓承涛觉得胸口发闷、脑袋发胀，眼前一片迷茫，耳边却传来黄泽辉的一声大吼："留神，这雪下有个坑。"

邓承涛使劲摇晃着脑袋，定了定神，从胸前捧起一把雪搓在了脸上。

走在最后的何久文，不时抓过一把雪塞进嘴里，冰凉刺骨的感觉，让他保持着清醒。

"坚持住，马上就到了。"黄泽辉给两人鼓劲。

一路艰险，黄泽辉对所经之地了如指掌。"雪下面哪里有个坑，哪里有树干横着，他都知道，简直神了。"回忆往事，邓承涛和何久文一脸崇拜。

"林场的旮旮角角他都熟悉。"林场场长佘大斌也不无感慨地说，经年累月在官山林场摸爬滚打，让黄泽辉成了最熟悉林场93831亩森林的人。

经探查，那块"天窗"只是一大片茅草被积雪覆盖后在卫星照片形成的反光区域。当天22时，圆满完成任务的三人平安回到管护站。

田第美记得，那天夜里，带着一袭风雪回家的黄泽辉，也带着一身疲倦沉沉睡去。

"狼舌舔到脸上时，腥臭味差点让我吐了"
——单独巡山的黄泽辉被盗伐的村民捆在树上，挣脱后遇上群狼，装死才得以死里逃生

其实，病床旁的黄泽辉睡得并不安稳。对妻子病情的担心，让他时刻绷着一根弦。

这担心，既源于对妻子的爱，也源于他的责任和担当。

"心细，凡事想得周到，也认真，分内的事总是不折不扣地完成。不仅对妻子是如此，对工作更是尽心尽力。"这是同事们对黄泽辉的一致评价。

林场工会主席彭端华与黄泽辉共事多年，他记得，每年春节，每当大部分林场职工下山与家人欢聚时，黄泽辉总是选择驻守在林场值班。"值班一般会安排两个人，每年他都会主动提出申请。30年，年年如此。"

官山林场在2006年才通机耕道，2014年才通电。春节值班，大雪封山，不仅孤寂无聊，巡山护林时更是危险重重，随时要提防掉进雪洞里，许多人避之不及，黄泽辉却说："我家离得近，对林场也熟，春节值班是我分内的事。"

黄泽辉的家，就在离林场3公里左右的巫溪县双阳乡七龙村燕坪。为了护林，黄泽辉得罪过不少周边的村民，有一次还被村民捆在树上3个多小时。

"那是1991年的事了，我干护林员才4年。"病床旁，黄泽辉给妻子倒上温开水后，和重庆日报记者闲聊起来。

那一年，木材紧俏。许多村民瞄上了林场的树木，到林场里盗伐。

"巡山时发现了好几次，我们人多，他们就跑了。"虽然认识一些村民，但职责所在，黄泽辉并不徇私，他也因此被人记恨在心。

这天，黄泽辉一个人巡山时又遇到了盗伐的村民。

对方仗着人多势众，又见他单枪匹马，不仅没有停止伐树，还用绳子将他捆在了树上。

这一捆就是3个多小时，待黄泽辉挣脱时，天色已黑。

夜色中，几双绿幽幽的眼睛，盯上了摸黑赶路的黄泽辉。遇上群狼了。

怎么办？绝境中，黄泽辉突然想起父亲曾叮嘱过自己：狼不吃死物，跑不掉就装死。

"我就躺下，狼靠近时就屏住呼吸。狼舌舔到脸上的时候，腥臭味差点让我吐了。"对于在狼爪下死里逃生的惊心动魄，黄泽辉却说得轻描淡写，"哪个护林员没遇见过几次野兽？"

"最恨的就是这些盗猎的，多少野生动物死在他们手里"
——出于对森林的感情和对护林工作的热爱，黄泽辉错过了不少
"挣大钱"的机会，但他并不后悔

死里逃生的经历，并没有让黄泽辉退却，反而让他更加热爱护林这份工作。

尽管，这份工作收入微薄。

"第一年一个月工资50元，现在一个月有2000元。"对于黄泽辉来说，钱并不是他最看重的东西，"我自小在这山里长大，对这片林子有感情。"

因为对这片森林的感情，让黄泽辉错过了不少"挣大钱"的机会。

2015年初夏，黄泽辉的侄子邀他到东北做工，承诺他6个月就能挣5万元。

"说实话，也想去。可在林场待了这么多年了，舍不得。"这年冬天，在东北挣了6万多元的侄子"衣锦还乡"。知道这事的人都替黄泽辉可惜。

可黄泽辉并不后悔。因为就在这年夏天，他和公安人员一起抓住了3个盗猎者。

仲夏的官山林场，草木葱茏，野生动物在林间嬉戏玩耍。

上午9时左右，正在燕坪家中干农活的黄泽辉偶然听到了一个消息：有几个外地人带着火药枪上了野猪坪，要去盗猎野生动物。

黄泽辉立即丢下手里的活路，赶回林场汇报，并主动提出给森林公安带路。

"赶到野猪坪的时候，就发现坡上停着一辆皮卡车。"野猪坪山高林密，掩盖了盗猎者的行踪，公安人员决定埋伏在皮卡车周围的山坡上，守株待兔。

晚上 9 时，由于对山形地势不熟，一无所获的 3 名盗猎者垂头丧气地回到了皮卡车里。令他们没有料到的是，官山林场护林员和公安人员早已等候多时，3 人成了瓮中之鳖。

随后，公安人员从 3 人身上缴获了 3 杆火药枪和一些子弹。等待他们的，将是法律的严惩。

护林 30 年，这样的事，黄泽辉经历过多次。

今年 8 月，黄泽辉和林场同事及公安人员一起，经过 8 小时跟踪追捕，在阴条岭国家级自然保护区内成功抓捕入山盗猎者 4 名，缴获枪支两支、子弹 250 余发。

"最恨的就是这些盗猎的，多少野生动物就死在他们手里。"对这片森林的感情和对护林工作的热爱，让黄泽辉对盗猎者深恶痛绝，每次追捕他都积极参与，"就算带个路也好。"

"我们没给林场做什么事，倒是给大家添麻烦了"
——尽管收入微薄，生活艰难，但黄泽辉从未向林场提过任何要求

病房里，黄泽辉与重庆日报记者闲聊时，田第美就躺在床上静静地听着，望着黄泽辉的眼神里，满是关切。

患病之前，田第美是官山林场的炊事员。两人还在管护站前的空地上养了十几桶蜜蜂，一年能有一两万元的收入。

"此前，田第美没有工作，2017 年 5 月份林场聘用她为炊事员。"余大斌介绍，黄泽辉为林场工作多年，收入不高，两个孩子又在读书，家庭条件较为困难。在林场当炊事员，田第美一个月也有 2000 元的工资。另外，虽然燕坪离林场管护站路程并不远，但黄泽辉和田第美也是聚少离多。田第美到林场当炊事员，也解决了两人长期两地分居的问题。

然而，刚上班 1 个多月，田第美就觉得胸口闷得慌，随后吐出一口鲜血。检查后发现，田第美的肺癌已是中晚期。

自那以来，黄泽辉就不曾睡过一个安稳觉。他既要照顾生病的妻子，隔一段时间就要带她到主城区的医院化疗，还要尽职尽责地做好护林工作。

从那时起，妻子的治疗费、药费，两个孩子读书的花销……生活的重担，都压在了黄泽辉这个临时护林员一个人的肩上，"化疗一次就要 5000 元左右，家里已经欠了好几万了。"

尽管收入微薄，生活艰难，但黄泽辉从未向林场提过任何要求。

"就连我们给他捐款，他都婉拒了好几次。"彭端华告诉重庆日报记者，为了让黄泽辉安心照顾妻子，林场将他的上班时间进行了调整，尽量让他有充裕的时间可以陪妻子到主城区进行化疗。此外，林场 25 名职工还为他捐

款，少则 500 元、多则 1000 元，一共捐了 19000 多元。

巫溪县林业局还帮助黄泽辉在网络上发起筹款活动，共筹得善款 29860 元。

虽然，与高昂的治疗费用相比，这些钱不过是杯水车薪，但黄泽辉与妻子已经极为感恩："我们没给林场做什么事，倒是给大家添麻烦了。"

2017 年 12 月 17 日午后，结束第 6 次化疗的田第美，在黄泽辉的搀扶下，走出了病房。他们将回到已是白雪皑皑的官山林场，黄泽辉也将继续自己护林员的工作。

"如果有一天我真的走了，我希望能埋在那片林子里，还能和他一起巡山护林。"田第美说这话时，一行泪，涌出黄泽辉深陷的眼眶……

作品标题　一位护林员的芳华 30 年
参评项目　通讯
作　者　张红梅　陈维灯
责任编辑　姜春勇　隆梅
刊播单位　重庆日报
首发日期　2018-01-07
刊播版面　第 1 版要闻

作品评价

文字细腻，人物故事真实感人，体现了基层普通群众的奉献精神。

采编过程

重庆日报编委带领记者，在寒冬腊月前往平均海拔近 2000 米的巫溪官山林场进行采访，后又随采访对象一起回到主城，采访其正在接受化疗的爱人。

社会效果

文章被众多门户网站转发，取得良好的社会效果。巫溪各界纷纷被黄泽辉的精神所感动，并积极为其爱人的治疗提供援助。

等了 43 年，渝贵铁路将大西南接入全国高铁网
山城！三城！一条铁路带来的三城汇聚（存目）

作品标题　等了 43 年，渝贵铁路将大西南接入全国高铁网
　　　　　山城！三城！一条铁路带来的三城汇聚
参评项目　通讯
作　　者　黎静　罗永攀　黎胜斌
责任编辑　郑亚岚
刊播单位　上游新闻
首发日期　2018-01-23
刊播版面　上游新闻头条频道

作品评价

渝贵铁路通车，上游新闻在确保日常动态报道的同时，结合新媒体属性，重点策划推出了两篇专题报道。

1 月 21 日，第一篇：等了 43 年，渝贵铁路将大西南接入全国高铁网。这篇报道首次阐释了渝贵铁路的重要意义，不仅是两个城市间的往来，更重要的在于首次揭秘了：国家铁路网络中，渝贵铁路究竟有什么价值和意义、作用？围绕这个问题，系统、生动地讲述了渝贵铁路本身在路网中的价值所在。从历史到现在，从一个老司机、一张高铁网、一个新未来这 3 个层面，既有人物故事，又有数据动态，还有各方点评，综合呈现了渝贵铁路开通，价值并非乘车方便这么简单，而是将其引申，站在国家高铁网建设的角度，生动阐释了个中内涵。新闻性和可读性都比较强。

1 月 23 日，第二篇报道是第一篇的延续，因为接入全国高铁网，重庆、成都、贵阳，这 3 个大西南的城市被串在了一条线上。

渝贵铁路开启了三个省市、三个城市的快速融合发展，是一条经济动脉。再加上当前人事领域贵州、成都向重庆汇聚，使得这篇稿件更具无穷深意和情感。从文本而言，稿件内容生动、可读，既有过往背景，又有当前的行动，人物故事。稿件站位高、有情怀，可读性很强。

采编过程

在启动渝贵铁路通车报道的同时，部门就开始策划，确定选题，多位记者共同参与，及时组稿成稿。

社会效果

两篇报道推出，即被评为当日好稿，收获了多方的好评，被赞为既有独家新闻视角，同时又有历史纵深感和情怀。

全媒体传播效果

两篇稿件，单篇当日最高阅读数超过了 43 万。累计阅读数超过了 65 万。

我是渝商当自强（存目）

作品标题　我是渝商当自强
参评项目　网络专题
作　　者　王方杰　罗永攀　杨野　黎胜斌　刘翰书　徐菊
责任编辑　饶治美
刊播单位　上游新闻
首发日期　**2018-01-31**
刊播版面　上游新闻头条频道

作品评价

两会可视化报道重点策划。

今年两会，上游新闻可视化报道是一个重点。结合大会即将闭幕，渝商首次写进政府工作报告，独家策划推出了"我是渝商当自强"，从渝商的视角，以代表委员履职建议为主线，如何贯彻政府工作报告"三有"渝商的部署，邀请10位渝商，从自己、企业的角度，谈建议、想法、计划，既是对政府工作报告部署的积极回应，同时也是将部署贯彻落实的具体表现。整个视频从创意到呈现形式，紧紧围绕中心，展现了渝商新面貌，展现了重庆人积极奋发有为的担当，符合主旋律需求。

采编过程

今年政府工作报告，首次把渝商写进报告，并提出"三有"的新定位。结合上游新闻新媒体属性，独家策划推出了以视频为载体，在两会期间，耗时3天收集采访10位代表委员，借助他们的渝商身份，讲述新年新的愿望，为自己企业、为重庆加油鼓劲。整个作品紧扣政府工作报告提出的"三有"渝商主题，展现企业家的责任与担当。

社会效果

产品一经推出，在代表委员、渝商群体中广为传播，同时收获了市委宣传部新闻处、市政府新闻办等主管部门和社会各界的好评。

全媒体传播效果

1月31日推出1小时收获了5万阅读量。

朱明跃是如何变成猪八戒的

重庆晚报记者 刘涛

那天晚上，朱明跃在一家接私活的社区论坛上发了一个帖子：谁能帮我设计猪八戒网站，报个价。第二天清晨，在他出门前，朱陶打来电话：你这个很简单，我只需一周的时间，500元。交易当即达成。因为这500元的生意，11年后，朱陶成了亿万富豪。

网站上线了，要人值守，当时，董长城大学辍学在家，无事可做，便得了这份工。没有工资，只解决一日三餐。11年后，董长城也即将成为亿万富豪。

从2006年到2018年1月，猪八戒网到底诞生了多少位亿万富翁？朱明跃一时数不出来。有些他好像记不起了。当然，肯定少不了他自己。

我还记得，大约17年前，在重庆酉阳第一次见朱明跃，他那时是酉阳电视台的记者。他淳朴、爽直、聪明。当他看着你的时候，眼神总有那么一种亲切、专注。他在酉阳出生长大，有了家庭和孩子，他甚至还没有认真考虑过离开这样一个偏远小城。他那时的神情与现在一模一样，笑容、发型、不时的手势也一样，岁月好像除了给他带来百亿级的企业、即将催生一个又一个富豪外，没再给他留下更多可寻的痕迹。

重庆猪八戒总部外面的草坪上站立着多个形态各异的猪八戒塑像，它们有的拿算盘，有的举九齿钉耙，还有的在拍照……它们个个憨态可掬。

看看它们，我突然想起有人说的一句话：朱明跃越来越像猪八戒了。

一气之下，取名"猪八戒"

朱明跃还是离开了酉阳，来到《重庆晚报》，做时政新闻记者——继续着他的老本行。他全身心扑在采访上，白天，他真的一门心思这样，当夜晚来临时，他在做什么呢？

黑格尔在《精神现象学》中提出：白日与黑夜存在不同的法则。白天朱明跃完成传统媒体工作，晚上醉心于新媒体。那时的新媒体汹汹而来，新旧媒体两大阵营中的有些个人像小区两排正对屋子里的两条狗一样狂吠。朱明跃可不在乎他们的叫声。他只遵照自己的兴趣和理解，比如，博客，在2005年大行其道，似乎要颠覆一切传统媒体，他也准备这么干。"我也写了一段时间博客，建了一个博客站。"朱明跃说，他发现博客不可能颠覆什么，它纯粹是一个人或一群人在那里自说自话，什么也颠覆不了，它的商业模式和报纸差不多，依旧是"流量＋广告"模式——所谓"羊毛出在猪身上，狗来买单"，报纸一直这么玩的，并且玩得还要更彻底、血腥。

不能把脏水和孩子都倒掉。博客不行，并不能代表新媒体不行。什么样的新媒体可行，什么样的新经济模式有机会？

看看当时的互联网版图。朱明跃发现，除了新闻资讯类、社交聊天类，就是电商——淘宝和易趣打得如火如荼，当当的书卖得风生水起，京东不在中关村摆点开始网上卖电器。他想，电商做得雄雄壮壮，未来服务业必然比第二产业要火，为什么没人搞互联网服务业？难道这是无人区？

不。早已有人被服务业的这块"未来蛋糕"深深吸引，且探索有之，朱明跃后来得知，包括猪八戒这个名字，也是别人探索失败后丢弃的。要是朱明跃当时了解这点，或许他可能因为这一已有的失败而止住自己的脚步。那"猪八戒"可能真的石沉大海了。

人们所看到的往往是冰山一角。

那真是互联网特别绚烂的年代，你真的还记得吗？是的，朱明跃记忆犹新，个人站长大行其道，草根站长盛行，"我有一帮朋友就是在那个时候认识的，包括一个叫华军做软件下载站的，昨天我们还联系了，他依旧在江苏下面的一个县。"

朱明跃想冲进"无人区"。他自学编程，设计网页。他现在记不清，究竟在2005年夏季的哪个晚上，设计出了猪八戒网的第一个版本。

这是一粒新种子，谁能想到10年后它会长成参天大树呢，否则，该在种子的旁边写下它诞生的具体日期。

好吧，这粒种子总该有个名字，并且，上传到虚拟空间，必须注册域名。

什么名字？朱明跃没料到他想好的名字全被用了，一气之下，自己不姓朱吗，猪八戒该没人注册吧，结果一查，zhubajie.com也被注册了，但是，zhubajie.com.cn还没有。"我立即把它抢注下来。"

朱明跃后来发现，这个域名本不属于他，"是潘石屹的。"

猪八戒原来是潘石屹早早的一个梦想。这多么不可思议，似乎再次说明了这样一个道理：了不起的事物总有更了不起的幕后。朱明跃讲起这段往事，爽爽朗朗笑了。

"潘石屹当年开发长城脚下的公社时，梦想给他的业主搭建一个生活服务平台，这个平台就叫猪八戒。业主家里需要什么，就找猪八戒，让猪八戒直接把东西送到家，这个梦想在今天看来太简单了，但在2003年的时候，它太超前，太乌托邦。所以，他的梦想死了，域名也忘记续费，就掉了下来。我记得，在我注册的时候，它刚掉下来。"

一个发光的苹果掉进了朱明跃的兜里，不知是否是先砸到了他的头再落下来的。

猪八戒突然瘫痪了

进入秋天，重庆迎来一年最灿烂的季节。大约 10 月底，在渝中区解放西路 66 号报社大院一套老式房子——这里紧邻毛泽东曾经演讲过的礼堂，猪八戒网正式上线。朱明跃一家租住在此。

没有仪式，没有推广，没有祝贺，好像连一句祝福的话都没说。因为没人知晓朱明跃悄悄当起了"二师兄"，更无人关注猪八戒在重庆的复活。

一切跟平时一样，除了天气逐渐凉爽，一切跟过去一样。历史总在人们沉睡时翻滚。

网站用户就一个，唯一的一个——朱明跃他自己。他细细打量这个初生的"婴孩"：他太难看了，猪八戒不好看，他不能跟着丑。他需要专业人士的美化。

2005 年 11 月，渝怀铁路即将通车，重庆多了一条走出去的路。朱明跃作为《重庆晚报》的首席记者将带队完成"千里渝怀大穿越"的系列报道。他希望采访回来看到一个好点的猪八戒。如本文开头所写，他在出发前的头一天晚上发了帖子，第二天一大早电话就来了。"我们在电话里把生意谈成了。朱陶问我做什么的，我说了，我问需不需要先预付一点钱，他说，你既然是重庆晚报的记者，我相信你，不预付。"

采访回来，双方交钱交货。朱明跃说，这个时候猪八戒网算正式开张了。还记得第一笔交易吗？"我自己悬赏 1000 元征集猪八戒的 Logo，湖北一个女设计师接的单，做得不错。"朱明跃说。第二笔呢？一时记不起了；第三笔是为两路口一家酒吧设计 Logo。

朱明跃把猪八戒定位为"在线悬赏平台"，他采用了一种悬赏方式——竞标的佣金模式。悬赏者（也就是需求方）把需求发到后台，比如你悬赏 1000 元为你的孩子取个好名字，朱明跃把这一需求发布在猪八戒上，任何注册用户都可以竞标取名，最后悬赏人选中谁的名字，谁就中标，获得赏金，朱明跃从中抽取 20% 的佣金。规则清清楚楚写在网站首页。

"博客是流量加广告型，我这个是交易加佣金型。交易规模越大佣金越多。"这是朱明跃当时天真的想法。

猪八戒上线三个月，朱明跃从用户身上看到了信心，觉得自己预判正确，猪八戒提供的是一个公平竞争、开放实践的平台，符合互联网的精神。"很多设计师、服务业的创业者真的需要一个平台，他们抱着实践、成长的心态参与进来。"一个悬赏常常几千人抢，最少也有几百人。他还记得，大坪有一家人生了二胎，悬赏 500 元为孩子取名字，当时 5900 个人参与竞标，名字多得家人足足选了三天。

为公司设计 Logo，搭建简单的网站，取名字是当时猪八戒的主要交易，相当于为初创企业和 SOHO 一族提供服务的网站，后来人们把这类统称为"威客"公司。但朱明跃不喜欢被贴标签，一直不喜欢。

可朱明跃还没想创业呢，猪八戒至多是他的业余爱好，"做起玩玩"。

那时没有第三方支付，需求方通过银行打来款，朱明跃到银行的柜台给中标者汇款，然后再把汇款凭证拍照，公布在猪八戒的社区上，提醒对方查收。为了网站正常运行，他请朱陶兼职维护网站，每月费用 1000 元，而董长城值守网站。

差不多又是三个月过去了，好像 5 月的一天，朱陶约朱明跃在三峡广场的五月花茶楼喝茶。他提出，不要每月那 1000 元，要网站的股份。朱明跃劝他：我并没想到出来做公司，你要这个网站的股份没有多大价值，1000 元落袋为安。朱陶坚持要股份，20%，后来好说歹说，给了 10%。朱陶成了猪八戒的第一个股东。"我当时觉得对不起他。"朱明跃说。

进入 8 月，事情骤变。也从 8 月开始，重庆迎来百年一遇的高温天气。每天万里无云，太阳毒辣辣的。

朱明跃忘不了这个 8 月。几号的一天，猪八戒的流量突然暴涨，涨得网站瘫痪了，程序员刚加紧处理好，马上又涌入几万人，再次瘫痪。网站运行不了，只有紧急建 QQ 群，一下建了 50 多个群。接着电话打爆了，想咨询的、要采访的……各种各样的都有。

朱明跃懵了，不知道发生了什么事。

原来，中央电视台新闻联播报道说威客一族成为新的工作方式和族群，全国有三四十家平台，报道中提到了猪八戒，也提到其他公司，"我估计那些公司的名字不大好记，人们只记住了猪八戒。很多用户就是看了报道，纷纷涌入注册。有一个大学生，他没有看到新闻，他爷爷看到了，他爷爷立刻告诉他，你是做设计的，你应该去猪八戒。"朱明跃感叹当时新闻的力量。

朱明跃一下忙了，忙得脚板像火烧着一样。记得有次在《重庆晚报》办公室遇见他，他连说句话的时间也没得，就冲出了办公室。我那时还很奇怪，他做什么去了。

即使这样，朱明跃也在犹豫是否辞职。央视报道不久，重庆一家都市报又鬼使神差地发了一篇报道。"那天，那记者突然来找我，我们聊了好一阵，中午还请他吃了小面，哪知他回去悄悄整了一篇整版报道，说猪八戒有多厉害。"朱明跃的脸挂不住了，这篇报道成了他辞职的导火索。

2006 年 9 月，朱明跃正式成立公司，一头猪终于落地了。公司六个人，所有投资就几万元。

猪八戒居然还活着

兴趣和爱好总让人激动，可一旦变成事业，就哗啦啦大变样了。朱明跃苦身历行，每天累得像狗一样——他日后总这样说自己，哪怕努力得要上天，猪八戒的生意就是不咋地，交易额不理想，真像赶不动的一头猪。

他开始紧张焦虑。这到底是怎么回事？谁知道呢。

好不容易熬到 2007 年，生意还是没啥起色。这一年是农历猪年，这头"猪"却焦虑得绝望透了。

拯救者登场的时候到了。历史教科书告诉我们，关键时刻往往会出现一位拯救者。但他是谁呢？

2007 年初的一天，朱明跃接到一个电话——彻底改变猪八戒命运的电话，博恩集团的董事长熊新翔想见见他。博恩集团成立于重庆直辖那一天，卖电脑起家，后转向软件行业，再后专注 ITTMT 投资。早在 2003 年，熊新翔就预断未来互联网服务业很有前景。他准备投资这类行业的公司，通过层层打听，猪八戒就在眼前。

"没有熊新翔，猪八戒早死了。"朱明跃非常肯定地说。

第一次见面，原计划谈一个小时，结果谈了三个小时，开始在座位上谈，后来站起来在黑板上边画边谈。第一次见面结束了，但熊新翔并不满意。"我当时有点失落，朱明跃思路模棱。"熊新翔还记得，他送朱明跃来到电梯口，在借等电梯的一分多钟时间，朱明跃再把交流的内容简明扼要总结了一下，这让熊新翔印象深刻——近乎孺子可教也。

很快他们有了第二次见面。

"你要多少钱？"熊新翔问。

"100 万。"朱明跃说。

"那我占多少股份？"熊新翔再问。

"只要不控股就行。"朱明跃很爽快。

"那我占 40% 的股份，100 万不够，我给你 200 万。还是占 40% 的股份。"熊新翔的这一决定让朱明跃惊喜得一时说不出话来。

没几天又见面了。熊新翔告诉朱明跃，你就做服务业的淘宝，你把这个位置占住，未来服务业肯定大于第二产业，你到时肯定比淘宝大，比马云牛。

熊新翔又说：你如果不辞职，我不会投；你是记者出来创业，我投 200 万；而你是首席记者出来创业，我投资 500 万，股份不变。"首席"二字，让猪八戒一下多出 300 万。重庆晚报再一次悄无声息地帮助了朱明跃。

"没有这 500 万，猪八戒早死了。我们靠这 500 万支撑了 4 年，"朱明跃深有感慨地说，"我一直感恩重庆晚报。"

熊新翔带给猪八戒的不止那 500 万，更重要的是他帮猪八戒制订了至关重要的发展战略。熊新翔给这一战略取了个名字：相对竞争战略。这是商业教科书上没有的。什么意思？不看猪八戒究竟有多少收入，交易规模多大，不看这些，只看猪八戒和国内同类竞争对手的差距，猪八戒能否在两三年时间内做到国内第一。这是个了不起的战略，猪八戒坚持了 4 年。实际上，猪八戒只用了 9 个月时间，就超越了所有的对手，成为国内第一，直到今天。

"一天一万，够吃稀饭。一天十万，够吃饱饭。"朱明跃算了一下，一天一万的话，提成 20%，就是 2000 元，一个月 6 万，二三十个员工的工资基本上有了，熬吧。

熊新翔认为，猪八戒的发展必须从市场中生长，就像一根大葱从土地中长出并不断长高一样。可竞争是残酷的，对手铺天盖地打广告，一夜爆红，一夜催肥。自然生长与揠苗助长，朱明跃毅然选择前者，不袭对手之策，不蹈对手之路，就是一个广告也不上，他绝不想看着钱哗哗流出去，回不来了，最终失血而亡。

猪八戒不盲目进攻，不盲目追求交易规模，先活下来最重要。朱明跃说，这比什么都重要，这是哲学。我想他指的是一种智慧。

不打广告并不是放弃传播，否则谁还知道你呢。在传播策略上，朱明跃不拘一格，倚重口碑和传统媒体。他深感传统媒体真正的力量，不那么相信新媒体的传播力。他说，在这 4 年中，中国任何一家报纸、广播、电视台都对猪八戒有报道，这是一个长期的累积过程。

新媒体和互联网经济变得比翻书还快，一天一样，从团购、社交、点评到 O2O，新概念、新模式层见叠出。有人，有业界的大佬和投行的大咖认为，不出几年，猪八戒就会销声匿迹。在重庆这样一个西部城市，他们不相信会生长出有力量的互联网公司。事实上，猪八戒依旧活着，在第一的位置上慢慢熬着。

猪八戒中秋前过堂

2011 年，农历兔年，对猪八戒来说，应该是个不错的年头。

秋天到了，喜事跟着来：IDG 决定投资猪八戒。你还想不到，协议在中秋节的前一天的傍晚最终达成。也许由于谈判太过艰难曲折，朱明跃都没有抬头望望中秋前的明月，没有看看那明月中有什么。

IDG 的名头是特别响的。其实，早在 2007 年初他就接触过猪八戒，但当时认为猪八戒模式太超前，玩不了两年就会死。2010 年底，IDG 的一个投资合伙人来了重庆，他意外发现猪八戒居然还活着。他当时非常震惊。

IDG决定投猪八戒。为什么是666万美元？3个6并非迷信。

最开始谈成的价是600万美元，占股10%。朱明跃在北京和IDG的人谈完后准备回重庆，他在机场随意买了一本书——《创业不可不知的融资知识》，常识性的科普读物。他说，实际上常识性读物有时比高端读物来得好。朱明跃清楚记得：书中讲了这样一件事，很多创业者在融资过程中犯一个错误，对自己的公司的估值没有概念，到底是融资前估值还是融资后，一字之差会带来几百万的差异。"我当即算了一下，如果IDG占10%股份，那么该是投666万美元。少了66万美元。这后来是要值几个亿的。"

朱明跃不干了。他要求把66万美元加上去。当时双方只签了一个投资意向协议，还有谈判余地。

他约IDG的合伙人来重庆，晚上他们在两路口希尔顿喝茶，又一个必须熬的夜晚。朱明跃要求把金额改过来，合伙人坚决不干。"我非常执着，不同意就不准他睡觉，一定得答应，熬到下半夜三点钟，他实在憋不住了，他又太想投这个项目，最终答应回去帮我在IDG投委会上做做工作。"10多块钱买的书，给朱明跃带来了几个亿。从那之后，他买书都是大捆大捆地买。

合伙人回北京后，并未做通投委会的工作，最后只得喊朱明跃到投委会再次陈述猪八戒，相当于一次过堂。

朱明跃又来到IDG，他被安排坐在熊晓鸽旁边。熊晓鸽什么人？IDG资本全球董事长，中国投行神一般的人物。

朱明跃发现，他讲得泡沫横飞，熊晓鸽却睡着了，在打鼾！

"我当时要死的心都有。"

因为朱明跃认为投不投最终由熊晓鸽拍板。他非常失望地准备离去。但意外地，在他站起来的时候，熊晓鸽突然醒了，"他起身把我送到电梯口，叫我在楼下的星巴克坐一下，他们还有合伙人要和我谈。"

建国门中粮广场楼下的星巴克。IDG在楼上办公。"我现在走到那里依旧倍感悲凉。"朱明跃说。

"第一个来谈的人是李骁军，长期在美国。他约我吃午饭，我以为吃饭的时候，他会和我谈猪八戒，哪知饭都完了，他绝口不提八戒三字，倒是问我怎么做记者，怎么看博客，全谈虚的。我后来明白这是他考察的一部分。"

朱明跃回到星巴克开始喝咖啡。接着下来一位，告诉朱明跃：你不能要价666万美元，600万美元我们都要考虑。但朱明跃坚持自己的。"他们合伙人多，一会儿下来一个，像搞车轮战。我就是不松口。"朱明跃不可能忘掉那天的经历。下午，北京开始降风，他坐在星巴克外面，心被吹得哇凉哇凉的。傍晚，剩下他一人还坐在那里，IDG还有人要下来谈。"真的是秋风悲凉。我当时想如果我放弃666万美元，那么600万美元也将没有希望。"

晚上7点过，熊晓鸽终于下来了，和一位女士，提着一盒《山楂树之恋》电影宣传的月饼。他也是来和朱明跃喝咖啡的。朱明跃从午饭后喝到现在，已是一肚子的咖啡。

熊晓鸽说，我不是来给你谈价格的，是来给你谈谈我们的资源。

他马上给崔永元打了个电话：老崔啊，我们马上要投猪八戒，能否让猪八戒上一下星光大道。

接着，又给张艺谋打电话：老张啊，我们马上要投猪八戒，能否拍一部猪八戒的电影。张艺谋听得云里雾里。

管你老崔老张的，朱明跃只在意666。这时，熊晓鸽突然说了一声"OK"。

听到这个消息，朱明跃面无表情，他无喜无悲，"我真的被折磨得快死了，已经没有什么感觉了。像是在很深很深的湖里丢进一个小石子，湖面迅速恢复平静。"

当晚，与熊晓鸽一起下来的女士陪朱明跃观看了电影《山楂树之恋》，一部IDG投资的电影。或许她曾经当过知青，哭得一塌糊涂。一旁的朱明跃已没有心思欣赏山楂树下的爱恋，他的心早飞回了重庆。第二天就是中秋，想到可以和家人团聚，朱明跃顿时有一种甜丝丝的感觉。

这次融资对猪八戒有里程碑意义，表明被主流所重。猪八戒也从一个草根创业公司长成董事会治理下的现代企业。

猪八戒有钱了。团队有人兴奋，想法倏变，主张积极进取，花钱买时间、资源。一时嚣嚣哓哓。朱明跃异常沉静，他否定了这种太过履险蹈危的做法。他深知猪八戒的商业模式还未成功。他也知道，IDG之所以投猪八戒，不是因为猪八戒真的做得好，而是因为猪八戒是这个行业的第一，可以说，IDG投的是这个行业，这个品类。

朱明跃提醒团队，多照镜子，不要觉得别人给你钱，你就成功了，就可以挥霍，盲目扩展。他提出继续保守下去。"如果不保守，钱一用完，我们还是会死。到今天我依然天天有危机感，我的账上趴着20多个亿，我还是感到危机重重。"

猪八戒的秘密

可不，IDG的投资后不久，朱明跃就陷入了无比的痛苦中。

钱花了些，但猪八戒和过去没多大区别，看不到质的改变，那头猪还是不大赶得动。交易平台的转化率不高，交易规模一年就几个亿，收入更少，一年千把万，每年增长缓慢，其他互联网公司动不动就呈指数级增长。

问题究竟出在哪里？所有人迷茫着。

朱明跃说："猪八戒变成了一杯温开水，既不滚烫又不凉，不死不活，不生不灭，看不到希望，想起未来激动，看了财务报表又惭愧。我感觉像站在中梁山隧道的中间，出口在哪里都不知道，但是你必须前行。必须保持正确的方向和步伐，去寻找出口。"

怎么做才能让猪八戒来一场翻天覆地的变化，而不是一直像老乌龟那样慢腾腾的？有什么招数？

必须找到猪八戒的发展秘密。它究竟是什么？到哪里可以找到？2011—2013年，朱明跃苦苦探索、寻找，但毫无结果。他迷茫、痛苦，甚至恐慌、绝望。

猪八戒的秘密是所有人的秘密，谁来破解这必须破解的秘密。

这时，佣金模式暗藏的问题也逐渐暴露出来：

其一，它的天花板到了。除非存在海量交易，否则变现能力极低。

其二，跳单越来越多。买卖双方通过猪八戒认识，却"私奔"了，私下交易。"跳单越来越多，像癌症一样折磨着我们。"

其三，佣金模式更适合初学者，不适于知识主流，这些主流不可能把时间浪费在取名字这样的事上，且莫说背后还有数千人竞争。

朱明跃提出：我们必须进化，必须痛下决心，重构、再造我们的模式。

怎么个再造法？

国外有什么先进经验拿来用用？那个时候中国的互联网经济模仿气很浓，美国有什么，中国一下就仿过来——CopytoChina（小孩子都知道是什么意思）成为时髦。但猪八戒在美国没有对标企业，仅有近似的几家，鲜有借鉴价值。

冥行索途，誓窥秘密，哪怕不惜把整座大厦推倒重来。朱明跃真的这样做了。

猪八戒启动了一项代号为"腾云行动"的再造工程，把网站、产品、商业模式全部推倒重来。这是何等痛苦的笨办法，把自己一片片撕碎，再重新缝合起来，再撕碎，再缝合。接连9次"腾云行动"，9次撕裂自己，一次次一遍遍找寻。

每一次都要花三个月左右的时间重新编程开发，以为行了，结果上线后发现不符预期。9次腾云后，猪八戒也从一个社区变成一个交易平台，从买家发需求的模式变为像淘宝那样的卖家开店的模式，把严重低频、非标、非专业买家的服务做成规模化交易。做平台真像在沙漠上建城市，朱明跃天天站在设计、编程人员的背后，地儿都站成坑了，指挥着这沙漠之城的建设。

"腾云行动"除了夯实猪八戒在这个领域的绝对老大位置，实际上并不算成功，那秘密依旧是秘密。

2013年年底，朱明跃神情沮丧地坐在了熊新翔的办公室，他希望像过去一样得到老朋友的指点和安慰。但熊新翔装着没有看见，他知道朱明跃遇到了什么困难，他就是不说。他们聊了些别的。一个月后，朱明跃又来了，他说：我现在缓过气来了，上次希望你安慰我，没有得到，我回去反思了，我明白自己必须去面对困难。

熊新翔如此为何？他认为，朱明跃要成为一个创业者，成为一个现代企业的领导者，必须彻底转型，在完全无助的时候完成自己的转型，用自己最后的那口气爬上去，而不是捞到救命稻草，"只有这样，朱明跃才能真正成熟强大。"

朱明跃去了中欧国际工商学院，他希望在这里找到突破之法。在一次课上，老师讲道：所有的平台，最后都是用海量的数据来为用户提供延伸服务。这句话让朱明跃茅塞顿开。

猪八戒有上千万的用户数据，它们却像一片被遗忘的大海。一直以来，他们看到并注重的只是海面上穿梭的船只（用户在上面交易），而忘记了大海本身的价值，那大海深处的价值。

朱明跃恍然大悟。

他觉得已经找到了那折磨他多年的秘密。原来，它在大海深处，而不在大厦内的某个角落。

朱明跃彻底明白了，事情原来是这样的：企业在设计 Logo 的背后有商标和商标保护；在经营中需要会计，需要记账报税；产品出来了需要推广，如果继续做大，还需要融资上市……服务链条不断延伸下去，猪八戒的业务不断挖下去。

那是 2014 年，朱明跃兴奋得像个孩子，他特地去了一趟格陵兰岛，在极地跑了一趟半程马拉松。这次远行被媒体解读为一次"窥见未来之旅"。

跑马归来，朱明跃组建"敢死队"，推动商标注册和知识产权保护。仅 6 个月，就带来了近亿元的收入，猪八戒一举成为中国最大的知识产权代理公司。

"数据海洋+钻井平台"，猪八戒新的战略，深挖海量数据价值。随后，他在法律文书、会计代账、职业服装制作、印刷、工程设计和金融等领域展开全方位的服务探索。

沉睡的火山突然爆发，猪八戒爆发性的发展挡不住。它这时真的腾云而起。它一端朝向中国上亿中小微企，为它们提供全方位的服务、管理工具、孵化平台、教育培训和金融服务；另一端面朝千千万万的知识工作者。朱明跃紧抓两端，为中小企业服务，为知识工作者创造机会，两端无缝相连，对之企业，天下人才为我所用；对之知识工作者，天下生意为我做。

天下，猪八戒慨然而行。

2014 年下半年，猪八戒完成 B 轮融资，获得 IDG 和重庆文投集团 1750

万美元投资，成为中国领先的服务众包平台。朱明跃终于可以自豪地说："服务交易不能学淘宝，也不能学亚马逊，要走自己的路，如果用 C2C 纯粹市场的办法，一定会死。"

实体电商的阴影曾那么久笼罩着猪八戒，朱明跃不知是脱了好多层皮才把猪八戒从这阴影中拖出来，走出了服务交易这条新路。他发现，服务交易与商品交易看起来都是交易，其实是截然不同的两回事。商品交易，你把要买的东西放在购物车上，结完账就了事；而服务交易，下单才是交易的开始，后续涉及方方面面，它是交易但又不是，它是一个依然值得探索的丛林地带。

2015 年五一，朱明跃带领 26 名高管集体去戈壁徒步，重走玄奘之路。整整 3 天，走了 81 公里。最后一天，朱明跃脚受伤，所有的人劝他放弃，但他还是走到终点。朱明跃其意显明：无论有多难走的路，只要坚持走下去，都能抵达目的地。

戈壁徒步后，猪八戒又完成了 26 亿元的 C 轮融资，估值高达 110 亿元。

猪八戒紧接着宣布免除交易佣金，启动区域化战略，从线上走到线下，从重庆走向全国。

猪八戒真的飞起来了。

猪八戒成了一头怪兽

最初猪八戒只是一头猪，后来进化到猪八戒，"那么，现在你可以说它是一头怪兽。"

怪兽总是难以理解的。说它怪，是因为你无法说清它为什么长成这个样子。朱明跃也解释不了今日的猪八戒，它和最初的想象差别太大，所以，在大楼门前的草坪上会有各式各样的猪八戒，让你去体会，容你去想象。一千个人心中有一千个哈姆雷特——把这句话改一改，一千个人心中有一千个猪八戒。正因此，朱明跃那么不喜欢被脸谱化，"威客出来的时候，他们说猪八戒是威客，众包出来的时候，他们说猪八戒是众包，分享经济出来的时候，又说猪八戒是分享经济。猪八戒到底是怎样的，我认为一个概念是装不了的。"

说它是怪兽，还因为你不知它的未来。朱明跃也不清楚。"它还在进化，将来它会进化成什么样子，我也想象不出来。"

完成 C 轮融资后，当所有人都在兴奋中的时候，朱明跃却陷入了沉思。我究竟在做什么？他不断问自己。

过去，猪八戒只是做服务交易的一个网站，目标在于把交易规模做大，让更多商家在平台上赚到钱。现在，猪八戒也成为社会的一员，它的社会价值是什么？

朱明跃给猪八戒套上了一项新的使命：连接天下人才服务全世界。以往，如果一位在偏僻乡村的小姑娘通过猪八戒每月可赚到 8000 元，朱明跃就觉得有成就感了；而今天，他看到的是万万千千的中小企业，千千万万的知识工作者，猪八戒要把他们聚集起来，释放他们的创造力，更好地为社会服务。

这好像企业社会责任论的老调啊。但朱明跃确实这么思考着。他认为，猪八戒远不是一个交易平台，而是一项社会基础设施。既然是社会基础设施，那么就要沉到社会中去，落在基础那点去，把社会价值扛在肩上。"猪八戒存在的逻辑，就是商业价值和社会价值的统一。"

有了这个格，朱明跃便开始猪八戒的社会布局。全国 30 多个城市相继运营八戒园区；未来 3 年将在全国 1000 个区（县、市）布局八戒共享服务中心；将在重庆龙兴镇建设八戒小镇，为创业者提供生活平台，他们的生活、工作、生意在这里一并解决。很多人不理解，现在互联网这么发达了，为什么还建园区？朱明跃说，我觉得大家对互联网有一个误解，以为互联网做大了真的不需要传统的东西了，恰恰相反，管你是什么公司，只要开公司，就需要办公桌，需要工作空间，你和客户谈判也需要会议室。

猪八戒也开始国际化的实验，今年与新加坡报业控股合作成立新加坡猪八戒，探索如何在东南亚推广猪八戒的模式；在北美的多伦多、休斯敦设立办公室，探索知识产权的国际化。

午饭时间早过，朱明跃从身侧一个布袋里取出几个小盒子，他带了餐。里面装有两份蔬菜和一小碟红烧肉。他吃得很少。

我们顺便聊一些轻松点的话题。

"在哪一年你觉得你成功了？"

"到现在我也没有觉得自己成功。"

"对准备创业的有什么忠告？"

"你的梦想再伟大，你的事业再海阔天空，切口一定要细，你的切入点必须比绣花针还要细。"

"在你看来，创业是？"

"创业不是人干的。太累，压力太大，一般的人承受不了。"

"现在，你是不是轻松了些？"

"压力比任何时候都大。猪八戒在横着长，风险巨大。"

"接下来还会有什么创新？"

"我都创新了 11 年，现在整体的创新不做了。从创造企业到经营企业，我必须成熟，不能再孟浪，不能还像一个年轻人一样。成熟，成熟之美啊。只有成熟了，对社会的贡献才能真正释放出来。今后把全国这么多园区做好了，就不容易了。越到后面越难以腾云，现在四五千人的公司，船大难以掉头，莫说腾云了。"

"著名的互联网公司大多分布在北京、深圳、上海、杭州，猪八戒为什么能在重庆成功？"

"那些靠技术驱动的公司应该在北京、深圳、上海、杭州，而平台级的公司，原则上应该出现在这些城市之外的地方。你的公司 10 年都不赚钱，谁养得起？猪八戒的发展需要时间积累，重庆较低的成本可以让人才、市场、团队慢慢生长起来。我们现在好多人才差不多花费 10 年时间才成长起来的。"

"重庆缺 IT 人才，是否影响了猪八戒的发展？"

"缺 IT 人才，不全是坏事。我们完全可以培养，在重庆，这些人才面临的诱惑少，选择也少，那么人才队伍就会稳定。如果人才像走马灯一样换来换去，企业是不可能发展的。"

"猪八戒有今天，主要靠什么？"

"我认为，主要靠这个时代。我非常感恩这个时代。如果把我放在 70、80 年代，我想我什么也做不了。如果没有大众创业，就没有那么多的人创办公司，那么猪八戒就没有业务；如果没有万众创新，那么就不可能出现猪八戒。没有时代背景，猪八戒就是乌托邦。10 年前做，猪八戒太超前了，现在来看还是超前。"

今天的中国已步入中等收入国家，中高端人才比例大幅增加，劳动力成本不断提高，朱明跃认为，中国经济发展已经从之前的"人口红利"向着"人才红利"转变。

如果猪八戒在以前做的是"知识经济"，那么现在可称为"知识人经济"。虽然多了一个"人"字，但价值大相异，世界全不同。猪八戒驶入了一片新的大海。

又见大海。

大才槃槃，朱明跃已有昂昂气度。

气象万千，猪八戒已是无边大海。

作品标题　朱明跃是如何变成猪八戒的
参评项目　系列报道
作　　者　刘涛
责任编辑　马京川
刊播单位　重庆晚报
首发日期　2018-01-15
刊播版面　第 1 版、第 2 版、第 3 版

下篇：月度优秀新闻奖获奖作品

作品评价

稿件第一次全面揭秘猪八戒的发展历程，故事性强，语言生动，可读性强。

采编过程

首先与朱明跃数小时对话，然后采访猪八戒公司职工，再是采访当年亲历者。

社会效果

稿件从正面积极的角度揭示了猪八戒的发展，在重庆大力建设互联网经济的背景下，对这一建设发挥了鼓与呼的作用。

全媒体传播效果

国内多家媒体转载稿件。

跪着手术!
他们以最庄重的姿势确保一个生命的成功诞生

重庆晨报记者　石亨

"医生，我老婆羊水破了，离预产期还有十多天!" 1 月 11 日下午 3 点 51 分，重庆市中医院住院部四楼妇产科，一个男子焦急的声音打破了产房的宁静，他搀扶着的妻子却面色平静，"我当时并不知道，肚子里的孩子此刻已经有生命危险。"

11 日 15:53
脐带脱落　她用手指撑出胎儿呼吸的空间

"前几天产检时，医生告诉我羊水破了要立刻到医院。" 听着孕妇和丈夫的描述，助产士文静让孕妇立刻躺在了病床上。听了听胎心，还算正常，文静松了口气，身旁的同事正在交代孕妇的丈夫去办理相关的入院手续。

"胎心降了!" 文静一边继续检查孕妇情况一边注意着胎心监测，两分钟后，胎心突然迅速下降。文静立刻弯下腰，身体前倾，将右手手指探入产妇的子宫颈检查情况。

触摸到的情况让她心惊，临近宫口的除了孩子头，居然还有应该在更深处的脐带，"脐带已经脱垂，孩子随时可能因缺血缺氧出现生命危险。"

来不及多想，文静立马跨上床，跪在产妇两腿之间，用自己已深入宫颈口的右手食指和中指，轻轻用力，稳稳顶住孩子的头部，在孩子的头和脱垂的脐带中留出缝隙，以保证孩子的呼吸和血氧供应。

"不能动!" 这是文静唯一的想法。此时，文静的同事都在争分夺秒，他们将病床重新调换高低位，让产妇臀部高于头部。文静的耳边，是同事们联系手术、调用各种抢救设备的声音。

文静只有一个想法："一点也不能动。" 顶在孩子头上的那两根手指，连轻微的晃动都不能有，只能僵在那里。顶着孩子的头，文静看向已开始有些惊慌的产妇，"没事儿的，你看，胎心都是正常的。"

就在文静托起孩子头部的那一刻起，胎心监测设备上的数据一点点恢复了正常，这给文静和产妇都打了一针"强心剂"，她在心里再一次告诫自己："不要动。"

11 日 16:05
争分夺秒　手术室已交班的人　一个都没走

"有个危重产妇，马上就要送到手术室！"就在文静用双手托住孩子的头时，接生的手术室正在紧急地准备着，刚刚从外边赶回的妇产科主任王晓霜和副主任医师何霞也已着手开始准备手术。

下午4点，手术室的医护人员和工作人员都已在交接班了，交接班需要时间，但为了争取最快的时间，本该完成交接班手续下班的那一批人，却一个也没走，而是立刻换上工作服、手术服，重新回到了岗位上。

4点05分，跪在病床上的文静和产妇一起被推进手术室。本应将产妇移到手术台上，但此时文静的位置一动孩子就有危险，产妇也将面临危险。

时间就是生命，王晓霜和同事们立刻决定就在病床上进行抢救。因为病床太宽，站在病床左侧的王晓霜难以看清靠右侧躺着的产妇的情况。病床右侧，站着另一位手术医生何霞。

王晓霜立刻单腿跪上病床，向前探出身子，和何霞一起，开始手术。剖开产妇的腹部、子宫，王晓霜有些后怕，"产妇胎膜早破，已经有胎粪了，说明孩子已经出现过缺氧现象，再晚肯定出事。"

11 日 16:12
孩子出生　她继续跪着　完成缝合手术

因为是跪在病床上，王晓霜整个向前倾的身体都靠腰部施力。她尽力往前倾，去看清产妇腹部的所有细节，又不敢太用力，害怕无法控制平衡。

4点12分，产妇送入手术室仅仅7分钟，一个女婴被医生顺利取出，不一会儿，女婴用一声响亮的啼哭宣告着自己的降生。

孩子出来了，文静松了口气，她立刻从产妇宫内收回右手，跳下病床，这才感受到一阵酸胀，手在轻微颤抖，她根本控制不住。

王晓霜仍旧跪在病床的边缘，和同事一起进行手术，直到最终将产妇的手术刀口缝合后，她才下了病床。

"幸好哟，娃儿没得事！"做完手术，王晓霜和何霞一边收拾，一边感叹。

12 日 15:00

母子平安 他们面对奇迹 依然淡定地工作

昨日，惊心动魄的抢救刚刚过去不到 24 小时，产妇黄女士此刻正躺在病床上，享受着有了一个小女儿的喜悦。

黄女士今年 35 岁，刚刚出生的"丫丫"（女婴小名）是她的第二个孩子。她此前一直在中医院做产检。11 日下午，正在家中午睡的黄女士感到下身一阵暖流，就立刻按照医生的嘱咐，让丈夫把自己送到了医院。"我当时还不觉得是大事儿，如果不是这些医护人员，后果真是不敢想。"

让黄女士印象深刻的文静，此刻右手的关节仍在酸痛，但她觉得，比前一天已好多了，"手术出来，写病历都写不了，抖个不停！"

跪着做手术的王晓霜就淡定多了，仍旧风风火火地上了一天的门诊，"这有什么，妇产科争分夺秒的事情，多了去了！"

作品标题 **跪着手术！他们以最庄重的姿势确保一个生命的成功诞生**
参评项目 通讯
作　　者 石亨
责任编辑 李德强
刊播单位 重庆晨报
首发日期 2018-01-13
刊播版面 第 1 版

作品评价

这是一篇医患间的正能量稿件，稿件时效性强，现场感极强，故事化写作，各种细节及人物心理使得阅读性极强。稿件以时间作为切割点，在每一重要的时间点以重要人物的行为作为重点，体现了事件本身的争分夺秒与紧迫感。

采编过程

虽然中医院邀请了全市多家媒体，但最终，只有重庆晨报做成了这条感动无数人、充满细节与争分夺秒的现场感的正能量稿件。采访当天，晨报记者到达事发现场进行了现场采访，并同时采访了救人的助产士、医生以及产妇本人，真实生动地还原了现场的惊心动魄。

社会效果

稿件刊发后，引起了社会对于医护人员的广泛致敬，同时，再一次引起了人们对于生育安全的大讨论。

全媒体传播效果

详尽的采访在稿件中获得回报，稿件刊发后，被央视新闻、中新网等多个全国性主流媒体转载，并在微博上引起了强烈反响。率先刊发的上游稿件数据也非常喜人，达到 1588 万+。

智能化助力产业升级 大数据连接产业与城市

重庆商报记者 李阳 张宇 谭柯

党的十九大报告指出，创新是引领发展的第一动力，是建设现代化经济体系的战略支撑。1月16日召开的全市经济工作会议指出，全市上下要顺应时代潮流，抓住难得机遇，要在以大数据智能化引领创新驱动发展上有新作为新进展，充分挖掘大数据智能化商用、政用和民用价值，引领经济转型升级，提升政府治理能力，服务民生社会事业。

昨日，参加今年重庆两会的部分代表委员接受了商报记者的采访，畅谈以智能化为引领的创新驱动发展。

市人大代表辛国荣：
推动巴南工业由"制造"向"智造"转型

昨日，市人大代表、巴南区委书记辛国荣在接受商报记者采访时表示，巴南区正着力培育新技术、新业态、新产业、新模式"四新经济"，推动巴南工业由"制造"向"智造"转型、产品向品牌转型、单纯追求总量向总量质量并重转型"三个转型"，呈现速度加快、结构改善、效益提高、活力增强的良好发展态势。

辛国荣说，巴南区积极实施创新驱动发展战略，围绕"5+1"产业体系，加快推动生物医药、信息通信、智能装备、汽摩产业、轻工轻纺与云计算产业等产业的创新发展，打造千亿级工业。同时，着力营造良好的创新环境，加强政策和人才对创新的支撑，力争做好"筑巢引凤"，吸引更多的项目和企业入驻巴南。

据介绍，巴南区创新现代物流，利用重庆唯一的国家级综合性枢纽级公路基地——重庆公路物流基地，重点发展专业市场、电子商务、第三方物流、冷链产业及外向型贸易物流平台，目前已吸引京东、华南城、普洛斯、宗申、协信等28个大型企业入驻，累计实现市场交易额350亿元。预计2020年完成全部建设后，将是西部最大的公路、铁路、水路多式联运的现代物流基地，并成为重庆与全国乃至国际物资沟通的重要桥梁。同时，巴南区以汽摩、新能源等制造业为突破，打造高端产业集群，着力打造重庆最大特种车、工程车和专用车生产基地，延伸汽车产业价值链，成为重庆重要的新能源汽车产业基地。

巴南区还将积极整合各类园区、高校、科研机构、行业领军企业、创业投资机构、专业孵化机构、天使投资人、行业协会及联盟等社会力量，建设创新创业要素集聚化、主体多元化、资源开放化、服务专业化、活动持续化、运营模式市场化的众创空间，打造成为"创新之城、创业之园、创客之家"。

市人大代表刘小强：
九龙坡将打造成人工智能城市

昨日，市人大代表、九龙坡区区长刘小强表示，九龙坡区将加快创新驱动发展，在重庆"两点""两地"大格局和大数据智能化大布局中，进一步为"高新九龙坡、美丽山水城"找魂塑形，走智慧城市之路。

刘小强介绍，人工智能城市，就是以人工智能为"大脑"、兼具自然之美人文之美、全面优于当期重庆城市形态、塑造标准独具特色不可复制的生命型城市。

对此，九龙坡区进一步梳理空间布局，更加积极主动对接新一轮城乡总体规划编制机遇，把智纲智库关于打造人工智能城市的区域发展战略路径策划方案置于顶层设计范畴，着力推动成果在九龙坡和重庆高新区全域的全面落地运营。

刘小强称，今年九龙新城要在人工智能城市建设上率先突破，6家国内外一流专业机构战略发展规划研究成果全面整合，探索构建生命型城市骨架，突出重庆科学城功能内涵，加快布局人工智能、生命科学、超级互联网、文体旅商、新材料、高端装备制造六大主题创新中心。

同时，九龙坡区将进一步精准建设路径，把人工智能优势全面贯穿在三大体系一体化支撑。

第一，以现代产业体系塑造核心驱动，打造智慧创想引领时代梦想的未来之城，着力在创新型国家建设中铸就贡献。以国家自主创新示范区建设为引领，突出大数据智能化导向，突出智能机器人、智能软硬件、智能终端、智能运载工具、物联网基础器件、虚拟现实与增强现实等人工智能新兴产业率先发展，锁定精准图谱，走出九龙坡现代产业特色发展新路径。

第二，以城市骨架体系塑造物理支撑，打造生生不息自我修复更新的生命之城，着力在美丽中国建设中探索模式。持续更新城市发展理念和规划建设管理方式，以智能中枢统筹协调创新产业、城市运营、交通循环、环境生态、人文活动等各系统顺畅互动共生，统筹地上地下空间、生产生活空间、生态人文空间，打造层次分明错落有致的立体城市。

第三，以区域人文体系塑造活力源泉，打造让人在蓝天白云下更健康更自由更美好生活的一生之城，着力在社会主义文化强国建设中彰显特色。推动人工智能广泛应用服务于人民群众精神文化和物质生活，在民生"七有"上持续用力，打造全市公共服务均衡优质示范区，推动形成共建共治共享社会治理新格局。

市政协委员乔宏：
以区块链技术为基础　融合大数据人工智能发展

市政协委员、渝中区副区长乔宏表示，在创新驱动新型智慧城市建设中，应该投入更多精力到前瞻性基础技术的研发上，区块链技术作为互联网发明以来最具颠覆性的技术创新成果，因其透明、可追踪、不可篡改、数据安全及信用的自我建立的功能，能够对政府采集数据的真实性、可靠性做出有力保障，适合在政务公开、行政审批、商税务等政务服务领域推广和应用。

"区块链技术是互联网底层的集合体，就像以前我们使用的Word、Windows系统一样，是融合工具。"乔宏说，壮大数字经济，不仅仅靠发展人工智能，还需要把这些产业与区块链技术融合式发展。应用区块链技术，可有效对食品安全、大健康进行行政监管，解决以往的监管"盲点"。

乔宏建议，重庆在区块链发展上，可争取国家工信部、中国软件行业协会支持，在区块链全国布局中向重庆予以倾斜，给予政策、资金的支持，争取以区块链技术为基础的大数据监测中心落户重庆。同时，做好顶层设计，建议将区块链技术作为全市以大数据智能化为引领的创新驱动战略行动计划的重要抓手，出台重庆市区块链发展和应用白皮书，明确产业发展重点和方向。以重庆区块链产业创新基地为载体，支持承接区块链大数据项目，在金融、物流、商贸等领域接入区块链技术，加强推广应用。

2017年11月，市经信委与渝中区携手启动区块链产业创新基地建设，抢跑新一轮的技术和产业竞争，培育经济发展新动能。乔宏表示，我市区块链产业的发展，还需要进一步完善政策配套，他建议出台市级区块链相关扶持政策，指导渝中区搭建区块链协同创新研究院、协同产业创新联盟，成立全市区块链协同产业创新基金。

市政协委员李云强：
构建多层级智能制造产业体系

市政协委员、南川区工商联主席李云强表示，根据相关政策，我市确立了把一批区域打造成国家级智能产业集聚区和智能园区的发展规划，明确了以两江新区、渝北、九龙坡、南岸等为核心的传统行业智能转型工程，规划任务具体，保障措施到位，发展前景广阔。

"但是，对主城以外的其他区县如何进行传统产业提升改造，整体推进智能制造发展，同样是一个十分重要的课题。"李云强建议，根据区县实际，可以根据智能制造的深入程度，把各个区县划分为三个区域类别，依据各自的优势和特色，实施分类指导，形成相互支持的空间布局，构建多层级的智能制造产业体系。其中，在贯彻落实"行动计划"的同时，对智能制造欠发达的 C 类地区，重点施行对传统产业的提升改造，突出各区县、园区的优势和特色，分别制定生产线级、车间级、企业级的智能制造改造提升计划。同时，有针对性地引导主城甚至国内外知名度较高、技术能力强的智能制造企业或分支机构到 C 类地区落户。

李云强还建议，市、区县两级要制定专项政策，在智能制造专项资金和发展经费方面给予倾斜，重点引导、激励 C 类地区企业加大在智能设备采购、信息管理系统升级、智能制造领军人才引进等方面的投入。此外，还需完善政府出资产业投资管理办法，对实施改造提升和引进、收购国外高端智能制造技术的企业，有条件地实施政府出资部分，加大让利比例，支持区县智能制造业发展。

市政协委员肖学文：
大数据连接产业与城市　　机制促企业信息化蜕变

市政协委员、中冶赛迪集团有限公司董事长、党委书记肖学文表示，城市信息化及大数据应用作为国民经济和社会信息化的重要组成部分，直接反映了一个城市的信息化基础状况和城市整体智慧水平。

他认为，当前，在智慧城市建设中，更多注重信息基础设施、政务及公共服务等应用的打造，从整体布局来看，对产业企业信息化的关注不多，往往是任由企业主体自行发展信息化。在大数据应用层面，城市数据信息孤岛的存在依旧是城市智慧水平提升的瓶颈；大数据对企业效益提升的贡献价值也还没有体现出来。

肖学文说，重庆城市的大数据采集与应用具备弯道超车的条件，应当抓住这一轮发展机遇，让重庆城市信息化和大数据应用跨入全国前沿。

他表示，企业是智慧城市主体之一，企业信息化是城市信息化的重要组成部分。要推动城市信息化水平整体提升，需以企业信息化为重要抓手，让企业发挥更大的主观能动性，引导、督促、推动城市信息化与企业信息化的融合发展。中冶赛迪当前就正在打造融合企业信息化、产业协同化、城市智能化于一体的协同开放平台"轻推"，联合各行业合作伙伴共同打造大数据智能化新生态。

肖学文建议，重庆可以尝试由政府主导推动以国有企业为代表的企业信息化升级提升，通过大数据和信息化实现传统企业产业链协同，将企业发展融入重庆市的产业链及城市生态。可以在每个行业筛选 2～3 家信息化示范企业，去带动行业的科技繁荣，增强产业生产力。同时，可以通过各产业领域以国有企业为引领的企业信息化再造，用大数据连接产业与城市，以机制促进企业信息化蜕变，进一步促进"云大物移智"与传统产业的融合，这将极大丰富城市大数据的应用。

市政协委员王巍：
产学研互动培养人才助人工智能发展

市政协委员、重庆邮电大学重庆国际半导体学院副院长王巍表示，根据《中国制造2025》的行动纲要，我国将从制造业大国向制造业强国转变。达到该目标，最为重要的手段就是信息化和工业化的深度融合，也可以理解为用信息化技术提升技术能力，也就是"物联网+工程"。

他说，重庆以汽车产业为代表的机械制造业，以笔记本电脑和手机为代表的电子信息产业发展速度迅猛，已经成为我市经济发展的两大支柱产业。同时，我市深入推进《中国制造2025》出台了一系列政策措施，极大地推动了我市信息化和工业化的深度融合。

王巍建议，在现有的基础上，按照我市的工业发展现状和基础，确定在人工智能领域的总体思路，出台统一的政策措施。建议相关职能部门，应从基础研究、技术培育、产业发展等方面出台具体措施，为人工智能技术及产业的发展提供强有力的保障。

同时，应重视人工智能产业的人才培养，推动在市属高校中设置人工智能专业，积极鼓励科研院所与电子信息技术企业联合培养在职工程技术人员，扩大适应有关人工智能产业发展的工程技术人员的规模，提高其理论及技术水平，推动我市人工智能产业的健康发展。

作品标题　智能化助力产业升级　大数据连接产业与城市
参评项目　通讯
作　　者　李阳　张宇　谭柯
责任编辑　欧泓村
刊播单位　重庆商报
首发日期　2018-01-25
刊播版面　第 4 版要闻

作品评价

A04 版"两会财经眼"《智能化助力产业升级　大数据连接产业与城市》是本报特色栏目，记者采访 2 位市人大代表和 4 位市政协委员，将智能化为引领的创新驱动发展作为主线，围绕巴南工业升级、九龙坡打造人工智能城市、区块链技术应用等热点，深入介绍了代表、委员的观点和看法，体现了财经定位特色。稿件被搜狐、网易、七一网、中国财经观察网等知名网站转载，提升了媒体影响力。

采编过程

在重庆两会开幕前夕，编辑团队提前策划，记者团队迅速响应，围绕智能化产业热点，提前采访了与会的代表、委员，通过他们的提案，深挖当前重庆在智能化城市建设的成果，以及以后的发展思路。

社会效果

本报道通过凤凰网、腾讯大渝网、新浪网、今日头条等网络媒体广泛传播，引起巨大的社会效应，增加了重报中央厨房的影响力和知名度。通过报道，为市民、业内人士开阔了眼界，解读了政策，分析了智能化产业的发展趋势。

全媒体传播效果

百度媒体新闻传播指数 1000 万+。

文山会海磨去了田坎干部的本色
——璧山、合川基层干部工作状态调查

重报内参记者　罗成友

乡镇干部面对的工作对象主要是广大农民，主要任务是"三农"工作，主要工作方式是要多跑田坎，串农家院坝。因此，在前些年，乡镇干部也有"田坎干部"之称。

近日，记者在璧山、合川乡村调查中发现，在不少地方，"文山会海"已渐渐磨去了"田坎干部"的本色。

"文山"压断了地气

乡镇干部因为直接与农民打交道，干的又主要是农村工作，应该说是最接地气的干部。可记者在调查中发现，在不少地方，乡镇干部的"地气"，已经被"文山"压掉了。

璧山区大路街道虽然是一个街道，但其主要辖区还是农村，除 14 个村外，3 个社区也多数是农村。因此，其工作对象和工作任务也主要在农村。

"我们的主要职责是为农业、农民提供农业技术服务，工作岗位应该主要在田坎上，与农业和农民打交道。"大路街道农业服务中心主任说。可目前，"我们到田坎上去的时间极少，做文字工作的量，要占整个工作量的一半以上。"

据这位主任介绍，农业服务中心的在编人员是 53 名，但目前干农业服务中心工作的人员只有 14 名，其余的人员都被街道安排到综合科、民政办、城管等部门去了。而在农业服务中心的 14 名干部中，真正负责农业技术指导的干部只有 5 名，不到在编人员的 1/10。

然而，就是这 5 名负责农业技术的干部，也很少到田坎上。负责农业技术指导的田云忠，1979 年就开始搞农业技术指导工作。他说，从去年 5 月以来的 8 个月时间里，他到村里去指导技术只有 30 余次。而在 10 多年前，"可以说我 70% 以上的时间，都是在田坎上跑。"

那么，现在多数时间又干啥去了呢？田云忠说，"用在了文字工作上，有

写不完的工作总结汇报，填不完的报表。'文山'压掉了我们到田坎上去的时间，也压断了农业服务干部的田坎情结和与农民应接的'地气'。"

目前乡镇的"文山"究竟有多重？记者在合川区三汇镇党政办见到：2017年，该镇通过办公室收到的区上发文，并由办公室编了收文号的文件共有2015个，没有编入收文号的会议纪要、信息专报、督查通报等还有900余个。这还没有包括一些部门直接发给镇里相关部门的文稿。

而对这些上面发文布置的工作，多数基层都要先向上报和向村、社区发文字的实施方案，然后又要用文字的方式，向上报告阶段性的进度，最后还要报总结。三汇镇分管党政办的组织委员王睿说，镇里平均每个月花费的笔墨纸张费就有2万多元。

"会海"泡出了官气

"整天泡会，我们身上都'泡'出官气来了。"合川区三汇镇党委书记廖兴元说，乡镇一级的领导，工作应是直接与群众打交道，到一线去抓发展，抓"三农"工作。可现在，却成天泡在"会海"脱不了身。

乡镇领导干部的会有多少？据三汇镇党政办的统计，2017年，书记和镇长到区里开会的次数是111次，平均每周有2次会。而到区里所开的不少会，回到镇里还得重新做准备，再开会传达到村里，以开会落实会议精神的情况较普遍。

三汇镇镇长廖劲说，"我每天要花2小时的时间看文件和签发文件，而且不少文件都是只看一个大标题和小标题，以及需要镇里完成的指标要求，何时上报总结汇报，其余的都只能一目十行地过了。"

在乡镇，不仅书记和镇长这两位主要领导被泡在"会海"里，连其他班子成员也会被"泡"。璧山区一位街道党工委组织委员对记者说，除了街道的会议外，2017年，他平均每周要到区里开两个会，乡镇领导被泡在"会海"里，必然少了到一线去指挥的时间。久而久之，就滋生出了一种"官气"。廖兴元说，目前自己在指挥镇里的工作中，已出现了"三多"：在会上强调的多，用电话指挥的多，在办公室里听汇报作决定的多。

"文山会海"败坏了风气

乡镇干部陷入"文山会海"，不仅让基层干部苦不堪言，同时，也败坏了风气。

上面卸责，下面"防"责。这是"文山"形成的主要原因之一。基层干部反映，由于目前各项工作出了问题都要追责，因而，上面一些部门为了不担责，就采取先发文件，然后要求下面用文字材料汇报落实情况的方法。这些文字材料，被作为一旦发生追责时，证明自己尽了责的依据。而基层为了预防担责，也用文字材料，甚至照片留存，作为自己干了工作的证据。

督查被"滥用"，评比"拼"材料。作为区县党委、政府部署给乡镇的重要工作，由区县委督察室进行督察，初衷本无错。可目前在不少区县，部门向下布置工作后，不是到基层去具体指导下面如何干好这项工作，而是采取检查评比，排名通报等图方便的方式来推动工作。廖兴元说，镇里每个月都要接受区级相关部门的督促检查和评比，每年至少有上百次。而为应付这些检查评比，每次都要花很多时间，进行文字资料、甚至照片的准备。因为，上面部门来检查，重点是通过文字资料来进行评比。

上面收数据，下面玩"游戏"。数据是工作做得如何的一种依据。因而，在一些地方，出现上午布置工作，下午就开始要下面报数据的现象，这明显不切实际。而下面也只好凭空报一些拼凑出来的数据，这些数据大都是做的"文字游戏"。大路街道农业服务中心的田云忠，拿出一沓由各村每周报上来树木病虫害发生情况统计表给记者看，表上所有的栏目中填的都是"无"字。田云忠有点愤怒地说，这完全是在睁起眼睛说瞎话，他到现场去检查时发现，不少杨树都快被虫钻空了。而这些"数字游戏"导致没有人和措施去防治病虫害。田云忠认为，"可以说目前所填报和写的文字材料中，80%以上都没有实际意义，还不如把花费的这些笔墨纸张钱用来防治病虫害实在些。"

"文山会海"败坏了基层干部本应有的务实作风，也疏远了干群关系。由于上面检查评比都注重文字材料，各地就拼命在文字材料上下功夫，把不少精力和财力放在了玩"文字游戏"上而忽视具体的工作质量，丢掉了基层工作务实的作风。由于干部被泡在"会海"里，缠在"文山"中，很少有时间到田坎上，到农家院坝去串门。乡镇干部不懂农业，听不懂农民说话的不是个例。久而久之，疏远了与农民的感情。一位街道党工委副书记对记者说，他到农村去调研时，农民说："现在对乡镇干部的评价是，我只要能经常在村里看得到他的就是好干部。"

作品标题 文山会海磨去了田坎干部的本色——璧山、合川基层干部工作状态调查

参评项目 内参

作　　者 罗成友

责任编辑 田娟

刊播单位 内参

首发日期 2018-01-23

刊播版面 重报内参总第 296 期

作品评价

乡镇干部面对的工作对象主要是广大农民，主要任务是"三农"工作，主要工作方式是要多跑田坎，串农家院坝。因此，在前些年，乡镇干部也有"田坎干部"之称。记者在璧山、合川乡村调查中发现，在不少地方，"文山会海"已渐渐磨去了"田坎干部"的本色。通过对部分乡镇情况的采访，反映出更深层次的问题。

采编过程

记者在璧山、合川乡村调查中发现，在不少地方，"文山会海"已渐渐磨去了"田坎干部"的本色。记者通过对璧山、合川的部分乡镇调查采访，以小见大写成此文。

社会效果

"文山会海"败坏了基层干部本应有的务实作风，也疏远了干群关系。由于上面检查评比都注重文字材料，各地就拼命在文字材料上下功夫，把不少精力和财力放在了玩"文字游戏"上而忽视具体的工作质量，丢掉了基层工作务实的作风。由于干部被泡在"会海"里，缠在"文山"中，很少有时间到田坎上，到农家院坝去串门。乡镇干部不懂农业，听不懂农民说话的不是个例。久而久之，疏远了与农民的感情。一位街道党工委副书记对记者说，他到农村去调研时，农民说："现在对乡镇干部的评价是，我只要能经常在村里看得到他的就是好干部。"

2018 年 2 月重庆日报报业集团新闻奖获奖作品

"今年回来方便，车子能开拢屋"

重庆日报记者　周勇　陈维灯

2月8日，腊月二十三，小年。海拔1100多米的秀山隘口镇富裕村大龙门组，冰雪未消，寒风刺骨。

今年74岁的熊朝付和其余36户村民的家，就在这高山上。

虽已是寒冬腊月，屋外天寒地冻，熊朝付的屋内却是温暖如春。

火塘里，红色的火苗驱散着寒意；火苗上方，吊锅里的鸡汤正冒着热气；灶膛里柴火正旺，烧得大锅里的肥肉"嗞嗞"冒油。

熊朝付忙碌着，将更多的肥肉切成薄片放入锅中。

"过小年了，吃好点。"其实，不仅仅为过小年，熊朝付准备的诸多食材，更多的是为了迎接将要回家过年的孩子们，"今年回来方便，车子能开拢屋。"

连日来，已经陆续有外出打工的村民将新买的轿车"开拢屋"，这在以前的大龙门组是根本无法想象的。

陡坡土路
"溜滑子"一溜就是十几米

大龙门组，因位于大龙门山上而得名，山高坡陡，早年间只有一条羊肠小道与外界相连。

"从九道河盘上来，都是土坡坡，陡得很。"熊朝付一边在灶台上忙碌着，一边和重庆日报记者闲话家常，"屋头种点苞谷、洋芋，要扛到苓龙老街去卖，换点磷肥、尿素再扛回来。"熊朝付清楚地记得，从大龙门组到苓龙老街，步行往返超过5个小时。

不仅如此，羊肠小道在雨天更是泥泞湿滑，肩挑背扛着重物的村民，时常在小路上滑倒。

"溜滑子，一溜就是十几米。"大龙门组的村民，几乎每个人身上都有"溜滑子"留下的伤疤。

10年前的初秋，一场秋雨后，山路湿滑。

熊朝付和老伴一人扛着一袋洋芋下山，准备到苓龙老街赶场。

"两脚都是泥，人都站不稳。" 一不留神，熊朝付脚下一滑，一屁股坐到了泥地上。老伴伸手拉他没拉住，一个趔趄，两人像坐滑梯般顺着山势下滑。

所幸的是，滑了 20 多米后，熊朝付拉住了坡上的一棵杉树，并用身体将老伴挡住，这才避免了一场悲剧，但两袋洋芋却全都滚落山谷，捡不回来了。

"捡条命就不错了，洋芋丢了就丢了。" 命捡回来了，熊朝付的右小腿上却留下了一道十几厘米长的伤疤，"遭石子划了。"

类似的经历，让大龙门组的村民心有余悸。而一旦下雪，村民就根本无法出行，这个高山上的苗家寨子，会在近 3 个月的冬季里与世隔绝。

村民世代在大龙门山上繁衍生息，大龙门山却也成了村民无法跃过的"龙门"，严重影响着村民的生产生活。

为了修条路
没成熟的苞谷杆杆都砍了

为了跨越大龙门山的阻隔，8 年前，富裕村大龙门组及千盖牛组等组的村民，在村干部的组织下，开始在大龙门山上修路。

"准备修条机耕道，至少摩托或三轮车能上来。" 今年 68 岁的熊朝发时任富裕村村支书。他告诉记者，说要修路，近 1500 名村民无一反对，还有许多在外打工的村民，都赶回了家中，"都想出点力。"

然而，要修条机耕道通往村委会所在的九道河，再连通芩龙老街，富裕村缺的不是人，而是钱。

"要修这条路，按人头算，每名村民要投 1100 元钱左右。" 1100 元钱不多，但对于面朝黄土背朝天耕作的村民来说，却是一笔不小的开支。

没有钱怎么办？村民们将家中存下的粮食，养着准备过年的猪儿、鸡子……背到了芩龙老街变卖，一角一元地凑。

凑够了钱，雇来了挖掘机，3 米宽的机耕道一米一米地向山上延伸着……

"挖掘机在后头挖，我们就在前面清理树枝、杂草这些。" 忆及往事，年近古稀的熊朝发也唏嘘不已，"许多村民地里还没成熟的苞谷杆杆都砍了，洋芋和红苕苗子也挖了。"

一年半后，4.5 公里的机耕道全线贯通。

但村民很快发现了新的问题，路太陡，摩托车和三轮车很难开上山，除了步行不再"溜滑子"外，苞谷、洋芋下山，肥料等物资上山，还是只能靠肩挑背扛。

把机耕道硬化，成了每一名村民的梦想。

这个梦想，在 2017 年 7 月成了现实。

"利用扶贫专项资金，村里将九道河到大龙门组的 4.5 公里机耕道拓宽成了 4.5 米并进行了硬化。"富裕村村主任杨戊珍告诉记者，从 2016 年初开始，富裕村不仅硬化了大龙门组的通组公路，还硬化了村里其余通组公路 11 公里，修建了 40 厘米宽、8.5 公里的人行便道。如今，水泥路已经通到了村里每户人家的家门口。

还能住新屋
路修好前想都不敢想

寒冬腊月、冰雪未消，但宽宽窄窄的水泥路，穿行在富裕村的土家、苗家寨子间，让冬天的山村不再与世隔绝，也让村民有了更多对幸福生活的憧憬。

"7 月倒了路（指硬化），我就开始修屋，10 月就住进来了。"大龙门山上，熊朝发在自家新房的堂屋燃一堆炭火，招呼着记者坐下，"老屋有 30 多年了，破得不像样子。"

熊朝发早就想整修房子，却因为道路难行，材料无法运上山而一拖再拖，"路修好了就把材料拉上来修了。这辈子还能住新屋，以前想都不敢想哦。"

去年 7 月路修好后发生的许多事，都是村民在以前"想都不敢想"的。

"8 月开始，每天都有人开着车子到山上来耍。"海拔超过 1100 米的大龙门组，夏天天气凉爽。得知上山的路修好后，不少隘口场镇和秀山县城里的居民，开始选择到大龙门山上避暑。他们大多会选择在大龙门组的村民家中用餐或小住几日，并给予一定的费用。

"地里种的菜叶子、洋芋、红苕，他们都觉得好吃。"两个多月时间，熊朝付家中接待了近百人，收入 3000 多元，"还卖了些鸡子和腊肉，鸡子一斤 20 元，腊肉一斤 40 元。"

"等细娃回来了，我再和他商量，看是不是把自家的房子修下，到热天家能住更多人。"锅里的肥肉，依旧"嗞嗞"冒油，熊朝付嗑一口烟，往火塘里加了些柴火。

熊朝付要做的事情很多，除了整修房子，他还计划着多养些鸡子、多熏点腊肉，还要再种上六七亩核桃，"村里发展核桃种植，之前种了 25 亩。去年开始结果子了，今年可以多种点。"

屋里，熊朝付和记者闲话家常；屋外，传来汽车发动机的轰鸣声。

"细娃要腊月二十七才能回来。怕又是哪家人买了车子开回来了。"熊朝付扳着指头数着，路修好后，37 户人家的大龙门组，已有 10 家人买了轿车，"这下寨子里闹热了。这才像过年嘛!"

作品标题 "今年回来方便，车子能开拢屋"

参评项目 通讯

作　　者 周勇　陈维灯

责任编辑 张国勇　张信春

刊播单位 重庆日报

首发日期 **2018-02-11**

刊播版面 第 3 版要闻

作品评价

采访深入，文字细腻，人物刻画生动，充分反映了基础设施建设对偏远山区人们生产、生活的重要性。

采编过程

编委带队，在严寒天气下，深入秀山偏远乡镇，到白雪皑皑的高山村子采访，是一次深入的"走转改"采访。

社会效果

文章被众多门户网站转载，取得良好社会效果。

风雨交加的夜晚
我跟蒋教授爬上 34 米高的风力发电机

重庆日报记者　李星婷

夜雨、狂风……从 2 月 18 日晚上开始，又一轮大范围降温来临，位于湖南省怀化市的雪峰山上，气温也降低到 1℃。

在这里，重庆大学电力工程学院教授蒋兴良建立了全世界首个野外自然覆冰试验站（以下简称"覆冰站"）。

从 2008 年建站以来，蒋兴良为了观测、记录冬季电网覆冰情况，有 8 个春节都在覆冰站度过。

今年春节，记者（以下采用第一人称叙述）跟随蒋兴良来到雪峰山，记录他在春节期间为破解电网覆冰这一世界级难题所做的研究工作。

18 日晚，我和蒋兴良一起在风雨交加中爬上了 34 米高的风力发电机……

白天不懂夜的黑
晚上攀爬有白天不可比拟的好处

晚上 8 点多，大家吃过晚饭，窗外已经飘起了细雨。

"今晚大约零点会结冰！"覆冰站工作人员朱灵一边查看天气预报一边说。

风越来越猛，雨也越下越大。这两天，覆冰站 300 千瓦的风力发电机（以下简称"风机"）一直没有运转。控制柜的仪器显示，风机油箱里的油不够了。

"油罐接口处有个胶圈松掉了，漏油。"上去检查过的朱灵告诉蒋兴良。

"今晚必须处理了，否则明天风机结了冰，就上不去了。"蒋兴良说。

他们对话时，我赶紧穿上厚实的劳保服、戴上帽子，然后跟随蒋兴良和两名工作人员前往风机所处的平台。

山顶的风很大，夹着雨水迎面刮来，险些把人掀翻。

"不要迎风走，背对着风走。"朱灵提醒我。

我赶紧转过身。尽管如此，只过了一两分钟，我便感到头部在寒风中快要没有知觉了。

风机位于离基地住房四五十米处的平台，高 34 米（大约 11 层楼房高），其圆柱形的内部有垂直的悬梯通到塔顶。因为实在太高，这 34 米长的悬梯分为三截，大约十来米一截，每一截的尽头有一个小平台，可供站立歇脚。

提着半桶液压油，朱灵率先爬了上去，另一名女生留在下面。

"小李，你跟着我！背部靠在机壁上，这样会省力很多！" 56 岁的蒋兴良一手拿着手电，身手矫健地往上爬。

其实就在前一天，我就试图爬上风机顶部，但由于内心的恐惧加上方法不对，只爬到第一截的一半，就上下不得而作罢。

此刻，在蒋兴良的鼓励下，我尝试着将背部靠在机壁上，顿时感觉有了安全感，比整个身体悬空、只用手脚攀梯好多了，也省力了。

一路手脚并用，奋力向上。由于夜晚黑黢黢的，只有手电筒照亮身体的周围，但这也有一个好处——让人不会像白天那样，往下看一眼便浑身发软，不敢再继续前行。

终于，我们顺利攀到第一截悬梯的平台。

担心爸爸的安全
12 岁儿子的呼喊一声比一声高

蒋兴良将第一层平台入口的盖子扣上（以免人摔下去），我们继续往上。风机顶部的隙缝不断有雨水飘洒进来，悬梯有一些滑，我用戴着手套的双手紧紧抓住悬梯，一步步小心翼翼地爬到了第二层平台。

我们站在这稍事歇息。抬头往上看，上面第三层的平台没有加盖子了，蒋兴良有些担心我继续往上爬会摔下来，便对我说："要是没力气就不爬了。"

我摇摇头，答道："没事，大不了回去再吃一碗饭。"

蒋兴良笑着带我继续爬。

爬完第三截，跨过一个狭小的平台，便来到风机顶部小小的机舱。

先上来的朱灵已在卸载油箱的部分零件，以更换胶圈，蒋兴良也一起帮忙，我给他们照着手电。由于机舱相当狭小，他们的操作非常不便。

此刻，已经是夜里 9 点多，外面的狂风呼呼作响，敲打着机舱发出如同鼓鸣一样的声音。半空中的机舱像"海盗船"一样左右摇晃着，摆动幅度很大。

"摆幅在 1~2 米。"蒋兴良判断。

"你没问题吧？"他们关心地问我。

"你们没问题我就没问题。"我回答道。

两人弄了好一会。突然，朱灵对蒋兴良说："你儿子在叫你。"

"不可能。"蒋兴良否定道。

我心想，基地住房离这有几十米远，蒋老师的儿子如果在房间里叫他，这里怎么可能听得见？

但朱灵坚持说："你儿子真的在叫你。"

两人停下手里的活，屏息细听。

"爸爸，爸爸……"从两层封闭平台隔着的几十米下的风机底部，隐约地传来蒋兴良 12 岁儿子蒋昀轩的呼喊，一声比一声急，一声比一声高………

原来，因为担心爸爸的安全，他一个人冒着风雨跑到风机底舱来了。

因为蒋兴良被风机巨大的发动机挡在一边，而我恰巧在悬梯口，于是，我充当传声筒，大声地朝下喊道："蒋昀轩，我们在上面很安全，没有问题！"

连喊了三遍后，下面安静了。

攻克一道道科研难题
蒋兴良每年 1/3 的时间在野外做监测

大约半个小时，换好胶圈，灌上带来的半桶液压油后，完成工作的我们准备撤退了。

朱灵第一，我中间，蒋兴良殿后，往下。

一路上，他们不断地提醒着我：背靠着壁，不要只用脚尖踩，用脚后部或中间，这样更稳……

成功到达底舱。蒋兴良父子很平静地对视了一眼，并没有过多言语。

"阿姨，你太牛了！简直牛爆了！"蒋昀轩倒是狠狠地夸奖了我一番！

"不是每个人都敢上去，尤其是在这种风雨夜。"朱灵对我说。

但我知道，56 岁的蒋兴良会经常爬上去，做监测、记录、检查等。"风机覆冰是我研究的新课题，这是继电网覆冰后又一个值得重点关注的领域。"蒋兴良说。

每年，蒋兴良大约有 1/3 的时间在野外做监测，无论风雪、雷电。

这个夜晚，不过是我今年春节跟他们一起经历的一个普通的夜晚。

作品标题　风雨交加的夜晚　我跟蒋教授爬上 34 米高的风力发电机
参评项目　通讯
作　　者　李星婷
责任编辑　牛瑞祥　李波
刊播单位　重庆日报
首发日期　2018-02-20
刊播版面　第 1 版要闻

作品评价

这篇报道是"新春走基层"系列的一篇作品。作品视角独特，采用第一人称、体验式报道写法，生动细腻地记录了记者跟随重庆大学电气工程学院蒋兴良教授在湖南雪峰山野外覆冰试验站其中一个夜晚的工作。文章朴实动情，一气呵成，读来让人印象深刻。

采编过程

在冬季或早春，常常会出现冻雨，冻雨凝结成的雨凇（又称冰凌），往往会导致电网断掉或者电线杆、铁塔垮塌等。因为大气覆冰影响因素多、随机性强，因此电网覆冰防御是世界级难题。面对这一难题，蒋兴良教授在湖南省怀化市雪峰山，从2008年开始，用8年时间建立起全世界首个野外自然覆冰试验站。而蒋教授，有8年时间的春节，都在雪峰山度过。

春节前夕，记者来到雪峰山，与蒋教授以及几名覆冰站工作人员，一起度过了春节中的几天。

除夕之夜，记者与大家一起做扫除、做饭、祈福；初一、初二，跟随蒋教授做试验的准备工作；初三，则跟着蒋教授在雨雾中站了整整一天，观测蒋教授进行覆冰试验，初三晚上，因为大范围降温，风雨交加的夜里，记者还跟随蒋教授一起爬上34米高的风力发电机进行检修……

每年，56岁的蒋兴良大约有1/3的时间在野外做监测，无论风雪、雷电。那个夜晚，不过是记者跟蒋教授一起经历的一个普通的夜晚。于是，当晚，记者怀着激动的心情，写下了这篇日记体新闻。

社会效果

报道刊发后，引起了极为强烈广泛的影响。新浪、新华、搜狐、凤凰等纷纷进行转载，其中360搜索、凤凰、今日头条都将该文作为重点推送转载，报道也得到中华全国新闻工作者协会的肯定。与此同时，重庆日报官微同步推送的微信文章，也得到广泛的阅读和转发，不少读者纷纷为一线科技工作者的美丽风采点赞！

"雁归大巴山" 系列报道

飞雁回巢　青春在高山深处绽放
——记巫山县当阳乡玉灵村 "第一书记" 严克美（上）

重庆日报首席记者　彭瑜

核心提示

党的十九大报告指出，实施乡村振兴战略，要培养造就一支懂农业、爱农村、爱农民的 "三农" 工作队伍。

严克美，就是这样一位懂农业、爱农村、爱农民，立志奉献乡村振兴的年轻干部，是 "第一书记" 的典型代表。她是村里第一个大学生，从小就梦想着能走出大山。然而，大学毕业后，她放弃了大都市的工作，回到大巴山深处，带领村民修路、引水、发展产业，让民风彪悍、贫穷落后的红槽村走上了脱贫致富的道路。

从大学毕业生，到红槽村党支部书记、玉灵村 "第一书记"，再到全国劳模、连续当选党的十八大、十九大代表，严克美用她的经历告诉我们，实施乡村振兴战略，年轻干部到基层去、大学生到农村去，干事创业，大有可为。

初冬时节，纵然大巴山万山红遍，依然留不住南飞的大雁。当地老百姓说，贫瘠的大巴山比冬天还让人心寒，但严克美这只远飞的大雁回到了故乡，她带来了春天的温暖——

"贺书记，我叫严克美，红槽村的，今年大学毕业，想回来当村支书！" 尽管已过去 9 年，但时任巫山县当阳乡党委书记的贺伟至今仍深刻地记得那一幕——

"你，你说啥？" 看着面前这个刚刚冲进自己办公室的 20 岁出头的小姑娘，身材矮小、衣着朴素、一脸稚气与清秀，贺伟怀疑自己听错了。

在巫山，红槽村是出了名的穷、出了名的条件艰苦，这里村民的 "悍劲" 也是出了名的，连一些土生土长的老红槽人都管不下来。

但面前这个瘦小的黄毛丫头，却挺直了腰板，没有丝毫胆怯。莫非是真人不露相，难道她真有"两把刷子"？

贺伟迟疑了一会儿，问道："你一个才毕业的大学生，你觉得你有这个能力？"

"我生在农村、长在农村，对农村比较熟悉。我会用学到的知识改善民风，带动发展，为乡亲们做点事，我一定能很快适应这个工作。"严克美自信满满地看着贺伟。

"待遇低哦！一个月只有三四百块钱，你怕是待不了多久就要后悔。"贺伟吓唬她，"你们村打架斗殴扯皮的事多，我觉得你镇不住。"

"不试一下啷个晓得？"

大学生刚毕业，就回村自告奋勇要当书记，这种事儿在当阳打起灯笼都找不到。贺伟说，当时红槽村正差一名合适的村支部书记人选，而村主任、文书都已年近 60 岁，他正犯愁时，严克美找上门来。最终，贺伟力排众议，给了严克美两个月试用期。

这一试，就试出了许多故事。

9 年来，严克美凭着"初生牛犊不怕虎"的闯劲儿，吃苦耐劳、刻苦钻研，为红槽村解决了饮水问题、改善了交通条件、发展了致富产业；担任玉灵村"第一书记"后，她推进当地基础设施建设、大力发展乡村旅游，也是干得风生水起。

2010 年，严克美被评为"全国劳模"；2012 年她当选为党的十八大代表；2017 年她又当选为党的十九大代表。

"心若在，梦就在"，严克美最喜欢歌曲《从头再来》中这句歌词。她的心，在大巴山；她的梦，也在大巴山。

去年 11 月 27 日，记者来到当阳乡，开始蹲点寻访严克美的回归路。

两个月试用期里，她用三件事征服了大家

当阳乡到巫山县城有 120 多公里，距离湖北神农架景区仅 35 公里，有"渝东第一乡"之称。红槽村地处海拔 1100 多米到 1600 多米的坡谷地带，山上是海拔 2000 多米的五里坡林场，山下是著名的当阳大峡谷。

"不仅仅是恶劣的自然环境，群众的峡谷意识更是一座难以逾越的大山。"那时的红槽村，民风彪悍。2008 年 11 月，严克美走马上任红槽村代理支部书记之初，就遭到了少数群众和村社干部的质疑，"当时有人问我，你有知识、有文化，做其他事我们相信你，但当村支书你可能还不如我哟……"

面对质疑，最好的办法就是用事实说话。严克美的第一步就是走访村民，掌握全村实情，表达为大家服务的心声。她暗下决心，"一定要干出个名堂来！"

红槽村有7个村民组，260多户村民，方圆11平方公里，不是爬坡，就是下坎。仅仅是走访10多名党员，严克美就花了一周多时间。为加快进度，她决定学骑摩托车。

那时红槽村最好的路就是两米宽的土路，坑洼不平、茅草丛生，道路一边是悬崖，一边是岩石，但凡车子冲出去，不是头破血流，便是坠落深渊。

"她只有1.55米高，体重只有90斤，摩托车有300多斤，她根本扶不住，稍有不慎就会车毁人亡。"父亲严世文担心归担心，却也知道自己这个女儿，"她认准的事儿谁也拉不回来。"

刚学会骑摩托，严克美就找父亲借了6000多元钱，买回一辆150型男士摩托车，摇摇晃晃地上路了。不久，严克美真出事了——在大九路（巫山县大昌镇当阳乡到湖北大九湖镇）路梨树坪（土地名）转弯处，她骑着摩托车径直冲下悬崖。幸运的是，人和车都被树木拦住，她被送进了医院。

"疯了！一个女娃子骑啥摩托嘛，摔死了怎么办？"那时，李正军与严克美正在恋爱中，他既心痛又生气。严克美却说："吃一堑长一智，没有搞不来的事情！"出院后，严克美又骑着摩托上路了。

"两个月试用期很快就过去了，她用三件事征服了大家。"贺伟说，严克美用行动回应了大家的质疑和嘲讽，交出了一份完美的转正申请。

走访中，严克美发现村民对低保评定意见很大。她就带着村"两委"一班人，到每个村民组召开民主评议会，让那些真正困难的人吃上了低保。虽然得罪了一些村民，甚至个别村干部，但更多村民看到了公道与透明，红槽村"彪悍"的民风逐渐有所好转。

之前的大九路，原本规划从大昌镇到官阳镇，再经红槽村，绕开当阳大峡谷、当阳场，直接连湖北的大九湖。后来，为带动当阳大峡谷旅游发展，路线改道为撇开红槽村，通过当阳大峡谷、当阳场。

这在过去，红槽人是要"跳"起来的。这次，红槽人却平静地接受了改道。贺伟事后得知，这是严克美反复开导村民的结果。

"她说，修路是红槽村的大局，也是当阳乡的大局，更是巫山县的大局。旅游路通了，来了游客，还怕没钱修村道？还怕没机会挣钱？严克美说，锅里有了，碗里一定有！她说得有道理，我们信了！"村民王启珍说。

第三件事便是，通过走访调查，严克美在2008年底向全村村民和乡里交上了一份《红槽村发展报告》，提出了以改善民风为突破口，推进基础设施建设、培育致富产业的发展思路，得到了乡党委、红槽村村民的认可。

黑了、瘦了，哪看得出是个大学生啊

2009 年 1 月，严克美上任后遇到的第一件大事就是扩大烤烟种植面积。红槽村土质、气候、海拔高度适合烤烟生长。乡里经过认真调研，计划在红槽村发展 900 亩烤烟。

"之前只有 500 多亩，突然增加 400 亩，都说有难度。"时任村支部副书记的胡军回忆，严克美就让父亲带头将烤烟规模从 10 亩增加到 20 多亩，同时又动员村里的亲戚扩大种植规模。

"美娃子（村里年长者对严克美的昵称）家亲戚都抢着种，看来不是啥坏事。"村民们见状也纷纷行动，很快全村新增了 400 多亩烤烟。

烤烟行情好，红槽村也适合种植，但村民为啥不来劲儿？严克美很快找到了原因，由于没有像样的公路，烘烤烤烟的煤炭得靠人力去山下背，每次背 100 斤，一次来回要 4 个小时，如果花钱请人背，卖烟的钱还不够工钱。

"烤烟规模是上去了，可运不上来煤炭，一切努力等于零！"严克美采取倒逼的办法，一方面找到乡领导，"逼"出了 1.5 万元资金支持改扩建公路；另一方面"逼"村民投工投劳，分段分任务将路基拓宽、路面填平。

工地上，严克美带头挥舞锄头挖土方，挽起袖子抱石头，跑前忙后招呼这儿、叮嘱那儿，似乎永不知疲倦。细心的母亲王启翠发现，女儿不端着碗吃饭了，筷子也换成了勺子，每天一回房就倒头呼呼大睡，"双手打满了血泡，哪还端得起碗、拿得动筷子啊？"

为了这条路，严克美黑了、瘦了，但她从不叫苦叫累，"这是自己选择的路，咬牙也得坚持下去！"

终于，赶在 2009 年烤烟收割前，通往红槽村的道路整修好了，煤炭及时送到了村民家中。现在，红槽村烤烟种植面积已近 1200 亩，年产值 300 多万元。

红槽村基础设施欠账多，除了路，饮水也是一大问题。如果连续晴上十天半月，村民就要满山找水，有时还因抢水打架。好几次春节，村民背着水壶到处找水过年，特别苦了老人和残疾村民。

"找到水源是关键。"66 岁的孙善同当过红槽村支部书记，关键时候，他给严克美指点迷津。于是，严克美一空闲下来就攀悬崖、钻树林，硬是找到了三岔沟、正槽等 6 个水源。当她喜滋滋地将这个好消息告诉孙善同时，孙善同吓了一跳，"五里坡林场那个蒿子坪取水点，几乎没路，我这辈子都没去过，你一个女娃子居然爬得上去？！"

水源有了，买水管的资金却没着落，严克美又到乡里、县里，甚至市里到处找经费，终于找来了水管和安装费。红槽村海拔高，冬天霜冻严重，严

克美提出挖深沟填埋水管，避免结冰断水。同时考虑到蒿子坪灌木丛生、地形复杂，她提议组建青年党员干部突击队进山挖深沟。

严克美将村里日常事务交给孙善同代理，自己率领伍仲林、胡军等一群青年党员干部，带上锄头和干粮上山了。每天清早6点出发，晚上9点过才回家。

到第五天，50多岁的严世伍、60多岁的陈廷安……村里30多位村民自发相继加入了突击队。"她一个小女娃儿带着一群男人在山上干这体力活，我们在家里怎么坐得住啊！"陈廷安说。奋战5个月，6个取水点的山泉终于引进了村民家的水缸。

"当初冒险让她试用两个月，没想到她竟然干得这么出色。"在贺伟看来，严克美这个大山里长大的孩子能吃苦耐劳，而且自信敢拼、不服输、头脑灵光。

后来，为带动红槽村村民养羊，严克美自己先喂养了100只种羊，摸索养殖经验，同时为村民提供羊崽。打针、拌料、翻羊圈……她啥都学会干，一个女大学生、一个村支书俨然成了羊倌。

"有次我到红槽村开院坝会，见她挽着裤腿、满身泥土、一头汗水，正挥着鞭子追赶羊群。"贺伟说，这哪看得出是原来印象中的大学生啊，一脸土气，甚至都不像个村支书。而今，山羊已成为红槽村脱贫致富的支柱产业。

用真心办实事，群众就会支持你

去年11月28日，就在记者蹲点采访的时候，一大早，严克美就接到电话，红槽村二组杨兴国家深夜发生火灾。

"听说高山上下雪了！这么冷的天，老人怕是遭不住。"严克美非常熟悉杨兴国，老人70多岁，老伴已去世，虽然儿子儿媳在家，但老人还是习惯一个人独居。搁下电话，严克美立即驱车前往杨兴国家。

空气中飘来阵阵焦煳味，杨兴国的房子，屋顶已经坍塌，木梁还冒着浓烟，老人的粮食、衣物都化为灰烬，一样都没抢出来。"人没事就好！"见到杨兴国，严克美松了口气。她拨通乡社会事务办公室电话，请求为老人马上解决棉被、衣物等御寒物资，又让老人的儿媳安顿好老人的吃饭、住宿问题，确保老人不受冻、不挨饿。

早在2013年，严克美就通过从优秀村干部中招录公务员考试，成为当阳乡党政办主任。而今，红槽村的村民遇到大事小情，为什么还是要找她呢？

"因为我一直坚持真心实意为他们办事。"严克美坦言，刚刚走出校门的大学生，虽然没有经验，但有干劲儿，只要踏踏实实办好事、办成事，群众就会喜欢你、支持你、记住你。

过去在农村，特别是偏远落后山区，当村干部要讲个论资排辈，支部书记更是村子里说一不二的人，没有点本事和威望，是绝对无法胜任的。严克美才走马上任时，自知一个黄毛丫头给老主任、老文书安排工作会让他们不服气，但全部由自己代劳，就变成大包大揽了，老同志会有想法，自己也吃不消。

于是，严克美在很多工作上采取集体行动——每遇到村里的重点工作，或老同志分管的工作要做，她既不包干，也不分派，而是组织大家一起干。严克美说，自己边干、边看、边学，遇到问题就商量请教，既减轻了老同志的负担，又维护了他们的威信，自己也积累了经验。

"她爱学习、很谦虚，干事主动、遇事民主，尊重老同志。"孙善同说，工作大半年，不论是村"两委"成员，还是村民，大家都从不服气到佩服，开始真心支持严克美的工作。

用真心办实事，严克美不但征服了村民和村"两委"成员，还成了红槽村年轻人的偶像。当阳场上，有一家阿林理发店，店主叫伍仲林，是红槽村人。理发店人来人往信息灵通，9 年前，他听说严克美要回村当村支书时，很不以为然。

"后来我却成了她的'粉丝'。"伍仲林说经常有红槽村村民来店里理发，他便常听到顾客对严克美的称赞，特别是大家口中所说的严克美那份《红槽村发展报告》，让他听得有点热血沸腾，不禁对这个女支书刮目相看。有一次，严克美到理发店理发，对伍仲林说："你也是红槽村的，又有高中文化，你也可以回村为大家出力的。"

伍仲林虽是红槽人，但已在当阳场上安了家，他理发，妻子开商店，小日子过得不错。可严克美一席话让伍仲林再也无法平静，他觉得自己也应该像严克美一样，回去为村民干点事。

2010 年，伍仲林回村并当选为村主任。他放下理发的剪子，与严克美一起挑起了红槽村脱贫致富奔小康的担子。

"说不向往大城市那是假话。"严克美坦言，回村工作并非一帆风顺，而是经常遭遇困难，特别是做事得不到群众理解时，她也迷茫过，也问过自己放弃都市生活，回到农村值不值？她告诉记者，但看到自己的努力改变了群众的生产生活条件，得到他们的信任与支持后，自己又浑身充满干劲儿。严克美说："留在大城市，我一个人过得很好；回到村里带着村民干，让大家都好起来，这也是一个大学生的梦想和价值所在。所以，我觉得我的天空就在红槽村的高山峡谷。"

就这样，严克美身体力行，团结了班子成员，赢得了领导和群众的信任与支持。她带领村民不断推进基础设施建设、发展致富产业、促进乡风文明，红槽村农民人均纯收入从 2008 年的 2900 元增加到 2012 年的 7000 多元。

头雁领飞　在脱贫攻坚中实现人生价值
——记巫山县当阳乡玉灵村"第一书记"严克美（中）

重庆日报首席记者　彭瑜

大雁在飞行时，领头雁总是冲在最前面领飞，承受着最大的空气阻力，任务最为艰巨。但它，目标坚定不移，一旦展翅高飞，就带领团队义无反顾，不离航向。

严克美说，"第一书记"是班子的带头人，是脱贫攻坚和乡村振兴的"领头雁"。"第一"是一种模范、一根标杆，更是一种使命、一种担当。作为巫山县当阳乡玉灵村的"第一书记"，就是要认准脱贫致富奔小康的目标，冲在前带头干。

领头雁
就是老百姓的"当家人"

"买新衣服喽！买新衣服喽！"在严克美家里，4 岁的大女儿抱着一套新衣服欣喜不已。但这衣服却不是给女儿的，这是严克美出席党的十九大回来后，在县城专门给丁龙买的。

丁龙是谁？去年 1 月，严克美又喜添小女儿。产假归来，乡里安排她到玉灵村担任"第一书记"。严克美随即一头扎进村子，搞走访、做调研，便发现了 5 岁的丁龙。

当时，丁龙的爸爸刚病逝不久，妈妈离家后再也没了联系。去年 8 月 26 日，爷爷又不幸摔了一跤，去世了。5 天后，奶奶又突发脑溢血离世，丁龙只得暂时借住在堂伯家。

"看到丁龙，就想起了我的童年。"严克美从小家庭贫困，种地收入是一家人唯一的经济来源。严克美上初中时，每周 3 元钱的生活费，父母都时常拿不出来，她甚至还因家庭贫困辍过学。后来，严克美渐渐意识到，读书，才是摆脱贫困的唯一出路。

2004 年，严克美考上了四川宜宾学院体育教育专业，成为红槽村有史以来第一个大学生。在校 4 年，她刻苦学习，还加入了中国共产党。

2008 年大学毕业后，严克美在上海一家电子公司找到一份文秘工作，月薪 4000 元。但在她脑海里，时常浮现老家的茅草路、村民满山找水的场景，还有儿时辍学的伙伴艰难度日的情形。

工作没多久，在一次与父母通电话时，严克美得知，红槽村支部书记严世勇兼任烤烟技术员。按新规定，烤烟技术员不能再担任其他职务，严世勇只好辞去村支部书记一职。这时，严克美有了一个回村当支部书记的念头。

从小，严克美就想做一只小鸟，自由地飞翔，去看看山外的世界。"然而，当我真的走出大山，才发现我的天空，原来一直在故乡。"

"前方是峡谷，远处是大山，更远是天边……"对山里娃来说，最想知道的莫过于，山那边究竟是什么？那时，李正军在相邻当阳乡的官阳镇工作，他与严克美正在恋爱中。严克美说，回到红槽村，有亲情、有爱情，还有乡情，她坚信自己一定能干好。最后，严克美决定回家，回去做一只"领头雁"，让更多的山里人"长"出能飞出大山的翅膀，彻底改变家乡贫困落后的状况。

到玉灵村任"第一书记"后，低保家庭、孤寡老人、困境儿童等是严克美重点关注的对象。严克美称，他们对美好生活的向往更为迫切，改变贫穷更为困难，特别是困难儿童的教育问题，刻不容缓，"教育是山区的未来，更是孩子们的希望。"

正因为如此，丁龙成了严克美一直的牵挂。从北京开会回来后，她与丈夫李正军又去看了丁龙，发现小家伙性格越来越孤僻，见人就躲。这天，夫妇俩做了一个决定——收丁龙为干儿子，要帮助丁龙从小学读到大学。

玉灵村的何文林几年前在工地受过伤，双眼要戴1000多度的眼镜才能勉强看见东西。他家里有两个孩子，老大念高三，老二何军（化名）智力发育迟缓，7岁了还不能正常说话。老何想给老二做康复治疗，手头却没钱。

严克美得知情况后，立即向乡领导汇报，协调当阳小学教师每周送教上门，启发何军的语言思维能力；同时她又四处打听康复机构，准备送何军去做智力康复训练。何文林说："严书记就是我们家的'当家人'。她一再叮嘱，娃儿康复训练拖不得，不能误了孩子一辈子。"

"别人的孩子总放在心头，自家的娃儿三天两头看不到妈。"母亲王启翠提起严克美有些埋怨。大女儿出生不久，正好遇上暴雨洪灾，严克美起早摸黑抗灾抢险，忙碌中自然就给孩子断了奶；去年，小女儿才半岁多时，严克美又因张罗玉灵村的脱贫攻坚工作，也给早早地断了奶。王启翠告诉记者："忙啊，总是忙。两个娃儿快一个月没看到妈了。"

每次，严克美总是安慰父母，女儿们有外公外婆照看，隔三岔五还能见到爸爸妈妈，够幸福了。作为"第一书记"，自己就要给像丁龙、何军这样的困境儿童更多的关爱，让他们更好地成长。

领头雁
要做干事创业的"急先锋"

去年12月1日下午，玉灵村九组倒钟坪（土地名）丁德元家门前，严克美正在主持召开院坝会，宣传党的十九大精神。

玉灵村是当阳大峡谷进入当阳乡的第一个村，倒钟坪正处于峡谷口上，大九路穿境而过。乡里要在这里打造乡村旅游示范点，目前已培育打造了 11 家农家乐，日接待游客量 150 人次。

"你们都是老辈子，大道理我不说了。"严克美和村民们围坐在一起，开门见山讲起乡村振兴战略。她认为，如果倒钟坪把乡村旅游做起来了，对玉灵村、当阳乡，甚至全县都有示范带动作用，"但我发现，一到冬天大家都歇气了，好像只等着明年游客上门。"

"当阳这么偏，搞乡村旅游会不会有人来耍哦？"71 岁的刘长清颇有顾虑，"人家是来看我们的大山包、峡沟沟呢，还是来吃三大坨（苞谷、洋芋、红苕）？"

有这样疑虑的人不在少数，都怕投入多了没人来耍，亏大了。严克美便现场为大家描绘起当阳的美好未来——当阳大峡谷瀑布如帘，河水悠长，悬崖绝壁，烟云飘逸，每到盛夏，倒钟坪庭前院后百花盛开，空气清凉宜人，坐在院坝迎朝霞、送夕阳，看云雾翻动，那真的是美不胜收，更别说忍子坪、旗帜山、葱坪高山湿地了。她告诉大家说："当阳乡前面的小三峡，后面的神农架，这些地方难道以前不偏？可如今游客是络绎不绝。大家想想我们当阳的美景和地理位置，大九路贯通了，当阳成了必经之地，游客往来小三峡和神农架两地，难道不想留下来看看？"

"那我们现在需要做些啥呢？""听你这么一说当阳真还是不错""人来多了我们接待不了哦"……严克美一席话，让大家变得激动起来，渐渐对倒钟坪的乡村旅游有了兴趣。

严克美接着说道，实施乡村振兴战略，国家有政策，但最根本的是大家自己要动起来。她安排了几个硬任务，一是不管搞不搞农家乐，倒钟坪的村民都要做好家里家外的环境卫生、个人卫生，特别是牲畜圈舍的管理，规范杂物堆码；二是搞房屋建造的，要注意安全，讲究风貌，加快进度，力争在明年旅游旺季来临前竣工；三是搞农家乐的村民，闲时可以去参加厨艺、酒店管理培训，提高农家乐的档次。

"我直接建民宿。"44 岁的李正财一直在西藏林芝打工，专门做景区房屋装修。他告诉邻居们，在外面看的景区不少，自己觉得当阳的峡谷、山水、云雾更有看头，最重要的是生态好、空气新鲜，现在大九路也通了，正是旅游大发展的好时候。去年 8 月，李正财回到老家建造民宿，准备来年开门迎客，"严书记讲得好，我也收看了十九大，我们的绿水青山也会变成金山银山的。"

"总书记都说了，实施乡村振兴战略，要培养造就一支懂农业、爱农村、爱农民的'三农'工作队伍。"严克美对李正财说，"你留下来带个好头，大家都跟着沾光。"

在倒钟坪，记者看到，群山峡谷间，白墙红瓦的房子格外显眼，房前屋后的稻田里扎起了竹篱笆，田坎已经硬化成人行便道。这一场宣讲会，更加激活了乡亲们发展乡村旅游的积极性，对美好的未来充满了期盼。

"严书记，听说红槽村的人叫你'领头雁'？"年近70岁的李继承觉得严克美讲得很在理，拉着严克美的手再三叮嘱，"你这个'领头雁'可要好好带领我们把倒钟坪发展起来！"

严克美告诉老人家，"第一书记"就是为脱贫攻坚打前战，她就是要把倒钟坪的乡村旅游做起来，为玉灵村、当阳乡的发展，带好头、开好路。

领头雁
要做脱贫攻坚的"拓荒牛"

玉灵村面积19平方公里，海拔380～1500米，坡度陡峭，村民除了种"三大坨"填肚子，绝大多数青壮年都靠外出打工谋生。

去年9月，严克美跋涉1个多小时山路，来到七组王家梁子（土地名）贫困户柳教华家。柳教华妻子因病丧失劳动能力，大儿子初中毕业在外打工，小儿子还在上大学，全家重担落在柳教华一人身上。

严克美现场引导柳教华进行产业结构调整——大儿子接受劳务输出培训，带着技术去打工；柳教华除了照顾妻子，多喂猪养土鸡，坚持送小儿子完成学业；三是利用闲置土地种植脆李、核桃。

"又是脆李、核桃？"严克美的脱贫方案，不禁让柳教华有些失望，在场的村干部也觉得缺乏可行性。大家也知道玉灵村立体气候明显，适合种植板栗、核桃、脆李等，但玉灵村山高谷深，公路弯多坡陡，海拔1100米的王家梁子更是不通车。也正因为如此，玉灵村这几年的果树发展规模一直上不去。柳教华说："运到当阳卖不完，运到山外赔了运费烂一半！"

严克美却拍着巴掌说，现在不愁卖了，并且这个市场就在家门口。她告诉大家，大九路通车了，当阳大峡谷也开始迎接游客，倒钟坪的乡村旅游示范点起来后，带动的不只是核桃、板栗、脆李，那时大家更多的农产品都可以变成商品卖。严克美鼓励柳教华，现在种树，几年后挂果正是当阳大峡谷游客高峰，李子在家门口、在树上就能变成钱。

"发展脱贫产业，要有一盘棋的思想。"严克美告诉村组干部，要把玉灵村的脱贫攻坚战放到全乡发展的格局、当阳大峡谷旅游的大局来谋划，围绕旅游找出路、立足旅游做产业。她胸有成竹地说："有了产业，还怕不修路？"

去年，玉灵村在海拔800米以下的9个组新种植了382亩脆李，还计划再发展100亩。目前全村脆李累计达到832亩、板栗1404亩、核桃150亩。

其实，脆李、板栗、核桃……这些山货早就是巫山的"网红"，特别是巫山脆李，卖到了 30 多元一斤，并通过电商卖到了全国。

果然不出严克美所料，去年 11 月初，巫山县领导到当阳乡调研，见玉灵村农户的"四改"（改厨房、改厕所、改圈舍、改院坝）初见成效，脆李苗管护到位，当即表态支持玉灵村五、七、八、十等四个组扩建 9 公里环形道路建设，推动产业发展。

"看问题有眼光。"玉灵村村主任陈祖德告诉记者，严克美作风踏实、善谋断、有担当，担任玉灵村"第一书记"后，很快进入了角色、掌握了村情、拿出了思路，为玉灵村找到了一条脱贫致富的道路。

严克美说，贫困村就像等待开发的荒地，"第一书记"就是"拓荒牛"，既要有"啃硬骨头"的精神，又要有开荒的办法，要带领村"两委"一班人与群众一道除草、松土，浇水、施肥，让荒地变沃土，长出丰收的庄稼来。

2017 年，玉灵村农民人均纯收入达到 8600 元，其中贫困人口纯收入达到 5000 余元，较 2014 年增加 2800 多元，贫困户只剩下 5 户 12 人，贫困发生率降至 0.99%。

前不久，玉灵村召开了一次党员和村民代表大会。严克美告诉大家，党的十九大提出实施乡村振兴战略，玉灵村不能只满足脱贫摘帽，要按照"产业兴旺、生态宜居、乡风文明、治理有效、生活富裕"的总要求，进一步推进基础设施建设、保护生态环境、培育支柱产业、加强村民自治、落实环境整治等，把玉灵村建设成游客向往、村民安居乐业的美丽乡村。

群雁集聚　吹响乡村振兴"集结号"
——记巫山县当阳乡玉灵村"第一书记"严克美（下）

重庆日报首席记者　彭瑜

一只大雁的归来说明不了春天，但当一群大雁冲破初春的雾霭时，春天就真的要来了。

出山的路通了、特色农业发展了、电商下乡了、乡村变美了……大学生到农村大有可为。榜样，如旗帜、如标杆、如镜子，释放出无形的感染力、引导力，带动更多人前行。在严克美的带动下，如今大巴山深处，群雁集聚、雁阵成型，吹响了实施乡村振兴战略的集结号，一幅美丽乡村的画卷正在千山万水间徐徐展开——

在乡村当好标兵做好表率

红槽村的李泽香家有 3 个儿子，在让人羡慕的同时，也让她头疼了十多年。按当地风俗，娶媳妇的规矩很多，每道规矩都需要钱——道喜（商量婚期）时男方要给女方一头猪；认亲（男方拜见女方的亲戚）时男方要送礼；结婚时还要数万元聘礼。一趟婚事下来，花钱不少。

李泽香的丈夫去世10年了，她一个人将3个儿子拉扯大，日子本就过得紧巴巴的，3个儿子渐渐长大，娶媳妇得花多少钱啊？她怎能不头疼。

"越穷规矩越多。"李泽香说，"还好，美娃子（村里年长者对严克美的昵称）自己结婚给大家带了个好头，娃儿的婚事也省心多了。"

2010年，严克美与李正军两人打算结婚时，严克美的母亲王启翠照例谈起道喜、认亲、聘礼、婚房的风俗来。"村支书结婚要聘礼影响不好！"严克美一句话打断了母亲的念想。

"那，婚房一定不能省！"

"李正军在官阳镇政府不是有寝室吗，粉刷一下就行了。"

……

虽然母亲始终认为，这样嫁女儿实在太没面子，但在严克美一再坚持下，她也无可奈何。

就这样，严克美与李正军拍了婚纱照就简单结了婚。这之后，严克美的结婚新风尚渐渐成了红槽村的标准，村民娶进嫁出慢慢习惯了一切从简。

婚后不久，李正军的母亲患上鼻癌，要花十多万元医疗费，家人担心医治不好反而人财两空。"有病就要治，没钱想办法！"严克美一句话打破了沉默。

李正军家境本就不好，他上大学申请的助学贷款也是刚刚才还清。这次，夫妻俩又贷款10万元，治好了婆婆的病。现在，无论在红槽村，还是在李正军老家，严克美是大家公认的孝敬公婆的好儿媳典范。

"因为长期闭塞，村里有很多不好的习俗，这不是靠讲点道理就能改变的。"回红槽村担任村支书以后，严克美一直注重发挥党员的先锋模范作用。严克美说，打铁还要自身硬，作为村支书，就应该带头示范，用自己行动去影响大家，潜移默化慢慢改变民风。

当选党的十八大、十九大代表后，严克美更加注重自身的示范带动作用。她经常深入基层开展专题调研，向群众宣讲党的路线、方针。严克美告诉记者，回到农村，只要不怕吃苦、干事踏实、遇到困难敢于坚持，就能实现自己的梦想和价值。自己在农村打拼9年，磨炼了意志、锻炼了能力、了解了社会、纯洁了品质、积累了经验。她表示，自己要继续做好表率，带好头，鼓励更多大学生、年轻干部到农村、下基层去打拼。

"这次中央农村工作会议再次强调，把到农村一线锻炼作为培养干部的重要途径，形成人才向农村基层一线流动的用人导向，造就一支懂农业、爱农村、爱农民的'三农'工作队伍。"严克美说，实施乡村振兴战略，要汇聚全社会力量，强化乡村振兴人才支撑是关键，特别需要一批有知识、有文化、有技能、有理想、有抱负、讲奉献的年轻人。有这样一批年轻人回到乡村、服务乡村，振兴乡村大有希望，"实践证明，乡村振兴需要有才干的大学生，大学生也需要农村这样的大舞台。"

回来吧，家乡需要你们

"当代青年就应该做时代的弄潮儿，我将继续坚守乡村，把自己在农村的成功经验分享给正在基层工作的青年人才和准备到基层工作的大学生们，并告诉他们，到农村去大有可为、前途光明。"严克美告诉记者。她先给自己的亲友做工作，希望外出的他们回到当阳，一起为家乡发展出力。

"好不容易走出大山，谁还想回去？"9 年前严克美回村当村支书，妹妹严克琼本就非常不理解。面对姐姐的游说，她反问："既然要待在老家，当初又何必读那么多书、花那么多钱？"

2010 年，严克琼大学毕业后应聘到重庆主城一家挖机公司上班，月薪5000 元。而那时，回到红槽村当书记的严克美月收入只有 600 元，就连电话费、摩托车的油钱都靠"啃老"。

但是，严克琼每次回家，都能感受到红槽村的变化：回村的路宽了、厨房里有了自来水、乡亲们有了新房子、屋里的灯更亮了、大家的腰包越来越鼓了……严克琼说，随之而来的，是村民们对姐姐一声声"美娃子""美儿""美美"甜甜的呼喊，那种感激和亲切，是发自内心的。她发现，乡亲们对姐姐由衷的赞誉是多少高工资都买不来的。

"回来吧，山里孩子需要你。"其实，严克美最初的梦想就是回乡做一名老师，让更多的山里娃学到知识、改变命运。所以，每次严克琼回家，严克美都劝妹妹留下来，圆了自己这个教师梦。她开导妹妹："当年的老师渐渐老去，我们有点文化就往外走，山外的人又不愿进来，难道山里的孩子又要成文盲？"

严克琼心动了。2014 年，她顺利通过县里教师招录考试，回到当阳乡做了一名小学教师。当时，严克琼在公司的月收入已达到 8000 元，而回来当教师每月的工资只有 2280 元。

被她"忽悠"回来的还有老同学胡华。"她不爱打扮了。"胡华也是红槽人，与严克美是小学、初中同学。多年后，胡华回到红槽村，看到严克美后对她有了新的印象，"当时她一身黄泥巴，差点没认出来。"

在家的那段时间，胡华听到了更多关于严克美的故事，开始对老同学有了更新的认识，"她不是不爱美，她是没心思没工夫打扮。"

严克美与胡华交流时称，空巢老人与留守儿童是她最牵挂的人。如果村里多发展些产业，让村民在家门口就业，老人小孩就有了依靠。严克美希望胡华能回村发展。

初中毕业后，胡华参了军，退伍后一直在沿海打工，从保安、库管，一直做到生产主管，月薪6000元。"她说得对，在外挣钱再多，家中老小始终让人牵挂。"

2012年，胡华回到红槽村，流转301亩土地种植黑土豆，解决了100余名村民就地务工的问题，每年支付农户土地租金36000多元，支付村民务工工资7万余元。胡华种的黑土豆比一般土豆每斤多卖2元，去年，他的黑土豆产量达200吨，产值200多万元。

贫困户王易山将3亩土地流转给了胡华，同时自己又种了2亩黑土豆，种子、技术、化肥都由胡华提供，胡华还负责回收销售。现在，王易山每年的土地租金、土豆收入、务工工资总计共有14000多元，已经脱了贫。

榜样的力量是无穷的，如旗帜、如标杆、如镜子，释放出无形的感染力、引导力，带动起更多的人前进。红槽村现任村支部书记胡军介绍，在严克美的带动下，红槽村近年来走出了陈安梅、梁远妮、伍毅侩、史建军等20多名大学生。而在整个当阳乡，史学海、杨建国、刘琼、陈宗学等回村任职的外出务工人员、大学生也达20多人，这在以前是无法想象的。

大巴山深处，群雁齐聚当阳乡

鬼门关、阎王鼻子、一脚宽、钻钎子……记者听到这些地名就心惊肉跳，但这都是进出当阳乡的必经之路。正如诗句描述的那样，"一线羊肠路，袅袅上青天；上有千仞壁，下临百丈渊。"

一直以来，当阳乡都留不住外地人。9年前，乡里仅有3名县外干部，现在当阳乡却有县外干部20余人，占全乡干部一半以上，并且超过90%都是年轻干部。

"像严克美那样到农村去，可能逐渐会成为一种选择。"当阳乡党委书记王鉴兴称，现在农村水、电、路、气、网络等基础设施建设大为改观，不再像过去那样艰难困苦，这为大学生、年轻干部实现梦想与价值提供了更广阔的舞台，"很多听过严克美故事的人，看到了在农村、在基层干事创业的希望，把感动转变成了行动。"

当阳乡组织委员陈国庆今年34岁，是万州人。2007年大学毕业后，她直接报考了巫山县的公务员，被分配到毗邻当阳乡的平河乡。父亲提醒她，巫山有点苦哦，陈国庆回答："有水有米就能养活我"。她告诉记者，当时的想法就是，越艰苦的地方越能干点事出来。去年，她又调到了当阳乡。

陈国庆的丈夫是万盛人，在巫山县城上班，1岁多的儿子留在万州甘宁镇老家跟着外公外婆，一家三口3个家，每月才能见一次面。现在，陈国庆学会了自己开车，每次从当阳回到甘宁家中已是深夜10点过。她有些心酸地说，儿子已把爸爸妈妈当成了串门的客人，回来不惊喜、离去不留恋，小家伙居然管外婆叫妈妈。

"可在山区，爸妈不在身边的留守儿童更多。"陈国庆哽咽了。为人父母、养儿育女后，她更真切体会到留守儿童、空巢老人生活与身心上的艰辛，也更能理解严克美回村的抉择，"严克美就是我们的榜样，我不后悔。"

开州人伍习建今年27岁，学的畜牧兽医专业。大学毕业后他被分配到当阳乡农业服务中心。工作之初，他很不习惯，甚至抱怨学错了专业，只能转田坎、翻圈舍。听了严克美养羊的故事后，伍习建变了，每次帮村民的牛羊顺利产仔，或者控制养殖场疫情后，他就很有成就感。去年父亲病危，伍习建在赶回家的途中老人就咽了气。悲伤中，伍习建接到严克美的电话，"电话里我们都哭了。她问我还差什么不，有事只管打电话。"那一刻，伍习建悲伤的心里，涌起一股暖流。

"这里有我的亲人，也有我的事业。"在当阳工作6年，伍习建不走了，还在当地找到了爱情。伍习建一直在思考一个大学生的价值是什么？他说，严克美的回归路让他找到了答案，"那就是老百姓需要我们，而我们的服务正好能满足他们的需要。我留在当阳不走了，就像美姐那样，为老百姓干点实事。"

"严克美就是'懂农业、爱农村、爱农民'基层年轻干部的典型代表。"巫山县委书记李春奎称，严克美有理想、有本领、有担当，为当代大学毕业生、青年干部树立了榜样，也为基层选人用人、培养年轻干部提供了切实可行的成长样本。

据介绍，近年来，巫山县大力实施年轻干部"墩苗计划"，建设全县优秀大学生信息库（1526人），建立健全全县大中专以上本土人才信息库（1742人），回引和遴选309人到村任（挂）职。同时开展农村基层组织建设活动，创建"脱贫攻坚星级村""基层党建星级村""产业发展星级村""美丽乡村星级村""平安稳定星级村"，在基层一线锤炼干部、发现人才，促使年轻干部、大学毕业生建功立业，快速成长成才。

据统计，近年来，巫山县优秀大学生中成长为正科级以上领导干部47名、中层干部骨干300余名。28名优秀村干部被招录为乡镇机关公务员，14名本土人才当选为村党组织书记，295名本土人才进入村"两委"。

一只大雁的归来说明不了春天，但当一群大雁冲破雾霭回归时，春天就来到了。四川的林强、万州的陈国庆、武隆的杜林杰、开州的伍习建、云阳的曾娇……记者在巫山蹲点采访时，遇到了这些朝气蓬勃的年轻人，从与他们的交谈和群众对他们的评价中，记者强烈地感受到，而今大巴山深处，已是群雁集聚、雁阵成型，吹响了实施乡村振兴战略的集结号，一幅美丽乡村的画卷正在他们手中徐徐展开。

作品标题　"雁归大巴山"系列报道
参评项目　系列报道
作　　者　彭瑜
责任编辑　周立　许阳
刊播单位　重庆日报
首发日期　2018-02-26
刊播版面　第 4 版

作品评价

作品紧扣主旋律，围绕"乡村振兴"战略大主题，紧紧围绕十九大报告提出的"实施乡村振兴战略，要培养造就一支懂农业、爱农村、爱农民的'三农'工作队伍"的精神，挖掘出扎根基层、奉献青春的大学生、第一书记典型，以高深的立意、流畅的结构、生动的故事、鲜活的语言、翔实的数据、真实的实例，以"飞雁归巢""头雁领飞""群雁聚集"为主线，讲述了严克美的故事，有理有据地阐释了"实施乡村振兴战略，年轻干部到基层去、大学生到农村去，干事创业，大有可为"的道理，让人感动、叫人信服、令人向往。

采编过程

严克美是红槽村党支部书记、玉灵村"第一书记"、全国劳模、连续当选党的十八大、十九大代表。按照市里领导批示，严克美就是实施乡村振兴战略中懂农业、爱农村、爱农民，立志奉献乡村振兴的年轻干部，是"第一书记"的典型代表。值得深入挖掘、广泛宣传。

随后，记者深入到严克美所在的巫山县当阳乡蹲点采访 10 多天，采写回《眼归大巴山》系列报道。用严克美的经历告诉大家，实施乡村振兴战略，年轻干部到基层去、大学生到农村去，干事创业，大有可为。

社会效果

文章见报后，在大学生、青年干部、基层干部当中，引起强烈反响，纷纷表示要像严克美一样，不畏艰难，到基层去、到农村去，为乡村振兴挥洒热血、奉献青春。

下篇：月度优秀新闻奖获奖作品

全媒体传播效果

文章引起国内外广泛转载，很多评论员写评论文章、不少网友留言，纷纷点赞严克美扎根山区的行动。大家表示，实施乡村振兴战略，关键在人才，严克美就是这样的人才。未来，需要更多的"严克美"到农村、到基层去，农村、农业、农民才有希望。也有不少年轻大学生、年轻干部称，从严克美的故事和精神找到了自己未来努力的方向。

"新春走基层·零点的重庆" 系列报道

蔬菜批发商趁空一起加个餐　就算团年了

上游新闻记者　徐菊

春节，当人们正吃着团年宴，享受家人团聚的时候；当人们正燃放着鞭炮，庆贺新年的时候，有这样一帮人，为了保证人们的餐桌更加丰盛，放弃了与家人团聚，辛苦地奋战在保供稳价第一线，他们就是双福国际农贸城的蔬菜批发商们。

大年二十九，晚上6点。

双福国际农贸城蔬菜交易区。

节日期间，为了保证各大交易市场的有序交易，安保力量加强，除夕到初一，双福国际农贸城加强了安保力量，保持70~80人的安保队伍，包括24小时巡逻队、警务室等。

跟着巡逻车，记者来到了蔬菜交易区。

傍晚6点，当夜幕降临时，双福国际农贸城已经华灯齐放，交易区车水马龙，人声鼎沸，不断有装满蔬菜的大货车从市场进进出出。

来自双福国际农贸城的数据显示，节日期间，每天进出运送蔬菜9000多吨，这是蔬菜交易量最高峰；水果平均每天交易量达2000吨，同比增长34.9%；海鲜每天的交易量达300吨，同比增长三成以上。节日期间，这里仍然有2万~3万人忙着采购、交易。100多家配送公司，进行团队采购和配送。

30年没有一个春节是回家过的

临近晚上7点的时候，从外省采购过来的三个大货车的货陆续到达双福农贸城，早已守候在摊区的王永彬赶紧指挥大货车停过来。

这次到的有海南的大红椒，也有山东、河南过来的杂货。一边清理货品和价格清单，王永彬一边赶紧帮工人将一件几十斤重的大红椒从车上抱下来，递给地面推车上的工人。

"这一车货有 19 个品种，包括茄子、黄瓜、苦瓜、丝瓜等，都是市民餐桌上需求量很大的菜，而 10 多个品种都要开价，工人也记不住这么多价格。"

王永彬说，这里的货买完了，外边采购的菜又拉进来了，晚上还有两车货要进来，由于春节，有的小工回家过年了，市场人手不够，平时一个车就要 6~7 个工人下货，今天晚上只有 5 个工人，因此，他既是老板也是丘二，要帮工人上下货。

他说，平时每天凌晨 2—4 点是交易的高峰，这几天过节，每个时段都有车进来，晚上 7 点多就开始忙起来了。不少区县农贸市场及连锁超市，都将采购时间提前了。上游新闻采访时，一个三轮车师傅也自己动手下货装货，最后装了满满一车货开走。

王永彬说，他们是重庆凤梧超市负责采购的，从今天下午开始，他们已经采购了 10 多万斤蔬菜，备到了初二的货。

"双福国际农贸城一天 24 小时交易，他们的生意，也基本上一天 24 小时没有停止过。"

王永彬说，他的老家在南充，从观音桥到盘溪，再到双福，他做了 30 年蔬菜批发，这 30 年，基本上春节都没回老家过过年，不过，看到市民餐桌上丰富的蔬菜，他觉得，付出是值得的，等到每年的 6—7 月淡季，他再休息。

节日前夕忙到天亮

"今天到现在为止到了 6 车货，平时一天差不多到 4 车货左右，今天晚上肯定要忙到通天亮。"周彬也是上双福蔬菜批发的大客商之一。

今天到货的蔬菜，主要是来自云南的芹菜、豌豆、蒜薹、洋葱、黄瓜等蔬菜。

他说，一大车货，10 多个小时就全部发完。他的客户主要来自重庆主城及周边区县市，包括湖北的恩施也有客户到这里来拉货。

他告诉记者，平时，他一般是晚上 8—9 点回家，休息几个小时，凌晨 3—4 点又到市场来，忙到中午再休息几个小时，然后下午再来上班。而今天，不断有货进来，估计整个晚上都不能休息了，要帮着工人一起上下货，还要陆续给采购的客商装车。这车货下完了，场外等着的大货车还要进场来。

他说，大年三十下午他打算再给自己放假半天，休息一下，每年初一都有少数客户来拿货，他也要在这里守着。

采访时，一位姓杨的大姐将大货车上的货一件件吃力地卸下来，装了满满一辆三轮车准备出发。

她告诉记者，这车货是 50 件无筋豆，她负责把货从市场卸下来，转运到场外等候的大货车处，平时都有工人上下货，这几天过节，工人少，她只有自己搬，今天搬了几百件货，感觉手臂和腰都抬不起来了。她笑着说，做转运10多年，每年都要忙到大年三十才能休息，每年节前，都要自己上下货，她也已经习惯了。

晚上10点后，仍然不断有大货车从外边拉货进来，也有小货车不断地从市场拉货出去。

蔬菜批发老板们表示，这几天一直非常忙，估计大年三十晚上和初一到的货会少点，而采购商也提前备了两三天的货，估计初二后，市场交易就会恢复正常。

凌晨后，外边的街市已经安静下来，而双福国际农贸城蔬菜交易市场仍然车水马龙，灯火通明，有的客商完成了当天的交易，开始结账，准备等待下一辆货车的到来。

而有的客商，忙完到达的货后，趁着空闲的一会儿，聚集起来夜宵加餐，凌晨一起烫个小火锅，感觉就如春节一大家人团年一般，融洽而愉快，多少弥补了春节不能回家过年的遗憾，慰藉一下忙碌的心，在一顿欢快的小火锅后，人们又开始各自吆喝忙碌起来。

大年初一的凌晨只有6℃　　他们用汗水换来解放碑的洁净

上游新闻记者　　罗永攀

又到新春佳节，大家在走亲访友的时候，感受到浓浓的年味。当你走在街头，有没有发觉街头特别干净呢？这背后，凝聚了环卫工人辛勤的劳动。

夜幕下的橘黄色

大年初一，深夜11点半，解放碑步行街。

当繁华的都市褪去了白天的喧嚣，整座城市都安静下来的时候，解放碑步行街却传来哗哗哗的水声。

夜幕下，一群橘黄色的身影。他们，就是重庆中渝市政环卫有限责任公司解放碑分公司步行街分队的环卫工人们。他们的职责是，等解放碑步行街的游客"退场"后，再用水枪清洗步行街的路面。

今年44岁的李洪容是步行街分队的一员，她的职责是拿水枪冲洗地面。一名环卫工人负责帮她拉消防水带，另一名环卫工人则在李洪容的前面，用扫帚清扫路面。他们都身着一身防水装备：脚上一双水靴，手上一双塑料手套，再围上一个塑料围腰。

凌晨 0 点，记者拿手机软件测了一下当时的气温，只有 6℃。半夜里的阵阵冷风让记者不由得缩了一下脖子，但是李洪容却丝毫没有受到冷风的影响，也并没有觉得手中的水枪是冰冷的。"我们做起事来，一点都不冷。"李洪容一边冲水一边招呼其他工友："那个垃圾箱脚再扫两扫把。""水管拉过来一点。"……

"来，再接一根管子。"路面越冲越远，消防水带不够了，李洪容熟练地取出一卷水带放在地上，手用力一推，50 米的水带就滚出去铺在地上，动作娴熟得如同消防官兵。

留下一片整洁

夜深人静了，整个解放碑步行街，基本上没有游客了，空旷的街头仅剩下环卫工人忙碌的身影，偶有路人步履匆匆地路过，看见他们在冲水洗地，也会掏出手机为辛苦的环卫工人拍张照。

"我们选择在夜深人静的时候冲洗路面，主要是为了尽量不影响游客。"重庆中渝市政环卫有限责任公司解放碑分公司市场部部长李艳红说，步行街分队有 46 名环卫工人，要负责八一路、邹容路、民权路、五四路、民族路等区域的保洁，除了日常的垃圾清扫，还要在晚上冲洗地面。解放碑步行街这个区域不能车辆作业，只能人机配合来冲洗。"我们三班倒来保洁，晚上的冲洗，正常情况下，会作业到凌晨 4 点左右。"

"我们作业的时候，不可避免地会出现将水滴溅到游客身上的情况。"李洪容说，遇到这样的情况，工人们都小心翼翼地道歉，很多人都理解。"偶尔也有不理解的。会投来鄙夷的眼神，或者骂几句，我们也都默默地忍受了。"

李艳红说，这些年，越来越多的人都开始理解环卫工人了。"我们的工作得到了大家的认可，苦点累点心里也觉得很幸福。"

愿明年能和家人一起过年

凌晨 3 点 40 分，整个步行街被 10 多位环卫工人冲洗得明晃晃的，但是工人们的额头上，却早已布满了汗水。"那边的水再收一下，不然今晚就白做了。"李洪容一边收水带一边不忘提醒工友。"收一下水"的意思是将路面的积水扫到下水道去。"如果不收水，天亮了，游客踩到水凼凼不好走路，还会把路面踩得稀脏。"

交谈中，记者得知，李洪容来自合川，在重庆主城做环卫工人已经 18 年了，一家人都在重庆主城生活，孩子也在重庆打工。"春节的时候，大家都休息，但是这个时候我们却不能离岗。"李洪容说，要让大家过一个干干净净的年，我们流点汗水也值得。"大家团聚的时候，就是我们工作的时候，特别是年夜饭，18年了都没有一起吃过。"

说话间，李洪容眼里也流露出几分愧疚。"我也想陪老人和孩子一起团个年呢。"李洪容说，争取明年过年的时候吧。"哎，争取两个字，都说了好几年了。"

重庆环卫集团的数据显示，整个新春佳节期间，全市数千名环卫工人、管理人员全部放弃节日休息，坚守在环卫第一线。"我们希望市民在外出游玩时，少扔一片垃圾，尊重环卫工人的劳动成果，共同用实际行动为坚守岗位的环卫工人点赞。"

儿子立志当巡线工：这样就可以陪爸爸在隧道里过年了

上游新闻记者　张皓

"爆竹声中一岁除，春风送暖入屠苏……"今晚的夜空显得格外明亮，似乎也在欢笑着迎接新年的到来。而在城市的下方……

"砰砰砰……"

"声音如果清脆，就说明这部分轨道上的螺丝是紧的，如果低沉，可能就有了松动。"大年三十晚上，在城市下方、隧道深处，负责检查地铁轨道安全的梁泽云正单膝跪地弯着腰仔细"触摸"着地铁的每一寸运行轨道，一步一步，一米一米……

39岁的梁泽云笑得很腼腆，他告诉上游新闻记者："巡线工的工作需要用走路的方式，走一步检查一下，工作量有七到八公里，一般从晚上12点走到凌晨4点。"

自己：从思念到担当

新年是热闹的，隧道里却是冷清的，"一开始会不习惯，但总得有人守在这里。"

晚上12点，几天前刚输完液的梁泽云穿上工作服，背上工具包，进入地铁隧道。工具包里有数十样各式的工具，重量在40斤左右，梁泽云与搭档两人配合工作，各自负重40斤前行，在凌晨4点前对7公里多的轨道一步一步进行故障排查。

记者了解到，36岁的胡晓峰也是新年坚守在此的轨道巡线工，他来自永川，从事铁路行业工作 19 年，今年是他来到重庆轨道线工作的第七个年头，胡晓峰说，最开始来的时候，遇到了很多困难，一开始倒时差生物钟的不适，还有在冬天，隧道内温度较高，与室外产生巨大温差，由于要负重 40 斤徒步完成七公里的检修工作，往往汗水湿透全身，一出隧道，寒风吹在身体上，气温骤降，往往很容易病倒。还有遇到故障问题的时候，起初对于工作没有现在熟练，遇到哪些问题该上报，哪些问题上报了又不合理，在报与不报之间需要斟酌。

"有的人最爱看日出，但是我最爱看的是列车从轨道出站，又安全地进站。"胡晓峰自豪地说，"虽然我们过年不能回家，但是工作总得有人做！我们虽然不能够回家，但是我们做了很多有意义的事，每天早晨看到正常行驶的地铁，心中会有满满的自豪感，我们心里知道，那是我们整夜的付出换来的列车安全。"

父母："十几二十年了，你背起个包包在走啥子？"

胡晓峰告诉记者，自己亏欠家里很多，每次回家，自己的父母都会说："你在铁路上接近二十年了，你背起个包包走啥子嘛走？"每当这时，胡晓峰在无奈的同时，又会感到对家里深深的愧疚。他说，巡线这个工作，对于整个轨道养护是非常重要的，是行车安全的第一道重要防线，对各种设备进行确认，必须一年 365 天全部工作，进行全方位无死角确认。

"我们的工作是'九对九'，意思就是从晚上 9 点工作到白天，晚上 9 点钟开始进行各项准备工作，制订工作计划，等到'批复令'下来，就进入隧道进行故障排查，到凌晨 4 点基本完成七公里多的任务，然后等到列车试运无误、第一班列车顺利运营、完成工作交接等，就是第二天早上 9 点了。"

儿子：从不舍到立志

"别人的爸爸是在身边的，为什么我的爸爸是在手机里？"这是胡晓峰听到最揪心的话，他说，我觉得很对不起儿子，别人家人辅导作业都是在身边，我儿子往往就只能把不会的题目通过手机拍给我，然后我远程给他辅导。

胡晓峰说："最开始，儿子很不支持我的工作，经常会十分舍不得我，到后来也慢慢理解我了，知道自己努力学习，他说自己已经有了目标，长大以后也一定要从事自己的工作，这样过年的时候，就算是在隧道里，也能够陪着爸爸过年了。"

除夕夜，在鞭炮声中坚守的快递分拣员

上游新闻记者　杨野

王光珲分流快递货物。

2月15日，除夕夜，附近居民升空的焰火，瞬间将巴南区公路物流基地内的"京东亚洲一号"照亮。焰火熄灭后，四周黑暗，路上不见行人，这个合家团圆的节日，周围商家，早在几天前，已进入休假模式。

黑暗中，一点灯光不熄，寻光而去，便是亚洲一号一区。

除夕夜，他们坚守工作岗位

物流货车进出不断，透过窗户，身着红色工作服的工作人员，来回忙碌。没有汤圆、没有酒席、没有晚会，也没有父母跟前儿女膝下，除夕夜，这群人坚守工作岗位。

记者经过层层批准，经过严格安检，得以进入亚洲一号，记录这群人忙碌的除夕夜。

巨型货品分拣传送带前，粗分拣员王光珲正在忙碌，不停将包裹按不同工序进行分拣，不一会儿，鼻尖便开始冒汗。

王光珲27岁，今年是他来京东亚洲一号工作的第四个年头。如今他负责分拣机的异常处理，以及整个现场人员调配工作。

一边介绍，王光珲一边在不同的工作台前忙碌。大型货品分拣机约有两三层楼高，分拣好的货品，被传送带分别运到指定岗位台前，江津、大学城、渝北、长寿……货物经过每一个标明地点的工作台前，就跳出相应的传送带，准确落进口袋。等一口袋货品差不多装满，王光珲马上扎紧袋口，推到下一层传送带，进入下一个工序……

王光珲时而三两步爬上楼，处理完楼上工作，又几步跑下楼。

刚处理完一大堆货物，抹了一把额头的汗，没来得及喝口水，一辆大货车驶达卸货港，货箱打开，满满一车货物。"这是成都发过来的货，得赶紧处理。"

确保进库货品第一时分拣出去

"春节前，包裹量大增，是压力最大的时候，同事们都必须时时在岗。放弃休息当然是常事，大家都理解。"王光珲说，春节期间，包裹量有所回落，

但必须要有人值班，确保进库货品能第一时间分拣出去，确保消费者的包裹准时准点送达。

随王光珲站上最高层，环视整个一区内，百余名工人都在自己的点位忙碌，"大家都一样，放弃与家人团聚的时光。明天这批货就会送到消费者手中。这就是我们春节加班的意义所在。"

6点上班，如果顺利能在凌晨3点半下班，但是如果货品增多，则要凌晨5点。正忙碌间，妈妈从老家荣昌吴家镇打来了电话，王光珲温柔地与妈妈通话，但手里活太多，他不得不很快便挂断电话。

"得知我要加班，女友也提前回家乡了。"王光珲说，虽然有一点不情愿，但女友还是理解他。他们两人计划今年完婚，再为工作打拼两年，就要宝宝。值完春节两天班，他才能赶回老家与亲人团聚，"目前不考虑其他，站好春节这一班岗。"

凌晨零点，鞭炮与烟花达到高潮。与王光珲告别，走出厂区，回望亚洲一号，在焰火的明明灭灭间，那群在仓库里忙碌的人，对外界的喧哗，充耳不闻，视若无睹……

作品标题　"新春走基层·零点的重庆"系列报道
参评项目　系列报道
作　　者　罗永攀　张皓　杨野　徐菊
责任编辑　邓晞　郑亚岚
刊播单位　上游新闻
首发日期　2018-02-15
刊播版面　上游新闻重庆频道

作品评价

你见过零点的重庆城吗？你知道在零点这个时刻，有一群平凡的劳动者，为我们这座美丽的城市和家庭，贡献着自己的力量。

这一组作品，是政经部新春走基层的代表作，选取了在零点时候的重庆的几个片段，记载了大家在欢天喜地过大年的时候，那些还在默默坚守工作岗位的普普通通的劳动者，与老百姓日常生活中需要的吃穿住行有关的职业，比如快递员，比如环卫工，比如轨道交通相关的人员，如果没有这些人的辛勤劳动，我们的生活或许会变得一塌糊涂，因此他们的劳动，特别是在春节期间的深夜，更能触动受众的心扉。这组"零点重庆"报道，记者走进了这群最普通劳动者的生活常态，他们的喜怒哀乐，他们的人生百态，他们的精神境界，都在这些朴实的文字和画面里。他们的平凡工作在这个节日显得高大无比。

采编过程

2018春节期间，记者结合新春走基层，跟随深夜坚持在工作一线的轨道巡线工、快递分拣员、蔬菜批发商、清洁工，记录了在他们看来最平常的工作状态，引起了无数网友的共鸣。

作为政经部在春节前后的主打作品，集中了部门绝大部分人力来集中，利用各方面的资源，在千家万户欢欢喜喜过大年的时候，我们的记者深入一线，记录了零点重庆的劳动者，从记者的一句话一个镜头，表达出了对这些劳动者的敬仰！那份浓浓的情怀，那种舍小家为大家的精神，令人感动！

社会效果

他们身上散发出的微光足以点亮城市的夜空，烛照每一个人柴米油盐的真实生活。路遥还说过一句话，其实我们每个人的生活都是一个世界，即使最平凡的人也要为他生活的那个世界而奋斗！稿件推送后，得到了很多网友的热议，点击量很快就破万。

全媒体传播效果

通过传播，效果非常好。每一篇单条稿件，点击量都在数万，仅仅2月18日关于轨道巡线工的报道就超过60万，足以证明受众对作品的认可。与此同时，也提高了受众对上游新闻的认可。

民警被刺牺牲后续：
他救过的孩子找了他20年，如今也是一名警察

重庆晚报记者　郑友

"杨叔叔，要不是当年您救了我，我不知道自己还在不在人世。今天，我终于找到了您，可您却已去了天堂……"昨晚8:12，渝北区殡仪馆，杨雪峰的灵柩前，一名年轻民警向其遗体三鞠躬后，扶着灵柩失声痛哭。

为了找到曾经救过自己的"救命恩人"，23岁的汪泽民，已等待了近20年之久。

如果不是因为犯罪嫌疑人张某持刀暴力袭击，致使正在执行公务的杨雪峰倒在血泊中。或许，这本该是一个皆大欢喜的圆满结局。

庄严的承诺

杨雪峰的遗体告别仪式，安排在今日（20日）清晨进行。昨晚，生前好友、同事、亲人，相继赶往渝北区殡仪馆，要陪英雄最后一程。

晚上8点钟，一位穿着制服的年轻民警，在父母的陪同下，来到二楼杨雪峰的吊唁厅。"我叫汪泽民，杨叔叔是我的救命恩人，今天特赶来见他最后一面。"面孔有些陌生的年轻民警向众人介绍道。

灵柩前，在深深弯腰鞠躬后，汪泽民跪了下来，向杨雪峰的遗体磕了3个响头，是对"再生之父"最好的答谢方式。

汪泽民嘴唇紧咬，取下大檐帽平放于胸前。在父母陪同下绕行灵柩，隔着玻璃，杨雪峰的音容宛在。

"杨叔叔，感谢您当年救过我，如今，我也当上了一名光荣的人民警察……"在靠近杨雪峰头部时，三鞠躬后，扶着灵柩，汪泽民再也抑制不住自己的情感，恸哭失声起来。

在众人劝慰后，面向杨雪峰，汪泽民许下庄严的承诺，要沿着他英勇无畏、刚正不阿、威武不屈的路继续走下去，当好党和人民的忠诚卫士。

泛黄的报纸

除了为恩人献上花圈和慰问金，汪泽民还将一个 18 开大小的笔记本，交到了杨雪峰妻子黄雅莉的手上。

崭新的笔记本中，夹着剪好的报纸，虽已泛黄，却不见任何一丝的褶皱。两篇报道均有图文，其中一篇报道的标题为《小孩走散　警民寻求》。

"阿姨，爷爷为我留存了两份报纸，本来，一份自己留作纪念，另外一份准备自己有朝一日见到杨叔叔后，亲手交给他作为礼物的，现在只有麻烦您代为收下了。"汪泽民言语哽咽。

望着报纸，黄雅莉一眼就认出了亡夫年轻时的模样，左手扶着眼镜，右手不住地抹着眼泪："那时的他才 21 岁出头，人要年轻些，也要瘦一点。"

"当年你救助过的小朋友，如今已长成了大小伙。"对着杨雪峰遗体，黄雅莉摘下眼镜，豆大的泪珠，一颗连一颗地往下滚落着。她希望通过面对面"说话"的方式，告慰亡夫的在天之灵。

迟到的见面

近 20 年的等待，愿望一朝实现，汪泽民做梦都没想过，和恩人见面，竟会是以这样的一种方式。对他来说，太过于残忍了些。

自打懂事起，父亲汪旭就告诉他，若不是好心警民的帮助，可能父子俩早已没了见面的一天。那时，汪泽民才 3 岁多一点，学名"汪志鸣"。

再后来，通过爷爷留存的报纸，汪泽民得知，好心人分别是杨孟菊婆婆和民警杨雪峰。"一定要找到两位救命恩人，并当面说声'谢谢'。"他暗自许诺。

在父母的帮助下，很快，便在沙坪坝工人村找到了杨婆婆。但是，去了沙坪坝区交巡警支队问了好些人，要么说不认识杨雪峰这个人，要么就说早已调走没了联系方式。

"杨叔叔救过我的命，我也要像他一样，当一名光荣的人民警察。"高中毕业填报志愿，汪泽民将小时的梦想付诸实践，在第一栏，慎重写下了"重庆警察学院"的字样。

直至去年，汪泽民以优异成绩进入市公安局轨道交通总队，成为勤务一大队的一名民警。

昨晚，陪同汪泽民前来的，除了父亲汪旭，还有母亲涂红梅。爷爷汪斯格今年已 77 岁，本来也想来到吊唁现场的他，夜晚加之行动不便，最终只得作罢。

晚上 9:30，在离去前，汪泽民和黄雅莉互留了联系方式，并将杨雪峰的儿子杨震林认作"弟弟"。今后，两家要长相往来。

警民合力　助走失父子重逢
走失

时光回转。1998年8月23日，距今已近20年。然而，当天上午的一幕，如放电影般，深深烙印在汪旭的脑海，甚至，清晰得有些让人后怕。

当天，周日，29岁的汪旭带着3岁大的儿子汪志鸣（后改名"汪泽民"）逛街。

上午9：30许，在路过小新街时，父子俩走进了沙坪坝百货公司超市（现址为商社电器）。没事儿，闲逛着耍，汪旭走在前面，儿子在后面跟着。买东西的人有些多，眨眼间，儿子就从眼皮底下消失了。

汪旭慌了神，找遍整个超市，仍旧不见儿子的身影。无奈，只得求助播音员，一遍遍反复播放，却还是一无所获。

时间一分一秒过去。汪旭疯了一般地跑出超市，大街上，攒动的人头，除了吧嗒吧嗒往下流着的眼泪，没有更好的办法。路人支招，赶快报警求助。

冒充

除了杨雪峰，当天，救助汪志鸣的，还有重庆建筑大学（现并入重庆大学）职工家属杨孟菊。如今，两家早已成为至亲，除了平时的电话问候，逢年过节还会相互走动。

老人家现已八旬高龄，住在工人村的她，思维和表达没得任何问题。

当时是上午10点钟的样子，在路过沙坪坝百货公司门口的时候，杨婆婆见着一个哇哇大哭的孩子。她赶忙上前询问，得知其和父亲走失了。

"谁家丢了孩子？"拥挤的人流中，寻找孩子家人，不是件容易事，杨婆婆大声询问着。

而就在此时，听说有孩子与父亲走散，两名年轻男子匆匆赶了过来，声称孩子是他俩遗失的。但是，孩子并未喊"爸爸"，和两人也并无亲切感。杨婆婆多了个心眼，并当场拒绝将孩子交出。

感觉喊话式的寻找终究不是办法，杨婆婆找到了正在公路上执勤的市交警六大队（现沙坪坝区交巡警支队）民警杨雪峰。

重逢

见孩子号啕大哭个不停，对于刚参加工作，时年21岁的杨雪峰来说，也是不知所措。

如何安抚？杨雪峰想到了交给就近的派出所，里面的女民警应该能想出办法。就当他发动马达，准备将孩子送往派出所时，一名年轻男子满头大汗地跑了过来。

"孩子是我的，孩子是我的。"一方面，男子激动得泣不成声，一方面，孩子不停地挥舞着双手喊"爸爸"。

经仔细核对，杨雪峰确定了两人的父子关系。

当时，路过的两名记者，用镜头将这感人的一幕给定格了下来。

花絮>>>
慢新闻帮他确认恩人身份

汪泽民说，随着自己年龄的增长，找到救命恩人的愿望便越发浓烈。

通过重庆警察学院已毕业的师兄，汪泽民获悉，仅在重庆，就有4个名叫"杨雪峰"的民警。

但是，究竟哪一个才是自己的救命恩人呢？3年前，也就是2015年，汪泽民甚至前往长寿区公安局核实。最终，对方与"沙坪坝""交警""小新街"等信息对不上号。

18日中午，微信朋友圈一条民警被刺的视频，让汪泽民为之深深一震。他压根没有将其和自己的恩人相联系起来。但是，很快便发布出来的《警情通报》，"杨雪峰"的名字格外刺眼，他有种不祥的预感袭来。

19日中午，再次打开手机网络，上游慢新闻-重庆晚报关于杨雪峰生平事迹的详细报道，让他最终得以确认，逝去的英雄就是自己的恩人。

父母本在江津区贾嗣镇为过世的亲人上坟，电话中得知恩人已找到的消息，急忙赶了回来。无论如何，要陪同儿子一起见上杨雪峰最后一面。

新闻闪回>>>
春节疏导交通时因公殉职

18日，大年正月初三，全国人民都沉浸在节日的喜庆中。

就在当天上午11时许，渝北区公安分局交巡警支队石船公巡大队副大队长杨雪峰，在石船镇渝长东街十字路口疏导交通时，被44岁的犯罪嫌疑人张某持刀暴力袭击。因抢救无效，生命永远定格在了41岁。

起因，则是张某驾驶摩托车违法搭乘两人，杨雪峰上前纠违，指出其违法事实，责令其消除违法行为。

进展>>>
以涉嫌故意杀人罪批捕

杨雪峰的遗体告别仪式,将于今日清晨在渝北区殡仪馆举行。

记者采访中获悉,除了沙坪坝,杨雪峰生前还相继在渝北洛碛、两路和石船工作过。

与此同时,从渝北区检察院19日发布的《检务通报》中,记者得知,犯罪嫌疑人已被批准逮捕。

"经过审查,决定依法对张某(男,44岁)以涉嫌故意杀人罪批准逮捕。目前,案件正在依法办理中。"《检务通报》中写道。

作品标题 民警被刺牺牲后续:他救过的孩子找了他20年,如今也是一名警察

参评项目 通讯

作　　者 郑友

责任编辑 杨昇

刊播单位 重庆晚报

首发日期 2018-02-20

刊播版面 慢新闻APP

作品评价

为确保广大市民过上平安祥和的春节,全市交巡警舍小家顾大家,默默无闻地坚守在自己岗位上。

然而,就在大年初三(2月18日),渝北区公安分局交巡警支队石船公巡大队副大队长(主持政工工作)杨雪峰值守期间遇刺身亡的消息,犹如在平静的湖面投入一枚石子,激起阵阵波澜。

作品在首篇"暖警""暖男"的独家报道基础之上,巧妙地用"庄严的承诺、泛黄的报纸、迟到的见面"等3个现场部分为主线,辅以"新闻穿越:警民合力 助走失父子重逢",加之"花絮""新闻闪回""进展"的结构成稿,将英雄民警杨雪峰的先进事迹,再次以独家报道的方式展现出来。

着笔导向正确,对悬念在行文中的拿捏恰到好处。详细而有现场感,涉及读者阅读欲望的养料,均逐一呈现,打破了地域和行业限制,让所有读者都能在阅读中产生很好的共鸣。

此外,报道连续重磅推出后,更是相继得到重庆市委书记陈敏尔、公安

部部长赵克志等领导的重要批示，要求大力宣扬杨雪峰同志的先进事迹。

采编过程

2月18日下午4点，从部门主任处得知杨雪峰因公殉职的消息后，记者即刻从四川遂宁动身，3个多小时的车程后赶回重庆，抵达渝北区公安分局交巡警支队。

当晚连夜采写，完成《交巡警杨雪峰牺牲，公安部发来唁电　亲友追忆：他是"暖警"，是"暖男"》的首篇报道。

次日下午，记者又赶往渝北区殡仪馆，因为2月20日杨雪峰的遗体告别仪式将举行。其生前好友、同事、亲人，相继赶来，要陪英雄最后一程。

晚上8点过，一家三口来到吊唁厅，穿着制服的年轻民警，自我介绍叫"汪泽民"，随行的是他父母。

原来，小时的汪泽民，在沙坪坝三峡广场的一次外出中，差点和父亲汪旭走失。正是热心群众杨孟菊和执勤民警杨雪峰的接力帮助，才得以化险为夷。而为了找到曾经救过自己的"救命恩人"，23岁的他，已等待了近20年之久。

记者根据其现场的恸哭等细节，加之后续的深入采访，一个感人至深的故事浮现出来。

社会效果

灵柩前感谢救命恩人，兼具可读性和故事性。连夜成稿后，2月20日清晨，慢新闻APP进行了全文刊发。

紧接着，重庆晚报又在节后复刊首日（2月22日），以《交巡警杨雪峰因公殉职　市公安局追记个人一等功》为题，进行了头版二版共计两个整版报道的重点彰显。

稿件刊发后，尤其慢新闻APP，引发强烈的社会正面反响。

读者们被温情的故事情节接连戳中泪点。其中，尤其是公安部门从业人员的网络留言中，在痛恨歹徒穷凶极恶的同时，纷纷就杨雪峰的殉职深感悲痛和惋惜。

如今，在百度搜索《他救过的孩子找了他20年，如今也是一名警察》关键词句，显示网页结果更是高达百万个之多。

全媒体传播效果

稿件经慢新闻APP率先发布后，上游新闻、华龙网等影响力靠前的本地移动端新闻APP或网站即刻跟进。迄今，搜索引擎中除了腾讯、澎湃、新华网、人民网等在内全国各地超百万个的网页转载外，其他新媒体社交平台，更是不胜枚举。

目前，不管微信、微博、短视频还是其他 APP 客户端，《他救过的孩子找了他 20 年，如今也是一名警察》一文早已形成刷屏之势。

3 月 1 日，按中宣部要求，除了新华社继续发布通稿外，央视《新闻联播》、央广和法制日报也于当天进行了刊播和报道。各门户网站和新闻客户端，则是继续首页首屏推送。

在中央和地方领导相继做出重要批示后，市委政法委、市公安局、渝北区公安分局等先后作出向杨雪峰同志学习的决定。

据市公安局统计数据，截至 3 月 1 日，关于英雄民警杨雪峰的报道，阅读量超 11 亿人次，引发社会强烈反响。

现今，继市公安局追记个人一等功、市总工会追授"重庆五一劳动奖章"、市委市政府追评"感动重庆十大人物"特别奖后，市委宣传部更是在向中宣部请示，提请命名杨雪峰为"时代楷模"的全国最高荣誉。

女列车长的"一眼千里"：
每次奔袭1600公里 与丈夫相聚两分钟

重庆晚报记者 郑友

"记住，你肠胃不好，香肠一定要趁热吃了。""哦，要得。"

昨（25）日9:59，丰都火车站，鸣笛声后，前往福州方向的D2228次动车，缓缓驶离。就在此前5秒钟，车门关闭前，50岁的郭强，对列车长妻子再一次提醒。

4年前，郭强调入丰都火车站派出所，刘建丽也从随车前往昆明调整为了福州。每次，路过丰都，丈夫都会亲手将做好的饭菜交到她手上。

夫妻俩的"一眼"——两分钟，短得不够抽一支烟的时间。

两分钟

昨日上午，春后暖阳普照大地，但仍有丝丝寒意。

9:57，D2228次动车缓缓驶入，停靠在丰都站1站台。

刘建丽站在5号车厢门口处，组织乘客有序乘降。灰褐色玻璃不太透明，窗外，身着警服的丈夫提着一个白色的塑料袋，人群中格外显眼。

组织旅客有序乘降，提醒着注意脚下安全。丈夫静静地伫立在人群中，视线始终朝着刘建丽所在的方向。

待门口处的旅客都上下完毕，距离列车开车剩下一分钟，丈夫快步流星地上到前来。

"里面有老家亲戚带来的香肠，还是热的，车上赶紧抽空吃了。这次没炒土豆丝，换作了包包白。"隔着塑料袋，郭强用手探了探饭盒。

趁着间隙，短暂的沉默后，夫妻俩简单交流几句。

"我刚打电话给外婆了，她陪娃报名，已经去到学校了。"郭强首先发声。

"你也忙，年龄大了，不比年轻的时候，别忘了多喝水，注意身体。"

离开车时间还有20秒钟。"噢！要得。"边为妻子整理脖颈上的围巾，郭强边应承道。

"快上车，娃和外婆都很好。"听到车站铃声响起，彼此心里都明白，还有10秒就要开车了。郭强让妻子不用为家头的事情操心，并赶紧退到白色安全线以内。

9:59，D2228 次动车驶离丰都站。隔着车窗，夫妻俩挥手告别。

此时，距离终点站福州，1600 多公里，还需 12 个小时。

团年饭

作为铁路夫妻，郭强说，聚少离多平常得不足为道。

除夕，举家欢庆的时刻。周遭噼里啪啦的爆竹，声声刺激着郭强的内心最深处。

去年腊月三十，在江北区金源路的家中，郭强早早准备好了饭菜。烧排骨、炒肉丝、香肠、鸭脚板汤，作为妻子最喜欢的一道菜，青椒土豆丝自然是少不了。

除了孩子和外婆，偌大一张桌子，就只剩下郭强了。

18:00 过，郭强招呼儿子和外婆团年了。儿子拿出碗筷并很快摆好，4 个人刚好每人一方。窗外，灯火通明。家里，静得可听见呼气的声音。

"到哪里了？"郭强拿起手机，拨通了妻子的电话。14 年的老夫老妻，自然是少了彼时的甜言蜜语。

刘建丽的回答也是简单明了："马上快到南昌西了。"

"你吃饭没得？我们马上准备吃了哦。""哦，要得，南昌西开车后忙完了就吃。"

挂断前，刘建丽特别叮嘱丈夫，虽是过年，父子俩不要耍得太晚，招呼儿子早点睡觉。

今年大年初一，郭强值班，他将儿子交给外婆，早早便赶往了丰都火车站派出所。

春运，南来北往的人群，每趟动车都是挤得满满当当。刚返回重庆，刘建丽就又开始了前往福州的征程。

9:57，D2228 次动车停靠丰都站，郭强熟悉的身影，早已守候在 5 号车厢外。

团年的饭菜，郭强给妻子打包了一份，特地从主城区带来。

"小帮老"

由于工作原因，夫妻俩无法同时接受记者采访。

谈及家人，郭强深表愧疚。刘建丽则是连续用了好几次"对不起"，尤其是对儿子。

刘建丽告诉记者，他们夫妻俩属于晚婚，儿子颀颀今年 12 岁，小学六年级马上小升初。不管报名还是接送，都由外公外婆负责。

"刚入学开家长会时，他好几次哭嚷着'别人都是爸爸妈妈去'，我的眼泪都止不住流出来了。"好在，顿顿非常懂事，后来慢慢就不再提及此事了。

用刘建丽的话说就是，工作性质的特殊性，请假换班都有诸多不便，儿子和母亲常年生活，基本就是属于"老带小，小帮老"。

两年前也就是2015年9月初的一幕，如放电影般，深深烙印在刘建丽的脑海。

"当天下午，妈妈生病了，脑梗，头昏呕吐得厉害。"刘建丽说，是儿子打了辆车，将外婆带至医院，挂号、抓药、拿化验单、刷医保卡交费，全是他一个人完成。

得知母亲生病的消息，刘建丽赶到时已是当天晚上11点过，"儿子倚在外婆的窗边，睡着了。那时，他还没满10岁。"

随着儿子年龄的增长，功课也越来越难，外婆根本接不了招。

"我给他请了家教，专职托管，也算是一种弥补。"在刘建丽看来，关键时刻可马虎不得，好在儿子的成绩还不错，让她省了不少的心。

今年春运，只有正月初四陪了儿子一天半，加上前（24）日的半天。而这，也是一家三口仅有的两天共处时间。

声音>>>
要做坚强后盾

平时，夫妻俩忙于工作，孩子的照管重任，委托给了刘建丽父母。

"娃他们也忙，能给他们做点事减轻点负担，也算是我们对他们的一种支持。"71岁的刘父刘声明表示。

女乘务员春节值乘的列车经过儿子所在的小城，只停3分钟。儿子在站台上等候许久未见的妈妈，当他向妈妈背诵乘法口诀那一刻，许多观众潸然泪下……

著名导演陈可辛根据真实故事导演的春运短片《三分钟》，今年春运以来刷爆朋友圈。

"我是哭着看完整个视频的。"在刘母吴秀芳看来，不管是短片，还是女儿女婿的"两分钟"，更多折射的是铁路人的坚守和不易。

吴秀芳表示，除了外孙的读书问题，其他都没啥大碍，后来女儿女婿请了专人帮忙辅导，自己的压力顿时小了很多。

"尽量把家头事情做好，做他们坚强的后盾，不让他们操心。"吴秀芳表示。

而在12岁的顿顿心中，唯一的遗憾就是，同龄小伙伴寒暑假都有父母陪同，但他没有。可想着父母是在为千万人出行服务，就特别骄傲和自豪。

"我想父母陪我要一次，但他们也很忙。"顿顿说，父母告诉他，等自己小升初后，一定陪自己外出旅游。在搞好学习成绩的同时，他也期待着这天的早点到来。

旁白>>>
和同事一起享用美味

34 岁的 D2228 次动车列车员毛欢，今年已是跨入行业的第 10 个年头。目前，正在由刘建丽一对一带他，实习列车长岗位。

"工作上，师傅是个非常严厉的人，一丝不苟，班组同事都称其为'领头雁'。生活中，和蔼可亲得让我们动容。"毛欢说。

为此，毛欢透露了一个小细节，就是每次郭叔（郭强）送了好吃的上来，他们也会跟着有口福，"师傅把美味的菜肴放在吧台，招呼着我们餐吧员和乘务员一起分享。"

新闻面对面

记者：为何想着要为妻子做好饭送过去？

郭强：其实，列车上也有乘务餐，我本可以不用多此一举，但是，她肠胃不好，值乘中更加吃不下。我想着，自己做些清淡的饭菜，更适合她的胃口一些。

记者：特地为妻子做饭开始于好久？

郭强：4 年前，我被调到丰都火车站派出所的时候，基本就开始了。饭菜是我利用休息时间，在单位食堂做的，差不多每周两次的样子。久而久之，就成了习惯。

记者：如何看待同行对你"铁路好老公"的称谓？

郭强：有点言过其实。相对于我上班的固定，她要南来北往地奔袭，就要更累更辛苦一些。我大她 6 岁，理应照顾好她。每次经过丰都站时，能短短看上她一眼，心酸但却珍贵。

相关新闻>>>
重庆客运段 5000 余人坚守春运岗位

春运，就广大市民来说，分作两个阶段。节前，是回家团圆的"终点站"；节后，是背井离乡的"始发站"。今年春运，还有 10 来天便接近尾声。

除了务工人群，大中专院校的师生也陆续返校。铁路运输，再次迎来"大考"。

记者从重庆客运段获悉，为确保广大旅客平安出行，和刘建丽夫妻俩一样，今年春运期间，5000 余名铁路客运工作者，默默无闻地坚守在自己岗位上。

作品标题 **女列车长的"一眼千里"：每次奔袭 1600 公里　与丈夫相聚两分钟**

参评项目 通讯

作　者 郑友

责任编辑 李莉

刊播单位 **重庆晚报**

首发日期 **2018-02-26**

刊播版面 慢新闻 APP

作品评价

为确保广大旅客平安出行，今年春运期间，5000 余名铁路客运工作者，默默无闻地坚守在自己岗位上。

作品以此为背景，巧妙地用两分钟、团年饭、"小帮老"，以及"声音：要做坚强后盾"、"旁白：和同事一起享用美味"和新闻面对面的结构成稿，很好地呈现了作为铁路夫妻，刘建丽、郭强两人的坚守和不易。

着笔导向正确，对悬念在行文中的拿捏，恰到好处。涉及读者阅读欲望的养料，均逐一呈现。

另外，作品打破地域限制，在深度和广度上营造出浓浓年味的氛围，让春节期间每个奋战在岗位上的读者都能在阅读中产生很好的共鸣。

作品详细而有现场感，在包括铁路在内的交通运输部门内广为流传，不失为 2018 年度"新春走基层"栏目稿件的上乘佳作。

采编过程

春节，记者希望能从坚守岗位的群体中，挖取到一个典型代表。

经过和铁路宣传部门沟通，很幸运，找到了刘建丽和郭强这铁路夫妻俩。他们中，一个女列车长，一个丰都火车站派出所民警。常年聚少离多。

2 月 25 日 8:53，D2228 次动车从重庆北站驶往福州方向。

当天清晨，于火车北站会合后，记者随刘建丽一起，搭乘 D2228 次动车，进行了为期一天的跟踪采访，零距离见证、感受夫妻俩舍小家顾大家的感人至深故事。

其间，当记者得知两人的"团年饭"，是车站短短的两分钟相聚后，不禁眼眶红润。

连夜成稿后，次日，慢新闻 APP 进行了全文刊发。紧接着，重庆晚报又以《两分钟站台》为题，进行了头版整版报道的重点彰显。

社会效果

女乘务员春节值乘的列车经过儿子所在的小城，只停 3 分钟。儿子在站台上等候许久未见的妈妈，当他向妈妈背诵乘法口诀那一刻，许多观众潸然泪下……

著名导演陈可辛根据真实故事导演的春运短片《三分钟》，今年春运以来刷爆朋友圈。

《两分钟站台》和《三分钟》短片，有着异曲同工之妙。记者采访中便明显觉察出，作为一对铁路夫妻，刘建丽和郭强极具代表性，且兼具可读性和故事性。

稿件刊发后，引发强烈的社会正面反响。

读者们被温情的故事情节，接连戳中泪点。其中，尤其是铁路部门从业人员的网络留言中纷纷表示感同身受。

全媒体传播效果

稿件经慢新闻 APP 率先发布后，上游新闻、华龙网等影响力靠前的本地移动端新闻 APP 或网站即刻跟进。

迄今，百度搜索《女列车长的"一眼千里"：每次奔袭 1600 公里　与丈夫相聚两分钟》，显示已被包括腾讯新闻、澎湃新闻、天天快报、网易新闻、新华网等在内的全国各地上千家的新闻网站转载。

其他新媒体社交平台则是数不胜数。其中，仅是人民日报官方微信编发的文图推送，就高达数百万次的点击量。

目前，不管微信、微博、短视频还是其他 APP 客户端，《两分钟站台》早已形成刷屏之势。

据悉，现在北京青年报、成都商报旗下红星新闻、西南铁道报等，已跟进了对铁路夫妻刘建丽和郭强的采访报道。

为了一个承诺，他寻找了 60 多年

重庆晨报记者　顾晓娟

1953 年 5 月，朝鲜战场，战友上前线前嘱托："要是我被打死了，找到我的妈妈！"

半个多世纪后，重庆綦江，82 岁的高飞终于找到战友的遗孀，"老嫂子，我对不起你们！"

在綦江区三角镇彭香村，通往刘家嘴社的，是一条铺满石子的陡坡小路，82 岁的高飞一步一歇，徒步前行。

他要去看一个人，更是去还一个承诺。

之前的 60 多年时间里，高飞逢綦江人便会问："你认识一个叫张正其的人吗？"如今白发苍苍的高飞已经忘记了很多事情，唯独有个承诺，始终牢记于心，哪怕当年的一个时间，一个动作，一句话语……

让一个曾经经历过铁与火考验的军人，为之流下一生中仅有的三次眼泪，这是一个怎样的承诺？

第一次流泪

"战争中，他替我牺牲了。他临行前嘱托：'要是我被打死了，找到我的妈妈，说儿子没有尽到孝。'"

60 多年里，高飞没向任何人提起这段往事，不愿提，更不敢提。每当想到张正其，他的心里就像压着一块石头，他经常会想，张正其比他大 5 岁，如果还活着，应该 87 岁了……

高飞认识张正其，是 1951 年的秋天。

1951 年 2 月 5 日，14 岁的高华煜到綦江隆盛镇赶场时，看到"抗美援朝保家卫国"的征兵启事，没来得及和家里人说一声，身高、体重都达标了的他就报名入了伍。入伍那天，他给自己取了一个新名字，高飞。

1951 年中秋，高飞所在的部队渡过鸭绿江。同年 9 月，他被分配到 180 师医训大队，在医疗培训时，他认识了同是綦江人的张正其。张正其是三角镇人，高飞是隆盛镇人，两个镇相距仅十几公里。

老乡相见，格外亲热。高飞记得，在医训大队时，他们学解剖学没有骨骼标本，他就和张正其一起去捡骨头，然后拿到河边洗干净，用石灰水煮开消毒，再用铁丝串起来做成标本。

"他的笑脸我至今忘不了，他比我高点，大长脸，瘦高个！"60多年后，高飞回忆说，参军时他年纪小，只有14岁，听到炮弹声就怕，大他5岁的张正其就给他讲笑话，听着他的笑话，高飞就感觉和他亲近多了。闲聊中，高飞得知张正其结过婚，家里还有一位老母亲。

从医训大队毕业后，两人各奔东西。

1953年5月，高飞和张正其在战场上再次相逢！那时，夏季反击战役中的方形山战斗进入最激烈的阶段，高飞被抽调到539团2营卫生所，张正其正是2营6连的卫生员。

"那场战斗中，首长指示派3名卫生员前往3号环形阵地的前线包扎所，本来让我去，但临行前又来了电话，要我留下来写战斗总结，让张正其替我去！"军令如山，张正其随即就要出发，但他走出去两步，又退了回来，拉着高飞的手说："要是我被打死的话，请给我家里写封信，想办法找到我的妈妈，说儿子没有尽到孝！"

高飞知道战争的残酷。1952年春节，高飞所在的180师539团上前线接防，突然遭遇敌机轰炸，防空洞被炸毁，高飞半个身子被埋在废墟之下。战友们将他刨了出来，而他身后，几名战友全部牺牲了。

"当兵必打仗！打仗必有死！"枪林弹雨之下，谁也不知道明天会发生什么。

"我安慰他放心，卫生员不会牺牲的。"

"我等你凯旋！"

高飞说："我俩握手告别，没想到那竟是永诀！"

当晚9时许，担架兵抬着一名伤病员到卫生所确认生命体征，"来的战士说是张正其时，我吓得笔落了，腿发软。一看，真的是张正其！"高飞拼命喊着张正其的名字，号啕大哭。在残酷的战争中，高飞唯一一次流下了眼泪。

第二次流泪

"我也大哭，为我的母亲，也为张正其和他的母亲。她何尝不是和我的妈妈一样，为了儿子哭瞎双眼？"

高飞后来得知，在那场战斗中，敌人打燃了迫击炮阵地的炸药包，张正其和另外两名一起前往的卫生员，在山洞救治伤员时被倒灌进洞里的浓烟熏死了。

"我常想，牺牲的那个人应该是我，他是替我牺牲的！"高飞说，"这65

年，我是替他活了下来！

1956 年，高飞回到了綦江隆盛镇的家，5 年前不辞而别，他想，最担心他的一定是妈妈。高家兄弟三人，高飞是最小的一个，但没有想到，母亲的眼瞎了。"妈妈说，她是担心我哭瞎的。久等不到儿子的消息，妈妈四处打听，才终于从一个老乡那里听说，他看到他们家'细三'入了伍去了前线。"

妈妈听后，一路哭着跑回家。

"我也大哭，为我的母亲，也为张正其和他的母亲。她何尝不是和我的妈妈一样，为了儿子哭瞎双眼？"高飞说，他当时就想，一定要找到张正其的妈妈，"就当成自己的母亲来赡养。"

"如果死的人是我，他一定也会找到我的妈妈，兑现承诺！"回到綦江后，高飞开始打听张正其家人的下落。

但当时匆匆一别，张正其只留下只言片语，除了知道叫"张正其"，是三角镇人，他是哪个村的？父母叫什么名字？都不知道。

高飞逢人便问："你认识一个叫张正其的人吗？"当时没有派出所，他得知家里有个长辈是公安特派员，就去打听，也没有结果。后来，高飞转业后，进入綦江医疗卫生系统工作，他依然是逢人便问，几乎问遍了綦江每个乡村的卫生所，但都没打听到张正其的消息。

1980 年 1 月，高飞离开綦江，调入九龙坡医疗卫生系统。那个年代，高飞回一次綦江并不容易，而且要坐近 3 个小时的火车，但一有机会，高飞就会回綦江寻找张正其的消息。

平时，高飞也是逢綦江人便问："你认识一个叫张正其的人吗？"

高飞说，没有人知道，张正其临走前留下的这个嘱托，像是压在心里的一块石头，"张正其"成了高飞心里无法释怀的牵挂。特别是后来年纪大了，渐渐地，他忘记了很多事情，唯独这个承诺，始终牢记于心。高飞无数次在梦里见到张正其，"我叫他原谅我，他只是笑笑不说话。"

高飞说，自己一天天年纪大了，真怕哪天没能找到他家人，"我就对不起他了！"

第三次流泪

"老嫂子，我对不起你们！"高飞和张正其的遗孀王天梅相拥而泣，这一次，终于可以让眼泪肆意流淌。

高飞说，刚上战场那会儿，他们还可以和家里通信，家里人都想看看儿子的样子，于是，部队就以团为单位，一个团培养一个摄影员，挨个给战士们照相，寄回家。

但战场，远比想象更加惨烈和艰苦。"过了鸭绿江，牛肉罐头香；过了三八线，雪水拌炒面！"很快，就照不了相了，张正其到牺牲前，也没能留下一张照片。为了留下战士的名字，每次上战场前，每一名战士都要用笔在每一件衣服、衬衫、裤子上写下自己的名字、番号……但当时战事紧张，高飞也不知张正其牺牲后埋在了哪里……

最让他无法释怀的是，他依稀记得，张正其临走前曾和他说过是哪个村的人，"但那时，身旁是密集的枪炮声，耳畔响起战友临行前留下的嘱托，脑子里一片空白，后来居然怎么也想不起了。"

直到2016年夏天，高飞在梦里又见到了张正其。

"他对我说，老兄弟，我家就在彭香村啊！"高飞说，"我顿时就惊醒了！终于想起来了，就是彭香村！梦里的张正其，还是那个笑起来的样子，大长脸，瘦高个！只是60多年过去，他的样子越发模糊了。"

高飞再次托人打听，没想到几天后，好消息就传来了，"张正其果真是彭香村人！他的遗孀也在彭香村！"

2016年夏天，在儿子高卫东的陪伴下，高飞第一次来到了綦江区三角镇彭香村刘家嘴社。在坡顶的一处小院里，他见到了张正其的遗孀王天梅。此时，82岁的王天梅已经从当年的小媳妇，变成了佝偻的老太婆。高飞喊了一声"老嫂子，我对不起你们！"眼泪，止不住地从高飞眼眶里喷涌而出。

这是高飞生平第三次落泪，他对望天空，和王天梅相拥而泣。

王天梅也是热泪盈眶，当年，张正其去参军的时候，跟她说三年就回来。那时，她已经怀了2个月身孕，但张正其并不知道。后来，王天梅生下女儿，直到他死后两年，地方才派人来到家里，通知说张正其已经牺牲了，还送来了烈士证明书。

那一年，婆婆哭瞎了眼。"我也哭！哭得眼睛都模糊了！"王天梅说，她一直不知道丈夫是怎样牺牲的？埋在哪里？

如今，她终于可以给婆婆一个交代。

"我活了下来，替张正其活了下来！"高飞说，他活了下来，但只有他自己知道，60多年来，他一直活在内疚和自责当中，活在对战友的亏欠之中，唯有在见到老嫂子的那一刻，压在内心多年的泪水，终于可以释放了！

侧记>>>
比生命更重的承诺　让他们亲如一家人

2018年2月9日，随高飞老人一道，本报记者来到了綦江区三角镇彭香村，这里是张正其烈士曾经生活过的地方，也是高飞魂牵梦萦、苦寻60多年的地方。

已经是一家人了
"只要走得动，我就会经常来！"

通向王天梅家小院的，是一条铺满石子的陡坡小路，小车开不上去。82岁的高飞一手提着水果，一手提着酒，一步一歇，徒步前行。

去年春节前，他也来给老嫂子拜年。

听说"幺爸"来了，王天梅的三儿媳妇刘德霞早早张罗了一大桌饭菜，把亲朋好友都请来了！张正其牺牲后，他的母亲哭瞎了眼，为了照顾婆婆，王天梅留在了家里，承担起了生活的重任。三年后，王天梅嫁给了张正其的弟弟张正中，生下三个儿子。如今，张家四世同堂，儿孙绕膝，20多人的大家庭，生活一天比一天好。

王天梅的孙女、孙女婿也从杭州回家过年，一大家子聚在一起，好久没这么热闹了！

高飞高兴起来，喝了一杯。他管王天梅叫"嫂子"，王天梅的几个儿女管他叫"幺爸"，已经是一家人了，只要身体允许，走得动，他就会经常来，而张家人到了重庆，也就是到了自己家里，高家也多了一房亲戚！

跨越60年的承诺
揭开尘封半个多世纪的记忆

张家"突然"多出一个"幺爸"，在不大的村子里传开来，也揭开了一段尘封半个多世纪的记忆。

"他找到我，打听抗美援朝中牺牲的三角镇人，叫张正其。"高飞的亲戚高荣春记得，2016年夏天，在一个隔房亲戚的六十大寿上，高飞记起高荣春是三角镇人，就来打听。高荣春很是震惊，那已经是60多年前的事了！"一般人找人，找个三年五载是有的，但让人感动的是，他找了60多年，而且离开綦江也已经30多年了，却一直记在心里不曾忘记。"

也有人觉得，他大可以不必再寻找。一个承诺，他已经尽力了！

但在高飞心里，"承诺的事，就一定要做到！"午夜梦回，高飞也曾想过，可能已经找不到了，张正其当兵时19岁，如果还在的话，已经是80多岁的老人了，也没听他说过还有孩子。

"再找不到，我就请志愿者帮忙，请媒体帮忙，也要找到！"高飞想，万一找不到，还有儿子，让儿子接着找！

英雄不应被遗忘
将写入镇史，永远传承下去

三角镇政府民政办主任罗正其听说高飞60多年寻找战友家人的故事，也专程赶来。罗正其说，高飞和张正其的革命战友情谊让人动容，也感人至深，他希望能将这段历史写入三角镇镇史，永远传承下去。

而这，也是高飞的心愿。

高飞说，在找到张正其的亲人之前，60多年里，他没向任何人提起过这段往事，包括他的妻子和儿子。高飞的妻子雷培贵说，她和高飞结婚这么多年，一直知道他在找人，但找谁？为什么要找？高飞之前从不曾提起。

这一次，通过重庆晨报和阿里巴巴"天天正能量"讲出这个故事，高飞说，他不为名利，也不为金钱，正如电影《集结号》中，连长谷子地执着地寻觅139团3营9连47名战友的尸骸和名誉一样，在高飞心里，寻找战友的亲人，是比生命更重的承诺，无论过去多少年，都不会改变。

更重要的是，英雄不应被忘记！

抗美援朝烈士龙汉清的兄弟龙长荣证实，为了寻找哥哥的消息，2015年，他曾前往沈阳抗美援朝烈士陵园，在烈士"英名墙"上找到了哥哥龙汉清的名字，也找到了张正其烈士的名字。

声音>>>
儿子说
他用最质朴的方式，坚守承诺

也有人问，高飞为何寻找了那么多年？而这，也是高飞心里一个解不开的结。高飞说，年轻时，他也不懂得去问民政局，也没想过要去问，后来，年纪大了，更不懂网络寻人，就知道这是自己的事情，不愿给别人增添负担，一直用一种最简单、最质朴的方式，努力坚守着自己的承诺。

"但我一有机会就会托人问，我想总能找得到！"高飞说，那么多年，他问遍了家里的亲戚和熟人。他想，那么多年，一直找不到人，大概是因为张正其参军的时候太年轻了，少有人认识，在那个年代识字的人少，也很少有人用得上大名；又可能是事情过去太过久远了，就算有人认识张正其，如今也都是八九十岁的老人了！

直到找到张正其的家人后，高飞才知道，他连名字都搞错了。他一直以为，张正其的其，是"下棋"的"棋"。

今年50岁的高卫东是高飞的大儿子，他也是父亲打听到战友家人让他开车回綦江时，才知道父亲寻人的心事。"那么多年，把这件事情埋在心里，他一定很不是滋味！"在高卫东的印象里，父亲从不给他讲从前打仗的经历。父亲是一个固执、讲原则的老头儿，对家人要求很严格，"他曾经是高新区人民医院的书记，但他从不肯为自己的事托关系，永远自己解决！"

战友说
战友情，是比生命还重的感情

从綦江区三角镇返回茄子溪的家时，高飞的战友李德涵来找高飞。李德涵是1951年的志愿兵，也是綦江人，转业后回到綦江，在綦江中医院工作时，和高飞在一个科室。

一两年前，李德涵和高飞失去了联系，他依稀记得，高飞住在茄子溪，住七八层的楼房，但哪个小区，几栋几号，已经记不得了！"老战友不能失去了联系！"为这事，李德涵好几天睡不着觉，最后决定亲自来找！

但怎么才找得到？李德涵原本想，到了茄子溪，他应该就知道大概方向了，可下车一看，蒙了！这里已经大变样！李德涵一条街一条街地找，迷了路，最后找到派出所，民警这才根据他提供的线索，让他找到了高飞所在的小区。

李德涵知道高飞寻人的故事，很感动，在他看来，换作是他，也会这样去找，像这样找下去。

"战友情，是过命交情，是比生命还重的感情！"李德涵说，可能很多人理解不了这样的感情，但对于一名老兵，对战友的承诺，就是生死的承诺，是要用生命去坚守的承诺！

征集
"千金一诺"计划启动　寻找身边的守信人物

像高飞这样，为了一个承诺，坚持60多年的一诺千金、信守承诺的榜样，我们身边从来都不缺乏，那些普通人身上所迸发的诚信力量，让我们感动不已。

廖良开，开州区赵家街道和平村村民，2017年度"感动重庆十大人物"，为牺牲战友父母尽孝20年；

吴恒忠，潼南区花岩镇龙怀村村民，第四届全国道德模范，打工十年替儿子偿还19.2万元债务；

李明学，大渡口区建胜镇四胜村居民，重庆市道德模范，重病在身还归还了拖欠15年的743元医药费。

陈淑梅、李其云夫妇，铜梁区巴川街道居民，第六届全国道德模范，靠卖早餐替去世儿子还债；

……

为挖掘普通人身上的重信守诺正能量，即日起，重庆晨报联合芝麻信用、阿里巴巴"天天正能量"发起"千金一诺"计划，在重庆寻找 5 位守信人物，每人奖励 5000 元，如推选至全国评选后获奖，还将再奖励 1 万元。

如果你身边有这样的人，请告诉我们：

1. TA 是你我身边的普通人；

2. TA 在守信用、重承诺、践约定方面有突出事迹；

3. 事迹不需要轰轰烈烈，有时候一句话、一件平常的小事，也足以打动人心；

4. 如果 TA 的事迹能体现新时代特点，优先考虑。

欢迎大家多多提供线索，爆料可拨打 966966 或 17702387127，也可私信芝麻信用或天天正能量官方微博。

作品标题　为了一个承诺，他寻找了 60 多年
参评项目　系列报道
作　　者　顾晓娟
责任编辑　罗皓皓
刊播单位　重庆晨报
首发日期　2018-02-12
刊播版面　第 4 版、第 5 版

作品评价

本报的一个征集，让今年 82 岁的抗美援朝老兵决定讲出一个埋藏了 60 多年的故事。60 多年前，在抗美援朝的战场上，高飞的战友张正其替他牺牲，临行前张正其留下"找到亲人"的托付。而为了这个托付，高飞把这个承诺记在心里 60 多年，并终于找到了战友张正其的家人。记者围绕 60 多年的苦苦寻找展开故事，为何会苦寻 60 多年，这期间发生了什么？挖掘出一个震撼人心的故事，高飞一直用一种近乎固执的方式坚持寻找战友，他逢人便问："你认识綦江的张正其吗？"却从不肯因为自己的事情托关系，走后门。60 多年的苦寻，也造就了高飞独特的人物特点，从最开始的固执寻找，到后来的成为心中的牵挂，再到晚年感觉希望渺茫，愧对战友的纠结，记者用一个个生动细致的故事和场景，展现出来人物。

采编过程

获得线索后，记者跟随当事人高飞一同前往张正其老家綦江三角镇彭乡村，感受两个经历战火洗礼的家庭因为寻人而亲如一家的情分。采访进行了一整天，正是通过长时间的交流和询问，记者获得很多一手的鲜活信息，除了张正其家人，也采访到了高飞的战友、妻子、儿子，通过他们的讲述，还原事件，让这个寻人的故事更真实，更有感染力。

社会效果

稿件经重庆晨报和上游新闻刊发后，被腾讯、华龙网、新浪、东方新闻、中国文明网、抗美援朝纪念馆官网等众多媒体转载，也有读者打来电话，希望讲述自己的诚信故事，阿里巴巴"天天正能量"对稿件进行了肯定。

全媒体传播效果

上游新闻阅读量174900。

正在消失的厨房：在线订餐一年用户近 3 亿

重庆商报记者　谈书

　　1 月 31 日上午 10 点，渝中区石油路时代天街的一个露天广场，停着很多摩托车，经常路过的人都知道，这里是大坪区域外卖小哥们的聚集点，他们每天从这里出发，以时代天街为原点，服务周围三公里内的外卖人群。

　　美团点评研究院《2017 外卖发展研究报告》显示，中国在线外卖市场 2017 年市场规模约为 2046 亿元，较上一年增长 23%，在线订餐用户规模接近 3 亿人。"外卖解决单身族、加班族用餐问题""外卖解决暑期托幼、居家养老难题""外卖改变居家理念"等衍生于外卖业务的社会现象，也由此折射出外卖对百姓日常生活的重要影响。

　　现在讲餐饮，就是讲堂食，再过十年，讲餐饮就是讲外卖。

一个外卖小哥的日常

　　上午 10 点过，高顺用手机点开美团外卖系统，开始一天的接单。很快，系统派送了当天的第一单业务——一盒周黑鸭卤鸭舌，地址是袁家岗中新城上城。1994 年出生的高顺，半年前加入美团外卖队伍，成为一名"自由骑手"。

　　在去取卤鸭舌的途中，高顺的手机连着响了两次，系统又派送了两单——三杯奶茶和六杯咖啡饮料，地点都在重医的医生办公室和护士站。"平均派送一单系统给我们的时间大概是 35 分钟，三单都在一个区域，现在过去时间很充裕。"对于高顺来说，这三单只是今天的"热身活动"，上午茶和下午茶都是派送小吃、水果和饮料居多。可是到了中午或晚上吃饭高峰期，就可能出现"爆单"的情况，七八单外卖业务一起来是常有的事。

　　取完这三单餐，高顺的左右手都提着外卖袋。

　　"这么多，一个人拿起费劲吗？"

　　"这些还好，我前几天接了一个 200 元以上的大额订单，一家人点的餐，外卖的粥，盒子特别多。现在一家人点餐的也慢慢多起来了。"

　　"你每天要送多少单外卖？"

"至少 40 单吧。"

高顺说，他入行不算久，"跑单"不是最优秀的，目前为止最多的一个月拿了 6500 元。他一边说，一边把准备外送的餐整理后放进摩托车后的餐箱里。餐箱里有很多他自己准备的小玩意——空瓶子、小气垫，"这些随时能用得着，可以让餐箱保持平衡，不会晃来晃去。"

因为双手提的外卖太多，他把部分东西放在了旁边大哥的摩托车后排上，"绝对不能放在地上，就算没人看见，我也过不了自己这关。"从事这行之前，大专毕业的高顺在上海一家食品厂当工人，他对自己，对食品有着"天然"的严格。

最初，高顺只是单纯认为送外卖这个职业相对自由，不过现在他真正有些感到人们的吃饭和消费方式确实在改变，外卖似乎不再是年轻人的专属。

有一天，高顺接了一单外卖送到党校家属院，"开门后竟然是一位头发有些花白的老年人，我后来确认就是这位老人用手机下单点的外卖，我当时太吃惊了！"

还有一个雨夜的凌晨两点，他接到派单，一位男顾客在一家便利店点了外卖——面包、果粒橙和巧克力，冒雨送去之后，顾客在美团上打赏了他 2.2 元。

高顺不知道，明天还有什么小惊喜在等着他。

2017 年在线订餐用户近 3 亿

"微信改变了人们的沟通方式，滴滴改变了人们的乘车方式，美团改变了我们的吃饭方式。"人们吃饭方式的改变，已经不分年龄和地域。

美团点评研究院《2017 外卖发展研究报告》显示，2017 年，中国在线外卖市场规模预计可达 2046 亿元，增长率为 23%，在线订餐用户规模接近 3 亿人。商家都嗅到了这块巨大的蛋糕。

陶苏先锋川菜融合餐厅（以下简称陶苏）主管李军，前几天刚跟随公司从深圳学习回来，这次他们学习的主题只有一个——外卖。事实上，早在2016 年，陶苏就已经开始推出外卖，这次去学习是为了补齐短板，不断优化外卖品质，他们对外卖市场的重视在很多细节上也可见一斑。九街陶苏店的门口，有一个爱心台，饭点备有面包、炒饭、热饮等，这是特地为外卖骑手准备的；只要在他们店下单的外卖客户，每一单都会进行回访，充分了解外卖用户需求。

李军说，以九街店为例，堂食和外卖的比例为 7∶3，这个差距还在不断缩短，"外卖市场的消费能力超出想象。"他称，外卖已经不是单纯的快餐消费，品质化越来越受到重视，"在深圳考察时我们获悉，曾经有店一单外卖就达到 5000 元。"

美团点评研究院发现，外卖品类已由单一餐饮美食品类扩展到全品类，目前品质外卖成为行业主流。

公司不用食堂　家里不要厨房

"我们公司没有伙食团，外卖就是我们的后食堂。"30 岁的廖鸿在解放碑一家写字楼上班，公司小而美，总共不到 10 人。每天中午，大家都围聚一堂吃饭，由公司统一外卖点餐，这也是公司福利之一。"我们想吃什么菜都可以提议，有时候外卖还从江北或者万象城送过来。"廖鸿说，每天中午只有一个小时休息时间，这样的模式已经持续三年，不仅解决了员工吃饭问题，还凝聚了大家感情。

事实上，吃饭时间短、不会做饭、不想做饭、单独用餐、极端天气都成为大家选择外卖的原因。报告指出，随着中国进入老龄化社会，外卖解决了约 1600 万老人用餐问题，也在暑假期间帮助约 500 万的孩子，在家长忙于工作时通过外卖解决吃饭问题。而在医院场景下，全国有近 715 万医护人员订外卖到医院。

外卖对大家的影响有多深，或许下面这组数据也能从侧面反映问题：

外卖成为 2322 万加班族的"深夜食堂"，晚 7 点后订外卖到工作地点的依旧大有人在；在我国 2 亿单身人士当中，1.3 亿曾在美团外卖订餐。

外卖对单身族的影响还渗透到了家居理念当中，7% 的网民表示会考虑不带厨房的房型，更有 35% 的租房族可以接受没有厨房……

商超宅配：APP 买菜送上门

"生菜做成熟菜，5 毛卖到 1 块"不再是客户的唯一选择。

如果将本地生活服务 O2O 市场分为到店和到家两部分，到家部分主要就包括外卖、社区服务、商超到家、洗衣、美业、家政、维修及鲜花、送药等。Analysys 易观千帆数据显示，2007 年上半年，在到家 O2O 所有场景下，餐饮外卖、商超宅配这类实物到家的 APP 的活跃人数要高得多。

家住石油路的曾敏已经 61 岁，有一次在等电梯的时候，她看到一个小伙子穿着永辉超市的马甲，提着大包小包的东西也在旁边等电梯，和小伙子攀谈后，她立马在手机上下了一个"永辉生活"APP。如今，只要带孙子偶尔抽不开身，曾敏都会在 APP 上买菜，等待送菜上门。

永辉超市给记者提供的一份数据显示，"永辉生活"APP 2015 年 11 月 28 日上线后，目前的注册人数上百万。重庆人使用"永辉生活"APP 配送最多的就是生鲜蔬果、粮油饮料、家居日用等，而使用人群 30~50 岁都有。

永辉超市相关负责人接受记者采访时谈到，以"永辉生活"APP 为例，目前可以提供全国永辉三大渠道品牌线上购物服务：Bravo 永辉超市、永辉生活门店、超级物种。同时配套门店 3 公里范围内最快 30 分钟送达的服务，实现店仓一体的服务整合场景。在永辉的新物种智慧零售场景中，已然融合了纯线上和线下，打造了一体化的概念。

该负责人表示，目前就数据观察消费现象来看，线上线下订单占比已经到了各占大约 50% 的平衡态势。80 后、90 后的用户习惯用手机操作日常一切所需，然而随着微信小程序与微信支付的便利性加速提升，70 前的用户坐在家里用手机买菜也不是难事，节省下来大量的时间，可以更好地陪伴家人、享受更好的生活安排。

他认为，门店的场景、服务、体验、店仓合一的站点布局在近年大举优化提升，所以无论是一站式购物、餐饮与零售的融合场景，还是生活便利型的门店，只要配套以完善的智能化科技购物应用，都会是成熟城市持续发展中不可或缺的市场供给者。

作品标题　正在消失的厨房：在线订餐一年用户近 3 亿
参评项目　通讯
作　者　谈书
责任编辑　秦雨
刊播单位　重庆商报
首发日期　2018-02-08
刊播版面　第 10 版新消费生活

作品评价

通过外卖小哥的典型案例和翔实的大数据，报道外卖对现实生活的影响，显示了新兴一族的消费观点和生活模式。

采编过程

深入一线，来到外卖小哥身边，跟随他一起工作，通过与之接触的普通市民、餐饮酒店以及个别典型行业的代表，多视角展现新时期大家的生活消费观念的革新。同时，采访各大外卖企业以及商超宅配公司，梳理出近年来的一些外卖消费数据以及行业发展变化。

社会效果

引发对传统餐饮界以及外卖行业的探讨，展现了社会新消费观念的新趋势和新特点，对消费领域的研究有着深刻的启蒙意义。

全媒体传播效果

上游新闻、上游财经转载之后，被新浪、网易、凤凰网等国内众多知名新闻网站转载。同时，在朋友圈、微博等社交媒体传播，引发探讨。

抗癌厨房里的百味人生

华龙网记者　佘振芳　冯司宇

点火、架锅、倒油，肉丝在热油里被迅速翻炒，油烟里腾起阵阵香味。旁边的炖锅里，排骨汤咕嘟咕嘟冒着热气，再撒上一把葱花，就可以起锅了。

油腻的灶台边，保温桶等待已久，56岁的郑元麻利地将汤倒进去，用力旋紧盖子，"她这两天胃口好点了，医生说，多喝点汤，有好处。"

11点半，郑元准时拎起保温桶出门，有人正拎着附近菜场买的青菜、肉和鱼陆续赶来。

九个炉子、八只电饭煲，上午10点到晚上7点，这家小厨房的门，向附近重庆肿瘤医院的病患家属敞开。

78岁的胡能志和老伴一起守在这里，从春天到冬天，看着人们来来去去。

活下去，就要努力吃饭，吃得下，就还有一线希望。见惯生死的胡能志，悟出这样一个朴素的道理。

哪怕能省一块钱，家属们也愿意放在治病上

胡能志的厨房是2016年12月开起来的。

女儿在肿瘤医院做护工，偶然听到病人说想喝一碗热热的汤，而医院食堂是定时的，过了点，菜也冷了，在附近小饭店委托加工，费用又不便宜。

女儿与胡能志商量，能否给病人家属们提供个地方做饭，适当收些钱，也算是给老两口找点事情做。于是，这间小小的共享厨房就诞生了。

在胡能志看来，这并不是一门"生意"。

找熟人在医院附近租了一间房子，找人打了一圈灶台，装了四五台抽油烟机，买了电饭煲，拉来一台冰箱，又买了大立柜。大柜子分成小格，每一格都有编号，给大家储存物品，然后在门口挂上牌子——共享厨房开张了。

慢慢有人来问，"听说这儿可以做饭？""对头，一天两顿，厨具随便用，12块钱。"

靠着病房里的口耳相传，渐渐的人多了，夏天的时候，来做饭的人最多有十几个，有时还要排队。

以前她做给我吃，现在我做给她吃，天经地义

为什么得病的是我的亲人？很多病人家属都想不明白。

"想这些有啥用？活下去最重要。"郑元嘀咕着，穿过狭窄昏暗的楼道，迈下台阶，出门往右，过天桥。他的步子迈得又大又快，我们几乎跟不上。

来到病房，郑元给妻子杨英支起小桌板，舀汤，盛饭。

汤舀得太满了，杨英斜了丈夫一眼，"哈板儿（重庆话：傻子）。"

"快吃吧。"郑元不以为意，又小心地问，"汤咸不咸？"

郑元去年刚学会做饭，以前他哪里会这个？

但是在四年前，一切都被改变了。

郑元至今无法忘记拿到妻子检查结果的瞬间，看着报告单上的"乳腺癌"三个字，他狠狠地吸了口烟，脑海里只有一个念头，完了。

这个农村家庭里，一场抗癌战就此拉开序幕。

2014年年底，杨英做了手术，"手术还算成功"，当医生走出手术室拿下口罩说出这句话时，郑元的心落下了。"还好，还好……"也不知喃喃自语了多久，他才反应过来去看望虚弱的妻子。

2017年3月，杨英突然觉得左手疼痛无比，渐渐地手指也不那么灵活了，郑元心里升出一丝恐惧。6月23日，不安的郑元同老婆一起，坐了三个多小时的车来到重庆肿瘤医院进行检查。

妻子被化疗折磨得胃口骤减，以前最不喜欢进厨房的男人开始看美食节目，还学会了下载到手机里边走路边看。"以前她做给我吃，现在我做给她吃，天经地义。"

让人犯愁的治疗费用，郑元很少跟妻子提起。之所以选择在外面煮饭，除了满足营养和口味，也是为了省钱。

她还这么年轻，大把的好日子在后面等着，怎么可能？

胡能志觉得，自己家虽然不富裕，但一家人身体健健康康，已经足够幸福了。

来自巫溪上磺镇的张丽却不信命。

10点刚到，张丽就提着一条白鲢鱼来了。鱼已在菜市场被小贩处理好，张丽娴熟地将锅烧热，倒入菜籽油，再放入猪油——张丽坚信，放两种油熬出来的鱼汤更鲜美，在做饭这回事上，似乎每个妈妈都有一套自己的秘诀。

女儿是去年在深圳查出得了宫颈癌。不甘心，也只能接受命运的安排。从未出过远门的张丽咬着牙，带着女儿来重庆主城求医。

浓白的鱼汤熬好后，张丽将饭盛好，准备去医院送饭。

由于医院床位紧张，叶兰欢被安排在六楼的走廊上，此时的她正在和老

公视频聊天，笑得很灿烂，似乎一扫病房里的阴霾，看见母亲提着饭菜过来，她跟老公道了再见就挂掉了。

"又视频了？""是啊，妈，他这会在休息。"

提到儿子，她有点喝不下了，掏出羽绒外套里的手机，点进了 QQ 空间，像天下所有的妈妈一样，向我们晒起了自己的娃，"你看，这是去年过年我们一家四口的全家福，小家伙饭量好，长得好，大儿子最近不怎么爱吃饭，我老公就要假装凶他……"

一周后，我们再次见到叶兰欢时，她躺在床上，脸色蜡黄，笑容勉强，完全失去了上次的神采。"这才刚开始呢。"张丽站在一旁喃喃自语。隔壁床的老人做了一次化疗后因忍不了痛苦，央求医生将下一个疗程推迟。

离开医院时，张丽跟我们聊起了前一晚女儿的囊肿切除手术，"还要住多久的院？之后还会有手术安排吗？多久才能正常进食？"一连串问题涌到了张丽的喉咙口，可是看到医生疲惫的脸，她又咽下了。"听说那天一共有 41 台手术，我女儿正好是最后一台，我虽然脑子笨没读过书，也不想给医生添麻烦。"张丽叹了口气。

女儿刚做完手术没法进食，加上临近春节，肉菜都在涨价，张丽也歇了做饭的心思。一想到昨晚手术前医生问要不要镇痛泵缓解疼痛时，女儿一口拒绝，只因要多花 600 元，张丽就觉得心酸，她擦擦眼角，"日子还长着呢，每分钱都要精打细算，多节约一点，就是她的救命钱。"

儿子一天不成家，她也一天不能撒手而去

一年来，很多病人家属都跟胡能志成了朋友。"还有人托我给她儿子找对象哩。"胡能志感叹道。

托胡能志找儿媳的，是 55 岁的刘凤。在胡能志眼里，刘凤是个苦命人。为什么这么说呢？因为来这做饭的绝大部分是病人家属，可刘凤不同，她自己就是一名癌症患者，宫颈癌三期。

她是去年 12 月来的，戴着毛线帽，气色不好，走路也很慢。她一个人做饭、熬药，做得最多的是炒胡萝卜。

辣的她不能吃，这是给儿子做的。胡萝卜最近打折，原来两块九一斤，最近才一块五，又有维生素，儿子经常耍手机，眼睛不好，听人说，多吃点维生素对视力好。刘凤囤了好几斤胡萝卜，准备慢慢吃。

刘凤是广安邻水人，2014 年左右随丈夫和儿子去广州打工。三年前，儿子听说邻居做服装生意赚了 200 多万元，一时心痒痒，便辞去了电子厂技术部门的工作，找家里要钱投资，想着赚一笔。

结果事与愿违，由于没经验，投下去的近 30 万元全部打了水漂。雪上加

霜，刘凤又被查出癌症，一家人商量了几夜，最后决定丈夫一个人留在广州打工挣医疗费，儿子则陪她到重庆治病。

说是陪她治病，刘凤反过来还要照顾儿子，儿子不会做饭，生意失败心情也不好，平常就是在医院耍手机，或者去网吧上网。

儿子34岁了还未成家，也是她的一块心病，她拉着胡能志念叨，"如果有合适的对象，千万帮忙留意。他以后找个工作，稳稳当当地上班，还是能养家糊口的。"

只有这一个儿子，不疼他能怎么办呢？得了这个病，只有慢慢治，儿子一天不成家，她也一天不能撒手而去。

刘凤想得很开，兴许，她还能熬到抱孙子的那一天呢？

年纪大了，确实也守不动了

胡能志有三个女儿一个儿子，六个孙子，算得上是儿孙满堂，"跟她比，我们很知足了。"

事实上，儿女们看他们老两口年纪大了，也开始发话，让他们别再守着这个厨房了。

"年纪大了，确实也守不动了，今年春节前，可能就要把房子退了。"胡能志环顾着屋内的家什，带着一丝不舍。不过让他略为安心的是，附近像他这样能借火做饭的还有好几家，都藏在小巷里。

有人拎着保温桶匆匆跟我们擦肩而过，想必记挂着病房里那等着吃饭的人。

这又是另一个故事了。

四方食事，不过一碗人间烟火。家常味道，藏着人们对生的眷恋。

作品标题　**抗癌厨房里的百味人生**
参评项目　**通讯**
作　者　**佘振芳　冯司宇**
责任编辑　**康延芳　张译文**
刊播单位　**华龙网**
首发日期　**2018-02-01**
刊播版面　**华龙网首页、"重庆"客户端**

作品评价

习近平总书记尤为鼓励和要求记者深入基层，"身入"基层、"心到"基层。他曾强调，深入实际调查研究是新闻工作者必须具有的工作作风。他说，"报道写得好不好，与新闻工作者能不能深入实际、深入采访很有关系。调查研究是新闻工作者的基本功，是新闻工作者成才的根本途径，只有坚持调查研究，才能把自己锻炼成思想端正、作风扎实、业务过硬的新闻工作者。"

而该篇新闻特写，正是媒体人"身入"基层，"心到"基层，并且展开深度调查研究的实例。连续追踪三个家庭，一个月内走访六次……从厨房到病房，走近他们的日常生活，只为更贴近真实，还原最真切的故事，给读者带来寒冬里的一抹暖意。

该稿件从78岁老人胡能志为癌症病人家属开的自助厨房为角度切入，以一道道家常菜为载体，串起了三个家庭的抗癌故事，面对病魔，他们只有一个朴素的愿望，为了自己爱的人好好活下去。作者通过细腻柔软的文字，将三个家庭的悲欢娓娓道来，走心的叙述使读者有了极强的代入感，细节的场景描写是此篇稿件最打动人心的特质，读者仿佛也跟随着文字感受到当事人的心情。

采编过程

这篇稿件的采写并不容易，记者偶然间获取模糊的线索，然后来到肿瘤医院附近打听，从保安大叔到医院外卖红薯的大娘、水果店老板，最终找到了共享厨房的所在地，并连续追踪三个家庭，一个月内走访六次，从厨房到病房，走近他们的日常生活，只为更贴近真实，还原最真切的故事，给读者带来寒冬里的一抹暖意。

社会效果

这篇稿件带来了温暖和感动，但并不是此篇稿件的全部初衷，记者还希望通过这三个故事，让读者在阅读的同时，能感受到好好活着就是幸福，珍惜每一个当下。报道推出后，也引起了较大的反响，许多网友自发转发，表示被深深触动。

全媒体传播效果

深度报道刊发后，"重庆"客户端流量近10万，并被搜狐、网易、新浪、腾讯、凤凰等多家主流媒体转发。

2018 年 3 月重庆日报报业集团新闻奖获奖作品

重庆长江大桥雕塑《春夏秋冬》
一段改革开放历史的无声证言

重庆日报记者 兰世秋

雕塑《春夏秋冬》是国内第一次将人体艺术运用于户外城市公共空间的雕塑作品。对于今天的人们来说，《春夏秋冬》或许并没有什么特别之处。可是，当初它的诞生却掀起了轩然大波，成为重庆重要的文化事件，并引发了社会各界的争论。

从最初的裸体到后来穿上薄纱，《春夏秋冬》究竟经历了怎样的曲折历程？这背后，又有着哪些观点的交锋？

今年是改革开放40周年，《春夏秋冬》最初的设计也始于1978年。40年后，回望这段历史，这组雕塑的诞生又具有怎样的价值和意义？

重庆日报刊文：勇敢地把它立出来
反对声音：司机把车开到河里怎么办？

回忆起当年创作《春夏秋冬》的过程，今年83岁的雕塑家王官乙仍然记忆犹新。

1977年11月26日，重庆长江大桥动工兴建，1980年7月1日建成通车。王官乙介绍，在桥头建雕塑的创意，来自时任重庆市市长于汉卿。

1978年，于汉卿到欧洲考察，在法国卢浮宫，他看到很多漂亮的雕塑，由此萌生了在重庆长江大桥桥头竖立雕塑的念头。这个任务交给了四川美术学院雕塑系。

"文化大革命"之后，百废待兴，艺术家们群情激奋，拿出了100多套方案。最终，时任川美副院长、著名雕塑家叶毓山设计的《春夏秋冬》脱颖而出。

这个设计方案将春夏秋冬四季拟人化，突破性地将人体艺术运用在城市雕塑的设计中。

初稿通过后，叶毓山、郭其祥、龙德辉、伍明万、王官乙、黄才治、项金国、杨发育、何力平、罗耀辉、余志强等组成创作组，集体创作《春夏秋冬》。

然而，在王官乙向市里领导汇报此事时，事情却发生了变化。

"展示人体艺术当时在西方已经司空见惯，但在国内还是一个禁区。所以在汇报时我介绍了雕塑的寓意，并特别强调雕塑有丝带遮挡，是健康向上的。"

王官乙表示，在会上他看出有领导对此并不太支持。"会议结束后，重庆日报总编辑找到了我，约我结合全国第四次文代会精神，写一篇关于重庆长江大桥雕塑的文章。"

这篇题为《从文代会说到长江大桥的雕塑》的文章约有 1500 字，刊发于 1979 年 12 月 6 日重庆日报第 3 版，同时还配发了雕塑中《春》和《秋》的设计稿。

文中，在分析了《春夏秋冬》的形式和内涵后，王官乙写道："如果认为雕塑设计稿是创新的，是解放思想的，是有所突破的，是有思想性和艺术性的，是健康的，是美丽的，就大胆地、勇敢地把它立出来。"

这篇文章一刊出，立即在社会上引起了强烈反响。市委、市政府、重庆日报、重庆长江大桥建设指挥部及艺术家共收到几百封信。

王官乙说，在他个人收到的几十封信中，有不少人对雕塑设计表示支持，但也有人表示不理解，比如一家医院的几个女护士写道："为什么只做女裸体，拿女同志开心。"（报纸刊登的《春》《秋》是女性）

这组雕塑在此前征求群众和有关部门意见时，也有人表示："大桥上立着女裸体，司机看女裸体把汽车开到河里去了怎么办？"

由于此事在社会上引起了较大的争议，后来，四川省相关方面以红头文件的形式对此事进行批示，认为裸体雕像不妥。

方案被否定了，这组雕塑作品就不用了吗？

妥协：适当地增加薄的衣服和飘带
落成：获评全国优秀城市雕塑作品

艺术家们当时的情绪都很大。

今年 86 岁的龙德辉当年负责《秋》的放大制作。他对记者说，对于学美术的人来说，人体艺术是很美的，川美在 20 世纪 50 年代就已经有人体模特了。

因为有上级的文件，现有的设计方案肯定通不过。市政府随即专程从北京请来了著名漫画家华君武、雕塑界泰斗刘开渠、著名批评家王朝闻商讨对策。

王官乙回忆，当时几位专家劝他们妥协一下，加一点点衣服，否则，这组雕塑就做不成了。

"于是，我们就在雕塑的袖口、衣领和其他地方加了一点衣纹。"龙德辉说，就这样，方案得以通过。

1981年8月2日，重庆日报第四版刊登了穿衣后的四尊雕塑小样，并配发了叶毓山撰写的《谈谈重庆长江大桥雕塑》文章，对修改进行了阐释。

叶毓山在文中写道："裸体作品在美术理论和中外美术史中，本是早已解决的问题，但是考虑到目前我国群众的欣赏习惯，我们在不影响主题构思、人物动态以及人体美的情况下，适当地增加了一些薄的衣服和飘带……"

终于，《春夏秋冬》的创作有了实质性的进展。可是，定稿后，选择什么样的材质来创作也曾困扰艺术家们。

龙德辉告诉记者，雕塑最初考虑是用花岗岩制作，但考虑到材质老化的问题，换成青铜，可青铜又太重，为工程设计所不允许。最终，雕塑由西南铝加工厂用铝合金整体浇铸而成。

铸造的过程并不容易。西南铝加工厂的技术人员和工人从1981年9月到1984年9月，整整奋战三年，才圆满完成铸造。

1984年9月26日，《春夏秋冬》在重庆长江大桥正式落成。《春》是一位拿着花的少女，《夏》是一位在水中搏击的青年，《秋》是一位扛着麦穗的劳动妇女，《冬》则是一个健壮的中年男子。从最初设计到完成，这组作品一共花了5年时间。

雕塑落成后，受到了来自各界的好评，《人民日报》也曾发表赞扬文章。1987年，它被评为全国优秀城市雕塑作品。

艺术家：将人体审美展现在大众视野中
学者：一座新时期起点的里程碑

对于《春夏秋冬》经历的这场风波，叶毓山生前曾说："作品从全裸到加薄纱，是在改革开放初期，人们思想意识转变的一个必要阶段。"

40年后，我们该如何看待这组雕塑，以及它所经历的一切？

接受记者采访时，川美副院长、雕塑家焦兴涛表示，从艺术的角度来看，首先，《春夏秋冬》首次将人体审美展现到大众的视野中，是在城市雕塑题材与形式上对禁忌的突破和创新。其次，这四尊今天看来司空见惯的雕塑，却在当时成为一个重要的文化事件，"在争论的过程中，民众第一次接触到西方人体雕塑的概念，从愕然、冲突到理解和接纳，艺术在与民众的互动中，开启了从美术馆走向公共空间的大门。"

重庆市地方史研究会会长周勇称，重庆长江大桥雕塑是新时期起点的一座里程碑。

"1978年，党的十一届三中全会带领中国人民进入了改革开放的新时期。

重庆的《春夏秋冬》发端于 1978 年，与新时期同时起步。而它建成于 1984 年，这是重庆经济计划单列，承担起城市经济体制改革的起步之年。这是一个极其重要的时间坐标。"周勇表示，这组雕塑是重庆改革开放历史的见证，具有引领思想解放的意义。

周勇说，在《春夏秋冬》中，我们看到它既有敢为人先、勇立潮头的勇气，也有薄纱紧身、飘带缠绕的踉跄；既有坚守现实主义的传统，也有现代人体的展示，更有对真善美的大胆追求。"这是一段凝固的历史、改革开放的无声证言。"

周勇称，《春夏秋冬》已无可争议地成为重庆这座城市思想解放的代名词，为重庆弄潮时代、改革开放承担起清扫思想障碍的重任，因此成为人们观察"新时期"的一个坐标。

作品标题　　重庆长江大桥雕塑《春夏秋冬》　一段改革开放历史的无声证言

参评项目　　通讯

作　者　　兰世秋

责任编辑　　吴国红　倪训强

刊播单位　　重庆日报

首发日期　　2018-03-02

刊播版面　　第 9 版

作品评价

今年是改革开放 40 周年，重庆长江大桥雕塑《春夏秋冬》最初的设计也始于 1978 年。文章选取巧妙的角度，在 40 年后，回望这段历史，对这组雕塑当初诞生的过程进行了回溯，对它的时代意义进行了解析。报道生动可读，同时又具有一定的深度。

采编过程

记者在得知复制的《春夏秋冬》将陈列于重庆市文联的消息后，敏感地捕捉到这一信息的重要性，遂在领导的布置下进行稿件的采访。记者在书店和图书馆查阅了相关资料，做足案头工作，并采访了大桥雕塑当年的设计者、市民、雕塑家、学者等方方面面的人物，录制下珍贵的视频资料，在时间紧、任务重的情况下完成采访，并在较短的时间内保质保量地完成了稿件。

社会效果

文章见报后引发强烈社会反响，各个网站纷纷转载，专业媒体和网站也进行转载。不少当年参与雕塑制作的工人还给记者发来短信，回忆当年铸造雕塑的过程，文章引发了一代人的共同记忆，感悟今天改革开放取得的巨大成就。

全媒体传播效果

报纸见报该稿件之前，重庆日报官方微信号还专门推出了公众号，报网互动，传播效果非常好。

富豪建别墅送乡亲背后：
揭秘北大猪肉王子的官湖村计划（存目）

作品标题　**富豪建别墅送乡亲背后：揭秘北大猪肉王子的官湖村计划**
参评项目　**系列报道**
作　　者　**罗强　罗永攀**
责任编辑　**周杨　等**
刊播单位　**上游新闻**
首发日期　**2018-03-28**
刊播版面　**上游新闻头条**

作品评价

这是一组国内热点事件新闻系列报道。

总共完成了 5 篇原创报道。事件从富豪捐别墅无人要为由头，上游新闻第一时间跟进，在当天即在全网率先推出了《捐建别墅的富豪陈生是谁？》的深度原创报道，紧接着又推出《镇政府回应：一个月内拿出新分配方案》《镇政府：将抽签或摇珠选房》，紧接着又直击矛盾中心推出两篇对话内容，即《对话观湖村村民：要么多分房，要么把老屋基留下》《对话村支书：预见了人口增长，多规划了 87 套房》。

整组报道前后就 2 天时间，依托网络不断更新，承载无限的特点，迅速的组织采访，深挖细节，将矛盾层层拨解，让读者清楚地看到了事情的真正矛盾所在：不是村民不知好歹，而是分房本身存在利益纠葛，村民的权益受到影响，这才是捐建别墅送不出去的根本原因。

整组报道节奏紧凑，文本好，同时结合新媒体特性，用视频和现场声音说话，更增添了稿件的可读性和权威性，在全网形成了较好的影响力，提升和扩展了上游新闻的影响力。

采编过程

这个线索同样来自上游新闻转载的一篇自媒体报道。上游新闻政经部在获取线索后，第一时间请示了上游新闻总编辑，派出精干记者前往当地，同时，前后方联动配合，后方为前方准备资料、联系方式等采访资源，提供梳理采访节奏和计划，第一时间按计划执行，很好地完成了此次报道。

社会效果

系列报道推出后，迅速在网络上引发转载，同时引起了国内其他媒体的跟进。不仅如此，稿件严谨、充分的报道，也让读者、网民真正明白了事件的矛盾焦点，澄清了实事。传播效果很好。

全媒体传播效果

整组稿件，仅仅在上游新闻客户端的累计阅读量就超过了 100 万+，其中，单条最高阅读量超过 63 万+。

汶川地震 10 年　功勋搜救犬的黄昏

重庆晚报记者　刘春燕

汶川地震 10 周年。昆明消防支队搜救犬中队里，当年 7 只功勋犬只剩下两只：13 岁的银虎有严重的肺心病，脊椎变形背部凸起；12 岁的小虎后肢瘫痪，大小便失禁。

它们随时可能离去，它们是汶川一代功勋犬最后的句号。

两只狗，三颗牙

有陌生人来，一排犬舍的搜救犬都跳起来吠叫，有的狗直接躲到一室一厅的犬舍里间，自己把门关上，以示拒绝。小虎住在这一排的第二间，训导员贡禹卿打开门，小虎趴在地上不动，一声不吭，抬头看人，眼睛朝着人的方向，空空洞洞的，没有一点光。

贡禹卿喊它，它用前肢艰难地撑起身体，拖着瘫痪的后腿歪歪扭扭挪过来，两三步又趴下了。张开嘴，舌头耷拉下来，只剩下三颗门牙。

犬舍每天中午清洗，消毒，只有小虎的犬舍有浓烈的气味：由于瘫痪，大小便失禁，它的后腿、屁股和尾巴上布满了厚厚的粪便硬块。它是昆明犬里的"黑背"品种，年轻时，乌黑油亮的背毛从脖颈延伸到后背和腰腹，现在整个尾部更像青灰色。

它太老了，贡禹卿不敢三天两头频繁给它洗澡，怕它疼，又怕它感冒，要在连续晴天的时候，25℃以上的气温才敢洗。

贡禹卿习惯了小虎的气味。它毛上的粪便干壳，也不敢用剪刀剪。"老狗毛发不易生长，如果秃掉一块，皮肤被大小便浸泡，容易得皮肤病。"他们每次都用洗发液润湿小虎，等毛结泡软以后，再用梳子轻轻梳。

即使后腿已经撑不起它的身体，小虎还是会努力爬向它年轻时大小便的位置。年轻时的大量训练和汶川高强度的搜救，在它前肢的双肘处留下肉球一般厚的老茧，这厚茧依然撑不起它的身体，长期在水泥地面的摩擦，以及尿液和粪便的浸泡，茧也被磨破。贡禹卿每天都要给它擦碘伏消毒，轻得像擦婴儿的皮肤，怕它痛。

一群人说着话，小虎已经蜷缩在角落里埋下头，昏昏欲睡。

银虎隔着小虎 4 间犬舍，同一批战友，但"老死不相往来"。银虎的训导员刘世伟说："两虎都是地盘意识特别强的，都争强好胜，同一批的其他狗都不打架，就这两只互相打。"但两只"冤家"活得最长，也像是在比赛。

银虎是昆明犬"狼青"品种，老了毛会发白，现在眉毛胡子都白了。见陌生人来，龇开它也仅剩的三颗牙，象征性叫一叫。

冬天难过。肺心病折磨下，银虎呼吸像拉风箱，像人的哮喘。每到冬天就食量大减，瘦下十几斤。每年第一场春雨过后，刘世伟就会松一口气，又一个春天到来，银虎又挨过一冬。

这个时候，银虎就不是冬天呜呜的哭声了，它会撒娇似的哼哼唧唧，又看看铁门的门闩，跟刘世伟说，它想去操场的大草地玩。

救过的人

小虎和银虎的现在，是趴地上的暮年，它们的过去，是挂在中队的荣誉室里的骄傲——中队当年参加汶川地震搜救，10 人 7 犬，成功定位 206 位被埋压者，救出 6 名幸存者。

此后连续 6 年，它们参加云南昭通山体滑坡、楚雄地震、昆明机场在建引桥坍塌、云南巧家山体滑坡、德宏地震、迪庆隧道坍塌、彝良地震、鲁甸地震、普洱地震救援，成功定位数十次，救出数十人。

旷建曾经参加汶川 10 人救援组，他是当年的训导员里最后离开中队的一位。

——"当时分成几个小组，小虎和银虎在一组，两三个训导员带。第一天在都江堰一家坍塌的医院搜救，小虎首先报警定位，银虎确认后，救出一位老人。"

——"连续 10 天 11 夜，狗跟人一样，只能间歇着休息两三个小时，又开始工作。三个训导员轮流背 17 公斤的大袋犬粮，每个人再背两三公斤的小袋。背上去的矿泉水要尽量留给搜救犬喝，它们才是被困者生还的希望。"

——"后来转场去了汉旺、映秀等其他地方，不仅是小虎和银虎，7 只搜救犬都不同程度受伤，因为长时间在废墟上抓刨，爪子全都磨破了，银虎脸上、鼻子也被石头划伤。大多数地方需要搜救犬伏低身体探查，用肘部支撑身体，小虎那个时候肘部受伤很严重。"

——"训导员随身只能带一点碘伏消毒，没有时间处理伤口，埋在废墟下的人命是第一位的。狗实在太累会趴下，有时候只让它们趴几分钟喘口气，又拉起来工作。"

旷建的搜救犬风声，在他离开中队的时候，咬着他的行李往犬舍拖，拖不动，又追着车一直跑到大门口。搜救犬退役后也只能在部队终老，训导员不能带走。它们皮下植有芯片，生死都在部队。

藏起来的柔软

搜救犬中队在安宁市浸长村山窝里的一片斜坡上，现有 35 只犬，其中 16 只是执勤犬，退役的 6 只搜救犬，都在这里养老。

搜救犬通常半岁到 1 岁开始正式进入训练，每天至少 4 小时，一周双休。服从训练、箱体搜索训练、环境训练、体能训练、野外搜索训练等各种课目排得密密实实，训导员根据进展，每周都会调整课程表。

刘世伟说，十多年前，小虎和银虎那一代功勋犬，训练量比现在大很多，每天 8 小时，练得很苦，所以它们那一代伤病缠身，前肢肘部在两三岁就磨出厚茧。有的骨骼和关节磨损严重，银虎背上就有骨质增生，下雨天或者寒气太重，都会疼得呜咽，像在哭。

春天正是读书天，所有的搜救犬都在加紧练习。我藏进一个半人高的搜救箱，箱门下部有一个拳头大的透气孔。刘世伟给我一只小玩具球，关上门。训导员牵着搜救犬过来，一排搜救箱，搜救犬一个个箱子嗅探过来，走到我面前，鼻子在透气孔闻了一秒，立即发出警报，高声吠叫，我把球从孔里扔出去，是一种例行奖励，它高兴地咬住玩了几秒。

这是日常训练的一种，成功定位的奖励只是让它咬着球玩几秒，训导员就会迅速收走，没有我们想象的零食鼓励："搜救犬没有任何零食，吃饭都是定时定量。"刘世伟最常说的一句话是：搜救犬不是宠物犬，纪律，服从，工作，是它们的一切。

也有情感。但情感是包裹在严厉的规矩中间那一小块不易觉察的柔软，训导员都尽量回避，不去碰它。

合成顺以前在支队站岗，后来主动要求来搜救犬中队。他喜欢狗，这里所有的训导员每年都要打狂犬疫苗，他不怕。

他的狗叫小伙，7 岁多，是个"狗精"，聪明到可以嗅出他的情绪。合成顺心情好，它会抱着他的腿撒娇，心情不好，它就规矩地坐得笔直。六七十斤的狗子，生病了输液，要训导员抱抱，头在人手上蹭来蹭去表达它的依赖。

合成顺会在休息的时候，搬个小凳子坐到犬舍里，打开手机看电影，狗趴在他脚下，时不时用鼻子蹭蹭他的脚踝。

刘世伟照顾银虎，还训练着另一只执勤犬祥云。祥云是马犬，很机灵，只要给它穿上执勤背心，套上牵引绳，它马上就明白战斗开始了，不要人指挥，它自己会跳上执勤车。

祥云最近一次执勤，是 2016 年春天，一个在建工地垮塌，地上全是水泥砂浆，深到淹没人的脚踝。刘世伟牵着它搜救到深夜，水泥块深深嵌进祥云脚掌的缝隙里，回到中队，刘世伟打着电筒查看，水泥已经凝固在祥云脚掌的肉上，只能用力抠下来，每抠一块，祥云的皮肤就掉一块，它呜呜叫，刘世伟觉得像在抠自己的肉。

山岗上的晚霞

贡禹卿和刘世伟很可能是小虎和银虎最后一任训导员。小虎参加汶川地震搜救时，贡禹卿才读小学四年级。

云南的天空很高，但云走得快，雨也来得急。草坪必须要全部干透，才能带小虎和银虎来玩，怕他们打湿了毛容易感冒。

只要出太阳，贡禹卿和刘世伟都会抱着、牵着小虎银虎，到大草坪上晒一晒玩一玩。两只退休犬远远望着现在的小战友们训练，那些它们年轻时钻过的废墟和箱子，年轻时玩过的小球，搜过的沙坑，翻越的障碍，在这样的下午，好像悄悄重生，带它们回到童年，回到奔跑、跳跃和飞翔的日子。

看累了，它们把头轻轻放在训导员的腿上，迷迷糊糊睡。

在离中队几公里外的一处荒山顶上，晚霞压得很低，俯身就能环抱山岗，这是未来小虎和银虎的归处。中队所有的搜救犬，一生训练、工作，不繁育，无后代，最终都将长眠于此。

这里没有墓碑，没有任何记号，没有随同它们一起掩埋的任何私属玩具和衣物，它们干净、悄然回归大地。它们来过人间的痕迹，是生还者的记忆，和荣誉墙上的一张照片，一个名字。

为它们送行的训导员，最后会敬一个标准的军礼。

作品标题　汶川地震 10 年　功勋搜救犬的黄昏
参评项目　通讯
作　　者　刘春燕
责任编辑　李凤兰　龙春晖
刊播单位　重庆晚报
首发日期　2018-03-31
刊播版面　慢新闻 APP

作品评价

2018 年，汶川地震 10 年了，这场灾难带给人的伤痛和复杂感受，媒体从各种不同的角度进行了关注和呈现，主要集中在汶川人物方面。这篇稿件选取了搜救犬的角度，关注这些无言的伙伴和英雄，从它们的命运投射那一场灾难里人的命运。正如稿件所写：所有的搜救犬，一生训练、工作，不繁育，无后代，最终都将长眠在一个无名的山岗，没有墓碑，没有任何记号，没有随同它们一起掩埋的任何私属玩具和衣物，它们干净、悄然回归大地。它们来过人间的痕迹，是生还者的记忆，和荣誉墙上的一张照片，一个名字。对生命最深切的尊重，是记忆，无论是汶川一代功勋犬，还是一代人。

现在的晚年，两只功勋犬过得并不是普通人想象的好，但现在的训导员也已经做到普通战士能够做的。稿件在可以发声言说的尺度里，表达了一种希望：愿社会一步步走向更文明的温暖处，让无言的伙伴们也能老有尊严。

采编过程

小虎和银虎是汶川一代最后的功勋犬，随时可能离世。记者前往它们所在的昆明安宁市一个偏远村子里的训练基地，陪伴它们一天的活动，跟随训导员做日常维护、清洁、喂养、训练工作。由于早年带它们参加汶川搜救的训导员已经退伍多年，记者又辗转找到当年与它们一组工作的其他训导员，回忆银虎和小虎当年的搜救工作。记者参与了现在的执勤犬常规训练，亲身感受到搜救犬在灾害现场不可替代的宝贵作用。

社会效果

让人欣慰的是，无论是网易、今日头条还是其他平台的读者留言，除了被感动、唤起记忆，更有超过三分之一的读者都不同程度谈到搜救犬临终尊严的问题，生命生的尊严、死的尊严，这本身也是社会进步到一定程度，终究必须面对的问题。这正是稿件所想要达到的效果。

全媒体传播效果

光明网、新浪、网易、腾讯、澎湃、凤凰网、中央政法委长安剑等转发，今日头条阅读量 12 万，重庆晚报微博阅读量 22 万。

坎坷寻父75年
"爸爸，我来红岩村看您了"

重庆晨报记者　纪文伶

抚摸着"徐天宝"几个字，87岁的徐秀花控制不住泪水，把头靠在墙上，紧紧贴着名字大哭："终于找到你了，你知道吗？爸爸，我好想你……"

3月26日，浙江省临海市上盘镇沙基村87岁的村民徐秀花来到红岩村。这是她第一次出远门，也是第一次坐动车，第一次坐飞机，第一次来重庆，第一次来红岩村。

这个地方，她已魂牵梦萦了多年。

在红岩公墓前，徐秀花像个孩子一样放肆地哭出声，叫出那个在梦中一次次呼喊过的称呼："爸爸!"

而为了叫这一声爸爸，徐秀花寻找了整整75年。

A篇　分别
父母最后一次相见是探监

3岁以后，徐秀花就没有再见到过爸爸，在妈妈王小女的描述里，在徐秀花的心目中，爸爸是个了不得的人物——从小熟读四书五经、千字文，不但品质淳朴正直，还写得一手漂亮的毛笔字。

1926年，18岁的徐天宝在浙江临海参加国民党部队，后去海门（浙江台州市椒江区旧称海门）至上海的"孙中山号"货轮当保安。因为经常往返两地，徐天宝便从上海带来花样、丝布及花线，交给同村妇女绣花，再将绣好花的丝布带回上海去卖。在父亲的操持下，家中生活安乐，幼年的徐秀花隐约记得父亲抱她的双手有力而温暖。

1934年秋，徐天宝当班的货轮被警察查出藏有违禁物品，他受到牵连被关进大牢。当时王小女已有六个月身孕，毅然从海门乘轮船赶赴上海探监。

见到妻子，徐天宝既惊喜又心疼，安慰她："我正直坦荡，既然是被冤枉的，终究会洗清冤情回家。"分别时，王小女依依不舍地回头看丈夫，徐天宝笑着对她挥挥手，示意她放心回去。王小女后来无数次对女儿说，要早知道后面发生的事，当时一定会多看丈夫几眼。

"不打败小日本绝不回家"
徐秀花保存的父亲徐天宝的照片

半年后，徐天宝从上海转押至安徽，1937 年给家里来信说，抗战爆发，监狱没人管，遂随其他犯人逃出，在安徽跟着一位老先生教书。因为怕回来再次被抓，所以先在外面躲一阵子，伺机再回家。

到下一封信时，徐天宝说他已经到了四川，当了兵，生活艰苦，居无定所。但徐天宝在信中不忘叮嘱妻子：要让女儿有书读，千万不能给她裹脚。

又过了一年，徐天宝说自己当上了"小官"，请家里放心，回信地址是"四川省花龙桥乌岩嘴 13 号（音）"。

"妹妹妻"，徐天宝在信中这样称呼妻子。读信时，邻居有时还要打趣一番，不识字的王小女就垂着头笑。

每个月，家里都会收到徐天宝寄自四川的书信，询问家人情况。徐秀花 9 岁那年，日本军舰进攻临海市上盘镇白沙岛，炮轰沙基村，妈妈带着她逃到山上躲避。王小女也托人给丈夫去信说了日本人进攻之事，徐天宝回信叫她把以前所寄信件都烧掉，防止被日本兵搜出，"知道家里有人在当兵要杀全家的，小日本已杀了好多无辜百姓。"徐天宝在信里还说，以后寄信给他时，外信封写"徐展华"收，内信封再写"徐天宝"，地址还是四川省花龙桥乌岩嘴 13 号。

王小女赶紧把之前几十封来信付之一炬，她写信问丈夫，到底什么时候能回家。"不打败小日本绝不回家！"徐天宝在信中态度很坚决，告诉她全国都在抗战，自己现在不能离开，还说近日肠胃不好已做手术。

一封信和 50 块大洋"抚恤金"
徐秀花保存的父亲徐天宝的照片

再后来，有几个月没收到信，1942 年农历八月，终于又等到了信，但却不是徐天宝写的。信中说，徐天宝已在六月病逝。信没有署名，只写是徐天宝的朋友。

看到这个消息，王小女呆了几秒，把徐秀花搂在怀里号啕大哭。徐秀花记得，那段时间，母亲每天以泪洗面，梦里也在呼唤"天宝哥哥"，日渐消瘦。

当年农历十一月，又有自称徐天宝朋友的人寄来 50 块大洋，让王小女到浙江省海门银行领取，并在信内说徐天宝安葬在四川省花龙桥（实为小龙坎）×寺后面第×具棺材，棺材头上写有"徐天宝"。

王小女托人回信说，朋友给的钱不能要，如果是国家抚恤就会收，她请这位朋友告诉其姓名以便把钱退还，并希望得到徐天宝更多信息。那位朋友谢绝了退款的请求，来回推了好几次就是不告知姓名，也没有提徐天宝的具体情况，几次通信后便再无音讯。

为保护家人，王小女把来信也扔进灶台烧了。想去找丈夫，但兵荒马乱的，要怎么去找？去哪里找呢？

B篇 寻亲
仅凭一个名字两张照片找人

王小女失去生活来源之后，便靠着给卖盐的商人称盐为生。虽然日子艰苦，但王小女依然遵照丈夫的话，让徐秀花跟着一位叫金若梅的先生读书，但由于战火蔓延，先生很快离开了村庄，徐秀花也没能再继续念书。

解放后，家里分了些田地，有了固定收入来源。徐秀花长大成人，便和母亲一起踏上寻亲之路。

解放初期，通信闭塞，交通不便，要找一个人谈何容易？母女俩挨着找村、镇及县政府工作人员，询问是否有徐天宝的消息，每次都是失望而归。

母女俩手里的线索，只有一个名字，徐天宝小时候读书用过的字帖，以及两张照片。一张是他在海门货轮上当保安时拍的，一张是在重庆当了"小官"后拍的。

"怕是在外面纳了二房不要你们母女了，才编了个故事""估计是加入国民党逃去台湾了"，这样的流言，徐秀花记不清听到过多少次，每次听到这些话，她就跑回家，背着妈妈悄悄地哭。

爸爸绝不是这样的人！徐秀花不信，王小女也不信。徐天宝之前的确加入过国民党军队，但后来对其失望至极，所以肯定不会再去了。母女俩猜测，他既然是当了"小官"，多半是跟随共产党干革命去了！

家里生活渐渐好起来，对父亲的思念却与日俱增。徐秀花也当了母亲，对这一份混入血液中割舍不下的亲情理解更深，"别人都有爸爸，我也有爸爸啊，只是不知道他在哪里，做梦都想着能再见到他！"

20世纪80年代，徐秀花给能想到的部门都写过信，包括北京党史办、四川省委党史工作委员会，但仅凭一个名字哪能有什么结果，他们都给徐秀花回信表示无能为力。

孙女在网上找到"徐天宝"

1994年，徐秀花二儿子徐周盖专门来重庆摆眼镜摊，一边做生意，一边继续寻找线索。他去了渣滓洞、白公馆，一个个对照遇难烈士的名字，看是否有"徐天宝"。

在重庆待了一年多，人生地不熟，文化水平也有限，最后徐周盖还是失望地回到了浙江。

找徐天宝已成为全家人的一个心结。徐周盖从小听着外公的故事长大，找不到外公，一家人都无法心安。

1998年，王小女临终前拉着徐秀花的手，泪眼婆娑。徐秀花知道妈妈想说什么，只有含着泪使劲点头。

2015年4月，徐秀花的孙女徐雪琴上网时无意中搜到一篇红岩革命历史博物馆馆员的文章，里面提到的"红岩公墓"吸引了她的注意。在公墓埋葬的人员介绍中有寥寥数语："徐天宝，浙江海临人，曾任第十八集团军驻扎渝办事处物资保管员。生于1908年，1942年夏病逝。"

"外婆快来快来！这个人和曾外公的情况好像哦！"听到孙女的喊声，徐秀花放下手中的活，赶紧跑过来。

"徐天宝，浙江、重庆、1908年、1942年……"和爸爸的基本情况完全对得上！徐秀花呆呆地盯着电脑屏幕，一句话也说不出，全身颤抖，眼泪唰唰地流，"是爸爸，是爸爸，这肯定就是爸爸！"

这时她们才知道，在重庆，有一个叫红岩村的地方，在"村"里的公墓里，埋葬着当时在重庆病逝的周恩来父亲周懋臣，邓颖超母亲杨振德，被叶剑英称赞为"我们党的骆驼"的原上海局书记黄文杰，原江苏省委宣传部部长、南方局秘书、周恩来英文秘书李少石等13位在抗日战争和解放战争初期逝世的革命者以及家属的骨灰，其中一人就叫徐天宝！

徐秀花一连好几天都睡不好觉。睡醒了就笑，笑着笑着又哭。"两山环抱，满目青翠，四季常绿……"这是网上描述红岩公墓的句子，她让孙女完完整整念了好几遍，她想了又想，父亲长眠了70多年的地方，到底是个什么样子。

"不能等了，赶紧去看你们的外公！"徐秀花让三个儿子做了两件事：一是把徐天宝的照片拿到相馆放大，二是买了三张去往重庆的火车票。

C篇　证明
怎么证明，这是一家人？

2015年的清明节，徐秀花的大儿子徐吕崇、二儿子徐周盖、三儿子徐后升带着白菊花和水果，第一次来到红岩村，来到红岩公墓。

徐天宝！看到公墓上这个名字，三个大老爷们眼泪止不住地流。按照家乡风俗，三人在墓前跪下，拜了又拜，拍了照片传给徐秀花。

接着，三兄弟找到纪念馆工作人员，自豪地告诉他们，"我们是徐天宝的外孙！"红岩革命历史博物馆工作人员认真听了他们的描述，但仅凭一张照片，无法证明三人和徐天宝有关系。

工作人员的担心不是没有理由的，因为他们遇到过太多前来冒认的"亲戚"。

怎么证明？三兄弟傻眼了。馆藏史料中并没有徐天宝个人详细档案和照片，只有叶剑英、童小鹏、薛子正、刘澄清四人的个人档案和一些图书中对他有零星记载，而他们家中的信件都已烧掉，除了两张照片，什么也没有！

从重庆回到浙江，三兄弟心情很复杂，以为可以给翘首以盼的母亲徐秀花带来好消息，但寻亲之路又一次陷入了僵局。

徐秀花也在思考这个问题，怎么证明这就是爸爸呢？之前所有通信的信件都被烧掉了，认识父亲的人也都已过世。

2017 年 5 月的一天，徐秀花偶然翻到一封信。那是 20 世纪 80 年代，母亲王小女向当时的中共四川省委党史工作委员会查询徐天宝下落，对方回复"查找无果"的信函。徐秀花委托三个儿子给红岩革命历史博物馆馆长吴绍阶写信，说明了寻亲情况，并附上了这封信。

2017 年 10 月至 11 月，文物征管部蒲勤和研究部刘英先后赴湖南省档案馆、衡阳市南岳区文物局、浙江省临海市民政局以及徐秀花出生地上盘镇沙基村等多地采访、查证。

"后来找到的这封信非常重要。"蒲勤表示，这充分证明，这家人几十年来一直在寻找"徐天宝"，假冒的可能性非常小！

点滴还原徐天宝的生平

在寻访过程中，工作人员偏重对史料存在的疑点进行考证。

徐天宝在八路军驻重庆办事处主要从事后勤物资保管工作，因工作琐碎、保密等原因，史料极少。好在他参与过抗战时期国共两党共同举办的"南岳游击干部训练班"，工作人员决定从这里入手。

在档案"训练班名录"中，第二期中共人员有叶剑英等 11 人，其中就有徐天宝，当时的记录为"级职准尉庶务，31 岁，籍贯浙江海临，原任职务十八集团军教导队班长、特务长。"这也是目前查阅到最详细的徐天宝个人档案。

1983 年，重庆市人民政府在原红岩革命纪念馆（现重庆红岩革命历史博物馆）建造红岩公墓，墓碑上篆刻徐天宝生平是"浙江海临人，曾任第十八集团军教导队班长及第十八集团军驻渝办事处物资保管员。生于一九零八年，一九四二年夏病逝。"档案记载姓名、年龄、籍贯、职务与红岩公墓上篆刻的生平完全吻合，可初步推断，墓碑生平应源于此份珍贵档案。

然而，当他们赴浙江调查时，却发现只有临海没有海临，为何原始档案上会出错呢？

据档案记载，1939年2月10日，叶剑英率八路军教官等三十余人去南岳游干班工作，对外称中共代表团。《军委会西南游击干部训练班名录》里记载的第一期名单只有叶剑英、周恩来等七名中共人员，没有徐天宝。而在《衡山文史资料第2辑》中有这样的文字：1939年2月，叶剑英同李涛等五位教官和刘澄清、徐天宝（管伙食）、江竹筠（女）及警卫班一行，从桂林八路军办事处到南岳游干班。

为何第一批名单中没有徐天宝的名字呢？

84岁南岳抗战专家曾瀛州（其父亲曾汉藩是游干班第一期学员）解答了这个疑问：第一批名单中，国民党方面登记非常详尽，连伙夫、打字员全部一一记录在案。但中共方面，除周恩来以外，只登记了六位上校以上军衔的高级参谋，显然是出于安全考虑。

据考证，在人员资料中，李崇被登记为李伯崇，谢正平被登记为谢景平，徐天宝籍贯被写为海临，这些"误差"原来都是中共在抗战时期保护干部采取的有效措施。

而关于红岩迁墓的问题，据档案中童小鹏的回忆，抗日战争时期和解放战争初期，南方局、办事处和《新华日报》在重庆先后有十多位同志和家属逝世，当时均安葬于小龙坎伏园寺饶国模划出的一块墓地里。1958年，周恩来派童小鹏回重庆，取出这些同志的遗骨火化，就近树碑集体深葬。后来因为地貌变化，该深葬处逐渐成为水田，所树石碑几乎被淹没，于是，1983年，市人民政府将其骨灰集体移往红岩村，建造红岩公墓安葬。

去年11月，经多方印证，确认红岩公路埋葬的徐天宝就是徐秀花寻找了75年的父亲！

D篇　团聚
终于盼来见爸爸这一天

徐秀花在红岩公墓石碑前失声痛哭。

得知确认徐天宝身份的好消息，徐秀花全家都沉浸在幸福之中。对徐秀花来说，不仅找到了爸爸，而且爸爸还是为国家做出了贡献的革命者，她感到无比高兴和自豪。

"今年清明节，我想去重庆看爸爸。"徐秀花告诉子女们她的想法后，三个儿子和两个女儿商议了很久，毕竟徐秀花已87岁高龄，不赞成她亲自来。但徐秀花一再坚持，"我不来看爸爸，怕这辈子都没机会咯……"听到这句话，孩子们订了六张来重庆的机票。徐秀花穿上新衣服，翻出她最喜欢的黑色呢帽，"要戴给爸爸看。"

3月24日，徐后升开车一个多小时把妈妈送到台州动车站，平时坐车超过3分钟都受不了的老太太硬是撑下来了，又坐了4个小时动车到上海，第二天坐上飞机来到重庆。

3月26日上午9：40，原定10点来红岩村的徐秀花一家提前了20分钟。小女儿徐玉娥说，"妈妈凌晨2点都没睡着，在床上翻来覆去很久，早上7点不到就起来了。"

刚到公墓，徐秀花挣脱了搀扶着她的女儿，几乎是扑到墓前，眼泪不住往下掉，"爸爸，我是秀花，来看你了……"她像个孩子一样哭着，跪在墓前，给父亲一连磕了三个头。

徐秀花不知道爸爸喜欢吃啥，就准备了妈妈生前最爱吃的梨、蜜橘，还有草莓、火龙果。出发前，大女儿徐美兰亲手做了20多个青团，徐秀花在墓前轻声说，"都是家乡的味道，爸爸，你尝尝，好久没吃了吧？"

走到大理石碑刻墙前，用手抚摸着"徐天宝"几个字，老人再一次控制不住泪水，把头靠在墙上，紧紧贴在名字上，呜呜大哭，"终于找到你了，你知道吗？爸爸，我好想你……"

"今天对我们全家来说是最幸福、最重要的一天。"徐秀花说，75年来，就是盼着有这么一天。

一个多小时里，徐秀花又跟着红岩村讲解员，参观了爸爸曾经工作过的办公室，曾经运动的篮球场，吃饭的厨房……老人一直红着眼眶，但带着幸福的微笑，她睁大眼睛，把一幕幕记在心里。

"今年是徐天宝逝世75周年，徐秀花家四代人的寻亲之路，在红岩这片热土画上一个圆满的句号。"红岩革命历史博物馆馆长吴绍阶说。

作品标题　坎坷寻父75年　"爸爸，我来红岩村看您了"
参评项目　系列报道
作　　者　纪文伶
责任编辑　罗皓皓
刊播单位　重庆晨报
首发日期　2018-03-28
刊播版面　第4版、第5版上游深阅读

作品评价

一位87岁的普通村妇，寻觅75年，终于在重庆找到了她的父亲，竟然

是和周恩来父亲、邓颖超母亲、原上海市委书记等革命者埋在一起的对解放事业做出了卓越贡献的红岩革命者。其中经历了许多曲折，对老人和她的家人来说，找到了寻找75年的亲人，对于重庆红岩革命纪念馆来说，也解决了建馆以来的一个谜团，是一次重大发现。

稿件不仅完整叙述了整个故事，展现了各种感人细节，而且将推断出的线索像破案一般抽丝剥茧地梳理出来，可读性很强。

采编过程

1月初，在红岩革命纪念馆采访其他内容时，得知了这一线索，但当时还没有正式认定其革命者的身份，于是先采访了馆员详细经过，又通过电话和微信采访了徐秀花一家了解其中细节。3月，当条件具备，时机成熟，老人又决定亲自来重庆祭拜，于是又到现场进行采访，将现场认亲和史实结合在一起。

社会效果

上游新闻的阅读量19159。国内多家媒体转载。老人所在的浙江当地也引起轰动，台州晚报记者看到报道专程来采访。

"马" 上赚钱
2018 重马谁在赢利谁在花钱?

重庆商报记者　谈书

25 日上午 8 点, 一声发令枪响, 重庆国际马拉松正式开跑! 3 万名来自世界各地的跑者, 用激情点燃了初春的重庆。最终, 来自非洲的选手包揽了重马男女冠军。重庆本土选手、清华中学高三学生张冬浩夺得重庆国际马拉松半马男子冠军。

重马的品牌价值连连提升, 市场价值也越来越高。据悉, 今年新增的冠名商有 18 个, 合作商家累计超过 100 个, 已经由过去的招商变为现在的 "选商"。经过几年的发展, 2018 年已实现全市场化运作。

商业运作>>>
2018 重庆马拉松实现全市场化

重庆马拉松从 2011 年开始, 到昨日已跑了 8 届。在赛事组织、比赛成绩、现场氛围和社会效益等方面都积累了丰富的经验, 取得了不菲的成绩。如今, 重庆马拉松已连续 6 年被中国田径协会授予中国马拉松金牌赛事, 被国际田联授予国际金标赛事, 成为中国马拉松大满贯四大成员之一, 成为重庆全民健身活动中最具特色、最有影响力的品牌赛事和重庆的一张体育名片。

"重马的品牌价值连连提升, 市场价值也越来越高。" 南岸区体育局局长李伟表示, 今年新增的冠名商有 18 个, 合作商家累计超过 100 个, 已经由过去的招商变为现在的 "选商"。

据悉, 重马已与长安汽车签订了为期 5 年的总冠名协议, 7 年来重马的赞助商累计超过 100 家, 赞助的现金和实物累计近亿元。如今, 重庆国际马拉松从 2011 年的全财政专项资金投入支持, 过渡到财政投入和市场运作收入共同支持, 经过几年的发展, 2018 年已实现全市场化运作。

重马报名费今年约收入 500 万元

公开资料显示, 2011 年重庆首届国际马拉松赛的报名费为: 全程马拉松每人 50 元，半程马拉松每人 30 元，迷你马拉松每人 20 元。

"现在重马的报名费是 200 元。"知名跑者赵伟告诉记者，在他所参加的马拉松赛事中，便宜的有 80 元，但是像重马这种"双金"赛事（中国马拉松金牌赛事、国际金标赛事），报名费也会相应高一些。

根据组委会提供的今年报名数据显示，全半程报名人数 55083 个，中签人数 15500 个（全程 10000 个，半程 5500 个）。记者粗略算了一下，按照每人 200 元报名费，仅报名费用就达到 300 多万元。如果再加上迷你马拉松、亲子马拉松等报名费，2018 年的重庆国际马拉松，报名费估计在 500 万元左右。

马拉松助推旅游经济　酒店餐馆笑惨了

重马不再仅仅是一场马拉松，它的附加经济值已经凸显，餐饮和旅游成为最大受益者。

来自相关部门的统计数据显示，2017 年年底，马拉松赛事参赛人数超过500 万人次，带动各类消费超过 200 亿元。

2017 年重马比赛期间，就带动了 12.5 万人次到南岸旅游，南岸区酒店入住率达 95%，带动消费超 2.5 亿元。

除了酒店住宿、餐饮，重马也尝试融合旅游和文化。2018 重庆国际马拉松赛首次举办以"推广旅游产业为基础，全民参与为中心"的重马旅博会，以"重庆旅游界的双 11 节"为核心口号，设立七大主题，助推旅游经济。

跑友消费>>>
一发烧友两年花了近 10 万元

今年的重马，42 岁的赵伟当然不会缺席。200 元的报名费，30 元的打车费，在他每年所参加的马拉松中，并不算多。

"2016 年，全国 16 个城市，跑了 17 场马拉松；2017 年，全国 15 个城市，跑了 15 场马拉松。"赵伟昨日告诉记者，从 2016 年开始，每年要在全国各地至少参加 15 场马拉松。他自己算了一笔账，如果去外地参加马拉松，周末两天，吃住行的花费平均 3000 元，去除在重庆跑的这场，这块花费就在42000 元。

两年下来，赵伟在跑马拉松的消费上花了近 10 万元。

"我的好朋友官女士，今年就特地从香港飞到重庆来跑马。"孟女士告诉记者，她的好朋友是地道香港人，22 日飞到重庆，在跑马前除了逛南滨路，还去解放碑、江北等商圈逛了逛，"我朋友是既爱旅游又爱美食，这几天一直在消费。"孟女士给记者粗略算了一下,这一趟跑马之旅,官女士的消费估计在 1 万元。

品牌营销>>>
谁最欢乐?
商家借势推广品牌

今年的重马,依然成为"全民秀场"。蜘蛛侠、超人、独角兽……在赛道上,各种卡通形象相互卖萌比拼,这些萌宠卡通大多是为各自的品牌背书,除此之外,还有顶着"重庆火锅"跑的,有开着航空公司"充气飞机"跑的,还有赶着乳品公司的"奶牛"跑的。借着重马的影响力,商家狠狠地在赛道上秀了一把。

重庆火锅协会副会长,重庆乾矿老火锅董事长陈美衫今年照例带着员工参加了重马,"增加员工凝聚力、锻炼员工身体、推广宣传火锅品牌。"她向记者直言连续参加三届重马的原因。

"火锅马、小面马、啤酒马……"今年,重马继续打造独具重庆特色的美食马拉松,比如,携手重庆火锅协会在南滨路钟楼广场举行千人火锅英雄荟,整体推广重庆火锅,在赛事期间,重马跑友凭报名信息可享受火锅 6.8 折优惠。"我们火锅店就接待持短信来吃火锅的重马选手,虽然没有统计具体数量,但是说明推广还是有一定的作用。"陈美衫说。

衍生经济>>>
谁被养活?
数据公司和服务商

一场马拉松赛,少则几千人,多则几万人参赛,再加上观众、工作人员,到场人数十分庞大,对于数据公司来说,是一个极好的采集数据的机会。

中国最大的独立第三方移动数据服务平台 TalkingData 曾发布了一篇《2016 重庆国际女子半程马拉松赛人群洞察报告》,其中包含人群偏好、理财应用等分析。

"马拉松养活了不少数据公司。"一名业内人士透露,曾有数据公司在一场马拉松赛的赛道附近架设摄像机,不拍人,专拍脚,一场比赛下来,统计参赛者中有多少人穿耐克,多少人穿阿迪达斯等,从而分析跑鞋的品牌分布情况,"这样的分析非常精准,也是商家需要的。"

计时服务商也是马拉松经济的重要参与者。"现在技术非常先进,每个参赛者发一个计时芯片,安置在鞋带上,能准确记录成绩,一般芯片是一次性的。"上述人士说，国内比较著名的计时服务商如北京芝华安方体育文化有限公司，有时也会出一些纪念版的计时芯片，能反复使用。

计时设备属于马拉松衍生出的"装备业"。近年来，"装备业"也从原先的鞋服发展为各种"智能穿戴"。

2018 重马大数据
赛事物资

赛事服装（件）	60000
拖鞋（双）	15500
雨衣（件）	34000
完赛奖牌（个）	16500
浴巾（条）	16500
运动袜（双）	16500
海绵（块）	45000
纸杯（个）	540000
赛道沿途站点	
医疗站（个）	24
饮水站（个）	11
饮料站（个）	8
食品补给站（个）	12
喷淋站（个）	6
移动厕所（个）	430
特色音乐站（个）	40
补给品数量	
面包（个）	53000
小番茄（千克）	800
香蕉（支）	33000
即食柠檬片（千克）	300
即食柠檬糕（千克）	54
饮水、饮料（瓶）	200000
工作人员、志愿者	
志愿者（名）	3844
安保人员（名）	5000
裁判员（人）	230
医护人员（人）	610

| 保洁、环卫人员（人） | 220 |
| 配速员（人） | 40 |

作品标题　"马"上赚钱　2018重马谁在赢利谁在花钱?
参评项目　通讯
作　　者　谈书
责任编辑　罗文
刊播单位　重庆商报
首发日期　2018-03-26
刊播版面　封面、财经头条

作品评价

以财经视角报道"重庆马拉松"赛事，在同题新闻中体现不一样的角度，突出了商报财经定位特色。稿件比较全面地梳理和回溯了重马商业运作足迹和如今营收情况，介绍了品牌营销特点和衍生产业空间，用翔实的数据和具体事例，反映出重马市场化运作的成功。主标题中"马上赚钱"一语双关，表意生动。

采编过程

前期对重马报道进行策划，制定了报道主角度，定位财经特色。重马当日，进行了现场采访，包括从经济角度对跑马达人、商家进行采访，对花费和赚钱进行剖析，重点补充了2018重马详细大数据，丰富了稿件厚度。

社会效果

从不一样的角度，报道了国内外关注的重马比赛。以独特的财经视角，分析了马拉松这个产业链，从报名到比赛等各个环节产生的经济效益，凸显了商报财经特色。

全媒体传播效果

稿件被新浪、凤凰、腾讯等众多知名网站转载，仅在大渝网头条区转发，阅读量就达到28.7万。

丢了睡眠的人

华龙网记者　黄宇　佘振芳

从外卖员手里接过烧烤，伸手关门时，刘源瞟了眼墙壁上的挂钟，凌晨1点半。又是一个无眠夜。

滑开手机送上好评后，刘源打开微博，发出新一天首条状态：又失眠了，还有没睡的吗？配图烧烤。江北区盘溪路的单身公寓内，台灯的微光将他紧紧包围，四周安静得仅听得见自己的呼吸声。

与此同时，微博超级话题排行榜上，和失眠相关的状态接连出现，超级话题#失眠#甚至一度冲上医疗榜第8名，阅读量达7000多万人次。

在这里，无数青年人和刘源一样，不分职业、性别、收入，统统丢掉了睡眠，成为深夜里的"夜游神"。失眠，正在击倒越来越多的青年。

01 失眠

26岁的刘源是一名互联网从业者，求学于山城，扎根于山城。2016年开始，他逐渐丢掉了睡觉的能力。

失眠后，他将原本紧靠着床的电脑桌搬离，要给工作和生活划清界限，但难以成功。只要闭上眼，思绪便会纷飞，难以阻止。不得已，他只好掏出手机，依次打开微信、微博、豆瓣，刷新，再刷新……

有时候，他还会从床上爬起来，点一份外卖，在漫长的等待中继续消磨时间，直到最终昏沉入睡。

关上灯的城市里，还有更多人整夜无眠。

"哈哈哈，笑死了。"凌晨4点，王梦在微博转发了一则动态。尽管被子里的她并无任何表情，却还是选择在网络上表现出轻松的姿态。

开学后，就是大四下学期了，周围同学纷纷拿到offer，王梦却连实习都没找到。尽管父母没有明说，但她看得出来有多次是欲言又止。白天里还不觉得，但一到深夜，孤独感便会袭来，让她难以抽身，整夜辗转难眠。

也有一些时候，王梦会干躺着，强迫自己啥都不干，但脑子并不会听话。明明感觉已过了几个小时，时钟却显示才10分钟。

在无数个夜晚，手机，正成为刘源、王梦们，用来对抗失眠的常规"武器"。

据中国睡眠研究会发布的《2017 中国青年睡眠指数白皮书》显示，高达93.8% 的人会在睡前与电子产品难舍难离，对 76% 的人群来说，睡个好觉是件难事。

阿里巴巴 2017 年 12 月发布一组数据显示，每月在 0 点至 4 点之间，打开淘宝、天猫 4 次以上的"深夜剁手党"高达 8000 万人，凌晨 1 点是他们逛货、下单的高峰时间。

另一个值得注意的趋势是睡不着的年轻人越来越多了。据阿里零售平台数据分析：2017 年，在对"失眠"一词进行搜索的用户年龄分布中，年龄段在 18～25 岁的 90 后人群占到总人群的近四成，以压倒性"优势"战胜前辈们，成为失眠大军中的主力。同时，年龄在 18～35 岁的青年用户比例近 80%，即 10 个失眠人士当中即有 8 位年轻人。

虽然临床医学显示，有超过半数的失眠症找不到原因，但从地域分布我们似乎可以窥见，普遍被认为压力大的城市失眠人群更多。按购买"安神补脑"类产品的地域分布数据来看，上海、广州、北京、深圳、杭州、南京、武汉、成都、重庆、苏州等 10 城，集中了全国最多的失眠人群。

02 失控

在一夜好眠的人看来，睡觉不是什么大事。但严重的失眠症，会给生活带来很大困扰，很多人游走在失控的边缘。

刘源曾咨询过心理医生，却没有真正完成过一次治疗。"要每周和医生会谈，讲那些生活琐事，没什么意义。"刘源说。

半途而废令他的问题越来越严重了，他开始在白天的工作中走神。有一次在非常重要的会议上，他竟然当着董事长的面睡着了，这也导致他的升职希望近乎破灭。

深陷失眠困扰的李浩，因乳房长有包块而焦虑不堪。坐在公交车上，只要一想到包块可能会恶化为乳腺癌，她就会心跳加快，出不来气。有两次，她甚至瘫倒在公交车上，被紧急送医。

睡眠，彻底失控了。

在重医附一院精神卫生中心，每天的大门诊量大概有三百多人。副主任医师陈建梅认为，就诊者中 50% 以上的人有睡眠问题，来看睡眠门诊的人中，轻微、中度睡眠障碍者占 80% 以上。

2015 年至今，该院精神卫生中心门诊量以 8% 左右的数量递增，2017 年达到 11 万余人次。由此推算，约 6 万就诊者遭受睡眠问题困扰。

陈建梅说，这些人中，除因身体其他器官疾病引发的睡眠障碍外，有不少人因生活不规律导致生物钟紊乱，带有负面情绪。他们总担心自己睡不着，会影响第二天的表现，焦虑、心慌、浮躁，形成恶性循环，给自身和家庭带来负担。

在陈建梅经手的病患中，睡眠障碍者往往有这样的共性：自信，要求完美，自我要求高，性格急躁，易焦虑，缺乏安全感，过度担心后果。

刘源记不起自己第一次失眠的具体日期，但肯定与工作有关。他在 2016 年接了一个挑战性很强的项目，由于领导要求很高，他有时候一天要改上十来遍方案，先是为了工作被迫熬夜，后来不需要熬夜时，却再也睡不着了。

在中华医学会神经病学分会睡眠障碍学组发布的《中国成人失眠诊断与治疗指南》中，失眠的定义被描绘为患者对睡眠时间或质量不满足并影响日间社会功能的一种"主观体验"。

与睡眠相关的日间功能损害包括疲劳或全身不适；注意力或记忆力减退，兴趣减少；学习、工作和社交能力下降；情绪波动或易激怒；错误倾向增加；紧张、头痛、头晕等。

03 自救

不甘心失控的人，开始选择通过互联网"自救"。

在网易云音乐歌单中，标签为"催眠""助眠"的歌单，多达数百个，高的播放量达到 1728 万次，其中最受欢迎的，多为纯音乐、自然雨声等，也有的剑走偏锋，选择郭德纲相声。

睡不着的时候，24 岁的媒体人周璇喜欢在睡觉前戴上耳机听上一段音频——寂静的背景中，有人刮擦抚摸着木梳，发出轻轻的有规律的声音，这种音频被称为"自发性知觉经络反应（ASMR）"，据说能导致"颅内高潮"，在不少视频和音频网站上受到欢迎，甚至有单独的分区。爱好者们认为，听这些声音对于助眠、减压、缓解负面情绪很有帮助。

尽管并没有科学系统的研究来证实其效果，但追随者并不在意。一些亚文化圈子也由此诞生。

豆瓣上，创建于 2006 年 7 月的"失眠救世界"小组，至今仍聚集了 1500 多位成员。打卡签到、答疑解惑，小组内话题不断，最后回复时间从晚上 8 点到凌晨 4 点不等。微博上有大 V 每晚零点准时发布话题，召集那些睡不着的男女一起聊天，评论数量动辄五六万。

知乎里，已自愈 8 年的重度失眠症患者岳刚对"我们为什么会失眠，失眠了该怎么办？"的回答，被浏览了 157 万余次，5000 余人赞同，近 8000 人点了关注。

高中时期的岳刚，在宿舍经常失眠，一睡觉就紧张流汗，时常在快睡着时惊醒，白天经常打盹，整天浑浑噩噩的。为对付失眠，他尝试了很多方法：数数，泡热水脚，睡觉的时候看书听歌，吃药等。

岳刚是如何痊愈的呢？他认为，失眠的人首先要改变自己的认知错误，接受人生的不完美，同时不要试图去控制睡眠。"如果你认为能控制睡眠，就会对睡眠提出很高的要求，楼越建得高，倒塌的时候就越惨。我们能做到的是尽力满足入睡的条件，而不是强迫自己入睡，并且需要对睡眠有着切合实际的期待。"

经过两年的心理调节，岳刚才自愈。如今，他成为一名头条文章作者，结合自己的经历，帮助数百名失眠者自愈或好转。

04 求医

在重医附一院精神卫生中心睡眠病房，管床医生张洪银见过的失眠病人，多得数不过来，"各种原因的都有"。

刚刚过去的这个春节，饱受失眠困扰多年的何刚找到张洪银求医。此前多年，何刚去过很多医院，在呼吸科、心内科、神经内科咨询，却一直未找到病因，甚至一度有自杀倾向。

"他先是吃安定类药物，好了一些，但没持续多久。"张洪银说，患者因失眠而焦虑，又因焦虑更加失眠，对吃药失去信心，后来自己加大剂量，失去自制力。

来睡眠病房检查并住院一段时间后，何刚的睡眠障碍有所缓解，但情绪很低落，不愿见陌生人，只想躺在床上，对任何事都提不起兴趣。"这是抑郁的症状。"张洪银说，长期失眠焦虑引起的情绪变化，一定要引起足够重视。

在2013年以前，有不少人像何刚一样，找不到病因，四处碰壁，无处求医。彼时，睡眠障碍还不为大众所了解，至少在重庆，知道并愿意走进精神科治疗睡眠障碍的人，少之又少。

"很长一段时间里，就连医学界，都不太认为睡眠能专门开一科。"陈建梅说，"睡眠是大事，但作为医学研究来看，发展程度并不高。失眠可能是心理问题，也可能是消化问题，又或者只是牙齿咬合不好。"

抛开身体原因，大多数失眠都是心病，轻易选择服药，只会让药物依赖毁了人生。"解决失眠问题是个极其复杂的问题，很多人自愈了，也经常复发。"岳刚说，失眠不是简单吃几片药就能解决的，错误恐慌只能越陷越深。

在睡眠病房，医生会进行病史采集、量表测评、认知功能评估等多种方式进行诊断，光药物治疗方法就有上百种。除此之外，针对不同程度的睡眠障碍，医生还会借助设备进行物理治疗或心理干预。

如果你也有睡眠困扰，如何判断自己是否需要寻求帮助？"每周有三到四天失眠，持续三周以上，或者影响了正常的日常生活，就基本可以判断为失眠症了，可以到院诊断。"陈建梅建议，有睡眠障碍的人应积极正面地面对自己的病情，并得到及时的诊治。

"一个人失眠，全世界失眠，无辜的街灯守候明天……"刘源躺着床上，耳机里厚重的男声在懒懒地唱。闭上眼睛，愿他有一个好梦。

作品标题 丢了睡眠的人
参评项目 通讯
作　　者 黄宇　佘振芳
责任编辑 张一叶　康延芳　张译文
刊播单位 华龙网
首发日期 2018-03-01
刊播版面 华龙网首页小头条、"重庆"客户端

作品评价

正如总书记曾提到，"新闻舆论工作必须创新理念、内容、体裁、形式、方法、手段、业态、体制、机制，增强针对性和实效性"。而该篇稿件恰好是从写作体裁、形式、手法上有了一定的突破和亮点，用大众喜闻乐见的选材、写法、角度"烹饪"出一道美味的新闻佳肴。

在写作体裁上，文章创新性地将写作角度聚焦于"睡眠"这一小切口，抓住了影响青年人发挥创造力的一大健康因子，符合青年人的关切点，贴近性高，共鸣性强，在吸引阅读上占得先机，具有"爆款"潜力。文章既有新闻故事，又包含病理科普，还回答了如何化解失眠的问题，解答了读者想知而未知的疑问，达到了报道目的。

在写作形式和手法上，文章充分运用华尔街日报体，借鉴了文学写作中的故事描绘手法，对大量素材进行抽丝剥茧，一个个案例穿插其中，把一个关乎失眠的静态题材写活了。通过人物个案、现场还原，将人带入新闻，使人如临其境，如见其人，如闻其声，激起了读者强烈的阅读兴趣。

文章传播力、影响力高。"重庆"客户端上原稿件阅读量突破5.82万人次，新华网首页焦点图转载推荐，中国青年网、中国西藏网等中央主要新闻网站，网易、搜狐、凤凰、新浪等主要商业网站，大众网等地方主要新闻网站转载，诸多网友化身"自来水"转发推荐、留言点赞。

采编过程

一段时间以来，不少青年人反映受到失眠困扰，一到深夜就睡不着，凌

晨时间正是刷微博、逛淘宝的高峰时段。在对"失眠"一词进行搜索的用户年龄分布中，年龄段在18~25岁的90后人群占到总人群的近四成。由此，记者敏锐地找到了新闻写作的由头。

对这样一个非事件类题材，积累大量的素材非常重要。从确定选题，到找准角度动笔，记者翻出了多个机构的最新数据，采访了多位青年人，和医生进行了数次沟通，还通过网络社交平台，与业内人士进行交流，确保写作方向不跑偏，阅读性高。

写作上，首先以一个受失眠困扰的青年故事开头，这个人既普通又具有代表性，可能就是万千个读者正在做的，共鸣由此而生。然后再自然过渡，进入新闻主体部分，将所传递的"失眠困扰"新闻大主题、大背景和盘托出，一次次抽丝剥茧，个案描写，集中力量深化主题。结尾再呼应开头，回归到开头的人物身上，进行主题升华。

文章几经修改，和医生专家进行了充分讨论，保证了质量。在华龙网PC端、客户端、微博等多平台推出，取得良好传播效果。

社会效果

文章从"青年人失眠"这一读者关切点上找准角度，回答了读者普遍关心的问题，解答了读者想知而未知的问题。传达了只有时刻掌握并维护好自己的身体健康，才能更有机会创造并享受高品质生活的主题。

文章一经发出，不少同城媒体同行主动学习，并受启发进行了新闻跟进再创作。重医附一院等医疗机构充分认可，不少医务人员转发推荐给同行和失眠患者。

全媒体传播效果

稿件刊发后，在多个平台上引起关注。"重庆"客户端上点击量突破5.82万人次，集群联盟中的各区县客户端纷纷转载，吸引到诸多网友留言。在朋友圈，很多用户也化身"自来水"，对作品进行转发传播。

新华网首页焦点图转载推荐，中国青年网、中国西藏网等中央主要新闻网站，网易、搜狐、凤凰、新浪等主要商业网站，大众网等地方主要新闻网站转载。

寻找重庆下一只"独角兽"

华龙网记者 佘振芳 伊永军

科学技术部火炬高技术产业开发中心日前发布《2017 年中国"独角兽"企业发展报告》。榜单显示，2017 年中国共有 164 家"独角兽"企业，新晋 62 家，总估值 6284 亿美元。令人唏嘘的是，在这份名单中，一家来自重庆的"独角兽"都没有。

记者经多方采访了解到，其实在去年的名单中，重庆有一家企业上榜，但它今年已经"毕业"。而新的有望被认定为"独角兽"的几家企业，正在成长中。

为何重庆的"独角兽"这么稀少？下一只"独角兽"又会在哪里？

2016 中国独角兽企业榜单中，重庆的猪八戒网赫然在列。

已经毕业的"独角兽"

这几天，朋友圈炸了锅。

在刚出炉的《2017 年中国"独角兽"企业发展报告》中，列出了 164 家"独角兽"企业，其中北京、上海、杭州、深圳排名前四，其他上榜的城市有武汉、香港、广州、南京、天津、镇江、成都、东莞、贵阳、宁波、宁德、沈阳、苏州、无锡、珠海，加上北上深杭，共计 19 个。

为什么没有重庆企业？带着这个疑问，记者查证了解到，这份名单是动态的，因为普遍意义上的"独角兽"企业，指的是估值在 10 亿美元以上、创办时间相对较短的公司。而重庆猪八戒网在去年就被列入了 2016 年中国"独角兽"企业榜单，但因为它创办于 2006 年，到今年已经超过了 10 年，因此，它从"独角兽"阵营"毕业"了。

这并不新鲜。和猪八戒网一起因超过 10 年而毕业的，还有大疆创新、大地影院、苏宁金融、玖富等 9 家企业，以及众安保险、掌阅科技、趣分期、易鑫金融、融 360、阅文集团等 9 家因上市而毕业。

每一届上榜的企业，都代表着中国科技创新发展的成就和未来的新方向。毕业，说明企业更壮大了。猪八戒网联合创始人、副总裁刘川郁表示，猪八戒网前些年来一直都是纯线上的，业务、买卖都是在网上。但从 2016 年起，猪八戒网就开始在全国布局。截至目前，已经签约了 37 座城市，建立了 38 个园区社区，已经开张的有二十七八个，有的还在装修之中。如今它除了是个交易平台，还是个超级孵化器，具有孵化功能。

毕业后何去何从？猪八戒网创始人及 CEO 朱明跃表示，未来公司的边界会不断地被突破，每个人在未来都只是云端平台的一个计算节点。而未来的猪八戒网不仅是通过服务交易平台把大家连接起来，还能够把各地知识工作者的服务半径、连接半径拓宽。"我们更希望虚拟增强现实，让两个远在天边的人才在一起工作。他们地理距离可能相距五万公里，但是他们的思想因为有猪八戒网的连接，可以在同一个空间里面，我觉得这就是未来。"

重庆为何少"独角兽"？

"独角兽"分布不均的背后，有其深层次的原因。

不仅是重庆缺少"独角兽"，记者留意到，在今年的整个榜单中，入选企业绝大多数分布在北上广深等城市，整个西部地区，仅有成都和贵阳的两家企业上榜，而贵阳的这家物流企业，其登记注册的公司所在地还是分跨南京、贵阳两地。

在业内人士看来，创投资本和人才是两大瓶颈。重庆市科委科技金融处副处长奚欢告诉记者，衡量"独角兽"企业有三个指标，一个是"经济指标"，企业估值要在 10 亿美元以上；另一个是"影响力指标"，要求在行业中有颠覆式创新，发挥着引领作用的企业；还有一个就是"时间指标"，要求创办时间较短，必须是初创型企业。

奚欢认为，光从"时间指标"来看，就有一大批有实力的企业被"刷下去"了，比如重庆知名的汽车企业长安，由于创办时间很长了，因此就不能入选"独角兽"企业。作为初创型企业，更多地需要创投资本的融入，而全国主要的创投资本大都集中在北上广深等沿海发达地区，在这方面，中西部地区是弱势。

对此，猪八戒网联合创始人、副总裁刘川郁也表示，中西部与东部的差距在这 10 多年里不断缩小，但仍然存在，比如说资金，以他们公司为例，在创业 5 年后才拿到 A 轮融资，但如果把这样的企业放到北京，也许一两年就有人关注和投资了。再比如，在北京，人们对区块链技术的关注和讨论可能已经如火如荼，但在重庆可能就没有这么热烈。

奚欢还表示，除了创投资本，还有一个重要因素就是人才。尤其是对于大数据、人工智能为主的创新型企业而言，人才更是具有不可替代的作用。但从对人才的吸引力来看，中西部地区目前和沿海发达地区相比，还是有不小的差距。

下一只"独角兽"在哪里？

如今，重庆曾经唯一的一只"独角兽""毕业"了，下一只什么时候能出现，将会是一只什么类型的神兽？

从重庆市科委提供的拟培育"独角兽"企业名单中，我们似乎可以窥见一斑。

记者从名单中了解到，重庆目前有两家企业有尽快成为"独角兽"的潜质，一家是重庆中科云丛科技有限公司（以下简称"云从科技"），一家是重庆华峰化工有限公司（以下简称"华峰化工"）。

在人脸识别领域，云从科技正初露锋芒。

这家公司还很年轻。据公司项目负责人介绍，云从科技成立于2015年4月，是一家孵化于中国科学院重庆研究院的高科技企业，专注于计算机视觉与人工智能。目前，它已成为我国银行业人脸识别第一大供应商，全国50多家银行已采用该公司产品，在安防领域，公司产品已在22个省上线实战，在民航领域，产品已覆盖80%的枢纽机场。其主要业务在人脸识别的基础上，已往智慧医疗、智慧教育等方面发展，不断拓宽自身在人工智能方面的领域和级别。

"快速成长"这一特质，在云从科技的发展历程中也十分引人注目。云从科技战略规划部副总监周吉祥2016年7月从一家大型国有企业跳槽到云从科技，他刚进公司时，全公司只有100人左右，销售收入只有不到4000万元，两年不到已发展到430多人，销售收入达到3亿。

"几乎一年一个飞跃，一年一个质变。"周吉祥说，如今公司的估值已达到50多亿元，预计还有半年左右的时间，能突破10亿美元，达到"独角兽"企业的标准。

"独角兽"的萌生，并不容易。

满身尽是黄沙，晚上睡的是活动板房，风一大，板房都被刮走了。忙了一宿还没来得及合眼，新一天的工作又开始了……华峰化工总经理助理谢毅如今时常能想起七八年前公司刚成立时的景象。

华峰化工有望晋身"独角兽"的秘密武器是一种白色的晶体粉末——己二酸。

己二酸主要用于制造尼龙66纤维、尼龙66树脂和聚氨酯泡沫塑料等合成新材料，广泛应用于工业和医药业。随着国民经济的快速发展，国内先进制造业对于高性能工程塑料和纤维的需求大量增加，带动了己二酸市场迅速增长，但之前己二酸长期依靠大量进口，存在较大的缺口。

随着华峰化工己二酸项目的建成并投产，重庆地区具备了完整的聚酰胺和聚氨酯原材料产业链，这对下游汽车、电子、纺织、制鞋、制革、食品等行业产生巨大的吸引力，形成产业集群，构成有特色的重庆化工新材料产业板块。

如今的华峰化工，己二酸总产能达到 54 万吨，系世界上最大的己二酸生产基地。

成长与创新，让我们从这两家企业身上看到了成为"独角兽"的希望。

重庆如何成为"独角兽"乐园？

两会期间，"独角兽"一词曾多次被代表委员提及，成为热点话题。

政府工作报告中提出，要支持优质创新型企业上市融资。证监会则向代表们透露，接下来准备分批推进国内"独角兽"企业 A 股上市。

未来，重庆将采取哪些措施培育"独角兽"企业，打造"独角兽"乐园？

政府层面已绘制路线图。

去年，市科委发布了《重庆市科技型企业培育行动计划（2017—2020年）》，根据计划，我市将加快实施创新驱动发展战略，创新发展理念，以帮扶科技型企业发展为核心，着力培育优质市场主体，将国家自主创新示范区、国家高新区等重点区域发展成为高新技术企业和高成长性科技企业成长的洼地，努力形成创新要素充分涌流、科技活力竞相迸发、科技型中小微企业遍地开花、双高企业快速发展的生动局面，为推动创新驱动发展和西部创新中心建设提供有力支撑。

创新健全激励政策措施的重要性不言而喻，重庆在这方面正加大投入。据奚欢介绍，市科委正在完善财税激励政策，优化市级财政科技发展资金的配置方式，如首次获准认定为国家高新技术企业的，给予 20 万创新券激励；对双高企业，原则上优先支持建设 1 家市级研发平台，达到新型高端研发机构标准的，最高给予 1000 万元支持。《计划》指出，到 2020 年，力争科技型企业总量达到 20000 家，其中，高新技术企业达到 3000 家，高成长性科技企业达到 800 家，挂牌上市科技企业达到 800 家。

奚欢表示，虽然市科委没有对未来重庆培育多少家"独角兽"企业定一个指标，但就像盖房子一样，把地基打牢了，顶层建筑自然会起来。有了这么多科技型企业的"基数"，加上全市对于科技创新的重视，相信"独角兽"企业未来能在重庆不断涌现也是水到渠成的事。

新经济的风掠过嘉陵江畔，这座城市，期待成为"独角兽"乐园。

作品标题　寻找重庆下一只"独角兽"
参评项目　通讯
作　　者　佘振芳　伊永军
责任编辑　康延芳　张译文
刊播单位　华龙网
首发日期　2018-03-28
刊播版面　华龙网首页、"重庆"客户端、华龙网官方微信

作品评价

"要加大新闻改革创新的力度，挖掘新题材，丰富新语言，探索新手法，创造新风格。要贴近群众，贴近生活，从人民群众的现实生活中汲取养料、寻找线索、提炼主题。"习总书记曾多次强调，新闻要从群众、生活中去挖掘，从现实生活中汲取养料。《【深度】寻找重庆下一只"独角兽"》的报道，无论从最初选题的挖掘还是后期的采写落地，都遵循了总书记的讲话精神，有接近生活的个案，也有深度剖析，主题鲜明，接地气。

今年全国两会期间，"独角兽"回归 A 股的消息引发了众多关注，使"独角兽"成为热点。近日科技部公布的《2017 年中国"独角兽"企业发展报告》，记者迅速跟进，深入了解、挖掘，分析和探寻重庆"独角兽"企业稀缺的原因、重庆在培育"独角兽"企业方面的努力。推出深度报道《寻找重庆下一只"独角兽"》，聚焦重庆新经济发展情况，通过讲述已经毕业的"独角兽"的故事，探寻重庆"独角兽"为什么稀少、重庆如何成为"独角兽"乐园等，逻辑清晰，主题鲜明，既有个案故事，又有相关部门的权威解读，体现了媒体的专业性，同时又很具可读性。

采编过程

根据发布的《2017 年中国"独角兽"企业发展报告》，2017 年全国"独角兽"企业共 164 家，相比 2016 年增加了 33 家，总估值 6284 亿美元。但在这份名单中，一家来自重庆的"独角兽"都没有。这是为什么呢？里面有什么深层次的原因吗？作为西部地区唯一的直辖市，也是西部创新驱动发展的重要力量，这显然与重庆这座城市的身份不太相符，这个话题势必会引起极大的关注。记者带着大家的这些疑问，层层剖析。

本网跟进这一热点，对事件背后的原因进行了深度挖掘。为什么这次重庆企业没有入选？经查证后发现，去年其实重庆有一家入选，但因为成立超过十年而"毕业"，但尽管如此，重庆的"独角兽"确实也太少了，背后原因到底是什么？重庆的下一只"独角兽"可能出现在哪个领域？这是大家最

为关注的问题。记者联系采访了科委和企业，通过企业成长故事和业内人士的分析，给出了答案。

社会效果

该报道一经推出，立即引起了极大反响。不仅包括科委等业内人士给予了充分好评，对普通百姓也进行了"科普"，很多读者表示，看了我们的报道，才知道有"独角兽"这个名词，而且对"独角兽"有了充分的了解，并在今后将特别关注。

此外，稿件所反映的"独角兽"在重庆稀少的问题，也得到了市政府的重视和关注。督促科委提交重庆"独角兽"稀少以及下一步怎么培育的可行性报告。

全媒体传播效果

作品依托华龙网 PC 端、"重庆"客户端、微信公众号等平台发布，吸引众多网友点击和转发。同时，被多家主流媒体及省级媒体转载，截至目前，在华龙网各平台流量达到 5 万+。

"今天我当班" 系列报道

"希望听到你健康人生的脉动"
——记者走进南岸女子教育矫治所，体验三位一线民警一天的工作

重庆法制报记者　谭剑

曹蜀燕告诉记者，戒毒学员的食谱都是提前一周安排好的
"卢妈妈"指导学员生产习艺
师者，所以传道授业解惑也

在南岸女子教育矫治（强制隔离戒毒）所，有一群特殊的师者，他们有着双重身份，既是警察，又是教育矫治一线的教师。他们在管理强制隔离戒毒学员的同时，教给学员文化、品德、法律、毒品等方面的知识，并传授一些职业技能。他们通过细致耐心的教育，帮助和引导学员走出困惑，更快地回归社会。

大爱无痕，润物无声。教育矫治（强制隔离戒毒）所的民警们没有豪言壮语，没有慷慨激昂，有的只是真情付出及耐心教导。他们送走一批又一批的学员，或年轻，或老迈，他们倾注感化，俨然一个荡涤灵魂、身着警服的导师。

"听到学员健康人生的脉动，就是我们累的价值所在……"南岸女子教育矫治（强制隔离戒毒）所相关负责人如是说。近日，记者来到该所，走近这群荡涤灵魂尘埃的导师，了解她们背后的故事。

新扎师妹练就"火眼金睛"

在警容镜前，三大队民警张思宇仔细整理着警服，穿戴好警用装备，面对镜子给了自己一个甜甜的微笑。每天开工前，她都会以这样的方式为自己加油鼓劲。

来到队部办公室，她与昨晚值班民警进行工作交接，拿出笔仔细记录着当天需要注意的重点事项。"好记性不如烂笔头"，从两年前大学毕业至今，张思宇仍然没有落下这个好习惯。

随后记者又跟着张思宇来到学员舍房清点人数、查看各区域是否有异常现象发生。"确保学员安全，这是排在我们所有工作的第一位，所以民警们一年365天都会不厌其烦、耐心细致、重复又重复地检查安全。"检查中，她告诉记者。

"我的个性比较内向，喜欢静。"采访中，张思宇表现出的腼腆，与她在工作中显现出来的成熟干练截然不同。当被问及是什么原因让她从警并走上教育矫治（戒毒）民警岗位时，张思宇笑着回答："阴差阳错。"

90后的张思宇今年26岁，出生在黑龙江齐齐哈尔，2010年她独自一人来到重庆，就读于重庆交通大学通信专业。从东北老家来到重庆这座城市，很快她就被这里的气候、美食、美景所吸引，以至于4年后毕业的她决心留在这个充满朝气的城市发展。

毕业后，她决定考公务员或者当一名老师，恰巧在招考信息中看见南岸女子教育矫治所招收应届大学毕业生，误以为是什么特殊学校的老师，就这样报了名。直到她通过层层考试，市教育矫治（戒毒）局对新招收的民警进行集中培训时，她才得知自己是当上了一名司法戒毒警察，以后要管理戒毒人员。

顺利结业，穿上警服的那一刻，张思宇甭提有多兴奋，兴奋之余，她对自己的工作也有了进一步了解，觉得有挑战性，暗自下决心要做好。

初到所里，为了让新民警尽快适应各项工作，所里为她们指定了一名师傅。在结对中，有人性格外向，遇事不懂就问，学到了很多；有人性格内向，虽沉默寡言但善于观察，也能学到很多；也有人自带"幸运星"，遇上良师手把手地教导，进步神速。作为张思宇的师傅，老民警陈琦表示张思宇属于第二种。

新入所或者先后多次进场所接受教育矫治（强制隔离戒毒）的学员喜欢"耍滑头"，有时候装病来躲避场所安排的生产习艺。而常见的就是装癫痫，一次，一名多次接受教育矫治（强制隔离戒毒）的学员见张思宇是新民警，于是立即倒在地上装癫痫，张思宇上前查看对方的瞳孔后，立即点破其诡计，这名学员只好乖乖爬起来老老实实参加生产习艺。

原来，张思宇在跟师傅学习的时候记住一个诀窍，如若遇见癫痫病发的学员，查看她的瞳孔，如果瞳孔涣散则表示真有其事，按照应急方法进行处置，反之，则是装病。张思宇牢记着师傅的教导，用这个技巧练就了一双"火眼金睛"。

从警已有两年多，对于自己的这份职业，张思宇觉得很有成就感。有一次，张思宇在街上遇见一名女孩上前来打招呼，对方很是亲切地道了声"张警官您好！"这不是出所半年多的李梅（化名）吗？张思宇很快便认出对方，并详细询问着她的近况。有时候张思宇很为那些多次进所、出所的学员感到惋惜，所以临别前，张思宇鼓励李梅，一定要下决心戒毒，为了自己，为了家人。

戒毒学员都叫她"卢妈妈"

"卢妈妈，我想找您谈一下心，可以吗？"提出这要求的是二大队学员张巧，马上就要解除强制隔离戒毒出所了，可是自己不知道出所后该怎么办，有些迷茫，于是她找到了大队教导员卢兰。卢兰将谈心的地方安排到了自己的办公室，半个多小时后，忧心忡忡的她，带着笑意出来。

打开戒毒学员心结，为她们做"心理按摩"，别小看这项工作，稍不注意就会埋下安全隐患。卢兰是"按摩"高手，戒毒学员们都喜欢找她倾诉，所以都亲切地称呼她为"卢妈妈"。

记者在卢兰的办公室发现，墙上挂着一面印有"真心为百姓，人民好警察"的锦旗，这面锦旗的背后有一个让戒毒学员与家人重归于好的故事。

新入所的戒毒学员陈红（化名），因家人认为有一个吸毒的女儿丢掉了颜面，且她自身因性格孤僻而不愿意与家人多沟通，每次打亲情电话的时候，都会跟家人发生不愉快，每月的探访会见也是不欢而散，陈红每天都在抑郁的情绪中度过。除此之外，陈红欺骗父母，表示自己应该办理社区戒毒的，是被陷害才送到所里来强制隔离戒毒的，让其父母去找人办理社区戒毒。因为父母被其蒙蔽，认为是民警歪曲了事实才将她强行抓进来戒毒，所以对民警也产生了敌对情绪，拒绝了民警的规劝，认为民警是故意冤枉陈红的。

卢兰发现后，先是向家属解释了情况，并让法制干事为其宣讲了戒毒法，让陈红的家属了解了真相，消除了对民警的误会。此后，卢兰分别找到陈红及其父母双方多次做工作，在不厌其烦地穿针引线后，陈红和父母之间放下了对彼此的误解和仇恨，抱头痛哭。自此以后，陈红因为得到了家庭的关爱，重新树立了戒毒的信心，在后来的习艺及生活中，都报以最大的热情来尽力做到最好。在一次次来探访，一次次发现陈红的进步而得到惊喜过后，陈红的父母为卢兰送上了这面锦旗。

采访当天，卢兰还和另外三名戒毒学员分别在习艺车间、队列训练操场、个别谈心室进行了心理疏导。

身边的人难免会心疼地问她："为了这些吸毒的人，你把自己累成这样，值得吗？"卢兰总会笑笑回答："看到她们就像看到我的姐妹或者是女儿一样，她们被毒品害成现在这样，我痛心！我想为了她们多做一点！"再难管理的戒毒人员到了卢兰这里都会变得听管服教，戒毒人员对卢兰是这么评价的："其他的我们不知道怎么说，但是'卢妈妈'是用她的人格魅力让我们大家都服，就算是为了她，我们也要做好啊！"

民警十年来的第一张全家福

临近中午，戒毒学员食堂正热火朝天。

"冬瓜去皮、洗净、切花刀，鸡腿剁块……锅烧热、爆姜丝，冬瓜入油锅略煎一会……锅中余油加白糖快速翻炒……炒至快拔丝时倒入鸡块翻炒上色；加入八角继续翻炒，沿锅边加入水，焖煮5分钟……倒入冬瓜，加盐、胡椒、酱油、加点水，烧3分钟……加入青红椒，调味即可。"看完这段文字，也许你会误认为这是正在热播的《舌尖上的中国3》做菜的脚本。其实这是后勤大队司务长曹蜀燕正在指导学员们做菜。没过多久，几大盆美味的冬瓜烧鸡出锅，引得周围的人不自觉地吞了吞口水。

记者细数了一下，当天戒毒人员的食物有冬瓜鸡、香肠、凉拌藕片、时令蔬菜、米饭、汤圆。"别小看戒毒学员膳食安排，这里面可有讲究。"曹蜀燕娓娓道来，戒毒学员的膳食一般被分为生理脱毒、康复训练和回归适应三个周期，不同周期的戒毒学员搭配不同的食物，比如新入所的学员正是在生理脱毒阶段，为此对于食物的要求就会以清淡、营养为主；正在康复训练的学员伙食则以科学营养搭配为主，即将解除强制隔离戒毒回归社会的学员伙食口味则会稍微增大一些。

场所实行食物定量标准，保证既营养又健康，同时还进行人性化管理，尊重和照顾戒毒学员的民族风俗习惯，配备民族餐。除此以外，生病的戒毒学员还有病号餐，戒毒学员每逢过生日还有生日餐，这让她们在所里感受到家庭般的温暖。"要采购当季的蔬菜，又便宜又新鲜营养。"谈起采购经，曹蜀燕头头是道。平日里，曹蜀燕还鼓励下厨的戒毒学员好好学厨艺，将来出去了可以开餐馆谋生。

提及今年的春节，曹蜀燕开心地笑了起来，因为十年来家里第一次拍上了完整的全家福。原来，曹蜀燕的父亲、妹妹、妹夫、儿子、儿媳都是司法行政系统的民警，之前每年春节家里吃团圆饭都会遇上有人值班齐不了，没想到今年都有空，所以就拍了这一张全家福。谈到此处，她笑得那么的开心，其实，幸福就是这么简单！

一路奔走只为百姓感受公平正义
——记者到北碚区法院体验执行干警一天的工作

重庆法制报记者　杨雪　饶果

龚方海对被执行人彭某的房产进行查封
上午，查封被执行人房产前与物业管理人员进行沟通
下午，按申请人代理律师提供的线索，到现场抓"老赖"扑了空
临近下班时间，龚方海仍在办公室整理大批卷宗

每天手机二三十个电话接不停，有申请人提供被执行人线索的、有咨询案件进展的，他总是有条不紊地回答，让每个人放心；银行划扣被执行人存款，通知申请人到法院领案款，他耐心细致释法明理；逮"老赖"扑了空，他说，很正常，继续找……近日，记者来到北碚区法院，跟随执行局执行干警龚方海，体验了他一天的一线执行工作。

查封被执行人抵押房产
不忘提醒物业人员维权

当日9时，记者赶到北碚区法院，初春的阳光透过法院门前的林荫洒向小道，有市民在门前排队，他们中有原被告，也有代理律师，各自商量着案情，有序进入法院。而此时的龚方海早已到达办公室，制作查封被执行人彭某房产相应的法律文书。

换上正装，拎着装满材料的公文包，这个29岁的小伙子走起路来总是挺直腰板，自带正气范儿。龚方海告诉记者，其实他大学读的是中医，研究生才念的法学。

"这个跨度有点大啊，你怎么想到从中医转念法学呢？"记者问。

"大学时看了很多律政题材电视剧，就喜欢上了法学。"龚方海笑了笑，又说道："每个学法学的人都有一个'法槌梦'，我也是。现在干执行工作，虽然没有敲法槌威严，但也是关系老百姓的大事，要尽力让他们满意。"

驱车半个小时，记者跟随龚方海和法警黄涛从区法院赶到蔡家岗镇的美利花都小区，准备对被执行人彭某的房产进行查封。据龚方海介绍，2016年4月，本案的申请人两江新区某贷款公司与被执行人彭某，签订了《委托贷款合同》《抵押合同》，约定彭某向该公司借款110万，彭某提供其名下位于美利花都一套房屋作为抵押。但借款期限到后，彭某未按约支付利息，也未偿还借款本金，该借款公司依照法律程序向北碚区法院申请强制执行，要求法院依法评估、拍卖该套房产。

10 时左右，与申请人的代理律师在该小区碰面，龚方海便到物业管理前台说明来意做好登记，由小区物业人员带领来到彭某房产所在地。该房屋分四层，一层车库堆放了许多杂物，上三层大门紧闭，未见有人居住迹象。

"您能确认这套房屋的房主是彭某吗?"龚方海一边拿出公文包里的封条，一边向物业人员确认。"肯定是他的，这个彭某，过年的时候把我们害惨了，天天都有人来这里找他要钱。"物业人员无奈地回答。

确认后，龚方海小心地扯掉大门上的包装纸，将房屋查封公告和封条分别贴上。

"如果再看到彭某，麻烦你告诉他来法院一趟。要是他带人来看房子，你一定要提醒看房人这套房屋已经被查封了哟，免得彭某去坑其他人，我以前遇到过一房二卖的情况。"临走时，龚方海再三叮嘱物业人员。

得知彭某还欠 3000 多元的物业费后，龚方海也不忘提醒物业公司到法院起诉，维护自己的合法权益。

11 时，贴完封条回法院途中，龚方海的手机一直接个不停，这个电话还没讲完，下个电话又打进来了。

"他一天至少接二三十个电话，还不算办公室座机。"法警黄涛告诉记者，电话大都是案件申请人催案件进展的，或者提供被执行人线索的，龚方海每次都会向对方耐心地解释。

"他们的心情我能理解，我都尽量加紧办，但有些案件心急也没办法，我只有做好解释工作，至少让他们心里好受点……喂，您好! 我们马上到法院了。"说话间，龚方海电话又响起了，急着要向龚方海提供被执行人情况的某银行工作人员已经等在法院。

到银行划扣案件款
向申请人释法明理

"我们在系统里查询的被执行人银行存款还有 9000 多元，但还要到银行现场查询。"14 时，准备好材料，龚方海与同事李德浩来到银行，对一起工地老板欠工人工伤赔偿的案款进行划扣。他告诉记者，前期通过"总对总"查控系统，冻结了被执行人银行卡，但有时信息更新不及时，具体金额只有到银行查询才能确认。

在核对材料时，银行工作人员告知龚方海，被执行人银行卡余额只有4800 多元。"哎，就怕出现这种情况。"龚方海说，他出门时带上了校对章，这是每个法官都有的一枚相对应编号的章，只需要在修改处盖上，不然又得重新做材料再回法院盖章，来来回回不知得耽误多少时间。

"童老师，你明天带上身份证和银行卡到法院来领取案款，虽然只有4800多元，但有一点是一点吧。"一切手续办完，龚方海拨通案件申请人童某电话。"童老师，我们也在尽力帮你办，我们不能对他的亲戚朋友在银行的存款进行查询……"因被执行人还欠着他五万元的赔偿款，又玩起了"躲猫猫"，童某想请法院划扣被执行人亲戚朋友的银行存款，龚方海耐心给他解释为什么不合法，直到童某理解为止。

逮"老赖"扑了个空但不气馁
努力让百姓感受到公平正义

都说执行难，难在哪里？其中一个原因是被执行人难找，他们大都采取各种手段与法院"搞游击"。

15：40左右，龚方海接到一起民间借贷执行申请人代理律师提供的线索：看到被执行人黄某出现在家附近。

龚方海和李德浩立即从银行马不停蹄赶往被执行人黄某在北碚区公园村29号一房屋住处。

"他住几楼，你知道吗？"

"好像是2楼，我不敢确定。"

在小区门口，与代理律师碰头询问被执行人具体住处后，龚方海等人三步并作两步来到一单元2-2门前，龚方海敲了敲门。

"哪个？"屋内传来一小女孩的询问声。

"请问黄某在家吗？"龚方海边回答边与控制出口的同事示意——注意，有人。大家心都提到嗓子眼了，害怕被执行人偷偷开溜。

"这是我家，我不认识黄某。你说的是不是那个开麻将馆的，他住楼上。"门开了，一名中年男子走了出来。

原来走错了地址！龚方海又和同事赶紧上三楼。不过，在3-2门前敲了一阵，里面并没有任何回应。李德浩通过"猫眼"往屋内看了看，说："里面东西都是乱的，应该是跑了。"

看来是扑了个空！

"正常，他之前在旁边开了个麻将馆，我们来过三四次，都没找到人。"找不到人并未出乎龚方海预料。他说，不过找"老赖"这事，有时还真得看运气。有次他接到线索就赶去找被执行人，结果到了地方，人没找到，找到了对方的车。

"房屋是固定的，很好找。可车是移动的，能找到实属不易。"龚方海摆了摆头，说："找不到被执行人的时候想方设法去找，找到了就苦口婆心劝他们支付案款，大部分被执行人是找到了都不愿意给钱。"

"那怎么办？"记者问。

"找不到就继续找，找到了不愿意给钱就做思想工作，不然就拘留，直到他们愿意给为止……"话音未落，龚方海电话又响了，还有两个案件申请人在法院等他，给他提供被执行人的情况。

待龚方海接待完当事人，已经是 18 时过了。

"你抗压能力还蛮强的哦！"记者看到龚方海这一天来回与不同案件的申请人、代理律师交谈，即使自己水都顾不上喝一口，但面对每个人、接每个电话，他都是耐心细致、语气和缓、彬彬有礼，便打趣地说道。

龚方海一边将满桌的案件材料摆放整齐，一边回答："相互理解嘛，他们的心情我能理解，我们的工作也需要他们理解。有时候，我觉得能帮老百姓做的其实很少，但我会尽力去做，让他们在每一起案件中都能感受到公平正义。"

奉献的青春最美丽
——记者走进垫江监狱，感受年轻民警的日常工作

重庆法制报记者　舒楚寒

王乙程在工作中
方琴在值班

逢年过节，总有那么一群人坚守在各自的岗位上，默默地付出。近日，记者走进垫江监狱，感受这群年轻卫士用青春谱写的奉献之歌。

连续 6 年
他在岗位上度过大年三十

今年 26 岁的王乙程参加工作已经 6 年。在这 6 年间，每年的大年三十他都是在监狱岗位上度过的。

王乙程是监区内看守，这个岗位就像管家一样，负责服刑人员生活事务管理。

"虽然 6 年没能回家过年三十，其实我心里还是挺自豪的，正如习总书记说的，青春是拿来奋斗的。"王乙程说，自己还年轻，多学习、多锻炼是应该的。

"话虽如此，可是谁不想春节和亲人团聚。"王乙程所在监区的监区长曾东告诉记者，为了不给监区添麻烦，每年值班安排时，王乙程不但从来不提要求，而且还主动请缨值班。

6年工作时间里，体会到的除了压力，更多的还是领导和同事们的关心。王乙程说，"去年，自己最亲的奶奶过世了，当时真是着急了，老同志们毫不犹豫地和我换了班，监区领导还打电话来叫我注意路途安全。"

用王乙程的话说："在这样的集体里，还有什么理由不奉献、不担当？"

记者在跟班中了解到，王乙程在日常工作中更是一把业务好手，教育转化了多名危顽罪犯，深得同事信任，领导好评。

同在监狱
伉俪用责任捍卫"大"家

"警察找对象，切莫找同行。"这句话，作为80后的方琴一进警校就听说了，然而参加工作后，她毅然和同事陈俊成牵了手，把"警察蓝"穿成了一辈子的"情侣装"。

方琴在指挥中心负责视频监控工作，上夜班是常态，陈俊成在机关生卫科工作，值班是避免不了的，两人照面的时间比平常夫妻少得多。

说起2岁儿子宇宇，方琴的眼眶有些湿润，"最怕的就是过年过节，孩子吵着要爸爸妈妈。"由于夫妻两人工作都忙，宇宇只能在老家忠县由爷爷奶奶照看。

"作为同行，我们忙碌顾不了家，却更能够理解彼此，互相关心。有时就是一句贴心的话语'注意休息'，一条叮嘱的短信'注意安全'，都能让我们心中无比甜蜜和惬意。"陈俊成笑着告诉记者。

这种夫妻两人都是监狱民警的家庭，在垫江监狱不算少数。虽然会因为对父母、子女以及对彼此陪伴的"缺席"而心感内疚，但在单位里，他们是并肩作战的战友，在家里，他们是相濡以沫的一家人。他们身处不同的岗位，却合力用爱支撑着"小"家，用责任捍卫起"大"家。

兢兢业业
他在工作中努力学习成长

24岁的唐聪是重庆渝北人，2017年2月参加监狱工作，现在是垫江监狱九监区的一名分队民警。

参加工作的第一年，唐聪就在岗位上过春节。他告诉记者，自己很是兴奋，不但能向老民警学到很多节假日管理服刑人员的经验，而且也让工作第一年的春节显得有意义。

据九监区监区长符溴介绍，唐聪是一名非常好学的青年民警，从大学生到监狱警察的角色转换很快，几个月来业务能力成长非常迅速。

"刚参加工作时，确实觉得'压力山大'。"向记者回忆起工作后的成长经历，唐聪显得既自信、又沉着。他说，师傅刘勇给了自己很大帮助，在服刑人员个别教育、资料规范、日常管理、队列整训等方面，师傅总是手把手地教，而且经常督促操作，这才使自己取得了很大进步。

"记得第一次独立开展服刑人员月记分考核工作时，心里完全没底。"唐聪回忆说，在重重压力下，自己不停地请教、不停地学习，不但当月很好地完成了工作任务，而且还得到了身边同事和领导的一致好评，真是比什么都高兴，这也成为现在更加努力工作的动力。

"监狱工作虽然枯燥、艰辛，但认真去做、去思考、去总结，一样能从中找到成功的喜悦和乐趣。"唐聪说。

作品标题　"今天我当班"系列报道
参评项目　系列报道
作　者　谭剑　杨雪　饶果　舒楚寒
责任编辑　覃蓝蓝　唐奕
刊播单位　重庆法制报
首发日期　2018-03-02
刊播版面　第3版、第15版、第16版

作品评价

基层政法工作是维护社会稳定、保证人民群众安居乐业的基石，但这些工作往往被人们所忽略，人们根本不知道基层政法工作的艰辛。为了反映广大基层政法工作单位和工作者的"伟大的平凡"，本报记者根据市委政法委的统一部署，策划了"今天我当班"栏目，累计刊发13篇报道。所有报道均为本报记者走进派出所、法庭、检察室、司法所、戒毒所等基层一线现场跟踪采访，或做角色体验，以图文并茂的形式，生动形象地展示了基层一线政法干警们每天的工作内容，拉近了读者和他们的距离，为提升我市政法机关执法司法公信力营造了良好舆论氛围。这个栏目体现了"走转改"精神，落实了习近平总书记对新闻舆论工作要"有思想、有温度、有品质"的要求，不失为一组优良的新闻作品。

采编过程

采访统一安排于全国"两会"前夕（2月26日至3月1日）的工作日进

行，记者在不影响政法干警正常履职前提下，利用一天或更多时间，对一线政法干警或其他工作人员进行跟踪采访，或者做角色体验式采访，采写纪实报道和采访体验，通过媒体、网络刊发和传播，在同步报道、广泛传播的同时，科学设置议题、把握节奏，确保了相应报道及反响持续至全国"两会"闭幕。

社会效果

该作品经本报发表后，引起了广大政法干警和普通读者的强烈反响，起到了良好的普法效果，为提升我市政法机关执法司法公信力营造了良好舆论氛围。

全媒体传播效果

该作品经报社微信、微博平台推送后，得到了其他省市的长安网、政法委公众号和普通读者的转发，全媒体累计传播达到10万+。

2018 年 4 月重庆日报报业集团新闻奖获奖作品

中国首枚民营火箭含有重庆元素
有望6月首飞

重庆日报首席记者　陈钧

3月31日，记者从消息灵通人士处获悉，中国首枚民营火箭将于6月首飞，而这枚火箭还将以重庆命名。

记者了解到，零壹空间科技有限公司（以下简称"零壹空间"）成立于2015年8月，是中国第一家营业执照上写着"运载火箭及其他航天器"的民营企业，专注于低成本小型运载器的研制、设计及总装。

目前，零壹空间已累计获得5亿元融资，所募集资金主要用于自主研制的OS-X系列火箭及OS-M系列火箭产品研制、民营商业航天上下游产业布局与零壹空间总装能力建设等。零壹空间自主研制的OS-X系列固体火箭发动机已于2017年12月22日成功完成整机试车，目前已进入全箭调试测试阶段，此次在6月首飞的正是OS-X系列火箭。OS-M系列火箭也将于今年年底左右首飞。

据目前公开披露的资料显示，即将首飞的OS-X系列火箭采用其自主研制的发动机——单级固体火箭发动机。这款火箭所使用的一体化综合控制机也为其自主研制，综控机的重量仅有1.8公斤，相较以往产品缩减至十分之一，极大地优化了电气系统设计、节约了系统成本。零壹空间市场部负责人介绍，该一体化综控机可广泛应用于军用、民用无人机、低成本火箭等航空航天飞行器。

值得关注的是，即将于6月首飞的火箭拟命名"重庆两江之星"。据消息灵通人士分析，其中缘由是重庆两江新区是承载零壹空间的"希望之地"。零壹空间分为北京、重庆两部分，其中，北京为总部和研发中心，重庆为副研发中心和制造基地。

零壹空间布局重庆与近年来重庆在两江新区大力发展航空航天产业有关。据了解，两江新区不但组建了两江航投集团，负责打造两江新区航空航天产业，还规划了两江航空产业园，以发展通用航空为突破，统筹通用航空与运输航空"两翼"发展，实现了重庆航空产业从无到有，累计引进项目近20个，社会投资超过300亿元，基本形成以龙头企业拉动产业链、企业联动发展的集聚态势。中国首枚民营火箭 6 月首飞，意味着重庆航空航天产业在我国民营商业航天领域取得重要突破。

作品标题 中国首枚民营火箭含有重庆元素　有望 6 月首飞
参评项目 消息
作　　者 陈钧
责任编辑 周芹　隆梅
刊播单位 重庆日报
首发日期 2018-04-01
刊播版面 第 1 版

作品评价

这是一篇爆炸性新闻，在中国由民营企业主导研发并试射火箭，还是首次，表明中国商业航天迈向新纪元。

采编过程

通过与零壹空间科技有限公司及两江新区建立良好关系，及时获取信息，完成稿件写作。

社会效果

消息发布后引起轰动，不仅被国内各大网站转载，还引起路透社、法新社、华尔街日报等外媒关注。

全媒体传播效果

传播指数：87.85；阅读贡献：16%；转载贡献：84%；互动贡献：0%。

"山城"牌手表获德国天文台认证

重庆日报记者　王翔

　　4月16日，中国钟表协会在北京人民大会堂重庆厅正式对外宣布，通过不懈的技术创新，国产手表打破了国外技术垄断——重庆生产的"山城"牌手表，成为首个获得德国天文台认证的国产品牌，标志着中国的制表技术、工艺已跻身世界制表业先进行列。

　　中国是钟表生产大国，但其技术和工艺一直落后于世界钟表强国，特别是国产机芯品质难以达到高端手表的精准要求，造成国产手表的机芯长期被瑞士和日本垄断。

　　2011年，重庆市国资委、垫江县、香港精密科技有限公司三方携手，在垫江中国西部（重庆）钟表计时及精密加工产业园成立了重庆市钟表有限公司，致力研发制造优质机芯，重振"山城"牌手表。

　　在垫江县委、政府全力扶持下，企业先后投入研发经费3亿多元，购置了当今世界最先进的生产设备、检测设备，同时，派出8批次20余人到瑞士、德国等世界著名制表企业学习。

　　2015年9月，重庆市钟表有限公司成功研发出首款高端机械手表机芯PT5000型，PT5000由130多个零部件组成，总厚度仅4.6毫米，与一枚直径25毫米的一元硬币大小相近，机芯满条后可持续走时38小时，走时精度为±12秒/天，与瑞士"ETA"手表机芯质量标准一致。目前，搭载PT5000机芯的"山城"牌手表已陆续上市，国产手表终于装上了优质的"中国芯"。

　　据了解，国际上权威的天文台手表检测认证机构分别在瑞士和德国，瑞士官方天文台只针对本土手表提供服务，而德国天文台比瑞士官方天文台执行的标准更高，被誉为手表界的"奥斯卡"。今年，重庆市钟表有限公司将两批次搭载PT5000机芯的手表送往德国进行测试，分别于1月24日和3月26日收到德国天文台手表检测认证中心的认证报告——公司送检的"山城"牌手表经过15天严苛检验测试，以24小时走时误差-3.8~+5.8秒的成绩通过检测认证。

　　这是迄今为止，首个获得德国天文台认证机构认证的国产手表品牌，这标志着中国手表研制技术工艺迈入世界先进水平，为打造民族手表品牌、中国制表业拓展全球市场、实现中国由钟表生产大国到钟表强国奠定了坚实基础。

作品标题　"山城"牌手表获德国天文台认证
参评项目　消息
作　　者　王翔
责任编辑　周立　隆梅
刊播单位　重庆日报
首发日期　2018-04-17
刊播版面　第1版要闻

作品评价

我国是钟表大国，但一直以来，却离瑞士、德国等钟表强国有较大差距，主要体现在高端制表工艺等方面。该稿件则以山城手表通过有钟表界"奥斯卡"之称的德国天文台认证这一标志性事件，利用精悍的语言，展现了我国钟表行业企业，不断突破自我，打破国外垄断，使钟表制造工艺达世界先进水平的不懈努力，具有重大历史意义，为其他行业努力践行大国工匠精神，加快产业转型升级提供了借鉴。

采编过程

记者在收到相关信息后，立即前往垫江县的山城手表制造基地进行基础性采访，在4月16日北京人民大会堂重庆厅的正式发布会上，现场提问采访了国家部委、钟表行业协会、钟表企业等相关负责人，经过精心采写打磨，最终见报。

社会效果

社会效果：稿件见报后，引起了强烈的社会反响，垫江县委县政府立即召开了专题会议，再次研究部署钟表行业发展，前往山城手表专卖店的顾客也明显增多，进一步提振了精品国货的形象。

大国工匠的惊世之作 江海筑虹的大桥之梦
——近 3000 重庆人参与港珠澳大桥建设

重庆日报特派记者 吴国红 李星婷

中国是世界上建桥历史最早、桥梁种类最多的国家之一。连接起内地和香港、澳门的港珠澳大桥，自 2009 年开建以来，以国际视野、国际能力、国际胸怀，一直备受关注、举世瞩目。港珠澳大桥的建设成为我国改革开放 40 年综合国力的具体体现。令我们自豪的是，有近 3000 名重庆儿女参与了这座桥的建设，他们用智慧和汗水成就了属于重庆的骄傲。通车前夕，重庆日报特派记者到大桥现场实地采访，从今日起，对港珠澳大桥中的重庆元素进行全媒体系列报道，敬请持续关注。

长达 55 公里的大桥，宛若一条蜿蜒的巨龙，从珠海和澳门呈 Y 字形一直延伸到香港。这，就是连接香港、珠海、澳门三地，举世瞩目的港珠澳大桥。

值得重庆人民自豪的是，近 3000 名重庆儿女参与了这座大桥的建设。4 月 9 日，重庆日报记者一行登上这座大桥。

风帆塔寓意扬帆起航

4 月 9 日早上 9:20，记者一行从珠海口岸的人工岛驶上港珠澳大桥。

此时，太阳在伶仃洋海面上高高照耀，薄雾弥漫的宽阔海面上，不时有往来的船只，一派生机勃勃。

由于正处于正式通车前的运营调试阶段，桥面空旷，视野开阔。大桥两边整齐竖立的路灯迎面"跑来"。广阔无垠的海面和不断向前延伸的流线型桥身和谐相融，让人心襟舒展，活力满满。

前行了七八公里，记者一行抵达港珠澳大桥第一个标志性造型处——风帆塔。只见两座高高的风帆塔，如同两面乘风破浪的巨帆，在海上尤为瞩目。

"风帆塔寓意扬帆起航。"同行的中交二航局港珠澳大桥工区副经理游川说，前面还有白海豚塔和中国结塔，都是港珠澳大桥的标志。

大桥尽展中国传统文化

很快，汽车行驶至大桥中央段。这里，有 3 个形状类似白海豚凌空跃起的塔座，在蓝天白云下显得灵动可爱。

原来，这里正是中华白海豚的保护区。白海豚塔取意人与自然和谐共生的理念。

继续前行，则是 2 个中国结塔。奇妙的是，分别看这 2 个塔，每个塔上只有一个中国结。但当汽车在桥面上行驶看到 2 个塔重合时，就完美地形成了一对中国结的形状。"这正是寓意香港、珠海、澳门三地携手共进、永结同心之意。"港珠澳大桥管理局有关人士说。

在港珠澳大桥上，这样的中国文化元素还有很多。

约 9:40，穿越 6.7 公里的海底隧道，重庆日报记者来到东岛。连接海底隧道的西岛和东岛，是 2 个人工堆砌的岛屿。

从摄影记者航空拍摄的图像上看，东西二岛恰如 2 个蚝贝，美丽安静。

令人惊叹的是，镶嵌在东岛和西岛广场上的地砖有着不同的颜色。"这些不同颜色的地砖，分别在西岛和东岛拼接成'中''华'2 个字（小篆体）。"游川说。

在东岛和西岛，还各有两尊青铜柱置放于岛屿的两端，柱子上分别刻有"蛟龙出海""梦圆伶仃""铸岛奇迹""海底绣花"的字样，体现了博大悠久的中华文化。

近 3000 重庆人参与大桥建设

"今年元旦，港珠澳大桥举行亮灯仪式时，不少桥梁建设人员举着荧光棒，围着'中''华'2 字而立，形成美丽的形状。我站在其中，感觉特别荣耀！"游川自豪地告诉重庆日报记者，中交二航局二公司参与承担了港珠澳大桥岛隧工程的沉管预制、西岛非通航孔桥施工等工作，公司近千名员工在桂山岛和东、西人工岛上，待了六七年时间。

事实上，记者了解到，参与建设港珠澳大桥的重庆儿女还有不少。如重庆交通科研设计院承担了国家重大科技专项"隧道防灾减灾"工程，重庆市智翔铺道技术工程有限公司承担了隧道和 1/3 桥面的铺装工程，负责东西人工岛建设的中交三航公司的一个工作队也有三四百名重庆人……

"毕业于重庆交通大学的校友也非常多。"重庆交通大学宣传部负责人也告诉记者，如港珠澳大桥的总体设计负责人孟凡超是 1978 年毕业于该校桥梁隧道专业的学生，担任港珠澳大桥管理局局长助理的高星林，设计"白海豚塔"的广东长达公司港珠澳大桥 CB04 标总工程师陈儒发，以及负责监理、施工、技术等各个层面的工作人员，均有重庆交通大学各届毕业的校友。

"港珠澳大桥是改革开放 40 年来综合国力的象征，书写出一部不断征服挑战的中国工程建筑史。"著名隧道专家蒋树屏表示，参与建设港珠澳大桥的重庆人有近 3000 名，这座大桥挑战了很多世界级难题，创造了很多奇迹和发明专利，参与建设这座桥，也让重庆人民倍感骄傲和自豪！

接下来，本报将持续关注报道重庆儿女参与建设港珠澳大桥的故事。

作品标题　大国工匠的惊世之作　江海筑虹的大桥之梦——近 3000 重庆人参与港珠澳大桥建设

参评项目　通讯

作　　者　吴国红　李星婷

责任编辑　袁尚武　许阳

刊播单位　重庆日报

首发日期　2018-04-10

刊播版面　第 5 版

作品评价

文章文字优美灵动，文字随记者的行程如音乐般流淌，如诗如画地描绘出港珠澳大桥的形态、建筑特色、文化寓意等，并在文末阐明采写这一系列报道的原因——有近 3000 名重庆人参与这座大桥的建设。

采编过程

港珠澳大桥是连接香港、珠海、澳门的超大型跨海通道，全长 55 公里，其历时 8 年建设，是世界上最长的跨海大桥。重庆作为桥都，有着悠久的建桥历史和不错的造桥技术。在港珠澳大桥的建设中，有重庆交通大学、重庆交通科研设计院、中交二航局二公司、重庆智翔铺装有限公司等近 3000 重庆人参与其中。更为重要的一点是，港珠澳大桥的总设计师孟凡超、港珠澳大桥管理局副总工程师方明山、广东省长大公路工程有限公司总工程师陈儒发、中交二航局二公司副总工程师杨绍斌等重要人物，均是重庆交通大学毕业的校友，他们都是建设港珠澳大桥的脊梁人物。

2017 年年底，重庆交通大学宣传部告诉记者，有几位建设港珠澳大桥的校友回校做了个讲座。记者有心，认为这个重大题材应该深度介入报道。于是，在今年初就着手准备赴珠海深度采访事宜，查找资料、寻找相关建设单位、与港珠澳管理局对接、联系采访对象等。经过周密准备，重庆日报在

4月初派2名文字记者、1名摄影记者赴珠海采访一周，推出"来自港珠澳大桥建设工地"的系列报道共5篇，同时采取微信、APP、H5等全媒体方式进行传播，对重庆如何参与这项世纪工程的建设作了很好的展现。本篇报道，是该系列报道的第一篇。

社会效果

文章一经刊发，立即引起广泛的社会反响，人民网、新华网、网易、搜狐、凤凰、中青网等门户网站纷纷转载。有的读者评价：自己以前并不知道重庆这么多人参与了港珠澳大桥这项世纪工程的建设，自己深感自豪，也为他们几年来的辛苦工作点赞！

坚守　为了那一份责任

——一家人和一座烈士墓的故事

重庆日报首席记者　彭瑜

核心提示

4 月 6 日，本报在一版刊登了《父子接力 69 年为烈士守墓》的新闻，在读者中引起强烈反响。记者近日又赴黔江，采访了 69 年来程祖全一家接力守墓的感人故事：丈夫参战妻子守墓、父亲去世儿子守墓、父母忙碌女儿守墓……

4 月 9 日，清明节虽已过，但仍有不少市民来到黔江区烈士陵园敬献花圈，缅怀革命先烈。

"请不要喧哗嬉笑！这里是庄严肃穆的地方。"程祖全严肃得不容商量，现场顿时安静了下来。程祖全站在烈士碑前，指着碑后的陵墓，又一次讲起了先烈的故事，"22 位先烈绝大多数都没有名字，很多人牺牲时不到 20 岁……"

从 1949 年起，程祖全的父亲程绍光就为这 22 位先烈守墓 58 年。2007 年程绍光去世后，程祖全牢记父亲遗嘱，和妻女守护烈士陵园也有 11 年了。

程祖全说，他会像父亲一样，守候烈士墓到生命的最后一刻，然后再完全交给自己的下一代。

程家与这 22 位先烈，有着怎样的情缘？为啥他们甘守清贫，也要坚持接力守墓？4 月 9 日下午，记者前往黔江区，对程祖全一家接力守墓的故事进行了深入采访——

孤儿当上守墓人

站在三元宫，可以俯瞰整个黔江新城。1949 年，这里还是一片荆棘丛生的茅草地，26 岁的程绍光就住在三元宫半山腰，与山顶相距不到 100 米。

当年 11 月，黔江县解放后，县里把在全县各地牺牲的 22 位烈士陆续迁到三元宫集中安葬，并建起了烈士墓地，安排程绍光义务看管，每月 2 元补助。他爽快地答应了下来。

"当时就觉得住在附近看管方便，也没觉得责任有多重大。"多年后，程绍光告诉儿女们，接到这个任务时，他觉得很平常，以为就是扫扫地、垒垒土。他说，这些烈士都没得姓名，好多人牺牲时还不到 20 岁，之前安葬时连棺材和像样的衣服都没有，让他诧异的是，这些烈士搬迁到三元宫下葬时，当地老人们竟然纷纷捐出了自己的棺材，很多村民自发挖坑埋土、运送遗骸，就像安葬自己亲人那样卖力。

贺龙曾四次到过黔江水市镇水车坪，率领红三军在马喇湖、大路坝等地战斗过，解放黔江时，湾塘之战异常激烈，好多解放军战士在此牺牲。在守墓的过程中，程绍光先后走访了这些地方，拜访了那些经历过战斗的军人和群众。

"了解越多，越钦佩、敬仰他们！"程绍光告诉家人，红军战士为了革命，英勇顽强、不怕牺牲，奉献了自己年轻的生命，眼看战争就要结束，美好生活就要到来，他们却倒下了。在他眼里，这些陵墓再不是孤独、清冷的石头、土堆，"他们是我们穷苦百姓的亲人、恩人呐！"

对旧社会和新中国的生活，程绍光是有深切体会的。他 8 岁时，父母就先后去世，作为孤儿，程绍光饱尝了旧社会的苦难，也在对比中感受到新中国的温暖。

"做人要懂得感恩。"程绍光说，自己一个孤儿，能结婚生子、安居乐业，在旧社会是不可想象的，然而在新中国，这一切变成了现实。他说，这些都是先烈们用生命和鲜血换来的。现在，他们长眠于此，自己就要好好地为他们守墓。

先烈教他上战场

1950 年，朝鲜战争爆发，战火烧到了鸭绿江边，新生的中国再次面临战争威胁。"抗美援朝、保家卫国"一时成为热血青年的选择。

后来，程绍光的妻子罗素香告诉儿女们，那段时间，程绍光总是听广播，没事的时候他就待在烈士墓大半天，有时深更半夜还在那里转悠。

程绍光向妻子说出了自己想报名参加志愿军的念头。那时，夫妻俩已经有了大女儿、大儿子。一年多来，罗素香跟着丈夫在烈士墓打理，越来越明白战争的残酷，何况听说美国人的飞机、大炮厉害得很。她问丈夫："子弹是不长眼睛的，你不要我们娘仨了？"

是啊，程绍光一个孤儿活了 27 岁，还娶了老婆、有了孩子，分了田地、有了饭吃，这日子越来越好过、越来越有盼头，他何尝舍得这个家啊！

"侵略者可不让我们好好过呢。"程绍光指着冰冷的陵墓开导妻子，是这些烈士用生命和鲜血换来的新中国，换来的新生活，如果大家都不站出来保家卫国，刚刚到手的一切又会被战火夺走，到时，更多的家庭将流离失所，"这些年轻的生命，什么都没留下，连名字都没一个。相比他们，我还有你和孩子们！"

罗素香没想到，大字不识一个的丈夫，守墓一年多却能讲出这么多大道理，虽然心中不舍，她还是被丈夫的一席话说动了。1951年，程绍光参加志愿军赴朝作战，把看管烈士墓的任务交给了妻子。

程绍光走后，罗素香带着两个孩子接过了守墓的担子。大女儿程祖媛说，母亲带着他们去墓地除草，时常碰到大蛇出没，很吓人。最提心吊胆的是，看着这些坟墓，他们就会不由自主想到前线的程绍光，"母亲经常在烈士墓前发呆，好几次看到她悄悄抽泣、抹泪。"

"谁不想老婆、想孩子啊！"多少年后，程绍光回忆起当初决心赴朝作战的往事时说，守墓一年多，寻访先烈足迹，他们的英雄事迹让他明白了一个道理，"没有国哪有家？有了国就要保护她！是先烈们教我上战场！"

一辈子守护英雄

1956年，程绍光带着军功章从部队回到老家，一边耕种田地，一边继续守候烈士的陵墓。到1969年，夫妻俩已先后育有7个孩子，程祖全是最小的儿子。

黔江区城东街道下坝社区党委书记田昌银回忆，程绍光每天早上都要带着扫把到烈士墓打扫清洁，晚上又要去转一转，树叶掉了清扫走，坟头的石头滚落又搬回去。遇上雨天，他就披上蓑衣、戴上斗笠、扛上锄头去挖沟排水，雨过天晴又忙着将滑塌的坟头重新修缮。程祖全回忆，每到此时，父亲就一边安排他们搬石头、除杂草，一边给他们讲述先烈们的故事。

程绍光告诉孩子们，他年少的时候就有一手理发技艺，到了部队就被安排给战友理发。白天理发，晚上就去"摸夜螺丝（抓美国兵）"。

"你们……知道这双手……送走多少……战友吗？"每到此时，程绍光就不由得颤抖地伸出双手，低垂着双眼，看了又看，然后出神地望着前方，好像不远处就是炮火连天的朝鲜战场，还有他为战友理发的场景，然后泪水从双眼夺眶而出，"好多战友……今天理发，明天就……牺牲了……"

以前，程祖全和家人都抱怨过父亲，立了功，还拒绝分配的工作，非要执意回到老家守烈士墓，让一家老小过紧巴巴的日子。

"他总说，活着就好。"程祖全称，从讲述22位先烈的故事，到上战场亲历生离死别，全家人开始理解、敬重父亲。

除了平常的维护，每年的春节、清明节和八一建军节，程绍光最忙，他至少要提前半个月打扫清洁。到了节日那天，他又当起义务讲解员，向前来祭奠的人们宣扬先烈的英勇故事。

1982 年，黔江革命烈士陵园在原址建成，新设了革命历史文物陈列室、烈士陵园、革命烈士纪念馆和重庆市爱国主义教育基地等。后来，为方便市民参观、看管陵园，程绍光干脆搬到陵园日夜守候。

儿子接力守墓

2006 年时，程绍光已 83 岁了，有时只能指挥小孙女扫扫地、拔拔草。当年 3 月，老人把在外干活的程祖全叫了回来，让他打扫烈士陵园，迎接清明祭扫活动。

"我时日不多了，守墓的任务就交给你了，民政部门那儿已经同意了。"那天，程绍光郑重地对程祖全说，"不要嫌看护陵园的补贴少，我们守护和传承的是爱国精神。"

到了 70 岁后，程绍光的守墓补贴涨到了每月 300 元。那时程祖全在外做工每月收入有 4000 多元。从小在烈士墓长大，程祖全早已对先烈怀着敬仰之情，他欣然接受了父亲的重托。

一年后，程绍光去世。在生命的最后一年里，每次程祖全打扫烈士陵园，他就坐在一旁，看着儿子搬石头、扫垃圾、为纪念碑的字补漆等。

"你要好好守墓。"弥留之际，程绍光紧握住程祖全的手交办了三件事：一是保护好陵园的物品，宁愿家里丢东西，也不能把这些宝贝给丢了；二是要保护好陵园的一草一木，不能让人来割草、放牛；三是不能只是开门、关门、打扫清洁，要向大家讲述先烈故事，传扬英雄精神。最后老人叮嘱，"把我埋在对面的炭行（土地名）吧，死了我也要看着烈士墓。"

父亲走了，程祖全与妻子曾贤平共同担起了守护陵园的责任。每天早晨出门前，程祖全留给妻子的那句话总是"莫忘了打扫陵园"；晚上收工，人没回家先到陵园转一圈，遇到落叶、垃圾又清扫一遍；下雨了，就像父亲一样去挖沟排水、堆码坟头垮塌的石头。

每年的春节、清明节和建军节，程祖全就提前半个月不外出干活，带着妻子对烈士陵园进行大扫除，准备用于宣讲的英雄事迹材料。曾贤平就准备好茶叶、烧好开水，还帮着丈夫维持现场秩序。

"崇尚英雄、捍卫英雄、学习英雄、关爱英雄已蔚然成风。"黔江区城东街道宣传委员陈国和介绍，今年清明节，烈士陵园接待前来祭奠先烈的市民达 80 余批次 6000 多人，最小的只有 3 岁，最年长的有 80 多岁。

程祖全已接力守墓 11 年了，他和妻子抽不开身时，女儿也担起了守墓的责任。采访结束时，程祖全的女儿告诉记者，如果父亲老了，她一样会继续下去，守护好这 22 位烈士的墓。

作品标题　坚守　为了那一份责任——一家人和一座烈士墓的故事
参评项目　通讯
作　　者　彭瑜
责任编辑　周立　许阳
刊播单位　重庆日报
首发日期　2018-04-11
刊播版面　第 5 版

作品评价

作品主题好，充满正能量，将爱国、感恩、崇尚英雄的情怀，通过故事表达出来，有细节、有现场、有内心世界。

采编过程

4 月 6 日，本报在一版刊登了《父子接力 69 年为烈士守墓》的新闻，在读者中引起强烈反响。记者 4 月 9 日又赴黔江，采访了 69 年来程祖全一家接力守墓的感人故事：丈夫参战妻子守墓、父亲去世儿子守墓、父母忙碌女儿守墓……

社会效果

文章见报后，引起海内外媒体广泛转发，很多读者被程家代代人守候先烈墓的执着所感动。

这群重庆人攻克核心技术
确保海底隧道120年不开裂

重庆日报特派记者　李星婷

作为我国第一条外海沉管隧道，港珠澳大桥中长达 6.7 公里的海底隧道，是大桥建设中"最难啃的骨头"。由于要保证 30 万吨油轮的通航要求，不影响香港机场的正常航行，以及不超过 10% 的阻水率，建海底隧道成为修建这座跨海大桥最理想的方案。

重庆的中交二航局二公司承担了这个世界级的难题。公司近千名员工（1/3 是重庆人），用 6 年时间登上了这座桥梁史上的高峰。

核心技术被国外垄断
考察时不让靠近

4 月 11 日 10 点，记者一行乘船抵达距离珠海市 20 多公里的桂山岛，再换乘电瓶车到达牛头岛。港珠澳大桥 6.7 公里的海底隧道，其中有 5664 米由巨大的沉管组成。这里便是中交二航局二公司预制海底隧道沉管的地方。

港珠澳大桥海底隧道的两端，是东、西人工岛。如何贯通连接二岛？当时有两种方案。一是盾构模式，即直接从海底打通建隧道。二是沉管模式，即事先预制好一节一节的巨型沉管，然后将其安装于海底连成通道。

此前，在丹麦的厄勒海峡曾经使用过沉管模式。不过，厄勒海峡的沉管隧道只有 4 车道，长度 3 公里多，而港珠澳大桥的海底隧道为双向 6 车道，长度也更长。"按照设计，隧道里全部由沉管组成的长度为 5664 米，总共 33 节沉管。"二公司总经理杨绍斌介绍，这 33 节沉管每节长 180 米，又分别由 8 段每段长 22.5 米的管节拼装到一起组成。

而且，由于沉管将被放置到最深处为 46 米的海底，这意味着其将承受巨大的水压。

没有任何经验可循。"海底隧道对沉管的防渗、抗压要求极高，而沉管预制过程中的顶推、沉放等核心技术，垄断在欧美等发达国家手里。"公司港珠澳大桥岛隧工程项目一分区副经理刘经国回忆说，当初公司领导去国外考察时，500 米以内，人家就不允许靠近了。

上百次试验
调配出最合适的原料比

当港珠澳大桥正式进入建设期，中交二航局二公司也开始在珠海启动沉管预制。

2011 年 5 月，在综合比较了造价成本、环境影响等因素后，公司在牛头岛这个海外孤岛上启动了沉管预制厂的建设。

刘经国介绍，沉管由里外两部分构成。里面是钢筋铸型，外面则是混凝土保护层。

沉管制作流程是这样的：首先将石料、水泥等原材料运送到厂地，通过运输带运输到搅拌站里，搅拌成比例最合适的混凝土。

与此同时，一块块巨大的钢筋，在自动化流水生产线上，经过锯切、套丝、加工、绑扎等步骤后，制作成"两孔一管囊"（两孔即两旁的车道，管囊即排烟、逃生等通道）的钢筋笼。成型的钢筋笼会被顶推到模板浇铸区，被包裹上厚厚的混凝土，成为一节节的沉管。

"混凝土生产及输送工艺是我们最核心的技术。"指着一大排像缆车车厢一样排列的搅拌站，刘经国告诉我们，制作混凝土主体除了原材料要好，合适的比例、精良的工艺，甚至生产过程中的温度都非常关键。"沉管上一根头发丝的隙缝都不能有。因此早在预制厂建立之前，公司就开始调配原料比了。经过一年多上百次的试验，才调配出最优的比例。"

经过 1 年多的试制，2013 年 2 月，公司终于生产出首节 E1 沉管。这个宽 37.95 米、高 11.4 米、长 180 米的管节，重约 8 万吨，相当于一艘航空母舰。

"一节沉管造价上亿，在生产过程中有任何偏差，都可能造成沉管开裂。6 年多时间里，我们攻克了不少工艺、技术难题，创造了 500 多项专利。"杨绍斌激动地回忆，2000 多个日日夜夜里，公司全体人员只有一个信念，那就是：用 6 年时间，保障海底沉管隧道 120 年不开裂！

鏖战 96 小时
首节沉管安装就位

2013 年 5 月 2 日，港珠澳大桥海底隧道 E1 沉管出坞浮运。

在港珠澳大桥管理局的总指挥下，全世界最大的沉管隧道施工开始了。"在安装过程中有任何偏差、任何的受力不均，都有可能引起偏位。"杨绍斌回忆，当 E1 沉管这个"大家伙"第一次被沉放后，检测却显示其管艏与暗埋段匹配端高程误差竟有 11 厘米。

各方技术人员查明原因后，又进行了两次沉放。最后，5 月 6 日上午 10 时，经过 96 个小时不眠不休的鏖战，E1 沉管终于顺利安装就位。这个世界上最大的沉管圆满完成了与西人工岛的"海底初吻"。

"当胜利的五星红旗高高飘扬在海面时，我们每个人都无比激动和自豪！"回忆起当时的情景，杨绍斌至今难掩激动，因为这是国力的象征，大国崛起的标志！

作品标题　　这群重庆人攻克核心技术　确保海底隧道 120 年不开裂
参评项目　　通讯
作　　者　　李星婷
责任编辑　　袁尚武　江前兵
刊播单位　　重庆日报
首发日期　　2018-04-13
刊播版面　　第 10 版

作品评价

被称为世界桥梁史上"珠穆朗玛峰"的港珠澳大桥，建设难点在于岛隧，港珠澳大桥中长达 6.7 公里的海底隧道，是大桥建设中"最难啃的骨头"。作品清晰明了地介绍了建设港珠澳大桥海底隧道的背景原因、难点所在，以及如何攻克所有技术难题、取得第一节沉管与西人工岛"海底初吻"成功的过程，让人一目了然。

采编过程

港珠澳大桥沉管隧道是目前全球最长的公路沉管隧道和全球最深的深埋沉管隧道，其生产和安装技术有一系列创新，为世界海底隧道工程技术提供了独特的样本和宝贵的经验。

海底隧道由 33 节巨型沉管（每个重 8 万吨）连接而成，要保证其无论管体还是接头都没有裂缝、达到 120 年的使用寿命……无疑是非常难的！而负责沉管预制的，就是在重庆的中交二航局二公司。

记者通过港珠澳管理局联系上中交二航局二公司，先期在重庆拜会了该公司负责该项目的副总工程师杨邵斌（毕业于重庆交通大学），然后与该公司位于珠海的项目部取得对接，以便顺利采访。

值得一提的是，在记者一行赴珠海采访时，由于港珠澳大桥通车在即，已不允许其他人（包括媒体）上桥。正是在中交二航局二公司的帮助下，我们穿上他们的工装，伪装成工作人员，才得以上桥采访、观察、记录和拍摄。

在桥上的采访完成后，我们第二天又赶赴距珠海市几十公里的、中交二航局二公司在桂山岛的沉管预制厂，进一步深入了解沉管预制的过程、难度、技术创新等，历经几天的深入采访写作才完成此稿。

社会效果

文章一经刊发，即被人民、新华、新浪、搜狐、凤凰、国际在线、中青网等门户网站广泛转载。网友纷纷评价：建造沉管隧道的技术以前垄断在国外，如今，港珠澳大桥建设的完成是国家综合国力的体现，是大国崛起的象征！

"网红重庆炼成记"系列报道（存目）

作品标题　"网红重庆炼成记"系列报道
参评项目　系列报道
作　　者　罗强　徐菊　张皓
责任编辑　郑亚兰　饶治美　韩锐
刊播单位　上游新闻
首发日期　2018-04-28
刊播版面　上游新闻

作品评价

整组报道一共出了四期。

主题围绕"网红重庆炼成记"展开，从洪崖洞第一次辟谣不会收取门票入手。在预料到五一期间重庆洪崖洞为代表的景点可能会爆红，即推出了此组专题策划。

内容第一期：今年前4个月，每个月有多少游客来重庆；第二期：洪崖洞磁器口等网红景点五一人流管控措施；第三期：排队5小时刺激3分钟，专家呼吁冷静思考网红重庆诞生的背后含义；第四期：直播网红经典的五一爆红场面。

4篇稿件，层次分明，由点及面。最后明确提出了，网红重庆的诞生，一方面有抖音等短视频哄抬的效果，但更深层次的原因在于重庆独特的地形地貌和文化积淀，另一方面当然得益于重庆旅游软硬件投入建设。由此将一个简单的现象，通过系列报道层层剥茧抽丝，找到本质，展现了重庆这座城市本身的魅力所在。

系列报道以新媒体长图、深度文字报道、视频直播等多形式综合运营，让报道显得更立体，更符合上游新闻客户端作为一个新媒体载体的传播定位。

采编过程

在策划推出确定后，即安排记者从市旅发委、洪崖洞、专家学者角度提前获取相关资料、数据和观点，并在稿件写作上创新，以适应后期编辑制图所用。

社会效果

报道推出后，不仅阅读量高，更重要的是对"网红重庆"这一概念作了明晰和澄清，让读者和用户真正理解了网红的背后含义是什么。

全媒体传播效果

整组稿件，单篇阅读量达 30 万+，累计阅读量达 100 万+。

重庆 88 岁退休校长 24 年拾荒助学
"拾荒校长" 吴定富入选 "中国好人榜"

重庆晚报记者　郑友

对自己和儿女近乎苛刻，一件破洞运动衫穿了 30 年，却将 35 年的退休金捐给了困难孩子，并坚持 24 年拾荒助学。4 月 2 日，中央文明办发布最新一期 "中国好人榜"，重庆市铜梁区东城街道全兴社区退休校长吴定富入选。

今年 88 岁的吴定富，双耳失聪 15 年，交流全靠纸笔。

自从老家拆迁，他和幺儿吴启伟一家，租住在铜梁区标美街一栋老房子里，每年 6000 元租金。在他卧室里，除了书报，一台 21 英寸的老电视机就是最值钱的家当。

就是这样一位不起眼的老人，连 1 元钱公交车费都舍不得花，24 年来只要天晴，就会出门捡废品卖钱。35 年退休生涯中，将自己绝大部分工资及每次卖废品的钱，都捐赠给了困难学生。老人原本不希望这件事公之于众，直到 5 年前老家房屋搬家，一封连一封的感谢信寄到了全兴社区。

经全兴社区信息搜集，老人捐助的事情浮出水面：全德小学儿童节捐款，每年 3000 元，连续 6 年；定向资助 3 个本科大学生，每人每学期 5000 元累计 12 万元；汶川地震捐 2000 元……

这些年到底捐了多少钱？老人没统计过。他说，35 年退休工资，几乎都捐了，主要捐给学校品学兼优的孩子，希望更多孩子能通过知识改变命运。这一年没找好合适的捐助对象，工资卡里 5 万多元钱，也会捐出去。

全兴社区党委书记陈天伦算了笔账，按目前老人 4000 多元的月退休工资，加上各种补助，全年收入约 6.5 万元。他退休 35 年，绝大部分工资都捐给了困难学生。

吴定富长子吴启国证实了陈天伦的说法。他说，父亲烟酒不沾，就连衣服都舍不得买，一件破洞运动衫穿了 30 年。直至后来家人追问，父亲才承认，工资基本上都已捐了。

是什么支撑老人长期助学？这与他早年教学工作有关。1950 年从江津师范学校毕业后，吴定富先后在合川张家桥小学、铜梁庆隆小学任教，后调往铜梁石虎小学直至 1983 年从校长岗位退休（当时满 30 年工龄可退休）。退休后，他在学校做了十来年绿化义工。

吴定富告诉记者，他从小兄弟姊妹多，经历过食不果腹的灾荒年代，啥苦都吃过。在 33 年的教学生涯里，他看到一双双求知的"大眼睛"因家庭贫困辍学，就想帮帮他们，通过知识改变命运。

作品标题　重庆 88 岁退休校长 24 年拾荒助学　"拾荒校长"吴定富入选"中国好人榜"

参评项目　消息

作　　者　郑友

责任编辑　赵小洪　王蓉

刊播单位　重庆晚报

首发日期　2018-04-20

刊播版面　头版

作品评价

两件脱了线缝的老中山服，一件穿了 30 年的破洞运动衫，两个旧箱子装下全部家当……吴定富，看上去是个穷人。

资助 3 名大学生 12 万元学费，给一所小学连续 6 年每年捐款 3000 元，把 24 年拾荒收入送给困难学生，35 年退休工资几乎全部捐出……吴定富，其实是个富人。

作品在头版独家消息报道的基础之上，内版巧妙地运用以"拾荒者、父亲、捐献者、病人、老校长"等 5 个现场部分为主线的结构成稿，将退休校长吴定富的先进事迹以独家通讯报道的方式立体展现出来。

着笔导向正确，对悬念在行文中的拿捏恰到好处。详细而有现场感，涉及读者阅读欲望的养料均逐一呈现，打破了地域和行业限制，让所有读者都能在阅读中产生很好的共鸣。

采编过程

4 月 2 日，中央文明办发布最新一期"中国好人榜"，铜梁区退休校长吴定富榜上有名。

当天，从微信朋友圈获得消息后，记者即刻向部门主任进行了汇报，随后，报社领导要求前往实地采访，并给出重点报道的指示。

由于年事已高的原因，就在记者准备次日前往采访时，恰好，吴定富生病住院了，采访只得推迟。

4 月 9 日，虽没达到出院标准，但因为心疼花钱太多，吴定富执意要出院。记者从铜梁区委宣传部获悉信息后，即刻驾车赶了过去。自此，对"拾荒校长"进行了为期3天的跟踪采访。

经反复打磨稿件，4月20日，退休校长24年拾荒助学的各种细节，重庆晚报用两个版面报道了出来。

至此，一个感人至深的故事呈现在大众视野之中。

社会效果

88岁的拾荒者，还是一个退休校长，极具反差的身份特征，兼具可读性和故事性。

4月20日，重庆晚报两个整版刊发前，慢新闻APP也进行了全文推送。前后多方位报道，引发强烈的社会正面反响。读者们被温情的故事情节，接连戳中泪点。

如今，在百度搜索《88岁退休校长24年拾荒助学》的关键词句，显示网页结果更是多达近万个。

吴定富拾荒助学的故事感动评委，以绝对高票获得"天天正能量"全国一等奖。阿里巴巴联合重庆晚报，将给予他一万元元正能量奖金。面对荣誉，吴定富说，这是他应该做的，并毫不犹豫地表示，所得奖金将全部捐给贫困学生。

吴定富请记者代为转告全国各大媒体及广大读者，只要自己还有一口气，捐资助学的事情就会一直坚持下去。

全媒体传播效果

稿件经重庆晚报独家首发报道后，上游新闻、华龙网等影响力靠前的本地移动端新闻APP或网站即刻跟进。除了搜索引擎中包括腾讯、澎湃、新华网、人民网等全国各地超百万个的网页转载外，其他新媒体社交平台更是不胜枚举。

迄今，不管微信、微博、短视频还是其他APP客户端，《88岁退休校长24年拾荒助学》稿件早已形成刷屏之势。其中，4月21日晚，仅是人民日报APP推送后，短时间内便取得高达236万人次的浏览量。在读者留言中，除了被戳中泪点，"感动"是出现最多的话语。

目前，铜梁官方拟号召各界向吴定富学习。然而，面对社会如潮般的赞誉，吴定富仍旧只是摇摇头："都是我应该做的。"因为健康原因，吴定富又再次住院接受治疗。但是，即便如此，他仍心心念念着困难学生，并希望大家能帮助他，提供一下这方面的信息。

重庆两次突袭抓捕 547 人，谜底来了

重庆晚报记者　刘春燕

2 月 18 日，大年初三，甘肃武山县杨某因沉迷网络赌博欠下巨额债务，绝望之下亲手杀害自己三个孩子。网络赌博令人疯狂。

4 月 2 日上午 10 点多，时代天街一栋写字楼里，覃佑承松了一口气。抓捕很顺利，20 多分钟前，50 多位便衣民警突袭圣宝元网络科技公司。没有影视套路里的拼死顽抗，十几个嫌疑人都是青春鲜嫩的脸，20 多分钟前都还是格子间里的高科技人才，现在都安安静静，沿墙一排抱头蹲下，指认电脑，告知各种密码。

他们身后的墙壁上贴着一张大海报：奋斗。

事情没完。与此同时，重庆九龙坡、巴南、开州、江北、沙坪坝、永川、巫溪，四川达州、遂宁，陕西西安多地警方统一行动，共抓获嫌疑人 94 人。加上 1 月的时候前期抓捕的 453 人，专案在这一天最后收网。

这是重庆首例从蛛网密布的网络赌博终端入手，追溯源头，打击提供技术支持的网络黑产犯罪团伙案件，覃佑承是主办侦查员，他是网警。

三台电脑
网警是个什么警？

重庆网安总队的大门背对主干道，朝向中庭，路过的人看不到。覃佑承是案件查处支队网警，跟传统的侦察员一样侦破、抓捕，只是前期战场在网络。

每个人桌上都是三台电脑，标准配置，互联网、公安内网、网警专用网。从走廊过去，全是闪着亮光的显示屏，蓝光幽幽，一声咳嗽都能惊扰一层楼。屏幕里面激战正酣，静水深流。

利用网络进行的犯罪或者犯罪勾连很多，诈骗、赌博、黑客攻击、非法金融活动等等，还有越来越多站在科技肩膀上的新型不劳而获。但网络是有痕迹的，哪怕服务器架在银河系，顺着这些痕迹往上游追，就是覃佑承要做的事情。

重庆日报报业集团新闻奖获奖作品选（2018年度卷）

举个例子。比如普通人手机常收到的木马链接：你在××网上被 3 个人列为暗恋对象（也可以替换成同学会相册已经整理好），请点击查看。链接是个木马，你点一下就中毒，对方的邮箱马上获取四样东西：你手机的通讯录、手机号、手机绑定的银行卡号、身份证号。然后转走你银行卡的钱，验证码自动发往木马的邮箱，而你的手机被屏蔽，根本收不到银行任何提示信息。

为增强隐蔽性，对方会批量注册几十上百邮箱，用各种真的假的身份证申请大量银行卡，不停转账，反复倒腾。警方需要一个一个倒追，反编译，查源代码，从代码里找出一个一个具体的人。"只要踩到尾巴就跑不掉，迟早。"覃佑承大学读的中国刑警学院计算机犯罪侦查系，这是老师教给他的第一课。

互联网的知识更新频率是以天计，覃佑承毕业第一年回学校，老师问他，学校教的东西在工作中有用吗？他说：没用。几年后，他改口了：有用。"这个专业真正教给人的是一种思维方式：不是顺向的互联网思维，是逆向的。你面对的不是科技，是人，是人就会现出原形。"

怎么打回原形？他的手机上下了个航旅纵横，记录着这几年他飞来飞去的航线痕迹，以重庆为中心点，航线四面八方，像开在空中的礼花。这些都是调查和抓捕的路。

一张蛛网图

据国务院打击治理电信网络新型违法犯罪工作部际联席会议办公室公布的信息，截至去年底，全国有 23 个电信网络诈骗犯罪、传统盗抢骗犯罪重点地区挂牌整治。比如海南某州（机票改签诈骗）、广西某县（福彩体彩中奖诈骗）等。

有些挂牌地区的村镇，小小的地方，两种人最多：当地人和全国各地去收网抓捕的警察。

"在镇上吃饭，都是互相一照面，就确认过眼神，是同行。"

每个同行都是苦笑飙泪的行走的表情包：敌暗我明，村村相护，家家沾亲带故，动辄串通起来辱骂围攻侦查员。更难的难在抓到人不算，电脑和手机才是核心物证，就怕最后一瞬间嫌疑人砸手机毁电脑。"一般抓人，一周起坎，我最长等了一个月。"

这一个月，覃佑承和队友在这个沿海的小县城里，穿成当地标准的 T 恤+拖鞋宅男，每天远远跟着嫌疑人转。为了寻找一个机会，在对方宝来轿车底盘上安装一个跟踪装置，他和队友专门找了一辆宝来模拟训练，用什么扎带稳固，扎在什么位置最隐蔽，用时最快可以搞到多少秒。

一个大雨天，嫌疑人停车进了一家宾馆。天意都只在人的行动之后才翻开谜底。队友飞身扑在泥水中钻向车底，比训练更快完成了安装。对方毫无察觉，最终通过定位，准确捕获窝点和电脑的位置。

近年来网络诈骗向网络赌博转移趋势明显，同样是利用人性的弱点得手，赌博坐庄获利更有保障，但量刑更低。侦破方向也在快速转变，更大的目标是赌博网站的上游黑产，以及整个链条。

4月2日打掉的重庆圣宝元公司，就为重庆13家赌博网站提供了技术支持。圣宝元在菲律宾有另一家壳，覃佑承在一次常规数据分析中，发现重庆13家赌博网站老板都是来自福建某县，那是著名的铁观音产地，但他们不卖铁观音。跟着他们的数据，覃佑承查到了菲律宾，又通过网站与菲律宾的数据传输，反向查到重庆的技术输出中心在圣宝元。

他的电脑里有一张庞大的蛛网图，300多人的人物关系谱，人物之间各种关系线加起来几千条，每条都有详细的资料备注。这是他在6个月的时间里，一笔一线画上去的。他没算过看了多少遍，但几乎可以一字不漏重新默写一遍。"无一漏网"，对侦查员来说，这四个字是最好的奖励。

网警覃佑承的家里没有电脑。单位的桌上除了三台电脑，只有一个水杯，一本工作笔记，屏保设置是一分钟，一分钟后强制黑屏。一种随时可以出发的状态。眼前也是天边。

人工天眼

谷毅跟覃佑承在同一个支队，做着完全不同的工作，这个工作目前名列全国第一。他是网络犯罪的人工"天眼"，全知视角，是在犯罪实施之前进行阻断的那个真正的快手。

信息时代，谁都没法口口相传。谷毅每天的工作就是通过相关网上信息分析，提前确认犯罪嫌疑人身份、作案目标的身份、实施的具体时间、地点、方式，通过网警内部紧急联络通道，发送给当地警方，地面协作进行抓捕，提前终止犯罪。

对于人命关天的有预谋绑架、杀人案，这是悬崖边上的千钧一勒，争分夺秒。

安徽一个绑架团伙就盯上了湖北仙桃一个开发商，4个人找了两个当地帮手，商量好了转账方式、绑架时间、地点、逃跑方式和路线。

一个普通的周五，太阳照常升起，目标受害人照常上班，完全没有意识到危险逼近。6个绑架者也照常行动。没有任何预兆，路上人来人往，准备动手的那一刹那，周围的人突然变成了警察。来不及反抗，一切都结束得太快。警匪之间的魔幻现实主义，都有同一种结尾。

结尾是干脆利落的5分钟，过程相反，信息浩瀚，真假难辨，谷毅需要分析出电脑对面那些人的心理、情感、逻辑，从而准确预警。

一个辽宁杀手在网上找业务，一个湖北女雇主要雇他杀小三。双方相当警惕，互相怀疑、试探，一会儿说要杀，一会儿又说是玩笑，雇主始终犹犹豫豫，杀手又总担心拿不到钱。就这样来来去去耗了一个多月。

如果虚拟的三方能在一个画面相逢，谷毅就是悬停在半空的天眼，看着两人你来我往磨磨唧唧，但又必须保持无限静默。"是的，心里问了无数次，到底杀还是不杀？给个准信？"但他必须等一个时机，早了不行，没有证据办不了嫌疑人，对方下次会更隐蔽；晚了更不行，那是人命。

当雇主终于给杀手打了2万块定金的时候，他落地了，这一堆人的命运，也都在此时落地了。

杀手其实是个骗子，只想骗定金，骗多少算多少，得手就消失。

早晨从夜晚开始

有一些人的早晨是从夜晚开始的。

3月底，重庆开始今年的第一轮闷热。案件查处支队的一组人马，潜伏在渝北一个小区外。嫌疑人是个黑客，受雇专门进行网络定向攻击。整个白天，这组民警围绕长寿湖一路追踪忽闪不定的信号，有时候显示直线距离200米，实际上却在湖对面的另一个岛上。

夜里嫌犯位置终于锁定。出发前，组长两次确认7人组里各自的分工：谁负责人身控制，谁负责现场查验手机，谁负责电脑，谁负责全程摄像，为防止对方开车撞人，由哪两个人负责开车前后夹击拦截。行动前他最后提醒大家的一句话是：嫌疑人有吸毒史，可能有艾滋病，注意不要被咬伤。

抓捕是用万全的预案对付最终唯一一种实然。

我坐在副驾位，嫌疑人的车就停在我右边，开车的民警在行驶中视线越过我，只瞄了一眼，就确认了车牌。

抓捕组各就各位，诱捕方案选择了影响最小、最安全的方式。我坐在街对面的小吃店里，盯了5分钟，没有发现7个民警任何一人的藏身位置。

很快，目标出现，穿着深蓝色的丝绒睡衣，微胖，完全不像影视中的黑客，更像开黑车的。7个人从不同的地方钻出来，酸奶店、火锅店、三轮车背后、行道树背后……黑客被一群人压在车身上，来不及反应。

人被带回总队的时候，这层楼只有谷毅的办公室亮着。他白天跟着去了长寿湖客串，没抓到黑客，不甘心，晚上又回到他盯死的几个杀手空间。犯罪分子在网络活跃的勾连时间往往是下班后到深夜，以及节假日，他们觉得那是警察的下班时间。

谷毅很喜欢在这个时段加班，真心喜欢，一说加班他就笑："这个时候鱼都浮上来了，全是鱼啊，这片鱼塘被我承包了……"

这是个标准理工男，学计算机，做码农，后来从警，不出外勤，不抓捕，就凭一台电脑决胜千里。他喜欢在这栋楼最空寂的时候打开他的"鱼塘"，楼里的时间正沉实落下，每一秒都结实，而网上正是黑影憧憧，换个人间。

截至发稿，谷毅又通过情报推送，成功阻止了一起四川绵阳绑架案，4名嫌疑人被刑拘。去年至今，他已经成功提前终止犯罪15起。"净网2018"专项行动至今，重庆网安总队已抓获犯罪嫌疑人657人，打掉一个为网络犯罪提供建站维护的科技公司及6个下游犯罪团伙。

网安总队的门禁闪着蓝色幽光，正门的墙上有两行字：没有网络安全，就没有国家安全。每天刷卡进门的人，一抬头就看得到。

作品标题　**重庆两次突袭抓捕547人，谜底来了**
参评项目　**通讯**
作　者　**刘春燕**
责任编辑　**陶昆**
刊播单位　**重庆晚报**
首发日期　**2018-04-24**
刊播版面　**慢新闻**

作品评价

稿件从一起因网络赌博疯狂杀害自己三个亲生孩子的新闻背景入手，揭秘在普通人眼中神秘的网警工作，既有精彩的案情和抓捕，又饱含情感。稿件交织了人物、案情、抓捕现场、净网行动等等多角度多层面的复杂元素，在深度报道中是难得较高的一种写作，既要有机融合，又要达到弘扬正义的主题表达，还要以真情动人。写作语言朴素，紧凑，没有通常公安英模稿件的陈词滥调和套话，结尾简短有力又打动人心。

采编过程

重庆网安总队首次对外开放媒体采访外宣，特地请求重庆晚报慢新闻跟随采访，做独家深度报道。近年来，中央将网络安全提高到国家安全的战略高度，网络上的各种新型犯罪，也是公众关注的热点。

记者采写这条稿件，前后经历了一个月时间，从长寿到渝北的抓捕，从网安总队内部的采访，再到收网抓捕圣宝元公司，记者全程跟进，随警作战，积累了比较丰富的素材，从故事到人物、到网警的工作方式，都有充分的呈现。

社会效果

网警是最年轻的警种，网警的神秘面纱是首次揭开，从网络上的反响来看，读者首先从好奇心进入，再通过稿件认识了网警是一种什么警，网警的净网工作不仅是巡查网络有害信息，更重要的还是打击网络犯罪，对全国网安来说，也是首次如此深入、全方位、开放式地展现在公众面前。

全媒体传播效果

人民网、腾讯、新浪、凤凰网、网易等新闻网站转载，网安总队根据稿件呈现的现场画面感，正在筹拍微电影。央视、重庆电视台跟踪稿件拍摄专题片。

重庆八中女副校长开车撞伤 4 人
肇事者现身与重伤者家属见面

华龙网记者　祝可　石涛　刘嵩

3 月 25 日，重庆八中副校长付英因驾驶不慎，车辆驶上渝中区北区路人行道，造成 4 名行人不同程度受伤，其中一名伤势较重，该事件引起网友广泛关注。今（20）日，肇事司机付英与重伤者王建华的女儿王娟见面，华龙网独家见证了双方的见面，并了解到双方沟通的过程。

肇事司机：多次想去医院探望伤者　亲友担心发生冲突阻止见面

1 点 08 分，记者在约定的地方见到了付英与王娟，这也是事故发生后除了在交警队见面之外她们的第一次见面。王娟带上了刚从渝中区交通巡逻警察支队取出的道路交通事故认定书，认定付英承担此次事故全部责任。

从事故发生到今天已经 26 天了，付英告诉王娟，这 26 天，她每天都活在恐惧、自责中，没有睡过一个整觉。

付英说，事情发生后，她第一时间拨打了 120、110，"我一边叫旁边的人帮忙，一边打电话，紧张得手发抖，拨电话都拨错了好多次。"付英说，当时在场群众也帮忙拨打急救电话。120 急救车来到现场后，把四名伤者分别送到两家医院，把受伤最严重的王建华送到重庆三博长安医院。

"事发后，我跟着警察去了交警队做笔录，我老公和朋友分别去两家医院护送伤者。"付英说，当天，她丈夫用付英的信用卡为王建华向重庆三博长安医院预交医疗费 50000 元。

"她身体一直不好，最近更是天天都在输液。事情发生后，有天凌晨三点过，她穿件睡衣就哭起跑来我家，啥子话都说不出来。"一直出面协商沟通的付英好友告诉记者，他们担心付英到了医院会激化家属的情绪引起冲突，就建议付英等伤者及家属情绪平复后再出面看望。

"我每晚闭上眼睛就想起车祸的场面，真的对不起，对不起。"付英哭着向王娟道歉。

垫付医疗费 10 万余元后不再垫付　伤者家属一直联系不上付英本人

此前有说法称，事故发生后，肇事司机拒绝赔付并失联，这也成为被关注的焦点。

出事以来，付英一方到底有没有失联？甚至拒绝赔付？王娟向记者表示，他们确实联系不上付英本人，一直都是跟其家属、朋友和律师联系。

"她电话打不通，发短信不回，每次都只能告诉律师我们的想法和要求，律师答应会转达，但是效果并不好，一件事情拖很久，我们就觉得付英解决事情的态度不积极。"王娟说，朋友来了很多，律师也经常来，但是付英不露面、不理会的态度让她们很寒心。

王娟说，事发当天，付英丈夫为王建华预交医疗费 50000 元，此后陆续垫付医疗费用共计 103000 元。截肢手术后，付英家属通过银行卡向王建华的银行卡分两次打了 4600 元营养费。

"我爸爸当时的情况十分危险，十万块钱没多久就用完了，商业保险预付的 16 万也用完了，我就催促他们继续付医疗费，但是却联系不上付英本人，钱也一直不到位。"王娟说，他们全家十分生气，却无可奈何。

现场，付英对双方沟通中的误解道歉。付英说，除了垫付王建华的医疗费，她还垫付伤者梅某、谭某的医疗费、护理费、误工费等共计 6 万余元。"我当时已经找朋友借了好几万，手里确实没有现钱。"付英说，当时她多次询问交警，肇事车什么时候能取出来，准备卖了筹一部分费用。

"我不主动联系你，是我不对，没有第一时间看望你爸爸，也是我不对，真的对不起，我是真的很害怕。"付英说，她是不敢面对因为她的失误而躺在病床上的王建华。

29 万道路交通事故社会救助基金到位　近期治疗费用基本足够

付英告诉记者，其所驾驶的车辆在都邦财产保险股份有限公司重庆分公司购买了交强险和 100 万的机动车综合商业保险。3 月 30 日，交强险范围内保险公司先行垫付了 1 万元的医疗费。

"我一直在催促朋友帮我办理各种赔付事宜，希望钱早点到位，但是提交各种材料需要时间，我也很着急。"为了加快各种赔偿事宜办理进度，4 月 3 日，付英专门聘请律师并委托律师参与交警部门事故处理和与伤者协商、帮助伤者家属争取医疗费用、联系保险公司预付医疗费、申请道路交通事故社会救助基金等事宜。目前，除了保险公司预付医疗费，申请的道路交通事故社会救助基金已经到位。

"29 万额度的道路交通事故社会救助基金到位后，目前已经结清医院费用。"王娟说，父亲预计还需要做几次小手术，剩下的费用基本足够，付英也为王娟父亲请了护工照料。

付英表示，自己一定会按照程序积极配合治疗，该自己负责的一定负责到底，"我做得不好的地方，真心对不起。"付英再次当着记者的面向王娟低头道歉。

"出了事情都需要面对，大家出来当面说，而不是转达过去转达过来，中间难免有误会。"王娟表示，既然事情已经无法挽回，接下来只希望父亲能好好治病，早日康复。

专家说法：肇事人对伤者有积极救助的义务

西南政法大学监察法学院院长谭宗泽教授就此事接受了记者电话采访，他表示，交通肇事是一种过失行为后果，当事双方都应当在法律法规的框架之内理性协商处理。谭教授认为，事发后，肇事者付英申请了保险公司预付赔偿金，自己垫付部分医药费，再委托律师（其他人）代为处理相关事宜，这符合肇事人的一般义务履行规则。

与此同时，交通肇事发生后，肇事人对伤者有积极救助的义务，同时也建议伤者采取必要的自救措施，并保留好相关证据以供索赔。

如果肇事者拒绝履行救助的义务，伤者及家属有权提出法律诉讼，肇事者也会受到道德的谴责。

作品标题　重庆八中女副校长开车撞伤 4 人　肇事者现身与重伤者家属见面
参评项目　通讯
作　　者　祝可　石涛　刘嵩
责任编辑　康延芳　张译文
刊播单位　华龙网
首发日期　2018-04-20
刊播版面　华龙网首页、"重庆"客户端

作品评价

在谈到"舆论监督"问题时，习近平总书记曾指出，发表批评性报道要事实准确、分析客观。互联网信息时代，舆论发酵迅速，媒体如何在纷繁复杂的舆情中坚持客观公正地报道事实，不跟随舆论人云亦云，坚持独立思考，

权威发声，这篇稿子是一个很成功的案例。

4月中旬，陆续有外地媒体曝出重庆八中副校长付英因驾驶不慎，车辆驶上渝中区北区路人行道，造成4名行人不同程度受伤，付英本人表示无力赔偿并且失联，但报道均没有采访肇事方本人。此事引起网上热议，并且上了微博热搜，包括不少外地媒体在内的舆论一时一边倒，键盘侠的枪口一致瞄准付英本人。

作为官方媒体，记者没有第一时间根据家属单方声音发声，而是第一时间联系付英本人以及交巡警等多方情况，深入基层，实地探访，还原事实真相。并且在记者多次沟通下，促成肇事者付英与伤者家属见面沟通，消除误会。

此报道不仅让事实真相得到还原，也及时遏制了网上舆论继续发酵，展现了网络主流媒体的价值发掘和引领作用。

采编过程

记者通过多番努力，联系上重庆八中副校长付英，但付英一直拒绝采访。记者再次联系上重庆八中，通过学校的层面劝说付英站出来说出事实真相以及面对家属，和付英第一次当面沟通到半夜11点半，了解事情整个过程后，发现当事人的说法和网上的报道有所出入，但付英仍然拒绝采访。

第二日，记者联系上伤者家属，并再次劝说付英与家属当面沟通，并对之前报道的不实之处给予回应。经过努力，肇事司机付英与重伤者王建华的女儿见面，记者独家见证了双方的见面，并了解到双方沟通的过程。

社会效果

华龙网独家报道发出之后，有不少媒体前来取经，询问付英只愿通过我们发声的原因。重要的是，此前澎湃、新京报等外地媒体有失客观偏颇的报道一度导致发酵的舆论也立马收声，本报道制止了失实舆情的进一步蔓延，事故当事双方在华龙网记者采访过程中也得到了很好的沟通和交流，伤者得到及时救治，家属和付英对此非常感谢华龙网的客观报道为他们解决了问题，还原了真相。作为党的媒体，正确引导舆论导向是我们的职责。此报道不仅让事实真相得到还原，也及时遏制了网上舆论继续发酵，展现了网络主流媒体的价值发掘和引领作用。

全媒体传播效果

报道刊发后，"重庆"客户端流量破5万+，并被新浪、网易、凤凰、腾讯等近10家主流媒体网站和客户端转载。

2018 年 5 月重庆日报报业集团新闻奖获奖作品

江北 取缔 38 艘非法餐饮船
让一江碧水向东流

5月6日上午,江北区相国寺嘉陵江边机器轰鸣,现场十多艘已被拖移上岸的非法餐饮船正列队接受拆解。在接下来一段时间里,还将有一批类似餐饮船陆续运抵此处进行拆解。

至此,盘踞在江北长江、嘉陵江水域长达二十余年的非法餐饮船,即将在江北区的重拳整治下销声匿迹!餐饮船餐厨污水、生活垃圾直排污染江河的一系列问题将得以彻底解决!

为深入贯彻落实习近平总书记长江经济带发展"共抓大保护、不搞大开发"的重要指示、深入贯彻习近平总书记视察重庆重要讲话和参加重庆代表团审议时的重要讲话精神,践行"绿水青山就是金山银山"的发展理念,将"生态优先、绿色发展"落地落实,加快建设山清水秀美丽之地,市委、市政府从2017年12月起,全面启动全市餐饮船舶专项整治行动,铁腕治理水上餐饮带来的严重污染。

"我们迅速启动非法餐饮船专项整治行动,区内江岸40艘非法餐饮船已成功取缔38艘!"江北区委书记李维超说,目前,江北区正加快推进生态修复工程,确保一江碧水向东流。

非法餐饮船有四大"罪状"

看着一艘艘非法餐饮船从江面拖来,在相国寺岸边集中进行拆解,家住招商江湾城的唐先生感慨不已:"这些非法餐饮船确实有碍观瞻,与重庆这座'网红'城市太不搭调了!"

江北区拥有104公里美丽的江河岸线。然而,自二十多年前起,一些渔民以食用野生江河鱼为卖点,逐渐集聚在相国寺、忠恕沱、江北嘴等多个水域开展非法水上餐饮经营服务,且呈愈演愈烈、逐年加重的态势。

"这与习近平总书记关于长江经济带'共抓大保护、不搞大开发'指示精神相悖。"江北区非法餐饮船舶整治牵头单位负责人、区交委主任董晓云列举了非法餐饮船的四大"罪状"：

一是水域环境污染极其严重。水上餐饮船舶作为餐饮经营的载体，本应按照要求配备垃圾收集设施，配置污水转岸处理系统。但是，非法餐饮船却游离于监管之外，餐厨、生活垃圾乃至人畜粪便直排入江。以40艘非法餐饮船为基数，每艘按日均产生污水200公斤计算，每天就有8吨污水直排江中。加之少数食客环境意识差，随意向江中抛撒垃圾，严重污染江河水域环境。市委、市政府环保督察过程中也多次指出，餐饮船舶污染问题是威胁江河水域的重大隐患。

二是水上安全隐患十分突出。水上餐饮船舶绝大部分是利用淘汰渔船、报废渡船、闲置趸船等擅自改装、非法扩建而成，船体破旧、锈蚀严重，地锚系缆等设置不规范、不健全，极易发生搁浅、打流等危险。加之水电管网私拉滥接，船上人员安全意识淡薄，极易导致船沉人亡的惨剧。历史上曾经出现过餐饮船舶打流、翻沉现象，严重危及下游大桥安全。

三是食品安全难以保证。餐饮船舶卫生条件差，服务经营人绝大部分原来是渔民，未取得餐饮经营许可，上船用餐食客饮食安全根本无法得到保障，容易发生群体性饮食安全事故。

四是严重影响城市形象。重庆是一座美丽的山水之城，正在打造山清水秀美丽之地，但是，畸形的餐饮市场需求助长了餐饮船舶的存在。餐饮船舶的乱停乱靠、船体破旧、生态毁损，形成了江岸脏乱差的窘状，成为滨水城市的污点。近年来，广大市民对此深恶痛绝，多次举报。

既然属于非法经营，这些餐饮船为何长期存在？

"非法餐饮船历史由来已久。由于水上监管体制较为复杂，涉及管理部门较多，权限交叉不清，船舶强制报废制度缺失等原因，造成管理难度极大，留下了种种历史遗留问题。"据江北港航管理所所长冯强介绍，近几年来，江北区积极履行属地监管责任，多次采取宣传告知、检查整改等方式，对非法餐饮船开展了系列专项整治，但收效甚微；过去也曾多次启动非法餐饮船取缔整治工作，均因社会稳定风险突出，缺乏统一部署，没有人员善后处置办法支撑而搁浅。

去年下半年以来，市委、市政府启动餐饮船舶整治工作，旨在为两江四岸品质提升扫清障碍，形成了全市范围内统一整治的工作态势。加之江北区两江岸线综合整治快速推进，强力取缔水域餐饮经营乱象刻不容缓、势在必行，为此区委、区政府以坚决果断的态度全面启动了餐饮船舶取缔整治工作。

"第一炮"开向忠恕沱区域

今年4月，江北区餐饮船舶专项整治行动进入全面推进阶段，目标非常坚决：取缔沿江 40 艘非法餐饮船。根据方案安排，今年 4 月至 5 月中旬是重点突破阶段，彻底清理完辖区岸线非法餐饮船，全力打造环保、生态、洁净、文明、有序的江岸环境。

"我们以船为家，岂能说拆就拆？" 4 月 20 日，得知政府要取缔两江非法餐饮船的消息，在嘉陵江忠恕沱段经营一家鱼庄 10 多年的船主杨华（化名）抵触情绪颇大，对下达给他的限期拆除通知书看都不看，对前来宣传、约谈的工作人员置之不理。

然而，这次市、区两级政府采取的措施与力度，却超出了杨华等船主的想象。

区交委、农委、食药监等 11 个市区部门各司其职，全力助推餐饮船舶取缔整治事宜，华新街、江北城街道更是建立出台了"包船责任制"，按照"取缔非法、规范合法"的原则，通过摸底调查、宣传引导、政策激励的方式，鼓励 40 个船主在规定时间内自觉拖移上岸处置，逾期不拖移的由执法部门强制拖移拆解。

其中，整治活动的"第一炮"，直指忠恕沱区域的 6 艘非法餐饮船。

可是，和杨华一样，这 6 艘非法餐饮船经营时间较长、利益错综复杂、抵抗情绪激烈，如何突破？

"我们这里是整个活动的'破冰点'，任重道远，必须一炮打响。"大石坝街道办事处主任孙重军介绍，街道组建了一支攻坚志愿者团队，采取"刚柔并济"的方式逐个攻克每一艘非法餐饮船：宣传政策要"刚"，有理有据地向船主传达国家政策，以及环境保护、城市形象等重大意义，形成高压态势；处理善后要 "柔"，为船主搬运货物，在上岸就业、转岸经营等方面提供义务服务，主动解决他们的后顾之忧。

眼看着规定自觉拖移的限期要到了，有船主坐到船头对来宣讲政策的工作人员耍起横来："你们要是敢强拆我的船，我一家人就搬到你们政府去住。"

"你们无任何手续占用岸线资源，已经违法多年。请问，天时、地利、人和，你们占了哪一样？"江北区整治非法餐饮船工作组的工作人员义正词严，"如今，从国家到地方，都要求保护绿水青山，树立环保意识，你们要是不配合，政府将依法依规进行强制拆除。考虑到大家将来的谋生，政府出台了激励政策，你们可以上岸从事餐饮行业，从长远看，这是一件好事啊！"

在强大思想攻势和工作人员的真情打动下，"清水凤鱼"船主杨清福第一个签字放弃经营。紧接着，"银龙大河鱼"船主尹小龙主动开始搬家。

10 天后，忠恕沱 6 名船主按时签下自愿拖移船舶书，4 月 22 日，忠恕沱 6 艘"非法餐饮船"全部拖移上岸，实现了集中拆解。

攻坚 19 天拿下相国寺片区

华新街街道的相国寺、江北城街道的江北嘴，是江北区非法餐饮船的重灾区。仅相国寺就有 20 艘船舶，占全区拆解任务的一半。

在这里，不少船主盘踞近 20 年，有的船主多次实施扩建，面积从几十平方米扩建到近千平方米，收入从最初仅能养家糊口到现在年入百万元，有的股东人数从一人变成了七八人，从业群体抵触情绪十分严重，社会稳定风险比较突出，取缔难度非常大。

随着忠恕沱区域拆解行动一炮打响，华新街、江北城街道也迅速取得显著进展，先后有 32 艘非法餐饮船船主陆续与相应街镇签订了拆解协议，其他船舶将全部拖移至相国寺岸边接受拆解。

其中，华新街街道仅仅用了 19 天时间，就全面完成了所有船只的拆解合同签订工作，这是怎样一种速度？

"时间紧、任务重、难度大，我们没有其他成功秘诀，就是迎难而上、夜以继日、千方百计、不折不扣抓落实。"华新街街道办事处主任白波坦言，其实，大部分船主都自知非法经营理亏，也看到了政府"动真格"的决心，寄希望在享受政府激励政策的同时，获取更多的经济利益。

江北区政府攻坚组片区负责人、区交委副主任张大胜说："成功打赢硬仗的关键在于风险评估是否科学，工作思路是否清晰、工作方法是否多样化。"

例如，攻坚组宣传解释实现了统一化，要求讲清重庆建设山清水秀美丽之地的重大意义、拆解工作的政策法律依据、上岸转业补助标准及节点等"六个讲清"；工作人员的沟通方式实现了多样化，要求每天与船主进行面对面交流、促动船主学习书面政策、用微信等发送动态情况等"六必沟通"；工作步骤实现了规范化，确定了感情联络到位、道理要讲清楚、形势分析要准确等"六步工作"。

"事前有备无患，事后随机应变。"白波说，有了这些前期准备，华新街街道攻坚组把工作地点搬到码头，组建了 11 支党员志愿者搬迁服务队，主动将政策解释、法律咨询、搬运服务送上船。

一次白波来到某船舶宣传政策时，船主冯力（化名）抵触情绪强烈。面对群众的不理解，

白波笑呵呵地回答："现在市民的环保意识提高了，你们的生意不也不如以前了么？你有好厨艺，还怕上岸做不了生意？有啥困难，我们都会帮助的！"冯力听罢，若有所思，放下戒心。

"何家兄弟"船主何平因病住院，包船责任人李德中不仅多次前往看望，帮他出点子寻找新产业，还组织人员为他搬了家；"波波渔船"船主陈波计划

带队上访，包船责任人江天明引导大家依法合理维权；"江舟渔船"8个股东间存在股权纠纷，包船责任人谭亚都请来法律顾问为其理清了股权关系……

渐渐地，船主们被工作人员真诚的服务感动了，纷纷同意拖移拆解各自非法餐饮船。短短19天，华新街街道范围内20艘船舶被全部拿下，交上了完美的答卷。

目前，江北区40艘非法餐饮船中，已有38艘按时签订了拆解协议。

重现美丽的江岸线

几天前，尹小龙处理了船舶拆解的废铁后，在包船责任人欧阳庆的帮助下，开始四处物色合适的当街门面。

而他的邻居"九九江河鱼"船主周贤友行动迅速，已在大石坝租好了门面准备开餐馆。

最近几天，"胖娃鱼庄"船主周科签字转岸经营后，包船责任人赵雁不仅四处帮他寻找合适门面，还几经周折联系到一个大仓库，邀请党员志愿者帮周科将大宗物件搬下船。

大约再过一个月，江北区的所有非法餐饮船将拆解完毕，这些船舶直排污染两江的问题将彻底成为历史！

"这次行动迅速，效果好！取缔这些餐饮船，我们盼望多年了！"家住嘉陵江边的居民冯克福充满期待。

"我们要积极开展生态修复，着力打造美丽两江岸线！"江北区负责消落带整治的中鹏公司负责人透露，按照已经编制的水岸规划，沿江将改建成江岸公园、观景亲水平台、生态停车库等。

下一步，江北区还将把河道滩涂打造成植物多样化的自然风光带，营造临水亲民区，让市区拥有更多、更宽、更广的城市休息空间。同时，该区还将致力于沿江文化的再挖潜、沿江城市形象再提升，建设高标准人文临水休闲区和滨江艺术长廊。

作品标题　江北　取缔38艘非法餐饮船　让一江碧水向东流
参评项目　通讯
作　　者　汤艳娟
责任编辑　李薇帆
刊播单位　重庆日报
首发日期　2017-05-07
刊播版面　第4版

作品评价

这是一篇重庆日报为深入贯彻落实习近平总书记长江经济带发展"共抓大保护、不搞大开发"的重要指示、深入贯彻习近平总书记视察重庆重要讲话和参加重庆代表团审议时的重要讲话精神，践行"绿水青山就是金山银山"的发展理念，将"生态优先、绿色发展"落地落实，加快建设山清水秀美丽之地的一篇重点策划报道。此稿及时有效地反映了重庆"在行动"，是一篇弘扬主旋律的生动稿件。

采编过程

根据市委、市政府安排，全面于去年底启动全市餐饮船舶专项整治行动，铁腕治理水上餐饮带来的严重污染。其中，江北区作为两江上餐饮船最多的区县，如何完成这一整治任务，彻底解决餐饮船污染长江的问题？带着很多疑问，记者耗时两天，先后走访了3个整治现场的二十名餐饮船主，十多名参与整治行动的政府人员、志愿者，十来个整治行动相关部门负责人，掌握了第一手有关整治39艘餐饮船的详尽资料。行文时，记者以讲故事的形式、逻辑连贯的语言，将餐饮船存在的历史、污染的严重性、上岸面临的困境，工作人员如何一次次上船宣讲国家政策、如何一步步攻克每艘船、怎样帮助船主上岸经营等娓娓道来，让读者对整个事件有了最直观的了解，产生对此次整治行动的认同感。

社会效果

这是一篇有思想、有温度、有品质的新闻。文章见报后，新华网、人民网等各大网站纷纷转载。业界认为，这是记者落实"走转改"的积极成果，是反映"共抓大保护、不搞大开发"重大主题的一篇不可多得的佳作。

520 特别策划：
行千里，致广大，我爱重庆！（存目）

作品标题 520 特别策划：行千里，致广大，我爱重庆！
参评项目 全媒体
作　　者 何旭　李嫒嫒　郑宇
责任编辑 何旭　李平
刊播单位 重庆日报
首发日期 2018-05-20
刊播版面 重庆日报报业集团全媒体平台

作品评价

　　该视频于 5 月 20 日发布，喻义"我爱你"。视频通过在网红重庆打卡地，外地游客纷纷用手比心，同时说出"行千里致广大"的话语，以此表达对重庆的热爱之情。该视频紧贴网红重庆和"行千里致广大"这两大热点，以景色优美的重庆网红打卡地为背景，凸显了重庆建设山清水秀美丽之地的成果，真切地表达了人民群众对重庆的热爱之情。

采编过程

　　近年来，重庆日渐成为全球旅游的关注地，越来越多的中外游客纷至沓来。赶在 5 月 20 日前，我们抓住这一契机，经过周密策划，拍摄剪辑了这段视频。

社会效果

　　从策划开始，该视频就被集团中央厨房列为重点推荐篇目。视频拍摄制作完成后，通过集团内部各全媒体平台的分发，成为 5 月 20 日当天的爆款产品。

全媒体传播效果

从策划开始，该视频就被集团中央厨房列为重点推荐篇目。视频拍摄制作完成后，通过集团内部各全媒体平台的分发，成为 5 月 20 日当天的爆款产品。

子女住新房父母独居危房？
不准！否则巫溪县公检法要请你"喝茶"

都说百善孝为先，赡养父母是子女应尽的责任和义务，但在一些地方，子女住着宽敞明亮安全的房子，父母长辈却居于黑、脏、乱、差等条件简陋的危旧房里，甚至还出现了子女有能力赡养却没有尽到赡养责任和义务。为此，5月22日，巫溪县政法委发布了一个红头文件。

《关于敦促将被赡养人接入安全住房共同生活的通知》，敦促子女履行赡养老人责任，呼吁各界关注老人赡养问题。

此文一出，即引来社会各界的广泛关注，为此，记者就此作了跟踪采访。

政法机关将依法严厉打击

巫溪县政法委这份文件，全文不过900字，措辞相当严厉。文件中不仅有明确的要求，还引用了相应的法律条文及处置措施，并表示对有违者，巫溪县法院、检察院、公安、司法等政法机关将依法严厉打击。

文件称，该县在开展脱贫攻坚、实施"乡村振兴"战略工作中，发现部分农村地区存在为数不少的子女居住于宽敞明亮的安全住房，而让自己的父母长期居住在黑、脏、乱、差等条件简陋的危旧房中。还有一些赡养人有能力赡养老人而被赡养人生活起居无人照料的现象。

文件称，上述行为是未尽赡养义务，歧视、虐待、遗弃被赡养人的违法行为。

文件引述了《中华人民共和国治安管理处罚法》《中华人民共和国刑法》《最高人民法院关于贯彻执行〈中华人民共和国继承法〉若干问题的意见》《中华人民共和国婚姻法》《法律援助条例》等多部法律法规的相关条文及处置规定。

同时，文件提出，有鉴于此，特发此通告。

两月过渡期满将排查处罚

文件要求，赡养义务人有安全住房，但被赡养人仍居住在危旧房的，赡养义务人须在两个月时间内主动将其接入安全住房生活，并尊重被赡养人的生活习惯，处理好家庭成员关系，确保老人住得安稳、生活舒心。

确因老人穷家难舍，故土难离，子女务必应保证在其原居住地有安全住房、衣食无忧。

发布后的两个月中，巫溪县将以"道德教育，法律兜底"为原则开展改善工作，全体干部将进行每家每户大走访、大排查，就老人赡养问题进行宣讲与思想教育，并敦促解决。

政法机关将自 7 月 15 日视情节对赡养义务人进行相应处罚。

同时，责令其履行赡养义务，拒不履行的，由司法部门指定法律援助机构代为起诉追究赡养义务人的法律责任。赡养人与被赡养人恶意串通，以让被赡养人居住危旧房为手段骗取、套取国家扶贫资金的，依法予以追缴，构成犯罪的，由有关政法机关依法追究法律责任。

一次"孝道"精神的弘扬

如今，巫溪县发文敦促行孝，旨在发挥法律效应，整治个别违法案例，治理乱象；同时，更是一次"孝道"精神的弘扬，对促进优良家风建设，平稳推进脱贫攻坚，实施"乡村振兴"战略工作中具有深远意义。

文件一出，立即引起网友热议。

就此，记者致电巫溪县政法委办公室主任白晶，他介绍到本次发文敦促子女赡养老人的原因：在巫溪县开展脱贫攻坚工作中，乡镇扶贫干部发现类似问题，经过进一步调查，经由经政法全委会讨论议定。

这些现象折射出的是一些人对法定义务认知薄弱，同时体现出"重孝、行孝、尽孝"思想的日益缺失。"百善孝为先"，孝敬父母是美德的首位，"孝道"更是中华传统文化的重要组成部分，是理当恒久传承的精神内涵。

为了敦促巫溪县人知法懂法，自觉承担法律责任，同时，还为弘扬中华传统"孝道"，在全县形成"爱老敬老"的良好氛围，故此县人民法院、县人民检察院、县公安局、县司法局联合发布这一文件。

白晶表示，文件 22 日印发后，县里百姓大都"点赞"支持，还有不少人给县委政法委来电反馈："给力，这一举措真得人心！""不尽赡养老人法定义务的成年人的确应该受到谴责。"

作品标题　子女住新房父母独居危房？不准！否则巫溪县公检法要请你"喝茶"

参评项目　通讯

作　　者　杨辛玥

责任编辑　郑亚岚

刊播单位　上游新闻

首发日期　2018-05-23

刊播版面　上游新闻 APP

作品评价

全网独家报道，记者从巫溪县相关部门处了解到这一跟百姓民生有关的重要文件，多方辗转联系到政府工作人员了解情况，从发布公告的原因、背景、律师意见等多方面进行采访，稿件十分全面，是最早应对这一文件的。稿件发出后，阅读量高，在全网引起网友热烈讨论。

采编过程

记者首先从部委有关部门了解到这一信息，立刻联系巫溪县相关工作人员进行采访。未果，随后辗转联系上巫溪县一名报业同行，对方为我打通了关系，可谓十分波折，但最后还是采访到工作人员，很欣慰。随后，又联系这方面的律师，听他的专业分析，使报道更具权威性。最后，从网络上多方收集整理以前的案例，令报道更具可读性。

社会效果

上游新闻访问量达到 50.9 万+，被多家媒体转发，受到巫溪县及全国其他区县的重视，社会影响大，受有关部门工作人员及老百姓强烈关注，在全网引起网友热烈讨论。

全媒体传播效果

上游新闻访问量达到 51.7 万+，被搜狐、新浪等国内媒体转发，网友反响热烈。

下篇：月度优秀新闻奖获奖作品

寻　光

重庆晚报记者　刘春燕

　　张黎在 5 月特大暴雨突袭的清晨发了一条朋友圈：大清早，大街上，众目睽睽下摔了个结实的大扑爬，请问你第一反应会干吗？然后她自己评论：赶紧看看周围有无熟人，装作若无其事爬起来离开。

　　70 后教授，儿童（青少年）眼疾专家，像个中年美少女战士，就这样在摔爬中开启了元气满满的一天。张黎是重庆医科大学附一院眼科医生。

明亮的儿童

　　眼科的门诊日常是这样的：重医 5 楼侧翼的一个三角地带，空地不足 100 平方米，候诊的患者像站在高峰的轻轨车厢，教授们的助手要使用扩音器引导，即使这样还要尖起耳朵听。

　　张黎的诊室是个儿童乐园。这一代的娃娃大多都是放飞了天性的，说是来看病，有的冲到裂隙灯（一种检查仪器）前自己扮演医生，喊妈妈来扮演病人；有的抢过张黎的电筒笔直接往嘴里塞，有的踮起脚把玩具鸭子放在张黎脑袋上，玩疯了的抓起她的图章往病历和处方上乱盖……

　　张黎带了 5 个研究生，全是女孩，一次门诊要来两三个当助手，帮忙按住这些娃。"妹妹别动了，再动打针了哈！""你这里没得针，我不怕！"张黎回头给研究生做了个鬼脸："又搞忘记拿一个大针管来摆起了。"

　　会不会烦？我们通常所说的爱孩子，其实意思是只爱自己的孩子。张黎不是，她的志愿是儿科，在儿童医院实习一个月瘦了 15 斤，研究生志愿被父亲改成了眼科。真爱的力量会搭梯穿墙翻山越海，即使到了眼科，她依然把自己主要方向定到儿童眼疾。"儿童的眼睛是能看到未来的眼睛。"

　　爱是耐心。一个 9 岁男孩，因为恐惧大闹手术室，要求所有人退后到一米以外，又抓又咬，骂了一个小时脏话。6 个医护人员去按他，麻醉呼吸面罩数次崩开，弄得大口喘气的医生吸了都晕乎乎的。"他的脏话也是学的周围，学的大人。不然呢？我们冲出去手撕熊家长？"她想了一下这个场景，自己笑了，又说"我的手珍贵，不撕"。

孩子们的回报是高糖。长期随访的小患者，来的时候会叮嘱妈妈把礼物放在书包里，带给张阿姨。礼物有时候是一块巧克力，有时候是一张手工小卡片："阿姨涂了红嘴皮的……""阿姨穿的是新凉鞋……"张黎觉得这是儿童的亲近和喜欢，没有套路，不矫饰，他们的敏感来自生命的本能，最初的那种明亮。

上天不爱的孩子

有爱的地方才明亮，总有天意忘掉的角落。

一个14岁的女孩，有先天性心脏病，脊柱侧弯，又斜视，眼睑下垂。脊柱问题导致她看起来身体很短，矮小，眼疾又让她面容受损，特别苍老。女孩自卑，不看人，不说话。父母和哥哥都是健全人，都全力配合治疗。

张黎要做的是斜视和眼睑下垂矫正手术，但女孩的身体情况容易在手术中并发恶性高热，致死率极高，全国仅有几家医院有特效抢救药。麻醉医生评估后很犹豫，张黎也很犹豫。患者家属全部了解后，很认真地请求："无论什么情况，我们完全相信医生，她不能一辈子这样……"

"那个时候是觉得对方把一个世界都放你手上了……上天不爱的孩子，我们来爱吧。"

这是大年三十前最后一台手术，彩灯把整个医学院路照得五颜六色。手术结束的时候，张黎在走廊里深深吸了一口气，该回家了，这个时候她特别想念儿子，13岁，已经比她高。

她手机里至今存着女孩术前术后的不同照片，那是两个完全不同的人，术后这一个，将开启一种"正常"的生活，能够正眼看人，说话。

张黎不怎么流泪，眼科离死亡稍远，对人心的撕扯不那么剧烈。最近一次流泪是跟另一位妈妈在一起。5岁的男孩，只有微弱的视力。一点点光感，模糊的影子，就是他的全世界。张黎是男孩母亲最后的稻草。

男孩的病有一个好听的名字：牵牛花综合征。他的眼底形态像一朵盛开的牵牛花。这是一种先天性发育异常，目前无法治疗。张黎能做的，也只是尽力保住他残存的视力，不引起其他并发症。

男孩的母亲听完，好几秒钟没有动，无论有多少心理建设，那个终极答案来临时对人重击丝毫不会减轻。接近于失明的孩子会有认知障碍，看不见，没有参照，特别容易烦躁，防备他人。这将是孩子的未来，长至一生，他的眼底都盛开着牵牛花。

母亲转身出了诊室，在一个小角落里背对着人哭，无声无息，眼泪止不住。张黎追出去，站在她身旁，陪她一阵，跟她说：这不是你的错，不要自责。孩子的先天性疾病，对母亲的打击是弥漫终生的钝痛：我一定是做错了什么，让孩子受这样的罪。

善是理解和体谅，即使有时候无能为力。

针尖芭蕾

眼科手术是针尖芭蕾，人体最精细的手术，毫厘之差，就是患者视线里的千里之别。

这一天上午的手术是一个 5 岁女孩斜视矫正，女孩一进准备间就慌了，哭，张黎跟她聊小猪佩奇，熊大熊二，她反复只问一句话：得不得把眼睛摘下来？张黎最后只有说服手术室同事，允许爸爸消毒后抱着女儿进入手术室麻醉。

沉睡的女孩长长的睫毛弯在空中，张黎端详一下，赞了声美。她握一握女孩的手，发现手心有汗，轻轻撤去她身上的小被子。

幼儿斜视手术只能全麻，难在医生无法因人而异进行术中调整，人不是机器，每个人都不同，医生是一种"盲打"，全凭经验确定眼肌的手术量。

手术开始的时候，张黎要向助手提问各种数据，要求她们自己过脑设计，不断复习，教学示范。逐渐声音越来越小，站在医生旁边相距半米也听不见交谈内容。她和助手额头顶着额头轻声说。针像孩子睫毛那样细细弯弯，线细到像婴儿头上的一根绒毛。

人的眼球最薄的地方以微米计，医生要用针把线固定在上面，还不能扎穿。最关键的时刻，张黎吸一口气，然后憋住，不呼吸，气流会改变针尖的落点。没有人说话，麻醉医生和护士都停止走动，手术室变成二维的静止画面。

惊涛骇浪都在手上，但手要不动如山。

另一台手术是个大学男生，只做眼周局部麻醉，他很紧张。开眼器把眼睑支撑开，灯光直接打在眼球上，男生喊不舒服，张黎轻轻用纱布遮住。不锈钢的止血钳反光，男生还在说不舒服，张黎开始分散他注意力："是的，器械应该做成哑光的，你看医生口红都用哑光……这个手术啊，我们眼科医生自己做都要全麻，你真是了不起……"实际上没有任何眼科医生会有立体视问题需要手术。男生信了，回答说我也觉得我很勇敢。

缝合前，她让男生坐直，站到他前方："你看现在有几个我？""两个，啊，不，现在只有一个了。

"完美！"张黎跟助手比了一个胜利的手势。男生从此不会再因为重影而摔跤。

小仙女和熊孩子

张黎最头痛的孩子不是患者，是她的研究生，高兴的时候，她称这群女孩"我的小仙女们"，生气的时候，喊她们"我的熊孩子们"。

11 楼的眼科医生办公室，早上 8 点开始，人影都忙到糊掉，通信基本靠喊。张黎惊叫一声："你们是在挖坑埋我吗?"今天是上一批病历提交的最后一天，超时医生会受处罚。眼科周转快，病人两三天出院，最少的病历也有 20 多页，多的 70 多页。张黎必须要一页页检查、签字，但前期的复印、基本填写、整理需要助手先完成。

小仙女们拖延了，此时发现大事不妙，都在"嘻嘻"，用手给她作扇风状，张黎翻了个白眼，抓紧分秒签。40 分钟后，她必须到达手术室，全套人马在等着手术开台。

她只睡了两个多小时。当天凌晨 1 点 20 飞机落地，早上 7 点 50 到医院，上午忙完，午休时间她要给小仙女们上研讨课：就在门诊诊室里，叫上外卖，边吃边讲，每个研究生轮流讲自己的论文，或者几个疑难病例分析。"我今天专门喝了咖啡对付熊孩子，战斗力爆表!"女孩们一起说："早知道我们也应该喝一杯来对付老师。"

平常的日子张黎每天晚上 12 点半睡，早上闹钟定在 6 点 35，2 分钟洗漱，5 分钟吃早餐，1 分钟画口红，7 点 43 分，她必须准时到达重医（2）号楼电梯下面排队，7 点 50 前到达科室。每一分钟都卡死。她在美国费城全球排名第二的威尔士眼科医院学习时，周四的例会在早上 6 点 45，6 点半，老教授已经打好领带穿戴整齐坐在电脑前边回邮件边等待医生们。

大浪淘沙，职业会精准地挑选出适合它的人。她希望每一个小仙女都能被挑选出来，"长大后，我就成了你。"所以她总在自责不够严厉："人很难主动走艰险的路，走窄门，为师者应该有拿起鞭子的硬心肠……我，差一点点。"

劫

医生也要历自己的劫。

张黎的丈夫也是眼科医生。冬天的时候，一场大病来得比寒风更冷。一次常规的检查，丈夫发现肺部有小结节。学医的人能看懂各种指征，这是跟普通患者唯一的区别。如何面对疾病，只取决于人自己。

他们决定做手术。手术那天，张黎一个人在走廊上等，她熟悉手术室的每一寸空间，知道器械和耗材摆放的位置，但这次她只能在外面等。这辈子最长的几个小时，每隔一分钟都要看看手机，几点了，几分了。

摘除的标本经过冰冻病检，医生第一时间告诉了她。医生问给不给病人说，张黎想了两秒，一个妻子角色迅速被一个职业医生的理性按下去，她说："要告诉他，他也是医生。"

眼泪在丈夫被推出手术室的那一瞬间奔流而出，那个躺在病床上的人，开胸之后虚弱，苍白，那个平时给病人做手术像巨人一样坚定有力的医生，突然间那么弱小。张黎觉得心揪得疼，喘不过气的疼。她握住他的手，麻药没有完全过去，他用了很大力量轻轻说，做了，就好了。

这个做完开胸手术的病人，两周以后，伤口还没有愈合，又上了手术台，他去给患者做眼科手术。

张黎生气，吵，没用。"从最自我的角度出发，工作可能是这样一种东西，你经常抱怨，累，苦，烦，但是突然把它从你的生活撤离，你整个人就像被抽空，它已经长成你的一部分，是被验证的时候才会发现的一种意义。想想我，也就理解了他。"

"怎么理解？"

"可能，每个人都像是'盲人'，你要找到一种东西，它是你寻路的光。"

作品标题　寻光
参评项目　通讯
作　　者　刘春燕
责任编辑　欧鸿
刊播单位　重庆晚报
首发日期　**2018-05-24**
刊播版面　慢新闻 **APP**

作品评价

医生的人物报道通常容易走进多么辛苦多么不容易的套路中，这篇人物特稿从一个中年女教授调皮、自嘲的朋友圈切入，打破女教授严肃庄重的刻板印象。同时，紧紧扣住她最初喜欢小孩胜过热爱医学的个人情感，从她与小患者的细节和故事中，去呈现爱的主题：医学是没有温度的科学，但医生是有温度的人；医生 A 和医生 B 可能有天壤之别，成为怎样的医生，取决于是什么样的人。稿件表现了张黎的手术、与患者的故事、同为医生的丈夫患癌几个生活和工作侧面，抓取细节，类似小患者把玩具放在她头上、丈夫做完手术她才流泪等，一个有爱、有趣、有自己的眼科专家跃然纸上，完全区别于我们通常看到的专家的人物通讯。

采编过程

稿件采写前后经历一个月。记者两次跟随张黎进入不同的手术区，全程采访你手术过程。参与张黎门诊、查房、早会、午餐讲座等各种工作现场，采访张黎同事、学生、患者，建立多角度认知。

社会效果

在医患矛盾比较尖锐的今天，勇于在稿件中敞开自己伤口的医生，赢得了患者更多的尊重。稿件推出后，慕名求诊的患者更多了，很多患者主动为这位医生转发这条慢新闻平台稿件，讲述自己的求诊经历。

全媒体传播效果

光明网、人民网、网易、新浪看点、腾讯等转载。

后来的我们
汶川大地震十周年特别报道

重庆晨报特派记者 范永松 纪文伶 罗伟 邹飞

代表作一：
巴山蜀水 血脉相连

2008 年 5 月 12 日下午 2:28，8.0 级特大地震突袭四川汶川。

自古川渝一家，巴山蜀水，血脉相连。地震发生后，距离四川灾区最近的重庆喊出了最响亮的口号："四川，重庆是你最坚强的大后方！"

重庆官方和民间救援力量第一时间赶赴灾区，重庆人民踊跃为灾区捐款捐物，大量地震伤员紧急从四川灾区直接转运重庆治疗。巴蜀一家亲，重庆与四川灾区人民之间留下了太多的血脉相连的感人故事。

值此汶川地震十周年纪念日即将到来之际，重庆晨报和上游新闻联合派出记者重走地震灾区。

我们发现，伤口正在愈合，城市已经重建，两地人民在地震期间建立的情感依然在继续流传：在重庆参加病房高考的三姐妹如今有的当上了重庆媳妇，断腿铁汉刘刚均至今对重庆恩人念念不忘，夹缝男孩郑海洋如今和当年的重庆主治医生成了兄弟……

从今天开始，重庆晨报和上游新闻客户端将陆续刊载《后来的我们》大型系列报道，让读者见证灾区的新生，感受那些温暖人心的故事。

代表作二：
在新桥医院参加"病房高考"的三姐妹王丽、赵思莉、彭丽：
感谢重庆，我们现在都过得很好

那一天

2008 年 5 月 12 日下午 2:28，8.0 级特大地震突袭四川汶川，绵阳汉旺镇东汽中学教学楼发生垮塌，王丽、赵思莉、彭丽被掩埋。其中赵思莉受伤最轻，当天下午获救；随后获救的是彭丽，她的父亲当晚将她刨了出来；最后获救的是王丽，左腿重伤，后被迫截肢。

那一月

地震发生十天后，王丽转到重庆市肿瘤医院治疗；彭丽、赵思莉转到了新桥医院。

在医院里，她们受到了重庆医护人员的精心治疗和护理，结识了心理辅导志愿者禾叶姐姐，赵思莉更是认了重庆人赵莉为姑姑。三人后来在新桥医院病房参加了高考，均考上大专。

这十年

2012年3月，彭丽回到绵竹市，在当地一家大型企业工作至今。2018年5月6日，她与相恋三年的男友结婚。

2013年，完成专升本学业的赵思莉也回到了绵竹，和彭丽成了同事。2016年成家，现有一个7个月大的女儿。

2012年专升本毕业后，王丽回到重庆肿瘤医院工作，2015年辞职考研，并于当年结婚，成为重庆媳妇，2017年考上电子科技大学研究生。

4月17日，记者拨通赵思莉电话说明来意，她热情地在电话里答应着："要得嘛，欢迎欢迎，我们这十年变化都挺大，都过得可以，我联系一下彭丽。"

在绵竹市见面时，与赵思莉同来的还有她7个月大的女儿，与十年前相比，她明显成熟了许多，谈话时随时观察着女儿的一举一动，脸上洋溢着幸福。

一身黑衣的彭丽则与一位高大帅气的男生手牵手，脸上洋溢着满满的幸福："这是我未婚夫，我们将在5月6日举行婚礼。"

而王丽则考上了一所名牌大学的研究生，三人会不定期在微信上联系，只有节假日才能相互聚齐见面。

彭丽：
重庆医生保住了我的腿
也保住了我后来的幸福

三人中，年龄最大的是彭丽。彭丽说，当年三姐妹在病房里参加了高考，虽然考前医院和沙区政府联系了凤鸣山中学的老师来给三人补课，但由于地震对三人身心的巨大打击，发挥得都不是很好，只考取了大专。

彭丽和赵思莉考取了四川工程职业技术学院，2012 年 3 月，彭丽回到了家乡绵竹市，并进入了当地一家大型企业工作至今。今年 5 月 6 日，她和恋爱了三年的男友走进婚姻殿堂。

"我们买了房子，准备结了婚之后就要宝宝，生活很稳定，非常幸福。"彭丽说，自己身体恢复得很好，在地震中受的伤已经基本康复。

当年双脚脚踝骨折外加股骨骨折的她，现在唱歌跳舞都没有问题，也不影响她穿上漂亮的裙子，活泼好动的她甚至还参加了两次迷你马拉松长跑，身体状态与常人无异，"这一切都要感谢重庆的好医生，是他们的高明医术给了我现在的幸福生活。"

地震发生时，彭丽从垮塌的教室里摔出，下半身埋在废墟里动弹不得。当时她的父亲是学校附近东方电机厂的职工，平时经常到教室给她送饭。地震发生后，彭丽的父亲第一时间赶到东汽中学的救援现场，一边高声呼喊彭丽的名字，一边根据记忆，准确找到了彭丽班级被埋的位置。当听到父亲熟悉的喊声时，被埋在废墟下的彭丽忍不住眼泪直流，知道自己有救了。

冒着强烈余震的危险，彭丽的父亲找来工具，将女儿从废墟中救了出来，抱上救护车。

现场急救医生检查发现，彭丽除了双脚脚踝骨折之外，还有股骨骨折。当时医疗资源紧张，当地急救的医生担心彭丽患上败血症，建议她截肢，但遭到父亲坚决拒绝："我女儿喜欢跳舞，截了肢她以后怎么生活？"

幸运的是，不久，彭丽三人获得了转院重庆治疗的机会，来到了新桥医院。经过新桥医院专家们的精心治疗，手术非常成功，彭丽不但保住了双腿，而且恢复得不错。

赵思莉：
重庆"姑姑"资助上大学
听到重庆口音就亲切

赵思莉是三人中年龄最小的，也是受伤最轻的，当时腰椎受伤，而经过新桥医院医生的精心治疗，目前已经完全康复，"去年怀孕时，我还担心腰椎疼痛，结果一点反应都没有，重庆医生的医术真是太好了。"

大专毕业前，赵思莉就在四川绵阳一家能源公司实习，跟大学里学习的理化测试及质检技术专业比较对口。

大专毕业后，赵思莉并没有立即走入社会，而是去西华大学读了两年，完成专升本。2013 年，她回到绵竹，与已经工作两年的好友彭丽相聚，并成为同事。

2016 年，赵思莉结婚成家，三姐妹再次在婚礼上团聚。如今，赵思莉有了一个 7 个月大的女儿，开始了为人母的崭新生活。

赵思莉说，自己能从地震巨大的创伤中走出来，除了好姐妹和家人的鼓励，更离不开众多社会好心人的帮助。比如从三姐妹到重庆住院治疗开始，一位重庆心理辅导志愿者禾叶姐姐就一直和三人保持着紧密的联系，经常在微信上和电话里关心三人的心理健康，给三人做心理辅导和疏导，让她们从地震巨大的打击中走出来，并保持了健康的心理。赵思莉 2016 年结婚时，禾叶姐姐还专门去绵竹参加了婚礼。

让赵思莉感念至今的还有"重庆姑姑"赵莉。

2008 年 7 月的一天，病房里来了一位重庆口音的阿姨，她叫赵莉，家住渝北区，对赵思莉说："我看了媒体的报道，知道了你们的身世，非常希望能提供一些力所能及的帮助。我们名字只差一个字，也是缘分，我希望我们以后能成为亲人。"

赵思莉出院后，赵莉还专程到绵竹来看望她。随着关系拉近，赵思莉认了这位之前素不相识的阿姨为姑姑。

从上大学开始，重庆姑姑每个月定期资助她 200 元生活费，直到她读完了 5 年专科和本科。"我们几乎每年都要见面，结婚时他们全家都来绵竹参加了我的婚礼，我也多次到重庆姑姑家耍，我们现在几乎是真正的亲人。所以，只要听到重庆口音，我就感觉到无比的亲切。"

王丽：
成了重庆媳妇
考上名校研究生

在三人中，王丽变化最大。在成都市郫都区电子科技大学的校园里，王丽扎着马尾辫，背着双肩包，与校园里的大学女生毫无二致。

地震发生后，王丽从四楼教室摔到了二楼，是三人中被埋最久的，直到第二天才获救。由于左腿被压时间过久，肌肉组织坏死，她被营救出来后，左腿高位截肢。

被送到重庆肿瘤医院治疗后，在志愿者和医生护士的鼓励和帮助下，王丽鼓起勇气与彭丽、赵思莉一起参加了病房高考。地震前，王丽的成绩一直排名班上前列，上本科完全没有问题，但高考成绩只上了专科线，考取了重庆电子工程职业技术学院。

送别彭丽和赵思莉两位好友回四川后，王丽独自拄着拐杖到重庆大学城上学。重庆边防总队的官兵们主动承担了帮她搬运行李送她上学的任务，同时承担了她的大学学费。

上大学后，前来迎新的是系学生会主席、比王丽大两届的重庆开州籍学长傅世川。因为王丽行动不便，傅世川一直对她比较关照，并被她的坚强所感动，向她表白，但被王丽拒绝。

大专毕业后，王丽发现在外地工作的傅世川依然对她痴心不改，还做通了家人的思想工作，王丽这才松口，两人正式交往。为了照顾王丽，傅世川专门从深圳辞职，回到重庆找工作。

王丽大学专科的专业是商务英语，毕业之后又去重庆工商大学专升本，拿到了人力资源本科毕业证。2012 年，王丽本科毕业，她曾经就医的重庆肿瘤医院将她特招进医院办公室工作。

由于自己的专业知识有所欠缺，对医院心怀愧疚，2015 年，王丽做出辞职考研的决定。当年 1 月，王丽和傅世川结婚，成了重庆媳妇。

2017 年，王丽成功考取了电子科技大学公共管理专业研究生；今年 1 月，她还应邀到美国纽约和波士顿进行了两周的学术交流。

面对如今的生活，王丽说，自己非常感谢曾经的伤痛，更感谢曾经帮助过自己的朋友、长辈和陌生人，是他们的鼓励和支持，才让自己坚持走到今天。而如今的生活，正是自己想要的生活，自己会努力下去，争取学到知识，回报社会。

至于研究生毕业以后，会不会继续读博，坐在湖边走廊上的王丽笑着说："现在一切都还未定，到时再说。"

代表作三：
"敬礼娃娃" 郎铮托本报感谢重庆恩人
"我一定要做个对社会有用的人"

郎铮的愿望是当一名军人，敬礼成了他的招牌动作。
4 岁时的郎铮。

那一天

2008 年 5 月 13 日上午，北川曲山幼儿园，一片废墟上，解放军战士用小木板做的临时担架抬出一个 3 岁小男孩。孩子被埋 20 小时，全身多处受伤。他吃力地抬起右手，给解放军叔叔敬了一个标准的军礼。

男孩名叫郎铮，他因此成为全国人民关注的 "敬礼娃娃"。

那一月

在那次地震中，郎铮的外婆吴志琼受重伤，之后被送往重庆万盛的南桐总医院进行救治。在重庆的45天，重庆的医生和志愿者给予了吴婆婆无微不至的照顾。

郎铮获救后，被送到西安进行医治，左手受伤的部分小指、无名指被截除。

这十年

郎铮康复后回北川，继续读幼儿园。从学前班开始，郎铮就读绵阳东辰学校，以名列前茅的成绩升入初中部。郎铮的父母在北川上班，他平时和外公外婆住一起，家里离学校只有5分钟路程，每天自己去学校。

如果不是当年的一个敬礼，郎铮现在可能只是一个平凡的13岁少年。

十年过去，娃娃变为少年。郎铮不愿一直待在敬礼的光环里，如今的他最大心愿是，"做个对社会有用的人，把别人对我的关爱传递下去。"

爱运动爱看书人缘好

4月13日晚上8点，绵阳一座普通社区的篮球场，一个清秀白净、瘦瘦高高的男孩小跑过来，"叔叔阿姨好！"他停住脚步，有礼貌地向记者挥手致意。球场灯光映射着他腼腆的笑容。他就是郎铮。

郎铮放下书包，脱下校服，跑上球场。每一次传球、投球，都全神贯注。没投进球时，会发出懊恼的大喊。地震中左手受伤的部分小指、无名指被截除，并没有影响到他在篮球场上驰骋。另外，他对足球、乒乓球也很擅长。家里挂着十多块各项运动的冠、亚军奖牌。

这个少年，既动得起来，也静得下去。

"他爱看书得很哟！离不得书，上厕所都要捧一本进去！"外婆吴志琼毫不客气地"揭短"。

家里阳台被改成了郎峥的私人书房，也是他待得最久的角落。《军徽闪耀》《二十四史》《福尔摩斯探案全集》《钢铁是怎样炼成的》《北大国学课》等中外古今书籍，可见这个少年涉猎广泛。

在绵阳东辰学校念初一的郎铮是班长助理，人缘特别好。论学习成绩，他小升初时，他拿到学校一等奖学金，让父母颇为自豪。现在全年级2500多人，上一次考试他排在前20名。

但此后的一次考试成绩排名落到了 200 多名，一样被外婆呵斥，让他脱掉裤子趴在沙发上，外婆用篾条狠狠地打他屁股。

不严格教育对不起国家

爸爸郎洪东是警察，只有周末才有空陪儿子。妈妈吴晓红是北川一个乡镇的干部，扶贫任务艰巨，平时郎铮和外婆在一起的时间最多。

隔代教育有很多溺爱的例子，偏偏外婆吴志琼对这个在地震中失而复得的外孙教训起来毫不含糊。

吴志琼对郎铮的这份严格自有她的道理。在她看来，郎铮以及他们一家，得到过太多人的关怀。如何回报这么多份沉甸甸的关爱？唯有严格管教娃娃，培养起好习惯，长大后才会对国家有用。这位教育程度并不高的农村老太太，说话句句在理。

"没有国家的救援，不是解放军的救助，肯定就没有我们这个娃娃了。滴水之恩，涌泉相报，何况是国家和人民这么大的恩情！"在外婆看来，郎铮毕竟还是个孩子，也贪玩，要是不严格管教，娇生惯养出一堆毛病，就是对不起国家！不仅是吴志琼，一家人都是同样的想法。

要是走进这个家庭，你便一点也不会奇怪，一个 3 岁孩子在获救后能做出这样自然的举动。

怕记者找不到路，吴婆婆晚上专门来小区门口迎接。看到有人推着婴儿车，老人小跑了几步，倒回来将铁门细心地扶住。打完篮球，郎铮见记者背着大包，主动把包接过来提在手里。外公外婆进门后，他会跑过去拿拖鞋，还为老人捶腿推背。

出自军人家庭，2 岁就会敬礼

郎铮即使坐在沙发上，背也挺得笔直。"我们家四代人都是当兵的！"郎峥的曾祖父参加过红军，外公当过四年医务兵，父亲是北川公安局警察，连外婆也当过民兵排长。

爸爸郎洪东曾是离县城 50 公里外的小坝乡派出所所长，小坝地震后变成一座孤岛，人出不去，电话也打不出去。他只听说儿子所在的幼儿园和妻子的单位都已被夷为平地。郎洪东一直在当地参加救援，在煎熬中度日如年。直到 5 月 19 日，山顶有了信号，他用颤抖的手拨通电话，才知道家里人都已获救。坐直升机出来，赶到医院见到还在手术全麻状态下的儿子，亲亲儿子的脸蛋后，他便转身离去，继续回到救灾一线。

作为一个军人家庭的后代，郎铮两岁时就学会了敬标准的军礼，郎洪东对儿子的每个敬礼都提出了要求：五指并拢，手背打直！包括眼神、表情、身板、膝关节、双脚的摆放都有讲究。

少年"成名"，希望走出光环

郎铮家的墙上挂着十多张相框，有全家福，单人照，唯独没有挂那张郎铮在担架上敬礼的照片。

对郎铮和一家人来说，十年前的敬礼，只是再平常不过的事情。那个瞬间已经过去，希望慢慢地淡化。

郎铮从来没觉得自己特殊，甚至不希望这么多人关注他。

今年4月以来，每天都有几拨全国各地的媒体找上门来。吴晓红有些无奈地笑笑。作为母亲，她还是有点担心采访影响儿子的学习。但对于媒体的采访要求，郎铮一家几乎都没有拒绝过。

"有时候还是有点为难，但我们很理解。"吴晓红在地震中，看到记者们冒着生命危险到北川采访，心里是佩服的。

对吴晓红来说，第一次看到儿子敬礼这张照片，更多的是心疼。郎铮曾被地震阴影笼罩了很长一段时间，遇到刮风下雨都害怕，上厕所也不敢关门，9岁以后才慢慢好起来。

托本报感谢重庆恩人

一听我们来自重庆，一家人都有些惊喜。吴志琼亲切又自然地拉起记者的手。"重庆对我们一家来说，有特别的意义。"

当年的5月17日，在地震中受重伤的吴志琼被送往重庆万盛的南桐总医院进行救治。"特别想感谢那位叫冷敬松（音）的医生。"吴婆婆已经联系不上他，但心里一直惦记着这位无微不至照顾她的好医生。还有一位建设村60多岁的刘登秀大姐，当时刘大姐的儿子因意外去世不到一个月，她就跑来医院当志愿者，贴心照料来自四川灾区的她。这些经历吴志琼常常讲给郎铮听，告诉孩子要懂得感恩。

回忆起在重庆的45天，吴志琼忍不住哽咽。她想念这些善良的好心人了，她有些不好意思地说："能不能在你们报上帮我们感谢一下当年的恩人们。"

郎铮也曾经来过重庆，与救命恩人解放军叔叔们相聚。其中有一名叫李帅的叔叔所在部队当时就在重庆，邀请郎铮一家去参观。郎铮画了好几幅画作为礼物带去，外婆亲手绣了9双羌绣鞋垫，送给解放军战士们。陈德永、李帅、赵兴满，郎铮能喊出每个叔叔的名字。

心怀感恩，传递关爱

"那些帮助过我们的人，我们绝对不能忘记。"十年来，郎铮也是这么做的。

拍摄郎峥敬礼照片并命名为"生命的敬礼"的《绵阳晚报》摄影记者杨卫华，2015年初因病去世。每年清明节，郎铮都去绵阳公墓扫墓，杨叔叔的墓地在哪个区哪一排，他记得清清楚楚。

现在郎铮是学校图书馆管理员，他经常会到敬老院当义工，帮忙打扫清洁。过马路时看到老人，都会去主动搀扶。

至于长大后是当解放军还是当一个生物学家，"嗯，现在还定不了，但我一定要做个对社会有用的人！把大家对我的爱传递下去。"

感恩，成为郎铮生命中的第一课。

代表作四：
震后出生在什邡罗汉寺的108个"罗汉娃"重聚
过生日，拍电影，有爱就有奇迹

唐震雯至今珍藏着她当年地震后一岁手印纪念。

地震后10年，快10岁的"罗汉娃"们健康成长，过上幸福生活。

4月中旬，一个普通的下午，时间快接近下午5点，四川什邡市南泉镇南泉小学门口，聚集了一大堆前来接孩子放学的老人。

四年级二班25个孩子在班主任黄林老师的带领下，背着书包，整齐地走到校门口。在向老师和同学行告别礼后，同学们各自散去。

下个月即将满10岁的小姑娘唐震雯蹦跳着冲出校门，向站在马路边的爷爷唐光银跑去，爷爷的旁边，站着先从幼儿园放学的5岁妹妹。

唐光银发动踏板车，带着唐震雯两姐妹缓缓向2公里外的家骑去。沿途一望无际的绿色田野平整开阔，每隔一段距离就有一栋崭新的楼房竖立，一切丝毫看不到十年前曾经遭遇汶川大地震的迹象。

但年过六旬的唐光银清楚记得那场地震的许多细节，地震突袭，房塌人伤，一切都慌乱无比，尤其是孙女唐震雯的出生。

当时，地震发生后，包括唐震雯母亲陈世抄在内的什邡市妇幼保健院20余位临产产妇无处可去，情况危急。得知这一情况后，什邡市罗汉寺38位僧人怀着无私大爱，敞开了佛门净地，打破宗教禁忌，让禅房变成产房。

5月13日，唐震雯第一个出生在罗汉寺的饭堂上，此后，共有108个地震宝宝在寺庙中出生，这些幸运的宝宝被人们亲切地称为"罗汉娃"。如今，十年过去，当年的罗汉娃许多已经天各一方。

留守

踏板车骑行了 20 分钟，就到了家。家门口种了几棵碧绿的枇杷树，树荫浓密，枇杷已经开始泛黄成熟。推开两扇 2 米多高的不锈钢大门，就可以看见一个方正的四合院，面积超过 200 平方米。

其中左边是居住区，有三个排面；右边是饲养区，饲养了一群白色的兔子；中间是一片露天空坝子，地面上随处散落着滚圆的黑色兔子屎。

唐震雯是一个爱漂亮的女孩，有着整齐的刘海，上身一件红色的带帽风衣，下身一条蓝色牛仔裤，脚上是一双白色休闲鞋。进院子以后，她一直小心避开地面上的兔子屎。

看着有人回来，几只大白兔从饲养区跑了出来，来到空坝子上，于是唐震雯就和妹妹拿起菜叶子，蹲在地上喂起了兔子。

喂完兔子，唐震雯转身准备进屋做作业，结果遭到了贪玩的妹妹纠缠。唐震雯立即提高声音吼了妹妹几句，"我要做作业了，别缠着我，去找爷爷。"

唐光银说，大孙女学习非常自觉，每天回家第一件事就是做作业，谁要是影响了她做作业，她就不高兴。而这种不高兴也可能源自家庭。

唐震雯从小就是一个留守儿童，与爷爷奶奶生活在一起，父母在 80 公里外的成都富士康上班，平时基本上每个月才回家一次。"父母在家时，她的情绪明显要平和许多。"

出生

从小，唐震雯就清楚自己被贴上了"罗汉娃"的标签，也明白"罗汉娃"的意思，"我晓得，我是在罗汉寺里生的吧！"爷爷唐光银说，孙女爱笑，而这一点也许就与出生在寺院有关，沾了佛性。

但唐震雯并不知道自己出生时的艰险。罗汉寺的住持素全法师后来在微博上详细回忆了第一个"罗汉娃"唐震雯出生的经过。

唐震雯的母亲很高大，叫陈世抄，是什邡南泉镇人。孩子是 2008 年 5 月 13 日早上 7 点 36 分降生的，重 3470 克。当时陈世抄随什邡妇幼保健院到寺院时，是 5 月 12 日下午 5 点过，本该正常顺产的陈女士，由于地震过度惊吓，一直没法顺产。

半夜 5 点过，情况十分危急，暴雨不停，只好在寺院当时唯一没有被破坏而漏雨的小饭堂，用三张饭桌拼在一起，上面垫一些卫生纸，简单消毒后就当产床。

没有照明，没有水，护士只好用几盏手电筒照着手术，小震雯终于降生了。在医生忙碌手术的时候，僧人们冒雨取下罩在马祖道一祖师像上面的凉棚，为母女搭了一个简单但是当时最好的避难所。没有支撑架，只好将输液瓶挂在扫帚上为陈女士输液。

素全法师感慨，"当我听到第一个孩子巨大的哭声划破清晨寺院的寂静时，感到无比的振奋，我们看到了灾区的希望。"

后来，陆续有107个地震宝宝在罗汉寺里降生，其中就包括唐震雯的三个同学。

同学

在南泉小学，与唐震雯一同被称呼为"罗汉娃"的还有三个男同学，分别是同班的杨子涵、邱震涵和隔壁班的杨小航。

与唐震雯一样，三个男生也都是留守儿童，父母在外打工，与老人同住。但三个男孩性格活泼开朗，班主任黄林说，前几年不时有媒体来采访四个"罗汉娃"，所以四个孩子在学校知名度颇高。

接受采访多了，四个孩子也都一点不怵镜头，在镜头前表情自然地表达自己的梦想。有的说自己喜欢体育课，想长大后当运动员；有的喜欢上数学课，希望长大后当科学家。

四个被贴上"罗汉娃"标签的孩子除了每天上学时会见面之外，有时还会在出生地罗汉寺碰面，与寺庙僧人一起组织各种纪念活动。

聚会

寺院方面介绍，震后一周年，108个孩子被组织起来在罗汉寺举行了盛大的抓周活动，这次也是聚得最齐的一次；两周年时，大家又在罗汉寺集体过生日；三周年时，母亲们用孩子的旧衣服布头，集体给罗汉寺住持素全法师做了一件百衲衣。

随着时间推延，孩子们逐渐长大，活动范围也在逐渐拉大，有的孩子跟随父母去了外地，有的失去了联系，能把108个孩子都聚齐的次数也越来越少。

负责牵头组织活动的"罗汉娃"妈妈龙沙沙说，前三年每年聚一次，之后罗汉娃们就再没有聚齐过。龙沙沙说，今年是汶川地震十周年，也赶上孩子们10岁。3月31日，借助寺院里开拍《一百零八》电影，在素全法师的张罗下，"罗汉娃"妈妈们举行了这几年来最大的一次聚会。通过努力，还是只有 105 个"罗汉娃"赶到罗汉寺，其中有的还是专程从省外坐飞机赶回来。

龙沙沙说，经过联系，发现罗汉娃们都健康长大了，都开始上学了，其中大部分孩子在什邡本地上学，另外有部分孩子已经跟随家庭离开什邡，在成都、绵竹、彭州定居，更远的则到了新疆、山东青岛和广东东莞，更有 3 个家庭因为联系方式变更，失去联系。

电影

罗汉娃们赶回出生地，除了集体过生日之外，也是为在寺院里开拍的电影《一百零八》提供原型素材，孩子们的合影将在电影里出现。

为了拍这部电影，罗汉寺大门已经封闭了两个多月，游人只能从侧门进出。

记者现场看到，偌大的罗汉寺里堆满了各种摄像器材和运输照明设备的车辆，一大群人正在里面紧张拍戏。

正殿门口的院子已经被电影剧组的器材和工作人员占据，一群打扮得灰头土脸、背着包袱推着手术车的演员正在重演当年罗汉寺医护人员接生救人的场景。

寺院方面介绍，电影根据 108 个"罗汉娃"的故事改编，是一部商业电影，全程在罗汉寺内取景，电影今年 2 月开机，原计划在今年"5·12"期间上映，从目前进度看，肯定赶不及了，估计会在下半年上映。这也是国内首次将 108 个"罗汉娃"的真实故事搬上大银幕，而电影的主题就是"有你就有希望，有爱就有奇迹"！

在正殿旁边的小湖边，一块 2 米高的花岗石竖立在岸边，一面刻着"一百零八罗汉娃诞生地碑记"，记录了当年罗汉娃们降生的经过。在另一个侧面，刻录了 108 个"罗汉娃"的名字，其中排在第一个的就是唐震雯。

代表作五：
"最勇敢女孩"陈雨秋兑现承诺
"当护士，像别人救我那样救别人"

陈雨秋如愿成为一名护士。

"雨秋"这个名字，是因为 8 月 6 日出生那天立秋，下了一场雨。爸妈希望我生活简简单单，恬静而美好，就像秋天的雨。却没料到，我生命中会经历这么一次重大的灾难。

地震中，我受了严重的伤，醒来后说："谢谢叔叔阿姨还有爷爷们，我长大了也要当医生，当护士，救更多的人。"现在，我用 10 年兑现了当初的承诺。

一场地震改变了我的一生

2008年5月12日之前，我只是一个再普通不过的小姑娘，山里的孩子嘛，能读书就读书，到了一定年龄就结婚，找份稳定的工作，走出大山。

5月8日，家里贷款5万元新修的房子刚建好，砖木结构，一共6间房，有卧室、偏房、柴房，还有养猪的区域。宽敞明亮，爷爷站在新房前乐呵呵地抽了好几口烟，眼里都是对新生活的企盼。

没想到，几天后新房就变成了一片废墟，还带走了最疼我的爷爷。

那一天，教学楼也坍塌了，我和同学被压在碎石块下，不能动弹。很疼，我们用小石块割开鞋子，抽出脚，相互鼓励着，唱着歌，不让自己睡着，说好一起出去见父母，互相支撑着，直到被救出。后来我才知道自己伤得那么重。腹部被石块砸中，脾脏破裂，小肠断裂。

我在病床上呕吐时，吐出了一团黑色的东西，只觉着眼皮很重，想睡觉。这时听到一个熟悉的名字，某某某截肢了。突然间就清醒了，心里特别难过，不久前我还跟他因为借橡皮擦吵过架，我这个暴脾气，直接把课本扔到他面前。在废墟下，他其实就在离我们不远的地方，叫着"脚好疼"。

医院的叔叔阿姨，哥哥姐姐，还有爷爷们，把我抢救了过来。

那天，最疼爱我的爷爷却走了。知道这个消息时，感觉天都快塌了，他特别宠爱我，上小学时还可以在他怀里躺着撒娇。

三个瞬间让我决心和他们一样

我被送到了什邡第二人民医院。做完手术醒来，看到照顾我的护士躺在泥泞的地上，趁5分钟间隙打了个盹。泥水把她们的白衣服都弄脏了，连一张床都没有。那时还没有联系到我的家人，她们就用本该休息的时间来照顾我。

给我做手术的张泮林教授，当过志愿军战士，参加过抗美援朝。当时已经75岁，连续两天两夜连台手术，累倒在手术台上。心脏停止跳动1分12秒！被抢救回来后，刚下手术台，又走上救我的手术台。

他和我爷爷年龄差不多大啊，身形单薄，自己带着病，怎么还那么拼命！

地震后有几位叔叔，湖北协和医院姚院长和十堰市人民医院王一平院长，一直在帮助我。王叔叔每月给我生活费，中秋节寄月饼，放假后把我接到十堰玩。他把我搂在怀里时，好温暖。

亲戚朋友给的关爱可能觉得是理所应当，但来自陌生人的关爱，会觉得特别珍惜。

从此以后我都管张泮林叫爷爷，他跟我已经离开的爷爷一样，无私地爱着我。

那时候，我对自己说，我也要像他们一样。于是在初中毕业时，毫不犹豫选择了护理专业，进入四川大学附设华西卫生学校。

珍藏第一顶护士帽

大一那一年，才知道"5·12"也是国际护士节。对我来说，这个节日比其他人可能意义更大，是我重生的日子。

那天的授帽仪式，终生难忘，是我第一次戴上真正的护士帽。之前戴的帽子是软软的，而这一顶是挺拔的燕尾帽。

宣读完南丁格尔誓词，摸着头顶的帽子，心里感到特别神圣和骄傲，好像自己已经是真正的护士了，和那些照顾我的护士姐姐护士阿姨们一样。

回寝室还戴着，臭美了好久，舍不得取下来。

它现在还珍藏在家里。

学医实习一年，和其他专业不同，不但没有收入，还要向医院缴纳实习费。爸妈出去打零工挣钱，爸爸的手都磨破了，但他们百分之百支持我走这条路。

家乡的房子重建起来了，破损的道路修好了，我也如当年所愿，进入蓥华中心卫生院工作。

阿姨身上也有一条疤

我主要负责住院部和门诊部日常理疗护理，做静脉穿刺、雾化吸入这些基本的工作。

护理工作并非想象中那么容易。刚进医院不久，就被病人骂哭过。我伤心地哭了一场，跑到休息室把工作服脱掉，心里很委屈：怎么就得不到他们的理解呢。哭完了，抹干眼泪，还是笑嘻嘻地照常回到病房，该干吗干吗。工作五年后，遇到问题更多是找自己的原因。病人很多时候心情比较着急，我早已能够理解。

有一个小姑娘做完手术，捂着被子哭得厉害。她嚷着说，我的疤好丑。我知道她在害怕什么。于是蹲下来，笑嘻嘻地跟她说，不怕不怕，阿姨身上的疤比你更大呢。她不太相信地望着我。我把衣服掀起来，给她看在地震中留下来的伤疤。十年过去了，伤痕还在，20多厘米长，像肚皮上长出的树根，又像是一条深深的沟壑。

小姑娘停止了哭泣。我真不觉得身体的疤痕是一个劣势。反而这是一个奖状，一个痕迹，提醒我在那样艰难的环境下都活下来了，没有什么坎儿是过不去的。以前我是个急脾气，现在早已能控制自己的情绪，因为我面对的都是最需要帮助的人。

像别人救我那样去救别人

2017年4月，有位采药人被困在一个废弃已久的灰窑井下，还受了伤。院长带人下去，我守在井口做氧气吸入和静脉注射等急救准备。井口年久失修，多处出现裂缝，可能随时会垮塌。

我怕么？还真的不怕，我都是死过一次的人了。在下面的人更危险，那是一条生命啊。救人是我们的天职，没得说。

曾经有一位病人，我叫他顾爷爷。刚入院时经常发脾气，医生护士都被他骂过。后来我值夜班时，他经常让老伴送来水果。要转院时，却不肯走，把我的手紧紧拽住，含着眼泪说"你要来看爷爷啊"。有人觉得这是人老了没脾气了，其实这是对我们护理工作的肯定。

最后顾爷爷又回来了，拉着我说："闺女，就想看着你，多看几眼，喜欢看你笑的样子。"

最后顾爷爷心脏骤停，那次抢救刻骨铭心，连家属都说算了，其实也已经达到了医学的极限。但我不愿意放弃，不想他就这么离开。

就像当年的叔叔阿姨和爷爷们，不愿意放弃我一样。

听到"谢谢你"最开心

地震前，我没有规划过自己的人生，走一步算一步。现在我知道了，我的生命就是要拿来服务于病人，不考虑任何回报。

但事实上，我得到了回报。病人出院时，握着我的手说一句"小陈，谢谢你"，心里就好开心啊。以后在镇上碰面，也会亲热地打招呼，"早上好！小陈你吃饭没有？"

我很喜欢这个称呼，病人还记得你是最大的回报。去一位老大爷家里做回访，他把家里所有零食都抱出来了，不停给我倒水，拉着我的手不愿放开，心里很温暖。

原本我有50多天产假，但医院人手不够，于是提前了一个月回来工作。能为医院，为病人们多做一点事，我从心底来说特别乐意。

离别让我学会了珍惜

我们班有45个同学，地震中离开了21个。我们幸存下来的人，每年都会回到花果山，那是安葬同学们的地方。每年"5·12"来临前，总会梦到同学们，其实我并不害怕，只是真的想念他们。

震后第一次回家，在爷爷的坟前待了几个小时。感觉他还在房屋的后面，劈柴或者喂猪，还在陪伴着我。要是爷爷看到我现在也做了护士，肯定会为我高兴的。

工作后，每次远远路过花果山，也都会不由自主地望几眼。我知道每个同学的坟墓在哪个位置，就好像清楚每人坐在教室的哪个位置一样。但更多的不再是伤痛，我们总要乐观地往前看，不是吗？

延续不断的生命链

去年我有了宝宝，小名叫可乐，大名叫肖兴楠。楠木树木质坚硬，能存活很久。我希望他像楠木树一样儒雅，生命力顽强。

生命很奇妙，也是这样延续下去的，像链条一样紧紧相扣。前辈离开，有后辈继承。

十年前的 5 月 12 日，可能是我一生中最糟糕的状态，但得到的东西比失去的多。失去的无法再来，我们唯有珍惜所拥有的，并且更努力、坚定地前行。

代表作六：
十年，北川妈妈成兴凤每年都会写信给儿子贺川，她把信做成横幅每年挂三次；每封信后面，她都留了手机号写给天堂的信会继续，但妈妈的笑越来越多

在北川中学遗址前，成兴凤放上菊花。

每年成兴凤都要为儿子写一封信，表达对遇难儿子的怀念。

北川居民成兴凤每年都会坚持写信给儿子贺川。信被她制成横幅，高高地挂在废墟之上。已连续整整十年。横幅很大，儿子即使相隔很远，也能读到妈妈的思念。每一年，信的内容都有变化，唯一不变的，是信末的一个手机号。这是成兴凤在地震后换的一个新号码，她担心儿子哪一天回家，会找不到她。

那一天

地震造成景家山崩塌，北川中学新区被整体掩埋，当时成兴凤的儿子贺

川就在学校。家里房屋被毁。

那一月

成兴凤四处寻找儿子，希望儿子能跑出来，但始终没有任何消息。短短几十天内，当时才40岁的成兴凤头发就白了一大半。眼睛也不太好，是哭坏的。

这十年

每一年，成兴凤都会给儿子写一封信，打印成横幅，挂在学校的废墟。每年分三次挂出来，清明节、"5·12"、儿子生日各一次，坚持了十年。2009年，成兴凤去儿子最想去的北京开了一家川菜馆，完成他的心愿。2012年，在绵阳竹林新区按揭买了新房。2016年，夫妻俩在安昌镇开了一家膏药铺，亲手打理，帮乡亲们做理疗，疏通经络，拔火罐。女儿贺东梅成为一名舞蹈演员，一家三口生活平静幸福。

和儿子在废墟上的"会面"

2018年4月17日，是女儿东梅22岁生日。十年前，每逢这天，成兴凤都会做一桌可口的饭菜，一家四口围坐在一起庆生。儿子贺川每年会悄悄准备一份小礼物给妹妹，有时是一个发卡，有时是一朵亲手做的小花。

女儿现在是北川歌舞团一名舞蹈演员，单位有演出，于是成兴凤决定一个人搭顺风车去看望儿子。她先去了一家祭祀品铺子，"哟，又要去看娃娃啊！"店老板热情地招呼成兴凤，早已是老熟人，十年来每次给儿子捎的纸钱、香烛，成兴凤都在这家买。

她是个念旧的人。

从安昌镇到北川老县城，有28公里。从"5·12"地震遗址纪念馆门口到儿子的学校，有450米。成兴凤闭着眼睛都能找到，像是自己家一样。

"5·12"那天，突如其来的灾难造成景家山崩塌，山上200多万方土石倾泻而下，北川中学新区被整体掩埋。美丽的校园，朗朗的读书声，都永远躺在了巨石之下，只剩一个篮球架和旗杆。

景家山崩塌遗址前方的栅栏，放满了前来祭奠的游客送来的鲜花。右侧有一条小路，可以走到废墟上方。游客是不能上去的，只有地震遇难者家属知道这条路。

39步残破的阶梯，成兴凤这十年来走了无数次，石梯上已长满绿油油的青草。

成兴凤脚步放得很轻，生怕吵到了他们。地震后，废墟上升起了一面国旗。不知是谁摆了一张课桌，成为成兴凤以及其他家属的祭台。

2008年7月13日，是贺川的生日。成兴凤实在太想儿子了，于是把想对儿子说的话写下来，拿到镇上打印店，制成一条横幅，挂在红旗下的废墟上。此后每一年，都会写下一封信。横幅很大，相隔几十米都能看到。成兴凤每年会去挂3次横幅：每年春节、每年5月12日，还有每年贺川的生日，农历七月十三。

她总觉得，这样孩子即使在远方，也会读到她的信。"今天妹妹过生，你也多买点好吃的。"一边烧纸钱，一边用几乎听不见的声音，跟儿子低语。

成兴凤默默把两束黄色菊花插在了废墟上，抚摸着横幅上孩子的照片。贺川很少照相，地震前十天，班上刚照了毕业照，也成了贺川唯一的近照。成兴凤从班主任那里要来了集体照，把儿子的头像"抠"出来放大，和信放在一起。另外还制作了一张，和家人的照片合成在一起，看上去像是全家福。

照片上不到17岁的贺川，是妈妈记忆里最熟悉的样子，清秀的面庞，浅浅的笑容，看上去还有些腼腆。

十年来从未停止的思念

地震后前八年，成兴凤过得很艰难。

她怎么也不相信，儿子会离自己而去。

"他温柔，懂事，很细心，会照顾人。"成兴凤声音轻柔，眼光落在不远处的角落，好像孩子就站在跟前。贺川从不乱花钱，每周30元零花钱都用不完，夹在课本书页里攒起来。有一晚她突发急病，丈夫不在家，儿子从学校赶回家把她送到医院，又独自骑着自行车在午夜街头到处找小卖部给她买牛奶。儿子成绩很好，遇到妹妹作业不会做，他就会搬来小板凳坐到妹妹身旁，手把手地教。

贺川有一次挽着她的手，把脸贴着她的头发上说，妈妈，你和爸爸好辛苦哦，以后我要去北京念书，念了书养你们，就不用这么累了。

这么贴心的孩子，怎么会突然就没了呢？

地震当天，她去陈家坝的母亲家祝寿，回来后就再也找不到儿子了。"他跑步好快，怎么会跑不出来。"前几年，成兴凤不停地想这个问题。她明明知道，一座山都垮了下来。可就是不相信，那么敏捷、健康的儿子，说不见就不见了。

儿子和女儿，是成兴凤的整个世界。儿子没了，她的世界坍塌了一半。短短两个月，当时才40岁的成兴凤头发就白了一大半。眼睛也不太好，是给哭坏的。

地震后，她去过北京开餐馆，为了圆儿子的梦。后来身体不好又回到绵阳。头几年，她晚上老睡不好，还买过安眠药，好几次动过轻生的念头。

因为最后没找着儿子的遗体，成兴凤心想，说不定他还在呢。新换了手机，又搬了家，如果儿子找不到路，可以打这个电话。

有人说成兴凤这是在炒作，她也不去争辩。她觉得自己只是一位失去儿子的母亲，对她来说什么都不重要。任别人去说好了。

好多话在心里没处表达，写下来，挂出去，要好受一些。每年写一封信，这是她唯一能为儿子做的事。

可能，他只是跟同学们去远行吧。成兴凤期盼着，有一天，电话响起来后，儿子开心地跟她说，妈，我回来了。

帮别人减轻痛苦　我的痛也减轻了

告别了儿子，擦去泪水，成兴凤又赶回去安昌镇的膏药铺工作。

换上白色大褂，上了一个淡妆。她的五官很好看，头上别了一支树叶型的发卡，戴着羌族元素的银耳环。

"洪叔，今天给你贴了四张，不要取了哟，坚持贴 48 小时！"成兴凤挥挥手，走到门口微笑着送别客人，关切地一再叮嘱。

2016 年 10 月，成兴凤和丈夫贺德志借钱在北川安昌镇上开了一家 50 平方米的膏药铺，治疗颈椎病、肩周炎、风湿等。"自从开了店，心情好了80%。"大部分活儿由成兴凤承担下来，给病人配药、疏通经络、拔罐、刮痧，样样不在话下。平均每天接待七八个病人，多的时候十多个。开店前成兴凤去西安培训了一年，考了就业执照，看上去很专业的样子。"客人病好了，我也开心啊！"她笑着有些不好意思地低下头。客人都是靠口碑寻来的。三伏天和二八月，是最忙的时候。

去年，一位 78 岁的老婆婆，腰椎间盘突出特别严重，一步也动不了，是家人用车送到门口的，成兴凤为她做了理疗，半个月后，老人已能下地走路。

去年店里有十多万元营业额，虽然除去成本也赚不了多少，又辛苦，但可以帮助别人，让成兴凤特别有成就感。病人康复后，给她送来了腊肉，她会开心地发朋友圈。随着客人增多，场地已显得小了，夫妇俩准备再另外找个七八十平方米的店铺，继续把膏药铺做下去。

平淡生活中的小幸福

另一个让她自豪的是女儿东梅，1 米 7 的个子，漂亮苗条，民族舞、现代舞、爵士舞都会跳。女儿也是从地震中垮塌的房屋中救出来的，伤好以后爱上了跳舞。她曾在乐山歌舞团上班，经常出国演出，但自从马航失联后，成兴凤担心得很，就让女儿回到北川。现在女儿在新北川的中心地带"巴拿恰"常有公开演出，只要是下班时间，她几乎场场都要跟着去看。

"羌族舞跳得可好了，一看就是咱们羌族的娃。"成兴凤一边翻着女儿的朋友圈一边笑，"你看嘛，这姑娘就爱臭美，拍了好多照片哦。"

2012 年，成兴凤一家在绵阳某新区按揭买了新房，有 90 多平方米。去年家里又按揭买了一辆十来万的"野马"。每天早上，女儿开车把父母送到药铺，自己去单位上班。8 点半，药铺开门迎客。中午简单在店里做点饭菜，下午女儿下班后，会来帮下忙，然后三人一起回家。

女儿养了一只黑色泰迪，成兴凤起初也嫌弃，但越养越喜欢，还起名叫"安安"，意为平安。她在里屋做理疗，安安就在门口守着。

这样的生活，成兴凤突然也觉得知足了。

每年收到上百条陌生人短信

虽然没有等来儿子的电话，但每年成兴凤都会收到上百条陌生人发来的短信。

"这位妈妈，看了您写给儿子的信，好心疼您。您别太伤心了，保重身体。""我也是一位母亲，母子连心，能体会您心底的痛。您要振作起来，一起加油。"

曾经有一位不认识的老人，亲手写了一副对联送给他们，里面藏有成兴凤和贺德志，还有贺川的名字："贺北川重生，修德修志巴蜀雄起；成凤凰涅槃，兴龙兴凤中华腾飞。"横批是"多难兴邦"。

老人的祝福，成兴凤现在做到了。她不再像当年那样无助，笑容越来越多，泪水越来越少。她说，十年过去，总要面对现实，生活还要继续。还有丈夫，还有女儿。不管怎样，好好地活下来。

信，她还会继续写，继续挂在上面，通过这样的方式，静静地和儿子交流。

下一封信里，成兴凤想把新的变化告诉儿子：儿子，现在生活好多了，靠我们自己的努力，开了药铺，帮好多人解除痛苦。你肯定也会为妈自豪的。

十年了。周围有很多变化。
唯一不变的是，我在想你。

第三封信："祝全校师生新年快乐。又过年了，儿子回家吧，妈妈来接你回家过年。妈妈每次来看你，就看见你喊妈妈来救我，妈妈就是走不到你身边来，像一层玻璃把你隔在外面。儿子，妈妈每次来看你的时候，每一个脚步都有千斤重，每一分、每一秒都那么撕心裂肺的痛。"

第五封信："贺川你在哪里啊？儿子你好吗？妈妈好想你啊！儿子，妈妈今天来看你，你离开我们第五年了。儿子，妈妈这五年都不知道是怎么熬过来的……特别是夜深人静的时候，妈妈的心就好疼。无论如何，你要好好照顾自己，妈妈会为了你好好活着。我永远也不会放弃你的。记住，你永远都是妈妈的乖儿子。儿子，妈妈的心愿还没完成，我们一起加油吧！爱你的妈妈。"

第八封信："贺川，你好吗？妈妈好想你，八年了，每次来到这里都鼓足勇气，有好多心里话想对你说，话到嘴边还是泪流满面。苍凉的废墟上，我好像听见儿子在喊妈妈来了，此刻，我的心都碎了，就像一座山把我们母子隔在千里之外，妈妈只能肝肠寸断地站在废墟之外，大声地喊，贺川，我的儿子，你在哪？妈妈苦等了你 3175 个日夜了。"

第九封信："贺川，你是妈妈最懂事的孩子，妈妈知道你不放心我的身体。请你放心，妈妈会照顾自己的，妈妈希望你能回到家过年。妈妈多么希望一家人在一起吃个团年饭。家里什么都安排好了，儿子，回家吧。爸爸、妈妈、妹妹都想你。等你，等你回家……"

第十封信："儿子，妈妈现在好想知道你过得好不好啊。贺川你现在是个男子汉了，一定要坚强，像妈妈一样，要照顾好自己。儿子这十年什么都变了，妈妈的心对儿子是永远不会变的……"

作品标题　**后来的我们　汶川大地震十周年特别报道**
参评项目　**系列报道**
作　者　**范永松　纪文伶　罗伟　邹飞**
责任编辑　**黎伟　金鑫　等**
刊播单位　**重庆晨报**
首发日期　**2018-05-08**
刊播版面　**第 9—12 版特刊**

作品评价

从 5 月 8 日开始，重庆晨报持续 5 天，每天推出 2-5 版的系列报道——"后来的我们"汶川大地震十周年特别报道，直到 5 月 12 日汶川大地震十周年纪念日当天。报道总量超过 20 个整版。报道通过对发生在 10 年前的汶川大地震进行了全方位多角度的深入回访，展示了经过十年的努力，地震灾区欣欣向荣的重建状况，以及当年受灾群众十年的新生面貌，展现了灾区群众积极乐观向上的精神风貌，以及灾区重建取得的巨大成就。

报道同时紧密结合重庆元素，深入报道了重庆对口援建灾区的成就，以及众多灾区受灾群众与重庆的千丝万缕的联系，展现了重庆人民在抗震救灾中的无私与大爱。

采编过程

从4月中旬开始，重庆晨报编委会经过精心策划，周密安排，提前派出汶川大地震十周年特别报道小组文图记者一行5人，深入汶川地震灾区进行深入采访。在为时10天的采访中，特派记者们分别奔赴了6个地震重灾区，采访了10多个政府相关部门，并回访了地震人物40多个，从多个角度展示和还原了震后十年灾区和群众的最新面貌和积极变化。

社会效果

系列报道推出以后，在四川地震灾区和重庆读者中间产生强烈反响，受到四川多个重灾区党政部门的首肯，多篇报道被多家国内媒体全文转载。

全媒体传播效果

在报纸连续刊发报道的同时，在上游新闻客户端以图文和视频稿件的形式同步刊发，共发稿40多条，其中全媒体报道有超过10篇的阅读量超过20万人次，取得了良好的传播效果。

"麻花行动"："陈昌银"快刀斩乱"麻"

重庆商报记者　唐小蝶

来了"网红"重庆，带点什么特产离开呢？在重庆著名景点磁器口古镇，"陈麻花"被视为当地一绝，有着"没吃过陈麻花，就没到过磁器口"的说法。然而，陈昌银、陈建平、陈文贵、陈稳健、千年陈……到处都是姓"陈"的麻花，让人不禁眼花缭乱。据悉，之所以会出现如此多的"陈麻花"，是因为曾经"陈麻花"被视为磁器口麻花的统称，不能作为商标进行注册。

近日，重庆市磁器口陈麻花食品有限公司总经理杨学武接受了记者采访，透露该公司已经获得多类"陈麻花"注册商标，"陈昌银"的正宗"陈麻花"之名受到了法律的认可

"陈麻花"目前已展开大面积维权行动。

对于"陈昌银"的做法，其他"陈麻花"表示了不解。

"陈麻花"遍地开花
本地人也晕头

走在磁器口古镇的街上，销售麻花的地方比比皆是。不仅有"陈昌银麻花""陈建平麻花""老街陈麻花"等专卖店，还有不少重庆特产店也出售各种陈麻花。

"不知道哪家是正宗的，每次都看哪里排队的人多就买哪一家。"特地赶来给外地亲戚买陈麻花的张女士说，身为重庆本地人，她也经常被各种陈麻花搞得晕头转向。而从湖南到重庆旅游的刘先生则表示："重庆的'陈麻花'太多了，我们外地人肯定分辨不了，只能根据美食攻略的推荐买。"

记者观察到，这些不同品牌的"陈麻花"价格相近，塑料袋包装的单价在 15 元左右，牛皮纸包装的单价则为 30 元左右，包装风格相似，而且口味都非常丰富。有特产店工作人员告诉记者："这些品牌都是正宗的陈麻花，一家人开的。"还有人表示："排队多的那家就是正宗的。"

那么，哪一家陈麻花店最先在磁器口开店？记者在磁器口对一些原居民进行了调查，但也没人能说清楚。

唯一能确定的是，陈昌银在 2007 年将自己的"磁器口陈麻花经营部"注销，成立了"重庆市磁器口陈麻花食品有限公司"。这家公司是重庆第一家麻花公司。

正宗"陈麻花"
如今有了说法

为什么会有这么多"陈麻花"？据了解，在重庆地区，于从事职业的前面冠上姓氏是非常普遍的做法。于是，商家将自己生产的麻花冠上"陈"的姓氏，号称是正宗的"陈麻花"也成为理所当然。再加上"陈麻花"此前被认为是磁器口麻花的统称，"陈"与"麻花"都是通用词，注册不了商标，更是给各种"陈麻花"的涌入留下了可乘之机。

现在，谁是正宗"陈麻花"终于有了说法。记者从重庆市磁器口陈麻花食品有限公司总经理杨学武处获悉，该公司终于在近期成功注册了"磁器口陈麻花"和"陈麻花"商标。截至目前，该公司共拥有 30 类、35 类、40 类的"陈昌银""磁器口陈麻花""古镇陈麻花""陈麻花"等，共计 168 个注册商标。

为何如今能成功注册"陈麻花"为商标？"我们公司数年如一日地宣传'陈麻花'，将'陈麻花'的形象深深地印入了企业。而且，我们还参与了重庆麻花地方标准的制定，2011 年被评为区级的非物质文化遗产，2016 年被评为市级非物质文化遗产。这都是社会对我们的'陈麻花'知名度认可的体现。"杨学武介绍，公司生产的"陈麻花"具有了广泛的知名度后，根据《商标法》被认定为未注册驰名商标。经过该公司申请注册，"陈麻花"终于从统称转变为了特指"陈昌银麻花"。

维权路
曾耗资百万掐了 9 场"架"

"商标维权耗费了我们大量的时间和精力，从 2009 年起到现在，光是打官司就已经花费了上百万元。"杨学武告诉记者，为了"陈麻花"这块招牌，公司这几年打了 9 起官司。

"陈麻花"打的官司，最著名一起甚至入选了重庆 2017 年知识产权司法保护典型案例。据相关报道显示，2015 年起，重庆喜火哥饮食文化有限公司（以下简称"喜火哥公司"）九龙坡分公司为自己生产的麻花取名为"陳昌江"，以"陳昌江"作为麻花的商标，即使产品不在磁器口加工生产，也在包装上印上了"磁器口陈麻花"字样。2016 年，该公司被重庆市磁器口陈麻花食品有限公司起诉，被法院认定"陳昌江"作为商业标识有明显搭便车的故意。从相关公众的角度，容易误认为"陳昌江"与"陈昌银"有一定的关联性，使相关公众对商品来源产生混淆误认。所以"陳昌江"因构成虚假宣传的不正当竞争行为，被判决立即停止侵权行为，并赔偿相应损失。

"陈昌银"在 2013 年起诉"陈昌原"的案例也比较有名。"陈昌原"一审被判侵犯"陈昌银"注册商标专用权，赔偿 3 万元。但在当时，"陈昌原"使用"陈麻花"的字样的问题，法院认为磁器口陈麻花公司未将"陈麻花"作为其企业名称中的字号突出使用或者宣传，"陈麻花"尚不能作为《反不正当竞争法》规定的企业名称加以保护，故不认为被告侵犯了"陈昌银"的企业名称权。"陈昌银"提起上诉后被驳回。

可以看出，在两起当年的"陈麻花"官司中，"陈麻花"字样被其他企业使用，尚不能被认定侵犯了重庆市磁器口陈麻花食品有限公司的相关权益。如今随着"陈麻花"注册商标的落地，其他企业将不能再随意使用"陈麻花"字样。

影响
大面积维权开始
商超下柜其他"陈麻花"

记者获悉，重庆市磁器口陈麻花食品有限公司如今已展开大面积维权。比如在本月 17 日，该公司的官方微博"重庆陈昌银麻花"发布了一则"维权"公告，宣布对一切侵犯其商标的行为将采取法律手段追究责任，并在此后发布了多条有关维权的消息。

同时，部分商超也在开始下架其他打着"陈麻花"字样的品牌。"我们已经接到了陈昌银品牌注册'陈麻花'的通知，随后督导办下发了除陈昌银品牌之外的'陈麻花'下柜通知。但是下柜有一个时间节点，在陈昌银品牌注册'陈麻花'商标前生产的产品可以销售，之后的就不能了。"新世纪百货相关工作人员告诉记者。

"陈麻花"们
有的换招牌有的很不解

重庆市磁器口陈麻花食品有限公司成功注册"陈麻花"商标一事，其他"陈麻花"对此是怎么看待和应对的呢？

昨日，陈建平麻花的工作人员唐先生告诉记者："受到陈昌银麻花将维权的影响，基本上一条街上的其他陈麻花都做了变化。陈昌银麻花已经注册了

'陈麻花'和'磁器口陈麻花'商标，我们再打陈麻花的招牌有法律风险，所以已经快速更换了招牌，将'建平'两字放大。"

而另一家陈守林麻花的老板陈守林告诉记者："陈昌银麻花拿到'陈麻花'等商标注册后，对我们进行了起诉，很快就会开庭。大家都是'陈麻花'，一起把磁器口麻花打响名气，对于陈昌银麻花的行为我们很不解。"

陈文贵麻花也对此持相同态度，其负责人表示："大家都是陈麻花，为什么非要争个唯一。"但对于是否会更换招牌，他拒绝回答记者的问题。

声音
律师　相似"陈麻花"侵犯消费者知情权

合纵律师事务所合伙人安宁律师告诉记者，姓"陈"的麻花虽然有很多家，但只有"陈昌银麻花"通过了"陈麻花"的商标注册。在重庆，狭义的"陈麻花"就是指有祖传手艺的"陈昌银"，但很多相似陈麻花故意混淆概念，让人误认为或者认为它就是"陈麻花"。例如"陳昌江""陈昌原"等相似陈麻花，就侵犯了消费者的知情权，以及涉嫌不正当竞争。

专家
商标纠纷多由专业知识缺乏造成

中国食品产业分析师朱丹蓬认为，商标纠纷的原因大部分是历史遗留问题造成的，很多企业都存在着知识产权保护与整体发展不匹配的情况。除此之外，商标注册的法律法规不完善、信息不对称等方面，也是造成目前商标领域出现较多纠纷的原因。

该如何应对呢？他表示，商家除了通过法律武器维护自身权益，还应该加大力度钻研商标注册，储备相应的专业知识，为自己的核心商标建立起门槛。在培养消费者对品牌的忠诚度的同时，向消费者传递辨别品牌真假的信息，提升辨别真假的能力。

作品标题　"麻花行动"："陈昌银"快刀斩乱"麻"
参评项目　通讯
作　　者　唐小蝶
责任编辑　吴光亮
刊播单位　重庆商报
首发日期　2018-05-27
刊播版面　头版

作品评价

"陈麻花"作为网红重庆的土特产品备受游客追捧，但磁器口一条街上琳琅满目的"陈麻花"招牌也让市民及外地游客看花眼，难以分辨哪家正宗。选题以"陈昌银"正式获得"陈麻花"多类注册商标为切入点，探究"陈麻花"招牌市场乱象、维权官司，延展市民影响，反映出知识产权保护对于企业乃至行业发展的重要性，话题性强，对于规范行业有序健康发展也有较强的警醒作用。主标题借喻成语故事，一语双关，贴合主题。

采编过程

5月22日第一次采访"陈昌银麻花"，了解"陈麻花"商标之争的相关情况，走访了磁器口各大麻花销售点，并搜集相关资料。5月25日第二次采访该公司，补充采访"陈昌银麻花"拿到"陈麻花"商标细节，再次走访磁器口，初稿成稿。5月26日，对其他陈麻花、商超渠道进行了补充采访，稿件定稿。

社会效果

"陈麻花"商标归属已经有了法律上的定论，让大众知晓这一情况，使"陈麻花"商标之争受到广泛关注。

全媒体传播效果

上游财经、上游新闻、澎湃新闻、网易、观察者网等转载，微博重庆晨报、重庆时报、重庆晚报、新浪重庆等转载。

重庆火了 网红地商标频遭外地人抢注

重庆商报记者 严薇

"网红重庆"在朋友圈持续刷屏，《千与千寻》现实版洪崖洞、长江索道、穿楼而过的轻轨、天空悬廊奥陶纪、8D魔幻都市观景台……处处人头攒动。重庆市旅发委发布消息称，"五一"小长假三天我市共接待境内外游客1735.75万人次，实现旅游总收入112.48亿元，同比分别增长21.6%、30.5%。

近日，记者查询国家商标局发现，火热的旅游市场，也带火了商标注册。洪崖洞、解放碑等网红地名纷纷被商家注册商标，还有不少商家还在争相申请。仅含有"洪崖洞"的商标就达58件。

现象
网红地商标纷纷被申请注册

洪崖洞、李子坝轻轨站、长江索道、鹅岭二厂……2018年，一个个重庆网红景点刷爆朋友圈，这也让"嗅觉"敏锐的商家开始忙碌起来，将触角伸向了商标。

记者登录国家商标局查询到，以"洪崖洞"为例，"洪崖洞""洪崖洞半山""洪崖洞老街""洪崖洞吊脚楼"等"洪崖洞"商标多达58件，仅今年提交申请的就达4件。2017年6月以来有37件新的申请记录，这些"洪崖洞"除了被注册在与旅游相关的餐饮、旅馆外，还被注册到牛奶、果酒、白兰地、家用器皿、服装制作、纺织品精加工、肥皂、洗涤用品等类别上。

因轻轨穿楼而过新晋网红地李子坝，其商标也多达79件，其中仅一件被位于四川广元的商家注册为豆类饮料、植物饮料、啤酒、矿泉水上，其余则被李子坝餐饮、狂草科技公司持有。

"奥陶纪"的商标申请也多达21件。黄桷坪的涂鸦街也在2008年被重庆一家文化公司注册，随后2016年7月和11月，来自东莞和兰州的文化公司同样以"涂鸦街"为商标提出申请。长江索道也早在2016年8月被重庆市客运索道有限公司申请注册了27件商标。千厮门也有"千厮门""千厮门记忆""千厮门码头"等7件商标申请记录。

作为重庆的老牌地标，解放碑、朝天门、磁器口的商标更是早已被商家握在手中。其中，含有"磁器口"的商标达 179 件，仅在"麻花"（30 类）上含磁器口的商标就为 41 件；含有"朝天门"字样的商标更是多达 186 件，仅第 43 类"餐饮"领域，含"朝天门"的商标就有 34 件。

餐饮旅游类商标最受青睐

"随着重庆走红网络，这些相关的景点成为商家争相注册的热点，餐饮旅游等类别最受青睐。"重庆西南商标事务所有限公司总经理吴赵龙说，以"朝天门"为例，去年 12 月中旬，荣昌一个人就申请将"朝天门来福士扬帆"注册到旅馆、酒吧服务类别的商标上。去年 12 月 29 日，渝中区一家企业也提交了"朝天门"的商标申请，申请注册在食用油类别。今年年初，又有个人提交了"朝天门梯坎""朝天门巷子"等商标申请，涉及饭店商业管理等。

一家名为"重庆邦辉餐饮管理有限公司"更是在今年 4 月一口气申请了"洪崖洞火锅""洪崖洞洞子火锅""朝天门防空洞老火锅""朝天门坝坝火锅""朝天门大桥火锅""解放碑朝天门火锅""解放碑打望"等 7 件商标，而其申请注册的与重庆的知名地点、民俗相关的餐饮类商标多达 70 件。

尴尬
网红地商标频频被外地人抢注

别看重庆的网红打卡地的商标被越来越多的商家蹭热点，不少"正主"却曾因商标吃大亏。

一位不愿具名的业内人士透露，2006 年投资 3.5 个亿的洪崖洞在即将开门迎客之际，却发现商标"洪崖洞"早在 2005 年 8 月已被安徽省一自然人提请注册登记商标，其申请类别是第 39 类，即旅游运输、商品包装和贮藏、旅行安排等。最终，直到 2010 年，重庆小天鹅集团总裁何永智不得不花费 5 万元，从一名职业商标注册人手中买回了"洪崖洞"商标所有权。

成都一家企业不仅将重庆"小龙坎"注册为火锅商标，还以"小龙坎"是其注册商标为由，要求成都上百家"仿冒的"小龙坎火锅店立即"变脸"。

古镇"磁器口"不仅被大连一商家注册到货运；旅客运输、船只运输等类别，还被四川省自贡市一商家将其注册到教育、文娱活动、电子出版物类别上。

重庆商标协会也记载了关于"朝天门"商标侵权的案例。2012 年 8 月起，未经"朝天门"商标持有者重庆的朝天盟公司许可，湖北省武汉市经营者魏某擅自在其所经营的火锅店中使用"朝天门"文字及图形等标识，并对消费者宣称其为朝天盟公司的特许加盟店，其火锅底料及各种调味品均系由朝天盟公司直接供给，系正宗的重庆"朝天门"火锅。协会官网显示，"朝天门"商标一年"打假"案件达到 20 多件。

一位业内人士透露，此前被抢注的重庆磁器口古镇等，注册主体遍布全国各地，约有 50% 的主体不在重庆，涉及旅游、餐饮及相关等服务项目的占 8 成以上。

记者还了解到，目前，仍有不少重庆网红地并未注册商标，仍然在"裸泳"。

众多风景名胜商标也被抢注

事实上，除了网红景点，重庆白帝城、钓鱼城、涞滩、龚滩、走马古镇等国家级的古镇（城）古街，除了县级以上行政区划名称不能注册商标外，其余古镇都已被注册商标。其类别涉及旅游、餐饮及相关等服务项目的超过八成。

仙女山、缙云山等自然景区中也不乏被外地人抢注商标的案例。"仙女山"就被来自湖北、四川、浙江等省份的企业和个人注册了 79 件，而餐饮、旅游等相关的类别占 7 成以上。

历史遗迹名称也不例外，如重庆古城的"十七门"中临江门、储奇门、通远门地名已被申请注册为商标，主要注册的类别仍然是旅游、餐饮等相关行业。

《商标法》规定，每一个产品和服务名称可注册为 45 个类别的商标，任何自然人都可以以景点等名称申请注册商标，抢注这些商标并不违反国家的有关规定，按照申请在先原则，谁先申请，商标就归谁所有。这意味着，如果重庆当地政府和相关部门要对重庆这些历史遗迹、风景名胜等名称进行推广宣传、旅游开发、产品开发，将有可能涉及商标侵权。

记者了解到，北碚区静观镇所产蜡梅名声远播，该镇农业学会欲将其申请为地理标志，但因"静观"商标被一家公司在先注册，该公司要价 50 万元转让商标，后经协商以 30 万元予以回购，最终才获得"静观蜡梅"地理标志。

影响
商家：商标价值大幅提升

用好一枚商标，就相当于擦亮了一块金字招牌。

重庆洪崖洞小天鹅物管公司总经理助理李访表示，洪崖洞具有悠久的历史背景和巴渝文化，五一期间进一步走红，商标价值大幅提升。

受这波走红影响，最近朋友圈流行发洪崖洞为背景的小视频，然后粘上自己公司、品牌名字打广告。

挖掘网红重庆"潜力股"　勿让商标束之高阁

重庆商报记者　严薇

近日，记者走访市场了解到，随着网红重庆走火，不少重庆的"冷门"景点也渐渐涌入商家的视野，而一些商家则悄然注册起了相关的商标。

"冷门"景点也成香饽饽

相对于洪崖洞、长江索道、解放碑、磁器口这些热门景点外，重庆绝对还有不少隐藏在城市某个角落的网红景点"潜力股"，或是静谧安逸的北仓，或是岁月沉淀的中山四路，或是烟火气息的鲁祖庙，又或是山形依旧枕寒流的古村落金刚碑……它们讲述着3000余年的巴渝文化，演绎着重庆独特的地理地貌。

而随着重庆网红景点频频被注册商标，这些"不为人熟知"的景点也兴起了商标注册。

记者从国家商标局查询到，古渝州最偏远的村落金刚碑的商标就多达47件，其中，去年6月一举拿下金刚碑地块开发权的重庆九街城北文化传播有限公司于2017年8月18日、2018年3月30日共提交了45件商标申请，涉及餐厅、旅游房屋出租等。而河南一家企业于去年11月23日，同样以"金刚碑"申请注册自主餐厅、假日野营住宿、咖啡馆等类别的商标。

史迪威将军故居、飞虎展览馆、佛图关轻轨站、"江畔寻花·咖啡小筑"、二厂……因注册穿楼轻轨的"李子坝"而尝到甜头的重庆狂草科技自然不会放过"三层马路"这样优质潜在网红地，于去年6月15日，申请注册了5件"三层马路"商标，将其注册在市场营销、旅行预订、餐厅等类别。

四川一私人也于2017年2月23日申请"山城步道"的商标，涉及餐厅、饭店商业管理、蜂蜜等类别。

2017年4月21日，"下浩老街"被重庆一家科技公司注册在餐馆、酒吧服务、宣传画、纸巾、电视播放、茶、佐料（调味品）等7个类别上。此外，含有黄桷垭、青木关、铜罐驿、茄子溪等地名的商标也均有商家提出商标申请，其中不乏外地的申请人。

不少商标被束之高阁

尽管有众多商家看好重庆旅游市场，纷纷注册商标"蹭热度"，不过记者走访市场发现，一些小商家注册商标后，舍不得花钱营销，甚至将商标"束之高阁"。而更多的小商家则认为没上规模，品牌推广投入太大，并不着急注册商标。

"谁也说不清这个地方将来会不会火，纯粹是'凑热闹'的心态申请商标。"一位不愿具名的食品加工企业老板称。

重庆西南商标事务所有限公司总经理吴赵龙表示，除了一些旅游开发公司的保护意识较强，一些关联的餐饮、文旅小商家往往存在重申请轻使用的情况，总是习惯性地先做产品，改良技术，而后再考虑品牌的注册营销，待到企业发展起来准备大展拳脚时却发现自己为他人做了嫁衣。一些企业甚至认为申请了商标也很难维权。

打造网红景点品牌应先行

网红城市给重庆旅游发展和产业转型带来了机遇，也带来了挑战。如何借力重庆网红景点，挖掘网红重庆的"潜力股"，分羹市场蛋糕？

吴赵龙建议，景点在开发前，最好提前进行商标保护布局，尤其是与旅游景点关联度较强的产业，例如：餐饮酒店、食品土特产；首饰、工艺品等领域。

"如果不提前申请商标保护自己的权利，而遭遇别家注册在先的情况，要么就只能花大价钱买回来，要么不得不改用它名。"吴赵龙称，如果真正的商标权利人夺不回，将面临"冒牌"赶走"正牌"，甚至失去市场的风险。

例如，"仙女山"的商标就多达79件，然而，和武隆商家有关的仅有11件。

同时，吴赵龙还表示，对于一些有意跨界经营的商家，仅仅注册单一品类的商标是远远不够的。对走在转型升级"快车道"上的商家最好注册联合商标，进行防御，以避免跨界经营时受阻。与其事后来提商标异议，不如注册商标，提早保护。

吴赵龙介绍，在商标核准注册后的5年之内，权利人可提出无效宣告，请求商评委撤销其注册商标。若使用商标达到驰名程度，即使其商标注册达到 5 年，权利人仍可主张抢注驰名商标为由，撤销其他的注册商标。

"但是，虽说一些驰名商标可在一定程度上享受跨类别保护，但这往往会受其知名度、商标的显著性影响，在保护程度上打折扣。"

吴赵龙称，商标权利人平时还应注意保留收集和品牌相关的荣誉、新闻报道等材料，一旦发现抢注，以便有效维权。权利人可在商标公告期提出异议，阻止其注册。

品牌价值离不开商业运作

商标傍上网红景点，成功注册后，是否就意味着财源滚滚？

"傍网红景点商标并非能旱涝保收。"吴赵龙说，网红景点的品牌商品，的确能带来较高的人气，但是否能持续关键还在产品/服务的质量和企业的经营能力，所有知名品牌的基础都是优质的产品质量，产品不行，再好的品牌也难以持续繁荣。同时，现阶段对比的方式也较多，消费者购买产品不再只看品牌，还会对比产品的消费者口碑等多个要素。

"锻造'金字招牌'，最基础的手段是提升产品质量，抛开质量谈品牌，口号再响亮，都是无本之木。"吴赵龙表示。

重庆工商大学 MBA 教授姜维称，应将品牌当作资本一样进行运作。除了打好主产品根基、保证产品质量外，最关键的是根据市场变化，根据消费者需求的变化经营品牌，让品牌保持适度向上的曝光率。同时，品牌形象塑造和传播上要有途径，销售渠道和终端要和品牌风格相匹配。

洪崖洞的商标早已经过立体保护，它侵犯了全体业主利益、损害重庆形象，已向工商等相关部门举报，下一步将发律师函到制作软件的平台方。

专家："网红地"商标是把"双刃剑"

重庆西南商标事务所有限公司总经理吴赵龙称，使用这些知晓度较广的"网红地"作为商标，相较于竞争对手，其商品获得消费者青睐的可能性更大，节约大笔宣传成本的同时，还有机会获得产品销量的迅速提升。

同时，通过对这些商标良好的推广运作，通过商家的商品和服务为载体，推广相关地域的知名度和独特文化。不过，使用者良莠不齐，一旦关联的品牌商品出现"黑天鹅"事件，该地域可能会受牵连，降低美誉度。例如，"仙女山"就曾被注册为"兽药"商标。

作品标题　　重庆火了　网红地商标频遭外地人抢注(系列)
参评项目　　系列报道
作　　者　　严薇
责任编辑　　罗文
刊播单位　　重庆商报
首发日期　　**2018-05-15**
刊播版面　　头版、第3版财经头条

作品评价

五一小长假重庆旅游总收入增幅超3成的主要原因是8D魔幻网红旅游景点拉动了各方消费。火热的旅游市场背后也带火了商标注册。记者嗅觉敏感，对重庆不少网红地商标已被外地人抢注的现象进行报道，进而挖掘商标被抢注给我市相关行业和企业带来的尴尬及影响，稿件逻辑性强，数据丰富，突出了财经观察视角。第3版《挖掘网红重庆"潜力股"　勿让商标束之高阁》进一步延伸探讨网红景点商标被抢注背后的故事，并采访相关专家，就打造网红景点品牌和商业运作模式建言献策，观点明确，有深度。

采编过程

8D魔幻网红旅游景点，让五一小长假重庆旅游火热。记者从数据中发现新闻，及时登陆国家商标局，经过大量查询比对，发现重庆不少网红地商标已被外地人抢注的现象，进而采访企业、专家，网红地商标被抢注将带来哪些影响，并就打造网红景点品牌和商业运作模式建言献策。

社会效果

稿件一经刊发，引发社会企业和群众关注和热议，被凤凰资讯、凤凰财经、新浪新闻、搜狐财经、网易财经、中国财经观察网、中金在线、东方财富网、封面新闻等上百家知名媒体或网站转发。

全媒体传播效果

稿件被凤凰资讯、凤凰财经、新浪新闻、搜狐财经、网易财经、中国财经观察网、中金在线、东方财富网、封面新闻等上百家知名媒体或网站转发，其中上游新闻阅读量为37697，大渝网头条区转载，阅读量105万。

"严书记落马事件" 系列报道

华龙网记者（集体）

代表作品一：
不能让严书记"火"得不明不白

四川省纪委监委 14 日消息：近日已关注到网友反映"严春风舆情"相关情况，已及时介入调查核实。

打酒还问提壶人，解铃还须系铃人，四川省纪委及时出面表态，介入调查，令人眼前一亮，感觉来得正是时候，我们对此表示点赞。

回溯整个事件，"严书记"通过"严夫人"的微信群，一下子"火"了起来，这"火"里，充斥着各种不明不白，也表现了网民对热点事件的关注和态度。窃以为，舆情压力之下，相关权威声音须及时发出，这是一种对人民负责的态度，也是全面从严治党的题中之义。

舆情涉党风政风，非同小可，必须回应关切，澄清谬误，以全部的真相示人，不能听任权力失范的"传言"无度发酵、听任党风被撕扯得支离破碎、听任政府公信遍体鳞伤，让街谈巷议越传越远。要确保以公开公平公正做示范，让党纪国法的尊严和权威神圣不受亵渎和侵犯。

在未有权威声音之前，网友对热点事件、对可能存在的有损党风政风的问题进行深挖和监督，是很正常的事情，经过这些年打虎拍蝇反腐倡廉、严格作风整治和广泛深入地开展群众路线教育实践活动，我们党风政风的好转已是公认的事实，自上而下，对于风清气正的要求，已达成了"眼里揉不得沙子"的共识，网友的主动监督精神，也正在更为理性更为策略地进步，风清气正的脚步在包括网民在内的民众注目与推动下，朝着我们期待的目标掘进。

我们期待和相信，随着纪委的及时介入，一定会有一个让人民群众满意的结果，该依法查处的不会放过，该还人清白的，也将会给出说法，给出公道，相信很快就会有权威信息发布，对此，我们是乐观的。

代表作品二：
看"严书记"落马记，"严夫人"这次真的后悔了吧

5月18日下午，中央纪委国家监委网站发布消息，据四川省纪委监委消息：广安市委副书记严春风涉嫌严重违纪违法，目前正接受纪律审查和监察调查。

早前，网上有关"严书记"事情曝出后，重庆客户端就第一时间进行了关注，并对此事件进行了梳理，详情可看以下内容：

最近，四川一副书记女儿打同学幼师惩罚被开除一事受全网热议。

网友深扒了一轮还不够，最新网传的一份"严书记"的情况说明更是点爆了网友吃瓜的热情，踢爆更多让人咋舌的消息。

此前据成都本地知名博主@成都网友小张爆料，成都金苹果爱弥儿幼儿园班上有位女孩打同学，老师将她单独安排座位的决定误发到了家长群里。随后女孩家长在群里威胁说："陈老师，你马上在全班当着所有师生给严××道歉，否则我通知你们集团领导来给我解释你对严书记女儿说这话什么意思！！"之后又声称，学校处理结果已出，开除陈老师。

随后学校老师以及当地区委宣传部都称，陈老师并没有被开除。

即使经过昨天的深扒，但网友的热情并未减退，事情还在不断发酵中，不过，大家有了新的关注点。

好多新料！吃瓜群众表示这届网友的胆子怎么恁大呢？朝阳群众需要你们！

首先跟随网友的视角来扒一下"严夫人"的"豪宅"。

@网友嘶啰嗦：我想知道这位书记住着豪宅，以他的工资收入能买得起吗？望纪委还书记一个清白！

@网友纵横-邪月：好奇个事，严书记的女儿上的是私立幼儿园，学费很贵的哟。书记夫人好大的官威，准备吃瓜……

@网友知书达理曹某人：给大家科普一下，"誉峰"是成都十大豪宅之一，周边也全都是豪华小区，普通房型房价直逼4万，所以在座的家长全都是有钱有势，学校里的学生全都是富家子弟，所以这件事，只能从家长素质和家庭教育方面来说，跟贫富没多大关系，并不是富孩子欺负穷孩子，因为都是富孩子，所以同样是有钱人，差别咋这么大呢？

@网友蜀道烦：金苹果幼儿园，每月学费一万多，校车费两千，这在成都是什么消费水平呢，远远超过一个副厅级领导的工资上限。另外，在这个学校上学的家庭多是富贵人家，一个他市的市委副书记能否有如此大的能量，实在令人怀疑。

所以到底要不要相信普通网友的瓜呢？小编到网上搜了一下。

这个誉峰国际在2014年开盘就卖完了，开盘价是21000元/平方米，那么上面网友说房价直冲四万，看来还是比较靠谱的，毕竟连二手房都找不到一个嘛。

那么这个幼稚园的消费真的这么高吗？一万一月的学费啊。那就找一找呗。

上面是成都几所金苹果幼儿园收费情况一览表，天府国际这所幼稚园年收费仅表上就是11万一年，加上校车及其他杂费，一万多一个月确实没说假话。

@网友lazyladyJ：我比较好奇收入，金苹果幼儿园传说中5万~15万一年，严书记的合法收入怕是负担不起的哦。

都在说是广安的严书记，那广安到底有没有这个"严书记"呢？

此外，网上还流传着一份"严书记"的说明。说明中"严书记"说，已离婚，不知情。

但该说明的真实性还有待考证。

@网友coffee不加蜜：已经出情况说明了，这个是二婚老婆，已经因为女方婚内出轨在2011年离婚了，还在披着前夫的虎皮耀武扬威呢。

本来事情到此也就结束了，可是总有很多看热闹不怕事大的，一点也不体谅严书记一家此时的心情，一个劲地往死里挖，这届网友真的很强大，朝阳群众需要你们！

what?！"严书记"和"严夫人"还有个小儿子？不是说离婚5年了吗？儿子哪里来的？

难怪网友会质疑了，1968年出生的"严书记"的千金竟然还在幼稚园大班，这中间又有哪些动人的故事呢？期待吗？

截至目前，"严书记"本人尚未出场，还隐藏在幕后。

截至小编发稿之前，还没有官方部门对"严书记"的身份予以明确或澄清。不过网友真的很卖力啊！

事情持续发酵，虽然幼儿园、小学均有发声明，但网友仍有很多疑问。

幼儿园声明称未辞退教师，是迫于压力暂时不辞退还是老师已辞职不存在辞退？网上流传一份广安市委副书记严春风写给四川省委组织部的情况说明，情况说明中称他和妻子已离婚。这个又是不是属实？

对此，记者一直联系各方面进行采访。

记者多次拨打金苹果爱弥儿幼稚园（南区）的公开电话028-85911614。结果，电话那头是一阵语音提示。"我的乖宝宝，想跟我学english请按1；想跟我玩游戏，请按1；想跟我吃糖糖，还是请按1，快来哦，我在金苹果等你。"

不管来电的人想干什么，反正按1就对了！按照语音提醒，记者按了1。没想到，电话里出现嘟声，一直都没人接听电话。

网上各种信息直指"严书记"就是广安市委副书记严春风，对此，广安当地如何回应？记者拨打广安市委宣传部相关负责人电话，该负责人不予回应，随后挂断了电话，短信也未回复。

事发后，网友除了质疑"严书记夫人"的威力，也有网友提出，"严书记"小区最便宜的房子600多万元一套，至少有疑似四家公司由"严夫人"李某明面上持股。对此，纪检部门是否有介入？

记者拨打了网上公开的四川省纪检监察机关举报电话02812338。电话那头的语音提示是"现在是电脑值班时间，留言请按 * 号键。"记者留言后，至今没有得到回复。

随后，记者又联系到四川省委宣传部新闻处一名工作人员。

电话那头，工作人员非常有礼貌，但他告诉记者，自己不太清楚此事。记者向这名工作人员介绍了事情经过。这名工作人员表示，如果事情真的关注度高，有最新进展的话，"我们这边会通过公开渠道进行及时的公开"，"我相信会有相关部门和相关人士出来，如果是谣言就澄清，如果是真的，该怎么处理他，我相信有比较规范的（程序），事情是要有一个交代的。"

现在，事情有了一个初步的结果，"严书记"的真实身份也被证实，就是之前网传的严春风书记。

严春风简历

严春风，男，汉族，1968年4月生，江西瑞昌人，博士研究生学历。1991年4月参加工作，1988年5月加入中国共产党。

1991年4月至1995年2月，在昆明工学院工作；

1995年2月至1999年1月，在重庆建筑大学攻读博士学位（其间：1997年11月起，任重庆市建筑科学研究院院长助理）；

1999年1月至1999年8月，任重庆市建筑科学研究院院长助理；

1999年8月至2001年8月，任宜宾市建委党委委员、副主任；

2001年8月至2005年3月，任宜宾市城市规划局党组书记、局长；

2005年3月至2006年8月，任宜宾市翠屏区委副书记、区长；

2006年8月至2009年2月，任成都市规划管理局总工程师；

2009年2月至2010年5月，任成都市规划局党组成员、总工程师；

2010年5月至2011年12月，任阿坝州副州长；

2011年12月至2014年11月，任阿坝州委常委、统战部部长；

2014年11月至2015年7月，任住房与城乡建设厅党组成员、副厅长；

2015 年 7 月至 2015 年 8 月，任广安市委常委；

2015 年 8 月至 2016 年 11 月，任广安市委常委、常务副市长；

2016 年 11 月至今，任广安市委副书记。

代表作品三：
为官心中要有戒　落马莫怪"严夫人"

据四川省纪委监委消息：广安市委副书记严春风涉嫌严重违纪违法，目前正接受纪律审查和监察调查。

"严书记"倒了，对此，有一种广泛讨论的声音，是被"严夫人"坑了，是 Nozuonodie（不作死就不会死）……

其实，"严书记"被查看似偶然，却有其必然的逻辑。

因为，从严书记管不住身边人开始，"作死"的祸因便已种下了，"严书记女儿"金苹果幼儿园的事情，只是一个揭盖口子，一次质变契机。某些入狱贪官反省的文字总有一句拉不直的问号：为什么我管不住我的手啊？这不是无解之谜，天衣总有缝，心有不干净总要露破绽、显真相，豪奢腐朽必引祸上身，"眼看他起朱楼，眼看他宴宾客，眼看他楼塌了"，楼塌是必然的逻辑，是绝对的结果。

因为，群众的眼睛是雪亮的，吃瓜群众不只会吃瓜，还会秒变"朝阳群众"，从围观走向拉官下马，在这样的时候，社会监督的覆盖面可谓是无孔不入，就像我们常常形容的，陷入了人民群众的汪洋大海，就不会有瞒天过海的秘密。

最最重要的原因，还是近年来的反腐态势，重拳铁腕，强力高压，着力构建不敢腐、不能腐、不想腐的机制体制，全面从严，无禁区，全覆盖，零容忍，真的叫"压倒性态势"，自以为下有对策，做得隐蔽乖巧的，被捉了；自以为挪个交椅，换个地方或者年龄到点便可安全上岸的，照查不误；自以为远遁天涯，异国可避罪的，被"红通"天网收了……

这种压倒性态势，不仅让贪腐者闻风丧胆，也使广大党员干部明规矩、知敬畏。那力道不减永不停步的决心，无疑从时间的路口，从社会发展治理的远端，对心存侥幸的贪官庸官们，扇过来一记火辣辣的耳光——"手莫伸，伸手必被捉！""不是不报，时候未到""多行不义必自毙"，这三句民谚即是必然兑现的铁律。

正所谓：心存贪念鬼上身，祸起萧墙必发生，为官心中要有戒，落马莫怪严夫人。

作品标题　"严书记落马事件"系列报道
参评项目　系列报道
作　　者　集体
责任编辑　侯了
刊播单位　华龙网
首发日期　**2018-05-12**
刊播版面　**华龙网、重庆客户端、华龙网官方微博、华龙网官方微信**

作品评价

5月11日，微博上广泛流传的一组微信群聊截图，群内署名为"严某某妈妈"的人士发言称，"陈老师，你马上在全班当着所有师生给严某某道歉，否则，我通知你们集团领导来给我解释你对严书记的女儿说这话是什么意思！"

12日，该事件在网上继续发酵，虽然当时还未上热搜，但华龙网敏锐地捕捉到这一事件未来走热的可能性，迅速将网上分散的信息整合起来，将来龙去脉为网友进行了梳理，并第一时间在全媒体平台发布。新媒体时代，讲求一个"快"字，华龙网很好地把握住了这一点，紧跟热点，打造了当天的"爆款"。

随后，事件在网上不断发酵时，各种纷纷扰扰的传言也开始出现。为了弄清事情真相，华龙网在跟进的同时，也一直试图联系当地有关部门。这也表明了华龙网作在这一事件中的态度：不是单纯的看热闹，而是希望能有一个真相，公众也不用继续雾里看花了。

而当最后事件有了明确的调查结果时，华龙网再推整合及评论稿，不失时机地进行了自我品牌宣传，同时明确立场。

回顾整个事件，华龙网讲速度，有态度，有深度，同时也有良好的传播效果，给官媒如何追热点树立了一个好的典范。

采编过程

5月12日，"严书记"事件开始刷屏，虽是外地事件，但网友关注度极高，事情也颇具可读性，华龙网敏感抓住这一热点迅速跟进。一方面安排记者联系四川和广安方面相关部门，另一方面编辑进行整合原创，当天率先推出《这个周末，"严书记"火了，"严夫人"你后悔了吗》，引起较大关注。

次日，舆论继续发酵。华龙网网继续跟进，推出《"严夫人"事件续："严书记"离婚了？网友踢爆：每周末回家，还有个3岁小儿子》。两篇原创内容一是流量较高，第二篇1天就破了10万+，二是受到众多媒体转载，影响力较大。三是这样的舆论压力下，一直拒不接受采访的四川方面周一传来消息，省纪委已经介入调查。本网趁热打铁，当晚立即推出评论《不能让严书记"火"得不明不白》，为此事的及时公开烧了一把火。

5月18日，终于有进一步的官方消息出来，严涉嫌严重违纪接受调查。事件有了初步结果，华龙网第一时间转载了这一消息，同时，把此前网友在后台留言为本网担忧的东西放出来，以此为切入点再次进行了原创整合《"严书记"落马，担心龙哥被"跨省"的小伙伴可以放心啦》，为我们一直关注的事情有了结果画圆。当其他人还在将严书记落马归结于严夫人"坑夫"时，周六上午又推出《为官心中要有戒 落马莫怪"严夫人"》，透过现象看本质，对整个事件进行了总结性评论。

社会效果

系列稿件第一时间，在华龙网、重庆客户端、华龙网官方微信、华龙网官方微博等渠道刊发后，受到了广泛关注和网友热议，全国其他媒体也都积极转发，为事件真相的公开起到了很大程度的推动作用。不少网友在留言中表示，通过该系列稿件，了解了事件的发展过程，而评论的稿件的内容也说出了他们的心声，代表了他们的立场。

全媒体传播效果

传播效果好。其中，《"严夫人"事件后续："严书记"离婚了？网友踢爆"每周末都回家，还有个3岁的小儿子"》单稿在客户端上流量破百万；《看"严书记"落马记，"严夫人"这次真的后悔了吧》在客户端上流量超50万；《"严书记"落马，担心龙哥被"跨省"的小伙伴可以放心啦》微信点击量达10万+，其他稿件也都有不俗的表现，网友大量转发和留言，整体流量超200万。

重庆人才工作亟待弥补几大"短板"
——重庆引才工作调查之一

重庆内参记者 罗静雯 黄乔

去年下半年开始,一场席卷全国的"抢人大战"在二线城市中迅速打响。而我市虽自直辖以来在人才从业和人才总量上逐年上升,但在这场"抢人大战"中,却并未占据有利地位。

记者就此进行调查时发现,当前我市人才工作还存在引入高端人才门槛过高,政策兑现偏慢、激励力度不够,服务保障未形成完整链条、人才发展体制机制有待优化等"短板",亟待相关部门联手打好"组合拳"予以破解。

引才门槛高 致高端人才转投外省

前段时间,成都电子科大最年轻的美女副院长刘明侦曾在网上火爆一时——18 岁留学英国;22 岁硕士毕业于剑桥大学;24 岁博士毕业于牛津大学。刘明侦在牛津大学光伏光电研发中心,以新型太阳能电池为研究核心,研究对象涉及材料学、光电学、电子器件等方面,主攻以卤化物钙钛矿(perovskite)材料为核心的太阳能器件,并取得一系列创新性研究成果。2013 年,她在《自然》(*Nature*)正刊上以第一作者发表论文,当时年仅 23 岁,是在《自然》上以第一作者发表论文的最年轻中国女学者。

刘明侦 25 岁回国工作,26 岁入选国家第十二批青年千人计划;28 岁被任命为电子科技大学材料与能源学院副院长,成为该学院最年轻的副院长,今年她又入选了"中国青年五四奖章候选人"。

事实上,刘明侦是地道的重庆妹子,中学就读于重庆第一双语学校国际部。据同为海归的奥地利维也纳大学物理学博士的李志峰透露,刘明侦刚回国时首先考虑回家乡发展,希望进重庆高校工作。李志峰曾把对方推荐给其母校重庆大学,然而学校乃至市里相关单位却认为刘明侦只在《自然》上发了 1 篇文章,达不到重庆引进高端人才的门槛,还得通过学校各种委员会评审后才能引进。

李志峰说,相比重庆的各种"门槛",成都方面则热情似火。成都电子科大每天给刘明侦打电话，并在培训项目、科研经费、研究平台方面都给出承诺。最终刘明侦选择离开重庆转投成都。

尽管刘明侦属于个案，但李志峰表示，他和身边不少海归朋友都感受到，相比于中西部包括成都在内的很多城市，重庆对人才特别是高精尖人才设置的门槛太高，容易导致人才产生距离感。

以之前重庆出台的"鸿雁计划"为例，哪怕是入选最低档的 C 类人才，也需要在渝工作期间满 1 年，以及企业认定年薪在 50 万元至 100 万元人民币，这让李志峰和朋友们感觉"门槛太高，和我们没啥关系"。

而这方面成都已经进行了积极探索——成都前年出台的人才行动计划，提出了优化人才落户制度、实施人才安居工程、建立蓉城人才绿卡制度、开展全民技术技能免费培训等 12 条具体措施，针对高层次人才、急需紧缺人才、青年人才、高技能人才等不同人才群体构建体系、分类施策，使人才渠道拓宽，人才保护机制完善，为人才来此发展创造了更全面完善的条件。

政策兑现慢　"重引轻育"现象急需破解

今年 4 月 14 日，第 16 届中国国际人才交流大会发布了"2017 魅力中国——外籍人才眼中最具吸引力的中国城市"评选结果，获此荣誉的十大城市分别为上海、北京、合肥、青岛、深圳、杭州、苏州、成都、南京、广州。

与重庆毗邻的成都首次获此殊荣，而重庆则榜上无名。

在李志峰等海归博士看来，这个结果不出意料。李志峰 2012 年来渝创办了一家专为培养 6~14 岁少儿科学素养的教育机构，如今已入选重庆市科普教育基地。但在创业过程中，除早期申领到了两年 30 万元的补助外，李志峰和合伙人再未得到相关部门跟进服务，对于重庆人才政策信息的更新和变化也无从知晓。"重庆引才工作在政策兑现、保障统筹方面缺乏系统性和持续性，这不利于人才的成长发展壮大。"李志峰感叹说。

无独有偶，在去年底重庆赴京召开的紧缺人才引进活动北京高校学子座谈会上，来自清华大学、北京大学的多位博士和硕士都提到，此前来渝发展的学长们曾表示相对于引才，重庆更轻视育才。一些部门单位引入人才后未能提供人尽其才环境，有的甚至只承诺、兑现难，导致部分人才"得而复失"。

李志峰说，他有一位日本海归博士朋友曾被重庆引进来搞生态农业。后来这位朋友发信息告诉他，项目落地后承诺一直没兑现，搞得她差点倾家荡产，最后被迫离开重庆回日本。"即使政策落地了，在兑现速度上也相对较慢。"李志峰说，他们申请政策支持等要填写大量表格，经各部门各领导批准，流程冗长烦琐，直接影响到人才创新创业的效率和激情。

几类原因致引才力度不够

市人社局副局长何振国认为，相比于中西部一些城市，重庆引才工作的确在政策兑现和统筹保障上力度不够，究其原因是多方面的：

一是人才引培政策没有形成统一品牌。我市人才政策"碎片化"现象突出，现有政策分散在市委组织部、市科委、市教委、市人力社保局、市卫计委乃至市国资委等多个部门，导致"政出多门"，整合不力，落实滞后。

二是在奖励项目设计上、政策激励力度上缺乏比较优势。如深圳对引进高层次人才最高给予 300 万元奖、600 万元安家资助，对项目团队最高给予 1 亿元综合资助；成都对各类领军人才最高给予 300 万元资助，对创新创业团队给予最高 1 亿元资助；杭州对博士等青年人才落户即给予最高 6 万元一次性补助。而重庆引才最高综合奖励标准为 200 万元，对青年人才也缺乏补助举措。

三是人才研修平台缺乏。受历史原因、经济发展水平等因素影响，西部地区研发平台、人才发展平台相对较少。比如在国家重点实验室方面，北京、上海、江苏分别为 79 个、32 个、20 个，而四川、陕西、重庆仅有 9 个、13 个、5 个；在人才投入方面，北京、深圳、上海、天津 R&D（研究与开发）占 GDP 的比重分别为 6.01%、4.0%、3.73%、3.0%，而重庆仅为 1.7%。

四是相关部门在人才工作意识方面存在认识不到位、市场化引才手段较少、主动服务意识不强等问题，适应人才需求的医疗、教育、落户、住房、税收等服务体系不健全。"部分企业、区县单位和高校教师反映，对重庆的优惠政策和服务举措知晓度不高，也不知道该如何办理。"该负责人说。

打好组合拳　优化引才留才环境
——重庆引才工作调查之二

重庆内参记者　罗静雯　黄乔

党的十九大报告明确提出，人才是实现民族振兴、赢得国际竞争主动权的战略资源。对地方来讲也是如此：未来重庆发展对人才的需求巨大，稍不留神就会落于人后。

各地争抢人才不遗余力 我市宜高度重视

纵观当前国内形势，人口红利已日渐式微，北上广深等一线城市因房价居高不下，以及政策性的大量向外疏解非核心功能，控制人口规模等因素影响，不少人才正向二三线城市转移。据不完全统计，武汉、成都、长沙、郑州、西安等中西部城市都各显神通，纷纷以户籍、房子、补贴作为人才新政的"突破口"，以期在新一轮城市竞争中抢占先机。如西安，就出台户籍新政，自 3 月 23 日起全国各地在校大学生仅凭学生证和身份证，即可通过手机在线落户西安。3 天内有 1.5 万人成功办理落户。

西南大学经济管理学院教授、博士生导师、国务院政府津贴专家王志章近期就重庆人才工作做了专项调研。他表示，在越来越多世界高层次人才聚焦中国、大批"海归"人才回流的今天，重庆应更加高度重视引才工作，眼下亟须抢抓机遇、顺势而为，整合各方力量做好人才发展体制机制健全优化工作。

他建议，重庆要围绕实施"八项行动计划"，加快引进一批战略科学家；实施培育引进系列工程，不断壮大我市高端人才队伍；建立校企一体化、产学研发展模式，畅通高端人才成果转化渠道；强化政策激励力度，增强高端人才来渝开展科学研究的"磁力"；加大宣传力度，为高端人才愉悦地工作营造良好社会环境。

打好"组合拳" 优化引才环境

面对制约我市引才工作发展的"短板"，李志峰等海归人才建议，重庆的引才政策应该针对不同层次、不同环节人才进行细分，给予不同政策激励。

市委人才办、市人社局等主抓部门也已意识到引才问题的重要性和紧迫性。市委人才办有关人士表示，过去我市人才工作基础不够扎实，人才政策在制定和实施过程中针对性不够、实用性不强，影响了政策"红利"的充分释放。目前我市正在围绕深入人才发展体制机制改革，抓紧制定出台《重庆市科教兴市和人才强市行动计划》，从总揽全局的角度出发，打好"组合拳"。

"市委、市政府高度重视人才工作，科教兴市和人才强市战略行动计划即将出台，接下来的一段时间，将是我市人才事业大改革、大统筹、大发展的重要时期。"市人社局副局长何振国表示，根据我市在引进人才工作中的问题和不足，应考虑从几个方面入手优化引才留才环境：

首先优化、整合引才政策。由市委人才办统筹协调，整合分散在各行业各部门的政策，形成更有力度、更有实效、更可操作的引才政策。

其次，完善激励政策，强化高层次人才激励。优化培育政策，统筹各类培养培训政策，充分利用国务院政策特殊津贴、好专家工作室、重庆市博士后创新人才支持计划、留学人员创业创新支持计划、知识更新工程等项目，做好人才培育工作。

最后，打造好人才科研平台，让引进的人才有用武之地。一是培育高端研发平台，积极争取国家重大科技项目和国家级研发平台落户重庆，创建一批国家级重点实验室、工程技术研究中心、博士后科研工作站等国家创新研发平台。推动科研院所和高校重点实验室、工程（技术）研究中心、博士后流动站创新成果转化服务，鼓励组建产业技术创新研究院等创新平台。二是打造创新创业平台，依托自贸试验区、国家级留创园等创新创业平台，吸引国内外著名高校、科研院所、大型企业到自贸试验区设立分机构，聚集高校毕业生等创业主体入驻。

重视引才　还要重视留才

市人社局副局长何振国认为，目前不仅是在引才方面，在优化人才发展环境、更好地留才方面也还需抓紧完善系列举措。

一是优化人才服务环境，依托"一站式"服务平台，为人才提供"一条龙"高效服务。高标准建设国家级专家服务基地，加快推进各区县专家服务基地建设，进一步完善市、区县两级服务体系。

二是改善人才生活环境。统筹解决海外人才来渝的永居落户、子女入学、开户融资等实际困难，加快留学归国、外籍人才集聚。建设国际医院、国际学校、一站式服务网络等，打造国际化人才生活环境。

三是提升爱才人文环境。建立健全容错机制，引导全社会树立尊重知识、尊重人才的鲜明导向。探索建立高层次人才社会优待制度，努力营造全社会敬才、爱才的浓厚氛围。

另外，在强化人才目标考核方面，应在组织机构、目标考核、人才投入等方面加大力度，强化对目标任务的考核，确保人才目标任务落到实处。市委人才办有关人士表示，随着下一步科教兴市和人才强市行动计划的出台实施，我市将建立健全科教兴市和人才强市监测制度，定期开展专项督查，把相关指标完成情况作为领导班子和领导干部年度考核的重要依据。各级各部门都应建立任务清单和工作台账，制定时间表和路线图，具体落实责任单位和责任人。对工作不力、未能完成工作任务的地区和单位，主要负责人和分管领导年终考核不能评定为优秀。对工作成效显著的单位和个人，在年度考核中给予加分或奖励。

作品标题　重庆人才工作亟待弥补几大"短板"（系列）
参评项目　内参
作　者　罗静雯　黄乔
责任编辑　田娟
刊播单位　内参
首发日期　2018-05-07
刊播版面　重报内参总第 304 期

作品评价

去年下半年开始，一场席卷全国的"抢人大战"在二线城市中迅速打响。而我市虽自直辖以来在人才从业和人才总量上逐年上升，但在这场"抢人大战"中，却并未占据有利地位。党的十九大报告明确提出，人才是实现民族振兴、赢得国际竞争主动权的战略资源。对地方来讲也是如此：未来重庆发展对人才的需求巨大，稍不留神就会落于人后。

采编过程

记者就此进行调查时发现，当前我市人才工作还存在引入高端人才门槛过高，政策兑现偏慢、激励力度不够，服务保障未形成完整链条、人才发展体制机制有待优化等"短板"，亟待相关部门联手打好"组合拳"予以破解。就此，记者进行了多方采访写成此稿，并提出一些可供参考的解决办法。

社会效果

稿件刊发后，市长唐良智即作出重要批示；市委常委、组织部部长胡文容，副市长李殿勋、屈谦均作出批示，要打响重庆人才引进的品牌。

全媒体传播效果

内参稿件不公开刊发。

2018 年 6 月重庆日报报业集团新闻奖获奖作品

重庆首例涉外器官捐献成功实施
——他的生命在 5 个中国人身上得到延续

重庆日报记者　张莎

"菲利普，你的生命在 5 个中国人身上得到延续！" 6 月 11 日，市红十字会向重庆日报记者披露了于 5 月 9 日成功实施的重庆首例涉外器官捐献背后的跨国爱心故事。

5 月 9 日，在重庆西南大学任教的澳大利亚籍英文老师菲利普（PhillipAndrewHancock）因病医治无效去世。经过重庆医科大学附属第一医院严格的医学评估，确认菲利普完全符合器官捐献的条件。

在澳大利亚驻华总领事馆和西南大学翻译人员的协助下，菲利普的父母详细了解了中国器官捐献的法律条款、捐献政策以及捐献流程，并签署了人体器官捐献志愿登记的法律手续。全家人共同作出了捐献菲利普眼角膜、肝脏、肾脏、心脏、肺等器官用于挽救他人生命的书面决定。

当天，菲利普成功捐献肝脏 1 枚、肾脏 2 枚、角膜 1 对，他因此成为我市首例外籍人士器官捐献者。

菲利普捐献的 2 枚肾脏分别成功移植给了一名 30 岁左右的女士和一名 40 岁左右的男士；他的肝脏成功移植给了一名 40 岁左右的男士。目前，菲利普捐献肝脏的移植受者手术后已从重症监护室转入普通病房，生命体征平稳，精神和食欲都已恢复正常；菲利普捐献两枚肾脏的移植受者手术顺利，未见明显的排斥反应，两位患者都已经可以下床活动；两名角膜移植受者已康复出院，视力已恢复正常。

至此，这位拥有大爱的澳大利亚年轻人共挽救了 3 名中国人的生命，让 2 名中国人重见光明。

日前，市红十字会工作人员第一时间将这个好消息通过微信转告给了菲利普的父亲。听到儿子捐献的器官已在 5 位患者身上得到了生命的延续，菲利普的父亲感到非常欣慰。他告诉市红十字会工作人员："他是我们家最小的儿子，也是让全家最骄傲的孩子，让我们感到最自豪的是看着他以优异的成绩从大学毕业，然后走上工作岗位服务社会。"他说，菲利普一直是器官捐献的倡导者，在澳大利亚时就是一名器官捐献志愿者。

菲利普的父母表示，捐献儿子的器官，不仅帮助儿子实现了愿望，同时也让儿子的生命在 5 位中国人身上得到了延续，儿子的爱留在了他所热爱的中国，留在了重庆，他们为儿子感到骄傲和自豪。

据悉，菲利普是第七例外国友人中国成功实施器官捐献者，也是重庆市的首位涉外器官捐献者。市红十字会负责人介绍，外国友人在我国实施器官捐献，这意味着我们国家的器官捐献体制已逐步与国际接轨，并得到了广泛认可。

作品标题　重庆首例涉外器官捐献成功实施——他的生命在 5 个中国人身上得到延续

参评项目　消息

作　　者　张莎

责任编辑　余虎　张信春

刊播单位　重庆日报

首发日期　**2018-06-12**

刊播版面　第 11 版综合新闻

作品评价

这是一篇"硬新闻"消息，稿子具备各类消息要素，采访扎实、行文精炼，宣传了正能量、鼓舞了人心。

采编过程

记者从市红十字会微信群上获悉"我市首例涉外器官捐献已成功实施"这一信息后，立即开展采访。从医院到红十字工作人员，不仅采访捐赠事实本身，还进一步了解几位器官受益者情况，形成完整的新闻链。

社会效果

稿件一经重庆日报首发，立即获得人民网、凤凰网、新浪微博等大量转载。

106 公里河道上竟有 30 多个采砂场
开州东河非法采砂问题突出，生态环境遭到严重破坏

重庆日报记者　陈维灯

6 月 21 日上午，重庆市第三批环境保护集中督察第二督察组投诉热线开通不久，就有开州市民打进电话，举报开州东河沿岸存在大量采砂场，许多河道被挖烂，对生态环境造成了严重破坏。

东河，古名巴渠、清江、叠江，近代亦称东里河，全长 106.4 公里，流域面积 1469.2 平方公里。东河的源头在雪宝山国家级自然保护区，沿途汇聚 14 条支流，在汉丰街道与丰乐街道交界处汇入澎溪河后进入长江，是开州北部各乡镇的母亲河。

6 月 22 日，记者驱车从东河与澎溪河交汇处溯江而上，对东河干流两岸进行了全程走访。在东河干流沿岸，记者发现了逾 30 个采砂场，全长 106.4 公里的东河，平均不到 4 公里就存在一个采砂场，东河河道已是千疮百孔。

肆意乱挖　河道成"鱼塘"

东河自雪宝山蜿蜒流淌 100 多公里后，在汉丰街道与丰乐街道交界处汇入澎溪河。两河交汇处，河道宽逾 200 米，河中沙洲星星点点，各种水鸟翩飞。

然而，沿两河交汇处上行不到两公里，东河消落区区域内，两岸就各有一个采砂场。从河中挖出的砂石，堆积在采砂场内，高逾 20 米。

记者走近其中一个采砂场发现，虽然所有机械设备都处于停工状态，但从场内新鲜的砂石可以判断，该采砂场正处于营运状态。

采砂场周边居民告诉记者："这些采砂场都在生产，而且晚上开工，声音大得很，吵得人睡不着。"

随后，记者利用无人机对东河丰乐街道段进行航拍，发现在上游不到 1 公里处的河道中央，还有一个巨大的采砂场。

该段东河河道内的沙洲已被挖掘机挖出无数个大小不一的深坑，不少市民在深坑旁垂钓。被挖成无数个"鱼塘"的河道内，河水呈现出富含泥沙的

黄褐色。

在丰乐街道至开州温泉镇的东河下游，记者还发现多处采砂场。

第二督察组工作人员介绍，东河河道被挖出无数个深坑，不仅会对生态环境造成严重破坏，而且会改变河流流势，影响洪水、灌溉、水文测试等工程设施功能。此外，市民到深坑旁垂钓，还容易引发安全事故。

碎石成砂　生态环境破坏严重

驱车沿 S202 省道前行，记者在东河中游沿岸发现了两处写有"出售野生洋鱼"的牌子。

洋鱼是生长于东河内的珍稀鱼类，也称阳鱼。记者询问当地居民后得知，因为东河水生态环境遭到严重破坏，如今温泉镇至大进镇的东河中游，野生洋鱼已近绝迹。

"我们认为，主要是因为挖砂，鱼类的生长环境被破坏了，洋鱼自然就少了。"在当地热心居民的指引下，记者在东河中游沿岸又发现不少采砂场。

然而，与东河下游水流变缓，泥沙沉积形成沙洲不同，东河中游因为水流速度较快，泥沙无法沉积，并无多少河砂能挖，那么这些采砂场堆积如山的河砂又从何而来呢？

"这是他们把河中的鹅卵石挖起来，用碎石机把鹅卵石打碎成砂的。"当地居民告诉记者，如果夜里到此，就能看见各个采砂场灯火通明，碎石机发出的巨大声响在很远的地方都能听见。

大量挖掘鹅卵石，让东河中游河床遭到严重破坏。在温泉镇与大进镇交界处，一处宽逾 30 米的河湾被挖出了大小近百个深浅不一的水坑。

第二督察组工作人员介绍，河床被大肆挖掘，不仅生态环境、鱼类资源被严重破坏，而且严重影响交通安全。据了解，在东河干流，建有东河大桥、郭家大桥、温泉大桥、白泉桥等交通设施，还有铁索桥 15 座，渡口 19 处，河道的乱采乱挖，给这些交通设施带来安全隐患。

此外，记者在大进镇至关面乡的东河上游河道内，也发现多个采砂场。当地居民介绍，以前河里还有娃娃鱼、水獭等动物，但现在已难觅踪迹。

30 多个采砂场中只有 10 个合法

2017 年 11 月 1 日，开州日报曾报道："区水务局牵头组织水务执法支队、环保执法支队、公安水上派出所、地方海事处、区河长办，对采砂权到期后仍不停止采砂行为的进行专项整治，对非法采砂点进行强制拆除。"

记者在沿河走访中也发现了多处已经废弃的采砂场，特别是在临近东河源头的白泉乡，就有不下10处废弃采砂场。

境内的采砂场被取缔，白泉乡居民拍手称快。"挖砂被禁止了，一些地方的洋鱼在慢慢变多。"白泉乡一村干部说，现在白泉乡境内已经没有采砂场了，东河白泉乡段的生态环境正在逐渐恢复。

既然开州相关部门曾对非法采砂点进行了集中整治，为何东河干流沿岸除了白泉乡，其他区域还存在这么多采砂场呢？

2017年11月1日，开州日报还报道："截至目前，东河有10个合法采砂点，于2019年1月到期。"

明明只有10个合法采砂点，但记者沿河走访中却看见了逾30个采砂场，均位于东河两岸，并不难被发现。不少采砂场经营者均表示自己是合法采砂，"河里面砂石多得很，挖不完。挖砂对东河影响小得很，怕啥子！"

真如这些经营者所说，挖砂对东河影响很小吗？第二督察组工作人员介绍，挖砂对河流生态环境的破坏是难以估量的。许多水生动植物的生长环境被破坏后，短期内难以恢复；挖砂对河床造成严重破坏，危及河道行洪、行船和两岸交通、通信设施安全；挖砂造成河流泥沙含量增加，这些泥沙淤积在水流平缓处，容易引发洪涝灾害。

作品标题　**106公里河道上竟有30多个采砂场　开州东河非法采砂问题突出，生态环境遭到严重破坏**

参评项目　通讯

作　　者　陈维灯

责任编辑　周立　逯德忠

刊播单位　重庆日报

首发日期　**2018-06-24**

刊播版面　第1版要闻

作品评价

报道翔实反映了开州东河采砂导致生态环境被破坏的新闻事实，采访深入、扎实，掌握第一手影像和文字资料，既体现了党报的舆论监督职责，也坚持了正确的舆论导向。

采编过程

记者驱车沿106公里的开州东河全程溯源采访，既采访了沿河居民，也采访了东河河边采砂场经营者，文字记者翔实记录了相关采访内容，摄影记者则留下了大量影像资料。

社会效果

本文见报后引发巨大社会反响，各门户网站纷纷转发。同时，报道引起开州区委、区政府高度重视，制定了《开州区砂石开采加工专项整治行动方案》，举一反三，强力整治辖区内所有非法采沙场，要求全面调查清理辖区内各砂场、堆场相关情况，建立一场一档，实施一场一策，依法分类处置；责令所有砂石堆场全部停产整治，确保东河、南河、浦里河、桃溪河、汉丰湖湿地、澎溪河湿地保护区内的砂石和采砂设施限期全部整改完毕；对非法开采砂石和给生态环境造成严重破坏的业主依法实施严厉打击；对相关单位监管不力或履职不到位，以及公职人员参与经营活动的，移送纪委、监委严肃追责问责。

6月26日，开州公安局已对一非法砂场五名犯罪嫌疑人依法实施刑事拘留。目前，东河流域内所有砂场已全面停止开采、加工。

近百年前
一群热血青年为何从这里踏上革命之路

重庆日报记者　袁尚武

核心提示

近百年前，一群风华正茂的巴蜀青年汇聚重庆，他们从重庆登船出发奔赴法兰西勤工俭学，踏上探寻救国救民的梦想之路。在他们当中涌现了一批坚定的革命者，有的成长为共和国开国元勋和革命领袖。

"留法勤工俭学运动是中共党史上的一件大事。重庆作为留法勤工俭学人员重要的输出地区，不仅为马克思主义在重庆地区的传播和中共重庆地方组织的建立培养了优秀的领导人才，也为中国革命培养了一大批卓越的领导人和坚强的革命战士。"重庆市委党史研究室副主任徐光煦接受记者采访时表示。

夫子池
救国救民　预备赴法

渝中区临江门，重庆第二十九中学，教学楼走廊上悬挂的一组关于重庆留法勤工俭学预备学校的泛黄老照片引起了记者的注意。站在邓小平、聂荣臻、汪云松等人的老照片面前，仿佛有时空穿越之感。一群即将掀起时代大潮、改变中国命运的有志之士，从这里走上了寻找信仰之路。

今日第二十九中学校址曾是重庆府文庙所在地，后因修公路，文庙被一分为二，另一半就是 20 世纪一度很是热闹的夫子池大众游乐场。

1917 年的十月革命和 1919 年的五四运动前后，苦苦寻求救国救民真理的中国知识分子兴起了留法勤工俭学运动，旨在学习西方先进思想和技术。

1918 年的四川，在吴玉章的倡导下，成都率先成立了留法勤工俭学预备学校。1919 年 6 月，当这批学生途经重庆，在朝天门码头意气风发地登上轮船沿长江出海向欧洲进发时，实业家、公益活动家，时任重庆总商会会长汪云松目睹了这一场面，深受感染。思想倾向革命、崇尚实业救国的他，仿佛从此看到了中国的希望。他多方奔走，向工商界人士和社会名流集资数万元，于1919年8月成立了重庆留法勤工俭学预备学校，以图"培养救国人才，振兴地方实业"。汪云松亲任校长，校舍就设在重庆文庙内，此地当时属四川省立第二女子师范学校。预备学校条件艰苦，只有简陋的几间教室，也无法提供学生食宿。

1919年9月，重庆留法勤工俭学预备学校开课，学制一年。报名者踊跃，竞争激烈，通过考试共录取了110名学生。根据考生的文化程度，分为高级班和初级班，设法文、数学、中文和工业知识等课程，以法文为主，要求学生毕业时粗通法语，并掌握基本的工业知识。在这100多名学生中，有一位年纪最小的学生，他就是邓希贤（邓小平）。

太平门
胸怀梦想　万里远航

此前，15岁的邓小平在家乡四川省广安县读书。一天，他接到父亲邓绍昌从重庆捎来的信，让他速到重庆报考留法勤工俭学预备学校。

1919年9月，邓小平从广安县东门口码头乘船顺渠江东下，抵达重庆临江门，作为自费生入读重庆留法勤工俭学预备学校，以初中学历分在初级班。期间他除了认真学习外，还密切关注国家大事，积极投身到抵制日货的斗争中。

1919年11月，重庆警察厅长郑贤书以警厅名义，公开拍卖了用4000多元公款廉价购买的80多箱日货，激起爱国学生的愤怒，川东师范、重庆留法勤工俭学预备学校等1000多名学生到警厅示威，强烈要求郑贤书交出日货。这场斗争最终以当局被迫撤销郑贤书职务而告结束。这场热血沸腾的斗争，对邓小平世界观的形成产生了相当大的影响，他开始探索人生道路，并思考着如何改变祖国贫穷落后遭受欺辱的现状。

一年的学习结束后，经学校严格的毕业考试和法国驻重庆领事馆的口试及体格检查，最终合格的有83人。

1920年8月22日，是邓小平16岁的生日。父亲邓绍昌特意从广安赶到重庆，为他庆生，也带来了给他筹集的部分学费。重庆一面竟是诀别，到1936年邓绍昌去世，父子再未相见。

在渝中区下半城白象街路口通往长江边的路上，有一段残垣断壁似乎被人遗忘。这地方叫太平门，被称为重庆城"九开八闭十七门"的"第一门"。百年前，这里集中了许多洋行、中外商号，多个轮船公司也在这一带设立总部，成为热闹的轮船码头。如今，这里仍有部分石阶尚存，从气势上可想象其昔日的繁华。

1920 年 8 月 27 日下午 3 时，天气炎热，气氛更热烈。83 名重庆留法勤工俭学学生从临江门夫子池出发来到太平门，在众人的欢呼声中登上吉庆号客轮，顺江东进，经上海转乘客轮前往法国，邓小平便是其中一员。

从夫子池到太平门只不过短短两公里的路程，但对包括邓小平在内的这群热血青年却是关键的一段人生路。胸怀鲲鹏之志的他们，从此开始了探索真理的万里远航。

朝天门
探索真理　走向革命

重庆城作为当年长江上游最大的水运码头，四川等地的赴法勤工俭学学生大多是集中到这里乘船出发奔赴法国的。

1919 年 6 月 11 日，陈毅等成都留法勤工俭学预备学校第一期 61 名勤工俭学学生抵达重庆，在朝天门码头坐蜀亨号，出发前往上海。6 月 15 日《国民公报》刊登了陈毅等出发前写的《留法学校学生特别启事》，向资助他们留学的四川各界人士表示谢意和辞行。

陈毅由于参加和组织中国学生运动，1921 年被遣送回国，经济极度困难。汪云松闻知此事后，想法筹集了一大笔经费汇去，才解了陈毅等人燃眉之急。

当邓小平等还在重庆留法勤工俭学预备学校苦读时，1919 年 11 月，江津的聂荣臻等 10 多名青年每人自筹 300 元，来到重庆，准备自费去法国勤工俭学。但他们与法国领事馆不熟，无法获得签证，于是辗转找到汪云松，汪云松热心应允，从中联络，才使聂荣臻等人很快拿到了签证，顺利启程赴法。

从 1920 年到 1923 年期间，重庆总商会共输送留法学生 158 人。其中，邓小平、聂荣臻等一批来自重庆的青年在留法期间，接受了马克思主义，坚定了人生信仰，走上了革命的道路。

聂荣臻曾回忆："这一段的生活，在我的头脑里的烙印很深，因为这在我一生经历中，是完成世界观的根本转变，真正走上革命道路的起步时期。革命的起点是永远难忘的。"邓小平、聂荣臻、赵世炎等一大批留法勤工俭学生回国后，积极投身到改造中国的滚滚革命洪流中，为 20 世纪的中国寻找救国救民的良方，书写出中华儿女争取民族独立和人民解放事业的华章。

近百年前的那场重庆留法勤工俭学运动，也开启了重庆共产主义运动的壮丽序幕！

作品标题　近百年前　一群热血青年为何从这里踏上革命之路
参评项目　通讯
作　　者　袁尚武

责任编辑　吴国红　兰世秋
刊播单位　重庆日报
首发日期　2018-06-29
刊播版面　第5版

作品评价

本篇是重庆日报"重走信仰之路　传承红色基因"大型全媒体报道的首篇。该篇以发生在近百前重庆地区的留法勤工俭学运动为切点，以邓小平、聂荣臻等一批川渝青年重庆求学，赴法寻求革命真理的奋斗历程为主线，向读者展示了近百年前重庆地区早期中国共产主义革命者为真探寻真理走过的那段波澜壮阔的历史。该篇既有翔实的历史文献挖掘，也有记者亲历触摸历史遗迹的真实记录；既有生动的细节展示，也有通过重走革命遗址，让历史映照当下的心灵碰撞。较好地实现历史与现实的时空穿插，以及革命故事对当下党史教育的有机结合。

该篇行文流畅，语言质朴，结构缜密，详略得当。

采编过程

记者冒着高温，多次沿着当年重庆留法预备学校学生在渝读书生活的历史遗迹，实地找寻那段重庆留法预备学校青年学生的重庆足迹；记者同时通过查阅大量历史文献，亲历者回忆录，历史档案及背后的故事，对每一个细节求证党史研究专家，较完整的复原一个当年留法勤工俭学在渝期间的路线图。

通过珍贵的历史照片与今天城市风貌的对比，也从一个侧面反映重庆近百年来的沧桑变化，坚定了当代新闻工作者牢记使命，不忘初心的理想信念。

该篇在文本创作方面也下足功夫，从大量采访记录中进行认真梳理，提炼，修改，并确定文表达和版式呈现。

社会效果

该篇报道刊发后，在社会上生了积极正面影响，从各方反馈的信息来看，市党史办、高校相关研究专家等给予充分肯定，著名学者，党史研究专家周勇等也给予了高度评价。

该报道在社会上得到很好的效果，重庆第二十九中学（留法预备学校原址所在地）党政办负责人专程致电重庆日报表示，将此报道作为该学校校史的重要内容珍藏。不少读者来信索要当日的报纸相关版面珍藏，表示他们会持续关注重庆日报此系列报道。

该报道为系列报道"重走信仰之路　传承红色基因"开了个好头。

沙漠里父与子：
两名老种树人不一样的"父亲节"

上游新闻记者　张皓

"爸爸，祝你节日快乐，我想你了!"烈日当空的阿拉善腾格里沙漠上，当吴向荣听到电话那头传来女儿的祝福声，眼泪还是忍不住滴落。他知道，今天是父亲节，是属于自己的节日，但当吴向荣收好电话，看着75岁父亲的背影，又拿起树苗与工具开始种植……

"作为父亲，我遗憾今天没有陪伴我的女儿，但我同样是我父亲的儿子，今天早上起床，父亲告诉我，今天是第24个世界防治沙漠化与干旱日……"

父与子：两名老种树人不一样的"父亲节"

在沙漠边缘……

"吴老师，种了一天了还不休息啊?"一顶烂帽子、一件破衣裳，他驾驶着满载绿苗的旧拖车在破损严重的马路上颠簸着，而这条烂路，吴向荣一颠簸就是15年。牧民们都说他是沙漠里流淌的甘露，从28~43岁的5000个日夜，他带着同伴，用汗水种下500万棵绿树，今天，他与父亲在这里一起过一个特殊的"父亲节"。"我几岁的时候父亲就在种树，后来我在沙漠种树15年，父亲还跟着我种15年。"

吴向荣的父亲却很内疚，他告诉上游新闻记者："今天是父亲节，对不起儿子，不能陪伴着我的孙女，我希望他能够好好在家陪伴他的女儿，何必跟着我这老家伙来这遭罪。"

从太阳在沙漠里升起，又到太阳落下，吴向荣与父亲的脚步从没有停下，一棵棵幼苗在两父子的工具辅助下扎根。

据了解，吴向荣是阿拉善腾格里沙漠锁边生态公益项目基地负责人，上游新闻记者在他眼里看不到任何怨言。"作为儿子，能够和父亲过这个特殊的父亲节，我的内心是满足的，我和父亲都种了几十年树了，今天是父亲节，却也是世界防治沙漠化与干旱日。"

吴向荣介绍："在沙漠种一棵树，就是在心中种一棵树，自然生态的保护未来还需要漫长岁月的努力,今年要做的工作,就是扩大'防护堤',牢牢'锁'住沙漠的边缘。"

难受就是,与沙漠结缘,却偏得离去

1975 年,阿拉善腾格里沙漠,一个孩子出生了,父母取名"吴向荣",寓意他的出生能够让这片沙漠欣欣向荣。

沙子,是吴向荣童年的玩伴。家门口、床前,玩伴几乎无处不在。徒步穿越沙漠,经历沙尘暴的洗礼,搭建防沙障保护贫瘠荒漠,这些都是吴向荣小时候的日常体验。这些对于生活在城市里的人们不敢想象的日子,在吴向荣看来,却十分有趣,10 岁生日的时候,吴向荣捧着一株刚萌发的仙人掌立志,要和它一样,从此让这片沙漠不一样,做一个"沙漠英雄"。

沙漠里成长的吴向荣,慢慢地和仙人掌一样长高,在一个下午,吴向荣告诉父母:"等我长大了,我就给这个沙漠全种满树!"

所谓童言无忌,却让吴向荣从事多年沙漠种植工作的父亲听进耳,更听进了心里。吴向荣的父亲深知在沙漠种植和生活的辛苦,想到自己几十年的生活,他更愿意吴向荣走出沙漠,走进城市,拥有更好的生活品质。吴向荣的父亲暗暗下定决心,一定要将儿子送出沙漠。

于是,高中还没毕业的吴向荣,稀里糊涂地被父亲安排去了日本念书,在日本考上金泽大学,有了新的生活圈。

每每夜晚,吴向荣望着天空,都会想起躺在沙漠里看着的美丽深邃的夜空。但自己总感觉,与沙漠的情缘,似乎就此结束了……

结束? 500 万棵绿树、5000 个日夜,他将事业扎根沙漠

吴向荣在大学就读的是环境学和经济学,同学开玩笑说:"等你学好了,就可以把技术带回沙漠里了。"就是这句话,点醒了吴向荣,吴向荣心想,对啊,自己学的就是这些,加上曾在沙漠里的生活经历,是不是真的可以让沙漠不一样呢? 带着这样的想法,2002 年,28 岁的吴向荣不顾父亲的反对,毅然回到家乡开始种树。

回到沙漠的第一年,吴向荣带着朋友,通过拉来的投资,在阿拉善腾格里沙漠种植了 4000 棵苗,满怀信心的他,却没想到,这 4000 棵树苗全部死亡。

遭遇了打击的他,并没有放弃,他发起了"百万森林"的概念,呼吁更多的人来沙漠播种树苗,并且结合自己的知识和经验,开拓专门适合在沙漠生长植物的生产系统,从 2002 年的 4000 棵树苗,到今年,预计种植 40 万棵

树苗。15 年的 5000 个日夜，吴向荣带着一群人建成了 18 公里、总面积 3 万多亩的绿色"防护堤"。让吴向荣高兴的是，越来越多的人愿意加入他的队伍中，并且自己 75 岁的父亲也为自己所做的事感到自豪并加入其中。

太阳落下，沙漠的夕阳似乎让吴向荣沉醉，看着父亲的背影，眼眶湿润了。恍然间，吴向荣突然想拥抱自己的父亲，渴望时间就停留在这个时刻，有沙漠、有绿树、有父亲、有自己。

端起两杯烈酒，吴向荣向着夕阳下的背影奔去……

作品标题　　沙漠里父与子：两名老种树人不一样的"父亲节"
参评项目　　通讯
作　　者　　张皓
责任编辑　　饶治美
刊播单位　　上游新闻
首发日期　　**2018-06-17**
刊播版面　　上游新闻头条栏目

作品评价

其实新闻的写作，记者应当跳出传统的新闻写作模式，往往一篇打动人的新闻稿件不是因为它的固定模式，而是稿件有深刻的内涵以及深度的文字加上不一样的表现手法，这篇以父亲节为由头的稿件内容做出来比较丰富，接近 2000 字的新闻稿件有 3 个新闻由头，首先是父亲节，第二当天还是沙漠防治干旱日，第三这个主人公在父亲节具有双重身份，他既是父亲，又是一名种树人的儿子，新闻内容既有温暖和正能量的基调，又通过一些细节将小说和电影的表现手法合理地运用到字里行间，既有温暖的故事，又有让人感到心痛的地方，让每一个读者都能够身临其境，通过反差的手法，让稿件呈现了一加一大于二的打动效果。

采编过程

在父亲节 6 月 17 日的头两天，记者就开始思考，父亲节永远是一个新闻的好由头点，可以做出不一样的东西，于是记者开始筹备父亲节的选题，思考到父亲节的选题已经千篇一律，受众对传统的内容和话题也相对有了视觉麻木。那么怎么样去做一个既有正能量暖心，又不一样的故事，记者挖掘了自己所认识的所有人的资源，最终找到了家住在阿拉善腾格里沙漠的吴向荣，之前记者与吴向荣有个深入的交流和采访，对于其人物经历与故事有大量的采访基础，于是开始了这一次选题的策划准备，并且提前做好，在父亲节当天即时推出，效果好。

社会效果

这篇稿件不仅局限于重庆范围，父亲节这个选题是覆盖全国范围，稿件在多个媒体转发，包括新浪、封面新闻等，转发多，在上游新闻评论数高，社会覆盖面广，且稿件充满温暖正能量，主人公的故事又让人有一点辛酸，打动了受众，正确引导了社会价值观，记者花费大功夫打磨的文字也让上游新闻在文字深度方面赢得了好的口碑，这篇稿件给记者本身在后来其他口岸工作的开展，也用内容打下了基础。这篇稿件还是上游唯一一个父亲节的选题，也是重庆乃至全国独家。

全媒体传播效果

24小时点击量突破90万，截至目前上游新闻点击量过200万。

救救我，老婆狂买保健品要拿扁担挑上楼

重庆晚报记者　刘春燕

杨玉生给晚报打过两次求助电话，说妻子吴梅还不到 50 岁，经常跟老年人一起去买乱七八糟的养生保健品，家里没钱吃饭了。他想让记者说服妻子，不要再买，也不要再逼迫他吃，他头发和胡子、汗毛都吃得要掉光了。

"她买的保健品要拿扁担挑上楼啊……"电话里，声音听起来像风在钻着门缝，嘶嘶又呜呜的。

保健品

渝中区学田湾背街那一面，跟老城区所有主干道背后的坡坡坎坎一样，修了 30 年左右的老房子挤得密，路也窄，人和人过路都要贴身。

这种中老年人口居多的社区，一条街过去，起码三四家门面都是关于"健康、养生、保健"，还有一些租在单元楼里面的一楼，搞讲座。

杨玉生在路口等我。60 岁出头，头发只剩下稀疏的几缕，胡乱飘在头上。脚踝早年落下残疾，撑不住他 90 斤的身体，弯着腰，走得慢。家在 9 楼，没有电梯，他走几步要歇几秒。

妻子不在家。"她不到晚黑 6 点是不得落屋的，在听养生讲课。"

这是主城里典型的无电梯楼房，勾连着城市老人、外来打工人群、周边小生意小工等族群画像，楼梯间的牛皮癣广告和白色涂料层层叠叠。屋里黑，白天都黑，杨玉生开灯，我才看见敞开的卧室里躺着他 16 岁的儿子。

"他晚上耍，白天睡，不管他。"杨玉生说，儿子不愿意读书，也没工作，晚上跟朋友玩或者上网，白天睡觉，"不晓得他在干啥子，我管不住他。"

杨玉生去拿妻子买的保健品给我看。客厅里胡乱堆积的杂物像这栋采光极差的房子一样潦草，最显眼的是一个香槟色的拉杆箱，上面贴着大幅广告：冬虫夏草王。"整整一箱子，都是她扛回来的，我也不懂，不晓得啥子药，反正她喊我跟她一起吃。"

他又拎出塑料袋装着的各种保健品礼盒，有辣木雪莲复合粉、草莓味越维颗粒（说明书介绍具有缓解视疲劳保健功能）、西藏天麻，还有他也说不清

楚的"石头"——销售人员告诉顾客有保健作用的天然石头。

辣木雪莲复合粉的外盒上，只介绍了辣木树富含人体所需190种微量元素，雪莲是"百草之王""药中极品"，而复合粉则是高科技破壁工艺打破植物细胞壁，使其营养成分更易于人体吸收。没有更具体的功效说明。而越维颗粒，主要介绍为"缓解视疲劳的保健功能"，适宜"视力易疲劳者"。

一根稻草

杨玉生喜欢向人倾诉他的痛苦，如果不打断，他可以不停歇。倾诉像他的一根稻草。

早年落下残疾，杨玉生有一辆货三轮，给附近餐馆、小店铺送点货，搬运一下，赚点零碎辛苦钱。他说这两年身体不行了，一个月能有一千块都好得很。

吴梅体壮，浓眉大眼的，杨玉生把她年轻时在相馆里照的古装照片剪下来，夹在自己的日记本里。杨玉生说，自己过了四十才结婚，吴梅小他11岁，早年两人感情还是好的。

回忆抚开了杨玉生皱巴巴的额头。他说，吴梅一个女人，早年当棒棒，擦皮鞋，送报纸，挣块块钱，每张上都是浸满汗的。辛苦的人更懂得他人的辛苦。现在擦皮鞋，当棒棒，钱越来越不好找，吴梅就去餐馆送餐，每天中午送。"下午开始就一直听讲座，去过好几家，听了就买。我说你那些辛苦钱不要乱用嘛，她说我的钱想哪个用就哪个用，我保护我的身体有啥错？"

大约在半年前吴梅开始去听保健品讲座。"一开始在文化宫后门那边，一个养生室，听了课要发点鸡蛋这些。"杨玉生找不到具体地点，有一次急着找吴梅拿钥匙，沿着那一带旮旯缝缝都找了一圈，到处问问不到那家养生室，后来一个女的出来问清楚了，才说我帮你喊她出来。

然后呢？

"然后就是越买越多。发展到要拿扁担担上9楼。"

花了多少钱？

"总也有个几千或者万把块钱了吧，她的钱不亮相，我的钱要给她报账。"杨玉生说家里吃喝开销都靠自己那点开三轮的收入，"没钱吃饭了，就等她晚上回来，一天吃这一顿。"

吴梅自己吃保健品，也喊杨玉生吃。"偶尔一次我不吃她要冒火。这半年我头发掉得快，你看我眉毛都要落光了，我也不懂那些保健品里面是不是有激素。"

为保健品的事情两人闹得喊了电视台调解节目上门，上门之后，吴梅依然去听讲座，依然买和吃。

养生讲座

沿着楼下的路上坡，不到 100 米，拐弯处有一家养正堂。中午两点，吴梅已经坐在里面。她在使用一种"行气通脉治疗仪"，一种类似足底按摩的仪器，墙上写着：排毒祛邪，强肾增氧。工作人员是两个年轻女子，其中一人介绍说，成为会员，可以每天来免费使用。成为会员要购买一定数量的产品，我问她促进睡眠的有哪些，她推荐了一种羊奶粉，368 元一盒，吃 16 天。买上三盒可以送一盒。旁边的阿姨悄悄给我使眼色，摇头暗示不要买。

另一个女子在给这些阿姨登记，发放一种会员卡，有这种卡，才能参加下一步的活动。我询问，她很警惕，说这个是其他活动，你还不是会员，现在不能参加。

吴梅做完仪器的时长，起身离开。出门她碰到了街对面的杨玉生，杨玉生行动不便，她主动牵着他的手往家走。回到楼下，吴梅没有上楼，牵着杨玉生直接进了另一家"健康家园"，直接坐到第一排听讲座。

这家店工作人员也是两个女子，一个负责讲座，一个在处理登记、发卡等工作。这家不卖保健品，主要推介各种器械。20 平方米的客厅改成一个小型教室，坐了近 20 多人。讲课的女子正在给大家介绍"洗血"的知识，墙上贴着的宣传资料上写："缺血缺氧是万病之源"，会导致血栓、动脉硬化、高血压。

听众大多为中老年人，他们的坐垫上都连接着管线，接通一台"场能治疗仪"。负责讲座的女子介绍，这台仪器正在为大家进行"换血、洗血"。听众们一边听讲座，一边就"洗血"了。

讲课的女子结束讲座后，热情地为我介绍治疗仪，我触摸前排的人和椅子，有微弱的电击感，手发麻，像漏电了。女子说这是正负极原理，不是漏电。坐垫温热，没有电流感。

记者上网查阅，并未找到"场能治疗仪"相关资料，只查到场效应治疗仪。场效应治疗仪是一种利用低频电流同时具有漏磁的涡流电场、交变电场、线圈互感在肌体内感应的涡流电场和红外线辐射来治疗肩周炎、腰肌劳损等疾病的家用理疗仪器。

前排的阿姨说每天要来坐一两个小时，坐满一天可以领取一颗托玛琳石头。所以很多人每天都来打卡。

百度百科显示托玛琳为电气石的工艺品名，也叫碧玺，功效上有助于治疗懊丧情绪、旺夫、聚人气等，偏于精神化的方向，未显示对肉体有具体功效。这位阿姨已经集满几十颗，串起来戴在脖子上，是那种白色不透明的六棱边的柱状体，并非百度百科里标明的"透明、半透明"。

工作人员说，这个场能治疗是免费的，可以每天来，谁都可以来，欢迎来，感受到好的作用了，买不买再说。"我们的仪器也不只这一种，有很多，要多感受。你看门口还有一种特殊的净水仪，其中就放置了托玛琳石，每天治疗完了可以带一个桶来接净化水回家使用。"门口的老年人很多都拎着洗干净的油桶，原来是装净化水回家。工作人员说："我们公司很大的，重庆都有上百家门店。"

我追上一个打完水正要离开的阿姨，她说她买了一个3000多元的治疗仪，她觉得对腰椎有效果。"我坚持得好，每天都来。各种价位的仪器都有，你要自己来感受。"晚年像一个漩涡，拉着人下沉，老人们找到了一种自己认可的拯救。

好好过

这是吴梅寻常的一天。她一直拉着杨玉生坐在前排，认真看着电视上的讲座和广告，认真坐在场能治疗仪的坐垫上"换血"。

杨玉生5点离开上楼回家，吴梅一直坐到近6点，门店打烊，她才出来。期间杨玉生打了两次电话催促她回家，她说："来了来了，别催，你是要我飞回来吗?"

见到有陌生人来，吴梅开始摔锅碗："要说你一个人说，我啥子都不得说!"杨玉生解释说，上次电视调解，让她很不满意，所以她现在很抵触媒体。

杨玉生要送我们下楼，又开始倾诉，他太需要这根稻草了。

——"你们都看到了，我的命很苦啊。不怕你们笑话，我身体不好还在照顾她，厕所几步路她都不去的，都是我给她倒痰盂……"

——"儿子去职业学校学汽修，只学一学期就再也不去，现在就在家里耍。吴梅急了也抓凳子打娃娃，娃娃直接提刀，我劝住了，他就扎他妈妈裤子好多刀……"

——"我有严重胃病，感觉自己快死了。每天失眠，我都写了八九万字的人生感悟，希望能教育娃娃。"

——"我的想法就是，吴梅别买保健品了，娃娃能懂事，找个工作，要好好过啊……"

作品标题 救救我，老婆狂买保健品要拿扁担挑上楼
参评项目 通讯
作　　者 刘春燕
责任编辑 杨昇

刊播单位　**重庆晚报**
首发日期　**2018-06-19**
刊播版面　**慢新闻 APP**

作品评价

中老年人沉迷保健品已经是一个无法回避的社会"问题"，很多人都有亲戚或者朋友的亲戚遭遇这种疑似骗局，产品和销售方式都不违法不违规，怎么办？

与一般通讯稿件不同，这篇稿件选用的表现方式是特稿方式。通讯的基本套路是：采访当事人——采访两家保健品和医疗器械体验店——采访食药监和工商管理部门说法——采访外围，比如邻居、其他参与的老年人。通讯只要讲清楚面上的基本情况就完成了。

这个特稿的做法是：通过真实的故事、细节去呈现一种社会现实，去呈现社会现实中的阶段性困局，去呈现这个困局中的人。稿件无法给出解局的答案，因为本身事情可能就是无解的。但是如果能够局部的、有限的刺痛人心，也可能给未来一种指向。通讯报道即使解决了个别证照过期的老鼠店，退还了个别老人的钱，其他店呢？特稿要呈现的是普遍的问题——老人和我们，该怎么做？这个问题没有标准答案，但是，如果一个读者，被那种在衰老、贫困中挣扎着还要抠出自己最后一口粮食去买保健品的人深深触动的话，我想，我们总要做点什么吧，哪怕是对自己——我们的晚年，我们父母的晚年，要怎样去生活，我们总会有一点自己的思考。

工商管理部门和食药监查处的行动和杨老师家的后续等，这些通讯要表达的常规的内容，后续稿件中单独去做了一条来反应，没有在首发稿件中破坏特稿的完整性，但是又做到了新闻事件本身的完整性。

采编过程

这篇稿件记者前后去采访了四次。因为求助者杨老师的妻子，沉迷保健品，又牵扯到保健平销售的产业链条，所以最初只能以摸情况的方式，先试探着接触对方。此后，记者又化装暗访，潜入文中主人公主要活动的两家商店，一家是销售保健品，另一家是体验医疗器械。在暗访中获得了一些关键性的证据和资料。最后记者还跟随食药监、工商管理部门进行了联合查处。在查处过程中，遭到商家阻挠和围攻。

社会效果

稿件在慢新闻推出后，传播量较大，迅速引起相关主管部门的重视。食药监在稿件推出的当日，就对稿件中提到的两家店进行了调查。其中一家证照过期，另一家没有工商执照。

文中杨老师妻子主要购买保健品的养正堂，主动联系杨老师，把钱退还给了夫妻两人。经过协商，商家愿意数倍赔偿。暂时解决了杨老师家庭目前最主要的矛盾，以及缓解了一部分经济困难。

一周后，食药监再次邀请记者一同进行回访和联合查处，落实整改情况。学田湾到上清寺一带，是重庆保健品销售的重点区域，数量最多，一共80多家店，食药监下一步将进行重点清理调查。

全媒体传播效果

人民网、新浪、网易、腾讯、光明网以及各地方媒体数十家转载。腾讯新闻阅读量超过 200 万，评论 2.1 万，上了微博热搜。

"渝中区旅游调查" 系列报道

重庆晨报记者　陈翔　刘波　李晟　冯锐

在渝中区 "旅游市场秩序专项整治" 一年多后，记者暗访该区旅游市场

两江游同船不同价
索道景区外 "热心人" 扎堆……

打造重庆旅游升级版，主城片区都市游是重点之一。

渝中区作为全国首批全域旅游示范区创建单位，也是重庆的母城，自然也是旅游的窗口。在打造旅游升级版、规范旅游市场方面应该走在前面，起到示范引领作用。

自去年 2 月，渝中区等 7 个重点地区被原国家旅游局点名重点督查之后，该区随即启动了旅游市场秩序专项整治。

一年多过去，整治效果如何？日前，记者进行了暗访。

两江游
同船不同价

"马上走" 却等了近 50 分钟两江游，是重庆旅游的一张名片。两江游购票地点、上船码头，大多在渝中区。

记者调查多日发现，两江游存在不少 "乱象"。

同一艘船价差达六七十元

6 月 6 日晚 7 点半左右，记者来到朝天门。

在靠近朝天门码头的长滨路上，有十多个门店都在销售两江游船票。不少人手拿宣传单，主动向过往游客推荐两江游。

"坐船看两江夜景，漂亮得很，你买票了吗？" 记者在长滨路上走了不到

100 米，就遇到 3 个人来推销。

一名"羊儿客"手拿一张两江游的船票价目单说，朝天系列的两江游轮定价为 198 元/人。"现在只卖你 128 元。"他表示这已是最大折扣。

"前面那个人只卖 98 元，你这里怎么涨价了哟？"记者问他。

"好，98 元，我亏本卖给你。""羊儿客"爽快答应。

记者继续砍价，最后，又从"友情优惠价 90 元"讲到"亏本价 80 元"。

在"重庆邮轮中心"官方微信公众号上，朝天系列游轮的折后价为 98 元。

记者在现场咨询多个两江游售票点，发现朝天系列游轮的最低价为 80 元。但是有不少游客买票的价格却是 90 元、98 元、128 元、158 元……

"卖票的工作人员给我说，这是统一官方售价，我价都没讲就买了。"成都游客邓先生说，他买成 158 元。

说好"马上走"结果等得久

买票时，工作人员一再强调，游轮马上就要走了，让邓先生尽快去朝天门 6 号码头上船。

记者调查发现，无论是"羊儿客"拉客，还是在售票人员售票时，都常常会告诉游客，他们坐的是一艘"马上就走的游轮"。

然而，当记者购买了船票来到 6 号码头时，却发现事实并非如此。

6 月 6 日晚上 8 点 40 分，在设有栏杆的排队区域内，几百人挤在一起。"船刚走，再等一等。"现场的工作人员解释说。

排队区域没有设置座位，游客只能站着等待。这个过程中，排队游客不断增多，现场越来越拥挤。

晚上 9 点 30 分左右，在等待近 50 分钟后，记者终于登上游轮。

长江索道"热心人"扎堆
其实是"黑车"司机在揽活

6 月 6 日下午 4 点半左右，记者来到长江索道景区，还没走到门口，就有"热心人"上前主动打招呼："莫排了哟，至少要排 2 个小时。"

此时，游客队伍已排到景区门外 20 多米的位置。

记者注意到，这样的"热心人"在景区门外有十多个，他们游走在游客队伍周围，"热心"询问着游客"从哪来，有几个人？"他们还不断提醒游客，在这里排队要排很久。

事实上，这些"热心人"大多是司机。如果驾驶的是三轮车，他们就把车随意停放在路边；如果驾驶的是面包车，他们则会把车停到附近小巷里。

这些"黑车"司机非法营运的路线主要有两条：一条是去朝天门，一条是去对岸的长江索道上新街站。

当景区外游客不多时，司机主要推荐游客去朝天门。他们以长江索道景区"排队人多""不好玩""晚上更便宜"这些理由游说游客。

一旦游客动心，他们就会立刻推荐游客去朝天门坐两江游船。

去朝天门的费用，在游客较多时，一般是按每人5元的标准收取。在生意不好时，一车收5元。

司机把游客拉到朝天门后，并不会兜售两江游船票。"我们卖票要被罚钱。"一位司机这样告诉游客。

当长江索道景区门外排队的游客多起来时，部分驾驶面包车的司机会向游客推荐"不排队坐长江索道"的线路，每人收费从40~50元不等。

这条线路其实就是将游客带到对岸的长江索道上新街站，相对来说，上新街站排队游客要少一些。

收取的40元车费里，包含了一张30元的长江索道单程车票。

事实上，长江索道单程车票只要20元。

游客从新华路站坐出租车到对岸的上新街站，车费也仅需10元左右。

一日游游客无合同
"纯玩团"还是要进特产店

"一日游"在渝中区揽客者众多，我们调查发现，低价揽客现象依然存在。所谓的"纯玩团"，也要进店购物。

"羊儿客"不停塞传单

6月6日晚上9点，记者来到解放碑，此时游客众多。

"两江游玩了吗？明天准备去哪里玩？"记者在碑下走了不到半圈，就有一名中年女子主动来攀谈。她迅速拿出一张传单，塞到记者手中。"你看嘛，你想去的地方这上面都有，有需要直接打这个电话。"

此后不到30秒，又有一名年轻男子走过来，塞给记者一张另一家旅行社的传单。这家旅行社的主城纯玩一日游，标价只要50元。而之前那家旅行社，传单上的标价是198元，折后价也要138元。

这时，又有一名"羊儿客"塞来一张旅行社的传单，并带着记者走进不远处的一个小巷。在这里，有一家旅行社的门店。工作人员向记者推荐98元的主城纯玩一日游，行程内容与之前两家旅行社的大致相同。

在交流过程中，又有三名游客被带了进来。

游客整体体验还是不错

记者根据传单，拨打电话约好了次日的50元纯玩团。

昨日一早，与导游联系后，在渝中区上了一辆小巴车。车辆没有旅游车辆相关标识，整个团 10 多个人也没有小旗子，导游也未佩戴相关证件。

上车之后，记者提出是否需要签订合同。导游小熊表示，大家都没有签。

团内游客的团费情况主要分为两类，一是 50 元，不含午餐、WFC 会仙楼观景台门票。

报 128 元团费的是 4 位小伙子，他们签订了合同，合同中包含了午餐和观景台门票。

此外，团费整体包含车费、导游服务费以及湖广会馆门票等。景点还包括白公馆、磁器口、洪崖洞等。

在游览完湖广会馆后，导游让游客们在"重庆市一日游合同"上签了字，她称是自己需要交给旅行社的。但游客签字后并没得到合同。

来自乌鲁木齐的秦先生是花 50 元报的纯玩团，但下午还是进了"特产超市"。不过，游客们也没什么意见，店家态度不错，有的游客买了一些。

虽然一日游整体不完全规范，但当日秦先生在重庆的旅游体验还是不错的。

新闻评论>>>
让我们一起擦亮母城名片

去年 2 月 23 日，原国家旅游局宣布联合公安部、原国家工商总局在全国范围内组织开展为期三个月的旅游市场秩序综合整治春季行动，对云南丽江、重庆渝中等首批 7 个重点地区的重点问题进行重点督促检查，严厉打击扰乱旅游市场秩序的顽疾，查处一批违法违规企业。

同年 2 月 28 日，渝中区召开旅游市场秩序综合整治动员会，宣布从 3 月 1 日起，开展旅游市场秩序专项整治。

通过明察暗访等多种形式，加大旅游综合执法力度，下重拳整治不合理低价游、旅游合同违约等突出问题。

今年 2 月，渝中区旅游警察巡逻队正式成立，游客在旅游期间如果遇到纠纷或者被商家欺客、宰客，都可就近向他们求助或投诉。

整治动作频频，取得了不错的效果，但本报调查发现，还是有些情况不尽人意。

作为重庆母城的渝中区旅游，问题究竟出在哪儿？对渝中区来说，打造重庆旅游升级版，必须找出问题的根源，下更大决心、花更大力气来逐一解决。

这次，我们聚焦渝中区旅游存在的问题，也是希望和渝中区相关部门一道，发现问题，找出应对之策，一起擦亮渝中这张重庆旅游的城市名片。

针对旅游乱象，渝中将抓好"四项整治"
本报昨日的暗访调查报道引发强烈反响，市旅发委已展开调查

昨日，本报第 4 版刊发的渝中区旅游乱象调查报道，在社会上引发强烈反响。

两江游"同船不同价、低价"一日游"、长江索道外"黑车"扎堆等问题，引起了不少游客的共鸣。

针对本报报道的问题，昨日市旅发委表示，已展开调查；渝中区表示，将抓好"四项整治"，擦亮重庆母城名片。

市旅发委发布"两江游"服务提醒
采用电子联网售票，游客可凭票乘坐免费大巴

到底哪里才能买到正规的"两江游"船票，"两江游"登船时间和游览时长究竟是多久？

昨天下午，针对本报当天第 4 版刊发的报道，市旅发委表示已展开调查，同时专门就游客乘坐重庆"两江游"船舶观赏两江风景、山城夜景给出了出游提醒。

有多种正规购票渠道

目前，重庆经营"两江游"的游船企业共 3 家，分别是重庆长江轮船有限公司、重庆市客轮有限公司、重庆汇东船务有限公司，全市共有 7 艘"两江游"船舶。

市旅发委提醒，"两江游"目前已采用电子联网售票系统，游客可通过游船企业各片区代理商及其旅行社门店购票，或者在解放碑、朝天门公交站台等处设置的 ATM 自助售票机购票。

同时，异地游客还可通过官方授权的网络途径购票，包括淘宝、携程、同程、美团、去哪儿、驴妈妈、中国长航重庆公司官方网站、重庆邮轮中心、愉客行等。

通过关注游船企业官方微信服务号重庆邮轮中心重庆交运"两江游"、重庆长航"两江游"和重庆汇东船务"两江游"，也可购买到"两江游"船票。

而在重庆西部公交开通的都市观光巴士车辆上，游客均可扫码购票，或自行前往游船公司船舶停靠码头，使用码头自助售取票机进行自助购票。

切记不要在游摊、散贩或无资质的个人售票点购票，因无法保证其船票的真实性和有效性，以免造成不必要的纠纷和损失。

目前各游船公司主要采用的是电子客票。如果游客是在游船公司各片区代理商及其旅行社门店购票，凭电子票到码头检票处验证后即可登船。如果是通过网络途径购票，游客可出示二维码登船，或携带相关有效证件在登船码头自助取票登船。

登船时间或临时调整
"两江游"会按时发船吗？

市旅发委解释，重庆"两江游"船原则上均按对外公布的发船时间进行运营，但因水位、气象、航道、水上交通临时管制等原因，为确保安全，游船的航行线路和时间可能会临时有所调整。

所以，游客在购票前务必详细了解各游船开船时间和重要通知事项等内容。

在正常情况下，原则上当天购买当天的船票，那万一购票后行程有变，船票可以退吗？

平时（国家法定节假日除外），所购夜班船票在当天18：00前、白班船票在购票后1小时之内，可在原购票处办理退票。但因退票后会影响公司当班船舶舱位，所以需按票面价格的20%缴纳手续费。

特别提醒游客，国家法定节假日（包括但不限于元旦节、春节、清明节、端午节、中秋节、国庆节）期间，因船舶舱位有限，两江游夜班船票一经售出，概不退换。

网络订票与线下门店所购船票的退票都会按上述规则执行。

游客可乘坐免费大巴

为方便游客出行，游船公司目前已开通了免费大巴车接送服务，但目前站点仅限于解放碑——朝天门码头，后期站点将逐步增加。

乘船游客可凭二维码或电子船票到解放碑王府井百货旁乘坐免费大巴。重庆西部公交开通有解放碑（来龙巷）——朝天门的T480等城市观光旅游巴士直通车辆，大巴配备有免费USB充电、景点讲解、空调、报纸杂志等服务；同时也有洪崖洞——朝天门、较场口——朝天门的特色公交线路。

另外从南坪、沙坪坝、江北、九龙坡等主城核心区域至朝天门有完善的公交线路体系。

此外，游客还可选择乘坐轨道交通1号线、6号线到小什字站下车后步行至游船码头乘船。

"两江游"游览线路是怎样的呢?

目前游览线路航程往返约 15 公里,航行时间约 45 分钟(不包括上、下客时间)。沿途可观赏到体现重庆移民文化、会馆文化、规模宏大、古朴典雅的湖广会馆古文物建筑群;被誉为重庆外滩的"南滨路饮食文化一条街";在头顶凌空而过国内首创的空中载人过江索道;全国佛教唯一僧尼同庙的慈云寺;长江大桥、朝天门大桥、朝天门广场、渝中半岛、两江汇流;朝天扬帆大型音乐灯光秀表演;解放碑中央商务区;江北嘴重庆大剧院、科技馆以及最具巴渝传统建筑特色"吊脚楼"为主体的洪崖洞民俗风貌区等。

船上不含强制消费项目

如果游客购买的是"不含餐普通舱船票",请在船方指定的免费区域自主选择乘坐(详见游船公司公示信息),游船上无固定座位,遵循先到先选的原则。

而游船前后包房(厅)、VIP 区域为收费区域,游客登船后可根据需要自由选择是否另行缴费办理升舱手续(游船上有明确收费标准展示)。

任何工作人员、服务人员都不得向游客索要小费,如强制索要小费,你可以向船务公司进行投诉。

为了游船和游客安全,"两江游"游船禁止客人携带酒水上船,游船上提供各种小吃、水果拼盘和酒水,明码实价。

同时,游船上可购买特色纪念品、字画、地方特色旅游产品,游客可购买自带,也可购买后委托游船工作人员邮寄。

重拳出击,各部门街道合力整治
规范票务市场,渝中区明天将召开专题会

针对目前存在的一些旅游乱象,接下来如何整改?昨日,渝中区表示,将以整治"四黑"问题为重点,继续抓好"一日游""两江游""三峡游""出境游"整治,对一些游客反映强烈、影响渝中形象的旅游乱点、乱象,主动出击、重拳出击。

同时,健全旅游部门与相关部门联合执法机制,发挥好旅游警察、旅游工商、旅游监察执法队的功能,加强旅游市场综合执法和价格监管。

整治旅游乱象、乱点需要形成合力。渝中区各部门、街道已有行动。朝天门片区目前启动了市容环境综合整治,对朝天门片区市容秩序严加管控,

针对"羊儿客""票串串""发卡族"发现一起驱离一起，平均每日驱逐清赶"羊儿客""票串串""发卡族"70人次以上。

解放碑CBD管委会执法队每周不定期两次上门走访旅游门店，宣传相关法律法规，禁止雇佣人员到步行街范围内喊客拉客、散发经营性宣传品。

此外，执法大队每天联合特勤对步行街进行旅游环境专项整治，对屡教不改的喊客拉客及散发经营性宣传品人员进行留置教育批评，近一段时间来累计暂扣经营性宣传品5000余份，罚款2000余元，累计教育批评300余人。联合交通执法不定期对步行街周边黑车进行整治，累计驱赶、劝导黑车100余辆。

渝中区交巡警支队联合运管部门开展4次联合执法，查处非法运营黑车6台；对长江索道景区周边违规停放三轮车进行整治，处罚非残疾驾驶员15人次，批评教育残疾驾驶员20余人次。交巡警在长江索道周边摆放锥形桶，限制违规停放，并安排协勤队员现场值守，派出机动队重点在长江索道景区周边道路巡逻。

区建交委目前开展走访、暗访10余次，根据投诉与走访情况，对违规经营票务的9个售票点进行通报，并记入诚信经营档案。同时建立诚信监督机制，加强对票务公司、售票点的监管。

渝中区相关负责人表示，接下来将继续加强对"两江游"联网售票平台的监管。明天将召集售票点、票务公司召开相关会议，规范"两江游"票务市场秩序。端午节前将印发游客购票告知，游客乘船须知，告知游客购票、乘船信息。

作品标题　"渝中区旅游调查"系列报道
参评项目　系列报道
作　　者　陈翔　刘波　李晟　冯锐
责任编辑　程果
刊播单位　重庆晨报
首发日期　2018-06-13
刊播版面　第3版、第4版

作品评价

看似一篇"监督"渝中旅游的暗访稿，编辑从客观入手，呈现出来的角度则是呼吁各方面对现状、一起来寻解决之方法。两江游、索道游、一日游三个重庆旅游的经典项目，三块内容文图穿插，呈现得非常清晰。新闻评论突出处理，"擦亮母城名片"的倡议，彰显责任媒体态度。版面活套，有深度。

采编过程

3 名记者围绕这一主题，展开一周调查，发现渝中区旅游存在的问题。调查翔实，为重庆旅游升级版渝中区应该在哪些方面改进提供了思路。同时配发了评论，让监督报道更有力。

社会效果

监督的胜利。针对本报刊发的报道，引起了相关部门的大震动。本报两路记者分赴旅发委、渝中区连续追问：怎么办。旅发委：已开展调查，同时针对两江游发布旅游提醒。渝中区：多个部门联动要整治。这是近年来难得的监督报道。

广告称"第一" 白乐天火锅被立案调查

6月6日，看看新闻Knews爆出消息，重庆白乐天毛肚火锅馆涉嫌违反《中华人民共和国广告法》的相关规定，重庆市工商局渝中区分局已责令该火锅企业限期拆除全国所有门店的"重庆第一家火锅"的店招、牌匾。

记者向该局核实，该局有关人士表示以上消息不属实。目前，渝中区工商分局针对白乐天涉嫌违反广告法的举报已立案，但仍处于调查阶段，并未做出任何行政决定。

余勇：广告词来源能找到历史佐证

自日前爆出市民投诉白乐天对外宣称是"重庆火锅第一家""火锅始祖"，涉嫌广告违法之后，谁是火锅始祖一直牵动着市场目光。6日晚，当事人白乐天老板余勇首次回应本次事件。

"之前一直想等工商调查结果出来后再做回应，没想到风波不止。"余勇认为，有必要说明一下情况。

余勇称，白乐天起于1921年，毁于1939年重庆大轰炸。2014年由重庆汇源火锅研究所所长、奇火锅董事长余勇带领团队恢复重建。

他说，2013年出版的《火锅中的重庆》可以佐证，1949年2月24日出版的《南京晚报》第四版上刊发的《毛肚火锅流源》中记载，"民国十年以后重庆有了第一家毛肚馆仍然开设在较场坝，名叫'白乐天'"。

这本书，书稿由重庆市烹饪泰斗张正雄、餐饮行业协会会长刘英、火锅协会会长李德建等专家多次审稿。最终由重庆市商委出品，所以说白乐天是有详细文献记载的第一家火锅。

另外，第一家白乐天是在2014年8月25日恢复重建的，距《火锅中的重庆》出版一年，这本书很畅销，但当时没有任何人质疑。

"如今，白乐天生意好了，四年来，在重庆8家门店，在全国有20多家门店。"余勇表示，很多人都盯着重庆第一家火锅的名头，却看不到我在背后付出的努力。经营一家品牌火锅馆没有那么简单，味道、菜品、理念一样不能少，比如仅在知识产权保护上就投入了上百万元。

"希望大家能看到，恢复重建的白乐天品牌，对行业的贡献，对城市文化复兴的意义。"余勇称，至于目前有人投诉他涉嫌广告违法，相信时间会给他以及关注此事的人一个满意的答案。

业界：火锅始祖不是哪一家说了就算

其实在2年前，火锅始祖之争便已摆在台面上。

当年，随着电影《火锅英雄》上映，业内大佬们纷纷借势。其中，白乐天毛肚火锅馆打着"重庆第一家火锅""重庆火锅始祖"的旗号，红遍朋友圈。但这个"始祖"的说法，引来业内人士不满。原锅锅筵水八块老火锅老板朱江渝表示："没有任何一个品牌可以说它是重庆火锅的始祖，其他重庆火锅都是徒子徒孙？它（白乐天）能代表重庆火锅的形象？这显然不合适。"

苏大姐火锅创始人苏兴蓉表示，始祖不好定，但如果经历了漫长岁月，老字号是检验标准。更多火锅老板表示，都是炒作，没必要当真。

业界认为，始祖之争本质是营销资源的争夺。重庆本地火锅市场已经饱和，外地市场对重庆火锅的接受度越来越高。对于外地加盟者而言，如何从海量品牌中找出一家来，营销资源就成为宣传的利器，而重庆火锅始祖是一个不错资源，有利于品牌文化建设和输出。

当然，重庆火锅的始祖是谁，不是哪一家说了就算，这需要专家大量的考证，要经得起推敲。

市民：不要把更多心思花在营销上

此次火锅始祖、重庆第一家火锅之争，不仅吸引了业界目光，吃货们也被各类消息刷屏。他们对此的态度又是什么？

家住九龙坡区的施小姐表示，白乐天刚开业时就说是重庆第一家火锅馆，作为重庆火锅的粉丝，耿小姐当天去试了，结果晚上9点多了还有人在排队，这个名头还是能吸引消费者的，但是否会重复消费就要看味道了。

在江北上班的彭先生则表示，始祖之争对消费者而言真的没必要。现在各种花式营销太多，味道好不好、菜品是否新鲜才是关键。他表示，越来越多的火锅老板愿意在就餐环境、营销上花更多心思，而忽略了管理、服务和味道。

记者在采访中发现，市民普遍对火锅始祖之争并不关注，消费火锅产品带来的良好体验才是其关心的重点。

链接>>>

多名大佬将参加火锅协会会长竞选

一名不愿具名的业内人士透露，重庆市火锅协会将于下周改选会长，余勇、何永智、曾清华为会长候选人。

对此次事件，重庆市火锅协会相关负责表示，在工商未调查出结果时，协会不便发声。"协会提倡全市火锅企业展开公开、公平的市场竞争，反对不正当竞争行为。会积极配合政府相关部门处理好白乐天此次事件。"

作品标题	广告称"第一" 白乐天火锅被立案调查
参评项目	通讯
作 者	侯佳
责任编辑	罗文
刊播单位	重庆商报
首发日期	2018-06-07
刊播版面	第 5 版财经头条

作品评价

重庆"第一"火锅案在网上喧嚣中，不断发酵。6 月 6 日晚 11 点，看看新闻 Knews 爆出，重庆白乐天毛肚火锅馆涉嫌违反《中华人民共和国广告法》的相关规定，重庆市工商局渝中区分局已责令该火锅企业限期拆除全国所有门店的"重庆第一家火锅"的店招、牌匾。

商报记者向该局核实为不属消息，从当事人、业界、市场对事件重新梳理，并火锅行业当下正经历火锅协会会长竞选这一特殊背景，体现了专业性。

采编过程

记者晚上 11 点得到看看新闻 Knews 爆出，基于新闻敏感性。第一时间与工商方面取得联系，并得到回复。

在这一事件中发酵过程中，许多媒体希望采访当事人白乐天老板余勇，均被其回绝。当事件再度发酵时，也基于行业积累，余勇于凌晨接受本报记者采访，并从业界、消费角度基本还原整个事件全貌。

社会效果

主流媒体客观报道，还原真相，体现专业性，进一步激发火锅行业对知识产权的重视，走心品牌经营。

全媒体传播效果

大渝网、今日头条、网易等多平台转载，阅读量高。

"庆祝改革开放 40 年·资本市场篇" 系列报道

40 年的光阴在历史长河中，不过短短一瞬，然而始于 1978 年的改革开放却对中国这个东方巨人产生了深远的历史影响。40 年春风化雨，40 年破冰前行。站在改革开放 40 年的历史节点上，我们会惊叹于中国巨变的沧海桑田。在改革开放的宏大乐章中，资本市场无疑是其中非常重要的一个部分，仅就重庆而言，无论是上市公司的数量和质量，还是重庆本地股权交易市场的发展状况，抑或是重庆百姓的投资理财方式，都发生了巨大的变化。时值重庆直辖 21 年的今天，我们特别推出 "庆祝改革开放 40 年·资本市场篇" 大型报道。

渝股腾飞：从 "老三家" 到坐拥 50 家境内上市公司

重庆商报记者　谢聘

抢购认购证、"老三家" 上市、一级半市场交易火热……20 世纪 90 年代初股市的活跃，揭开了重庆资本市场腾飞的序幕。

从 20 世纪 90 年代初至今，重庆资本市场走过了近 30 年。近 30 年间，重庆资本市场飞速发展，从 90 年代初仅有的几家券商营业部，到如今有 1 家证券公司，37 家证券分公司，206 家证券营业部；从 1993 年 "老三家" 上市，到如今有 50 家境内上市公司；而参与资本市场投资的股民，如今发展到了约 338 万。

故事 1
营业部开业 "生意" 好　股民买报纸凭裁角开户

"我是第一批阳光的员工，在那里度过了我的青春岁月。" 26 年前，中国人民保险公司重庆市分公司阳光证券营业部成立时，现任中国银河证券重庆分公司总经理的曹翼还是一个刚工作两年的小姑娘。

1990 年大学毕业后，曹翼进入中国人保重庆分公司工作。1992 年 10 月，阳光证券成立，曹翼通过内部招聘选拔进入阳光证券工作。营业部刚成立时，还不是沪深交易所的会员。"当时行情接过来，只有通过武汉的中转电话报盘。"曹翼说，自己就曾在武汉做过半年的报盘员。

和阳光证券同期成立的还有万国证券，这是异地券商在重庆最早设立的营业部。"当时我们在暗中较劲，看谁能够先成立。"从万国到申银万国，再到申万宏源中山一路营业部，伍斌在观音岩"坚守"了近 30 年。伍斌说，当年的情形都还历历在目。

虽然这两家营业部在暗中较劲，但是重庆第一家券商其实是有价证券。重庆有价证券公司成立于 1988 年，是经中国人民银行总行批准的我国首批全国性专业证券公司。成立之初，有价证券主要是开展债券交易。

1990 年底，上海证券交易所、深圳证券交易所相继成立，股票交易开始进入公众的视野。

1992 年春，沪深两市股价一飞冲天，中国股市开始真正起步。这时，重庆也决定开始培育和发展具有中国特色与国际资本市场接轨的新兴证券市场。有市场就有生意，外地券商、保险公司、银行都看中了这块"蛋糕"，重庆有价证券转型升级，中国人民保险公司重庆市分公司阳光证券营业部、上海万国证券重庆营业部争相成立，重庆最早一批券商营业部如雨后春笋般破土而出。

"我们营业部开业很火爆，来开户的人特别多，我们当时开户还有名额限制。"伍斌还记得，当时几家券商的"生意"都很好，有价证券需要购买《金融时报》，裁角去开户。而万国证券是有名额限制，开户必须先存入 5 万块钱。尽管如此，还是有很多股民来排队开户。

故事 2
"老三家"上市行情火　手填委托单堆起 1 米高

1992 年 5 月，重庆市委市政府选定俗称"老三家"的"重庆钛白粉厂（渝钛白）""西南药业""重庆房屋开发公司（渝开发）"为试点上市企业。重庆有价证券开拓投资银行新业务，作为主承销商主持制定了以"股票认购证"方式发行 A 股的方案，向社会公开发行股票 7120 万股。

"'老三家'发行认购证当天营业部早上 9 点开门，但是有股民凌晨就开始来排队，甚至花费 5 块钱、10 块钱雇用力哥半夜就来排队。"时任重庆有价证券公司总裁的蒋钢还记得，当时他和首个排队的认购股票市民握手留影，这位股民凌晨 2 点就来排的队。在火爆的市场下，发行的认购证一天就卖光了。

1993 年 6 月，"老三家"西南药业、渝钛白、渝开发同时在上海和深圳两个交易所上市，这彻底激发了重庆人民的股市投资热情。

有价证券南坪营业部开门营业之时，正好就是"老三家"上市的时候。"那时候好火爆，开户交易的人把1000多平方米的营业部大厅围得水泄不通。"回忆起当时的情况，时任有价证券南坪营业部经理、现任西南证券法律合规部总经理的张宏伟记忆犹新。

张宏伟回忆，当时只能通过人工填单委托方式购买。"股民花一毛钱购买一张单子，填好股票买入或卖出价格，排队交到收单人员手里。除此之外，还要支付5块钱的委托费。"

股民们的单子交到柜台里面后，柜台人员再将单子录入系统，然后报盘人再打电话，告知股票代码、交易价格和数量给上海交易所场内的"红马甲"，由"红马甲"再进行操作交易。张宏伟说，当时柜台里，单子堆起1米高，而收到的现金也一捆一捆地堆在柜台里面。

"当时人工操作效率很低，股民的情绪却很高"，张宏伟笑言，因为经常会有积压单子的情况，所以最后成交的价格，可能就不是股民填写的价格。如果是涨了还好，要是跌了，股民就会非常激动，要找营业部"扯皮"。为了提高效率，当时营业部员工一有空闲就练习背股票代码、点钞。

和有价证券南坪营业部一样，万国证券重庆营业部的生意也非常火爆，人潮拥挤。1000多平方米的营业部大厅，最多的时候挤了四五千人。

故事3
策划渝股发行上市　业务员一本本背法规

"老三家"带来的亢奋过后，资本市场迎来了一段时间的冷却期。直到1995年后，重庆多家本地企业陆续上市，市场重新变得火热。

蒋钢介绍，1995年，有价证券投资银行部组织策划并积极参与了"重庆百货大楼股份有限公司""重庆川仪股份有限公司"的股份制改造及公开发行股票的筹备工作。第二年，设计了"全额预缴、比例配售、余款转存"与存款挂钩的股票公开发行方案，经中国证监会批准，顺利地完成了"川仪股份"公众股的公开发行。

1995年、1996年，有价证券投行部还参与了"中国嘉陵"公司股票、"重庆中药"公司股票的上市工作。

"当时嘉陵上市，市场也是非常火爆。"张宏伟还记得，嘉陵上市之后，股价一下子涨到30多元。嘉陵厂的持有原始股的员工，大批大批到营业部交易。因为人数太多，营业部还安排了大卡车进行接送，"那些员工高兴惨了，没想到会赚到这么多钱"。

除了有价证券，当年阳光证券承销发行的两只老渝股三峡油漆、万里股份，也让市场一片火热。

曹翼参与了这两只渝股的上市发行，申报的材料都是由她主笔。"我们也没有什么经验，那时候就自己背法规，证券法、上市制度，一本一本地背。"曹翼告诉记者，当时一个营业部自己做投行业务，其实很艰难，全都是大家摸索着做出来的。

"报证监会的材料都是我执笔，写了很多材料。"曹翼还记得，后来报会材料到北京过会审核，有需要修改的情况。当时使用的 Word 文档，修改材料还得跑到中关村去。7、8 月的高温下，跑一趟要坐一个多小时的地铁。一遍遍修改下来，十分辛苦。

曹翼告诉记者，2000 年，阳光证券营业部划归中国银河证券有限责任公司，是银河证券中唯一有过投行业务经验的营业部。

链接>>>
"过山车"到涨跌板
股市在发展中规范

伍斌告诉记者，20 世纪 90 年代的股市是一个火爆的市场。那时候，没有涨跌板，涨跌幅超 30% 都是常事。"当时'老八股'申华控股就经历过疯涨，买的时候 30 多块，几分钟过后就 70 多块了。"伍斌说，当时股价就像坐过山车，真的非常刺激。股民风险控制意识也很低，一买就是大手笔，而且加上是 T+0 的交易制度，所以投资风险很大。

"中国资本市场的发展可以说很迅速。二十几年的时间，相当于西方国家五十年的发展历程。"银河证券重庆江南大道营业部总经理唐贺文介绍，1992年重庆证券营业部才开始成规模，到了 1994 年就开始全部电子化的操作。手填委托单、现金交易的方式，很快就成为过去。

"随着资本市场的发展，投资者从最初的狂热，到如今越来越理智。"曹翼表示，如今，监管也日趋严格，各种制度也日益完善。同时，券商对于投资者的教育越来越重视，引导投资者更加理性地对待市场，投资者的风险意识不断增加，资本市场在发展中越来越规范。

从 20 世纪 90 年代初至今，重庆资本市场有了长足的发展。根据中国证券监督管理委员会重庆监管局提供的数据，目前重庆坐拥 50 家境内上市公司，其中 A 股 47 家，A+B 股 1 家，A+H 股 1 家，B 股 1 家。截至 2018 年 4月，总市值 5867.16 亿元，其中前 3 大市值公司为巨人网络、智飞生物、长安汽车。拟上市公司为 25 家，在股转系统的挂牌公司为 138 家。证券公司 1 家，206 家证券营业部，证券分公司 37 家，证券投资者开户数为 388.54 万户，客户资产为 4675.60 亿元。

西南证券4年重组　"龙虾三吃"上市摆脱困局

重庆商报记者　张蜀君

从重庆第一家证券公司有价证券，到唯一一家注册地在重庆的全国综合性证券公司，西南证券在重庆资本市场中扮演着非常重要的角色。从1988年闪亮登场，到2004年因为管理不善导致资不抵债，为了摆脱困境，西南证券经历了长达4年时间的重组，最终成功借壳上市。在这个过程中，西南证券究竟发生了哪些故事？

管理不善自营出现亏损
西南证券曾经遭遇挫折

重庆江北嘴，是众多知名券商、银行的大本营，不少金融机构将自己在重庆乃至全国的总部设在此地。而作为重庆本土券商，西南证券同样如此。在如今重庆著名网红景点洪崖洞的对岸，西南证券总部大楼正在施工。而目前西南证券的办公地点，是在距离总部大楼不到5分钟车程的五里店西南证券大厦里。

在这里，记者采访了西南证券董事长、党委书记廖庆轩以及董事、总裁吴坚，他们回顾了西南证券上市前后的故事。

"如果追溯历史，西南证券最早成立于1988年，其前身主体是重庆有价证券公司。"廖庆轩告诉记者，作为中国人民银行总行批准的我国首批全国性专业证券公司，重庆有价证券公司不仅参与了重庆"老三家"股票的发行上市，同时也培养了重庆最早的一批投资者。

1999年12月28日，重庆市原四家证券营业机构——重庆有价证券公司、重庆市（财政）证券公司、重庆证券登记有限公司、重庆国际信托投资公司证券部，经过资产重组和增资扩股，组建成为如今的西南证券。也是在这个时候，重庆有了第一家注册地在本地的全国综合性证券公司，也是目前唯一一家。

那个时候，是股市的黄金时代，股民投资热情高涨，证券公司人头攒动，经济效益明显，但发展过程中出现了不少问题。

"当年的证券公司，管理制度和方法与现在完全不一样。那时公司在合规、内控等方面的管理相当薄弱，西南证券一度出现经营不善，也出现了证券自营亏损、挪用客户保证金等很多券商都存在的问题。"廖庆轩告诉记者。

追回挪用资金　与老股东谈判
4 年重组"龙虾三吃"摆脱困局

2004 年，资不抵债的西南证券站在了命运的十字路口。

"对于西南证券，其实有两个解决方案，一个方案是西南证券破产后再重组，把原来的历史包袱全部丢掉；另一个方案则是西南证券在原有的基础上不破产，通过压缩股本、新资金注入的方式来重组。最终，重庆市政府选择了第二个方案。"廖庆轩表示。2005 年 3 月 7 日，重庆市政府成立领导小组，开始对西南证券进行重组。

"从 2005 年开始，西南证券先后经历了资产重组、资本重组以及借壳上市三个阶段，也就是当时所说的'龙虾三吃'。一直到 2009 年，才完成了整个重组过程。"吴坚回忆说，当时第一步就是资产重组。据了解，西南证券剥离不良资产，由重庆市政府控制的渝富资产出资 3.25 亿承接。同时，其他老股东按照"2：1"的比例进行缩股，使得西南证券由当初的近 17 亿股缩为 8.46 亿股。而渝富资产再投入 2.87 亿元，借给老股东填补西南证券净资产缺口。

第二步则是资本重组。"当时西南证券股东很杂，大概有 20 多家，通过收回部分不称职股东的股份，将西南证券变成每股净资产为 1 元的正常公司。"吴坚告诉记者，同时引进了中国建银投资有限责任公司（以下简称"建银投资"），和渝富集团分别出资，对西南证券进行增资扩股。2006 年 10 月，证监会同意了西南证券增资扩股的重组方案。当时，由建银投资携手渝富公司，分别向西南证券增资 11.9 亿元和 3 亿元，使西南证券注册资本金达到 23.36 亿元，建银投资成了西南证券的第一大股东。

第三步则是上市。"其实对于上市，到底是 IPO 上市，还是借壳上市，当时也有很多争论。不过，因为借壳上市对比 IPO，耗时短见效快，基于多层考虑，重庆市政府最终选择了借壳上市。"吴坚表示。

"当时西南证券的重组，其实是一件很艰难的事情，因为没有太多的先例可以借鉴。"廖庆轩告诉记者，当时，他就职于重庆市国资委，全程参与了西南证券重组。"包括当时去上海追回被挪用的资金，以及和被缩减股份的老股东谈判等，都是我们亲自去做的。其实，当时最艰难的事情都是渝富和国资委在做，因为这是股东层面的事情，西南证券管理层没有办法处理这些事情。他们自己的不良资产，不可能依靠自己就能解决，只能靠外力来推动解决。"

借壳插曲　受限"一参一控"
建银转让股权　渝富控股

事实上，在西南证券借壳上市过程中还发生了一个小插曲。

早在 2006 年 11 月底，*ST 长运就发布公告称将与西南证券进行资产重组，但相关细节并未公布。而到了 2007 年 11 月底，*ST 长运才公布了详细的上市方案。按照当时的方案显示，*ST 长运打算以吸收合并西南证券的方式进行重大资产重组，西南证券以此实现借壳上市。

然而就在各项工作循序开展时，2008 年 4 月，国务院发布了《证券公司监督管理条例》，首次规定了证券公司"一参一控"的股东管理模式。也就是说，一家机构或者受同一实际控制人控制的多家机构参股证券公司的数量不得超过两家，其中控股证券公司的数量不得超过一家。

正是因为"一参一控"的问题，同年 6 月，建银投资将所持有的西南证券 41.03% 股权转让给渝富集团。转让完成后，渝富集团持股比例增至 56.63%，成为西南证券第一大股东，而建银投资则为第二大股东，持有西南证券 9.90% 的股权。

2008 年 11 月，经中国证监会上市公司并购重组审核委员会审核，宣布 *ST 长运重大资产出售暨吸收合并西南证券的方案审核通过。2009 年 2 月，西南证券成功借壳上市。

成功借壳涅槃重生
上市 9 年总资产上涨 3 倍多

成功借壳上市，对于西南证券有何意义？最直观的表现就是各项数据的变化。

根据 wind 数据显示，2009 年，西南证券上市第一年，总资产为 149.7 亿元，股东权益为 46.78 亿元。而截至 2018 年一季度，西南证券总资产达到 672.6 亿元，股东权益为 193.77 亿元，与上市当年相比，分别增长了 349.3%、314.22%。

而从经营数据来看，2009 年，西南证券实现营收 20.53 亿元，而在 2014 年和 2015 年，资本市场行情较好，西南证券营收分别高达 36.75 亿元、84.97 亿元。在净利润方面，2009 年，西南证券扣非归母净利润为 9.89 亿元，2014 年的这一数据突破 10 亿元，2015 年西南证券扣非归母净利润高达 34.97 亿元。

"总资产、营业额的增加，其实是比较表面的。从西南证券本身来讲，最根本的变化其实是公司管理更加规范。"吴坚告诉记者，上市之前，公司治理方面较为盲目，缺乏具体规范。但上市后，公司受到公众关注，这对公司内容治理、结构规范要求很高，上市公司行为也随之规范了很多。

改进业务模式
加强合规风控管理

2016 年和 2017 年，西南证券因为历史项目的问题，发展迅猛的投行业务遭遇损失。

在接受记者采访时，廖庆轩主动提及此事。"虽然是 2016 年之前就已经做完的项目，但对我们的影响很大。有的员工认为只是因为我们运气不好，这种观点我们一定要进行纠正，而且也会严肃处理相关责任部门和人员，希望以此让全公司明白合规管理的重要性。"廖庆轩告诉记者。

"这些问题，其实暴露出来的是我们管理上出现的问题，所以如今我们很重要的工作就是夯实管理，加强合规、风控环节的管理。"吴坚表示，以前西南证券的业务模式，导致公司关注的重心放在业务快速发展上，这样的发展模式存在一定弊端。

正因如此，2016—2017 年是西南证券制度重塑的关键时期。吴坚介绍，在人员方面，2017 年，西南证券在合规风控环节增加了相关人员的配置。"仅去年增加的人数，就占了原来总人数的一半。"吴坚表示，同时西南证券对原有的管控体系进行改善，还新建了监察室，配备了相关人员。"我们就是想通过制度建设的引导，以及事后责任的追究，来将全公司人员的思想拉到关注基础、关注质量、关注发展的根基上。"

对于公司的发展，吴坚表示，西南证券将致力于搭建综合服务平台。"比如说一个投资者来到西南证券，我们可以根据他的风险承受能力，为他提供相应的理财建议，提供具体的投资方案，同时后台还能组织一些产品来适应他的需求。"

如今，券商的竞争十分激烈，但对于西南证券的未来，廖庆轩充满希望。"西南证券与聘请的罗兰贝格公司一起编制了公司新的战略规划，大力推动业务模式的转型和产品服务的创新，进一步完善综合金融服务模式，力争早日成为具备一流的创新意识、业务能力和管理水平的现代投资银行。随着新战略规划的实施推进，公司实力将会不断提升，不管是业务水平还是人才储备。就比如 2017 年，虽然对西南证券来说，面临了一些在发展过程中的难题，但净利润、归母净利润、每股收益金额和加权平均净资产收益率等核心效益指标，在上市券商中的排名都在提升。"廖庆轩告诉记者，"经历这次考验后，也让西南证券更加重视合规问题，未来西南证券各方面工作也将更加重视规范，实现高质量发展。"

西南证券大事记
生财路越走越宽　我们一起追过的"钱袋子"

重庆商报记者　郭欣欣

改革开放以来，中国经济高速发展，中国人的个人财富在这 40 年间产生巨大飞跃：1980 年，重庆市城镇、农户储蓄存款共计 6.2 亿元，现在重庆市住户的存款已超过 1.5 万亿元。

百姓"生财"的路子也越来越多：花 10 万元买银行理财产品、贷款几十万元买房、炒股炒基炒汇、买卖黄金白银……理财投资逐渐成为"柴米油盐酱醋茶"之外的第八件家常事。为此，许多家庭的资产结构发生翻天覆地的变化。

理财花样也不断涌现，让人应接不暇。正是因为这些，理财概念深入普通百姓的心里，让普通百姓真实体会到"钱如何生钱"。

摇奖吸储
开奖热闹劲儿赛过春晚

1978 年，在綦江北渡当知青的侯萍返回城里。这一年她 19 岁，顺利接上父亲的班，进入大渡口一家制造厂。第一个月拿了 36 元的工资，"这在当时已经属于高收入"。

尽管如此，家里人多，开销大，日子仍然过得紧巴巴。她和现在的年轻人一样是个"月光族"。直到两年后，弟弟们相继参加工作，她的工资才开始有结余，一点点攒起来，5 元、10 元存进银行。也就是在那个时候，摇奖储蓄跃入她的视野。

在那个物资匮乏的年代，但凡家用电器，都是炙手可热的"奢侈品"。"有一年一等奖是一台电风扇。现场一名储户中奖，激动得脸都涨得通红。搬走奖品的时候，好多人羡慕。"那种让众人期待、紧张、兴奋的场景，54 岁的工商银行员工张俐至今还记得，"到后来，不仅是电风扇，当时紧俏的彩电、相机都曾列入过头奖。"

在诱人奖品的吸引下，期盼"额角头碰着天花板"的愿望越来越强烈。"摇奖机沙沙沙地响，号码球一个个滚动出来。大家屏住呼吸，等待工作人员报号码，紧张得把手里的奖券都攥出了汗。"侯萍说。

"开奖的热闹劲儿，当年简直赛过春晚。"现任重庆银行业协会办公室主任胡蓉对此印象颇深。"存进 100 元就能拿到一组存单奖号。年底了，摇奖机往电影院一摆，呼啦啦吸引一大群人围观，专业人员在台上摇动机器开奖。众目睽睽之下，人们或给摇出的幸运儿投以羡慕的目光，或为自己手中的存单奖号差之毫厘而捶胸顿足⋯⋯"

那一年，侯萍虽然没中过一次奖，但有了100多元的积蓄。

买国库券
认购太火排队要等半天

进入20世纪80年代，国库券高调亮相。

"真是一券难求。"工商银行重庆分行西郊支行行长朱世东回忆，"当时的石坪桥分理处，早上8点半一开门，人们一拥而上，排队要等上半天。国库券是不记名，没法挂失找回，很多人拿到后还专门用手帕折叠包起，再放进贴身荷包"。由于认购太火，分理处每天向上一级行领取的几十万额度都不够用。

1985年，伴随着女儿出生，侯萍也在想方设法"开源节流"。她从广州朋友那里找到一些货源，每逢周末就去农贸市场摆摊，卖些"时髦"商品，一个月能赚200多元。

她很快就尝到了甜头。到了发行国库券的时候，她花3000元购买了3年期的地方债券，年息9%，每年年底结息，两年后开始偿还本金。两年后，她净赚近1000元。

1988年开始，买卖国库券的热潮出现了，更多人加入到了"倒卖"国库券的行列。不过仍受传统理财观的影响，对于开始有余钱的老百姓来说，存钱拿利息还是主要的理财方式。

到1988年，改革开放10年后，中国人均储蓄存款上升到347元，比10年前增长了16.5倍。这十年，中国储蓄存款平均每年增长30%。

大幅增长的背后，与高额的利率密不可分。根据人民银行重庆营管部提供的数据显示，1985年8月1日，1年期居民个人储蓄存款利率为7.2%，3年期利率为8.28%，5年期利率为9.36%，8年期利率可以达到10.44%。

进军股市
许多普通人挖到第一桶金

"最早对股市的认识，是从当年深圳回来的那批人口中了解的。"侯萍的姐夫、67岁的老黄，当时在小什字一家建筑公司上班，每天都要路过位于打铜街的证券公司，看到门口蹲了不少人，聚在一块讨论这个新生事物。

在他的印象中，在1992年，几年前无人问津的股票，一时成了抢手货。

正规渠道买不到，有的人会去"黄牛市场"碰运气，求股心切的人甚至直奔深圳，抢购新股认购抽签表。

"打新"究竟有多火？据深圳发布的 1992 年新股发售公告显示，发售新股认购抽签表 500 万张，一次性抽出 50 万张有效中签表，中签率约为 10%，每张中签表可认购 1000 股新股，一共发行国内公众股 5 亿股。认购者凭身份证到网点排队购买抽签表，一个身份证购一张，但每个认购者可带 10 张身份证，每张抽签表 100 元。

股民很容易算出，按行情，新股上市后价格至少可翻 10 倍，如果投资 1000 元买 10 张抽签表，即使只中一张，中了购 1000 新股，很快就能获利万来元。要是中了签不炒股，光转让抽签表都能挣一大笔。

前所未有的超级牛市中，几乎每天都在上演"一夜暴富"的神话。一些抢占先机的普通人挖到人生第一桶金，摇身变成百万富翁。

转战炒基
股市爆发推动基民进入扩张期

进入新世纪，人们银行卡里的数字也节节攀升。身边的银行、基金公司、证券公司、信托公司、保险公司、第三方理财公司越来越多，五花八门的理财方式也走入大众视野。在这一时期，基民热情空前高涨，2002 年是名副其实的基金发展年。历史数据显示，截至 2002 年底，年度封闭式基金和开放式基金共募集 557.9 亿元。这个数字超过了 2001 年底基金市场规模的七成。

这时候，侯萍已经不用排队买国库券了，开始转战炒基。2007 年股市大涨、基金大卖时，她就加入了"基民"大军。买的两只基金涨势不错，一卖出还赚了四五万，后来追加了五六种基金。在那段日子，很多基金经理的感受是，"不用主动去卖基金了，不愁没人买，自个儿找上门的客户都忙不过来。"在解放碑一家基金公司的苟亮回忆这样一段细节，"一次举行讲座，订1000 人的会场，最后来的有 2000 多人。座位不够分，听众也不介意，找空坐在地上，挤着站在过道，满脸堆着渴望。很多老人是初次接触，他们抱着孙子来到会场，问一些非常初级的问题，比如什么是基金？"

这一年，中国证监会基金监管部发布了一组数据，截至 2007 年三季度末，中国基金业资产总规模为 18962 亿份，基金资产总值达到 30228 亿元。

多元投资
理财渠道越来越广阔

现在走在大街上向路人抛出这个问题，十个投资者中有八个会抱怨："基金、股票、黄金、原油投了个遍，合计下来，收益平平，很难再见过去动辄两位数的增长。"

其实投资者大可不必为赚少了而自责。近几年来，随着经济逐渐提档增速，转型高质量发展，以往跨越式的规模增长逐渐放缓，因此资产稳健性愈发引起重视。

正因如此，风险极低的国债再次回归视线，重现当年国库券热销盛况。2017 年，重庆储蓄国债首次突破 50 亿元大关。同时还刷新了单人、单个家庭购买最高金额，分别高达 1000 万元和 2033 万元。

即便是 2018 年，这种势头依然延续。从人民银行一季度的调查来看，在拥有投资的重庆居民中，67.72% 的居民选择国债，同比上升 7.45 个百分点，占比居首位；风险较高的信托和股票占比分别为 23.86% 和 22.11%，同比分别下降 1.14 和 11.11 个百分点，分列第二和第三位；20.35% 的居民选择 "房地产"，同比分别下降 0.2 个百分点，跌至第四位。

上周，侯萍在手机上 "秒杀" 到今年第三期电子式国债。"经历了这么多年的理财，自己也真切感到，市场有风险，投资需谨慎。" 侯萍说，这些年跟过潮流，买过股票，现在的理财方式多得让人眼花，自己还学会手机上选理财产品。相信在科学监管下，未来理财渠道会越来越广阔，越来越规范，"作为投资人，心态不能浮躁，不能盲目跟风，要沉下心来仔细研究，日子才能稳稳地过"。

链接>>>
观念之变
每两个重庆人中有 1 人拥有信用卡

据重庆银联介绍，1986 年，重庆推出第一张银行卡——中行长城信用卡。当时银行不允许贷款给个人，因此信用卡无法透支，要先存钱再刷卡，因此长城信用卡也成为具有时代特色的准贷记卡。与现在热情的银行工作人员办妥一切不同，那时办理一张信用卡，还需要重重审核、担保和门槛，因此拥有信用卡也一度成为身份的象征。1994 年，重百大楼设立了全市第一台银行卡受理 POS 机；2007 年，建设银行发行了全市第一张 "联名卡" —— "世纪龙卡" ……慢慢地，这种新颖的消费信贷方式和支付手段被广泛接受。短短 11 年，我市信用卡数量从 2006 年的 8 万张，飙升到 2017 年的 1547 万张，11 年间，增长近 200 倍。按照 2017 年重庆常住人口 3075 万人计算，相当于每 2 个人有 1 个拥有信用卡。

数量之变
金融机构发展超过 4100 家

重庆银监局介绍，从改革开放初期重庆只有为数不多的几家金融机构，经过不断发展，目前已经有 1361 家国有控股大型商业银行、273 家政策性银行及邮储银行、291 家全国股份制商业银行、274 家城市商业银行和民营银行、1891 家农村中小金融机构等，金融机构数量合计 4137 家。

据统计，截至 2017 年底，重庆市银行业总资产、各项存款和各项贷款余额分别达 4.72 万亿元、3.49 万亿元和 2.84 万亿元，较年初分别增长 8.8%、8.4% 和 11.3%；不良贷款率 1.16%，拨备覆盖率 290.1%，资产利润率 1.06%。

特别值得一提的是，随着对外开放进程的持续推进，银行业"走向世界"的脚步逐渐加快。近年来，重庆各大银行以推进自贸区和中新（重庆）互联互通项目为平台，对接中新 60 个合计约 150 亿美元项目建设。全市跨境信贷余额 38.92 亿元，跨境担保余额 268.56 亿元。向渝新欧铁路及配套建设融资近 670 亿元，支持渝新欧累计承载全国所有中欧班列近四分之一货源，积极探索有特色的国际化经营模式，助推重庆"一带一路"和长江经济带连接点作用进一步发挥。

8 年，西南证券前身重庆有价证券公司成立。

1999 年 12 月 28 日，重庆市原四家证券营业机构——重庆有价证券公司、重庆市（财政）证券公司、重庆证券登记有限公司、重庆国际信托投资公司证券部，经过资产重组和增资扩股，组建成为如今的西南证券。

2005 年 3 月 7 日，重庆市政府成立领导小组，开始对西南证券进行重组。

2006 年 11 月底，*ST 长运就发布公告称将与西南证券进行资产重组。

2008 年 11 月，经中国证监会上市公司并购重组审核委员会审核，宣布 *ST 长运重大资产出售暨吸收合并西南证券的方案审核通过。

2009 年 2 月，西南证券成功上市。

2017 年，西南证券着力推动业务转型升级，不断提升发展质量和发展效益，全年实现营业收入 30.61 亿元，净利润 6.91 亿元。截至 2017 年 12 月 31 日，公司资产总额 636.94 亿元，净资产 200.49 亿元，净资本 143.51 亿元。

作品标题　"庆祝改革开放 40 年·资本市场篇"系列报道
参评项目　系列报道
作　　者　谢聘　张蜀君　郭欣欣
责任编辑　罗文　何君

刊播单位　**重庆商报**
首发日期　**2018-06-18**
刊播版面　**头版、第3版、第6版要闻**

作品评价

　　头版《渝股腾飞：从"老三家"到坐拥50家境内上市公司》通过对重庆资本市场资深业内人士、普通投资者的多点采访，回溯了40年来重庆资本市场诞生、成长和壮大的不凡历程，再现了当年一级半市场等初生平台热闹喧嚣、人气爆棚的壮观场面，可读性强，让读者仿佛"回到当年"。第3版"大重组"《西南证券4年重组　"龙虾三吃"上市摆脱困局》报道的西南证券重组借壳上市，堪称重庆国有资产优化整合大手笔，稿件完整讲述了西南证券重组上市内幕故事，揭秘性强。第6版"理财经"《生财路越走越宽　我们一起追过的"钱袋子"》以典型人物在不同时期的理财故事为主线，反映了重庆市民理财观点和理财手段的巨大变化。版面用储钱罐图形主打，银行卡、钱币等图形装饰，分块勾画解读，紧扣主题，形象直观。

采编过程

　　改革开放40周年，是今年下半年宣传工作的重要内容。重庆商报结合自身财经属性，在宣传部领导的指导要求下，策划了一组关于重庆资本市场的系列报道。为了回溯重庆资本市场20多年的发展历史，几名记者兵分几路采访了诸如有价证券、阳光证券的员工，西南证券的董事长、总裁，以及参与市场的普通投资者等人物，采访人物众多，采写工作扎实。

社会效果

　　在重庆直辖21周年和改革开放40周年节点，关注40年来重庆资本市场的发展历程和巨大变化，揭示标志性事件内幕故事，阐释其对重庆资本市场发展的历史意义和价值，报道选点体现了很强的节点策划性和主流财经媒体视角。整组报道以40年发展历程为主线，分别截取典型事件和个案，按"开先河""大重组"和"理财路"布局，报道触角涉及重庆资本市场发展总体脉络、重庆上市公司重大事件和普通市民投资理财，兼顾了重要性、可读性和服务性。

全媒体传播效果

　　该系列报道被东方财富网、网易财经、搜狐财经、凤凰资讯、一点资讯、新浪财经、和讯网等上百家知名网站转发。

"一场38年的等待"系列报道

华龙网记者　张译文　林楠　周晓雪　罗杰　李裕锟

亲人都走了她却不肯离开　只为一场持续38年的等待

蔡世英这一生，一半时间在等待。女儿走丢那年她39岁，现在77岁，38年来，儿女搬走了，老屋易主了，蔡世英始终不肯离开——她说，如果搬走了，万一哪天女儿回来，找不到我怎么办？两年前，她患上肺癌。她说自己不怕死，但她怕死了便真的再也盼不回失踪的女儿……

饭凉了　三妹再也没回来

采访那天下了一整天的雨。我们和蔡世英约定早上10点在长寿二中附近一个公交车站见面，她执意提前半小时就过去等。车还没停稳，她打着伞迎了过来，一头花白的头发梳得整整齐齐，碎花衬衫和黑布裤子干净得体。

"谢谢你们这么远来！"蔡世英上前拉住记者的手，突然就红了眼眶。"如果当时我没有让她出去该多好！"77岁的蔡世英老了，很多事情都有点记不住了，但每每提及走丢的小女儿，她都会激动地不停重复这一句话。她总是反复跟旁人讲述三妹走丢的那个场景，身边只要路过一对母女就忍不住跟着走出很远，甚至一次又一次抓着陌生人的手哭。

38年了，时光带走了蔡世英很多东西，但是懊悔、自责、悲伤从未离她远去，一次又一次的眼泪不断提醒着她：三妹不见了！

说三妹的时候，蔡老太喜欢边讲边拿出一个文具盒端详。文具盒的金属扣锈迹斑斑，但表面的软皮依然光洁如新。橘红色的底子，蓝色裙子的卡通小女孩吹着笛子，飞出一串音符。蔡世英那双无数次摩挲着文具盒的手，已经变得干瘪。每抚摸一次，她的心里就像被针扎一次。

打开文具盒，时间回到38年前，1980年12月12日中午。蔡世英多希望重新来过。

蔡世英夫妇是长寿化工厂的职工，两口子抚养着三个孩子，一家五口住在工厂家属区的一间小房子里。8 岁的谭言每是家里的幺女，夫妇对她格外的疼爱，嘴上心上都时时念着"三妹"。

三妹就读的长寿区凤城第三小学校离家不到 500 米，那些天正在修缮，学校只上半天课。吃过饭做完作业，中午 2 点，三妹要出门去和小伙伴玩。蔡世英追到门口，对着女儿下楼的背影喊："别跑远了，晚上给你煮面吃，早点回来。"蔡世英没想到，这竟然是她跟三妹说的最后一句话。

下午 4 点多，丈夫下班，经过三妹的学校，看见三个女孩子趴在学校的铁门上玩。"三妹，走回家去。""我晚饭前就回去，作业都做完了，妈妈知道的。"三妹对父亲抛下这句话，转身又和小伙伴玩得热乎。

5 点多，蔡世英煮好了面，四个人坐在桌前。"三妹怎么还没回来？"丈夫问。"你们先吃，我等等她。"蔡世英把自己和三妹那两碗面端回厨房，用锅盖盖起来。

面热了一遍又一遍，直到糊得不能吃，三妹也没有回来。

蔡世英和丈夫这才慌了神，丈夫出门去三妹同学家询问，小伙伴告诉他，三个女孩子 5 点多在楼下跳了绳，之后便各自回家。只有三妹迟迟未归。

三妹不见了。

妈"疯"了　三妹没回来我怎么能够去死

连夜，蔡世英的丈夫谭兴国叩开大哥谭兴邦的门："大哥，三妹不见了！"大哥大嫂平时对三妹宠爱有加，顾不得冬夜的寒冷，大哥顺手抓起一件外套就裹在身上，和谭兴国连夜出了门。

离三妹家不到一公里的江边码头、外地人聚集的招待所、长途汽车站……所有"人贩子"可能带三妹去的地方，哥俩都找遍了，一无所获。

那一晚，蔡世英守在家，门敞开了一整晚，"门开着，希望贪玩的三妹玩累了就回来"。

第二天，蔡世英拿着三妹唯一一张照片到派出所报案，那个照片上的三妹才只有 10 个月大。从派出所出来，她又恍惚着去了学校和单位，依然没有三妹的踪迹。结婚十几年来，蔡世英第一次看到丈夫流泪了，他哭着说三妹也许凶多吉少了。"你不要乱讲！"蔡世英对着丈夫大声吼道，她心里乱如麻，听不得任何人说出这种话。

听说三妹失踪，谭家所有的亲朋好友，还有单位上上下下的人都出动帮蔡世英寻找三妹了。码头、车站、巷子，甚至防空洞，他们都找了，却一无所获。

"去登个报吧！"蔡世英和丈夫商量着，像是看到了找到三妹的最后一根救命稻草。

夫妻俩把大女儿和儿子托付给了大嫂照顾，连夜搭车赶到了重庆，兜里揣着那张三妹 10 个月大的照片。次日，三妹的寻人启事登了报。

但寻人启事仍然没能为蔡世英带来什么消息，哪怕是一通骗子电话都没有。从那以后，蔡世英在旁人眼中，有点"疯"了。

她扇自己的耳光，靠着墙的时候忍不住用头去撞。她想要寻短见，嫂嫂把她拦下来，说："三妹都没找到，你怎么能死？"

如今 86 岁的嫂子，还依稀记得当时蔡世英近乎哀求的语气和紧攥的双手。"这么多年了，她一直都放不下，我们平时都不敢给她提这件事，怕一说起她就要哭。"大嫂说。

家搬了　也要守在老房子一公里内等三妹

"对，不能死，一定要等三妹回家。"

从家到三妹最后跳绳的那条路，只有 500 米。蔡世英一遍又一遍地走，不肯放过一点蛛丝马迹，甚至，路上偶然发现的一粒纽扣她都要捡起来仔细辨认。

一听有亲朋好友要去外地出差或走亲戚，蔡世英总会跑上门求人："帮我多留意下吧，看看有没有人见过我们三妹……"

蔡世英的大女儿如今 54 岁了，妹妹丢那年，她 16 岁，她还记得，妹妹走丢的那段时间，家里安静得可怕，再没听见一丝笑声。也正是从妹妹走丢的那天起，爸妈的头发一下全白了。

三妹一直没有消息，生活还要继续。

帮忙寻找的亲戚朋友陆续走了，对这件事很少再提及；大女儿和儿子成家立业搬到了主城生活。

好像所有的人都走出阴影重新生活，除了蔡世英。

"三妹走丢的时候已经 8 岁了，她会写爸妈的名字，也知道他们在长寿化工厂工作，这么多年来一点消息都没有，多半是不在了，你为什么不选择淡忘呢？"儿女和亲戚静下心来帮蔡世英分析，想让她"放下"这段回忆安享晚年。

蔡世英一听到这话，倔脾气就上来了："要我淡忘，那恐怕要等到我闭眼的那一天！"

蔡世英坚信三妹还活着，还能找到回家的路。

因为单位的安排，蔡世英当年和三妹一起居住的老房子早已多次易主，丈夫也因肺癌早早离世。大女儿和儿子数次接她到主城安度晚年，她都断然拒绝。

蔡世英搬来搬去，都搬不出离老屋一公里的距离，她总是要让那所房子在她的视线里才能放心。不管刮风下雨，每天她都要走一遍三妹不见的那条石板路，再去老屋外看看，驻足良久才舍得离去。

找到你　妈妈就算死了也知足

多少年以后，三妹的东西有的送了人，有的在搬家过程中遗失了，文具盒是三妹走丢后，蔡世英还保存着的唯一物件。多少个难寐的夜晚，蔡世英总忍不住拿出那个文具盒，指尖一遍又一遍地摸着卡通小女孩的脸，就好像，摸到的是三妹的脸。

"那些失踪40年的都找到了，我们三妹才失踪38年怎么会找不到。"看着母亲"忆女成狂"，大女儿和二儿子心里着急但也拿她没办法，语气重了又怕母亲生气，只有叹口气，随她去。

私下里，蔡世英也试过很多次"说服"自己，每次想着想着，心里就一阵绞痛，"不管她在不在，我心里就是放不下她"。

时间是残酷的，它并不会因为蔡世英的祈求而为此停留半秒。三妹不见那年，不到40岁的蔡世英还很年轻，丈夫健在，儿女绕膝。如今，发丝斑白，背影佝偻，老屋剩下她一个人。

2016年，蔡世英查出患了肺癌，她坚持不接受手术，也拒绝到主城接受治疗。"我怕自己扛不住那一刀。"她每天6点半早起锻炼身体，还会种种花、养养菜，一头白色的卷发每天打理得整整齐齐。"放心，我一定得把身体锻炼好，多活一天，见到三妹的希望就多一天。"

瞒着大女儿和儿子，蔡世英私下让孙子帮她在宝贝回家平台上登寻人启事。"三妹有一个头旋，皮肤白皙，头发微黄，嘴巴有点瘪，眉毛很长，在眉尾处还有一个旋，腿上有一块大拇指大小的褐色胎记……"

"奶奶，过了这么多年，你怎么还记得呀？"

"她是我身上落下的一块肉啊，我怎么能不记得呢。"

蔡世英担心三妹回来的那天，自己也许不在了，她内心有很多话想对三妹说。

"在你有生之年，不管你贫穷还是富有，我都想见你一面，就算我死也知足了。幺儿，你在哪里，妈妈好想你。"蔡世英对着天空长叹一口气，话说到一半语气突然激动起来，伸出双手捂住红红的双眼，努力想拭去眼泪。

蔡世英把想对三妹说的话，写进了纸条，放进了38年前的那个文具盒。

"三妹啊，如果你回来的时候，妈妈已经不在了，你就打开这个文具盒……"

《百姓故事》后续：
华龙网报道引央视关注　全国媒体联动帮 77 岁老人"寻找三妹"

"我已经等了 38 年了，我不怕死，只是怕死了之后'三妹'找不到回家的路……"昨（21）日，华龙网重点栏目《百姓故事》报道《视频丨亲人都走了，老房易主了，她却不肯离开，只为了——一场持续 38 年的等待》一经发布，引发广泛关注，不但全国多家媒体加入了#寻找三妹#的联动，中央电视台《等着我》栏目组编导也主动进行了联络。

蔡世英这一生，一半时间在等待。女儿谭言每走丢那年她 39 岁，现在 77 岁，38 年来，儿女搬走了，老屋易主了，蔡世英始终不肯离开——她说，如果搬走了，万一哪天女儿回来，找不到我怎么办？两年前，她患上肺癌。她说自己不怕死，但她怕死了便真的再也盼不回失踪的女儿……

蔡世英 38 年寻女的故事感动了万千网友，人民网、凤凰网、搜狐网、腾讯网等 40 余家网站对华龙网报道进行转发，华龙网、"重庆"客户端全媒体平台的浏览量也超过了 40 万。网友@jwwf 留言说："泪目，等了 38 年，青丝都变成了华发……"网友@小胖子摸肚子 L 说道："孩子是母亲一生的牵挂，无论你身在何方，依旧是母亲最牵挂的存在。希望奶奶早日找回自己的孩子。"大家都纷纷加入寻人队伍，希望蔡婆婆能早日和女儿见面。

令人欣慰的是，中央电视台《等着我》栏目组编导看到蔡婆婆的故事后，主动与宝贝回家网站进行了联络，有意帮蔡婆婆寻找女儿、进行报道。网易、大众网、红网、齐鲁网等网站也加入了寻找三妹的联动当中，一起将蔡婆婆寻找三妹的故事在各地传播开来，希望能寻到一丝线索。

华龙网记者将持续关注蔡世英寻找女儿的进展。

如果你有和"三妹"相关的任何信息线索，请联系我们（报料微信：hualongbaoliao，报料 QQ：3401582423）。

《百姓故事》后续：
寻女老人血样已入全国打拐 DNA 数据库　警方呼吁提供线索

21 日，华龙网重点栏目《百姓故事》报道《视频丨亲人都走了，老房易主了，她却不肯离开，只为了——一场持续 38 年的等待》一经发布，引发广泛关注。记者从重庆市公安局刑侦总队打拐支队副支队长樊劲松处获悉，蔡世英已于去年 6 月采集了血样，提取了 DNA，进入了全国打拐 DNA 数据库，暂未成功匹配。同时，警方在进一步加大寻找力度，也呼吁广大群众提供相关线索。

蔡世英寻女引广泛关注　警方呼吁提供相关线索

1980 年 12 月 12 日下午，蔡世英的小女儿谭言每与小伙伴玩耍分开后，就再也没有回家。38 年来，蔡世英守在女儿走失的地方附近，期盼着女儿能找到回家的路。即使 2016 年患了肺癌，她也不愿离开。"我不怕死，只是怕死了之后'三妹'找不到回家的路……"

蔡世英寻女的故事感动了万千网友，也引起了广泛的关注。不但全国多家媒体加入了#寻找三妹#的联动，中央电视台《等着我》栏目组也与蔡婆婆进行了联络。

根据宝贝回家官网上登记的线索显示，谭言每失踪时身高 110 厘米，于重庆市长寿区梅村（长化厂附近）失踪。谭言每有一个头旋，皮肤白皙，头发微黄，嘴巴有点瘪，眉毛很长，在眉尾处还有一个旋，腿上有一块大拇指大小的褐色胎记。

据了解，去年 6 月，重庆市公安局刑侦总队民警看到蔡世英在宝贝回家上刊登的寻人信息后，立即介入调查，上门对蔡世英进行采血入库。但由于蔡世英的老伴已去世，单亲采血比对没有单一结果，民警就结合谭言每的具体情况，对每一个比对疑似人员进行逐一核查。目前，已对约 50 名疑似人员进行核查，都被排除。

6 月 22 日，长寿区公安局又到蔡世英家对此事进行了再次询问，力图从老人对当时情形的回忆中进一步发掘线索。

警方表示，将继续加大查找力度，强化对来历不明儿童摸排比对和采血工作，并呼吁广大群众提供相关线索。

预防幼儿丢失被拐　父母和孩子需要学会这些

孩子对于一个家庭来说至关重要。在此，市公安局刑侦总队打拐支队副支队长樊劲松也提醒道，孩子容易走失，但父母可以提前做好预防工作，把孩子走失的概率尽可能降到最低，务必要做到提高警惕、做好预防。

樊劲松建议，家长应该让孩子从小牢记自己的姓名、爸爸妈妈姓名、家庭住址、爸爸妈妈的手机号等信息，但不要轻易告诉他人，最好由自己来给爸爸妈妈打电话，或者直接让"可以帮忙的人"报警。如果爸爸妈妈很长时间没找到你，就在原地等待，并寻找警察、保安、售货员等"穿着制服"的人获得帮助，或直接去附近的派出所。

樊劲松说，一旦发现孩子失踪，家长要第一时间报警，警方将在第一时间立案调查。网上关于"儿童失踪超过 24 小时警方才会立案"为谣言，孩子失踪后的 24 小时是黄金寻找期，家长应该立即拨打 110 电话报警，并让一名家庭成员到辖区派出所立案。

如果长时间没有消息，家长就要到公安机关及时采集血样，提取 DNA。走失的儿童和被拐的儿童，如果发现身边的不是亲生父母，也要到公安机关报警，并在警方配合下提取 DNA。目前警方已建立全国打拐 DNA 数据库，将 DNA 信息录入数据库后，即可自动检索比对，信息匹配后就能立马得知，显示是哪对父母哪年丢的孩子。公安机关会开展复核，再次检测 DNA，确保准确性。

华龙网记者将持续关注蔡世英寻找女儿的进展。

作品标题 "**一场 38 年的等待**" **系列报道**
参评项目 **系列报道**
作　者 **张译文　林楠　周晓雪　罗杰　李裕锟**
责任编辑 **张一叶　康延芳**
刊播单位 **华龙网**
首发日期 **2018-06-21**
刊播版面 **华龙网首页《百姓故事》栏目、"重庆"客户端**

作品评价

习近平总书记尤为鼓励和要求记者深入基层，"身入"基层、"心到"基层成为习近平指导基层新闻舆论工作的两基点。他曾说："报道写得好不好，与新闻工作者能不能深入实际，深入采访很有关系。""对新闻媒体来说，内容创新、形式创新、手段创新都重要，但内容创新是根本的。要多深入基层、深入一线、了解第一手材料。"而华龙网推出的《一场 38 年的等待》系列报道，真正做到了记者身到基层，心也到基层，挖掘普通老百姓蔡婆婆孤身等待走丢女儿 38 年的催泪故事，并且发动全国媒体联动，共同为老母亲寻找女儿，彰显媒体责任和影响力。同时也是深入基层，深入一线做好内容创作的一次成功案例。

系列报道通过文、图、视频、H5 等形式，讲述了蔡世英老人 38 年寻女的感人故事，同时，又对公安局刑侦大队进行了采访，对预防儿童走失走丢、如何寻找丢失儿童等社会关注的问题，进行了知识普及。报道文字扎实，图片、视频精美，起到了弘扬正能量的社会效应，也展现了网络主流媒体的价值发掘和引领作用。

采编过程

记者长期关注儿童走失领域的线索，了解到"蔡世英寻找女儿 38 年"的线索后，与其进行了联系，一个是希望展现主流媒体的价值挖掘和引领作用，另一个是希望帮老人完成这个心愿。

随后，文字、摄影、视频记者等主创人员，赶往长寿采访，通过一个个细节和故事，还原蔡世英女儿丢失的经过，老人38年来等待女儿的过程，刻画出一个当代"望女石"的形象。最终形成《亲人都走了她却不肯离开　只为一场持续38年的等待》《〈百姓故事〉后续：华龙网报道引央视关注全国媒体联动帮77岁老人"寻找三妹"》《〈百姓故事〉后续：寻女老人血样已入全国打拐DNA数据库　警方呼吁提供线索》三篇报道，以及H5作品《H5 | 全国媒体联动寻找"三妹"，期待您的加入，让爱心接力》。

社会效果

蔡世英守在老房子寻找女儿38年的故事，感动了全国的网友，以留言或转发的形式将爱心接力。中央电视台《夕阳红》栏目组、《等着我》栏目组已与老人联络，再做进一步的寻亲报道。网易、大众网、红网、齐鲁网等网站也加入了寻找三妹的联动当中，发起#全国寻找三妹#活动。重庆市公安局刑侦总队看到华龙网报道后也十分重视，进一步加大寻找力度，也呼吁广大群众提供相关线索。并且普及了防止儿童走失拐卖的相关知识。

全媒体传播效果

系列报道刊发后，人民网、凤凰网、搜狐网、腾讯网等40余家网站对华龙网报道进行转发，华龙网、"重庆"客户端全媒体平台的浏览量超过了40万，引起广泛关注。

工棚里的世界杯

华龙网记者　李裕锟　李华侨

1.四年一度的世界杯，全世界的球迷为了观看这座金杯的归属而痴狂。在山城的工地上，也有一群球迷，他们没有电视，更别提去现场。啤酒、西瓜、投影仪、手机看球赛……工棚里传出赛场上的欢呼，也掺杂着工人们的喧嚣。只要心中有赛场，哪里都是你的世界杯。

2.夏夜，空气散发着燥热的味道。6月27日晚，在江北嘴大剧院旁的工地住宅区，强子找朋友借来投影仪和电脑，当晚世界杯"卫冕冠军"德国队对阵韩国队，作为铁杆球迷，他可不能缺席。

3.晚上9点30分，看球"装备"一台投影仪到了，年轻的农民工赶紧上前帮忙鼓捣设备，周围吃完饭的工友们也迅速聚集了过来。

4."西瓜来咯！"大大的铁盘上盛着火红的水果，也承载了工友们对这项运动的热情。他们"集资"，买来西瓜、瓜子、啤酒……看球，也得像模像样。

5.就着几碟小菜，一边看球，一边喝着小酒。对于忙碌了一天的农民工大叔来说，这样的饭后娱乐活动很是惬意。

6.年近50的老李不算是铁杆球迷，他坦言，这次加入看球大军，是为了跟随步伐，能和读大一的儿子有点共同语言。

7."来，干了！"老孙最爱热闹，这种工友聚会的场合他可不想缺席。最近听球迷工友讲解，他也渐渐迷上了足球。

8.工地的员工宿舍外，泥水匠张先生正在走廊上拿着手机看球赛直播。为了不落下球赛，他花了100多块钱，专门办了个不限流量的套餐。

9.一间员工宿舍里，两个工友正在用手机观看世界杯直播。为了省钱，他们制订计划，每人轮流播放，看到精彩进球都咧嘴笑了。

10.工地上没有电源，居住的房屋配套简陋，充电宝则成了农民工们的标配。常年在外打工，四四方方的手机不仅是他们与家里老人、孩子联系的唯一载体，刷手机也几乎成了他们重要的娱乐方式。没有电视，不能去现场，心中有足球，哪里都是世界杯赛场。

作品标题　工棚里的世界杯
参评项目　摄影
作　　者　李裕锟　李华侨
责任编辑　张一叶　康延芳
刊播单位　华龙网
首发日期　**2018-06-29**
刊播版面　华龙网首页、重点栏目《万花瞳》

作品评价

习近平总书记曾指出，新闻舆论工作要及时把人民群众创造的经验和面临的实际情况反映出来，丰富人民精神世界，增强人民精神力量。此外，习近平总书记也曾提出："体育强则中国强。"对于中国体育事业的发展，习近平还说过"'三大球'要搞上去，这是一个体育强国的标志"。

四年一届的世界杯来了，中国球迷对世界杯的热情也丝毫不受影响。只要心中有赛场，人人都有自己的世界杯，包括基层一线最普通的农民工兄弟。而该篇稿件正是通过图片的方式，深入一线，保持人民情怀，讲好中国好故事，传播中国好声音，记录像农民工这样新时代基层人物的丰富精神世界和精神文化食粮。

记者通过镜头，捕捉了午夜工棚中，建筑工人们通过自己方式观看世界杯的场景。他们就着手里的啤酒、小菜，抑或是一块西瓜，在投影仪或自己的手机屏幕前，为自己喜欢的球队呐喊助威，让原本渐入沉寂的午夜变得热闹非凡。镜头下的农民工群体鲜活生动，记者用摄影独有的魅力展现出这些有血有肉的人物形象。

采编过程

稿件拍摄当天，记者来到建筑工地相对较集中的江北嘴 CBD，对较大的几处工地民工生活休息区进行走访了解晚间是否有较多工人组织起来观看世界杯比赛，再得知一工地球迷相对较多、工人对这次世界杯较关注之后，决定在比赛即将开始前，再次来到这里准备当天的拍摄采访工作。

受世界杯比赛时差影响，记者选择在午夜来到建筑工地，先将镜头对准一群下班后伴着宵夜啤酒，用投影仪观看比赛的工人群体，抓拍记录了工人观看比赛的一举一动。随后，记者又走访了一排排板房，在工人的寝室、过道，也找到了用手机流量关注世界杯直播的热情球迷，为他们记录下生动的"工棚世界杯"瞬间。

社会效果

该稿件通过华龙网各平台刊发后，迅速在朋友圈里转发传播，同时被凤凰网、光明网、搜狐等网站纷纷转载。

全媒体传播效果

该稿件发稿后一天里，迅速在华龙网、重庆客户端等全媒体平台上传播，平台总阅读量当日即突破 10 万，该作品在朋友圈也有较广泛的传播。

2018 年 7 月重庆日报报业集团新闻奖获奖作品

南中村改革再启程

重庆日报记者　颜安

7 月 13 日中午，长寿区葛兰镇南中村。

曾经的重庆"包产到户"第一村正在进行土地确权。

土地是农民的命根子，因此，哪怕头顶的阳光火辣辣，村民仍自发来到村头，围成一圈，看看自家，或打听打听旁人的地在确权中会有什么样的变化。

被围在中间的，是南中村支书徐相飞。40 岁的他是改革开放以来南中村的第 4 任书记。时值改革开放 40 年，几任村干部向重庆日报记者讲述了自己作为亲历者，见证的那些关于土地的故事。

40 年前，南中村成为重庆市第一个"吃螃蟹"的村，当年顶着压力悄悄分地，结果干部被请去"睡水泥地板"

老一辈的故事，早已在村里流传开来。

1978 年底，赤脚医生黄金炉走马上任，出任长寿县葛兰区葛兰乡八一大队（南中村前身）十三生产队队长。

"那时候，村里穷得叮当响，不少人家里吃了上顿没下顿。"徐相飞说。当年，村里仍然实行"大集体""工分制"，村民辛辛苦苦种出来的粮食，全部上交给集体，集体再按照村民所积的工分，把粮食分发下来，一个劳动力大概能分到 100 斤粮食，在缺油少肉的那个年代，根本不够吃。

没过多久，安徽省凤阳县小岗村揭开了中国农村土地改革的序幕。这个消息，传到了当时八一大队支书蔡光荣耳里。"交了公家的，剩下的都归自己。"蔡有意无意将这个信息透露给了十三生产队队长黄金炉。

一方面是政策的压力，另一方面是村民填饱肚子的需求。黄金炉思索再三，终于横下一条心，在十三生产队搞起了包产到户！

"别人搞得，我们啷个就不能搞？"时任八一大队十生产队队长的蔡长江也发动队里的 200 多人分了田土。

"包产到户"把大伙儿的干劲激发了出来。以十三生产队为例，该队当年就增产粮食 5000 多斤，家家户户杀了年猪，多年的温饱问题得到基本解决，农民喜笑颜开。

"冒风险不是一句空话，是要'落实到人头的'。"蔡长江回忆，当时虽然有些成效，但他始终有些提心吊胆，"过了些日子，上头的意见终于下来了。"

1980 年，原南中村的"包产到户"惊动了重庆市相关部门。相关部门叫停"包产到户"，并且要处理相关责任人。蔡长江就被叫到大队办公室说明情况。

"'包产到户'能让老百姓吃饱饭。"就是坚持这个理由，蔡长江在大队办公室"睡了两晚水泥地板"，而且还面临着更为严厉的处罚。

其实，当时市里的意见也并不统一，几经讨论，推广"包产到户"的意见占了主流。

不久，"包产到户"开始在重庆大地推开，翻开了重庆土地改革历史新的一页。

南中村"起了个大早，却赶了个晚集"

包产到户释放了生产力，也很快遇到了瓶颈，一些村民思想保守导致部分土地闲置。

按照当时的生产力水平，一亩水稻的产量近 700 斤，上交集体六成约 400 斤，剩下的全是村民自己的。

这个方案，让村民群情激昂，很快释放了他们的生产积极性。"我们一家人没日没夜地劳动，带着水壶和干粮，在田里一干就是一天，地里的产量'噌噌噌'地往上涨。"蔡长江说。

迈过了温饱线，下一个目标自然是致富。但谁曾想到，走向富裕的道路，竟如此艰难。

村里有 4100 余人，但土地只有 2600 多亩，人均耕地只有六分多一点，地少人多的矛盾很突出。"蔡长江坦言，以平均一家 3.5 口人计算，每户两亩耕地，每年种稻谷所得不过 2000 多元，刨除种子、肥料等支出后，净赚不足500 元，如果把劳动力支出算在内，基本没有收益。

单个农户分散经营的弊端很快暴露出来：它不仅产出低，不利于推广机械化，并且抗风险能力极弱，在市场面前，很难保证持续增收。

时任村支书蔡光荣很快发现了这个问题，他鼓励村民将土地拿出来进行联营，但彼时刚刚重获土地的村民哪里肯将土地又交出来？任凭蔡光荣怎样劝说，也没几个人响应。

开水泥厂的老板、发展水产的业主、流转苗圃的投资人，均乘兴而来、败兴而归。南中村磨蹭了几十年，依旧在土地规模经营方面踯躅不前。

这个问题，在村里当了 37 年村干部的老书记蔡光荣没有解决，他的继任者邓商学也没有办法，黄金炉的儿子黄国全更是徒唤奈何——在土改问题上，南中村可谓"起了个大早，却赶了个晚集"。

在南中村的"全盛时期"，这个问题并没有被放大——20 世纪 90 年代，从葛兰镇穿过的渝巫路，曾是重庆主城到渝东北的一条干线，镇上长年车水马龙，人头攒动。得益于此，离场镇较近的南中村不少村民或做小生意，或跑运输，或开餐馆，开辟了脱离土地的"第二职业"，日子过得很是滋润。

但好景不长，2000 年渝长高速公路通车后，距离高速公路出口较远的南中村一下子被"冷落"，加之农业机械化的推广，城市化的扩张，村里的富余劳动力越来越多，村民开始外出打工谋生，当年大家死活不愿交出来联营的那些土地，就这样闲置下来。时至今日，南中村的闲置土地超过 200 亩。

"土地让我们吃饱了饭，也一定能让我们过上好日子"

从传统产业抽身，由单打独斗到规模经营，南中村这条改革之路，竟走得如此曲折。

徐相飞就是在那个时候从村里走出去的，在外闯荡 10 年后，他又回到村里接替黄国全成为南中村新一任村支书。

"那个时候因为种地效益太低，村干部鼓励我们出去打工、闯荡；而现在作为村支书，我又很希望村民能回流。"他坦言。

让村民回流的理由是什么？毫无疑问，是产业。这几年，徐相飞四处出击，联系合适的投资人。

他曾联系渝中区一个药材商到村里考察，想把村里的土地资源推介出去，让对方流转 500 亩以上土地用于种植中药材；也曾联系自己的战友，希望他能到村里来建设蔬菜基地……但每次他都因为这样或那样的原因而碰壁。

"南中村产业发展耽搁了这么多年，导致村民思想愈发保守，要么舍不得那一亩三分地，要么是在外打工挣了钱，不图流转土地那几百千把块钱。还有的村民则告诉我，土地承包期就剩几年了，而农业投入短期又挣不到钱，所以他们不相信这些投资人是真心实意地投入。"徐相飞哭笑不得，"反正一说到把土地拿出来，不愿意的村民总是有理由。"

党的十九大报告提出，第二轮土地承包到期后再延长 30 年，这让徐相飞兴奋不已。他立即按照上级的安排，抓好十九大精神宣讲，主题就是土地承包期延长和乡村振兴。

"村民的思想观念有了变化，对拿出土地不那么排斥了。"他告诉重庆日报记者。从这个月开始，南中村启动了土地确权工作。确权之后，土地既是资源，又是资产，能有效带活沉睡的资源。例如，农民可以通过农地抵押贷款支持农业生产，也可以通过流转土地给自己增加财产性收入。

"很多连过年都不回来的人，一听说村里开展土地确权，赶忙从黑龙江、新疆、广东等地赶了回来。"徐相飞说，这说明不管走多远，土地还是农民的命根子，还是他们最在乎的东西。

徐相飞的努力很快有了收获。一位投资人看中了村里的老龙洞山水资源，准备投资上亿元，在村里流转 600 亩地打造生态观光园。

这被徐相飞视为南中村从传统产业抽身，由包产到户到土地流转经营的转折。"土地让我们吃饱了饭，也一定能让我们过上好日子。我们现在要做的，就是要让土地里的'金子'发光。南中村人骨子里流淌着敢为人先的精神，我们要让这片土地再次焕发生机，实现乡村振兴！"徐相飞说。

作品标题　**南中村改革再启程**
参评项目　通讯
作　　者　颜安
责任编辑　周立　隆梅
刊播单位　重庆日报
首发日期　2017-07-17
刊播版面　第 1 版

作品评价

这是重庆日报改革开放 40 年专栏的第一篇报道，记者选取了长寿区葛兰镇南中村这个重庆的土地包产到户"第一村"进行采访，回顾了当年的历史，探析了该村改革受阻的原因，并结合当前土地承包再延长 30 年的政策进行了展望，全文按照时间顺序的逻辑关系进行叙事，脉络比较清楚，语言比较接地气，做到了以小见大。

采编过程

土地改革涉及广大农民的切身利益，南中村因为其特殊身份，是记者重点关注的基层点。因此，改革开放 40 年专栏开启后，记者第一时间想到了南中村的浮浮沉沉，立刻委托长寿区委宣传部联系当年的亲历者，但年份已久，不少当事人要么去世要么去了外地，几经波折后，记者终于采访到了部分当事人，得以成文。

社会效果

稿件见报后，新华网、人民网予以广泛关注，网络传播效果较好。

看巫山如何变"金山银山"

重庆日报记者　张莎　蒋艳　李琅　李析力　刘艳　唐彤东

巫山红叶闻名遐迩。每年11月，漫山的红叶将长江巫山段的高山峡谷染成一片火红。

这些年来，巫山的山川美景和每年一届的三峡红叶节，吸引着越来越多的游客。

今年3月10日，习近平总书记参加重庆代表团审议时，曾饶有兴味地询问巫山神女峰和长江三峡中巫峡段的位置。总书记还微笑着说，20世纪80年代有一部红遍全国的电影《等到满山红叶时》，说的就是三峡红叶，景色很美！

长江母亲河的孕育，大自然鬼斧神工的雕琢，造就巫山神奇的山水，催生灿烂的文化，发展旅游具有独特的优势条件。

巫山人意识到，将巫山的山水之美"和盘托出"，需要在交通上狠下功夫。巫山县委、县政府树立了"交通围绕旅游转"的大思路，一方面建设"水铁公空"，打通外部交通"大动脉"；一方面疏通内部交通"毛细血管"，将区域景点串珠成链。

如今，一江碧水、两岸青山千年美景正焕发新风采、展现新魅力。

1.交通之变
一个深度贫困村吃上旅游饭

见到赵本坤时，他正与妻子在自家农家乐招呼来吃午饭的客人。这天中午他们迎来三桌城里的游客，夫妻俩忙前忙后，笑容灿烂。

赵本坤是巫山县双龙镇安静村人，2016年，他带着外出打工挣得的收入回到家乡开农家乐，本是想当作一份"副业"简单经营。但今年，他决定再也不出去了。做出这个决定的重要原因是，村里正大力发展旅游业、打通交通瓶颈，他想在家乡找到自己下半辈子的事业。

和巫山的许多偏远山村一样，多年来因为道路不通，地势险峻，安静村始终与"偏远"这个词紧紧捆绑在一起。闭塞的信息、单一的产业，村民们被贫穷和落后死死地扼住命运的咽喉。

而双龙镇，更是全市 18 个深度贫困乡镇之一。

穷，是因为安静村处在高山峡谷之中；但脱贫的希望也蕴藏在这些高山峡谷之内。

双龙镇党委书记易前聪告诉记者，双龙镇虽山多且陡，但是具有独特的高山峡谷风光，又有大宁河流过，加之地处国家 AAAAA 级景区小三峡腹心地带，旅游资源非常丰富。特别是安静村，拥有云顶、鱼头湾两大自然原始的风景区。

在安静村村支书赵长保带领下，记者沿登山步道前往鱼头湾景区。从山上向下望，不仅可看到鱼头湾全景，还可俯瞰部分小三峡美景。

修路，作为双龙镇脱贫致富、发展旅游的头等大事，被提上日程。

全镇原有 443 公里泥巴路，5 年前硬化率只有 15%。这一年多来，县委县政府加大基础设施投入，目前硬化率已达到 50%，仅今年就要硬化 120 公里路，到年底硬化率达到 75%，实现每个社都通硬化公路。其中，安静村今年新修公路 9 公里，硬化道路 21 公里，已实现社社通。

对外，巫山县正紧密开工，计划打通三条隧道，修建从巫山县城到大昌的高速公路。"这条高速路 80% 的路段都在双龙镇辖区。"易前聪兴奋地说，高速路 2020 年建好后，从巫山到双龙镇能从现在的 2 个半小时缩短到半小时。不止如此，这条路还是一条旅游景观路：游客从县城出发前往双龙镇，在钱家坝下道后，可体验空中悬崖观光。坐车不到 20 分钟就可到达安静村，一赏鱼头湾美景。

公路通了，脱贫致富的思路也活了，被大山和观念阻隔的山村不再因循守旧。"以前就算你说成一朵花儿，看到这条泥巴路，老板都会打退堂鼓，现在我们出去招商引资底气足了！"易前聪说，镇里决心大力开发境内旅游资源，打造以乡村旅游为主导的立体经济，让群众在家门口吃上旅游饭。

今年，镇里已引进史上投资最大的两个旅游项目——耗资 8000 万元的天鹅湖和大宁河沿岸滨湖休闲度假亲水旅游线路，以后将与安静村的几个景点串成一条旅游环线。

在旅游与交通利好刺激下，2017 年，双龙镇增加 36 个农家乐。赵本坤告诉记者，他准备再投入几十万元，将农家乐升级为"森林人家"，后山搞配套，前院种花草，顶楼加装一层增加十来个房间。

很快，安静村就将变得不再"安静"。

2.达成共识
一个国家级贫困县的谋划与行动

安静村之于巫山，正如巫山之于重庆。

安静村的蝶变，正是巫山县"旅游+交通"融合发展，全力打好"三峡牌"的一个缩影。一手抓旅游，一手抓交通，让旅游和交通同频共振，已成为县委、县政府的共识。

站在即将通车的神女景区北环线公路上，巫山县委书记李春奎遥指远方。但见群峰起伏，白云徘徊，一江流碧，宛如仙境一般。"巫山的山水便是巫山县经济发展的'聚宝盆'！"

李春奎说，近年来，巫山县牢固树立"绿水青山就是金山银山"理念，"共抓大保护、不搞大开发"，在历届县委、县政府的推动下，旅游业已成为全县的战略性支柱产业，三峡红叶节也成为新的旅游品牌。

在李春奎看来，一方面必须坚持走"生态优先、绿色发展"之路，保护好一江碧水、两岸青山，把巫山壮美的大山大水转换为发展中的真金白银；另一方面，要在交通上狠下功夫，尽快补齐短板，对外打通外部交通"大动脉"，对内疏通内部交通的"毛细血管"，让快捷的交通激发旅游业的内生动力。

巫山县县长曹邦兴介绍，今年巫山县要成功创建国家全域旅游示范区，实现年接待游客 1500 万人次，旅游综合效益 60 亿元，基本建成国际知名现代化旅游城市。

具体来说，就是打好"六张名牌"，建成"六大目的地"。一是打好"三峡牌"，建成国际知名全景体验旅游目的地；二是打好"红叶脆李牌"，建成国际知名康养度假目的地；三是打好"神女牌"，建成国际知名爱情旅游目的地；四是打好"两遗牌"，建成国际知名探秘溯源目的地；五是打好"云雨牌"，建成国际知名电影取景和摄影写生创作目的地；六是打好"山地牌"，建成国际知名户外运动首选旅游目的地。

围绕这"六张名牌""六大目的地"，巫山县三年的交通建设提升行动全面铺开。未来三年，将完成交通建设投资 200 亿元，基本建成渝东门户综合交通枢纽。

3.对外交通
"水铁公空"立体交通体系初显

7 月 3 日，蓝天白云下，一条宽阔平整的跑道向远方延伸，工人们正在进行跑道路面施工，不远处的航站楼已经完成基础及钢结构施工，这个在海拔 1773 米上建造、被称作"云端机场"的巫山机场已见雏形。

"看到机场一点点建起，心里就有了干劲儿。"说起巫山机场，机场工程管理员覃强林心里有说不出的激动。

覃强林是巫山当阳人，他告诉记者，以前他从当阳到巫山县城单面车程就要 5 个小时，更别说出巫山到其他地方。"大家对改变交通的渴望太强烈了。每次回家朋友们都会问我机场的建设进展，现在每天也有当地人上山观光，关注机场的建设进度。大家都期盼着巫山机场建成，坐着飞机，飞出大山，同时也迎来八方客人。"

巫山机场建设指挥部副指挥长廖浩波介绍，目前巫山机场飞行区已开始混凝土道面施工，航站楼已经完成基础及钢结构施工，楼内墙体砌筑正有序推进。计划明年上半年通航，先期开通重庆、烟台两条航线。未来还将逐步开通北京、上海、广州、深圳、西安、昆明、贵阳等旅游城市航线，串起一张空中旅游网。

"围绕大旅游进行的交通建设，是巫山当前和今后几年的一场硬仗。"巫山县交委主任李元华说，巫山正全面提速打通对外连接通道，未来3年，巫山将初步形成以"七横三纵三港一场八环线八中心"为主的立体交通网络。在对外交通网络建设上，将建成巫山机场、郑万高铁巫山段、两巫高速（巫山至巫溪）巫山县城至大昌段，开工建设巫山至建始高速、两巫高速大昌至巫溪段，完成巫山至万州南线高速公路的前期工作；建成巫山港、抱龙港，加快大溪港建设。

其中，郑万高铁正在加紧建设中，全线建成后，将实现京郑渝昆高速铁路全线贯通，从巫山坐高铁到重庆主城只需2.5小时左右，到郑州只需4小时左右，到北京也只需6小时左右。

两巫高速巫山县城至大昌段已开工，两巫高速全线贯通后，从巫山可一路北上，打通前往西安、银川等地的通道。

"巫山'水陆空铁'立体交通体系正日渐形成。"巫山县副县长黄勇说，以前游客到巫山主要通过水路，以过境游为主。随着巫山立体交通的形成，游客可通过高速路、高铁、飞机等多种方式到达巫山，停留时间更久，巫山旅游也将向目的地游升级。

4.对内交通
2020年实现1小时"城景通""景景通"

在打通对外通道的同时，巫山内部的交通网络也步入建设"快车道"。

在神女景区北环线，一条长23余公里的旅游公路直通神女峰景区梨树垭。记者在现场看见，神女峰景区望霞片区游客中心及配套设施工程、望霞索道工程正在火热建设中。今年10月，游客将可以从另一个角度俯瞰神女峰。

据介绍，待北环线建成后，游客从县城出发，经神女天路北线，沿途可赏巫峡烟云，到达望霞游客中心后，可在此乘索道下行，直达神女庙后山，再沿着步道下行，至神女峰旅游码头，乘船沿长江返回，形成完整的神女景区首条水陆旅游大环线。

在巫山县全域旅游的规划中，未来3年，一条条旅游路将把巫山的一个个景点串珠成链。

目前，巫山已建成210公里生态景观公路，新规划的长江大桥至文峰观景区连接道、曲尺至哨路风情小镇、平河当阳大峡谷经楚阳至竹贤、三合铺至神女峰景区等一批旅游公路也已开工建设。

按规划，到2020年，巫山将建设旅游公路250公里、生态景观路300公里，建成8条生态景观旅游环线，生态景观公路达到500公里以上，实现"1小时城景通""1小时景景通"。这也意味着，今后在巫山县内旅游，无论是从县城到景区，还是景区到景区间，车程都将在1小时内。

再加上建设中的江东旅游码头、高铁交通换乘枢纽中心、江东客运换乘中心……到2021年，巫山将全面实现交通与旅游"无缝对接"和客运"零换乘"。

5.全域旅游
"一城两轴三片十一廊道"

内畅外联交通大网络的构建，巫山旅游将实现华丽转身，形成真正的大旅游格局。

按照巫山县委、县政府制订的全域旅游规划，将把全县2958平方公里作为一个大景区、一个国家公园、重要旅游目的地来打造，明确提出构建"一城两轴三片十一廊道"全域旅游新格局。

"一城"即依托"两江四岸"及琵琶湖、凝翠湖两大湖泊，打造"红叶恋城"集散中心。

"两轴"即以长江为轴，打造世界级山水峡谷、高峡平湖、云雨奇观旅游精品带；以大宁河为轴，打造亲水观光、民俗风情体验和三峡腹地原生峡谷群落带。

"三片"即以神女景区南北环线为核心的东部神女文化旅游片区；以小三峡、当阳大峡谷为核心的北部峡谷群落旅游片区；以龙骨坡遗址、大溪艺术小镇为核心的西部远古科考旅游片区。

"十一廊道"即打造集交通串联、旅游服务、休闲观光于一体的11条旅游景观廊道。

到2020年，巫山县将形成小三峡·小小三峡、神女景区、当阳大峡谷3个国家AAAAA级旅游景区和一大批国家AAAA级旅游景区。

在旅游景区和配套设施的建设中，巫山充分挖掘"神女文化"和"巫文化"，下足了"绣花功夫"。在神女景区北环线沿线的观景平台，融入了"相遇、相识、相知、相恋、相守"等元素打造的巨型手势雕塑即将与游客见面。

在通往巫山机场的公路上，沿线的山坡立面将围绕巫山的文化进行设计，旅客站在步道上可远望巫峡、奉节夔门的景色，体味浓浓的"巫文化"。

李春奎认为，站在新的历史起点上，对巫山来讲，发展旅游是立足"两点"、建设"两地"、实现"两高"的题中之义和必然之举，是赢得优势、赢得主动的当下之需和长远之策。随着交通瓶颈的不断突破，巫山旅游业的发展也将驶入发展的快车道。

逢山开路、遇水架桥。巫山人正发扬钉钉子精神，从战术上精准发力，大刀阔斧打造巫山旅游业发展升级版。到 2020 年，旅游产业将成为巫山县战略性主导产业，年接待游客 2000 万人次，实现旅游综合效益 70 亿元，景区购票人数突破 160 万人次，旅游业对全县 GDP 的综合贡献率达 15% 以上，旅游新增就业占全年新增就业的 20% 以上。

李春奎说，历史长河中，巫山旅游如"曾经沧海难为水，除却巫山不是云"般独特；走进新时代，巫山旅游正经历"桃红李白竞争妍，万山磅礴看主峰"的考验；展望新征程，巫山旅游如"神女应无恙，当惊世界殊"般可期。

作品标题　看巫山如何变"金山银山"
参评项目　参评策划
作　　者　张莎　蒋艳　李琅　李析力　刘艳　唐彤东
责任编辑　管洪　李鹏　张莎
刊播单位　重庆日报
首发日期　**2018-07-19**
刊播版面　第 4 版

作品评价

这是一次"深层次"的走转改策划。既深入基层抓住鲜活的事例、生动的细节，又对新思想、新观点、新突破进行了有深度、有价值、有影响的报道，兼具思想性和高品质。

采编过程

确定到巫山县挖掘交通给旅游带来的变革后，采编人员深入巫山三天时间，强化"精品意识"深化"走转改"，前后走访十余个点，最终确定以"大交通激活大旅游"为题拟稿。每晚采访结束后，采编人员都坐在一起商议如何入题、成稿，稿件几易而成。

社会效果

这次策划证明，有思想、有价值的传播才是有影响力的传播。

乌拉世界杯系列 H5（存目）

作品标题 乌拉世界杯系列 H5
参评项目 全媒体
作　　者 张斯渝　李奇　陈曦　陈业
责任编辑 李奇
刊播单位 上游新闻
首发日期 2018-06-14
刊播版面 上游新闻头条频道和世界杯频道

作品评价

6月14日—7月16日，世界杯期间，编辑就进入了夜不收模式，天天看球到天亮。为了让读者不熬夜看球就能看到最及时的资讯和进球瞬间，编辑每天整合前往特派记者的稿件和最新信息，在读者中收到了良好的效果。在形式方面，不断推陈出新，有对阵形势、主将对比、热点聚焦、昨夜今晨、进球榜、积分榜等栏目，还有表格、动图、视频、文图等多种形式体现，精彩进球一个也不错过。

采编过程

编辑和美编在每天深夜制作乌拉世界杯 H5，关注记者稿件，关注网稿，收集进球瞬间动图，读者只需要花上几分钟阅读，就能达到熬夜看球的效果。

社会效果

每天早上7点半推出，成为上游特色产品。最高一条阅读量达到50万+。

全媒体传播效果

乌拉世界杯小巧精致，全部是比赛、进球等干货，还有特派记者视角独特的报道，读者不仅阅读方便，还能分享朋友圈，成为观看世界杯的谈资。

秀山锰矿电解液泄漏
"黑水" 流入农田灌溉渠

重庆晚报记者　彭光瑞

"看，整个渠堰的水都是黑色的！"

6月27日早上，重庆市秀山县溶溪镇柳水村村民们炸了锅。早上，村里的灌溉堰渠中突然开始流出纯黑色的污水，足足绵延一两公里。堰渠通向的，正是村民们赖以生存的农田。

顺堰渠往上，是当地知名的电解锰生产企业——三润矿业有限公司。村民们怀疑，这一次让"黑水"流入灌溉渠"的，仍是这家他们已打了多年交道的企业。

村民陈应祥用手机将眼前的场景拍下来。7月5日，他们将这段视频发给了上游新闻·重庆晚报慢新闻爆料平台投诉，并声称，类似这样的情景，十几年来他们已遭受过多次。

事实是否真如村民描述一般，厂区是否真的违规排放呢？接到投诉第二天，记者前往当地进行调查走访。

"黑水" 引发纠纷
村民：污染有十几年历史，不吃自己种的米

7月6日10点左右，记者到达柳水村。雨后，这座靠近高速公路、并不偏僻的村落一片乡村绿景，并没有想象中的狼藉。但见到陈应祥后，他的描述却让人有些意外。

陈应祥和多位村民称，6月27日上午7点左右，村民们意外地发现，村里堰渠中的水突然变成纯黑色。"黑水"源源不断地从上游流下来，而沟渠的下游就是他们世代耕种的农田。

陈应祥说，村后堰渠相传建于百年之前，后经过修葺，成了这里农田的主要灌溉水源。原本堰渠中的水都是山里流下的山泉，但从2004年开始，沟渠上游的三润矿业有限公司建厂开工后，这里的水就不再令人放心。

"这一次，又是他们出了问题。"陈应祥称，几乎是第一时间村民们就确定，"黑水"是从三润矿业流出的。因为类似的情况，他们已不是第一次遇到。

多位村民称，曾经，这里的出产的大米以粒白质优著称，但近几年来，他们种出的稻米颜色逐渐发黑，煮熟之后，颜色偏灰褐色。不仅如此，这种稻米还"煮不熟"，火再旺，吃起来都有夹生的感觉。

村民文素珍叫人从家里拿来一些稻米。记者看到，稻米的颜色的确略微偏黄黑。陈应祥用电饭煲煮熟后拿给大家品尝，口感略微夹生，但并不十分明显。

"我们现在都不吃自己种的米。"陈应祥说，他们认为，村里上千亩土地种出来的稻米，多少都存在类似的问题，所以近几年他们种的米在场镇上销路很差，有时候很便宜也没人买。当地村民现在基本也不会吃自己种的稻米，条件稍好的都是从超市购买。

"我们怀疑，经常在下雨天的半夜，他们（三润）就悄悄排污。"村民们称，2004年建厂后，三润就发生过多次"污染事件"。经过相关部门检测，的确对当地土质造成影响。2005年开始，三润对当地部分村民按照每亩1200元进行赔偿。但在2014年，企业停止对部分村民的赔偿，要求村民们检验农作物是否遭受污染。检验出有问题的，方能得到赔偿。对此不少村民有异议。

这一次，三润再次对水源造成污染，村民们认为这已经极大地危害到他们的权益，他们认为，柳水村几乎所有土地都受了污染，表示一定要找厂方要个说法。

生产事故导致泄漏
厂方：泄漏污染已全部清理，污水已回收

污水是否是从三润矿业流出？又是否真如村民所说，是故意排放呢？

随后，在村民的指引下，记者找到了他们口中的灌溉堰渠。记者看到，堰渠中已看不到村民拍摄时的黑色污水，渠水正缓缓地流入农田当中。

村民黎年武拿出了一个装满黑色污水的瓶子。他称，这就是6月27日当天他从堰渠中接取的污水样品。

"昨天下大雨，他们又清理过堰渠，所以现在不太看得出来。"陈应祥称，虽然已经看不到"黑水"，但被浸泡过的黑色淤泥依然在堰渠中。随即，他跳入堰渠进行搅动，水质立即变得浑浊变黑，疑似有黑色泥状物质在水中。

陈应祥还带记者查看了他家的稻田，根据他的提示，记者看到了稻田中有部分秧苗已经发黄枯萎，陈应祥拔起一株枯萎的秧苗，认为秧苗根部已经发黑，就是"黑水"所致。

顺着堰渠逆流而上，记者发现村民们提到的堰渠流经三润矿业的厂区门

口。但公司的日常排污管道并没有直接连通到堰渠当中。那么，污水从哪里来呢？

记者看到，堰渠在流经该公司大门外时，被水泥盖板盖住。而大门右侧有一处管道伸进了盖板当中。记者钻进盖板下进行了查看，果然有一个直径30～40厘米的出水管，管道上贴着"雨水管"的标识。

雨水管怎么会排污呢？记者随后联系了三润矿业。该公司陈姓与叶姓两位负责人接待了记者。

叶姓负责人介绍，6月27日村民提及的情况并非公司有意排放，而是一次"常见事故"，俗称冒桶（音：冒孔），也就锰矿原料在加工过程中因为化学反应冒出容器，导致泄漏。"形象点说，就好比煮稀饭'铺'出来了。"

该负责人随后带记者参观了雨水管道，根据他们的解释，雨水管道主要是搜集厂房房顶留下的雨水，并不会流入污水。而当天的泄漏主要是从厂区地面的排水沟流入堰渠中。

叶姓负责人称，当天事故导致了3～4立方米的原料泄漏。但发生泄漏后，他们迅速上报当地镇政府和秀山县环保部门。但有原料经厂区地面，进入雨水管道并流进村民灌溉用堰渠。随后，他们迅速拦断上下游水流，污水并未流进农田中。

"泄漏的液体是有污染的。"叶姓负责人承认，泄漏的液体主要成分是锰矿和硫酸，但他们随即对渠中污水进行回抽，对渠中淤泥进行清理，并撒入石灰粉。总的来说，已经将污染控制到最小，几乎没有影响到附近农田。

该负责人称，公司在这里建厂十余年，如果说之前几年一点污染都没造成，那一定不是实话。但如今政府严抓环保问题，谁也不敢懈怠，更别提主动乱排污。

他随后带记者参观了该公司污水处理设施。他表示，该公司有整套电解铝生产企业所需的污水回收利用系统和污水处理系统。同时，环保部门在公司排污口安装了实时监控设施，随时可以监控企业排污情况。

在负责人指引下，记者看到该公司排污口在正对厂大门的左侧，经过处理的废水的确并未进入堰渠，而是从堰渠上方的通道排放到榕溪河（秀山主要河流梅江河的支流）当中。

镇政府：未造成大面积污染

溶溪镇政府相关负责人杨小林表示，村民与三润矿业的矛盾由来已久。2005年三润矿业有限公司曾发生环境污染事故，造成该镇柳水村徐家堡组部分土地遭受污染，涉及面积达184.272亩。经多方协调达成补偿协议，该公司对受损土地进行赔偿持续至2012年，标准每亩1200元。

但十年来，三润矿业有限公司电解锰厂不断加大环保资金投入和治理力度，经市、县环保部门检测排放达标。2013年2月和3月，该企业出资委托西南大学环境学院环保实验室两次对范围内土壤取样送检。经过检测，取样送检的土壤为碱性（pH值为7.49～7.71），有效锰平均值为470.486毫克/千克，有效硫平均值为67.68毫克/千克，土壤情况好转，重金属不再超标。

经过双方协商，在2013—2014年，按照2005年确定补偿标准的80%进行补偿。2015年起则调整了补偿标准，按照无影响不纳入补偿范围，补偿范围内田地不种植水稻不补偿，有损失送样（颗粒）分析，也就是"有损补偿，无损不补"原则执行。

杨小林称，有损失才补偿的新原则，村民们并不是特别满意。以去年为例，之前享受补偿的徐家堡组因长期未种植水稻并未得到补偿，而黎家寨和田家院子两个组检测后获得了相应的补偿。

杨小林表示，今年6月27日的事件，的确是三润矿业发生生产事故导致。事故发生后，政府工作人员在10分钟内赶到了现场，协助企业与环保部门对泄漏的污水进行紧急处置，控制污水外流，并监督企业对堰渠进行进一步处置。目前看来，未造成农田的大面积污染。

事故发生后，柳水村村民提出按照耕地面积进行赔偿；因影响到老百姓身体健康与经济收益，要求企业就农民种植问题进行赔偿的要求。

镇政府立即成立工作领导小组调查处理，同时联系环保局、农委等相关部门对被污染土地、水源进行抽样化验，按照化验结果要求三润公司对老百姓进行合理赔偿。

镇政府还计划在当地村民中聘请环保监督员，专门对三润公司等企业偷排、漏排等行为进行监督，发现一次罚款1000元，并奖励举报的监督员1000元。

不过，杨小林称，对于村民提出的水源污染导致的水稻枯萎的问题，镇政府已派遣镇农业服务站工作人员进行初步观察检测。以农户陈江家的秧田为例，秧田进水口处的秧苗没有问题，反而是秧田中间的秧苗发黄枯萎，工作人员怀疑其为生理性赤枯病，并非水源土壤污染导致。

排污不规范去年两次被罚
环保部门：达到追究刑事责任标准　将移送公安机关

6月7日下午，记者前往秀山县环保局了解了情况。

秀山县环保局行政执法大队副支队长高杰介绍说，三润公司在秀山属于前两名的电解锰生产企业，年产量达到30000吨，属于国家重点监控企业。

之前，县环保部门曾陆续接到过多次群众投诉，并前往调查。2017年，环保部门曾对三润矿业有过两次排污不规范的行政处罚。

2018 年 4 月，该企业因涉嫌偷排受到县环保部门的查处。据高杰介绍说，据环保部门初步调查后了解到，该案件的违规排放疑似是通过厂区雨水管排放，因排放超过相关标准，现该案件已经移交公安机关，目前仍在调查当中。

针对 6 月 27 日的泄漏事故，高杰说，当天早上 7 点多他们接到通知后立即赶往现场，途中便电话指挥企业对泄漏液体进行全力拦截，大约 8 点半赶到现场。

采访中，记者发现高杰介绍的泄漏情况与企业负责人介绍有所出入。高杰称，当天发生泄漏的是电解锰生产中的电解液，到达现场时，经勘查环保部门发现液体从厂区有三个泄漏点位外泄，以锰原料和硫酸成分为主的电解液的确已泄漏至灌溉用的堰渠中，顺着水流流动距离有 1~2 千米，但由于采取了应急措施，从实际情况来看大部分污水并未到达农田。但他表示，泄漏的锰矿电解液无法进行具体测量，但现场估计有 20~30 立方米，并非 2~3 立方米。

高杰介绍说，根据相关标准，排放污水中锰含量不应超过 2 毫克/升，若超标十倍则会追究刑事责任。经测量，6.27 三润矿业泄漏溶液的锰含量达到 61 毫克/升，已达到追究刑事责任的标准。目前，环保部门正在准备相关资料，随后会将此案移送公安机关处置。

高杰表示，对于国家重点监控企业，县环保部门每月将进行一次不定期突击检查，对于非重点企业则每季度进行一次不定期检查。同时，县环保部门每月还将随机进行 20 余次抽查，竭力确保排污企业无漏洞可钻。

"严格打表，超标排放该重罚重罚，该负刑事责任一律移交公安机关。"高杰表示，近年来秀山县环保执法部门出重拳治理污染问题，行政处罚数量从 2013 年的 17 件上升到 2017 年的 46 件，罚款金额从 71 万元上升到 279 万元。

经过长期治理，秀山县境内河流水质已有明显改善，2015—2017 年连续三年，经环保部门对全县 12 个河流/胡库断面分别进行 12 次采样监测，监测结果基本达到国家 Ⅲ 类水质要求。

作品标题　秀山锰矿电解液泄漏　"黑水"流入农田灌溉渠
参评项目　通讯
作　　者　彭光瑞
责任编辑　李凤兰
刊播单位　重庆晚报
首发日期　2018-07-14
刊播版面　慢新闻 APP

作品评价

6月27日，位于秀山县溶溪镇柳水村三润矿业发生锰矿电解液泄漏事件，大量泄漏液体流入当地农田的灌溉渠。报道从事件本身入手，深入调查了泄漏事件的来龙去脉及相关影响，同时深入了解了当地居民与该企业由来已久的矛盾。记者通过对企业、村民、政府、环保部分的多方调查走访，深入、真实地反映了事件真相，也体现了政府及环保部门严查环保问题的决心，取得了较好的社会反响。

采编过程

6月28日，在接到村民反映的情况后，记者随即前往事发地进行了为期两天的走访调查。详细询问了村民反映的情况，并通过实地走访，对排污管道、排污设施逐一查看核实，同时采访企业方负责人，对事件进行解释。随后，记者又向乡镇府及环保部门进行了详细采访，进一步核实了泄漏事件的细节，并对相关的处理情况及处理结果进行了了解。

社会效果

通过此报道，事件得到了及时的处置。秀山县环保部门对此次泄漏的影响进行了进一步核查，聘请第三方对当地农户的土地质量进行了取样化验，根据化验情况进行进一步处置。同时，也对企业进行了相应的处罚，要求其停工整改。

全媒体传播效果

该新闻报道被今日头条、澎湃新闻、网易、新浪新闻等上百家主流媒体及各大门户网站转发，传播效果广泛。其中，今日头条与腾讯新闻均获得了1000条以上的回复量，阅读量超过10万+，引发网友热议。

40度高温，绑在摩托车上的八旬老人
两个残疾孩子在等他

重庆晚报记者　黄艳春　刘春燕

老房子没有电梯，每层楼 17 步台阶，80 岁的邓林明住 10 楼。他一手挂三角凳一手扶栏杆，腰身伛偻，身子弯到视线只能看见楼梯。下楼要 20 分钟，上楼要 30 多分钟。

这是他的远征，他要去渝北区茨竹镇新泉村 2 组，给村民吴长生家两名智力和肢体都残疾的孩子上课。4 年了，他每个月去一两次，每次待上三五天，最长超过一周。

路上

邓林明也是残疾人，四级肢残，腰无法伸直，走路必须挂拐，不挂拐时像个躹躬的人。以前有 1.65 米高，现在缩成 1.35 米。

7 月的重庆，空气烫人。7 月 28 日早上 6 点半，邓林明就出发了。从南岸区罗家坝走，他要先坐公交车到南坪枢纽站，换乘公交车去江北区的红旗河沟汽车站，再乘公交到渝北区两路城区，在两路又换乘郊区公交到渝北区兴隆镇。这一段公交老人免费，不堵车，也要 4 个多小时。"直达车快一些，要多花 10 多元车费。"

兴隆镇到茨竹镇要坐小巴，4 元钱。到了茨竹镇就快了，再去新泉村，剩下 5 公里，要坐农村小巴，但要看运气。"赶场天就是车等人，不赶场人等车。"邓林明说，已经是中午 12 点 43 分，人是等不到车了。

办法也有，等不到车，邓林明会找茨竹镇上揽活的摩托车，或者打个电话喊个熟人的摩托车，15 元，搭他去吴家。摸摸索索爬上摩托车后座，他手在抖，车主拿一条捆货物的绳子，一头缠在邓林明腰上和后座上，一头捆在自己身上。遇到路上有坑，人在摩托车上腾起来，坐的人就要抓紧了。

邓林明还要看紧他的背包和手里的袋子，里面有他给吴家兄妹带的修改的作业、书、文具，有他自己的毛巾牙刷，还有 8 颗糖。8 颗糖，也是老先生的礼数，从不空手。

兄妹俩

前一天通过电话，知道邓老师要来，兄妹俩上午就守在公路边等。10 点钟，打电话问邓老师好久到。太阳暴晒，地面不能久看，太亮，太白，眼睛会出现雪盲。

56 岁的父亲吴长生看起来像 65 岁，见到有人来，他也不吭声，默默地端来凳子，在院坝里放一圈，自己站到角落里。38 岁的妻子三级肢残，有残疾人补贴，无法站立和行走，骑在约 30 厘米高的长凳上，慢慢挪动。儿子吴文见 16 岁，二级智力残疾，还有肢体残疾；女儿吴丹丹 13 岁，三级智力残疾，也有肢体残疾。跟妈妈一样，他们行走依靠板凳。

农村午后，安静得可以听风，母子三人出来接邓老师。哐当哐当拖动板凳的声音，传到 20 多米外的公路上，像惊雷，撞到人心上。

4 年前，祖辈都在新泉村的邓林明和老伴还住在老家这边。邻村卫生室紧挨着华蓥山小学，门前一小片空地，吴文见从教室外仰头望着一排窗口，里面一年级的孩子们正在朗读课文。邓林明给老伴拿药，一眼看到了听墙根的吴文见。

孩子的眼神他看得明白。邓林明去了吴家，跟吴长生说，要送孩子们去读书。学校同意接收，出于安全考虑，需要吴长生每天送兄妹俩来校，陪读，等到放学接回去。

吴长生有一小片玉米地，另一片地种了点蔬菜，他说："地里活路都不说了，送他们去读书，陪一天，屋里还有一个人（指妻子）要照管，她也要吃饭，我如何管得过来？"

邓林明说："那就我来教吧，我年轻时当过老师。"他给兄妹买了教材、本子、文具，从认字和数数开始。认字是一笔一画写给兄妹看，数数怎么教？邓林明抓一把玉米粒，数 3 颗，就是 3；再数 3 颗，加起来，跟娃娃说，这就是 6。

老伴去世后，邓林明住到了南岸区罗家坝大儿子家，只能每个月来一两次走教。每次来，白天讲课，晚上跟吴文见住。一老一小，躺在竹板床上，一个讲故事，一个听故事。山村夜黑，屋里没灯却有光。

表达

智力残疾的孩子，也有情感表达。邓老师要来教课，吴文见有时会买方便面、饼干，喊邓老师吃。妹妹吴丹丹不及哥哥，她的方式是拍一下老师，笑；或者抱一堆作业本，自己写的，抱到老师手上，又笑。

邓林明如果要在吴家住上一周，他会给吴长生一点钱，一次给 100 元。邓林明没有退休工资，经济也拮据。到了吃饭的时间，他有时候带孩子们，去就近的地里摘一点南瓜尖，或者黄瓜。

孩子们信任邓老师，心里想说的话，吴文见悄悄地单独写在一个本子上。

邓老师没来的时候，吴文见常常带着妹妹，坐着残联送的轮椅去小学外面听课。这条路是硬化路面，但是有坡，上坡费劲，来回要一个多小时。卫生室的人说，兄妹有时候一周来两三次。

两名孩子甚至无法发出最简单的"妈妈"的标准发音，与人交流困难。两人独自来去，默默听墙内的朗读，沉默得像两块小石头。

记者问吴文见，跟爸爸讲过想读书吗？他摇头。跟邓老师讲过吗？他点头。孩子们的妈妈坐在板凳上听，歪着头，偶尔笑一下。

以后

以后怎么办？记者问吴长生，他嗫嚅着："邓老师 80 岁了，慢慢也走不动了，可能还是需要去学校学习。"

"我确实没得时间去陪……"

事情又回到原地。邓林明和其他人还在想办法。

渝北区华蓥山小学知道了兄妹的情况。副校长潘名进说，上学期开学起，校方把 40 多名教师纳入送教队伍，实行每两周间隙一次的送教。每次送教，学校轮番派出至少 2 名教师来残疾兄妹家中，上语文、数学、音乐等适合三年级学生的课程。将来如经测试已达到小学六年级学习水平，将为他们发放小学毕业证书。

渝北区茨竹镇政府民政办主任颜斌说，这对兄妹获得小学毕业证后，民政办会征求他们意见，以助力其今后人生发展。如果接下来有读中学的欲望，镇政府会替他们衔接特殊教育学校；如果兄妹愿融入社会自食其力谋生，镇政府有从事残疾人技术培训的工作人员，将给他们进行定向培训。

蝴蝶飞

邓林明每次来给吴家兄妹上课，还有一件重要的事情。他要去看看老伴，老伴长眠的地方，在临河对面的坡上。老伴去世后，他住到大儿子家，两代人，租来的两间小屋加一间厕所，面积顶多 20 平方米。他说，儿子搞搬运，早出晚归，很忙。他一个人，白天就翻字典看，或者把兄妹俩的作业拿出来看。

回一次新泉村，就像回一次家。

去老伴的墓地，田间小路，常人的脚程要走 15 分钟，邓林明走走歇歇，要 40 分钟。下午的毒太阳刺下来，地上的树叶干得没有一丝水分，踩上去，脆生生变成了渣。

穿过干涸的田，亲戚家的院坝，再穿过比人高的蒿草，全身沾满蒲公英一样的绒毛，老伴的墓地，背山面河。邓林明说："你走了 480 天。你说好金婚以后，两个人一起走，结果你不讲诚信……"

不远处是新开发的景区蝴蝶谷，邓林明指着那边讲，春天的时候蝴蝶最多，停在人头上、肩上。他站着不动，看它们飞："这里是个好地方。"

作品标题　**40 度高温，绑在摩托车上的八旬老人　两个残疾孩子在等他**
参评项目　**通讯**
作　　者　**黄艳春　刘春燕**
责任编辑　**邹渝**
刊播单位　**重庆晚报**
首发日期　**2018-07-30**
刊播版面　**慢新闻 APP**

作品评价

作品调门高下笔低，以一对特殊适龄小学生渴望知识为背景，刻画出八旬老人免费走教近 4 年的有温度故事。

导向正确、文字感染力强是作品另一个显著特征。

作品影响力广泛。难能可贵的是，抓住了传统媒体与新媒体融合传播特征。比如，新华社、人民日报微信公众号均用头条对原文转载，国内其他知名新闻网站以插件或置顶的方式进行推送。由此，作品正效应带来的点赞量，仅以一个平台为便轻松过万，阅读量不到 1 小时就超 10 万。

采编过程

视频是现在传播渠道中较受青睐的形式之一。记者以"内行看门道"的初衷，在网络上偶然发现网友拍的老人给残疾学生补课短视频。播放结束，职业敏感传导到记者脑海的信息是这样，短视频没把此事的新闻点充分展现，人间温情也被一些无效信息淹没。

几经周折，记者联系上视频中的八旬老人。最初的沟通中，他的心地善良和对育人事业的执着，让记者嗅到了新闻素材挖掘的深度。

如何挖？记者像空气般存在他身边，记录他平常的每次艰辛送教，即从他离家那刻起直至授课结束全过程。当然，在这个过程中，采访的辅线是，记者对老人周边的信息同样挖掘，把当地政府、教育部门对这对适龄特殊学生的帮扶真实再现。

社会效果

大爱无言，作品衍生出榜样的力量。作品广泛传播报，老人的善举在当地默默影响和改变着村民。比如，有私家车主表示要跟老人保持联系，待老人每次从主城到镇上时，义务送老人去授课，让老人不再受把自己绑在摩托车上的艰辛和劳累，司机做此事分文不取；帮扶残疾学生家庭干农活的村邻较以前增多……

镇政府民政科对残疾学生的未来也提前谋划，确定了的帮扶方法是根据残疾学生毕业后需求，量身对其进行就业培训。

国内关注此事的网友很多，老人的善影响着不少人。

全媒体传播效果

在立足传统媒体传播规律的基础上，作品对适合融媒体传播的视频进行了精心采集和后期制作。在重庆晚报"慢新闻"APP上，文、图及视频的方式受到众多用转发传播的行为来表达对作品的喜爱。同时，作品还为上游新闻、华龙网等新媒体有效推送创造了有利条件。

新华社、人民日报的官方微信，均头条推送作品文、图及视频。中国新闻网、今日头条等国内知名新闻客户端用插件形式着重展现，同时点对点向用户精准推送。

受作品感染力强影响，目前，中央电视台已派出摄制组正着手对老人爱心走教近 4 年的善举制作专题节目。

据不完全统计，作品推出不到一周，全网阅读量逼近 5000 万。

水电站收购骗局背后的孪生公文

重庆晨报记者　范永松

　　每当午夜时分，福建商人林志强总会从噩梦中惊醒：那个挥之不去的收购签约场面总是让他冷汗涔涔，悔恨至今。

　　4 年前，他经朋友介绍，斥巨资收购了彭水县一水电站，等他完全入驻公司方才发现，自己陷入了一个精心布置的骗局，里面不仅有大量虚构的工程量，更有两份涉嫌伪造的国家公文。

收购

　　林志强介绍，2013 年底，他和朋友张伟锋经人介绍，认识了彭水县海天水电开发有限公司的实际控制人陈建兴等三人。

　　当时海天公司控股股东为四川省正雄投资有限公司。其中陈建兴三人持有正雄公司 100% 股权，是海天公司和在建的彭水县诸佛江流域龙门峡水电站项目的实际控制人，陈建兴担任公司董事长。

　　陈建兴向两人推介，龙门峡水电站项目非常优质，即将全面完工，但因为公司几位股东在外投资煤矿亏损，资金出现困难，无心继续经营该水电站，现准备低价出售。

　　陈建兴介绍，海天水电开发有限公司已经对龙门峡水电站投入近 3 亿元，都用于水电站项目的各类款项支付，其中陈建兴等人自行投入了约 1.4 亿，银行贷款及施工单位缴纳的保证金投入约 1.5 亿元。

　　除此之外，政策也非常利好：现在重庆市发改委已经通过并下发了〔2012〕626 号批复，同意对该水电站扩容、增资，后期将增加投资约 5 亿元。扩容、增资以后，每年利润非常可观，很快就能收回投资，而且整个项目同各个单位的施工合同、施工进度、结算书、付款明细等工程资料均保存完善。

　　林志强两人经过仔细核算，在水电站扩容、增资后，利润确实可观，于是同意出资 1.407 亿元收购该水电项目。

　　2014 年 1 月 8 日，双方在九龙坡区南方君临酒店签订了"项目和股权（及投资权益）收购协议书"。收购协议写明：林志强、张伟锋以 1.407 亿元收购该水电站项目，其中 2680 万元作为正雄公司的股权价格，剩余 1.139 亿元作为陈建兴三人的投资款，另海天公司抵押龙门峡水电站从彭水县农行借贷的 1.27 亿元贷款一并由林志强、张伟锋承担。

协议签订后，林志强、张伟锋陆续向正雄公司、海天公司、陈建兴三人支付了 8000 多万元投资款。

露馅

2014 年 9 月，林志强、张伟锋因资金周转出现困难，准备吸引新的投资方进入。新投资方对项目很重视，组织了一个尽职调查团队对项目资产进行调查，结果意外发现此前陈建兴等人提供的重庆市发改委下发的〔2012〕626 号批复并不存在，系伪造公文。

新投资方发现这个重大问题后，迅速将情况告知了林志强，并终止了双方的合作谈判。

得知消息，林志强顿时惊出一身冷汗，立即重新组织人员对项目进行全面核查，结果发现自己可能已经掉入一个精心设计的收购骗局。

虚报 2 亿多元工程量

通过调查，他发现水电站项目的施工内容、工程量、投入额与陈建兴三人提供的资料存在天壤之别，陈建兴等人提供的施工合同、建设进度表、结算书、付款明细等绝大部分为伪造的虚假资料。

陈建兴三人在提供给收购方的资料中，注明海天公司曾经支付给陕西联众岩土工程有限公司施工费用 3170.2 万元，并附有双方施工合同、工程量清单、付款证书、支付明细等资料。

但陕西联众岩土工程有限公司在回复彭水海天水电开发公司的查询函时明确答复："从贵公司函件所列银行流水来看，联众公司都不知情。我方也没有与彭水县海天水电开发有限公司签订任何施工协议及合同文件，我方也没有在龙门峡电站施工任何项目，有关我方任何人的签字都为伪造。"

而在陈建兴材料中，四川一建设公司承接了 1600 万元的工程量，而经过委托律师调查，该公司从未对龙门峡水电站项目进行过任何施工，未收到任何工程款。

林志强说，通过调查，目前有据可查确实施工了的只有一名叫杨志明的施工队，总计施工量也就 200 多万元。而此前，陈建兴三人向林志强、张伟锋提供的"彭水县海天水电开发有限公司龙门峡水电站建设进度表"上载明的水电站项目已经完成投资 2.62 亿元。"经过调查了解，大部分的施工内容、工程量为虚报，目的就是提高项目出售时的售价，骗取更多的钱。"

两人伪造市发改委公文被刑拘

除了虚报工程量，海天公司前股东编制的项目报告书里还有触目惊心的公文伪造。其中，最明目张胆的就是伪造重庆市发改委的渝发改能〔2012〕626 号批复。

记者看到，在这份标明为《重庆市发展和改革委员会关于彭水县龙门峡水电站枢纽布置方案调整的批复》的红头文件里，市发改委向彭水县发改委批复：原则同意龙门峡水电站项目枢纽布置调整方案，项目装机规模由23MW 调整为 58MW。方案调整后，项目总投资在原方案基础上增加 4.9亿元。

文件同时抄送彭水县海天水电开发有限公司，公文落款时间为 2012 年 12月 14 日。林志强从市发改委官方网站上查询该公文文号，无。委托律师到市发改委办公室查询，也无。

"这份伪造公文严重误导了我的投资判断，导致自己严重高估了龙门峡水电站的投资价值，使得我们 8000 多万元的投资可能打水漂。" 2014 年 11 月，林志强向重庆市公安局报案，市经侦总队介入调查。真相很快查清，该文件确系伪造，陈建兴和一位王姓副总因为涉嫌伪造国家公文，两人被警方刑事拘留。

但刑拘 28 天之后，彭水县公安局以案发地在彭水为由，将案子接管，两位犯罪嫌疑人随后被彭水警方取保候审。

林志强说："从此之后，案子就拖到今天已经 4 年，彭水警方一直不移交起诉，只称案件还在侦办中，让犯罪嫌疑人一直逍遥法外。"

"为何一个简单明了的伪造公文案 4 年久拖不决?" 7 月 17 日，重庆晨报记者赶到彭水县公安局，希望采访伪造公文案件调查进展，县公安局经侦大队婉拒了采访，称案件现正处在侦办关键时期，目前不方便透露调查进展。

一个发文字号冒出两个公文

除了明目张胆伪造市发改委公文之外，另一个关键的用于抵押从银行贷款 1.4 亿元的彭水县政府公文也涉嫌伪造。

林志强发现，前董事长陈建兴等人此前以在建的龙门峡水电站为抵押，向彭水县贷款 1.4 亿元，而其中最为关键的抵押证明文件彭水府发〔2011〕48 号文件涉嫌套号伪造。

该文件全名是《彭水县人民政府关于实行民营企业水电站已建和在建项

目水电工程设施抵押登记的通知》，签发日期为 2011 年 5 月 12 日。内容为：为有效规范我县民营企业水电站项目融资行为，推进全县金融"生态环境"建设，经县人民政府研究，决定对民营企业水电站已建和在建项目水电工程设施抵押实行登记管理，具体登记管理工作由县发展改革委组织实施。

根据这份文件，彭水县发改委在 2011 年 5 月 13 日和 2012 年 4 月 20 日给龙门峡水电站办理了《民营企业在建和已建水电项目工程抵押登记备案证》。证号分别为彭水发改登记（备）字〔2011〕01 号，彭水发改登记（备）字〔2012〕01 号。

根据这两个登记证明，海天水电公司陆续从彭水县农行获得了 1.4 亿元的贷款。通过查询公司账目往来，林志强发现这笔贷款并未如陈建兴所言被投入项目施工中，而是被前股东三人尽数转走，落入私人腰包。如今，这笔债却被接盘的林志强两人承担。

2017 年，林志强委托律师到彭水县政府及彭水县档案馆等多个部门查询彭水府发〔2011〕48 号文件，均无该内容文件，却意外查询到该发文字号下的真实公文，实为《彭水苗族土家族自治县人民政府关于保家工业园区防洪堤等工程建设资金筹措方案的批复》，该文件的印发日期为 2011 年 5 月 10 日。

孪生文件来源成谜

同一个发文字号怎么会出来两个孪生文件？7 月 17 日，记者手持《彭水县人民政府关于实行民营企业水电站已建和在建项目水电工程设施抵押登记的通知》复印件来到彭水县政府办公室核对真假。

值班工作人员曹先生表示，此公文非常可疑，应该不是县政府办公室制作。首先该公文的发文字号居然使用了手写，这极其罕见，不符合《党政机关公文处理工作条例》的规定；另外，公文的发文机关标志使用了"彭水县人民政府"这个简称，没有使用全称，非常可疑；最后，文件上的盖章居然是县政府的公章，而不是起草单位县政府办公室的公章。

但该文件上盖章处有一"陈春"的签名，县政府办公室证实，陈春之前曾是该办公室领导，但目前已经调离。县政府办公室拒绝透露其联系方式，只说这份文件县里领导已经知晓，但如何产生的，目前有关部门已经展开调查。

如此一个明显的造假公文，当初办理抵押时就没有人发现吗？当年经办此事的县发改委官员廖书勤今年 2 月已经调任县低碳经济管理服务中心主任，他告诉记者："文件是当时的海天公司董事长陈建兴提供的，况且上面还有领导签字，自己只是照章办事，文件的真假自己无法辨别。"

记者电话采访了人在南川的陈建兴，陈建兴表示："文件是自己当时公司的一名下属从县政府获得的，具体怎么获得的不清楚。"

彭水县发改委副主任李光奎表示，自己一年前才调到发改委，但之前听说过这份文件的出台经过，当时海天公司希望贷款来加快水电站工程建设，但用在建水电项目抵押贷款国家没有相关规定，于是县里就参照其他区县的经验，出台了这么一个文件予以支持。

市高院发函查询孪生文件真假
彭水县政府声称两份文件均真实

因为这份文件涉及1.4亿元农行贷款是否合法，2018年5月31日，市高院在审理彭水县农行诉海天公司要求归还贷款时，专门向彭水县政府发出渝民申〔2017〕2383号协助执行通知书，要求查询并核实《彭水县人民政府关于实行民营企业水电站已建和在建项目水电工程设施抵押登记的通知》（彭水府发〔2011〕48号）文件的真实性。

让人意外的是，彭水县政府办公室向市高院回函，声称在同一个发文字号彭水府发〔2011〕48号下的两个文件均真实。

而在此前的法院一审、二审中，陈建兴方自始至终未向法庭提交该48号文件的证据原件。

据此，市高院最后判决海天公司终审败诉，必须承担归还前股东陈建兴等人从彭水农行抵押套走的贷款。

林志强说："任何从事公文写作的公务员都知道，一个发文字号只能对应一个文件名，彭水县政府居然公开承认一个发文字号下面有两个文件，且均真实，真是滑天下之大稽。"

孪生文件到底如何而来？林志强的代理律师在调查彭水农行贷款案时，发现一份该孪生文件的复印件上，有一名叫张旭的领导签批："此正文经请示原县长陈航同意，故特事特办，予以办理。"署名日期是2017年6月23日。

记者采访获悉，签名的是县政府前调研员张旭，当时是分管水电项目的县领导，如今已经退休，联系不上。而陈航曾经在2009年开始担任彭水县长、县委书记，但2013年因病去世，已无法对质。

林志强认为，从张旭的签批以及彭水县政府回复市高院的答复可以看出，这个孪生文件的诞生实际上就是彭水县部分官员滥用职权，特事特办，用公文套号等虚假文件帮助当时的海天公司从银行获得了巨额贷款，最终导致巨额国有资产流失，并造成投资者数亿元的投资损失。

从2014年发现骗局开始，龙门峡水电站就一直停工至今，项目没有完工，也没有发过一度电。而等待两位投资者的，除了已经被骗的近9000万元收购款之外，还有彭水县农行上亿元贷款需要偿还。"噩梦也许才刚刚开始。"这位来自福建的商人说。

作品标题　水电站收购骗局背后的孪生公文
参评项目　通讯
作　　者　范永松
责任编辑　刘一柏
刊播单位　重庆晨报
首发日期　2018-07-22
刊播版面　第4版深阅读

作品评价

结合全市民营经济大会的召开，改善投资环境越来越重要。

本文以彭水县一起招商引资引发的水电收购诈骗切入，展现了一个骗局背后的地方政府公文管理失控，以及由此导致的巨额国有资产流失和政府失职渎职行为，题材鲜活重大，证据确凿，行文冷静，论证严密，是当下舆论监督越发困难时期的一条重要的舆论监督报道。

采编过程

记者通过历时一周的采访调查，搜集证据，并走访了彭水县相关当事人和政府部门，完成了孪生公文出炉背后的经过调查，揭示了造成一个公文号居然出现两个孪生公文怪象背后的原因。

社会效果

稿件见报后，被国内各大新闻网站社会新闻版块重点转发，成为当日最显眼的一起社会调查新闻，大大提升了重庆晨报和上游新闻的知名度。

稿件引起彭水县官方高度重视，彭水县委常委、宣传部部长亲自带队前往重庆晨报，对稿件提出的问题逐一进行沟通说明，并承诺立即进行调查整改。稿件对地方改善投资环境进行了有力监督和促进。

全媒体传播效果

上游新闻阅读量达49万+。

"聚集重庆老品牌复出" 系列报道

老品牌复兴 "闹钟" 咋调？　山城手表独具 "匠心"

重庆商报记者　杨圣泉　谭柯　徐勤　叶惠娟

一个老品牌，能让人记住一个城市，唤起一段记忆。

许多年过去了，天府可乐、山城手表、奥妮洗发水、山城奶粉、明月行皮鞋、三峡牌电风扇……这些曾为人们熟知的重庆老品牌，在经历风雨的洗涤后风采依旧？还是在商场的搏杀中体无完肤甚至消亡？近日，记者对山城手表、奥妮洗发水、山城奶粉等重庆老品牌进行了探访。时过境迁，虽然不少当年曾风靡一时的重庆老品牌，如今已泯灭在历史的洪流中，但也有山城手表等重庆老品牌成功逆袭重新焕发生机。它们的故事，对目前正在转型升级的一些企业，或许有些许启示。

山城手表
曾是年轻人婚嫁必备的 "标配"

"在 20 世纪七八十年代，'山城' 牌手表，可以说是家喻户晓。"说起 "山城" 手表曾经创下的辉煌，曾在重庆钟表有限公司工作了 10 多年的退休职工老郭脸上流露出一丝自豪。

据老敦介绍，重庆钟表厂的前身为重庆乐器厂。1963 年，重庆乐器厂变更名厂，开始生产闹钟。1968 年，"山城" 品牌创立。1970 年，重庆钟表厂造出的第一批 6 只 "山城" 手表，一度轰动重庆城。那时候，戴上一块 "山城" 牌手表，是绝对的时髦。

20 世纪 80 年代中期，"山城" 手表进入鼎盛期。"山城" 牌手表因其质量上乘，口碑良好，与 "上海" 牌手表、天津 "海鸥" 牌手表并驾齐驱，驰名全国。在当时，买一只手表赠予对方，是当时城内家庭富裕的年轻人婚嫁必备的 "定情物"。

1988 年，盛极而衰的重庆钟表厂首次出现亏损，随后一发不可收拾。1997 年生产线全面停产。此后很长一段时间，"山城"手表在市场上逐渐沉寂、归于无声。

近况　携手名企"海鸥"闯世界

2014 年，沉寂了近十年的"山城"手表，在众多消费者的期盼中"重出江湖"。今年 4 月 16 日，中国钟表协会对外宣布，作为国产手表的骄傲，"山城"牌手表获得德国天文台认证。这相当于"钟表界奥斯卡"奖。

重庆钟表有限公司董事长黎衍桥表示，近几年公司投入 3 亿多元，组建起了世界上一流的研发团队，购置了当今世界最先进的生产设备、检测设备。目前已成功研发出的高端机械手表机芯 PT5000 型，达到国际领先水准。

据了解，目前，重庆市钟表有限公司已与我国知名手表品牌"海鸥"签订了技术合作协议，双方将通过技术合作，实现互补，共同推进我国优质国产机芯的生产与制造。

奥妮洗发水
曾名列全国洗发品牌第二

"我的梦中情人，要有一头乌黑亮丽的长发……" 20 世纪 90 年代，刘德华带有磁性的嗓音，使重庆奥妮洗发水一夜之间名扬大江南北，1997 年，著名影星周润发柔情蜜意的"百年润发"广告，让重庆奥妮及其"植物一派"洗护发理念深入人心。奥妮洗发水，也风靡一时：它以"柔顺、护发"的特点吸引众多消费者。在重庆，大多数家庭的浴室内，几乎都能见到它的存在。

"我们那时把自己当成真正的奥妮人，以厂为家，没想到它长得快，垮得也快。"回忆起鼎盛时期的"奥妮"，曾在重庆奥妮化妆品有限公司任市场监测员的李开兴十分感慨。他介绍，在 20 世纪 90 年代初期，国际洗发水品牌陆续进入中国，国产洗发水要做大很难。重庆奥妮化妆品有限公司经过长期的市场调研后，推出奥妮洗发水系列，其"本草养发"的理念深得消费者的认同，市场占有率迅速提升，1997 年市场占有率达到 12.5%，位居全国洗发水品牌第二位。当年奥妮"长城永不倒，国货当自强"的口号，曾引起众多消费者的共鸣。

然而，曾经辉煌一时"奥妮"，因经营不善等原因，在 2000 年已资不抵债，此后被迫拍卖包括"奥妮"等 23 项商标权。

近况　低调复出少有"动静"

2006 年，因身陷商标所有权和使用权之争，奥妮洗发水逐渐从市场上销声匿迹。消失四年后，2010 年 9 月，奥妮洗发水广告悄然登陆重庆影视频道，产品延续了以前的植物润发概念，主打中草药牌，产品也在人人乐、易初莲花等超市上架销售，一度畅销。

然而，复出后的奥妮洗发水，在营销上近几年少有"动静"，品种比较单一，铺货也越来越少。记者近日走访我市几个超市，无一家在售，某超市营业员介绍，超市前几年曾进货，但销量很小。

市场上鲜见产品，奥妮洗发水是否已停产？昨日，奥妮所属的广州立白集团市场部有关人士回应称，奥妮的销售至今没有大量铺开，在重庆一些大超市有售。

山城奶粉
很多 70 后、80 后喝它长大

山城奶粉是 1963 年创出的一款奶粉品牌，山城奶粉，伴随了一代代重庆人的成长。提起这一老品牌，今年 43 岁的市民李先平说，和他一样，很多重庆的 70 后、80 后都是喝它长大的。进入 20 世纪 90 年代后期，由于国外奶粉的品牌陆续进入，国内知名品牌的扩张，山城奶粉市场渐失，直到完全退出市场。

近况　婴幼儿配方奶粉有了"重庆造"

2015 年 6 月，天友乳业宣布"山城"品牌回归，并推出山城牌婴幼儿奶粉。新的山城奶粉，与众多重庆人记忆中的山城奶粉的样子有了变化，再也不是绿色草地白色奶牛的口袋包装。其配方也进行了更新，更适合中国婴幼儿饮用。

天友乳业有关负责人介绍，为了打造全产业链，2010 年天友乳业成功并购重组黄河乳业后，先后投入 8000 万元巨资对黄河乳业原有生产线进行升级改造，并在 2014 年获得婴幼儿配方奶粉生产资质，使国内婴幼儿配方奶粉市场有了"重庆造"。

据了解，为了实现技术创新，天友与第三军医大学合作建立"乳制品营养与安全研究中心"，有效提升产品研发、质量安全控制能力与水平。

"现在的山城奶粉，更天然，更营养，更安全，更健康！"该负责人说，

经过多年的沉淀，山城奶粉将以高品质赢得市场。据了解，目前天友乳业推出了山城奶粉的升级产品——恬恩奶粉，恬恩奶粉现已陆续登陆全国十多个省市自治区，更多的中国宝宝将吃到重庆造奶粉。

明月行皮鞋
曾主要生产特供鞋定制鞋

南坪步行街"重庆映像"对面，有一座废弃的工厂。这就是在整个中国皮鞋界都大名鼎鼎的重庆"明月行"皮鞋厂的旧址。20 世纪 80 年代初期，明月行皮鞋厂从渝中区搬迁至此后，建了当时业界最好的花园式厂区。

解放后，明月皮鞋厂成为全国首批公私合营的皮鞋厂之一。20 世纪 50 年代中期，明月皮鞋被国家轻工部定为全国生产女士皮鞋专业厂家，"国家供应材料，做好的鞋定点发往全国各地的供销社，你如果去上海买了双皮鞋，很有可能就是重庆明月厂制造的。"

从 20 世纪 60 年代起，明月皮鞋厂主要生产特供鞋、定制鞋和外单。

然而在激烈的市场竞争中，明月行皮鞋淡出市场。1989 年，明月行皮鞋厂宣布破产。

近况
复出 7 年后再度宣告破产

1996 年，破产重组后的明月行皮鞋厂复工生产。虽然也曾吸引了不少消费者，最终却未能力挽狂澜，2002 年，这家工厂再度宣告破产。此后，这个全国闻名的重庆轻工品牌，从人们视野中消失。

记者手记>>>
老品牌
心态不能"老"

在连续几天对复出老品牌的采访中，不少老品牌"继承者"对出路感到困惑。记者听到最多的一句话是"成也老，败也在老"：老品牌重新进入市场，并没有像预期中那样得到消费者的认可。

成也在"老"，这是对的，老品牌的优势在哪？就是长期积累留下来的独特传统工艺与品牌资源。近年来，一批销声匿迹多时的重庆老品牌相继复出，这，也正是不少老品牌复出的推力。

但败也在"老"，这种说法有失偏颇，这是"继承者"纠结于对"老"

的继承，没有创新的心态，是因循守旧的托词。

老品牌复出具备一定优势，但如今市场环境发生了很大的变化。品牌再好，品牌再老，如果你沉浸在过去的辉煌中，不去应对市场的新变化，不用创新思维却拓展市场，这新的复出，焉有不败之理。

这是一个瞬息万变的时代，新机遇、新产品、新观念，日新月异。老品牌复出，倚"老"卖"老"，已难被市场所接受，还需我们不断创新，读懂如今的市场和消费者，用自己的高品质产品，培育出与消费者难以割舍的情感。

重庆江津酒厂董事长李树明讲得最多的就是品牌传承。他对"老"的理解是："倚老不卖老，求新不弃旧。"是企业重获生机、提升核心竞争力的关键。

曾是我市 20 世纪 80 年代轻工行业"五朵金花"之一的"冷酸灵"，打出的"冷热酸甜、想吃就吃"至今响亮，可以说是目前重庆发展较好的老品牌。"冷酸灵"之所以能蒸蒸日上，重要的一点就是始终保持着年轻的心态。

老品牌，心态不能老。这，或许是众多老品牌在复出之路上要注意的。

与"民"同乐　天府可乐混改重拾"天地雄心"

重庆商报记者　杨圣泉　谭柯　徐勤　叶惠娟

天府可乐，这种重庆人创出的"中国可乐"，它那甜甜淡淡的中药味，是很多重庆人一辈子都不会忘记的味道，是很多重庆人童年生活中的快乐符号。

在复出两年之后，这一重庆老品牌近日放出大招：在重庆轻纺集团内率先实行混合制改革。

7 月 2 日，重庆轻纺集团、天府可乐集团与相中的"战略合作者"签订了"天府可乐股份有限公司发起人协议书"等系列合作协议，组建混合所有制企业。天府可乐以核心技术、生产设备等占股 20%，对方以货币出资占股 80%，力争 10 年内实现年销售额达 20 亿元左右。

复出引"情怀效应"　一度引发市场追捧

天府可乐在 20 世纪 80 年代，被定为国宴用饮料，风靡全国，可谓家喻户晓。1988 年，天府可乐集团公司在全国 27 个省市合作建成了 108 家分厂，产值达到 3 亿元，占据国内可乐市场的 75% 份额，是当时国内八大饮料品牌之一。

这一重庆老品牌，曾创造出令人难以置信的市场奇迹，但它后来的遭遇，至今令人唏嘘不已：1994 年与百事可乐合资后，不久从市场隐退。此后经过漫长的诉讼，才先后收回天府可乐配方及制作工艺权等。

在拿回了天府可乐系列产品的商标及有关权益后，2014 年 6 月，天府可乐面向全球引入 PE（私募股权投资）及管理团队。结果天府可乐采取收取品牌管理费等方式，与一大型企业达成合作意向，并于同年 11 月 11 日正式签订了"生产经营合作合同""生产经营合作细则"。2016 年 3 月，天府可乐在众多重庆人的期盼中复出。

经历了 10 多年的辉煌，经历了 20 多年的沉寂，再一次回归，复出仪式上，不少人掉泪了。

复出的天府可乐坚持沿用中药老配方，它那令众多重庆人熟悉的甜甜淡淡的中药味，产生出巨大的"情怀效应"。产品在重庆、四川市场一度供不应求，北京、上海等地均要求销售，海外也有要求供货的意愿。

合作模式松散　两年亏 3000 万元

沉寂太久，复出之路注定也异常艰辛。

人才招揽、渠道建设、市场监测……由于几乎一切都是从头再来，回归并未让天府可乐"快乐"起来：在经历了复出产生的"情怀效应"后，消费者的热情消减，企业在生产管理中的一些问题相继显现。

复出两年，天府可乐的市场业绩令人心里沉重：2016 年，天府可乐系列饮料生产总量 995684 箱，销售额为 3818 万元，利润亏损 1387 万元；2017 年产量 705382 箱，销售额 3196 万元，利润亏损 1695 万元。

初战失利，剖析原因，重庆轻纺集团副总经理徐阳称，采取收取品牌管理费这一合作模式过于简单，在这种"松散式"的合作框架下，合作方没有商标和配方等核心资产，担心"为他人作嫁衣"，因此不敢在产品研发、产能扩充上加大投入，不敢放开手脚拓展市场，最后导致了市场反应不理想。

混合制改革　借助民营资本再次一搏

复出受挫，天府可乐的路在何方？

在认真汲取了 1994 年和 2016 年两次合作不成功的教训后，在市国资委等有关部门的重视下，重庆轻纺集团多次对天府可乐的发展进行"会诊把脉"，最终决定进行混合所有制改革，真正激发企业内生动力。

7 月 2 日，重庆轻纺集团、天府可乐集团与相中的"战略合作者"签订了"天府可乐股份有限公司发起人协议书"等系列合作协议，决定组建天府可乐股份有限公司（暂定名），将天府可乐这一传统品牌做大做强。

据悉，重庆轻纺集团、天府可乐集团以存量知识产权及设备投入，作为国资占股20%，合作方为2名自然人、3户有限合伙企业组成的民营联合体，以货币出资，占股80%。

"有了良好的合作机制，有了雄厚的资金实力，我们在市场放手一搏，一定能重塑辉煌。"不少天府可乐的职工对合作充满期待。

"只有人和，天府可乐今后才能行久致远"

民营联合体中，2名自然人是何许人也？3家企业自身实力如何？民营联合体投资多少？对此，天府可乐有关负责人表示，协议才签订，前期还有很多事情要做，现在还不方便透露。

"但我可以肯定地告诉你，这次的合作伙伴，是我们经过多方比较后才定下来的，对方有实力，对方之所以投资是因为看中了天府可乐的品牌价值。"该负责人说，对方是非常值得信赖的合作伙伴。

俗话说"一朝被蛇咬，十年怕井绳"。经历多次合作的失败，天府可乐也汲取了不少教训，此次对合作协议等，要求十分规范。重庆轻纺集团副总经理徐阳透露，天府可乐与联合体方就强制分红，对减少注册资本、合资公司的分立、合并、解散等重要事项的否决权，在合作未达到预期时可强制退出等方面进行了约定，确保了国有资产能够保值增值。

"合作不仅仅是资合，更重要的是人和，只有人和，天府可乐今后才能行久致远。"重庆轻纺集团董事长谢英明称，如果仅仅是资合，在公司面临不同困难的时候，各方的价值观念差异就会很快显现出来。所以在此次合作中，双方都强调了要精诚团结，要承载着共同的使命，把天府可乐做好、做大、做强。

策略
深耕川渝市场　拓展全国市场

启动混合所有制改革，天府可乐未来将如何布局？对此，重庆轻纺集团董事长谢英明表示，改革后的天府可乐将立足川渝、拓展全国。天府可乐的根在川渝、情在川渝，因此首先要深耕川渝市场、逐步带动周边市场、最终拓展全国市场。

谢英明称，饮料作为快消品，最重要的就是品牌经营，实施混合制生产经营后，新的天府可乐将在品牌的建设上加大投入、下大力，做好产品定位尤为重要。面对可口可乐、百事可乐这样的世界品牌，新的天府可乐将立足于植物型保健功能的碳酸饮料的定位，在营销中突出自己的特色，立足于现有拳头产品，集中资源实现市场突破，在此基础上，逐步扩大生产线，抢占饮料市场份额。

目标
与百事可乐可口可乐三分天下

对天府可乐这一传统品牌的复兴，谢英明显得很有信心。他表示，天府可乐启动"混改"，是轻纺集团推进混合所有制改革和传统品牌复兴迈出的坚实一步。

据徐阳介绍，在新天府可乐10年战略目标规划中，天府可乐的目标是，在全国市场，力争通过十年努力，与可口可乐、百事可乐形成"三分天下"的格局。

徐阳称，天府可乐今后将与四川大学、重庆大学等西南各大知名高校加强合作。新的天府可乐仍将遵循"药食同源"的原理，主打草本健康元素，在制作工艺上将更精细，在原材料上要求会更严，对品质的追求会更高。

他表示，新的天府可乐将以草本植物健康饮料系列产品为龙头（包括含气饮料、不含气饮料及纯净水、矿泉水、运动功能系列饮料等），再推出"青鸟"系列产品，力争在10年内实现年销售额达20亿元左右，年产量为60~100万吨，年利润2亿~5亿元。

新闻链接>>>
天府可乐的沉与浮

● 1936年　重庆美华汽水厂诞生，主要生产青鸟汽水，后依次更名为中国汽水厂、重庆冰厂、重庆饮料厂等，涉及汽水、冰糕、食品等生产。

● 1980年　天府可乐配方诞生，原料全部由天然中药成分构成。

● 1981年　天府可乐面世，迅速成为享誉川渝的特产。

● 1985年　国务院机关事务管理局将天府可乐定为国宴饮料，被誉为"一代名饮"。

● 1988年　重庆饮料厂更名为中国天府可乐集团公司，下属灌装厂达到108个，在中国可乐市场占有率达到75%。

● 1990年　在莫斯科建立灌装厂。日本风间株式会社主动代理，在美国世贸大厦设立公司，专销天府可乐。

● 1994年　与百事可乐合资。市面上天府可乐产品逐年减少，累计最高亏损达7000万元。

- 2008 年　开始向百事追讨天府可乐配方以及制作工艺归属权等。
- 2010 年　重庆市第五中级人民法院判决天府可乐胜诉，百事归还其配方及工艺。
- 2013 年　拿回天府可乐商标。
- 2016 年　在沉寂了 20 来年后宣布复出，触动了众多重庆人心底的记忆。
- 2017 年　复出受挫，两年亏损 3000 万元。
- 2018 年 7 月　启动混合所有制改革，引进民营门资本，对方出资占股 80%。

作品标题　"聚集重庆老品牌复出" 系列报道
参评项目　系列报道
作　　者　杨圣泉　谭柯　徐勤　叶惠娟
责任编辑　吴光亮　罗文
刊播单位　重庆商报
首发日期　2018-07-16
刊播版面　第 6 版、第 7 版上游经济周刊

作品评价

作品独家报道了知名重庆老品牌天府可乐率先启动混改、引进民营资本的重大举措，并深入调查了山城手表、奥妮洗发水、山城奶粉等复出重庆知名老品牌的现状和存在的问题，形成了一组系列报道。报道有硬度、有调查、有思考，见报后关注度高，反响好，是一组难得的深度报道。

采编过程

记者在独家捕捉到知名重庆老品牌天府可乐率先启动混改、引进民营资本，对方以货币出资占股 80% 这一重要信息后，多方努力联系采访到重庆轻纺集团和天府可乐有关负责人，独家了解到了此次混改的过程和诸多细节。随后记者深入调查了山城手表、奥妮洗发水、山城奶粉等复出重庆知名老品牌的现状，梳理出了这些老品牌复出后存在的一些问题，采写了带有思考性的记者手记《老品牌，心态不能老》。

社会效果

报道引发社会对复出老品牌的关注，当天不少市民看了报道专门去买天府可乐喝。重庆轻纺集团和天府可乐公司、山城手表等对报道产生的积极正

面效果十分感激，天府可乐公司领导专门致电感谢，欢迎商报继续关注这一重庆老品牌改革。

全媒体传播效果

这组系列报道关注度高，稿件被搜狐、新浪、腾讯等国内主要网站和新媒体平台转载，在重报集团新闻监控平台传播力指数排行榜位居第三，成为重庆当天关注度最高的财经报道。

"如何将重庆人留在重庆避暑" 系列报道

数百万人离渝避暑　他们为何舍近求远?

重庆商报记者　张军兴　张瀚祥　陈竹　李舒　谭柯

编者按　如何留住外出避暑的重庆百万大军,一直是一个值得研究的课题。研究这一课题,必须要搞清楚一系列问题:重庆市民到底为什么会选择到外省市避暑?重庆避暑经济发展有哪些经验和短板?近年来重庆有关区县如何将凉资源变成热产业?针对"如何把重庆人留在重庆避暑"这一问题,又有什么具体对策?

打造重庆旅游升级版刻不容缓,唱响旅游"四季歌"要马上行动。为探寻这些问题的答案,近日,记者顶着炎炎烈日,兵分多路进行采访,试图为您全方位还原避暑大军外流之谜。

近期,重庆连续多日发布高温红色预警,日最高气温达 40℃以上,这让不少重庆居民酷热难耐。这时若能有一处避暑胜地,浮瓜沉李,清凉一夏,岂不美哉?

经过长期打造,我市的仙女山、黄水、金佛山、黑山谷等地已成为市民熟知的避暑纳凉好去处。然而,每年夏天,仍然有一大批重庆人舍近求远,选择去贵州、云南、湖北等周边省市避暑纳凉。重庆移动发布的《2017 年避暑大数据报告》显示,去年 7 月,重庆人外出人数达到了 461 万人,这些人主要去了邻近较为凉快的贵阳、成都、恩施等地。为何数百万重庆人会选择出渝避暑?针对这一现象,记者进行了深入调查。

原因 1
天气凉快是首选

上周末,记者驾车从重庆前往位于贵州桐梓的九坝生态休闲度假区,看到不少重庆籍私家车。

家住渝北区回兴街道的余华带着一岁的孙子来这里避暑纳凉。"入伏后天气太热了，天天待在空调房里，担心孩子会得'空调病'，所以到凉快的地方避暑。"余华说，退休后，自己每年夏天都会约上三五好友外出避暑，今年选择的是贵州九坝。

事实上，重庆很多适合避暑的地方余华都去过，比如仙女山、四面山、黄水、丁山湖等。"重庆很多避暑景区海拔并不是太高，早晚是凉快，但白天在室外玩耍还是会热。"余华说，避暑首选还是要凉快的地方。

"我们提前好几个月就定好了这里的农家乐，包吃包住价格每人每月2000多元。"余华说，贵州农家的腊肉、烧白、清炒莴笋尖等菜，都很符合重庆人的口味，蔬菜大多是老板自家种的，跟吃跟住，还省去了买菜做饭洗碗的麻烦。

同样选择到贵州避暑的。还有沙坪坝区的陈倩女士。7月初，她就再次来到贵州安顺过夏天。"贵州总体海拔高，所以温度比重庆低很多，刚到贵州就能感觉到凉爽，即使白天出太阳，室内也不用开着空调，可以呼吸新鲜空气。"陈倩说。

原因2
交通方便有补贴

每年夏天，家住渝北的邓迪都会同父母一家三口去贵州、云南等地区避暑纳凉。问及选择去贵州避暑的原因时，邓迪告诉记者："贵州距离重庆较近，驾车只需几个小时，很方便，如果坐高铁就更快了。"

邓迪说，渝贵铁路通车之后，从重庆西站到贵州桐梓只要约1小时车程，坐动车的舒适感也很好。

"相反，重庆避暑资源丰富的武隆、南川、巫溪等地都还没有高铁，去趟红池坝得花七八个小时，坐高铁去贵州的时间还没有去仙女山、红池坝花的时间多。"邓迪说。

抓住渝贵铁路开通这股浪潮，贵州省在大力做好避暑旅游的推介和宣传上下了功夫。7月前后，贵州多个市县来到重庆进行旅游宣传，邀请游客到贵州避暑度假。贵州省还针对重庆等十个省市推出了"优惠大礼包"，重庆居民不仅凭本人有效身份证可享受贵州全省各收费景区门票挂牌价五折优惠，私家车自驾行驶贵州境内高速公路还可享五折通行优惠。

余华告诉记者，儿子和媳妇就是因为看中贵州高速路过路费五折这一点，才同意把孩子交给她带到贵州避暑的。"这样每个周末他们都可以开车到度假区来探望孩子，经济实惠，还很快捷。"

除了传统的贵州、云南等高海拔的度假胜地，海南正在成为避暑大军的新宠。家住江北红土地的吕星晨刚休完一周的年假从海南回来，他告诉记者："海南的夏天真不热，可以每天在海里游泳清凉，而且暑假重庆到海口的机票也不贵，更重要的是海南的高速公路全免费。"

原因 3
感受别样的自然风光

"近几年重庆旅游业发展确实迅速，尤其是洪崖洞等地标建筑的爆红更使重庆成为一座热门旅游城市。"江北区朱真女士感慨道。

"但除地标式建筑外，重庆的自然景区发展特色却相对弱势。相比贵州，缺少民族文化；相比云南，缺乏洱海、泸沽湖等秀美的自然风光。"朱真说，她之所以选择去云南避暑纳凉，主要还是被云南的自然风光吸引，那里气候宜人，碧水蓝天让人不自觉心情舒畅。

"安静而惬意的午后，在丹霞口民俗村走一圈！"这是重庆自媒体达人踏雪飞鸿近日在朋友圈发的一句话，她已经在甘肃待了 7 天，每天都会有不一样的风光图晒出。

作为旅游自媒体达人，踏雪飞鸿的足迹遍布了全国许多省市。"这次甘肃之旅主要是想看戈壁、荒漠、草原，这些景象是跟重庆差别太大，在避暑的同时，能够见到别样风光，值得一来。"踏雪飞鸿说。

这 7 天，踏雪飞鸿的日程很丰富，她去了冰沟丹霞看地貌风景以及游览了当地民俗村，还去了康乐草原、兰州文创园、金昌者来坝山等景区。"我特别喜欢肃南的民族风情，甘肃的景区景点也比较集中，光是肃南县就有康乐大草原、文殊山滑雪、上深沟堡墓群等近 20 个景点，方便游览。而且大草原很有层次感，夏季牧场拍照片背景很美，发朋友圈基本不用修图。"

原因 4
景区配套设施很完善

选择避暑纳凉的地点，大人们在考虑交通是否便捷、景色是否秀丽的同时，还在为孩子们考虑学习是否方便。

暑假刚刚来，6 岁的步步就被奶奶接到了苏马荡，开启了避暑模式。每年这个时候，祖孙二人都会去不同的地方避暑，今年他们选择的地方是湖北利川的苏马荡。

苏马荡是国家 AAAA 级旅游景区，海拔 1500 余米，夏季平均气温为 22℃。从重庆坐高铁 2 小时就能抵达利川，而苏马荡距利川城区只有 48 公里。凉爽的气候以及便捷的交通，让苏马荡成了不少重庆人的"避暑目的地"。

"现在苏马荡的重庆人太多了，几乎全是老人小孩。"李雪梅是步步的妈妈，去苏马荡考察一次后，她很放心地把孩子送去了苏马荡避暑。

李雪梅告诉记者，从重庆坐高铁到利川只要两个小时，而且景区里各种配套设施都很完善。景区内部舞蹈、画画、跆拳道等培训班应有尽有，超市里各种蔬菜、水果、奶制品十分齐全，生活起来很方便。"暑假是孩子放松也是提升的重要时间，身边很多朋友都要把孩子送到培训班学习，而在苏马荡既凉快，又不耽误孩子学习，这一点就完胜重庆很多避暑景区。"

重庆主城的市民去苏马荡大多选择坐高铁，而万州的市民去苏马荡几乎都是自驾，开车只要 1 个多小时。

原因 5
年轻人要品质和情怀

与老人、小孩避暑大军选择不同，城市年轻白领避暑则关注风景和住所品质。入伏之后，在重庆一事业单位上班的张杰，几乎每周都会带上女朋友外出避暑旅游。

"上班族只有周末有时间出去，时间短所以出行就更讲究品质了，选择的地方不仅要凉快还要有调性。"张杰说，自己一般都是自驾出行，避暑地选择上最好是 3 小时以内，住宿环境一定要有特色，小旅馆和普通农家乐基本不会考虑。

上周末，张杰便和女朋友去了四川华蓥山。张杰说，从重庆自驾到华蓥市大概 1 个多小时车程，通行费 70 元，从华蓥市半个小时车程就到景区了。

这次到华蓥山，张杰是看中了山中一处特色民宿。张杰说，如今民宿越来越火热，成为游客们出行住宿的新选择。"这次选择的民宿每间房都有不同的风格特色，感觉就像住在大师设计的新家一样，满满的情怀。在华蓥山的两天，我们每天就待在山间民宿里，喝喝茶、发发呆，放空自己，非常舒服。"

半个月以前，90 后女孩欧萍萍开始了第三次从重庆到云南的避暑之旅。

"现在我手机里全是各种各样的'云'，昆明的'云'让我着迷。"欧萍萍告诉记者，夏天的昆明极为舒适，晚上还需要盖被子，蓝天白云更富有吸引力，在风的吹拂下，常常能看见云朵快速移动，而且姿态各异，每天她都要拿着手机拍半天。"云南的每一个角落都是天堂，这里就像是厌倦了忙碌的都市生活后，给心打开的一扇窗户。"

欧萍萍说，她在昆明的日子很轻松，没事就爬爬山、逛逛花市、看看书，或是去附近的大学转转，生活无比惬意。而且，昆明景点很集中，历史文化氛围很浓厚，"云南的慢节奏会让生活很有品质，让心灵有所寄托"。

声音>>>
声音>>>
厌倦了单一的
高山避暑模式

重庆师范大学重庆旅游发展研究中心主任罗兹柏说，重庆人现在喜欢出渝避暑，很大程度上是厌倦了重庆单一的高山避暑模式，想要出去走走，体验一些不同的避暑旅游产品，诸如峡谷、大海等。

为什么越来越多的市民会选择到贵州桐梓、湖北利川等地去避暑？罗兹柏表示，一是交通便利，随着高速、铁路的发展，拉近了重庆和周边省市的时空距离；二是成本较低，避暑游市场中，老人和退休人员有更稳定的时间避暑，而避暑成本是影响这类人群选择的重要因素；三是营销推广，贵州等省市针对重庆的大量营销宣传，拉动了避暑游市场发展。

"在我看来，避暑产业有很大的市场，有很大的空间，重庆的避暑产业虽然也在发展，但是在服务提升、避暑产品发掘以及特色打造等方面还有所欠缺。"罗兹柏表示，他曾去过石柱的黄水体验避暑旅游，但发现黄水的配套和基建都不是很令人满意。还有一些地方虽然也在搞避暑经济，但是他们的选址其实并不适合发展避暑产品，因为海拔不够高、不够凉爽。

用"凉心"吸引游客　这些区县有高招

重庆商报首席记者　李析力　记者李舒　谭柯　刘真

面对重庆庞大的避暑纳凉市场，邻近省市都在打重庆市民的主意；市内一些拥有清凉资源的区县也拨弄着算盘，想要分一杯羹。重庆区县如何才能做大清凉经济？又如何实现差异化发展，把准备避暑纳凉的重庆市民留下？近日，本报记者分赴北碚、江津、綦江、武隆四区采访，试图解析它们做大清凉经济的实施路径，探究它们在打造避暑纳凉中的具体举措。

北碚
偏岩古镇和金刀峡　把"凉"资源变"热"产业

北碚区素有重庆后花园之称，是个主城市民避暑纳凉的好地方，如海拔在 1000 米左右的金刀峡等。北碚区旅游委相关负责人介绍，抓住"从主城的家到避暑的家 1 小时"这一核心理念，北碚区将实施休闲避暑康养旅游升级工程，把宝贵的"凉"资源变成优质的"热"产业，来全力推动旅游业发展。

"北碚集'青山、秀水、奇峡、美泉、名城'于一体，尤其是缙云山、金刀峡，成了重庆几代人的美好记忆。"该负责人表示，北碚目前开展的避暑游主要以消夏狂欢节为主，其间主要在偏岩古镇和金刀峡开展露营、音乐、摘果等多种消暑纳凉活动，能满足亲子、情侣、老人等游客度过一个凉爽的夏季。

该负责人介绍，今年第九届偏岩旅游季·消夏狂欢节将持续到 8 月 19 日。其中最值得一提的是金刀峡溪降探险之旅。溪降是一项户外休闲运动，由瀑布主体沿绳下跃或顺水滑降，是集体育、旅游、休闲、竞技于一体的大众化活动。由于溪降运动要在具有一定落差的河流溪沟或峡谷里进行，具有一定的危险性和难度，因此又被称为"勇敢者的游戏"。

据了解，在刚刚过去的一周，国际溪降精英赛就在金刀峡景区点燃战火。来自国内外的 26 支队伍 100 余名户外运动爱好者在水中竞速，其中不乏来自法国、摩洛哥等国家的国际精英队伍参加。

"通过节事营销让前来避暑纳凉的市民嗨翻天！"该负责人表示，节事营销在拉动人气上功不可没，但如今狂欢节已举办 9 年，北碚区避暑纳凉游也遇到瓶颈，亟待转型升级。比如旅游有效供给不足，旅游产品高端少、中端缺，产品起点低、调性差等。

如何改变这一现状？该负责人表示，北碚一方面实施强力招商，进一步精选旅游产业项目，培育壮大一批适应现代旅游市场需求的特色旅游企业和新型专业服务企业，全力打造一批具有引领性、前瞻性的精品景区景点；力争到 2020 年，建成市级旅游度假区 1 个，区级旅游度假区 3 个，启动创建 AAAAA 级景区 1 个，新增 AAAA 级旅游景区 2 个。

"另一方面，必须完善旅游配套设施建设，补齐旅游发展短板。"该负责人称，将大力推动森林民宿、特色康养等生态旅游产业发展，打造森林公园、"森林人家"；结合磨滩瀑布、湖库资源等现有水域和水利工程，开发水利观光、游憩等休闲度假旅游产品；利用废弃矿坑、特色峡谷、天然溶洞等资源，建设生态旅游区、地质公园、矿山公园等。另外，北碚将拓展对外联系通道，加快推进水土大桥、蔡家大桥、歇马隧道东西干道等重点项目建设，重点解决景区连接"最后一公里"问题。

江津

四面山建设全面提速　骆来山景区重新开放

随着江习高速的通车，主城市民到国家 AAAAA 级景区四面山仅需 1.5 个小时，加上这里海拔适宜，森林丰茂，飞瀑密布，成为众多市民热衷的避暑纳凉目的地。其实，将四面山作为重庆避暑纳凉目的地来打造，早就是江津区委、区政府的共识。

"江津的旅游要突出'夏消暑'。"江津区委书记程志毅说，夏天，"热"是重庆周边的主题，而做好"火炉"的"凉都"，江津有较好的优势。四面山、大圆洞、骆来山、滚子坪等是绝佳的避暑胜地。四面山要抓好度假区建设，布局好休闲项目，用体验留住游客；大圆洞、骆来山、滚子坪、石笋山等地，要规划策划好项目，用"凉心"吸引游客。

正因如此，在江津区政府的主导下，四面山旅游度假区建设全面提速，围绕"食住行游购娱"六要素，进行了全方位的旅游配套打造；让市民避暑纳凉的同时，能够吃得放心、住得舒心、玩得开心。

比如位于青堰村双生广场旁的双生民宿酒店，依山就势错落有致，建设 15 栋楼体，内设四种特色房型，可供 300 余名游客入住。同时，酒店结合当地双生特色推出全国仅有的双生宴，与一旁的双生广场、双胞胎泉、双子庙、双生湖形成"一酒店、一游览环线、一文化广场"的游览模式。

避暑纳凉的市民往往选择自驾，四面山旅游度假区为此还加大了停车位的规划与建设。近年来，在原有 2000 个车位的基础上，启动了永久性 1400 个停车位建设，临时性 1600 个停车位建设，用道路设置划线式停车位 3000 个，今年夏天将实现 8000 个停车位目标。

江津避暑纳凉资源丰富，除了四面山外，位于江津区西湖镇的骆来山景区也经过打造升级后重新对外开放。在四面山未开发前，骆来山的名气也很大，平均海拔在 1000 米，到了夏天也适合避暑纳凉。

据介绍，骆来山距离重庆主城仅 60 公里，是重庆大都市周边消夏避暑、开会培训、疗养休闲的理想之地。重新开业的骆来山景区集游玩、美食、休闲、避暑于一体。游客来此既能领略大自然奇异美景，还能观花木扶苏、体制茶之趣、听民间传说。

接下来，骆来山景区将不断完善升级景区基础配套设施，提高景区接待和服务能力，力争早日将骆来山景区建成国家 AAAA 级景区，将骆来山打造成为西湖镇乃至江津区对外的又一张靓丽旅游名片。

数据显示，2017 年江津区接待游客 1760 万人次，全区旅游综合收入 114.7 亿元。未来三年，该区将计划实施 100 余个旅游发展重点项目，计划总投资逾 1000 亿元，全力打造旅游业发展升级版，其中避暑纳凉将成为重头戏。

綦江
未来着重打造山水牌　避暑和观光农业相结合

禅意清凉的古剑山，民族风情的花坝，自然清新的横山镇……毗邻重庆大都市的綦江区又迎来了旅游业发展的高峰期——夏季。据了解，每年约有 1000 万人次游客来綦江旅游，选择夏季前来避暑纳凉的占绝大多数，其中夏季常住游客高达 20 万人。

綦江区为何会受到市民青睐？境内自然风光旖旎、水体资源丰富、森林植被茂密，更有古剑山、老瀛山、綦江河、清溪河、通惠河等特色旅游景点。同时，綦江拥有悠久的历史文化底蕴，留下了农耕文明、抗战精神、僚人文化等历史遗迹，拥有得天独厚的旅游发展优势。

"我们綦江的旅游特色就是有山有水。"綦江区委书记袁勤华说，为了让市民尽情享受綦江的清凉，未来将着重打造山水牌，加强横山、高庙、古剑山、花坝等旅游景区的基础设施建设。同时，开展特色旅游活动，将休闲农业与乡村旅游相结合，打造休闲避暑纳凉胜地，让游客想来、想念、想留。

提到休闲农业与乡村旅游相结合来打造避暑纳凉目的地，袁勤华如数家珍：重庆农博园作为农旅结合的典范园区，为游客提供景观式、亲近自然式、亲子休闲游乐的、瓜果观赏采摘的、会务餐饮住宿等综合性服务；郭扶镇高庙村开展"三园一乐"主题农家乐，市民可以亲自体验摘菜、钓鱼等农耕文化活动，品尝高山无公害蔬菜，将特色农产品带回家；特别是郭扶镇高庙村是綦江区新打造的一个避暑纳凉目的地。据介绍，高庙村素有"重庆凉都""重庆市避暑垂钓之乡"的美誉。

近年来，高庙村将避暑纳凉和观光农业相结合，以持续、健康发展的主要发展方向，利用当地得天独厚的自然资源，发展乡村旅游，努力将该区域打造成为重庆生态旅游胜地、国家 AAA 级风景区、重庆主城休闲旅游目的地。

目前，高庙村先后建设完成了全市最大的国家级生态水土保持示范园、高庙文化广场、高庙 24 米宽绕场公路、农民新村、风情一条街等，共有农家乐或家庭旅馆 80 余家，接待市内外游客近 18 万人次。

高庙村其实是綦江区打造避暑纳凉与乡村旅游相结合的一个缩影。该区力争让市民到綦江避暑纳凉的同时，能够体味到乡村游的乐趣，在瓜果采摘、池塘垂钓、农耕文化中找到夏日的快乐。

武隆

"重庆荷兰" 和顺镇　避暑彰显 "风车风情"

在盛夏，武隆仙女山是重庆人避暑的最爱之一。除仙女山外，近年来，武隆还有一处避暑地非常引人关注，那就是正在举办风车科普艺术节的和顺镇。

山脊上高大的风车不停转动的扇叶，诉说着风的多情与浪漫……不少来到武隆和顺的游客，都会发出 "重庆荷兰" 的感叹。和顺镇地处平均海拔1200 米的弹子山上，距离主城 2 个小时车程，有西南地区第一个山地风电景区——寺院坪风力发电站，58 台大风车坐落在乌江中下游西岸的弹子山巅。每入盛夏，便有不少旅人慕名而来欣赏风车竹海的清凉美景。

和顺镇平均温度在 20℃，晚上睡觉还要盖一层薄被，有着别样的人间美景，诗画般的晚霞、风车、竹海，吸引了大量的主城避暑客。"和顺晚上的凉风很大，吹起来很舒服，不喜欢住酒店的游客还可以选择露营搭帐篷，一早在环湖步道健身，午间去垂钓乐园过把手瘾；还能带娃儿看大风车，镇上买菜什么的都方便。" 来自重庆主城的李先生一家今年就选择到和顺避暑，他认为和顺镇是个 "世外桃源"。

"近年来，和顺大打 '乡村旅游牌'，建设以 '风车风情' 为特色的避暑、休闲、养生基地。" 武隆区和顺镇党委书记王刚说，结合风车风情，今年和顺策划开展了首届风车科普艺术节。

避暑旅游是我市暑期旅游市场的主角，市内及周边兄弟省市的各大高山地区每年都住满了 "老老小小" 的避暑客。各避暑游目的地为把凉资源变成热产业。对此，和顺镇打算通过增强小客人的 "体验"，来影响亲子家庭避暑游目的地选择。

王刚说，今年，该镇与重庆研学机构签订了协议，将以和顺镇风电资源为突破口，打造风电科普馆，成立风电科普研学基地课程研发中心，开发 "风电" "自然" "绿色能源" 等主题课程，以 "教育+旅游" 融合发展助推当地乡村旅游发展，创建重庆青少年风车科普研学旅游基地。

武隆区区长卢红介绍，武隆是全国少有、全市唯一同时拥有 "世界自然遗产地" "国家 AAAAA 级景区" "国家级旅游度假区" 三块金字招牌的地方。武隆将按照 "深耕仙女山、错位拓展白马山、以点带面发展乡村旅游" 的总体思路，不断完善配套设施，拓展旅游业态、延伸产业链条，重点培育发展避暑休闲、养老养生、科考探险、会务会展、山地运动等一批旅游新兴业态。

卢红表示，按照国家 AAAAA 级景区国家级旅游度假区标准，武隆将挖掘历史文化，深度传播白马山爱情故事，打造天下情侣文化体验旅游地；立足山地乡村、山地运动、高山森林，全面塑造白马山旅游形象，打造全国森林康养度假示范区。

据了解，2017 年武隆游客人次超过 2800 万人次，旅游综合收入达到 100 亿元，是全市旅游的一面旗帜。未来，武隆将加快推进旅游业高质量发展，力争到 2020 年，武隆全区旅游人次突破 4000 万人次，综合收入达到 400 亿元左右。

留得住人的避暑地　看看该如何打造

重庆商报记者　刘晓娜　徐勤　张瀚祥

重庆避暑资源丰富，一到夏天却有大量的避暑人群到贵州、湖北、四川等周边省市避暑。重庆如何打造留得住人的避暑旅游产品，将避暑旅游产业发展壮大？听听专家学者们怎么说。

重庆市旅游经济发展高级顾问罗兹柏：

分层细分打造避暑旅游地
特色避暑更能吸引市内外游客

随着经济发展，生活水平提高，盛夏外出避暑旅游，已成为越来越多重庆市民的选择。重庆师范大学旅游发展研究中心主任、重庆市旅游经济发展高级顾问罗兹柏称，我市避暑旅游的发展空间颇大。而避暑大军中，很大一部分在选择避暑地时，并非固定不变，这也给我市发展避暑旅游，吸引市内外游客，在避暑市场分得一杯羹提供了机会。

罗兹柏称，重庆有许多山地，而且一些地方海拔达 1000 多米，这些地区的气温与湿度都较适宜避暑纳凉。但目前一些新兴的避暑区域，因营销力度没有跟上，导致部分"养在深闺"中的优质资源不为人知或少为人知。与此同时，因知名避暑景区较少，客流量高度集中，影响着物价、交通出行、日常供给、服务等配套质量，一时难以满足游客对休闲舒适性的要求。

另外，部分区县虽具有避暑的天然优势，但旅游业产业链不够健全，发展层次相对较低，提供的"避暑"机会却称不上"旅游"。

而一些地方在打造避暑旅游时，缺乏统筹规划，导致有的区县避暑旅游规模化程度低、同质化严重、乡村旅游资源难以盘活等情况。

建议 1

别只停留在"凉爽"定位上　应分层细分打造避暑旅游地

罗兹柏称，随着生活水平提高，市民外出避暑时，不少人会兼顾旅游。外出避暑的旅游性已经越来越强，并成为一种需求。比如去贵州赤水，游客避暑时大多也会旅游、观光、体验等。为此，要想在避暑经济中分得一杯羹，吸引市内外的避暑大军，各避暑景区就不应只停留在"凉爽"的定位上，而是尽可能突出自身特色，通过文化、养生、主题活动等进行市场细分，以应对外地避暑景区的竞争。

罗兹柏介绍，市民的避暑旅游分为三个层次，一是主要考虑凉爽，这也是最基本的要求，以及便利和花费低。市民选择前往，基本上就是为了纳凉避暑。二是避暑地的森林植被好、空气好、环境好，以及较方便、舒适的服务设施条件，市民选择它，主要是休养生息的养生性避暑。三是避暑地有较好的休闲活动功能，特殊的旅游魅力，尤其是个性化的吸引力，包括当地的文化、风情以及创造性的活动，也就是地域特色要尽可能地挖掘、彰显，从而真正成为市民选择的避暑旅游地。

为此，我们在打造避暑旅游地的时候，就要注意细分市场，分层发展。

如离主城较远的避暑地，就应强化旅游性的吸引力与竞争力，而非简单的避暑。比如红池坝、黄安坝等地的草场风光，草场规模与景色在南方来说也是首屈一指，这是贵州、湖北等避暑地所不多见的。然而，这些景区带有牧区风情与山地特色的活动功能，目前还比较欠缺。虽然也开展了一些活动，但还较初级、粗放，少有特色，设计不够精心。这类景区可用心借鉴国内外同类旅游开发的一些成功经验，针对需求强化山地体验活动的设计，要形成主导性的活动项目，让其形成一定规模和人气的拉动，同时还要有旅游文化的发掘，彰显特色与个性，从而提升景区的旅游魅力。

对于具有一定区位与环境优势，已经具有人气规模的避暑旅游地，应强化提档升级，以及度假区域与产品的市场分层规划设计，尤其是打造品质避暑度假休闲地，通过品牌效应，参与市场竞争。以市场为主导，瞄准高品质的消费者，在品质性、康养性的接待与服务上，以及休闲性、娱乐性的夜生活开发上，活动性、文化性项目的开展开发方面，进行全面提升，以赢得更多、更好、更持续的附加价值。

另外，主城周边有条件的区县可大力开发大众性的避暑度假。其中，綦江、涪陵等渝南山地的乡村性避暑休闲度假尚有较大的发展空间。

建议 2
文化的挖掘以及展现应成避暑地核心拉动

避暑地如何展现自己的个性魅力，从而吸引广大的避暑市民前往？罗兹柏称，在基础设施、服务相当、环境相似的情况下，文化的挖掘以及展现，将成为避暑地的核心拉动。就如同巫山的红叶，之所以得到市场认可、游客青睐，就是有了文化的注入，大家想到巫山红叶，就会觉得很浪漫。

同时，引入民宿的开发。因为民宿各有特色，各有个性，各有情怀，它有很深的吸引力，也很贴近生活。

为此，罗兹柏建议，我市各避暑地要想彰显自己的特色，必须挖掘民风民俗甚至文化，注重文化品牌的提炼，真正做好文旅融合，用好文化软实力这张牌。旅游文化形象的有效定位与塑造，是四两拨千斤的，避暑地的旅游开发在这方面有非常大的空间。

建议 3
建避暑房时　保护生态完善社区功能

如今，外出避暑已经成为不少市民的刚需，一部分有条件的市民会选择购买避暑房，一到炎热时节就搬入"第二居所"。

为此，罗兹柏建议，重庆在发展避暑经济，新建避暑房时，一定要注重原有生态环境的保护，并做好相应的配套，完善社区功能，以吸引市民前往购买。

市乡村旅游协会秘书长赵琴>>>
打造避暑旅游
需统一规划形成规模效应

重庆市乡村旅游协会秘书长赵琴称，目前我市依旧缺乏一个成型的、较大规模的农家乐避暑游片区，发展避暑旅游经济大有可为。

赵琴介绍，最佳的避暑地在海拔 1000 米左右，这样的地方，在有着山城之称的重庆并不缺乏。重庆的避暑经济发展虽比贵州、湖北晚上一段时间，只要提高认识，加快发展，做好合理规划，也能分一杯羹。

避暑旅游发展中，我市的乡村避暑游该如何发展？赵琴建议，应该走"政府主导、集体运作、农户参与"的发展之路。也就是说，农家乐老板可在政府的引导下抱团经营，结合本地的自然资源、气候环境等，因地制宜发展乡村避暑旅游，并形成规模效应。

赵琴称，在发展乡村避暑旅游中，拥有避暑资源的当地政府应该好好研究，结合当地的情况，做好规划，并将其落到实处，做出规模化。同时，配套设施、服务水平也应加强，并帮助提高农家乐的接待能力。

另外，在乡村避暑旅游中，有旅游资源的当地政府还可引导农家乐瞄准不同的人群，进行错位发展。如针对长期的避暑游客，不但要为其提供舒适的居住环境，还要为他们提供看的、耍的、吃的，让其有家的归属感；而针对短期的周末避暑游客，用特色的体验、休闲舒适的环境吸引他们，让他们成为回头客、宣传者。

西南政法大学副教授刘万>>>
在特色体验上下功夫
避免同质化竞争

西南政法大学经济学院副教授刘万认为，旅游市场很多时候是一次性消费市场，体现了边际效应递减规律，游客前期消费带来的边际效应要大于后期消费所带来的边际效应，也就是说，游客为了获得最大的满足感，不会长期或多次只停留在一个地方，总想寻找新的地方和新鲜的体验，这些新鲜感包括了人文、自然景观带来不一样的感受。

刘万表示，事实上，旅游市场很少有回头客，要想避暑游客今年来了明年还来，就得在特色体验上做功夫。重庆的避暑类型以高山避暑为主，各景区需要通过特色的旅游产品形成差异化发展，避免同质化竞争，例如仙女山可以主打音乐节、金佛山可以主推亲子研学避暑游、綦江可以利用画家村等资源打造艺术之旅、万盛黑山谷和奥陶纪可以体验极限运动等。

作品标题　"如何将重庆人留在重庆避暑"系列报道
参评项目　系列报道
作　　者　杨圣泉　刘晓娜　张瀚祥　李析力　谭柯　李舒　陈竹
　　　　　刘真　韩政　徐勤　叶惠娟
责任编辑　何君　罗文　刘凤羽
刊播单位　重庆商报
首发日期　2018-07-30
刊播版面　头版、第3版、第4版要闻

作品评价

在近期高温持续，市民纷纷出行避暑之际，本报推出 4 个版头的特别报道，梳理报道重庆市民避暑热门目的地，解析重庆避暑景点存在的"软""硬"短板，堪称"热天热事热话题"，报道选点既牵系重庆避暑经济发展大计，又紧扣市民应季民生热点，具有很强的时效性和行业话题性。

采编过程

头版《数百万人离渝避暑 他们为何舍近求远?》通过对市民的翔实调查，揭示出市民选择到周边景区避暑的主要原因；第 2 版《重庆避暑旅游产业 样板亮眼短板忧》通过对样板景点和短板问题的对应解读，介绍了重庆本地部分避暑景点建设的新成果，以及总体上在配套设施建设、旅游项目等方面存在的不足；第 3 版《用"凉心"吸引游客 这些区县有高招》介绍了北碚、江津、綦江和武隆在景区发展建设方面的成功做法和新举措；第 4 版《留得住人的避暑地 看看该如何打造》记者采访业内权威人士和高校专家，为重庆避暑景点发展补齐短板支招，对重庆避暑经济健康发展具有积极建言价值。

社会效果

报道推出后，广受社会和行业关注。重庆市旅发委主任刘旗主动接受本报记者专访，介绍我市发展避暑旅游的最新思路；各区县也主动联系本报，希望能报道他们发展避暑旅游的最新举措。

全媒体传播效果

在上游新闻、上游财经等集团新媒体平台上广泛传播，增加了平台的点击率。同时，也被凤凰网、新浪网、搜狐网等媒体纷纷转载，形成了很好的传播效果。

长江、嘉陵江、涪江洪峰过境重庆（存目）

作品标题　长江、嘉陵江、涪江洪峰过境重庆
参评项目　全媒体
作　　者　黄宇　刘嵩　李文科
责任编辑　张一叶　康延芳　张译文
刊播单位　华龙网
首发日期　2018-07-11
刊播版面　华龙网首页小头条、"重庆"客户端

作品评价

习近平总书记曾在党的新闻舆论工作座谈会上谈到重大事件、媒体舆情如何应对的问题。他表示涉及本地区本部门的重要政务舆情、媒体关切、突发事件等热点问题，要按程序及时发布权威信息，讲清事实真相、政策措施以及处置结果等，认真回应关切。

而"7·12"洪灾是重庆几十年难得一遇的艰巨考验，三峰过境重庆，不少区县出现超保水位，群众紧急转移。在抗洪抢险关键时期，如何发挥媒体担当和引领，引导舆论，及时将权威信息、措施处置结果发布，打好舆情这场仗，华龙网、重庆客户端的这次直播交出了完美的答卷。

记者深入一线，用图文、视频、航拍等多媒体方式发回前方报道，直播持续4天，不管在形式创新还是内容丰富上面，可谓是一次成功的尝试。

《长江、嘉陵江、涪江洪峰过境重庆》这一移动直播策划，具有三方面的突出特点：

一是凸显了主流媒体价值和担当。从7月11日洪水过境前启动，到7月14日洪水过境后结束，贯穿前期预警、涨水救灾、灾后恢复清淤等全过程，为遭遇洪水影响的市民提供了极具价值的资讯。

二是凸显了主流媒体的创新性。一方面，华龙网记者奔赴遭遇极大洪水压力的合川等地，发回现场报道，体现了主流媒体的责任；另一方面，联动"重庆"客户端集群联盟的力量，发挥"1+39"的集群价值，提高了新闻时

效度，扩大了新闻资讯的覆盖率和抵达率。

三是凸显了移动传播的影响力。从 7 月 11 日 17 时至 14 日 21 时，"重庆"客户端集群 76 个小时的直播共吸引了 1194369 人次关注，充分表现了移动端的直播效益和新闻传播价值，挖掘了移动直播的潜力。

采编过程

受持续降雨影响，长江上游干流和部分支流 7 月份再次涨水，洪水对我市 16 个区县造成不同程度影响，境内多站点超警戒水位甚至超保证水位，超警戒水位时长达 25～78 小时，在我市实属罕见。三峡水库将出现洪峰超过 50000 立方米每秒的入库洪水，"长江 2018 年第 2 号洪水"即将在长江上游形成。防汛形势极为严峻！

7 月 11 日 14 时，长江防总启动防汛Ⅲ级应急响应，长江委水文局发布洪水橙色预警。重庆市防汛抗旱指挥部发布江河洪水Ⅱ级预警信息，并启动防汛Ⅲ级应急响应。潼南、铜梁、合川、北碚、沙坪坝、两江新区、渝中、江北、永川、江津、长寿、渝北、巴南、大渡口和九龙坡等 15 个洪水过境区县严阵以待。

为直击洪峰过境，从 7 月 11 日 17 时起，"重庆"客户端集群推出"三江洪峰过境重庆"联动直播。随着洪水临近，今日合川、看潼南、铜梁、缙享北碚、沙坪坝微政务、重庆江北、义渡热爱等 APP 不断往集群平台提供内容，并由"重庆"客户端这样一个移动端的中央厨房统一分发，提高了新闻时效度。

华龙网记者于 12 日奔赴遭遇极大洪水压力的合川，到达被淹的太和镇镇中心，发回现场报道。同时，在主城磁器口、菜园坝、朝天门、南滨路、长滨路等地，记者蹲守发回最新水位现场文图素材。

最终为应对本次洪水过境，重庆转移人员 9.8 万人，无一人伤亡，贯穿洪水预警、涨水救灾、灾后恢复清淤等全过程的直播为遭遇洪水影响的市民提供了极具价值的资讯。从 7 月 11 日 17 时至 14 日 21 时，"重庆"客户端集群 76 个小时的直播共吸引了 1194369 人次关注。

社会效果

在本次过境洪水过程中，华龙网稿件绝大多数领先同城媒体；传播速度得到了市防指、市水利局等相关部门领导的积极评价。

在重庆市防指发布的成功抵御"7·12"过境洪水总结中，对华龙网在内的新闻媒体的迅速反应进行了高度肯定。

全媒体传播效果

从 7 月 11 日 17 时至 14 日 21 时，"重庆"客户端集群推出"三江洪峰过境重庆"联动直播，76个小时的直播共吸引了1194369人次关注。

上游新闻、慢新闻等同城媒体在稿件发布或直播页面中多次借鉴、采用、整合华龙网记者的现场图文素材。

新华网、人民网等中央主要新闻网站，网易、搜狐、凤凰、新浪等主要商业网站，大众网等地方主要新闻网站对华龙网在本次直播中发布的相关稿件进行了多次转载。

2018 年 9 月重庆日报报业集团新闻奖获奖作品

巨型稻在重庆首次试种成功

重庆日报记者 周雨

禾下乘凉是"杂交水稻之父"袁隆平毕生追逐的梦想。8月31日，记者从江津现代农业园区获悉，这一梦想已在该园江津现代农业气象试验站变为现实：这里种植的10亩巨型稻试验田内，水稻平均株高2米，平均亩产超过800公斤，株高和亩产量均比普通水稻高出近1倍。

这也是在我市首个试种成功的巨型稻项目。

据了解，巨型稻是由中国科学院亚热带农业生态研究所历经10余年研究培育出来的超高产优质水稻品种，于去年10月通过农业部植物新品种测试并对外发布。今年4月，江津现代农业气象试验站引入该品种进行小范围试种。

记者在现场看到，这种巨型稻不仅植株高，而且穗长粒多。一个身高1.8米的工作人员，站在稻田里举起双手，比植株最高处还矮了一大截。

"巨型稻是用野生水稻杂交培育而成的。"市气象科学研究所副所长何永坤说，巨型稻之所以有这么高的亩产量，主要原因是分蘖能力强、稻穗粒数多。在种植时，巨型稻的间距达到60厘米，密度仅为普通水稻一半左右，但每株水稻分蘖出的植株数量远超普通水稻。另外，每支稻穗的谷粒数多达500多粒，比普通水稻高出一倍左右。

值得一提的是，巨型稻因为"体型"大，既可为青蛙提供良好的栖息场所，又能有效吸收青蛙、泥鳅产生的排泄物，发展"稻-蛙-鳅"立体种养业的效益远高于普通水稻。

在这10亩试验田里，现代农业气象试验站共投放了180万只黑斑青蛙苗、30万尾泥鳅苗，预计将平均亩产青蛙1500公斤、泥鳅500公斤。

"青蛙可以捕捉稻田里的害虫，青蛙、泥鳅的排泄物又为水稻提供了充足的肥料。"何永坤说，这片试验田不施化肥、不打农药，种出的大米可达到有机大米质量标准，预计每公斤大米售价将达40~100元。粮、渔两项相加，亩均产值将超过6万元。

何永坤表示，从今年的试种情况来看，推广巨型稻及"稻-蛙-鳅"立体种养业模式的技术难度并不大，但需要较好的水源条件。另外，每亩稻田需一次性投入挖沟、围网等基建设施成本4000多元，购买蛙苗和鳅苗每亩投入

6000 元左右。

他表示，下一步，他们将在不同海拔、不同气候条件下开展巨型稻示范推广，对巨型稻的气候指标以及相关要素进行进一步调查研究，为巨型稻的大面积推广做准备。

作品标题 巨型稻在重庆首次试种成功

参评项目 消息

作　　者 周雨

责任编辑 周立　张珂

刊播单位 重庆日报

首发日期 2018-09-01

刊播版面 第 1 版要闻

作品评价

一、新闻性强。巨型稻作为一种具有革命性意义的水稻新品种，在重庆首次试种成功，对农业发展、乡村振兴具有重要意义。

二、指导性强。记者对如何发展稻-蛙-鳅新型种养模式及其效果报道深入，为更好发挥巨型稻效果、推广巨型稻具有借鉴价值。

采编过程

记者 8 月 31 日在江津现代农业园区采访时，了解到农业园气象站试种巨型稻的消息后，立即赶赴现场，进行深入采访，当天便发出新媒体稿件，第二天在《重庆日报》头版见报，本报也是市级以上媒体最早报道巨型稻在重庆首次试种成功的媒体。

社会效果

报道见报，我市各都市报、新媒体、广播电视台、中央驻渝纷纷跟进，报道巨型稻在重庆首次试种成功的消息，在全社会引起广泛反响。此后 10 天内，我市各地共有 300 多个农口部门、业主、种粮大户前去参观学习，为巨型稻在我市推广营造了良好氛围。

全媒体传播效果

报道于 8 月 31 日最先在重庆日报 APP 刊播，随后在微信朋友圈被大量转发，成为当天的爆款产品。

重庆探索建立"长江生态检察官制度"

重庆日报记者 陈波

9月13日,"长江生态检察官办公室"在重庆市人民检察院第二分院揭牌成立,标志着保护长江上游三峡库区腹心地带生态环境的"长江生态检察官制度"在我市确立,这也意味着我市运用司法手段系统性保护长江生态环境迈出坚实一步。

重庆市人民检察院第二分院辖区9个区县均位于长江上游三峡库区腹心地带,长江干流、支流横贯境内,总长度达到1619.6千米,长江三峡中著名的瞿塘峡、巫峡和小三峡均在其中。

"这使得我们辖区的长江生态保护任务非常重。"重庆市人民检察院第二分院检察长刘晴坦言,由于以往受限于行政区域划分,对长江生态保护的工作往往呈现一种碎片化状态。

刘晴认为,河流生态系统是一个连续、有机的综合生态系统,因此司法保护也理应采取一种系统而立体的综合保护机制。

基于此,重庆市人民检察院第二分院探索建立"长江生态检察官制度",要求在分院和各区县检察院两个层级,成立由检察长担任组长的长江生态检察工作领导小组,选拔生态检察官组建"长江生态检察官人才库"。

该院副检察长钟晓云介绍,这项制度将进一步促进检察机关以零容忍的态度,认真履行批捕、起诉、民事行政、公益诉讼职能,依法办理涉嫌污染环境、破坏生态的刑事、民事、行政、公益诉讼案件。

"要实现长江上游生态环保的司法立体保护,必先破除以往'自扫门前雪'的做法。"钟晓云表示,对于跨区域的重大环保案件,"长江生态检察官"将提前介入,统一受理、统一审查、统一量刑标准。

该制度不仅破除了制度藩篱,还创造性地提出以该院辖区内长江干流和支流为纵轴线,围绕水面、水中、水下,以及沿岸林、地、湖、草、水体、库岸生态资源,充分履行生态检察职能,实现保护全覆盖,从而保护长江及三峡库区青山绿水。

钟晓云认为,以往涉及长江流域的环保案件,牵涉到农、林、水利、国土等诸多行业和部门,责权交叉情况较为普遍。"长江生态检察官制度"将努力打破这种条块分割，采用联席会议、检察建议、督促履职等手段，实现综合立体的系统性司法监督和保护。

尤值一提的是，"长江生态检察官制度"将找准公益诉讼与生态环保结合点，推动生态环保检察公益诉讼工作有效开展。

刘晴表示，今后长江水资源、岸线资源、森林草场和湿地领域侵害公共利益的行为，将成为"长江生态检察官"公益诉讼工作的重点。该制度将进一步发挥出公益诉讼在生态保护方面的效能。

作品标题　重庆探索建立"长江生态检察官制度"
参评项目　消息
作　者　陈波
责任编辑　商宇　张珂
刊播单位　重庆日报
首发日期　2018-09-14
刊播版面　第1版　要闻

作品评价

该作品以精练客观的文字，详尽叙述了重庆市人民检察院第二分院探索建立"长江生态检察官制度"这一重大司法探索，彰显了重庆市检察机关运用司法手段系统性保护长江生态环境做出的不懈努力。作品题材重大，切合中央提出的"绿水青山就是金山银山"，以及保护长江生态环境的要求，文字准确精练，结构严谨细致。

采编过程

在日常常规性采访中，记者获知重庆市人民检察院第二分院正在酝酿有关长江生态保护的新机制，出于对环保、生态和司法改革的长期关注，记者意识到这将有可能是一重大新闻题材。在该院还在对机制进行酝酿的过程中，记者前后三次亲赴实地，与相关负责人沟通了解机制起草的进度、关注点、难点等细节，时间跨度长达两个多月。最后在该院正式公布实施该制度时，记者获得了独家报道权，详尽披露该机制。

社会效果

报道见报后，第一时间被重庆市人民检察院官方微博、微信转发，同时被全国各大主流新闻媒体转载，同时《检察日报》《人民日报》等纷纷跟进采访，取得了较好的社会传播效果。

司法重整让重庆钢铁淬火新生

重庆日报记者　夏元　杨铌紫

今年夏天，巴渝大地被持续高温笼罩。

在长寿江南新区重庆钢铁作业区，炼钢厂厂房内阵阵热浪翻滚，人走进其中，身上汗腺就像被拧开了开关，顷刻间汗如泉涌。然而炼钢厂职工张创举和工友们依然在岗位上挥汗如雨，大家的工作热情与天气一样火热。"难得今年厂里订单不断，我们抢工期劲头都很足！"

与工人们昂扬斗志相映衬的，是今年8月中旬，重庆钢铁发布的2018年半年度业绩公告——这份"成绩单"中的各项经济指标都非常亮眼。

自2017年底完成司法重整后，2018年上半年经营业绩创下历史同期最高，重庆钢铁成功化解债务危机、经营危机乃至生存危机的结果，令钢铁界及全社会瞩目。

重庆钢铁是如何实现"涅槃重生"的？

日前，记者采访市第一中级人民法院、市国资委、银监局、证监局及重庆钢铁企业负责人，对重庆钢铁司法重整全过程进行了梳理。

绝境求变　困局破壁
引入四源合基金参与司法重整

重庆钢铁曾是重庆钢铁集团旗下上市公司，2006年启动环保搬迁，所有合规生产线陆续从大渡口搬迁至长寿，于2013年全面完成。

然而从2011年到2016年，重庆钢铁平均年亏损近40亿元。到2017年4月，重庆钢铁负债率已高达114.6%，共接到135家债权人发起的219起诉讼，其银行账户和主要资产均被查封冻结，现金流完全枯竭，上交所给予重庆钢铁A股退市风险警示。

为推动重庆钢铁绝处逢生，市委、市政府把重庆钢铁改革脱困列为全市国企改革攻坚战之一，专门成立重庆钢铁改革脱困工作领导小组。

鉴于重庆钢铁问题、矛盾错综复杂，脱困方式只能是在整体出售、企业重组或破产清算中"三选一"——虽然重庆钢铁曾四方寻觅接手者，但无人施以援手；与本地国企重组，很可能"搭进去"另一家企业；而一旦破产清算，将引爆一系列后果相当严重的连锁反应。

"重庆钢铁脱困既要解决问题，又不能引爆'炸弹'。"重庆市常务副市长吴存荣说，在整体出售没有适合对象，企业重组成本高、代价大且前景不明，破产清算债权受偿率低、风险大的情况下，经过反复研究论证，确定实施司法重整，通过引入有资本实力和运营能力的战略投资者，一次性既解决债务问题又解决发展问题。

2017年7月，重庆钢铁经重庆市第一中级人民法院（以下简称"市一中院"）裁定，正式进入司法重整，制定了"利用资本公积转增股本、以股抵债，辅以低效、无效资产剥离"的重整方案。

而当时的重庆钢铁已濒临绝境，必须在年内完成司法重整，实现"ST摘帽"，否则只能破产清算。

此时，作为潜在的战略投资者之一的四源合基金进入视野。

四源合基金是中国宝武钢铁集团有限公司联合多家中外企业，共同组建的国内第一支钢铁产业结构调整基金，颇具资本实力、运作经验和产业背景，它提出拟一次性投入数十亿元资金参与重庆钢铁司法重整。

随即重庆钢铁开展了一揽子市场化、法治化、专业化司法重整工作。2017年11月20日，经市一中院裁定批准，重庆钢铁正式对外公布重整计划。

当年12月29日，市一中院裁定确认重庆钢铁重整计划执行完毕，四源合基金成为重庆钢铁新的控股方。新东家入主后，重庆钢铁进行一系列人事调整，多位来自"宝武系"管理人士进入重庆钢铁管理层。

2018年1月2日晚，重庆钢铁发布公告称，公司股票于1月3日开市复牌交易。至此，重庆钢铁"警报"终于解除。

司法重整　涅槃新生
重庆钢铁重整案创下"多个之最"

因连年巨亏被多次下达"病危通知书"的重庆钢铁，在短短数月即完成司法重整，在外界看来充满太多不可思议。

参与整个司法重整过程的市一中院副院长裘晓音，细数了这次司法重整所创下的多个之最。

"重庆钢铁司法重整项目的资产和负债规模、债权人数和股东人数，均为当前国有控股上市公司司法重整案件之最，重庆钢铁也成为国内首家重大资产重组不成功而直接转为司法重整的上市公司。"裘晓音表示，重庆钢铁司法重整，是国内第一例"A+H"股上市公司的司法重整案件。

他说，为顺利、高效推进此次司法重整，市一中院首次采用最高人民法院全国企业破产重整案件信息网召开债权人会议，同时还运用重庆法院公众服务网等信息化方式全流程公开案件节点信息，充分保障债权人权利，并成功向香港联交所申请豁免新增股份不重整计划召开类别股东大会，此前这在资本市场上尚无先例。另外，还征得上海证交所同意，调整资本公积金转增除权参考价格计算公式，调整后股票除权参考价格与停牌前价格一致，保障了广大中小股东和债权人利益。

在重庆钢铁司法重整推进过程中，重庆银监局、重庆证监局等多次召开债委会全体成员会议，推动银政企三方合作，让重庆钢铁股份在整个司法重整过程中，无一例投诉，也没有发生股价异动。

实施市场化债转股，则是司法重整关键环节。重庆钢铁以现有股本为基数，以每10股转增11.5股的比例实施资本公积金转增股票，并全部用于债权人分配和支付相关费用——对有财产担保债权和职工债权以现金或"转增股票+担保方现金支付"方式优先全额清偿，对普通债权人50万元及以下的债权以现金支付优先全额清偿，对超过50万元的每100元普通债权予以约15股股票、每股价格按3.68元计……

"这样的市场化思维贯穿于司法重整每个环节。"时任重庆钢铁管理人团队负责人的重庆市政府原副秘书长张智奎说，正是通过聘请专业机构进行充分论证、多方协商，让重庆钢铁的债权人、中小股东和职工权益得到有效保障，维护了地方金融及社会稳定。

满产满销　提质增效
重庆钢铁迎来产销"开门红"

在重庆钢铁今年上半年财务报告中，可以看到以下数据指标：销售钢材294.35万吨，实现营业收入110.93亿元，较去年同期分别增长125.45%、145.32%；完成利润总额7.63亿元，较去年同期9.99亿元亏损实现了大幅扭亏为盈……

重庆钢铁总经理、副董事长李永祥表示，经过司法重整后，重庆钢铁引进了经验丰富的管理团队，实现了技术、管理协同。企业目前形成灵活高效的市场化经营制度，真正依托和聚焦钢铁主业，从公司治理、产品结构、产线配置、工艺流程、成本控制、内部管理等方面重塑企业资产质量和盈利能力，解决了此前企业存在的质量、效率和动力问题，实现提质增效、健康发展。

"通过司法重整，新、旧重庆钢铁在原料采购方面的最大变化，是采购理念的转变。"重庆钢铁副总经理、首席财务官吕峰表示，在采购理念上，重庆钢铁一改过去单纯追求采购价格最低的思路，转向追求全工序综合使用成本最低，以技术方案确定采购标准、由采购标准决定采购方案，并着手对全流程开展内部挖潜，扎实推进降本增效工作。

通过这一系列成本管控措施，重庆钢铁成本精细化管理初见成效，同时企业炼铁、炼钢、热轧等生产工序主要经济技术指标大幅改善。

新、旧重庆钢铁的另一变化，体现在对产品的市场定位上。

四源合基金接手重庆钢铁后实施的"大手术"之一，是纠正产品结构与市场需求的错配，将产品市场定位调整为立足重庆、深耕川渝、辐射西南。

在新的重庆钢铁管理层看来，重庆钢铁地理位置辐射川、渝及整个西南，未来该区域的建筑、汽车等用钢需求，都将是重庆钢铁重要的市场支撑。改变以往"全国最大船板钢基地"模糊定位，将产品定位瞄准西部、满足周边市场需求，才是重庆钢铁最现实的目标。

目前，重庆钢铁一方面大力推进钢材产品直销、直供、直发，另一方面保证产品质量，缩短生产周期，优化物流过程，降低运输费用，保证交货期，提高了周边市场用户满意度。

收入看涨　人心凝聚
重庆钢铁人干劲更足了

在重庆钢铁经营体制机制改革中，以人为本、尊重价值这个理念得到充分展现。

今年以来，重庆钢铁管理层不断研究、制订企业改革方案，在积极保障职工各项利益的同时，迅速恢复关停生产线，多位管理高层时常身赴一线，指导、检查工作。

"当你看到年近六旬的李永祥总经理，穿着劳保服在高炉爬上爬下检查设备，很难不被感染。"重庆钢铁高炉作业区一线职工孙铭，在重庆钢铁有15年工龄。他欣慰地说，从新管理者身上他看到企业发展的希望，他和工友们干劲更足了。

让重庆钢铁人鼓足干劲的，不仅来源于精神激励，职工们日渐看涨的收入最有说服力。

今年以来，重庆钢铁积极推进激励机制变革，倡导绩效导向，推进"赛马机制"，即企业为员工提供公平竞争环境，让所有员工得到充分有效利用和合理配置，在公平竞争中为企业、为自身创造价值。

"特别是公司实行绩效激励和利润分享，让大家工作积极性提高了，收入也涨了！"重庆钢铁物流储运部码头作业区作业长李群，是扎根岗位35年的"老重钢"。他说，重庆钢铁管理层推出与年度经营业绩挂钩的利润分享计划，提取一定比例的年度利润作为全体员工绩效激励，真正实现了员工与企业共同发展。

李群说，前些年重庆钢铁效益不佳，加上薪资分配不合理，职工干多干少每月收入都只有2000多元，大家吃午饭磨磨蹭蹭，最多要花2个小时。而实施绩效激励考核后，干得多拿得多，大家工作积极性空前高涨，有时不到5分钟就吃完饭，马上返岗开工，而今大家每月收入已提高到5000多元。在重庆钢铁工作13年的轧钢工谭欧说，今年7月他和工友们更是多年来首次领到1000元高温慰问奖。

今年上半年，重庆钢铁董事会还披露了员工持股计划，将管理人员和核心技术、业务及骨干人员的绩效奖励，经由员工持股计划进行兑现，以此调动管理层和核心骨干员工积极性，真正实现员工与企业共同发展，让人心得以凝聚。

李永祥表示，2018年是重庆钢铁浴火重生、重新出发的元年，重庆钢铁将围绕"满产满销、低成本、高效率"生产经营方针，结合区域市场需求，对产品结构、产线配置、工艺流程进行优化，持续推动企业生产经营步入良性循环。

作品标题　司法重整让重庆钢铁淬火新生
参评项目　通讯
作　　者　夏元　杨铌紫
责任编辑　曾立　许阳
刊播单位　重庆日报
首发日期　2018-09-25
刊播版面　第4版

作品评价

稿件本身题材宏大、重要，在国家当前提出加强国有企业转型的背景下，重庆市委、市政府从2017年下半年以来，通过市场化运作，重点推动重庆钢铁公司这家具有120多年历史的企业顺利实现混合所有制改革，为国企改制提供了可参考的范本。

稿件叙事流畅，行文清晰，将较为晦涩的司法重整、经济改革等专业概念进行了通俗易懂地表述，并同时保留了经济报道的韵味。

采编过程

作者历时数日，先后在重庆主城及长寿重钢厂区一线，采访市一中院、市国资委、银监局、证监局及重庆钢铁企业负责人，对重庆钢铁司法重整全过程进行梳理，在掌握翔实素材后，一气呵成完稿。

社会效果

稿件刊发后，得到重庆市高院、市国资委点名表扬，被人民网、新浪财经等网站转载，还有不少重钢职工及关注重钢的市民致电作者，表达对稿件的肯定。

释放创新活力要摒弃以"帽"取人

重庆日报记者　侯金亮

在这个创新和改革紧密相连的时代，只有彻底摒弃以"帽"取人，充分释放青年人的创新创造活力，才能让他们成为推动中国经济社会高质量发展的新引擎。

34 岁的宁约瑟是土生土长的青年科研人员，破天荒地入选了一项人才计划——中国农业科学院农科英才特殊支持计划。此前，这样的机会几乎与他"绝缘"，原因是他没有"帽子"。该院开辟的不唯学历、资历的绿色评审通道，已累计让 53 名青年英才获得高级职称，85 名青年英才获得博士生导师资格（据《中国青年报》）。

近年来，原本为延揽或培养海内外学界精英的各种人才工程或计划，一度被异化为"头衔"和"荣誉"，并与工资待遇、项目评审挂钩。比如人们耳熟能详的"千人计划""长江学者""万人计划"等，都被称为中国学界的"铁帽子"，甚至一些学术会议的规格也以参会"帽子"的数量和级别来衡量。这些"帽子"在"引才大战"中受到各方追捧，虽然具有一定的合理性，但在科研评价中单纯地以"帽子"论英雄，一味地贴"永久牌"的不良倾向，阻碍了人才的培养与利用，助长了重名轻实、好大喜功的浮躁风气。

如果让以"帽"取人盛行，让人才总体趋于静态评价，必然会让一线青年科研人员难以凭借真才实学脱颖而出。可见，对科技人才的评价，不能一概而论。虽然"帽子"的种类很多，但不少单位的"帽子"最终都落到了几个人头上，重叠程度很高，资源过于集中倾斜。再者，有"帽子"的未必就一定比没"帽子"的水平高。就拿"青年千人计划"来说，该计划是为吸引海外有为青年设立的，近年来国内培养的高水平青年人才也在迅速增长，他们中的一些人与有"帽子"的人才实力相当、难分伯仲。对这些人的评价，如果只以"帽子"来衡量，难免失之偏颇。

当前，国家大力倡导科研人员静下心来、潜心科研，以谋求原创研究成果和核心技术的突破。以"帽"取人之风得不到遏制，则必然会让一些青年科技人员把"帽子"当作人生目标，使一些青年人才优先挑选那些"短平快"的项目做，以便早发论文、多发论文，进而早日戴上"帽子"、提高自己的"竞争力"。如此一来，青年人就很难静下心来，更谈不上潜心科研、十年磨一剑了。研究结果显示，科学家创新的高峰期在 30～55 岁，能在其后做出重大原创成果的少之又少。事实也证明，无论是前沿探索还是技术开发，要想做出重大成果，活跃的思维和充沛的体力缺一不可。因此，为青年科研人员拿掉"帽子"的掣肘，释放他们的创新创造活力已是当务之急。

要改变以"帽"取人的不良倾向，要向"唯论文、唯职称、唯学历、唯资历"亮剑，让更多拥有真才实学的青年人"冒"出来。其中最重要的就是建立一个符合人才发展规律的人才评价机制，既要看"帽子"，更要看"里子"。这个"里子"就是人才当前的创新能力和未来的创新潜力，注重凭能力、实绩和贡献评价人才，真正做到唯才是举。在科研评价上，要通过推行代表作评价和长聘机制，有效抑制论文"灌水"，鼓励科研人员出一些大文章。比如，钱学森空间技术实验室对新入职科研人员 6 年做一次评估，给科研人员以极大自由度，使他们能够瞄准大的科学目标做事，避免急功近利。

习近平总书记强调："青年是社会上最富活力、最具创造性的群体。"在这个创新和改革紧密相连的时代，只有彻底摒弃以"帽"取人，充分释放青年人的创新创造活力，才能让他们成为推动中国经济社会高质量发展的新引擎。

作品标题　释放创新活力要摒弃以"帽"取人
参评项目　评论
作　者　侯金亮
责任编辑　程正龙　张燕
刊播单位　重庆日报
首发日期　2018-09-18
刊播版面　第 10 版评论

作品评价

本文围绕学界选人用人以"帽"取人的现象，进行深入分析，指出这一选人取向的弊端。以"帽"取人之风得不到遏制，则必然会让一些青年科技人员把"帽子"当作人生目标，使一些青年人才优先挑选那些"短平快"的项目做，以便早发论文、多发论文，进而早日戴上"帽子"，提高自己的"竞争力"。文章呼吁要向"唯论文、唯职称、唯学历、唯资历"亮剑，让更多拥有真才实学的青年人"冒"出来。本文文风朴实，切中要害，逻辑清晰，以小见大，对于树立正确的用人导向产生了积极意义。

采编过程

本文写作过程中去粗取精，查阅了大量相关案例，在现有资料的基础上层次剖析，然后提炼观点。

社会效果

本文刊发后被求是网、人民网等转载，产生了一定影响力。

"孙工厂寻亲记" 系列专题报道（存目）

作品标题　 "孙工厂寻亲记" 系列专题报道
参评项目　 全媒体
作　　者　 **鞠之勤　张晗　谢平军　万书路　杨冰洁　李婉娇**
刊播单位　 上游新闻
首发日期　 **2018-09-08**
刊播版面　 上游新闻影像中心

作品评价

　　本次寻亲特别报道为全新栏目《他们》的首期特辑，包含寻亲当日短视频新闻、报版、图集、中秋纪录片特辑四大板块，是影视中心融媒体报道的全新尝试。在执行过程中，团队成员克服了受访人文化水平低、沟通困难、现场组织混乱、工作条件简陋等困难，于当日现场完成了短视频新闻的剪辑制作推送及图集推送，点击率破百万；次日报版整版发布了专题图文，孙工厂亲属离渝时专门来电致谢；经过了近半个月的素材梳理、策划、脚本撰写和剪辑制作，最终在中秋佳节团圆之际推出了内容丰富、感人至深的纪录片。

采编过程

　　本次专题报道的拍摄制作到最终推送完成，历时半个月。前期工作：与宝贝回家志愿者、受访对象等进行前期沟通，确定大致采访安排。

　　拍摄采访：

　　整个拍摄从 7 日孙工厂一家抵达重庆的接机过程开始，到次日忠县老家认亲仪式结束，上游新闻影视中心采访团队由鞠主任带队，兵分两路全程记录下了这场感人的团聚之行。

　　A组记者全程跟进孙工厂回家之路，深度挖掘被拐 40 年在河南的生活和寻亲心路历程；B组记者早上 6 点启程，直接前往孙工厂老家，记录下老家亲人筹备欢迎宴席的情况，并与孙工厂生母和姐姐等亲人交流，了解孩子走失后给这个家庭带来的创伤以及寻找孩子的努力，采访内容两线交织，获取了大量一线影像资料。

剪辑制作：

由于本次采访对象无法配合拍摄，因此策划是在拍摄后完成的。文案和剪辑全程跟进采访，在第一时间完成了稿件撰写后，立刻推出了短视频新闻，并在新闻发布后立刻进入了纪录片编导策划阶段，小组成员共同梳理大量视频素材，完成了解说词撰写和内容结构梳理，在尝试多种剪辑结构方式后，最终剪辑成为纪录片。

社会效果

主题应景、制作精良，获得了集团领导、兄弟媒体及广大群众的认可。

全媒体传播效果

短片登陆 APP 后，迅速获得了各单位和社会各界的赞许，并引发大量转发推送，其中：

《漫漫回家路——孙工厂回家记》点击率 56180；

《40 年漫漫回家路——孙工厂寻亲记》点击率 100 万+；

《漫漫回家路——孙工厂这 1200 公里走了 40 年》点击率 76638。

国内首次！
法院跨省追飞机，慢新闻记者独家全程直击

重庆晚报记者　唐中明

执行正在奔跑中的汽车，难度很大，执行正在四处飞行的飞机，难度可想而知。山西太原？甘肃敦煌？甘肃酒泉？新疆克拉玛依？出现了多个疑似飞机落地机场，如果无法知道飞机准确的停放机场，犹如大海捞针。

近日，重庆江北区法院执行法官辗转7000多公里，跨省追机，最终将飞机执行到位，顺利交付给申请执行人，整个执行过程堪称"坎坷"。得到法院的特许后，两名记者独家全程直击执行过程。据悉，法院跨省追机异地执行固定翼飞机在国内尚属首次。

缘由
租走飞机却不交租金
法院执行特殊标的物

重庆某公司的代理律师、重庆坤源衡泰律师事务所王琴律师介绍，2016年12月，山西某公司向重庆某公司出售一架价值1000多万元的小型固定翼飞机，再由重庆某公司出租给山西某公司，租赁期为3年，贾某、贺某承担连带责任担保。但山西某公司、贾某、贺某多次逾期支付租金。2018年5月，重庆某公司将山西某公司、贾某、贺某告到江北区法院，经过法官调解，双方达成了调解协议。

之后，山西某公司、贾某、贺某依旧不履行。重庆某公司只好向江北区法院申请强制执行租赁物飞机。在反复沟通无果的情况下，江北区法院启动强制执行。

追机
8月17日下午，江北区法院执行局指挥中心
商定执行飞机方案

8月17日，负责该案执行的执行法官周俊吉得到王琴律师提供的线索，

飞机在山西太原武宿机场停放。周俊吉法官立即向江北区法院执行局局长袁列彬进行了汇报。

由于该案特殊，执行固定翼飞机在重庆法院尚属首次，没有经验可以借鉴，又是跨省执行。考虑到飞机飞行的特殊性，袁列彬决定立即开展异地执行。当日下午，袁列彬召集多名经验丰富的执行法官坐在一起商讨制订执行方案。经过商讨，制订了详细的最佳执行方案和突发情况应对预案，并做好充足的前期准备。

袁列彬介绍，本案执行面临的难点不少，首先是执行标的物特殊。其次，异地执行，增加了难度。其三，在机场停机坪执行飞机涉及机场。其四，飞机并不确定具体的停放机场，涉及航空监管部门的配合。

得到法院的特许后，两名记者独家全程直击执行过程。

8月19日下午3点，山西太原武宿机场
执行人员前往太原

8月19日下午3点，两名记者跟随执行法官周俊吉、书记员李文瑜，以及4名法警抵达山西太原武宿机场。联系上申请执行人后，得到了一个不好的消息：飞机已经飞离山西太原，可能已经飞往甘肃敦煌。

根据执行预案，周俊吉法官此前已经联系上太原市小店区法院，小店区法院已决定派出4名法警予以配合。

由于执行飞机的特殊性，江北区法院请到了一名飞行专家前往太原协助执行。

当晚9时许，等到专家到来后，执行人员无暇休整，在山西某公司外围展开执行前期准备工作。但路途的劳累，却仅仅是本次异地执行重重困难的开始。

8月20日上午9点，山西某公司
飞机去向成谜

上午9点，执行人员一行赶到山西太原武宿机场旁边的山西某公司，公司老板贾某并不在公司。面对执行法官对飞机去向的询问，公司员工支支吾吾都不愿作答。

8月20日上午9点，江北区人民法院执行局执行法官周俊吉、书记员李文瑜在山西太原市小店区法院法警的配合下，带领重庆江北区人民法院法警前往山西某公司展开执行工作。

通过贾某的助理，周俊吉法官和贾某进行了通话。对于飞机的下落，贾

某也是支支吾吾拒绝答复。对于飞机的相关证件，贾某也是答非所问。

执行法官在向贾某的助理出示搜查令后，随即对山西某公司进行了搜查。

8 月 20 日中午 12:20，山西某公司
搜到分散随机文件

好比驾驶汽车出行一样，要随车带行驶证。飞机如果要飞行，手续更是烦琐，随机文件（适航证、电台执照、国籍登记证、飞行履历本、飞行记录本、维修记录）一样都不能少。

通过专家的协助，执行法官最终陆续找到分散隐藏的随机文件。

执行法官和书记员将搜查到的飞行器的随机文件进行了查扣，并逐一登记。

专家介绍，有了随机文件，执行也算是告一段落了，下一步就是想方设法找飞机了。

由于山西某公司老总贾某拒绝履行法院生效法律文书确定的义务，江北区法院决定对贾某拘留 15 日。

8 月 20 日下午 3 点，山西太原武宿机场
辗转寻找飞机去向

由于被执行人拒绝透露飞机的下落，这让执行法官周俊吉犯了难，周俊吉向执行局局长袁列彬进行了汇报，经过紧急沟通，袁列彬决定通过多方途径查找飞机的下落。

周俊吉来到当地空管部门，得到的答复是飞机在一个月前由太原飞往酒泉。

袁列彬通过和空管部门沟通后得到了一条信息，飞机在 20 日落地在了新疆克拉玛依机场，但不确定是否已经飞走或什么时间会飞走。

此刻，已是下午 5 点，距离山西太原飞往新疆乌鲁木齐最近一班飞机只有 1 个多小时了，如果不能确定飞机下落，此次执行就只能暂停了。

由于无法确定飞机具体的落地机场和飞行时间，这让执行人员犯了难。袁列彬最终决定，执行人员立即飞往新疆克拉玛依机场。法院再次和相关部门沟通，以便确定飞机的准确下落。

8 月 20 日下午 5 点，山西太原武宿机场，得知飞机停留在新疆克拉玛依机场的消息后，执行人员迅速赶往，书记员李文瑜在武宿机场里整理到达克拉玛依后的执行文书。

8月20日晚上10点，新疆乌鲁木齐机场
确认飞机停留机场

经过3个小时的飞行，晚上10点，周俊吉法官一行6人走出了新疆乌鲁木齐机场，手机一开机，周俊吉得到了袁列彬发来的可靠消息，飞机停留在新疆克拉玛依机场，但第二天早上8点有飞行任务，不知道是在当地作业还是转场飞行。

乌鲁木齐机场到克拉玛依机场有300多公里。经过一番商讨后，为了赶在飞机起飞前将飞机扣留不让起飞，执行人员只能连夜赶往克拉玛依机场。

8月21日凌晨4点，新疆克拉玛依机场
涉案飞机暂停起飞

匆匆吃过晚饭后，20日晚上11点多，执行人员坐上租来的一辆商务车连夜赶往新疆克拉玛依机场，一路长途颠簸4个多小时后，凌晨4时许，执行人员赶到了新疆克拉玛依机场。

周俊吉在和克拉玛依机场派出所值班领导沟通后，派出所答复可以在早上7点到机场拦停飞机起飞。

时间算下来，不到3个小时的时间，在商务车上，一行人睡了一个囫囵觉等待天明。

早上7点，执行人员进入克拉玛依机场和机场派出所协调执行。经过查询，该飞机确实在早上8点将起飞作业，机场派出所随即通知机场塔台，涉案飞机暂停起飞，如要起飞，需向机场派出所通报。

半个小时后，克拉玛依市中级人民法院一名负责人闻讯后赶到了机场，在得知相关情况后安排克拉玛依区法院配合执行。

意外的是，原定8点起飞的飞机，机组人员不知何故却迟迟不见人影。早上9：20，几名机组人员进入机场候机厅，随即被机场安保人员请进了机场派出所，当得知飞机将被法院扣留，飞机不能起飞作业后，将执行航测作业的机组人员很是懊恼，但还是很配合地交出了飞机钥匙。

8月21日中午12：40，新疆克拉玛依机场
飞机顺利交接

中午12时许，执行法官周俊吉和书记员李文瑜顺利进入机场停机坪进行执行，经过一系列的手续后，在7级大风下的停机坪，周俊吉将飞机顺利交

付给申请执行人。

至此，江北区法院执行法官辗转 7000 多公里的追机执行圆满完成。

新闻纵深>>>

重拳出击破解"执行难"　668 名"老赖"遭司法拘留

江北区法院执行局局长袁列彬介绍，2016 年，最高法院向执行难全面宣战，承诺"用两到三年时间，基本解决执行难问题"。江北区法院积极响应，正向执行难重拳出击。

"对于拒执犯罪，刑罚措施绝不会缺位。"袁列彬介绍，自 2017 年 3 月底启动严惩拒执专项活动以来，已对 668 名被执行人决定司法拘留，作出罚款决定书 113 份，移送公安机关追究拒执犯罪 13 人，判处 7 人。

据悉，为督促"老赖"履行义务，江北区法院专门发出通告，敦促被执行人自觉履行已生效法律文书所确定的义务，明确告知，对拒不履行生效法律文书确定义务的被执行人，法院将依法强制执行，包括冻结、划拨存款，扣留、提取其收入，查封、扣押、冻结、拍卖、变卖其财产。对有履行能力而拒不履行的被执行人，对符合法律规定的，予以罚款、拘留。构成刑事犯罪的，将依法追究拒不履行判决、裁定罪，同时将被纳入失信被执行人名单予以公布并对其进行信用惩戒。

为了最大限度保障申请执行人的权利，江北区法院建立民事财产保全中心，将财产保全集中于民事财产保全中心办理，实现财产保全集约化，将防范"执行不能"风险前移至诉讼阶段。2016 年以来，共办理民事财产保全案件 5480 件。

作品标题　**国内首次！法院跨省追飞机，慢新闻记者独家全程直击**
参评项目　**通讯**
作　者　**唐中明**
责任编辑　**谭旭**
刊播单位　**重庆晚报**
首发日期　**2018-09-06**
刊播版面　**重庆晚报慢新闻 APP**

作品评价

执行正在奔跑中的汽车，尚且难度很大，执行正在四处飞行的飞机，难度可想而知。就如本案来讲，飞机下落就是该案执行的关键。山西太原？甘肃敦煌？甘肃酒泉？新疆克拉玛依？出现了多个疑似飞机落地机场，如果无法知道飞机准确的停放机场，犹如大海捞针。

江北区法院执行法官辗转 7000 多公里，跨省追机，最终将飞机执行到位，顺利交付给申请执行人，整个执行过程堪称"坎坷"。从记者全程 4 天直击执行过程，能够充分体会到执行法官的艰辛程度。

采编过程

为破解"执行难"，最高法院出台一系列的举措。甚至，上升到法律最严厉惩处的拒执罪判刑层面。可见最高法院破解"执行难"的决心和力度。然而，很多老赖依旧存在着侥幸心理，认为法院拿他没有办法。

在跟班采访法官执行其他案件时，无意中了解到这起特殊跨省执行案件。经过查询，得知法院跨省追机异地执行固定翼飞机在国内尚属首次后，通过和法院领导多次沟通，最终得到法院的特许，记者独家全程直击法官跨省异地执行过程。

社会效果

重庆晚报慢新闻 APP 刊发后，引发朋友圈转发，以及众多国内网站进行转载。对执行法官的执行艰辛纷纷点赞！

全媒体传播效果

上游新闻、华龙网等重庆新媒体网或新闻 APP 对作品进行转载，最高人民法院、重庆市高级人民法院、重庆市人民检察院进行转发。新华网、人民网、澎湃、中国长安网等国家级、知名新闻网站转载该作品，也引来中央电视台《今日说法》《档案》等栏目到重庆进行采访和重庆法官、律师、重庆晚报记者对话执行难。

民营医院易"生病""病灶"在哪？

重庆商报记者　郑三波

9月1日，位于巴南区的重庆同济老年医院因内部管理和资金问题关门停业。在此之前，主城区已有两家民营医院关门停业，还有一家民营医院转让。为什么会出现这样的情况呢？

记者从市卫计委获悉，重庆民营医院共有 499 家，其中综合医院 299 家，特色专科医院 200 家。虽然民营医院数量庞大，但是民营医院的门诊量人次只占全市 15% 左右，出院人数只占全市的 27% 左右。

重庆民营医院的现状是数量多规模小、人才缺乏、技术不高……造成不少民营医院举步艰难。那么民营医院应该怎样走自己的发展之路呢？

个案
巴南一家民营医院关门

9月5日，记者来到位于巴南区鱼洞的重庆同济老年医院。医院的门诊大厅、收费室、中西医药房空无一人。

"所有的医护人员都已经走了。"一名留守的工作人员见到有人到医院，便主动搭话。这名工作人员透露，很多医护人员突然接到通知——资金出现问题，医院关门停业。

这不是同济老年医院第一次因资金出问题了。这名工作人员告诉记者，2016 年 10 月起，医院也因为资金问题，连续 7 个月未发医护人员工资。到了 2017 年 5 月，医护人员反映到巴南区卫计委和劳动监察部门后，巴南区卫计委、劳动监察到现场协调之后补发了工资。没想到才过了一年多，医院又出现同样的问题，他认为这与医院经营不善和资金不足有关。

记者获悉，同济老年医院是一家民营股份制医院，有 1 栋办公楼及配套的地下车库（-3F~6F），建筑面积约 8478.82 平方米。医院规划床位 99 张，设内科、外科、妇科、中医科、康复医学科、临终关怀科、口腔科、耳鼻喉科、急诊科、麻醉科、医学影像科、医学检验科等科室。

2015 年，香港荣峰国际和渝福医院共同投资 3 亿元建设重庆同济老年医院和巴南区爱民养老康复中心。企业公开信息显示，渝福医院管理有限公司在重庆还有多家类似医院。

家族式管理模式惹的祸

投资上亿元的医院，说关就关，到底出了什么问题呢？记者多次致电医院负责人之一的许某，他的电话要么一直通话，要么无法接通。经多方打听，记者联系上巴南区卫计委一处室退休的负责人杨勇（化名），他对同济老年医院比较了解情况。

"我曾经到这家医院考察过，他们是一家家族式企业，医院的主要业务都是家族成员管理。"杨勇说，退休后，这家医院以年薪20万元聘请他当院长，他们看中的是自己的人脉和资源，以及业务能力。但杨勇对家族式管理模式不是很满意，拒绝了医院的提议。

杨勇透露曾介绍了一个业务能力和管理能力强的人到同济老年医院当院长。结果，半年时间不到，这名院长就不愿意干了。医院虽然聘请了院长，实行院长负责制，但投资方让一名副院长来管院长，院长没有办法开展工作，无奈辞职。

"医院里的很多医生都是聘请的退休医生，没有自己的骨干人才和技术团体，如果患者来了第一次或者第二次，病情没有明显好转，就不会来第三次。"他说，人才和核心技术是民营医院生存的关键，但是同济老年医院就缺乏这些。

数据
我市民营医院有 499 家　门急诊人数仅占 15.87%

根据《重庆市 2018 年 7 月卫生工作统计月报》的数据，虽然数据不能代表全部，但能代表绝大多数民营医院的现状。

截至 2017 年年底，全市共有公立医院 246 家，其中综合医院 157 家；民营医院 499 家，其中综合医院 299 家。虽然民营医院数量多，但主要集中在一级医院和未评级医院，大型二甲以上规模的医院屈指可数。

今年 7 月，全市医院门急诊人数是 571.56 万人次，其中公立的 235 家参改医院（公立医院 246 家，部分医院未参改）门急诊人数 480.85 万人次，民营医院 90.71 万人次。公立医院门急诊人数占全市医院门急诊人数的 84.13%，民营医院只占 15.87%。

市卫生信息中心发布的《重庆市民营医院发展战略研究报告》中显示，到 2014 年年底，我市民营医疗机构执业（助理）医师数量 14216 人，仅是公立医疗机构执业（助理）医师数量1/3，民营医院注册护士数量只有10677人，是公立医院注册护士数量的1/5。

调查
民营综合性医院易"生病"　　民营专科型医院"活得好"

记者调查发现，从今年1月到8月，主城区另有两家综合性民营医院因资金问题关门停业，还有两家民营综合性医院发不起工资，一家已整体转让。

不少民营综合性医院举步艰难，但民营专科医院的"小日子"却过得不错。

民营综合性医院：
两家医院发不起工资　　一家医院已转让

重庆康盾医院是一家综合性民营医院，床位88张，有内科、妇产科、耳鼻咽喉科、中医科、康复医学专业、中西医结合等科，医护人员77人。1997年开业，经营情况还算比较好的。但从今年开始，医院出现了资金问题，连发工资都很困难。

康盾医院负责人李远飞这几天一直为员工的工资和奖金发愁。"我们已经连续3个月没有给员工发工资了。"为了解决员工工资，他刚从银行贷款200万元。

与重庆康盾医院同样遭遇经营困难的还有位于松树桥的一家不愿具名的民营医院。记者来到这家综合性的医院时，医院还在营业。"我们已经4个月没有发工资了。"一名工作人员说，医院医护人员曾多次向医院讨要工资。

位于加州的加州医院，2005年成立，曾拥有在职医务人员150余人，开放床位120余张。就是这样一家规模比较大的民营医院，现在已经转让了。

9月6日，记者来到加州医院，发现加州医院一楼已经关门。"我以为医院关门了呢，结果是一楼在装修，二楼可就诊。"家住附近的黄女士说，以前医院大门口很热闹，现在大门口变得冷冷清清。

记者看到医院大门口贴着告示：加州医院为提升就医环境，正在升级装修，装修期间，正常营业，就诊到医院二楼。

加州医院行政总值班何女士告诉记者，加州医院已更换了老板，既然是新老板，肯定要提档升级，改善就医环境。

和加州医院有业务往来的相关人士告诉记者，加州医院转让是由于老板资金出了问题，整体转让给其他投资方了。

民营专科型医院：
工资待遇比较高　整形美容最挣钱

32 岁的冯静茹是皮肤科医生，在渝北某专科医院上班。"我每天工作 10 多个小时，虽然累，但是收入高。" 9 月 8 日下午，记者来到这家专科医院，见到正在上班的冯静茹时，她正在给患者看病。说到收入，她笑着告诉记者，以前，她是一家公立医院的医生。3 年前怀宝宝，由于没有人照顾，便辞职在家带了 2 年的孩子。现在到专科医院上班，工资待遇比以前公立医院高，一个月超 15000 元。

该医院负责人介绍，由于是特色专科，来看病的都是特定人群，相对减少了很多不必要的科室，而且只专注皮肤科，从而有更多的精力发展自己的特色。"我们医院一年的患者量在 3 万人次左右，因此，医护人员的工资待遇也能得到保障。"

当代整形美容医院是重庆整形美容行业的佼佼者，医院设有美容外科、美容皮肤科等科室。医院院长牙祖蒙告诉记者，当代整形医院成立于 2010 年，成立之初营业面积只有 3000 多平方米，经过多年发展及业务需求不断增长，当代整形美容医院已拥有超 12000 平方米营业面积！"整形美容市场是供大于求的状态，竞争十分激烈。这就要有自己的特色产品和核心技术团队。"牙祖蒙说，一家医院的生存最关键是技术团队，而当代整形历年来长期以顾客为中心，以技术为导向，以服务为保障，在整形美容市场占据了很大一个份额，现在他们每年有 6 万人次左右的患者。

记者走访了皮肤、眼科、牙科、妇科、男科等多家民营专科医院，和民营综合医院相比较，这些专科医院的经营状况和发展，都要比民营综合医院好。

"处方"咋开？术业有"专"攻或是生存之道

我市不少综合性民营医院为啥越来越举步维艰？痛点在哪里？一些业内人士以及市卫计委相关人士纷纷"把脉"问诊，并为民营医院开出了生存之道的"处方"。

痛点
成本增加造成入不敷出

康盾医院负责人李远飞说，康盾医院每个月花 30 多万元给员工发工资，

4000 平方米的场所需交房租 14 万元，还有水、电等费用大概在 8 万元，医院一个月需花费约 60 万元。

康盾医院在民营综合医院中，发展还算比较良好，技术团队也稳定，但仍难逃"厄运"。他说，康盾医院每个月有 100 多人住院，加上门诊人次，一个月收入在 40 万左右。如果放在以前，还能维持运转，但随着成本的增加，医院举步艰难。

李远飞给记者算了一笔账：以前，一个医生工资 4000～6000 元，现在 10000 多元；以前租房七八万元，现在需要 14 万元。成本在成倍增加，而住院人次和门诊量不变的情况下，肯定会入不敷出。

我市某民营医院负责人孙某告诉记者，很多民营医院都是租房开医院，房租占了利润的很大一部分，房租的逐年增长，给医院带来了很大的负担。

另一家民营医院负责人唐某也表示，在公立、民营医院之间的双重竞争下，业务量不增加，而人力成本和房租不断上涨，医院很难生存下去。

缺乏人才和核心技术

我市某民营医院负责人孙某告诉记者，现在大多数民营医院生存都比较困难。"民营医院从技术和信誉度上都没有办法和公立医院比。"他说，他们很多患者是公立医院治疗后，到民营医院来做康复。治疗费用比康复费用贵，这样的情况就是患者希望花最少的钱，得到比较好的治疗，那么民营医院只能赚小钱。

另一家民营医院负责人唐某表示，现在民营医院的日子不好过，药品明码标价，如果患者使用医保，药品又有最高限价。因此，民营医院的收入主要有两块，一是检查费，二是医保。"患者使用医保，我们医院又要和医保中心结算。但是患者在医院使用医保时，部分药品因控制不当，医保中心因报销指标达不到，不会结算，这部分钱只有医院自己补贴。"唐某说，他们医院从 2010 年到 2018 年，8 年时间内，自己补贴了 300 万元。

卫计委的相关人士表示，公立医院全面均衡发展，而且专业技术和团队都是几十年的时间沉淀，民营医院与之抗衡很难，不如发展自己的特色专科。但是民营医院发展特色专科，技术团队仍是关键。

出路
走"小专科大综合"之路

市卫计委相关人士介绍，民营医院要向大型专科特色医院发展，我市民营医疗机构大多规模较小，无法与强大的公立医院展开赤膊竞争，短期内很难改变医疗优质技术资源的分布格局，但可以走"小专科、大综合"的发展路线，更有利于规模小的民营医院不断壮大。

重庆市企业医院协会会长杜晓锋表示，随着国家对医院体系监管越来越严，民营医院想靠乱劈柴的办法生存，会越来越艰难。而应该发展特色专科医院，走差异化的道路，避免同质化竞争。

应大力培养自身人才

杜晓锋介绍，重庆民营医院质量参差不齐，这些先天不足阻碍后期发展，数量多造成竞争空前激烈。同时，民营医院医疗人才缺乏，民营医院的医护工作人员年轻化和老化并存，学历低、职称低、培训机会少。由于民营医院没有编制，缺乏稳定感，骨干医生以退休返聘为主，年轻医务人员普遍选择社会地位高、工作稳定、收入高的公立医院。民营医院业务用房以租赁为主，发展空间受限。过度依赖电视、网络等营销，进一步损害了民营医院形象，信誉度进一步降低。

卫计委相关人士表示，民营医院需要内部通过"师带徒"模式，自行培养人才。

应建立良好的运行机制

民营医院要建立良好的运行机制，部分民营医院存在与病患一起套取医保、超范围执业，以回扣方式，获取公立医疗系统基层机构和大型综合机构转诊的病源等诸多不规范的现象来获取收益和利润，这些都体现了民营医院为了尽快获得资金回报的急功返利或为摆脱生存之困所使用的"下策"，但随着卫生监督的加强和严厉，最终会被清退出市场。

要制定长远的发展战略

市卫计委相关人士表示，我市民营医院大多数采用租房形式，对民房、学校、商业写字楼等进行改建，房地产开发商往往在设置学校、商业写字楼等时，配套设施及水电费用，都是按商业用地算。目前，仅有少部分有影响力和经济实力的民营医院，如骑士医院、安康医院等自行购买土地建院。因此，民营医院发展的关键是从成立开始就明确长远发展目标，通过自行购买土地建院，让发展空间不受限制。同时，要有愿景和定位，避免今后越发展越迷惘，最终被市场淘汰。对自己的办院方向，有明确的年度、三年甚至10年发展规划，打造自己有特色、有质量的民营医院。

作品标题　民营医院易"生病"　"病灶"在哪?
参评项目　系列报道
作　　者　郑三波
责任编辑　罗文
刊播单位　重庆商报
首发日期　2018-09-12
刊播版面　头版、第3版

作品评价

本篇新闻独家报道了巴南区的重庆同济老年医院因内部管理和资金问题关门停业,并深入调查了重庆民营医院发展情况,对比了民营综合性医院和专科医院的不同状况,折射出民营综合性医院在资金、管理和技术等方面存在的问题,指出了重庆民营医院解决的办法。报道从有调查、有深度、有广度,有思考,见报后关注度高,反响好,是一组难得的深度报道。

采编过程

9月1日,记者了解巴南区的重庆同济老年医院因内部管理和资金问题关门停业。通过进一步了解,主城区已有两家民营医院关门停业,还有一家民营医院转让。对此,记者采访了民营医院院长、巴南区卫计委、重庆市企业医院协会会长、市卫计委,编写了带有思考性和指导性的民营医院发展之路的新闻报道。

社会效果

本篇新闻给市卫生信息中心正在编撰的《重庆市民营医院发展战略研究报告》提供了部分思路。

全媒体传播效果

稿件被大渝网头条区及时转载,阅读量69万,稿件还被人民网、亿欧网等数十家知名网站转载,截至9月12日下午4:00,在集团新闻监管平台传播力指数排行榜位居第三,传播指数898.7。

"重庆电商生死蝶变" 系列报道

淘汰率高活跃度低　重庆电商不 "来电"？

重庆商报记者　孙琼英　李阳

编者按　近日，重庆智汇电子商务规划研究院发布《2018 年上半年重庆市网络零售发展报告》，报告显示上半年我市累计实现网络零售额 334.41 亿元（不含跨境电商），同比增长 25.62%。同时也指出，我市电商发展不均衡、上规模的网商企业少等问题仍较突出。记者从业内了解到，我市电商企业存活率不高，以重庆网商产业园为例，淘汰率高达 30%。而活跃度较好的网店，仅占 20% 左右。哪些因素制约重庆电商发展？商报记者对此展开调查。

"我已伤透心了。" 田园优选生鲜平台创始人杨代超用这句话，总结了自己在生鲜电商领域五年的打拼。由于经营不理想，今年年初，他决定把平台转让。像田园优选这样的生鲜平台，重庆原本有 20 家，如今半数已陷入 "瘫痪"，包括有 "重庆生鲜第一家" 之称的每日鲜。

这仅是重庆电商发展的一隅。整个行业正面临发展不均衡、上规模的网商企业少等瓶颈制约。

重庆生鲜第一家　经营三年亏 2000 万元

吴限，重庆电商业界的风云人物。从 13 年前的全球制造网创业开始，后一路尝试创业过重庆制造网、重庆特产网、每日鲜……

2004 年 11 月，吴限在重庆成立了全球制造网，打算从制造业撕开一道缺口进入 B2B 电商市场。

按照吴限的打算，他想通过全球制造网，推动 "重庆造" 走向世界，所采取的是黄页模式：初衷就是解决买方卖方信息不对称的问题，从中撮合生意。但运行两年多后，有着阿里巴巴影子的全球制造网，由于业务量有限陷入资金短缺状态，举步维艰。

随后，吴限将业务范围调整，改做重庆制造网。"主要面向重庆制造企业和下游的贸易企业，把工业产品推向海外市场。"他告诉记者，由于重庆大量的制造企业对海外市场不熟悉，投用后市场反应不错，网站高峰时期有2000多家会员企业，不过好景不长，勉强坚持到2008年底，重庆制造网也陷入营收暗淡的境地，最终只能关门收场。

看到当时的淘宝非常火爆，这一次他做了一个针对C端购物的购物网站：重庆特产网。2009年，重庆特产网正式运营。切入口不同，命运却一样。尽管拥有先进网络开发技术，但重庆特产网也没能让吴限赚得盆钵满盈。年底一算账，全年也只有三五百万的销售额。

多次失败并没有打击吴限对电子商务的兴趣。2012年，吴限将切口选得更小了：做生鲜电商，成立了易易商电子商务公司和每日鲜生鲜电商平台。

上网买蔬菜、水果甚至交水电气费已不是什么新鲜事，但是在小区大堂通过一台像ATM一样的设备，点几下蔬菜便会自动送上门，这样的购物方式却不多见。这就是重庆每日鲜网当时大力布局的社区智能购物终端设备。

除了进入社区的落地大屏购物设备，上线不到一年，吴限已在渝北、南岸、九龙坡等区多个中高端社区布局了多个社区店和电子菜箱，用户只需在手机上操作，下班便可在楼下的电子菜箱内取到自己购买的蔬菜。同时，吴限还在潼南、奉节等地联手当地供应企业，打造放心蔬菜、水果基地，将新鲜的重庆蔬果通过每日鲜送上市民餐桌。

每日鲜平台上线不到一年时，生鲜巨头永辉的电商平台半边天运营不到百日，便关门调整。易易商上线才一年多，便成为全国生鲜行业的明星，众多电商大腕、国家相关业务部门均给予极高的关注。易易商也顺势成为西部最早在OTC平台挂牌的电商企业。

"毫无疑问，每日鲜的模式放到今天，也是最先进的模式之一。"在吴限看来，每日鲜可谓"生不逢时"，烧完2000多万的资金后，每日鲜最终难逃厄运，在2016年初彻底停止运营。

每日鲜的折戟沉沙，让在电商圈内来回折腾十几年的吴限遗憾离开，转战如今做得风生水起的建筑大数据领域，易易商也从电商公司转变成了如今的科技公司。

知名服企触"网"　一年亏脱百多万元

提起重庆本土服装品牌欧曼蒂尔，朝天门很多批发商都知道，它在全国拥有上百家分销商，产品销往全国各地服装市场，还卖到了俄罗斯。不过，幕后老板渝派服饰协会会长瞿伦川却说，在网销方面，他做得不够好。

瞿伦川说，2013年开始，传统服装市场受电商冲击明显。迫于压力，在渝派服饰协会中有几十家会员企业开始触"网"。

传统企业触"网"，一无经验，二无专业团队，哪有那么容易。"一天卖几件，最多十几件，半年卖一两万件衣服，连成本都打不走。"瞿伦川说，在天猫上开一个网店，至少要50万~60万元成本。触"网"一年，亏脱了百把万元。如今自己的网店虽然还在，但更多的已沦为品牌展示，销售重心又回到了线下。

在这些触"网"的传统服企中，瞿伦川还算幸运的。记者了解到，有不少企业触"网"遭"触死"。例如，曾经的渝派服饰协会常务副会长、森格莉雅服装厂老板程其飞，2011年开始转向电子商务，他曾试图靠低价策略吸引顾客，还在团队建设、广告等方面花了不少钱，结果前期亏了近200万元，对线下合作商家也造成了较大影响。如今，其线上线下业务均已停摆。

"目前渝派服饰协会中还有几十家企业触'网'，但都做得不好。"瞿伦川直言。

纵深>>>
我市电商企业现状：淘汰率高达30%　活跃度低至20%

每日鲜和欧曼蒂尔的遭遇，在我市电商发展中并不鲜见。为啥我市不少电商企业举步维艰，制约他们的发展瓶颈在哪里？

"这样的优胜劣汰，在电商领域比较正常。"重庆网商产业园总经理张达巍表示，仅以重庆网商产业园为例，每年入驻企业的淘汰率便高达30%以上，其中有小部分是因为发展好而搬迁，但是八成以上是因发展不好而被淘汰。从整个电商行业来看，淘汰率一直较高。

活跃度低　我市只有两成左右

除了淘汰率高，重庆电商还存在一个痛点——活跃度低。行业内人士表示，当前我市活跃网商只有两成左右。

重庆智汇电子商务规划研究院近日发布的《2018年上半年重庆市网络零售发展报告》也证实了这一预估。

报告显示，截至今年6月底，监测到全市网络店铺有113.52万家，在这些网络店铺中，O2O服务型店铺占总数比例超85%，但其活跃店铺数量仅占20%左右。如网络店铺活跃率分别是大众点评18%、美团34.83%、糯米9.56%、拉手16.82%。

同样，重庆的实物型网络店铺中，主流销售平台淘宝、天猫、京东等的店铺活跃率较好，约为83%，但是聚集了大量店铺的慧聪网，以及淘宝C店和个人店铺，活跃度都欠佳。

对此，重庆智汇电子商务规划研究院院长姚章介绍，这一方面是因为餐饮、酒店、旅游等类型的店铺经营主体大部分是传统企业，网络销售运营力量较薄弱；另还有部分网店交易和消费主要是发布链接等为主，重在信息展示而非交易。

分布不均　主城零售额占比超80%

从区域分布来看，我市电商还存在分布不均的情况，优势电商主要集中在主城及部分区县。

重庆智汇电子商务规划研究院发布《2018年上半年重庆市网络零售发展报告》显示，从上半年的网络零售额数据来看，主城区零售额286.8亿元，占比超80%，而渝东南区零售额仅为6.42亿元，占比为2%；从店铺规模来看，主城区店铺主体规模达57万家，占比超50%，而渝东南区店铺主体规模仅有7.7万家，占6.79%。

重庆智汇电子商务规划研究院院长姚章表示，目前，我市各区县网络渗透率不一，区域发展不均衡，主要原因在于产业发展基础、地理位置、市场主体、人才和资金等因素不一，需要进一步从政策、产业规划、人才培育等方面加大投入力度，做好全市产业规划，采取区域化电商扶持落地性政策，引进电商高端人才及展开本地化人才培育等。

除了店铺的分布不均，销售品类的失衡也是一大瓶颈。

从行业类目发展来看，食品保健和手机数码、汽车用品等方面存在较大差异，农产品上行和工业品下行差距仍较大。

缺领头羊　行业有较大的提升空间

从单个企业来看，重庆网商的规模也有待提升。

姚章介绍，从全市网络店铺数据来看，在总数百余万家店铺中，重庆天猫店铺537家、京东店铺922家、苏宁店铺100家，仅占全市网店的0.14%，初具规模的网商企业屈指可数。

以食品保健类目为例，"火锅底料""涪陵榨菜""陈麻花""牛浪汉"等具有重庆本地特色的产品销售店铺，与"良品铺子""三只松鼠"等热门网销店铺相比差距较大；以服装服饰类目为例，"大码百分百"虽然销售过亿，但与"韩都衣舍"年销售十几亿元相比也存在较大差距。

整个重庆网商经营水平、赢利能力也还有较大上升空间，按阿里之前公布的数据显示，重庆网商全国排名 17 位，属中等水平。

行业内也普遍认为，重庆网络零售产业虽然发展迅速，但与沿海发达地区，特别是浙江、江苏、福建等全国网商中心区域省份相比，整体水平还有较大差距，在网络零售产业方面还存在缺乏知名网购平台、企业整体实力不强等问题。

在姚章看来，这一方面需要加大对现有电商主体的培育力度，另一方面需要优化电子商务氛围和发展环境，不断催生新生电商企业和平台涌现，成为重庆电商"领头羊"，引领重庆电子商务产业的发展。

开网店咋赚钱？　　看这些网商掘金细分市场

重庆商报记者　孙琼英　李阳

淘汰率虽高，但重庆也不缺乏好的网商品牌。记者采访发现，重庆电商创业热度依然不减，且一些深耕细分领域等具有特色的店铺已脱颖而出。根据重庆智汇电子商务规划研究院发布的《2018 年上半年重庆市网络零售发展报告》，今年上半年，重庆累计实现网络零售额 334.41 亿元，同比增长 25.62%。食品保健、本地生活、服装服饰类产品最畅销。截至 6 月底，监测到全市网络店铺有 113.52 万家。以 2017 年重庆常住人口 3075.16 万人计算，大约每 27 人就拥有一个网店。

专做宠物生意
易宠科技玩出 10 亿销售额

2008 年，重庆 3 位学生用 800 元启动资金，在地下室开始了创业之旅。经过反复讨论，三人决定涉足宠物领域。

这个想法，促使了国内最大独立 B2C 宠物用品平台易宠科技的诞生。

"我们最开始做的是宠物论坛，用户分享养宠物的各种心得、经验。"重庆易宠科技创始人之一的余振告诉记者，通过地图系统连接实体店和 BBS 论坛，用了不到一年的时间，重庆 E 宠网就被打造成了当时中国最大的城市性宠物论坛，获得了天使投资。

积累了大量用户后，易宠科技在 2009 年 7 月成立了 E 宠商城。当时，宠物行业属于新兴服务业，根据调查结果，美国家庭的养宠比例为 65%，而在我国沿海城市养宠比例也仅为 12%～15%，西部内陆地区就更不用说，随着经济水平的提升，这一比例有日益上升的趋势。

"宠物电商在当时属于绝对冷门，但通过 BBS 的积累，我们发现这个行业潜力巨大。"余振告诉记者，电商平台上线后，专注中高端市场，与淘宝、京东等综合型的商城区别开来。

比如，E 宠商城在数据结构上实现了创新，数据全部以宠物为中心。分析人员可以知道某个顾客养了几只宠物，品种分别是什么，每只宠物的生日是多久，最近一次驱虫免疫时间是多久，甚至某只宠物的后代是谁，在哪里，等等。

以这些大数据为基础，公司的服务也实现了创新，目前已初步实现与淘宝、京东的差异化体验。全站产品实现了猫狗分离，用户登录的时候，可以选择喵星球和汪星球，里面的产品内容也分别以猫和狗为主。

这样的定位获得巨大成功，易宠科技连续 7 年以 200% 的速度增长。到 2015 年，公司销售超过 2 亿元。

优秀的业绩引来了资本的关注，去年 2 月，易宠科技获得了知名风投机构德同资本 5000 万元的 A 轮风险投资资金。这一年，E 宠商城成为国内最大独立 B2C 宠物用品平台。

余振告诉记者，2015 年后，易宠科技开启海外市场和平台化战略，一方面将海外的中高端品牌引入国内，帮助他们做国内市场的营销、推广、渠道。同时，也全面开启走出去模式，将国内的优质品牌做到海外市场。

战略上的不断升级，让易宠不断壮大，现在易宠已从当初余振、肖宇、王刚的 3 人团队，发展成拥有 550 余人的大公司，年销售额达 10 亿元。

瞄准特色食品
方便火锅月销超 20 万盒

9 月 7 日，在重庆网商产业园二楼，"米斗班"办公室一片繁忙。作为重庆知名的电商代运营品牌服务商，"米斗班"正让方便火锅、陈麻花等重庆特色食品走向全国消费者。仅以方便火锅为例，每月在天猫的销量就超过 20 万盒。

说起米斗班的代运营服务，还得从 2016 年说起。

彼时，日本一家企业在天猫注册了国际店铺，专卖日本化妆品，但没想到因为没有电商运营经验而导致销路不佳，每月亏损近 10 万。米斗班副总经理刘铮在得知这个情况后，立马与对方达成合作，帮他们运营这个店铺，结果没想到，半年时间就做到了 1800 万的营业额，2017 年全年销售额更是突破了 3600 万。

随后，"米斗班"又瞄准重庆的特色食品、小家电等领域。

2017 年 4 月，米斗班接手渝淘乐食品专营店，在店内产品品牌极少的情况下，实现销售额从 2 万到 30 万的单月转变；今年 3 月，接手陈建平陈麻花销售，旗舰店一经上线就达到近 10 万的销售额。4 月份，接手另一家销售火锅底料为主的食品店，至 6 月中旬店铺完成 400 万销售额。

"去年双 11，一天就卖出了 10 多万盒。""米斗班"运营总监赵晓龙介绍，目前"米斗班"共运营有 7 个店铺，包括 1 家自营店铺——渝淘乐食品专营店，6 家代运营店铺，以食品板块为主，其中，仅以方便火锅销售为例，每月销售额就可达 70 万~80 万元。

纵深>>>
"重庆特产"热销　细分领域好掘金

在这些网络店铺中，哪些领域的店铺生存较好？又有哪些好的网商品牌？

据悉，在上半年 334.41 亿元网络零售额中，我市实物型网络零售额 281.53 亿元，占比 84.19%，同比增长 27.86%；服务型网络零售额 52.88 亿元，占比 15.81%，同比增长 42.3%。

结合淘宝、天猫、京东等平台监测数据来看，上半年全市网络零售总额前三名的行业类目分别是食品保健 80.41 亿元，占比 24.05%；本地生活 75.37 亿元，占比 22.54%；服装服饰 48.34 亿元，占比 14.46%。

对于热销的食品保健类，粮油食品成为网销主力，主要有辣椒类调料、火锅调料、调和油三种食品成为热销爆品；其次是豆腐制品、膨化食品、牛肉干、陈麻花为主的休闲食品。

据统计，销售"重庆特产"的重庆本土天猫店铺有 79 家、淘宝店有 790 家。以天猫店铺销售数据为例，"火锅底料"的客单价平均为 39.24 元，月平均销量 2941 件，平均店铺收藏量超 10000 人次。"陈麻花"的客单价平均为 21.31 元，月平均销量 3670 件，平均店铺收藏量为 5284 人次。

对于热销的服装服饰类，全市店铺销售服饰鞋包的零售额超 48 亿元，淘宝店铺有 6000 余家。其中淘宝店铺销售"服装"类商品平均客单价超 110 元、"鞋"类商品平均客单价为 180 元、"包"类商品平均客单价为 320 元。

重庆网商产业园总经理张达巍介绍，我市也不缺乏一些好的网商品牌，尤其是一些掘金细分领域、具有特色的网商已经在全国脱颖而出。例如易宠科技，还有重庆的大码百分百网络店铺为例，早在 2016 年，该店销售额就过亿元，全年订单量超过 100 万单。成为淘宝全国大码女装销售量、销售额第一名。另外，还有诸如米斗班、贡天下等在重庆特产方面做得不错，以及部分首饰、手工品店铺，也不乏走在行业前列的。

相关>>>

全市网络店铺超百万家　每 27 人一个网店

在重庆，像"米斗班"运营的这些网络店铺越来越多。

重庆智汇电子商务规划研究院发布的《2018 年上半年重庆市网络零售发展报告》显示，截至今年 6 月底，监测到全市网络店铺有 113.52 万家，同 5 月份环比增长 7.39%。记者以 2017 年重庆常住人口 3075.16 万人推算，大约每 27 人就拥有一个网店。

其中，实物型网络店铺 13.51 万家，占比 11.91%，环比增长 1.63%。店铺分布平台主要有慧聪网、淘宝、天猫、阿里、京东、苏宁等；服务型网络店铺超 100 万家，占比 88.09%，环比增长 8.21%。主要分布在大众点评、百度糯米、美团、拉手网等平台。

此外，像易宠科技这样的重庆本土自建平台，有近 300 家。

值得注意的是，重庆的电商逐渐趋向积聚发展。在电商载体方面，据统计，截至上半年，全市累计建成电子商务集聚区 39 个，集聚 3132 家电子商务企业，其中，国家电子商务示范基地 3 个，市级电子商务基地 11 个，国家电子商务示范企业 9 家，市级电子商务示范企业 36 家，县级农村电商公共服务中心 23 个，乡镇村电商服务站点 6187 个，电子商务直接带动就业人数达近 20 万人。

传统企业"触网"升级　服务业电商规模扩大

我市网络店铺快速增长，主要来自哪些方面？

重庆智汇电子商务规划研究院院长姚章介绍，这一方面是传统企业加快"触网"升级、另一方面则是服务业电商市场规模不断扩大。

"网络营销已成不少传统行业打开市场渠道、提升品牌价值、扩大销量的重要利器之一。"姚章介绍，以今年 1—5 月为例，限额以上法人企业网络零售额同比增长 47.4%，传统加工、生产制造及商贸流通，甚至是餐饮服务行业企业纷纷"触网"，融入"互联网+"。

如重庆特产涪陵榨菜开设"乌江旗舰店"天猫店，2017 年实现网销额 4909.9 万元；梁平柚利用"农产品二维码"互联网技术，提升农产品附加值，打造出 380 元/kg 的"梁平柚王"；江津农产品大米在京东商城开设"江津生鲜馆"，将富硒大米最高卖到 150 元/斤，富硒土鸡蛋卖到 5 元/个；传统线下消费餐饮店如"渣渣火锅"等纷纷改变销售策略进入外卖行业，通过线上线下融合发展，不断扩大影响力。

服务业电商方面，以百度糯米、美团、大众点评、拉手等平台数据为例，2018 年一季度服务型网络零售额为 10.62 亿元，占比 7%，二季度服务型网络零售额为 42.46 亿元，占比 23%。据悉，在我市百万余家网络店铺中，O2O 服务型店铺占比超 85%。

"代谢"加速　重庆电商如何破短板出爆款

重庆商报记者　孙琼英　李阳

一边是快速增长，一边是高淘汰率和低活跃度。记者近日调查发现，我市电商发展，仍受适销产品不足、人才欠缺、配套欠完善等因素制约。按照《重庆市现代商贸服务业发展"十三五"规划》，2020 年，重庆电子商务交易额要突破 18000 亿元。多位业内人士表示，要实现这个目标，还需要多方位破局。

市场
优胜劣汰促进行业规范　2020 年交易欲破 18000 亿

针对重庆电商淘汰率较高，活跃度不够等问题，多位业内人士表示，行业优胜劣汰属于正常现象，这会促使行业更加健康规范地发展。

"从被淘汰的网商来看，主要有四类。"重庆网商产业园负责人张达巍介绍，一是传统企业粗放转型的，这类型的网商往往存在运营理念、人才队伍等跟不上的问题；二是代运营企业，他们没有自己的产品，往往受制于产品提供方，一旦把品牌做好做大，品牌方就会存在收回自营的情况；三是没有线上线下融合发展，产品太单一的网商，也走不长久；四是资金跟不上、融资难的企业。

对此，重庆晚妮电子商务有限公司负责人邓胜全深有体会。"我代理的一个电视品牌，当时网络销售在重庆已做到行业前列，结果被品牌方收回，甚至连团队都被挖走。"邓胜全说，自己的网店最多时达 9 个，涉及多个领域，但都不是自己的产品，很难做大。

在重庆智汇电子商务规划研究院院长姚章看来，由于电商行业是新兴领域，行业规范欠完善，在发展过程中，逐渐淘汰是正常现象。随着电商法的施行，全行业淘汰力度或会进一步增加。但重庆的电商发展市场，依然值得期待。

记者从市商务委方面也了解到，按照《重庆市现代商贸服务业发展"十三五"规划》，2020年，重庆电子商务交易额要突破18000亿元。全市将通过推进农村电商发展、加强电商主体培育、完善电子商务服务体系等多个方面促进电商发展。

瓶颈
适销产品、配套不足　制约重庆电商发展

不过业内人士也坦言，重庆电商发展仍受到多方面因素制约。首先便是受产业基础影响，适销产品较少。

市商务委电商处处长何渡表示，总的来看，重庆电商发展迅速，但仍有很大的提升空间。比如，重庆多以装备制造、汽车工业等产品为主，并不适合网络销售。从本地的产品角度说，缺乏适合网络销售的焦点产品与竞争力产品。

对此，姚章也表示，如杭州、广东等网商发达地区，都是轻工业较发达的地区，而重庆恰恰是重工业占优势。从相对有优势的农产品品牌数据来看，目前全市有效期内"三标一品"产品共2740个，全市区域农村产品公共品牌22个，对重庆来说，农产品品牌仍相对偏少。同时，当前很多农产品的销售仍为鲜果销售为主，季节性强，适销时间短，缺乏深加工产品。

其次，不少业内人士表示，重庆比较缺乏网络运营的中高端人才。由此造成电商创新能力有待提高，对商业模式、产品研发设计、营销包装等方面，重庆电商更多的是去复制，没有创新，先发优势不明显。

重庆易宠科技创始人之一的余振表示，重庆电商发展，一缺想法，二缺实现想法的人才。"在重庆的整个电商圈，顶尖的架构师、策划师、营销包装等人才尤其稀缺。与之对应的是，单个企业引入人才或培养人才的成本极高，培养出来了还不一定留得住。"

再则就是支撑配套体系还有待完善。姚章表示，目前我市有不少电商集聚区，但大多都处于物理集聚的初级阶段，孵化能力有限，对行业和产业融合发展的示范作用还需要进一步提升，可复制、能延展的运营模式探索周期较长。如与电商发展配套的物流快递，各个区县还存在差异。与沿海经济发展地区相比，物流快递成本较高、效率较低、覆盖面窄；部分偏远区县还未能真正解决"最后一公里"的配送难题；冷链物流发展相对滞后，仓储布局建设与配送体系未形成较好的市场化发展机制。

突围
大力培育适销产品　打造网络"爆款"

重庆电商如何突围？

在何渡看来，重庆消费品工业正在发展升级，如食品饮料、农产品加工、农村电商等正在快速发展。引导相关企业生产、培育适合互联网销售的产品、品牌，这将是下一步重庆电商的增长力所在。

姚章也表示，网销品牌的产品标准化程度高、品质较好，在网购者中具有超高口碑，更容易被打造成"爆款"。如重庆"奉节脐橙"地标品牌，在2017年第三届中国果业品牌盛会上，以26.25亿元的品牌价值位居全国橙类第一名；巫山脆李、恒都牛肉、桥头火锅底料、老四川牛肉干等企业品牌农产品也受到网民追捧，上了重庆网销爆款排行榜。但重庆需进一步加大网络品牌的培育，充分发挥政府引导作用，加大财政投入力度，通过以奖代补等方式，支持品牌培育并搭建平台推广重庆网销品牌。

在如何打造网络爆款方面，贡天下电子商务重庆公司总经理吴伟峰的建议是"借船出海"和"整合营销"。吴伟峰说，目前，国内电商已形成阿里系、京东系主导的局面，想要再建平台突围，难度极大。更多的企业，需要思考如何"借船出海"，充分利用好现有的大平台资源。

比如，贡天下进入重庆后，联合聚划算、聚美优品等，把重庆的巫山脆李、涪陵榨菜、奉节脐橙等重庆特产包装成网红商品。"在贡天下介入前，乌江榨菜、奉节脐橙等均有网店，但在聚划算等平台上却难以开展活动。"吴伟峰介绍，其背后的原因就在于产品规模小、缺乏组织、缺少统一的包装、物流以及标准，难以获得大平台的支持去开展大型的品牌活动。

吴伟峰告诉记者，最近三年来，贡天下联合聚划算、唯品会等大平台，组织了"汇聚重庆""抢空重庆"等近10场重庆本地品牌商品的大型主题推广活动，每次活动都吸引了数十个重庆品牌参与。其中，第一场整体推广活动，重庆贡天下2016年联合阿里巴巴聚划算推出的"汇聚重庆"农产品电商特卖活动，共有重庆小面、涪陵榨菜、火锅底料等64款重庆特产参与。与以往不同的是，这次活动在淘宝直播平台同步上线，并利用网红直播的巨大流量，仅涪陵榨菜就卖出了15632件（一件100小袋）。这相当于其全市商超渠道一个月以上的销量。

此外，贡天下经过一年多的组织梳理，让奉节脐橙实现标准化包装，并在去年和今年连续两年打造单品爆款"奉节脐橙"，单次活动最多可销售8万份以上，单季销售1000吨以上。这不仅让奉节脐橙在线上迅速树立起鲜明的地域品牌形象，而且价格还得以明显提升。

企业政府齐发力　加强行业深度引导

米斗班运营总监赵晓林分享表示，以食品板块为例，重庆具备生产、研发等基础，但缺乏品牌和好的营销模式。重庆电商的出路，还要靠企业和政府共同努力。

"我接触过不少重庆的传统企业，他们最大的问题还是'思想问题'。"赵晓林表示，目前很多传统企业宁愿线下打折投入，也不愿去线上营销，欠缺经济意识。从战略层面来看，这些企业的产品线意识也不够。

"我曾经接触过一家销售豆瓣的企业，他们只生产豆瓣，开个网店也只销售这种单一产品。"赵晓林说，销售豆瓣一种品类，和销售豆瓣加几种其他调料的物流、运营成本并不会增加太多，但这些产品的消费群体却可以相互补充和带动，从而降低成本。企业应该"读懂"消费者的购物心理，通过丰富产品线来扩大营收规模。比如，消费者购买了方便火锅，他就有可能购买酸辣粉、小面、豆干等其他方便速食。

除了产品线外，团队的专业性也尤为重要。在专业电商人才较为欠缺的情况下，传统企业转型电商，选择与电商代运营公司合作，不失为一个不错的选择。

在赵晓林看来，重庆电商发展，除了企业的努力外，还需要政府进一步支持。而这种支持不是租金补贴等简单的扶持，而是从源头上加强行业引导，促进良性竞争。赵晓林说，重庆也有小面、陈麻花等特色食品，但当前都没有形成强大的"合力"。以陈麻花为例，此前在网络上销售还比较可观，但今年因商标事件等，网上搜索热度至少下降了三成。

在易宠科技余振看来，要解决重庆电商发展的"思想来源"和"将思想变现"的人才瓶颈。可以通过政府或者行业组织，邀请一些大咖常来重庆，启发重庆创业者对电商创业的思考，涌现更多"Idea"；同时，加强人才的引入和培训，能够快速尝试新的"Idea"，促进更多优质电商创业团队的出现。

姚章则表示，在人才和配套等方面，重庆需要进一步优化电子商务氛围和发展环境，加大对现有电商主体的培育力度，不断催生新生电商企业和平台涌现，成为重庆电商"领头羊"，引领重庆电子商务产业的发展。

姚章最后认为，重庆工业是强项，未来在政府引导下，工业电商也不失为一个发力的方向。

他山之石
借力电商　柳州螺蛳粉年卖 30 亿

广西柳州是个工业城市，但如今其最出名的，也许是"螺蛳粉"。3 年前，这道特色美食还是一碗 7.5 元。而现在借助互联网快车道，柳州的袋装螺蛳粉互联网日均成交量超过 30 万盒，年产值已达 30 亿元，并带动上下游产品等全产业链发展。在米斗班运营总监赵晓林看来，这就是一个典型的靠政府引导推动而打造出的"网络爆款"案例。

据悉，为大力推进"互联网+螺蛳粉"，柳州专门出台了促进螺蛳粉产业电商拓市的工作方案，从培育柳州螺蛳粉电商龙头企业、实施电商产业园区"示范带动"工程、做好电商人才培育工作、举办柳州螺蛳粉电商节、引入知名快递物流企业等方面做了详细规划。

据了解，今年，柳州还实施了螺蛳粉产业升级发展战略，通过实施编制一个规划、讲好一个故事、严格一个标准、建设一批产业集聚区、培育一批龙头企业和知名品牌、设立一个柳州螺蛳粉检测中心"六个一"工程，向2022年袋装螺蛳粉销售收入实现100亿元，配套及衍生产业销售收入实现100亿元等目标迈进。

链接>>>
首部电子商务法明年1月1日起施行

今后，保障电子商务各方主体的合法权益、规范电子商务行为有了一部专门法。8月31日下午，第十三届全国人民代表大会常务委员会第五次会议表决通过了电子商务法（草案），这也是我国电商领域首部综合性法律。该法律将于明年1月1日起正式施行。届时，雇"水军"刷好评、删差评、搭售商品等一系列电子商务领域的消费"潜规则"，将因为这部法律得到进一步规范。

例如，明年起，商家刷好评行为将被禁止，擅自删差评的行为将让商家面临最高50万元的罚款。此外，"双十一"快递延期问题，共享单车押金退还问题，网约车平台的责任问题、跨境电商等消费者关注的热点问题，都在这部法律中有具体的体现。同时，电子商务法还明确将跨境电商和微商纳入管辖范围，对"微商""网店"等经营行为的门槛予以明确。

作品标题　"重庆电商生死蝶变"系列报道
参评项目　系列报道
作　　者　孙琼英　李阳
责任编辑　罗文　冯盛雍　何君
刊播单位　重庆商报
首发日期　2018-09-13
刊播版面　第9版、第10版、第11版公司观察周刊

作品评价

本组稿件关注重庆电商发展环境及本土电商成长模式，分析成败案例，

破解制约瓶颈，整组报道反映了重庆电商发展整体概貌，数据翔实丰富，采访扎实充分，涉及问题牵系本土电商关心的焦点，行业话题性强，业界关注度高，体现了深邃的行业观察视角和策划性。

第9版《淘汰率高活跃度低　重庆电商不"来电"？》列举重庆电商失败个案，纵深揭示失败主要原因，如活跃度低、密度分布不均、缺乏领头羊等，让读者了解到了重庆电商发展目前所具有的行业及上市生态环境；

第10版《开网店咋赚钱？看这些网商掘金细分市场》解读重庆电商发展的成功案例，从具体选择和细化操作层面解析了其中"生机"；

第11版《"代谢"加速　重庆电商如何破短板出爆款》从本地行业和市场特点、宏观政策环境等方面，分析了重庆电商发展的主要方向。

采编过程

重庆智汇电子商务规划研究院发布《2018年上半年重庆市网络零售发展报告》，报告显示上半年我市累计实现网络零售额334.41亿元（不含跨境电商），同比增长25.62%。同时也指出，我市电商发展不均衡、上规模的网商企业少等问题仍较突出。记者由此展开调查采访，了解到我市电商企业存活率不高，以重庆网商产业园为例，淘汰率高达30%等事实，记者并联系多个失败案例、已经成功企业，看哪些因素制约了重庆电商发展，做得好的企业又是如何操作的，并采访业内多个专业人士，为重庆电商发展建言献策。

社会效果

该组稿件题材选点紧扣市政府有关发展重庆电商精神，主流高端；稿件刊发当日，大渝网头条及时转载，关注度很高。同时，搜狐、网易、凤凰网等也纷纷转载稿件。

全媒体传播效果

上游新闻APP刊发这组稿件后，综合阅读量突破20万次，其中稿件一以《一家店三年亏2000万元　重庆电商淘汰率高达30%》为题，阅读量为18.4万+。

中国改革开放 40 周年，听他们的声音
——小蓝莓专访外国驻渝总领事系列访谈（存目）

作品标题 中国改革开放 40 周年，听他们的声音——小蓝莓专访外国驻
渝总领事系列访谈

参评项目 网络访谈

作　　者 陈乔第　刘颜　蓝心妤　易华　罗盛杰　李春雪

责任编辑 周梦莹

刊播单位 华龙网

首发日期 2018-07-30

刊播版面 华龙网首页、重庆客户端、微信、微博等

作品评价

改革开放 40 年，中国发生了日新月异的变化，这 40 年是飞跃的时代，
同时也推动了时代的飞跃。中国"声音"在世界上越来越响亮，越来越多的
世界目光投向中国。

《小蓝莓剧场》邀请英国驻重庆总领事、加拿大驻重庆总领事、菲律宾驻
重庆总领事，围绕中国改革开放 40 周年发生的变化，与网友分享感受。

该系列访谈，至 7 月开始，每月推出一期，站位高、格局大，从民生实
事、脱贫攻坚、生态环保、经济商贸、智能创新等小切口真实地反映改革开
放变化，视频基调轻松节奏明快，从驻重庆外国领事的视角，展示了中国改
革开放 40 年的变化。

值得一提的是，系列访谈第三期《中国改革开放 40 周年，听他们的声
音——小蓝莓专访英国驻渝总领事》被中央网信办要求扩大推送范围网站双
首页，移动端首屏，手机浏览器和 WAP 首页推送，微博官方账号和微信公众
号推送。同时，也被英国驻重庆总领事馆官方微博转载。

采编过程

今年是中国改革开放 40 周年，这 40 年间中国发生了日新月异的变化。

那么，在中国工作生活的驻重庆外国领事眼中，如何看待中国改革开放40年的变化呢？他们最关注的变化是什么呢？华龙网多方联系驻重庆外国总领事，邀请他们畅谈自己眼中中国改革开放40周年发生的变化。

在访谈中，英国驻重庆总领事、加拿大驻重庆总领事、菲律宾驻重庆总领事畅谈了自己眼中中国改革开放40年方方面面发生的巨大变化，真实表达了中国改革开放40年给他们带来的震撼。

微访谈在后期制作中，设计了活泼且具有国际感的片头，使受众眼前一亮，访谈节奏明快不拖沓，插入了重庆城市宣传视频和访谈相关内容图片素材，给受众视觉享受的同时，展示城市之美。

社会效果

微访谈从驻重庆外国领事的视角，围绕"中国改革开放40周年"这一主题，讲变化、谈感受，展示了40年间，老百姓生活发生的日新月异变化，访谈对象更是表达了中国改革开放40年方方面面发生巨大变化给自己带来的震撼，同时期待自己国家与中国有越来越多的交流合作。

访谈内容从小切口展示大变化，站位很高，吸引了众多网友观看和转发，并得到了外国驻重庆外国领事的高度认可。

全媒体传播效果

转载情况：《中国改革开放40周年，听他们的声音——小蓝莓专访外国驻渝总领事》系列访谈在华龙网PC端、重庆客户端、华龙网官方微博微信等进行全媒体发布，浏览量逾百万。值得一提的是，系列访谈第三期《中国改革开放40周年，听他们的声音——小蓝莓专访英国驻渝总领事》被中央网信办要求扩大推送范围网站双首页，移动端首屏，手机浏览器和WAP首页推送，微博官方账号和微信公众号推送。同时，也被英国驻重庆总领事馆官方微博转载。

"解码中国智谷" 系列报道

封面·城市梦想系列 21 中国智谷

今日重庆记者 刘自良 杨光毅

在 8 月举办的 2018 中国国际智能产业博览会上，南岸区、重庆经开区签订 21 个招商项目，正式投资额 331 亿元。其中，大部分落户中国智谷。

中国智谷是什么？它在哪里？为何有如此大的吸引力……

所以，这一次，我们走进中国智谷，试图从有限的落点切入，解码一个"无限"的中国智谷。

2018 年 2 月 7 日，中国智谷·重庆在南岸正式挂牌。短短 8 个月时间，这个位于重庆南岸区江南新城科技园核心地段，总面积约 93 平方公里、核心区规划面积仅 2.48 平方公里名叫中国智谷的地方，"露脸"之初即显现出强大的产业爆发力，仅今年上半年，就带动南岸区大数据智能产业实现营收 410 亿元，其中智能硬件产值达到 207 亿元。

中国智谷，并非传统意义上的产业园。

它打破区域、空间，是一个真正共建共融共享的生态创新平台，着力推动互联网、大数据、人工智能同实体经济深度融合的生态圈。

比如，呈现在我们面前的"飞象工业互联网平台"。

换一种我们更熟悉的表达方式，这就是工业版的"天猫"。

党的十九大报告提出，"推动互联网、大数据、人工智能和实体经济深度融合"，着力建设新型智慧城市，加快工业互联网应用创新步伐，促进区域经济转型升级，推动大数据与实体经济融合发展。

在重庆制定的"八项行动计划"，排在第一位的就是"以大数据智能化为引领的创新驱动发展战略行动计划"。中国智谷的落地，无疑是把党的十九大精神全面落实在重庆大地上的一个方面的诠释。

大智入渝，虚怀若谷。未来十年，中国智谷或将成为引领重庆经济腾飞的起爆点，甚至成为更大范围内推动创新发展的新增长极。

中国智谷的"智造"梦

今日重庆记者　高维微

从今年 2 月到 9 月，满打满算，中国智谷·重庆成立不到 8 个月。短短 8 个月时间，这个总面积约 93 平方公里、核心区规划面积仅 2.48 平方公里的地方，就吸引了微软、阿里巴巴、京东等世界 500 强企业入驻，并以平均每天一个项目、签约金额 5.5 亿元的速度，上演智慧与科技的神奇故事。

重庆智谷高新实业有限公司董事长刘超，是这个神奇故事的参与者，也是见证者。

2018 年 2 月 7 日，重庆南岸茶园新区智谷科技园，备受关注的中国智谷·重庆正式挂牌成立。

当天，刘超亲眼见证了中国智谷 20 余个大数据智能产业项目的签约，签约金额超 200 亿元。

从那时起，中国智谷的"智造"梦真正意义开启。

从特色园区到"智造"高地

走进中国智谷办公大楼内，进入眼帘的是三张硕大的规划图。园区目前已入驻企业、即将入驻企业，以及未来的各种规划，尽在这三张规划图中。

在这个开放式的办公环境里，工作人员三五成群聚在一起讨论，时不时还能看见他们遥指规划图，在比画着什么。

其中，就有负责打造中国智谷项目的刘超，他同时也是重庆智谷高新实业有限公司董事长。

在中国智谷揭牌至今的半年多时间里，智谷大数据智能产业企业数量已经超过 600 户。今年上半年，智谷大数据智能产业营业收入突破 400 亿元，其中智能硬件产值超过 200 亿元。

如此成绩，并非一蹴而就。

刘超告诉我们，早在 1998 年，茶园便成立了以电子信息产业为基础的特色工业园区。二十年的发展，为茶园打下了坚实的大数据电子信息基础。在中国智谷成立前，茶园的电子信息企业便已经累计超过 1100 家，年产业收入逾 1000 亿元，物联网产业产值在全市占比超过 50%。这里除了坚实的产业基础，还有三个国家级的产业基地：国家高新技术产业基地、国家移动通信高新技术产业化基地、国家新型工业化电子信息（物联网）产业示范基地。另外，还有 15 个国家级研发平台，117 个市级研发平台。

依托成熟的电子信息产业基础，茶园特色工业园顺势蝶变，以打造重庆乃至全国"智造"高地为目的的中国智谷应运而生。

打造 2000 亿元级智能产业链

按照规划，到 2025 年，智谷作为大数据智能产业的孵化地，将带动大数据智能产业总规模 2000 亿元，汇聚国内外知名智能企业 30 家，集聚全国性数据智能平台 30 个，引进培育国家级研发机构 20 家，涵养智能产业高端人才 20 万人。

智谷所在的茶园片区，已具备了相当完整的电子信息产业链基础，随着智谷的建设，这里的电子信息产业链如虎添翼。"智谷的打造，将着力从产业生态、平台以及人才三方面进行。"刘超说。

所谓产业生态，以电子通信产业链为例，无论是骨干企业，还是产业链上下游企业，几乎都将聚集于智谷之中。

2017 年，以 VIVO 为代表的移动通信终端的出货量，就已达到了 1.024 亿台。随着智谷的逐步成型，诸如科大讯飞、高通、微软、易华录、盟讯电子等众多企业在智谷集聚，为这里的智能电子产业提供了各个环节上的技术及硬件支撑。

在平台建设上，中国通信院西部分院的落户，为园区内的移动通信终端企业提供了快速入网检测服务，打通了移动通信终端产品上市的"最后一公里"。这也让众多移动通信终端生产企业，把智谷看作一张巨大的温床，纷纷选择在此落户。

在吸引人才上，除了吸引企业落户，智谷还与多家高校合作，解决了人才这一企业的基本诉求。为了从源头培养更多大数据智能化产业高端人才，科大讯飞团队还与重庆邮电大学合作，成立了重邮讯飞人工智能学院。

智谷提供了 5000 套人才公寓，免去了他们的后顾之忧。

智谷开启智慧新城生活

对于智谷来说，要打造的绝不仅仅是一个工业园区。未来，这里是整个江南新城的智慧新城。

随着智谷内交通物联网大数据服务系统的打造，未来江南新城的交通将发生巨大改变。

这里有针对管理部门提供的涉车立体公共安全防控网和网络化信息便民发布系统，基于大数据和智能化打造的城市运营管理中心，以及全域的精细化交通组织管理。

不仅如此，智谷还在大力开发大健康产业链，并在医药研发、医疗管理设备等领域发力，开发语音病历、医疗机器人、医疗检测设备和健康管理 APP 等人工智能医疗产品。

除了建立以临床诊疗、病理、影像、心电、检验检查等数据为核心的健康医疗大数据中心，智谷还将让移动互联网、物联网、云计算、可穿戴设备等新技术进入到普惠医疗服务之中。

针对企业打造的智能超算系统，也正在谋划中。

可以想象，在不久的将来，再次来到智谷，这里将成为一个遍布"黑科技"的地方。

"大象"飞起来是一种什么样的现实想象

今日重庆记者　董茜

重庆是我国中西部重要工业制造基地，拥有雄厚的工业基础。然而，摆在重庆传统制造业这头"巨象"面前的，却是一道不得不解答的难题——数字化、智能化转型升级。万物互联的时代，一头"飞象"飞进了中国智谷，并带来了一把解开这道难题的钥匙。

"未来 90% 的制造业会在互联网上。" 8 月 23 日，阿里巴巴集团董事局主席马云在首届智博会上的话音刚落，由阿里巴巴集团、重庆南岸区政府和赛迪研究院三方共同发布的"飞象工业互联网平台"旋即亮相。

随即，"飞象"的热度一路狂飙。这是怎样的一个平台？有何利器？又能够在传统制造业数字化、智能化转型升级的过程中担负起什么样的重担？

在中国智谷，在飞象工业互联网创新中心，应该能找到答案。

囊括工业研发生产运营销售全产业链

飞象工业互联网创新中心，拥有一整栋大气时尚的办公楼，内部装修简约明快，很符合一家互联网公司追求简约高效的风格。

企业形象墙上展示了飞象工业互联网平台的部分功能，包括从电子制造、工业装备、汽车制造、服装制造等涉及重庆工业领域的各个行业应用，到产业链对接的销售、物流，再到囊括供应、研发、生产等环节的企业运营指标。

庞大的工业研发生产运营销售链条上，全都是"飞象"的服务对象。

"你所看到的这些，就是重庆工业这头'巨象'。"飞象工业互联网平台负责人说，"飞象要做的，就是搭建重庆工业领域内的一个互联网平台，通过平台的技术投入、应用开放、资源整合，构建出工业数字化、智能化转型升级的良好内部生态系统。"

今年 6 月，飞象工业互联网平台一期正式上线，它的任务是在 3 年内接入 100 万工业设备，5 年内助力重庆 4000 家制造企业实现"智造"，打造工业互联网的"重庆标准"，并为企业提供安全、高效、低成本、易部署的工业各领域解决方案。

形成合纵连横的工业枢纽

科技创新赋予变革世界的动能，以至于阿基米德曾说"给我一个支点，我就能撬动地球"。

但具体到重如"巨象"的重庆工业转型升级，要想"身轻如燕"一飞冲天，实属不易。

"我们要做的就是通过平台构建的工业全链条生态圈，给'大象'提供飞起来的动能。通俗点讲，就是搞一个工业版的'天猫'。"平台负责人说，飞象面临的使命艰巨，"我们的平台好比是一个桌面，桌面上摆放着很多花，这些花就是服务商提供的应用，企业需要哪些方面的应用可以自由选择。这样一来，企业在研发、生产等整个运营链条上的成本就会降低，效率更高。"

智能制造需要打通纵向的生产数据和消费数据，以及横向的各类金融平台、物流平台、人才培养平台、创新创业平台等，由此形成合纵连横的枢纽即是工业互联网平台。

与此同时，有关企业的互联网数据、物联网数据、信息化数据、智能化数据，都能在工业互联网上汇聚。

在飞象工业互联网平台上，企业有了更多的话语权，针对自身的实际需要，可以模块式获得需要的应用。企业在提高企业技术改造效率的同时，也构建了平台应用标准的建立。

随着平台上企业应用的增多，应用标准逐步清晰，为下一步标准升级提供了更好的借鉴。软件供应商也可以按照这样的标准来开发，避免了重复开发的成本问题。

经过一年多的积累与沉淀，此次发布的飞象平台，能够支持 3 类云边协同方式，减少了 80% 的前端开发时间和 90% 的部署环境搭建时间，同时支持 5 种以上开发语言，具有 6 类防护能力和 23 个功能模块。

对于中小企业来说，在不更换大型机械设备的前提下，通过传感器、OS、物联网、AI 技术就可以实现效率提升，降低成本。

助力工业数字化智能化转型升级

飞象构建起的工业领域急需的解决方案，看似庞大的"智造"动力网络，是否能深入到每一个企业的"神经末梢"呢？

作为入驻飞象工业互联网平台的第一家企业——重庆瑞方渝美压铸有限公司，似乎更有发言权。

随着外部竞争加剧，人力成本增高，瑞方渝美亟待进行智能化、数字化转型。在飞象工业互联网平台上，运用物联网技术，结合信息化手段，瑞方渝美的生产参数不断汇集到平台上。有了这些数据，第三方企业便能有针对性地为瑞方渝美订制个性化的智能制造解决方案。

一套生产流程涉及上千个技术参数，过去单靠人工记录、检测，不仅费时费力，还无法避免人为因素导致的差错。比如汽车自动变速器壳体的铸件，由于生产成本高，仅一台压铸机每天的电费就是数千元，如果连续生产出废品或次品，将会给工厂带来巨大的损失。

瑞方渝美常务副总经理胡长江告诉我们，今年7月，工厂压铸机的一个零部件发生断裂而工人未及时发现，最后生产出了上百件报废次品，损失巨大。

今年夏天，瑞方渝美通过飞象工业互联网平台，找到了阿里云 IoT 的战略合作伙伴英特尔。英特尔从上海派来了技术团队，并为瑞方渝美订制了一套基于 AI 人工智能算法的图像检测系统。

这套系统基于阿里云 IoT 的工业互联网平台，能有效帮助压铸件进行外观品质的检测。

"这个合作伙伴非常靠谱，技术很可靠。"胡长江说，为了试验这套图像检测系统的可靠性，工人在现场用统计分析学的方式，设计了很多有缺陷的样品，但均被识别出来。

瑞方渝美打算把这套图像检测系统安装到工厂里的9台大吨位压铸机上。胡长江说，"预计全部上线后，可以为企业带来巨大的经济效益。我粗算了一下，人力成本将节省15%，故障停机成本会减少50%，产品品质能够提升5%以上，管理效率也能提升20%。"

对飞象而言，瑞方渝美仅是一个起点。助力工业数字化智能化转型升级，才是它瞄准的那片天。

在文物的世界里"穿越"

今日重庆记者　胡婷

运用大数据智能化的技术手段，来自中国智谷的重庆声光电智联电子有限公司，不仅让重庆中国三峡博物馆的文物获得了全方位的保护，同时还通过创造视觉、听觉、触觉等多元感官体验的方式，让散发着远古气息的文物"活了过来"。

用智能系统保护文物，一键了解所有文物，VR、AR 穿越回明清老重庆……科技的进步，打破了传统博物馆时间与空间的局限，不断为社会大众提供更多优质的服务。

落户于中国智谷的重庆声光电智联电子有限公司，一直致力于文物预防性保护、智慧博物馆研发，他们希望搭建起一个完整的博物馆智能生态系统。

为文物安全保驾护航

"'文物保护环境监测调控系统'不仅能监测文物所处环境数据，还能依据不同文物的不同要求，对文物所处环境进行订制化的自动调控。"作为重庆声光电智联电子有限公司的研发人员，曾轶哲对这套系统很熟悉。

在曾轶哲的电脑中，我们见到了这套系统应用于重庆中国三峡博物馆的界面，其中就有"书画装裱室""临时展厅""壮丽三峡厅"等。

曾轶哲滑动鼠标，点击"书画"展厅后，我们看到了陈列在展厅内的历代名家作品。除此之外，电脑屏幕上还显示了许多淡绿色的实心圆圈。

"这些绿色圆圈代表了在专区内放置的传感器，比如 T/h 表示的是相对湿度，VOC 表示挥发性有机物，此外还有紫外线、光照等等。"曾轶哲接着把鼠标移动到一个绿色的圆圈上，屏幕上立即显示出："相对湿度：56%；温度：24.1℃；光照：76lx……"

"湿度对纸质文物的影响比较大，比如纸质的温湿度阈值在 35%～65%。如果超过这个值，绿色圆圈就会变成橙色，并且发出预警。"曾轶哲指着电脑右上角一个灯状的图标说，"这个图标到时也会由绿色变成橙色。工作人员看到报警后，就会通过系统调整文物所处的微环境，直至恢复到正常阈值范围内。"

作为"重庆市第二批物联网十大应用案例"，由重庆声光电智联电子有限公司研发的"文物保护环境监测调控系统"是以文物为核心建立的一套由物联网传感器、网络、设备等组成的环境监测调控系统，对博物馆内的文物保护环境进行全面实时监测，并对监测数据进行分析后自动调节改善文物保护的环境，从而达到延长文物保存寿命的目的。

智慧"魔墙"有魔力

重庆中国三峡博物馆内，一个由重庆声光电智联电子有限公司与重庆中国三峡博物馆共同搭建的智慧博物馆，展示了数字博物馆的建设成果。

9月的一个周末，我们来到重庆中国三峡博物馆，在一面"互动展示魔墙"前，聚集了不少小朋友，他们好奇地点击着屏幕上不断出现的文物图片。

这块"魔墙"，就是智慧博物馆的产物。

虽然它只有10平方米左右，却展示了重庆中国三峡博物馆珍贵馆藏文物和重庆市全国重点文物保护单位的图文介绍。

站在"魔墙"前，参观者面前不断涌现出这种文物图片。

当一位参观者点击"'巫山人'下颚骨化石"时，"魔墙"上就出现了该化石文物的藏品图片和360度高还原的展品3D数据。

这块"魔墙"还有检索功能，只要输入关键词，就能搜索到相应的文物资料。对感兴趣的文物，参观者还可以扫描二维码，随时把文物图片下载到自己的手机上慢慢欣赏。

"这得仰仗文物数字资源管理与展示系统，它通过采集现有文物信息目录数据、珍贵文物三维数字化等数据，形成了重庆中国三峡博物馆的数据资源中心。"重庆声光电智联电子有限公司文保装备部技术总监郭青松解释。

目前，重庆中国三峡博物馆已完成了300件馆藏珍贵文物的三维数字化采集加工、纹理拍摄以及后期处理，能够最大限度还原珍贵文物。

VR、AR让文物"活起来"

在智慧博物馆，我们还发现了云计算、大数据、AR、VR等"黑科技"的应用。

依靠前沿技术，重庆中国三峡博物馆以"融合、智能、开放"的理念，为公众提供了更为"全新、多元、开放"的公共文化服务，成功让文物"复活"。

AR（增强现实技术）和VR（虚拟现实技术）无疑是当下最热门的高科技元素。当这些新技术手段被运用在博物馆，会给公众带来一种什么样的体验？

郭青松用手机打开"重庆中国三峡博物馆APP"中的AR智能导览系统，整个博物馆的布局和自己所在的位置随即出现在眼前。点击想要到达的区域，系统不但会为参观者提供一条动态导航路线，还可以结合手机摄像头提供 AR 实景方位引导。

这样的室内地图 AR 导航，在国内博物馆中尚属首例。

重庆中国三峡博物馆 APP 不仅能导航，还能"穿越"看文物。其中就有"群鸿戏海图"等 11 个场景。打开"群鸿戏海图"，可以看到画中的鸿雁时而翩翩起舞，时而低头觅食，真正让文物"活了过来"。

此外，重庆中国三峡博物馆还将 AR 和 VR 技术应用到了文物上。

在重庆中国三峡博物馆"重庆：城市之路"展厅一角，陈列着晚清时期的地图《增广重庆地舆全图》。参观者只要戴上 HoloLens 全息设备，便能置身于地图之中，如同穿越回到晚清，眼前是那时的街道、店铺和码头。

高速公路扫码付渐行渐近

今日重庆记者　陈科龙

随着支付宝、微信等 APP 的广泛应用，手机支付正在成为我们生活中的日常，就连去菜市场买菜也能实现手机支付。换句话说，一部手机似乎就可以走遍天下。但是，有一些地方却依旧需要现金支付，比如高速公路收费站。随着中交通信将扫码付引入高速路收费站，没带钱的开车族们再也不用担心没带钱了。

不少开车族都曾遇到过这样的尴尬：节假日开车下高速，还没到收费站便已排起了长队，只能眼睁睁地看着办了 ETC 的车辆快速经过收费站；开车上了高速路，结果过收费站时发现兜里没带钱，车辆也没有安装 ETC，下高速还得到处借钱。

走进"中国智谷"，我们发现，这一问题已引起关注，高速公路通行费的"扫码付"也渐行渐近。

为解决高速收费方式单一的问题，落户"中国智谷"的重庆中交通信信息技术有限公司将移动支付引入高速路收费，有效解决了高速路上的这些难题。

一部手机走天下

李强打开手机支付宝，点击 APP 里的付款码后，将手机对准一台 IPAD 大小并显示有应付金额的终端设备。"哔"的一声，手机显示支付完成，横在他面前的道闸也随之抬起。

9月11日，中交通信2楼展厅内，工程师李强向我们演示了如何用手机支付高速公路过路费的场景。

李强告诉我们，收费机上有两个摄像头，可以精准识别支付宝上的支付码，"不仅仅是支付宝，微信和带有云闪付标志的银行卡都能实现快速精准识别。"

"两个摄像头的识别距离有两米，手机都不用伸出窗外便可缴费，时间大约10秒，是真正意义的'秒付'。"站在一旁的中交通信总经理魏凤接过话茬，"我们从今年初开始研制这种新付费方式的系统及硬件设备，目前该技术已经接近成熟，并进入试点推广阶段。"

在魏凤看来，移动支付的普及将有利于提高高速路收费站通行效率，减少收费站拥堵情况，进一步提高用户的体验感。同时，也有利于节约高速公路管理方的管理成本，提升服务水平。

魏凤告诉我们，这款设备目前已经在渝遂高速 G93 沙坪坝站和渝蓉高速 G5013 大足站上线试运行，预计今年试点收费站将扩大到50个，2020年实现全市全覆盖。

从移动支付到车牌支付

"我在收费站留心观察了一下，有4条车道都安装了移动支付的'机器'，固定在收费亭的外壁上，离地面大概有1米多一点。还有一条车道的要高一些，可能是照顾货车吧。"听说老家的高速路收费站在试运行扫码付，杨天刚周末特意回了趟大足，感受了一把扫码付的快捷。

"就跟超市里的手机支付一样，还算方便。不过，还是没有 ETC 快捷。"杨天刚说，扫码付需要在上高速的时候取卡，下高速的时候也要把车卡交给工作人员确定金额，不像 ETC 那样上下高速路都不用停车。

对于杨天刚所说的情况，中交通信也有解决之道。"手机移动支付只是我们的第一步，相较现金收费方式的最大优点是减少现金使用，免去数钱和找零麻烦。后续，我们还会推出车牌支付方式。"见我们对车牌支付有些疑惑，魏凤解释，"车牌支付方式是移动支付的第二阶段，也可以叫'不停车支付'或'无感支付'。事实上，支付宝和微信已经开始在国内一些省市试运行了。"

车牌支付方式和 ETC 有些类似，但免去了很多复杂的办理程序，它通过对车牌、车型、车貌微特征的抓取、记录和分析，自动提取车辆行驶路径，计算收费金额，并运用免密支付等方式实现自动扣费，更加便捷和快速。

小车间里藏着智慧"大脑"

今日重庆记者　周瑞丰

从一名普通工厂工人干到车间经理，陈尚明用了20年。20年时间里，陈尚明目睹了工厂从传统走向智能的变化。通过构建智能化生产系统、生产设施，陈尚明所在的智能工厂效益已开始逐渐显现，"人工成本降低了20%，产能却提升了30%"。

9月的一个清晨，陈尚明一如既往换上工作服，穿过风淋室，吸净身上的灰尘后，走进SMT车间开始一天的工作。

从一名普通工人到车间经理，陈尚明在重庆盟讯电子科技有限公司已经干了20年。

跟随陈尚明，我们在这家高新企业的智能工厂，寻找智能"智"造的奥秘。

生产线上的变化

陈尚明供职的公司，是一家位于中国智谷的企业。进入车间后，陈尚明抬头紧盯着入口处一块实时生产数据看板，研究了半天。

他说，之前如果想看生产数据，必须得等到第二天人工统计的报表。如今一切都智能化了，他随时都能掌握当前的生产状况。

从搜集纸质资料，到实时查看生产数据，只是陈尚明所在工厂由传统向智能转变的一个缩影。

陈尚明所在的SMT车间，是盟讯科技智能装备最齐全的车间，这里有16条中高速智能生产线，可以生产包括电子、通信、安防三大类别数百种产品。

"这条生产线，主要生产摄像头主板。"来到SMT3S生产线旁，陈尚明给我们讲解智能工厂的生产流程，"SMT3S生产线的原材料由电阻电容构成，线路上安装了SPI自动锡膏监测仪、贴片机、FCT检测机等智能设备。"

"以前需要人工操作的环节，现在都被智能设备代替了。当工人想换料的时候，只需用PDA扫描机扫描一下原材料的编码，便可以自动换料，这也大幅度减小了差错率。"陈尚明还说，生产线上的FCT检测机，是非常重要的智能装备，"它能够根据每件产品写出对应的程序，通过检测信号，只需要30秒便可以检测出摄像头的清晰度，从而大大降低不合格产品的概率。"

离开FCT监测机，陈尚明来到了车间尽头——智能仓储所在地。

只见3个白色的巨大仓库矗立在这里，每个仓库的占地面积虽然只有10

平方米左右，但内部可以储存 2000 份原材料。

仓库前，是不停挥动的机械手，飞快地从仓库里拿取原料。原料拿出后就被放进 AGV 的小车里，小车会沿着固定线路到达生产线附件的线边仓。

作为临时存储点，所有物料信息及位置信息均存储在线边仓的内部系统里。需要哪种原料，只需输入编码，线边仓所对应的位置便会亮灯，方便生产取用。

在库房内，工人正在这间智能车间有序地操作，陈尚明说，"过去，工人得把物料放在货架上，通过人工边找边抓取，开放式货架的温度因为不好控制，对电路板有极大影响。智能仓储的运用提高了物流作业效率，最大化降低人工干预，减少作业的出错概率。"

设备装上智慧大脑

拥有了先进的智能装备，更需要实现信息共享，以便更加智能地为生产服务。

2015 年，这家位于中国智谷的企业联合重庆大学研发了 MES 制造执行管理系统。

这个系统，可以让生产管理系统适应多种生产模式，管理覆盖整个生产纵向流程。"这就相当于给每个智能设备安装了一个智慧大脑，不同设备之间的信息能够互相传递，真正实现智能化。"盟讯科技副总经理欧国栋说。

除了让设备之间的信息有效互通，MES 系统还有更大作用。

"通过几个批次的生产，MES 系统便可以储存产品的各种信息，并根据每条线的生产状况进行自动决策，将产品安排到最适合它的生产线。"身为公司副总经理的欧国栋坦言，这套系统让自己的工作轻松了不少，"MES 系统收集的大量数据，解决了以前人工统计带来的各种问题，在对数据进行分析后，还能反过来指导生产。"

装备了智能系统和智能设备的工厂，效益逐渐显现，欧国栋告诉我们："如今，盟讯科技的人工成本降低了 20%，产能却提升了 30%。"

在刚刚结束的智博会上，盟讯科技就展示了他们在智能工厂的新成果——二代智能仓储。

"模组化的结构使得其可以任意拼接，360 度旋转的新一代机械手能够大幅度提升智能仓储的工作效率。"欧国栋说，"今年下半年，我们将对其他几个车间进行智能化升级，真正实现从组装到测试，再到包装等各个生产环节的智能化。"

这里有个人才的"池子"

今日重庆记者　夏小萍

"人工智能"无疑是当下热词。但热度背后，是人工智能人才短缺的现实。为解决人才短缺问题，为重庆输送更多人工智能人才，重庆邮电大学科大讯飞人工智能学院应运而生，与重庆邮电大学计算机科学与技术学院合署办公，学院设重庆邮电大学本部校区、重庆邮电大学中国智谷（重庆）校区。今年9月，重邮讯飞人工智能学院迎来了首批学生，包括135名研究生和200多名本科生。

在重庆邮电大学校园的草坪上空，一架造型新颖的无人机自由翱翔。

随着无人机在空中盘旋，一幅逼真的重庆邮电大学全景画面，在操纵者眼前呈现。

通过"多传感器数据融合与虚拟场景建模系统"，每个学生都能在虚拟场景中，游走于学校每个角落……今年9月，重邮讯飞人工智能学院迎来了第一批研究生和本科生。上述场景，既是重邮讯飞人工智能学院的科研成果，某种意义上也是新生们入学的第一堂"专业课"——近距离接触人工智能领域应用，第一次感受科研创新的魅力。

人工智能专业人才成"抢手货"

2018年9月13日，重邮讯飞人工智能学院首批新生正式入学报到，包括135名研究生、200多名本科生。

重邮计算机科学与技术学院院长张清华告诉我们，人工智能学院此次招收的研究生来自全国各地，有不少是来自电子科技大学、四川大学、重庆大学等"985""211"高校的本科生。本科生则先进入"计算机智能科学"大类专业学习，念完大一后，通过专业分流真正进入重邮讯飞人工智能学院。

近年来，"人工智能"成为热门，人工智能学院也成为高等院校的"热词"。重庆南开中学高三学生家长曾立梅说，在南开中学的家长群里，"人工智能"和"人工智能学院"也是家长们最热衷的话题之一。

这背后，是我国人工智能产业人才供不应求的现实。据业内人士估计，当前，人工智能人才培养分散在高校的计算机学院、软件学院等，但很多毕业生都欠缺人工智能领域的实践经验，人工智能专业人才的数量缺口在百万以上。

重庆也一样。今年8月23日，重庆邮电大学发布的《重庆市"大数据智能化"人才白皮书（2018 年）》显示，目前重庆"大数据智能化"人才供给和需求存在匹配偏差等迫切问题。

提前布局人工智能领域人才教育

重邮讯飞人工智能学院，正是在人工智能人才短缺的背景下诞生的。

其实，大数据智能化方向的学生培养和专业建设，一直是重庆邮电大学的重点工作之一。早在与科大讯飞公司合作前，便设立了智能科学与技术专业，是重庆市首个开设此专业的高校，2018 年又开设了数据科学与大数据技术专业。

而重庆邮电大学教授王国胤更是在 20 多年前，就开始涉足人工智能领域。

王国胤教授是教育部"长江学者"特聘教授、中组部"国家高层次人才特殊支持计划（亦称'万人计划'）"科技创新领军人才、人社部"新世纪百千万人才工程"国家级人选、国务院特殊津贴专家，任国际粗糙集学会（IRSS）指导委员会主席（原理事长、咨询委员会主席）、中国人工智能学会（CAAI）副理事长、中国计算机学会（CCF）理事。带领的科研团队长期致力于大数据智能处理研究工作，出版学术专著 15 部（含编著），发表 SCI/EI 收录论文 200 余篇，论著被他人引用 8000 多次。主持国家和省部级科研项目 30 多项，在粗糙集与粒计算、知识发现、计算智能等方面取得多项创新性成果。

再来看看重庆邮电大学在人工智能领域的成绩单：

近两年来，重邮数据科学与大数据技术专业先后在"2017 中国高校计算机大赛——大数据挑战赛"获得季军（1222 支参赛队）、"2017 京东 JData 算法大赛——高潜用户购买意向预测"获得亚军（4240 支参赛队）、"IJCAI-17 Data Mining Contest-商家客流量预测"获得冠军（4058 支参赛队）、"2018 马上 AI 全球挑战者大赛——违约用户风险预测"获得冠军（187 支参赛队）、"2018 招商银行信用卡中心金融数据大赛"获得冠军（1596 支参赛队）、"2018 中国高校计算机大赛——大数据挑战赛"获得第六（1352 支参赛队）、2018 微软"创新杯"全球学生科技大赛中国区总决赛大数据方向最佳创新奖、2018 全国高校大数据应用创新大赛二等奖。

2018 年 8 月 17—18 日，在第八届"华为杯"中国大学生智能设计竞赛上，重庆邮电大学的"智能水面漂浮物清理机器人""基于图像识别的智能打捞船"两项作品获得全国总决赛一等奖，"智能科学与技术"获"华为专项奖"。

联合办学尽显校企优势

重邮讯飞人工智能学院，分别设立了重庆邮电大学本部校区、重庆邮电大学中国智谷（重庆）校区。科大讯飞公司派出由核心技术专家组成的企业导师团队，负责学生的专业课程、课题研发、实训实作等。

科大讯飞公司相关负责人说，"进入学院的学生，除了能够学到重庆邮电大学在信息通信领域的学科知识外，还将深度接受科大讯飞集团在人工智能领域一流的技术和资深专家的培养，他们将成为国内甚至国际一流的人工智能人才。"

张清华院长告诉我们，讯飞人工智能学院新生从入学开始，就会引入科大讯飞 AI 课程资源。在学生融入企业环境的过程中，还会持续跟踪，以优化学生的个性化培养。

办学初期的本科生教育，将依托学校在全国最早设立的"智能科学与技术"专业和新增的"数据科学与大数据技术"专业为主进行培养。研究生培养，将以重庆智能产业需要和科大讯飞技术发展为主要研究方向，努力打造2～3个中国人工智能最顶尖的行业应用研究专业。

学院构建了"双导师制"和联合课题攻关的人才培养模式，加强科研平台建设，积极推进"大数据智能计算国家国际科技合作基地"和"重邮讯飞人工智能研究院"等平台建设，打造国家级科研创新平台。

"重邮讯飞人工智能学院要为中国智谷建设和重庆人工智能产业的发展提供有力的人才支撑和智力支持。"重邮计算机科学与技术学院党委书记夏英说。

作品标题　"解码中国智谷"系列报道
参评项目　系列报道
作　　者　刘自良　杨光毅　陈科龙　夏小萍　董茜　胡婷　周瑞丰
　　　　　　高维微　游宇　吴静萌
责任编辑　陈科龙
刊播单位　今日重庆
首发日期　2018-09-25
刊播版面　"封面"专题

作品评价

党的十九大报告提出，"推动互联网、大数据、人工智能和实体经济深度融合"，着力建设新型智慧城市，加快工业互联网应用创新步伐，促进区域经济转型升级，推动大数据与实体经济融合发展。

基于此，作品选择"中国智谷"入手，通过利用"解剖麻雀"的方法，对"中国智谷"展开深入的报道，展现、印证了重庆把党的十九大精神全面落实在重庆大地上的生动诠释。作品以小见大，角度新颖，立意深远，紧扣时代主题，弘扬主旋律，是重庆"八项行动计划"之一的"以大数据智能化为引领的创新驱动发展战略行动计划"的生动写照。

采编过程

2018年8月23—25日，中国国际智能产业博览会在重庆成功举办。为深入报道智博会成果，《今日重庆》在9月刊特别策划了一组《解码中国智谷》的组合报道，作为当期"封面故事"。

在选题过程中，《今日重庆》编辑部与南岸区委宣传部、重庆智谷高新实业有限公司深入沟通，最终选择从一个人物（重庆智谷高新实业有限公司董事长刘超）、一家创新中心（飞象工业互联网平台）、两家大数据智能化企业（重庆声光电智联电子有限公司、重庆中交通信信息技术有限公司）、一间智能工厂（重庆盟讯电子科技有限公司智能工厂）和一所科研机构（重邮讯飞人工智能学院）作为组合报道的选题，从不同侧面解码一个"无限"的中国智谷。

社会效果

该组系列报道7篇稿件，语言质朴、真挚真诚，用老百姓喜闻乐见的语言讲述了一个个发生在"中国智谷"里有关梦想与成长的故事。

《解码中国智谷》报道刊发后，在社会上得到广泛传播，不少关心重庆发展的读者，向编辑部打来电话，询问"中国智谷"发展情况。

全媒体传播效果

《解码中国智谷》组合报道在杂志刊登后收获了大量读者的好评。此外，该组报道还通过今日重庆杂志社微信、微博、网站等平台发布，不少网友纷纷留言，想进一步了解中国智谷。

2018 年 10 月重庆日报报业集团新闻奖获奖作品

巧借艺术资源，让山窝变金窝

重庆日报记者　姜春勇　韩毅

10月21日，在沙坪坝虎峰山村，法国画家文森·漆正在画室里潜心创作，调漆、裱布，忙得不亦乐乎。"这里山清水秀，村民很热情，是个搞创作的好地方。"文森·漆在当地租农家小院当创作室已一年多。他用中国传统髹漆工艺，以城口的生漆，荣昌的夏布为材料进行创作，呈现的是一个西方艺术家眼里的东方神韵，其作品在世界各地展出，颇受欧美收藏家的青睐。平时有很多寻踪而来的艺术爱好者和同行敲响其山居柴扉，为虎峰山增添一道别样风景。

在虎峰山，像文森·漆一样自带"粉丝"流量的艺术家目前已有数十位入驻，形成一个"艺术家群落"，为乡村高质量发展探出一条"艺术+旅游+乡村建设"的独特路径。

山村的艺术家群落

走进虎峰山村，一条彩色沥青铺就的道路沿山麓蜿蜒而上。道路两侧，鲜花摇曳，不少民居墙上各类彩色的绘画引人注目，路边的车站涂着红黄蓝三色油漆，预示着这里与其他乡村有不一样的气息。

虎峰山森林覆盖率达到78.6%，植物繁多，生态环境优良，是主城保存较为完好的生态山地，因紧邻大学城，吸引了不少四川美院、重庆大学、重庆师范大学的美术系师生前来写生、创作，进而在这个山窝窝租民房当画室。大学教授、画家江永亭就是被这里的环境吸引，数年前上山租了一栋空置农屋，当作画室。画室逐渐成了重庆艺术圈的"造梦空间"。一到周末，不少人就背着画板、提着相机造访，观画展、谈艺术、聊人生……画室接待力日显不足。

今年5月，江永亭与人合伙把小院变成了民宿。一砖、一瓦、一草、一木，他在尊重原生态前提下，把美学理念融入每处设计，精雕细琢、修旧如旧，并将其定位为一间山里的美术馆，常态化举办雕塑、绘画、书法等各类展览，使这里成为一个游客打卡地。

内蒙古艺术家刘林魁一次偶然机会来到虎峰山，就被这个青翠静谧的山村吸引，他约了几个志同道合的艺术家朋友，在虎峰山村租下闲置农房，决心打造重庆版的"富春山居图"。今年4月，"7107田园艺术综合体"正式开园，在这里可以学习玩偶制作、绘画、品茗、从事艺术品交易等。双休日、五一、国庆期间，前来体验的游客络绎不绝，开业以来已接待数千人，这里研发制作的各类玩偶雕塑，产值已超过200万元。

罗文华、李其龙是四川美术学院毕业不久的90后学生，他们去年下半年在虎峰山租房成立了家具制作工作坊，从事高端艺术家具设计研发制作，他们设计制作的家具，艺术性强，造型独特，很受客户欢迎，预计今年产值能达500万元。

此外，重庆知名画家杨加勇、孙溢等都把虎峰山当成"诗意栖居地"，在此租房搞创作，做学术交流，颇有点"身居陋室，谈笑皆艺术，往来无白丁"的氛围。

目前虎峰山已吸引数十位画家、雕塑家、书法家、诗人、摄影家等长期入驻，从事艺术、文创、民宿等活动。

聚集人气　让乡村更美丽

站在虎峰山山巅，但见山间森林茂密、步道湖泊点缀其中，璧山城区、大学城风光尽收眼底。"虎峰山村有好的生态资源，也有一定的旅游基础，开办了桃花节、采果节等。现在面临的挑战是，在乡村振兴和建设美丽新农村中，如何将乡村游提档升级，做出特色，让乡村的人气旺起来，实起来。"曾家镇镇长简宗玲坦言，由于距大学城、重庆城区近，村民进城就业、安家的人很多，在乡村实际居住人口大量减少，人气不足、土地荒芜、农房闲置破败现象严重，发展乡村旅游存在后劲不足，档次不高，特色不鲜明的问题。

近一年来，曾家镇借助艺术家群体入驻山村这个优势，因势利导，以文化来打造美丽乡村，丰富乡村旅游内涵，让虎峰山村成为"艺术村"，乡村借艺术更美丽，乡风更文明；艺术项目与桃花节、采果季等农业旅游项目相结合，人气节节升高。简宗玲等镇村干部也有意识地和艺术家们交朋友，为他们排忧解难。罗文华、李其龙都亲切地称呼她为"简姐"，每天都要在微信上互动。"政府在这方面资金投入很少，主要的工作就是做好引导和服务，制定乡规民约，规范管理，让村民和艺术家能和谐相处，为艺术家们创造一个良好的人文环境。"简宗玲说。

罗文华表示，虎峰山变化很大，上山道路被拓宽并铺设了彩色沥青，健身步道、景观雕塑、灯饰工程、自行车道、水电通信等基础设施逐步完善。村民不仅直接享受到房屋租金上涨带来的收益，艺术家们开办的民宿还带动了村民就业，成为游客接待量的增长点。杨加勇的院子仅上个月就接待 7 位上市公司老总。刘林魁的艺术基地，每逢周末或节假日，吸引成百上千的体验者，带动 6 户农家为其提供餐饮、住宿、垂钓、茶艺等服务，生意火爆时，一家农户每天可挣三四千元。刘林魁介绍，在年底前，"7101 田园艺术综合体"要实现引进 35 位艺术家入驻虎峰山，村民闲置房租金收入近百万元的目标，还将带动村民开设土特产交易集市，吸引村民回村开办家庭餐馆、住宿等。目前，伴山里酒店、寺下·山之隐、赵东美术馆等一批项目正在虎峰山加紧建设。

据统计，今年 1—9 月，当地接待游客 40 多万人次，已经超出去年全年接待量。

记者手记>>>
乡村发展要善于借势

当前，伴随消费升级和旅游群体的年轻化，多样而独特的文化旅游资源对游客吸引力与日俱增，文化体验某种程度上已成为旅游业可持续发展的决定性因素。乡村旅游不再是看景、吃饭、采摘"老三篇"，亟待提档升级，以满足人们对高品质生活的需求。

文化、旅游融合发展，必须要因地制宜，善于和本地独特优势相结合，相互促进，共同发展，才有长久的生命力。实际操作中，个别地方为了"文化"而文化、为了"旅游"而旅游，无中生有、牵强附会、生搬硬套的"复制"项目，片面追求大、怪、新，最后往往门前冷落鞍马稀，人们并不买账。

虎峰山村以其良好的生态资源、基础设施，巧借紧邻大学城，获得艺术家群体青睐这个独特优势，坚持因地制宜、因势利导，政府资金投入不多，更多的是做规范管理和服务，实现了以艺术兴村，以文旅融合来实现乡村振兴，走上一条独具特色的发展路子。

作品标题　**巧借艺术资源，让山窝变金窝**
参评项目　**通讯**
作　　者　**姜春勇　韩毅**
责任编辑　**隆梅　郭晓静**
刊播单位　**重庆日报**
首发日期　**2018-10-29**
刊播版面　**第 1 版**

作品评价

本文调查深入、观点新颖、文字简洁、故事性强。在文旅融合、乡村振兴、高质量发展的时代背景下，文章从一位法国艺术家不远万里来"筑巢"切入，深度分析了沙坪坝区虎峰山村在乡村振兴和高质量发展中，巧借艺术资源，引入自带粉丝的艺术家群落，把一个空壳村变成生机勃勃艺术村的路径和方法，并通过记者手记对乡村振兴、文旅发展作了深入分析，具有极强的引导性、前瞻性和指导性。

采编过程

记者在一次基层采访中，敏锐地发现该线索，先后三次前往虎峰山村，实地采访了近 10 位落户艺术家以及村、镇干部，最终完成此稿。

社会效果

文章刊发后，即可引起海内外媒体广泛转载，包括重庆市政府官方网、人民网、新华网、新浪网、搜狐网等，还引起全国多地的行政部门纷纷前往虎峰山村考察、学习、交流、取经，在社会各界激起强烈反响。

世界桥梁史上的奇迹是如何创造的

重庆日报记者　吴国红　李星婷

1278 年，宋代大臣文天祥在广东兵败被俘。翌年，他被押送经过珠江口外的海域时，留下了这首著名的诗作——《过零丁洋》。

如今，文天祥发出千古慨叹的伶仃洋（又称零丁洋），已是世界上最繁忙的航道之一。

在这片广阔的海面上，有一座大桥于 10 月 23 日正式开通了。它，就是港珠澳大桥。

这座大桥历时 6 年论证、9 年建设，全长 55 公里，集桥、岛、隧一体，创造了多项世界第一，获 454 项专利，堪称世界桥梁史上的珠穆朗玛峰。

令人自豪的是，有近 3000 名重庆人参与了这座大桥的建设，他们用智慧和汗水成就了属于重庆的骄傲。今年 4 月，重庆日报曾特派记者到大桥现场实地采访，对港珠澳大桥中的重庆元素进行了全媒体系列报道。

除此之外，在大桥建设中，还有一些人与重庆有着难于割舍的关系，孟凡超，便是其中的佼佼者。

通车前夕，这位昔日重庆交通大学 1978 级桥梁与隧道专业学生，如今的港珠澳大桥总设计师，就为何要建这座大桥，依据怎样的理念、标准设计这座大桥，建设过程中突破了哪些技术难题，在渝的大学教育对自己今后的职业生涯奠定了怎样的基础等问题，接受了重庆日报记者的独家专访。

实现粤港澳 1 小时交通生活圈

重庆日报记者：港珠澳大桥历时 9 年时间的建设，耗资上千亿。那么，我们为什么要在珠江口建这座大桥？

孟凡超：港珠澳大桥是我国继三峡工程、青藏铁路、京沪高铁之后又一个重大基础建设项目。

为什么要建这座大桥？我们先看看它所处的地理位置。在伶仃洋半径 60 公里以内，有 11 个珠三角的大中城市，包括广州、深圳、佛山、珠海、东莞、中山、惠州、江门、肇庆等 9 个市，以及香港、澳门两个特别行政区。

国家致力于将珠三角沿线打造成大湾区。如果这 11 个城市形成一个城市群、经济圈，共同发展，未来这里会与美国纽约湾区、旧金山湾区和日本东京湾区并肩，成为国家建设世界级城市群和参与全球竞争的重要空间载体。

　　重庆日报记者：有人说，港珠澳大桥让粤港澳 1 小时交通生活圈变成了现实。此话如何理解？

　　孟凡超：以前，珠江口上除了一座位于东莞的虎门大桥外，中间就再没有第二个通道。由于天堑的阻隔，珠江西岸与香港之间的陆路需绕行虎门大桥，导致珠三角西岸经济发展相对滞后。

　　如何真正激活这一地带，打破桎梏其经济发展的壁垒，进而促进珠三角沿线的提档升级，实现粤港澳 1 小时交通生活圈至关重要，这是建设港珠澳大桥最直接的目的。

　　我们从地图上看，港珠澳大桥从珠海抬起左脚、从澳门迈开右脚，一路向东伸向香港，形成一个大大的"Y"字。大桥建好以后，驱车从香港到珠海、澳门的时间将由以前的约 3 个小时缩减为约 45 分钟，让粤港澳 1 小时交通生活圈变成了现实，珠三角等沿线城市成为一个超级城市群，这有助于粤港澳大湾区的发展。

集桥、岛、隧一体的完美呈现

　　重庆日报记者：港珠澳大桥全长 55 公里，集桥、岛、隧一体，是世界上最长的跨海大桥。英国《卫报》将其称为"世界第七大奇迹"。您是基于怎样的理念带领团队设计这座大桥的？

　　孟凡超：2004 年年初，港珠澳大桥建设的前期工作正式启动。我们公司承担起大桥工程前期规划的牵头工作，整个团队涉及交通、经济、规划、水文、气象、地质、环保等多个专业，全国涉及的总人数有 1000 余人，核心成员有六七十人。

　　关于港珠澳大桥的总体设计理念，我总结出"7 个性"：战略性、创新性、功能性、安全性、环保性、文化性、景观性。

　　说到港珠澳大桥的功能性，就涉及桥位的选择。在综合考量三地的车流、人流，以及现在和未来的交通状况等因素后，在珠海我们选择了拱北海关，澳门在东方明珠，香港则是在与机场高速相连的大屿山公路东涌点，这样对三地来说都是最便捷的位置。

　　重庆日报记者：从桥的构成来看，港珠澳大桥为什么是桥、岛、隧三种方式的集群组合？

　　孟凡超：这就是我想说的大桥的安全性。港珠澳大桥不仅仅是桥，更是一个跨海集群工程，由桥、岛、隧三部分组成。通常来讲，桥型可以分为梁式桥、拱式桥、悬索桥、斜拉桥等四种类型。但是港珠澳大桥太长了，单一的桥型无法满足建桥所需的力学结构，也就无法保证大桥的安全性。

因此，在设计桥型的时候，我们需要分段考虑。首先，珠江口是一条世界级的战略航道，最繁忙的时候，这里每天有4000多艘轮船在海面上通过。根据预测，未来还会有30万吨级的海船需要通过，那么就要留下足够宽的主航道。其次，港珠澳大桥的桥位所在海域靠近香港机场，每天有1800多架的航班从这里起降，白天每隔一两分钟就有一班，因此，桥不能修得太高。

综合以上两点，必须启动修建海底隧道，以留够宽阔的海域通航30万吨级海轮，又不至于影响飞机起降，且需要建人工岛把隧道两头连接起来。除此之外，我们把其余主体桥梁工程设计为3座通航孔桥：九洲航道桥、江海直达船航道桥、青州航道桥。这三段通航孔桥都是斜拉桥，按照桥墩之间的距离不同，分别通行5000吨、1万吨、几万吨等不同吨级的轮船。

重庆日报记者：港珠澳大桥远远望去如一条玉带飘落在伶仃洋上，非常壮观，也非常优美。把大桥设计成弯弯曲曲的形状是基于什么原因？您曾经说过港珠澳大桥不仅是一座桥，还是有血有肉的文化载体，那么港珠澳大桥的文化元素体现在什么地方？

孟凡超：关于大桥的设计线形，我们更多的还是从技术层面上来考虑的。因为珠江口有30多公里宽，每一处的水流方向、速度都是不一样的。从工程的角度讲，桥墩的轴线方向应和水流的流向大致平行，以尽量减少阻水率，否则大桥就会成为珠江口的一道大坝。再者，大桥设计成弯曲的形状，可以避免驾驶员产生视觉疲劳。

当然，作为一座里程碑式的跨海大桥，港珠澳大桥的交通功能只是它的一个基础性的设计旨要，它的文化打造和追求，是它更高境界的使命，所以它必须是一个有血有肉、有骨有魂的文化载体。这座大桥的文化元素主要体现在"风帆""海豚""中国结"等三处桥塔上。其中2座"风帆"塔寓意扬帆起航；3座"白海豚"塔取意人与自然和谐共生；2座"中国结"塔因为所处位置靠近香港，所以寓意三地携手共进、永结同心。我最感得意的就是整座大桥因地制宜，与当地的海洋文化、地域文化相得益彰，从而成为伶仃洋上独特的标志性建筑。

"四化"建设让大桥工期缩短了2年

重庆日报记者：港珠澳大桥创造了多项世界第一，解决了很多世界级难题。为什么大桥要按照120年的使用寿命来设计？120年的使用寿命意味着什么？

孟凡超：设计并确保港珠澳大桥要有120年的使用寿命，其实这里面没有太多的玄机。因为香港、澳门采用的是欧洲标准，这样级别的大桥就应该以120年为使用寿命的标准。

120年的使用寿命意味着大桥要能够抵抗120年内可能出现的自然灾害，如8度地震、16级台风，可应对120年内海水、大气等对大桥结构的侵蚀，可承受120年汽车行驶带来的疲劳损伤等等，保持安全。

重庆日报记者：如何保证大桥120年的使用寿命？

孟凡超：这就非常关键了。我们遵照甚至高于香港采用的120年建造标准进行施工质量控制，比如对混凝土保护层厚度、耐腐蚀钢筋、岛隧工程沉管钢筋的尺寸精度，水下沉管对接误差等，都制定了非常严苛的规定。

重庆日报记者：在建设过程中，怎么实现这些标准？

孟凡超：业界对港珠澳大桥的评价是世界桥梁史上的珠穆朗玛峰。这项世界超级工程不仅所有环节都堪称精细、完美，而且这座大桥自2009年年底正式开建以来，没有出现过一起安全事故。因为在港珠澳大桥的建设过程中，我们采用了大型化、工厂化、标准化、装配化（即"四化"）的方式来建设。

重庆日报记者：怎么理解这"四化"，能不能举点例子？

孟凡超：按过去建桥的老办法，就是千军万马到现场去，人工浇筑水泥墩台，然后再一块块地焊接桥身的钢箱梁。但是，港珠澳大桥不这么建了。

怎么建？比如建大桥桥梁使用的钢箱梁体，每段长约110米；建海底隧道用的33节沉管，每节重约8万吨；建人工岛的120个钢圆筒，每个直径和篮球场一样大，高相当于18层楼……都是大得不得了的家伙！但它们都是分别先在各个工厂预制好，然后用特种装备运到现场进行装配，整个像流水线一样操作，这就是"四化"。

所以港珠澳大桥建设这几年，除了建东、西人工岛时海上工人多一些以外，其余时候海面上只有大型船舶和大型起吊设备，工人并不多。

重庆日报记者：先把建造大桥的一个个构件做好，再到海上安装。这种颠覆性的建桥方式，有什么好处？

孟凡超：直接地说，这种建桥方式，可以有效地避免海上建桥的风险。比如说，参与整个港珠澳大桥建设的工人，前后加起来有3万余名，工程量十分浩大，如果一旦有台风、海啸等发生，工人发生伤亡怎么办？建桥期间，我们遇到几次大的台风，因为采取"四化"的方式施工，海上现场人数较少，所以转移起来很快，经济损失也小。

还有，如果采取传统的办法建桥，如此长时间的施工，对海域的污染也是无法估量的。

再者，这样流水线、标准化的作业方式，使建设整座大桥的每一个流程、环节都实现了机械化、自动化、信息化，从而保证了港珠澳大桥的高质量，同时也可以大大地缩短工期。比如三座海豚塔的安装，前期在基地已经进行了一两年的论证、模型演练等，每一个操作流程都进行了极为细致的考虑，因此现场安装一座塔只用 9 个小时。

总之，因为"四化"建设，港珠澳大桥工期整整缩短了 2 年。

重庆是一支非常重要的建设力量

重庆日报记者：有一种说法是，攀越了港珠澳大桥这座珠穆朗玛峰后，我国从桥梁大国成为桥梁强国。您是否认同这样的说法？

孟凡超：自 2009 年开建以来，港珠澳大桥以国际视野、国际能力、国际胸怀，一直备受关注。它的建设完成，是改革开放 40 年综合国力的具体体现，标志着我国今后在桥梁建设方面，可以很"任性"。

此前，业界谈论最多的是韩国釜山港大桥、瑞典厄勒海峡大桥、土耳其博斯普鲁斯海峡大桥，但港珠澳大桥建成后，综合难度已经超越前几个标志性的跨海工程。

在完成建设港珠澳大桥的这些年中，我们前后实施了 300 多项课题研究，形成了 60 多份技术标准，获得 454 项专利，创新了海上装配化桥梁、超长外海沉管隧道、海上人工岛等方面的设计与施工理论，形成了拥有自主知识产权的核心技术，建立了建设跨海通道的工业化技术体系。这为我们今后建更长、更大规模的跨海大桥，积累了宝贵的经验。

重庆日报记者：您是重庆交通大学毕业的优秀学子，大学教育对您今后的职业生涯奠定了怎样的基础、产生了怎样的影响？对如今的交大学子，您想说些什么？

孟凡超：我是 1978 年进入重庆交通大学的，当时叫重庆建筑工程学院。在重庆的这四年，我不仅接受到良好、系统的大学教育，而且重庆这座城市也给我留下了深刻的印象。作为一座山水之城，重庆独特的山城地貌和两江环绕，让如今的重庆总共有 4500 多座桥梁，数量多、规模大，桥梁技术水平高，影响力也很大。比如长江大桥复线桥是世界跨径最大的连续刚构桥，菜园坝长江大桥是世界跨径最大的公轨两用结构拱桥，朝天门大桥是世界跨径最大拱桥……早在 2005 年，重庆就被茅以升桥梁委员会认定为中国的"桥都"。所以，这次建设港珠澳大桥，重庆是一支非常重要的力量。

九层之台，起于累土。我在母校接受的教育，为我今后的事业发展打下了坚实的基础。我记得当时全校一共有城市规划、土木工程、道桥工程等六七个系，2000 多人。我就读的道桥工程系有 4 个班，140 余人，设桥梁与隧道和公路工程两个专业，我学的是桥梁与隧道专业。

那时候我们的生活很单纯，平均每天 6 节课，其余时间就是自习、做作业，大家都非常珍惜来之不易的读书机会。校长、老师都寄语大家：国家百废待兴，人才青黄不接，大学生是栋梁之材，一定要好好学习，为国家建设努力。

教"结构力学"的王向坚、教"拱桥"的王世槐、教"梁式桥"的汤国栋、教"悬索桥"的徐君兰……这些老师都给了我很大的影响，他们严谨的治学精神以及举一反三的思维方式，让我获益终生。

大学毕业的时候，我以每门课90分以上的成绩分配到北京工作，一直就做桥梁设计。我有时会回到重庆，参加一些桥梁方面的学术研讨会，或者回母校作讲座。

我想给交大学子说的便是庄子的那句名言："吾生也有涯，而知也无涯。"学习是一件终生都要为之执着追求的事，所以必须保持一颗进取的心，持之以恒。愿母校的学子们，为将我国建设成为世界桥梁和交通技术强国而不懈奋斗。

作品标题　世界桥梁史上的奇迹是如何创造的
参评项目　全媒体
作　　者　吴国红　李星婷
责任编辑　兰世秋　张信春　汤寒锋　唐琴
刊播单位　重庆日报
首发日期　2018-10-23
刊播版面　第6版　重庆日报公众号

作品评价

在重大新闻面前不失语、早策划、有体现，是党报的责任担当。这篇文章的及时见报便是明证。在对港珠澳大桥的宣传报道中，该文因特有的厚重与气势，在同城媒体关于这一重大新闻的报道中独具特色。

文章结构清晰，逻辑严密，文字简洁朴实，叙述张弛有度，不失为一篇思想性、新闻性以及文字表达与处理方面都上佳的优秀作品。

采编过程

采写经过：作为连接香港、珠海、澳门三地的世界最长跨海大桥，港珠澳大桥的建设举世瞩目，有近3000重庆儿女参与了这座大桥的建设。面对这样一个重大新闻题材，早在今年4月，重庆日报就曾派采访小组前往珠海实地采访，对大桥建设中的重庆元素进行了系列报道。

不仅如此，记者还了解到，港珠澳大桥的总设计师孟凡超是重庆交通大学 1978 级桥梁专业学生。只是由于大桥的前期设计早已完成，当时孟凡超已离开珠海。

对于为什么要建设港珠澳大桥，建设的难度、创新点、政治及经济意义，以及大桥设计的独到之处和文化内涵等，孟凡超无疑是一个全面、权威的发言者。

于是记者没有放弃，在早早做好相关案头工作的基础上，利用 5 月去北京出差的机会，约好孟凡超进行了专访。由于时间充裕，孟凡超详细地向记者解答了所有问题，并回顾了母校当年对自己的培育。

采访完成后，作者反复推敲、打磨，并与孟凡超反复核对后成稿。在出版前夕，又反复与新华社稿件比对核实，以确保稿件既不出错又要出彩。

社会效果

由于重庆日报未雨绸缪，早做准备，提前对孟凡超进行了深入的采访并做好版，在 10 月 23 日港珠澳大桥通车仪式的当天，重庆日报公号即用新媒体方式推出孟凡超的独家专访；10 月 24 日正式通车的当天，又在报纸上以整版形式推出专访报道。新华网、新浪网、人民网等纷纷转载，反响极为热烈。不少网友纷纷留言，表示"这是大国崛起的象征！重庆教育的骄傲！"

全媒体传播效果

重庆日报在港珠澳大桥举行停车仪式的当天就推出该篇专访文章的微信公号，阅读量达到 3 万多，点赞 355 个，留言数十条，传播效果非常好！

我是受药人

重庆晨报记者　范永松

每周四，江北区某农贸市场的蔬菜零售商张龙（化名）就会定时从摊位上"失踪"半天，留下妻子守摊。相熟的菜贩偶尔问起，他会解释自己是回渝北老家了。

事实上，张龙去了市中心一家医院，志愿接受一种药物的临床治疗试验，需要每周四定时回医院复检，以验证用药效果。

在我国，每年都有大批患者或者健康志愿者经过严格筛选，自愿入选成为一种新药物或一种新疗法安全性、有效性验证临床试验的受药人。

他们既要承担新药物或新疗法试验带来的不稳定和未知的风险，也可能幸运地接受到最新的治疗方法，取得令人惊喜的治疗效果，并为人类的医药事业做出积极的探索。

怎么挑选受药人，受药人实验过程是怎么样的，却并不为公众所知。日前，记者走进重庆两家三甲医院，了解到受药人的挑选和受药过程。

药品上市前最后一关

根据国家有关规定，每一种新药要发布，一种新疗法要公开，在之前，都必须经历受药人这个人体试验阶段，也是药品上市前的最后一关。

9月13日，又一个周四，张龙一大早就从家里出来，乘车到渝中区的一家三甲医院。

早上8:30，张龙到了医院，挂号大厅挤满了排队的人群，他走进背后的小巷，七弯八拐之后，来到一栋4层楼房的三楼，然后钻进一间挂着肝病中心临床药理基地牌子的办公室。

在办公室，身穿白色护士工作服的小徐已在等着他。小徐会仔细查看他交回来的各种表格，并陪同张龙到抽血室抽空腹血，然后一起等待化验结果出来。

小徐不是医护人员，她的岗位名称是临床协调员，负责协调患者与研究者的关系，协助研究者做一些医学判断，实际上就是临床试验项目的日常管理者和研究者的助手。

根据国家有关规定，临床试验，指任何在人体（病人或健康志愿者）进行药物的系统性研究，以证实或揭示试验药物的作用、不良反应及/或试验药物的吸收、分布、代谢和排泄，目的是确定试验药物的疗效与安全性。临床试验一般分为Ⅰ、Ⅱ、Ⅲ、Ⅳ期临床试验和 EAP 临床试验。

小徐介绍，一个标准的临床受药试验，牵涉了医药厂家、临床医院和志愿者三方，三者之间有一个完整的试验链条。每一种新药要发布，一种新疗法要公开，在之前，都必须经历受药人这个人体试验阶段，也是药品上市前的最后一关。

具体到张龙这个项目，除了两人，还有研究者康医生，康医生是该院感染科副主任医师，负责这个项目的实施和评估。

抽血检查结果出来了，张龙看着表格里的各种数字，如同看天书。小徐立即将报告传给康医生，结果会清晰详细地显示张龙这一周服用药物的效果和进展，而这一结果也会决定着张龙下一步的用药方向。

受药人张龙
突患肝受损正好遇上项目　感觉是"天上掉下的福分"

成为受药人，张龙感觉是"天上掉下的福分"。他今年 51 岁，初中没毕业就走入了社会，干过各种工作，最终成了一名蔬菜零售商。

他每天天不亮就开一辆中型货车到江津双福农贸市场进货，然后运回农贸市场，卖完才收摊。

因为经济条件不好，张龙朋友不多，他不抽烟不喝酒，但 20 年前偶然得过一次肺结核，后经过治疗康复。

让他没有想到的是，今年 8 月，结核病突然复发，他吃了一个月的免费结核病治疗药物，治好了结核病，不想吃药太猛造成肝功能药物性急性受损，于是转到了某三甲医院感染科治疗。

当时，感染科正好有一个国内上市医药厂家治疗急性药物性肝受损的受药项目，委托全国 20 多家有 GCP（药物临床试验管理规范）证书的三甲医院征集 240 名志愿者做受药试验，分配给该三甲医院感染科 12 个名额。

小徐介绍，此次受药人的入选条件是年龄为 18~75 岁，男女不限，入组的一个重要医学标准是病人的转氨酶 ALT 值必须达到正常值 3 倍以上、20 倍以下。招募是公开进行的，招募广告至今还摆在感染科门诊部的门口。

经过严格的检查，张龙的病情正好符合，医生便向张龙发出受药人邀请。根据约定，如果参加，所有检查和治疗都是免费的，往来一次还有 100 元的交通费补贴。

经过详细沟通，医生把试验可能带来的最严重后果都告诉了张龙。张龙和家人商量后，同意入组，双方签订了非常详细的临床试验知情同意书。

张龙说，自己之前从来没有听说过受药人这个名称，加入之后，才发现试验没有想象的那么可怕，自己的身体也没有任何不适，"毕竟他们之前已经用动物做了大量试验"。

张龙的工作主要是遵照医生的要求，每天按时按剂量吃药，然后填好服药日志卡、不良事件表、合并用药表，如果用药后有异常身体反应，必须及时告知医生；然后每周四固定回医院抽血检查一下用药效果，让负责项目的医生评估效果，是否值得继续用药。

小徐说，在受药过程中，一切都是以病人的利益和安全为中心，医院如果发现情况异常或受药人感觉身体不适，均可随时通知对方中断受药过程。

受药人何飞
面对不菲的治疗费用　患白血病的他曾想放弃

各种治疗癌症的药物和疗法也在加速研制和推出，人类治疗癌症的探索一直在艰苦进行，"受药者们除了可以免费接受最新的治疗药物和方法，其实也为人类的健康事业做出了巨大的贡献"。

在受药试验中，治疗当下医学难题癌症的相关新药物和新疗法无疑比例更高。在受药人群体中，癌症受药者无疑更加受到关注，配合态度也更为积极。

比如同样作为受药人，与张龙相比，身患恶性淋巴瘤白血病的何飞（化名）无疑态度更加积极。在参加受药试验前，他曾一度失去希望。

57岁的何飞身材敦实，头发稀疏，面容慈善，曾经长期从事体力劳动。他年轻时在一家电池厂的炭金车间工作了30多年。

2014年，53岁的何飞提前办理了病退。退下来不久，他开始咳嗽、时常发低烧，体力日趋不支，日常生活也需要家人照顾。何飞先后到三家医院检查，最后在市肿瘤医院确诊为慢性淋巴细胞白血病和2型糖尿病，住进了市肿瘤医院血液肿瘤科的病房。

负责主治的黄医生介绍，经过两个多月的治疗，何飞的病情基本得到控制，回家休养。2016年年底，何飞再次住院，面对不菲的治疗费用，他萌生了放弃治疗的念头。当他从同病室病友处了解到有新药临床试验，便主动找到主治医师了解，希望加入新药的临床试验。

根据他的病情，医生向他推荐了一种新药的受药邀请，何飞和家人商量后，答应了受药邀请。

随后，何飞在医生指导下，开始了为期3个月的受药过程。随着一次次用药，何飞体力越来越好，可以自己照顾自己，让他重新燃起了希望。

三个月的受药结束之后，何飞还要定时接受长达两年的复查和观察，第一年每季度复查一次，第二年每半年复查一次。随着身体的好转，他坚信了自己的选择，也非常配合试验的开展。

这让在市肿瘤医院从医14年的黄医生也很感动，毕竟这是新药的试验阶段，风险虽然可控，但依然存在。比如，新药的人体耐受性试验，就是在经过详细的动物试验研究的基础上，观察人体对该药的耐受程度，找出人体对新药的最大耐受剂量及其产生的不良反应，是人体的安全性试验。

黄医生说，随着近些年各种肿瘤癌症疾病的多发，各种治疗癌症的药物和疗法也在加速研制和推出，人类治疗癌症的探索一直在艰苦进行，"而像何飞一样的受药者，他们除了可以免费接受最新的治疗药物和方法，其实也为人类的健康事业做出了巨大的贡献"。

9月27日，何飞时隔半年再次来到市肿瘤医院复查，在21楼肿瘤科病房，何飞热情地与埋头工作的黄医生打招呼。看见何飞来了，黄医生脸上露出笑容："新药的效果看来不错，和他同组的另一名受药病人已经痊愈，希望他也能早日康复。"

临床试验要经过层层严格审批

在我国，为了保证临床试验过程的规范、结果科学可靠，保护受试者的权益并保障其安全，国家药品监督管理局专门颁布有《药物临床试验质量管理规范》（以下简称"GCP"），该法规于2003年9月1日起正式实施。

GCP详细规范了药物临床试验全过程的标准，不但适用于承担各期（Ⅰ—Ⅳ期）临床试验的人员（包括医院管理人员、伦理委员会成员、各研究领域专家、教授、医师、药师、护理人员及实验室技术人员），同时也适用于药品监督管理人员、制药企业临床研究员及相关人员。

在此前，我国对引入、推动和实施GCP已有20多年的时间，拥有成熟而完善的体系和经验。

每一个临床试验，都必须得到国家药品监督管理局的批准，获得批准号方可进行。研究新药的制药企业或者研究机构要进行大量的实验室研究，取得动物的疗效与安全性试验数据，以及其他的药学数据。

得到国家药监局的批准，只是进行临床试验之前的第一步，要想实施临床试验，还必须通过独立伦理委员会的审核。每个能够进行临床试验的医院，都有一个由医生与其他职业的人员（外单位）组成的独立伦理委员会，负责对在本医院进行的临床试验进行伦理审核。伦理审核将对参加试验的受益（好处）与风险进行综合权衡，只有当参加试验的受益大于风险时，这个临床试验才会通过审核，然后医生们才会按照要求进行临床试验。

作品标题 我是受药人
参评项目 通讯
作　　者 范永松
责任编辑 罗皓皓
刊播单位 重庆晨报
首发日期 2018-10-22
刊播版面 第7版深阅读

作品评价

为了与疾病抗争，人类研制的新药每一次上市前都必须经历人体试验这最后一关。面对不可知的试验风险，这个自愿充当人体小白鼠的受药者群体都是一些什么样的人？他们是谁？他们为什么要自愿充当小白鼠？他们是怎么想的？受药过程是怎么样的？

本文通过采访多位参加受药试验的病人和医务人员，展示了我国受药制度的运行机制，以及受药人群体的故事，揭开了神秘的受药人面纱，普及了我国医药研制的受药人制度，为促进医药科研的发展做出了贡献。

采编过程

因为涉及病人隐私，以及医院严格的医疗保密制度等，记者通过历时近一个月的独家跟踪采访，完成此稿，这也是重庆受药人故事首次公开见于报端。

社会效果

稿件见报后，在本市医疗界引起反响，揭开了受药制度的神秘面纱，增加了病人群体对受药制度的了解，为他们的治疗提供了更多的希望和选择。

全媒体传播效果

上游新闻总阅读量19133。

重庆 3 企业家收到总书记的回信：
"总书记的回信，给了我们两个'心'，
发展企业的信心，扶贫的决心"

重庆晨报记者　刘波　王倩

10 月 20 日，中共中央总书记、国家主席、中央军委主席习近平给"万企帮万村"行动中受表彰的民营企业家回信，对民营企业踊跃投身脱贫攻坚予以肯定，勉励广大民营企业家坚定发展信心，踏踏实实办好企业。

昨日，记者从市工商联获悉，在全国工商联、国务院扶贫办等单位首次开展"万企帮万村"行动先进民营企业表彰活动中，我市金科地产集团股份有限公司、重庆和信农业发展有限公司和重庆谭妹子金彰土家香菜加工有限公司 3 家企业获表彰。

据了解，截至 2018 年 6 月 30 日，我市有 1755 家民营企业参与"万企帮万村"精准扶贫行动，有 1363 个村接受了帮扶，其中贫困村 1013 个，投入资金 17.75 亿元，其中产业扶贫 14.07 亿元。

收到回信的民营企业家心情如何？　"总书记的回信，给了我们两个'心'。"重庆和信农业发展有限公司和重庆谭妹子金彰土家香菜加工有限公司负责人说，这两个"心"，一个是发展企业的"信心"，一个是扶贫的"决心"！

"谭妹子"帮 840 户贫困户脱贫
"备受鼓舞，让企业发展更有信心"

收到习近平总书记的回信，重庆谭妹子金彰土家香菜加工有限公司董事长谭建兰心情激动。

近年来，谭建兰在当地政府支持下通过大规模土地流转带领石柱县 7 个乡镇、24 个村、6800 户农户建立辣椒专业合作社。如今，谭建兰的辣椒基地面积已达到 2 万亩，年产值达到了 1.2 亿元，带动了 6800 户农户种植辣椒增收致富，并帮助了 840 户贫困户。

截至目前，已有 587 户贫困户稳定脱贫，剩余的 253 户贫困户也计划在

今年内实现脱贫致富。

回信让企业发展更有信心

"我们在北京一起写的信，没想到这么快就收到回信了。"谭建兰说，在北京参加"万企帮万村"行动先进民营企业表彰活动时，受到表彰的民营企业家给习近平总书记写信，自己也参与其中。

谭建兰说，写这封信时，大家都很激动。

信里汇报了大家参与"万企帮万村"行动的体会。"我们都希望为脱贫攻坚贡献更多的力量。"谭建兰说，这封信表达了大家继续为脱贫攻坚贡献力量的决心。

回到重庆后没多久，谭建兰就收到了习近平总书记的回信。"这封信对我们投身脱贫攻坚进行了肯定，让我们备受鼓舞。"谭建兰说，习近平总书记的回信，让企业发展更有信心。

2004年，土家妹子谭建兰看准石柱县大力发展辣椒产业的大好时机，创办了公司。

谭建兰的创业之路并不是一帆风顺。在公司最困难的时候，是乡亲们的信任和帮助，帮公司渡过难关。而富起来的谭建兰也一直没有忘记乡亲们。

帮助840户贫困户脱贫致富

"要让更多人富起来！"谭建兰不仅是这么说，也是这么做的。近年来，谭建兰积极带动贫困户种植辣椒，帮助他们脱贫增收。

戴了三年"贫困帽"的张廷树，就尝到了种植辣椒的"甜头"。去年，张廷树在谭建兰的带动下，租下了165亩土地种植辣椒。"租金有公司担保，等到辣椒有了收入再进行支付。"张廷树说。经过一年的"零租金"辣椒种植，张廷树一家人不仅圆了脱贫梦，年收入还翻了好几倍，达到了10多万元。

2017年，石柱县整合各级涉农资金用于产业扶贫，谭妹子公司申请资金240万元，带动120户贫困户参与股权化建设。股金按照公司50%，村集体经济组织10%，贫困户40%的比例来分配，公司再按每年8%的固定分红和4%的效益分红对贫困户和村集体进行分红。通过不断地完善和延伸产业链条，谭建兰已帮助了840户贫困户，并已让587户贫困户稳定脱贫。剩余的253户贫困户，计划在今年内实现脱贫。

如今，"谭妹子"品牌不仅打开了重庆市场，还在全国很多地方销售火热。"谭妹子"微信商城的总销售额已经突破了200万元。接下来，谭建兰还计划在淘宝上开设官方网店，帮贫困户叫卖土货。

蓝洪健帮助 1024 户贫困户增收
"不忘嘱托，为脱贫致富贡献力量"

"看到总书记的回信，我深受鼓舞，也信心倍增。"重庆和信农业发展有限公司董事长蓝洪健说，公司 2009 年落户重庆酉阳，在这里建成投产了 4 万多平方米的青花椒精深加工基地，发展栽植青花椒 21 万余亩，带动农户 1.3 万余户 6 万余人，助 1024 户贫困户脱贫增收。

蓝洪健表示，未来继续把青花椒种植模式推广下去，带动更多的贫困乡村和农民脱贫增收。

不忘嘱托继续帮助贫困群众

"没想到总书记会给我们回信，这让我们备受鼓舞和感动。"昨日，蓝洪健激动地说。

2009 年，蓝洪健到酉阳考察后决定在此种植花椒，投资 2 亿多元发展 30 万亩青花椒产业，在全力打造产业链的同时，还积极参加"万企帮万村精准扶贫行动"。

"做农业项目需要投入大量的资金和精力，对我来说，能获得先进民营企业已经是殊荣了。"蓝洪健说，10 月 16 日站上领奖台的那一刻，他心情十分激动。

10 月 21 日，蓝洪健看了习近平总书记的回信，心情久久无法平息。"总书记给我们回信了，说明他对我们民营企业的重视，也说明我们的付出得到了总书记的认可。"

蓝洪健说，他不会忘记习近平总书记的嘱托，未来将继续积极承担社会责任，为帮助贫困群众脱贫致富贡献力量。

无偿为贫困椒农提供技术指导

"青花椒适宜在喀斯特地貌生长，而酉阳具有自然资源优势，发展绿色青花椒产业最为合适。"蓝洪健介绍，目前，和信农业已在酉阳建立青花椒科技种植示范园和 18 个种植专业合作社，帮扶贫困椒农脱贫致富。

针对贫困户风险承担能力差，和信公司以"龙头企业+专业合作社+椒农户"的模式，带动村民种植青花椒。在酉阳县 37 个乡镇安排了 162 名专业技术人员，对贫困椒农实施无偿技术培训和指导。同时，公司还对全县 1024 户贫困椒农进行资料收集、整理，建立《分户贫困椒农档案》。

酉阳县泔溪镇泔溪村的杨宗辉就是其中的一位。他从 2011 年开始种植花椒，种植面积近 40 亩。杨宗辉介绍，没种植花椒之前，他只能外出打工；种了花椒后，他就回家专门打理，每年采摘的花椒和信农业都保价收购，种植户的风险少了很多。

"今年，和信农业的技术人员给我们带来了新技术，促进花椒增收。"杨宗辉说，在和信农业新技术的帮助下，今年花椒增收，他获得了近7万元的收益。

蓝洪健介绍，和信农业采取保护价收购花椒，让利椒农和贫困户。优先供给苗木、物资、采摘收，优先安排给贫困椒农，做到产业扶贫物资到位。和信农业还实施种植、研发、加工、销售全产业链打造。建成青花椒种植、推广、技术、服务与管理体系，建成酉阳板溪工业园区青花椒初加工及精深加工基地，占地60亩，12个冷藏、冷冻库，库容量6.4474万立方米。

作品标题	**重庆3企业家收到总书记的回信："总书记的回信，给了我们两个'心'，发展企业的信心，扶贫的决心"**
参评项目	**通讯**
作　　者	**刘波　王倩**
责任编辑	**王文渊**
刊播单位	**重庆晨报**
首发日期	**2018-10-23**
刊播版面	**第2版今要闻**

作品评价

独家策划报道，总书记给民营企业家回信，这是稿件见报前一天最大的时政新闻。我们从中梳理出受到表彰的3家重庆企业，采访到了2家，还原给总书记写信的故事、以及收到总书记回信的心情，以及未来打算。落地及时，有故事可读性强。是一单很不错的时政新闻。

采编过程

稿件采写时间紧、任务重，联系三家企业的负责人并不容易。记者在受到拒绝时，没有放弃，多次和当事人沟通，主动解释了采访的目的，最终顺利采访到了当事人，并以讲故事的形式，生动形象地展现了他们的扶贫故事。

社会效果

稿件被多家媒体转载，也得到了相关市级部门的高度认可，关注度高，传播效果好。

全媒体传播效果

本篇新闻阅读率高，同时被新华网等多家媒体网站转载。

重庆工业旅游　如何焕发新机

　　到德国旅游，参观奔驰、宝马工厂成为不少游客的重要一站；到青岛旅游，参观海尔工业园也成为部分游客的必然选择……工业旅游不仅让游客了解了企业生产过程，让企业提升形象，拓展盈利，还成为许多城市的"旅游经济发动机"。国家旅游局日前公布的全国工业旅游创新发展三年行动方案，明确到 2020 年我国工业旅游收入超过 300 亿元。

　　近日，重庆两江新区启动全域旅游发展三年行动计划，将通过旅游+工业等路径，开启"工业重镇"的华丽变身。而有着厚重工业历史的重庆，在构建全域旅游大格局的背景之下，如何依托众多工业旅游资源"借窝下蛋"？工业旅游如何焕发新机？

"工业+旅游"　重庆续写《钢铁是怎样炼成的》

重庆商报记者　严薇　孙磊

　　到两江机器人展示中心与未来来一个亲密接触，到北京现代重庆工厂一睹"无人工厂"造车的风采，到 5200 平方米的重庆市大数据智能化展示中心坐上"时空穿梭机"穿越老重庆，到中粮可口可乐重庆工厂 VR 体验可乐的诞生……国庆期间，两江新区的几大工业旅游线路集体向市民发出邀请。

　　这仅仅是重庆工业旅游的一个缩影。周君记火锅食品工业园、重钢厂址上诞生的重庆工业文化博览园、长安汽车垫江综合试验场……作为工业基础十分厚重的重庆，正频频发力工业旅游，利用工业园区、工业展示区、工业历史遗迹等资源，擦出"工业+旅游"的火花。

机器人汽车飞机齐上阵　助力工业旅游快速发展

　　"这不是在春晚跳过舞的那个机器人吗？"在位于两江新区水土高新生态城的两江机器人展示中心内，有令人生畏的"庞然大物"，也有逗人开心的

"小机灵鬼"，来自四川的一家国际旅行社的 93 名游客看得津津有味。

前不久，两江机器人展示中心组织游客体验了一把新型旅游方式——工业旅游，通过机器人全产业链的参观体验，让游客现场感受到了两江新区智能制造发展的魅力。

"这是我们的第一次尝试，效果不错。"两江机器人展示中心相关负责人透露。下一步，展示中心将以机器人产业园为背景，结合川崎、华数等知名机器人厂商开展工业参观、旅游等活动，提升经济效益的同时，提升两江机器人产业发展的知名度，打造成为新区工业旅游的一张新名片。

而在最近两江新区的全域旅游发展大会上正式启动的《两江新区全域旅游发展三年行动计划》中，两江新区要实现旅游业年均增长率 15%，到 2020 年旅游业总收入达到 90 亿元的目标，发展工业旅游亦是涂上"浓墨重彩"的一笔。

重庆市两江新区管委会常务副主任汤宗伟表示，重庆两江新区要学德国宝马、奔驰，学美国的可口可乐，学国内的海尔、华为，把重庆的汽车产业、航天航空、半导体面板、工业机器人和服务机器人产业和旅游结合，发展工业旅游。

汤宗伟称，两江新区目前有汽车、电子、装备制造等支柱产业，有大数据、大健康、绿色环保产业，有机器人及智能装备、通用航空、云计算及物联网等战略新兴产业，这些都将为两江新区旅游产业的发展提供极为丰富的"土壤"。

具体怎么做？两江新区将打造共享"智慧工厂"。依托汽车、航天、机器人等高端制造业，在长安、长安福特、现代等工厂开展重点打造汽车文化主题公园、汽车博物馆；在际华园、影视城和航空产业园设置航天科技体验馆、直升机体验基地；在水土机器人产业园的机器人展示中心；在互联网产业园和互联网学院开展数字经济旅游等，突出工业观摩体验。

新景点亮相　老景点"变脸"
争相搭上"工业+旅游"快车

随着全域旅游发展新时代的到来，越来越多的重庆企业搭上了"工业+旅游"的发展快车，打造各自的工业旅游景点。

10 月 20 日，一场主题为"探秘新能源　童心绘蓝天"的亲子活动在小康股份打造的国际新能源·智能汽车（重庆）体验中心举行。在这里，小朋友们不仅了解到新能源汽车历史和知识，感受国内外各大品牌新能源汽车的魅力，还能在重庆智博会"智慧小镇"，近距离接触智能科技，切身体验智慧出行。

在江津，际珂国际旅行社自主开发了一条红色+工业旅游路线，包括江津陈独秀旧居陈列馆、聂荣臻元帅陈列馆、重庆芝麻官食品工业基地、韩氏瓦缸食品工业基地等4个景点，游客只需花费几十元即可来一次深度工业游。

斑驳的厂房、锈蚀的钢梁、高耸的烟囱……重钢厂址上即将于明年上半年完工的重庆工业文化博览园，这些"老古董"向市民们诉说"钢铁是怎样炼成的"故事。此外，还有中国第一代轻型多用途飞机、第一辆CQ260型军用越野汽车、全球唯一的马力蒸汽机等逾千件工业藏品为你"讲述"重庆百年工业史。

新的工业旅游景点将亮相，原有的工业旅游景点也正在积极谋求"变脸"。

在九龙坡区周君记火锅食品工业体验园，工人们正在进行装修。"我们发展工业旅游已经11年了，目前正在大面积进行重新设计、装修，包括厕所、指示牌等配套设施。"周君记火锅食品有限公司副总经理王渝晋称，重新装修后的景区，预计将在明年春节期间开门迎客。相较于最初大多项目主要是企业文化、工艺上的展示，今后则将更注重与游客的互动体验。

"我们很早就在厂区引入了开放式参观旅游，年接待10万～20万人次，目前正在酝酿打造A级的工业游景区。"美心集团总裁助理杨孝永透露，美心屋顶的"开心农场"也办得比较红火。

链接>>>
全国工业旅游"蛋糕"
2020年超300亿元

2017年，首届中国工业旅游产业发展联合大会上发布的最新数据显示，近三年来，中国工业旅游游客接待量年均增长31%，旅游收入年均增长24.5%。到2016年末，全国共有1157个工业旅游景点，接待游客1.4亿人次，旅游收入213亿元。从食品加工、服装纺织，到航空航天设备制造、智能设备制造等，41个工业大类都纳入了工业旅游的发展空间。工业游也不再是热衷于展示生产流程和生产工艺，而是延伸到园区的综合体验。

国家旅游局日前公布的全国工业旅游创新发展三年行动方案明确，到2020年，我国将培育100家国家工业旅游示范基地和国家工业遗产旅游基地，工业旅游接待游客量达2.4亿人次，旅游收入超过300亿元。

纵深>>>
重庆工业旅游发展
应做好"+"字文章

当前，重庆正大力发展全域旅游，利用工业园区、工业展示区、工业历史遗迹等开展工业旅游，发展旅游用品、户外休闲用品和旅游装备制造业。

重庆的工业底蕴深厚

如果说建筑是一个城市文化向上的见证，工业则是这个城市经济深耕的底蕴。

从1891年重庆最早的近代工业——重庆第一家近代企业森昌火柴厂建立，到1905年建成了第一家大型机械化企业重庆铜元局，再到1936年，重庆已经在火柴、缫丝、采煤、钢铁、兵工、机械等许多领域出现了近代工厂……重庆工业经历了百年风云。

2017年12月重庆市政府发布的《重庆市工业遗产保护与利用规划》显示，将对我市96处工业遗产（含仓储）进行研究，其时间跨度自1891年到1982年，包括开埠建市、抗战陪都、西南大区及国民经济恢复、"三线建设"4个时期。重庆特钢厂、嘉陵厂、重庆钢铁厂、望江机器制造总厂等"老重庆"耳熟能详的工业遗产都包含在其中。

今年1月27日，有关部委公布的"中国工业遗产保护名录"中，重庆抗战兵器工业遗址、重庆钢厂和816工程等3处工业遗址成功入围。

目前，抗战兵器工业旧址公园已于今年5月部分开放。在原重钢型钢厂旧址上打造而成的重庆工业文化博览园也将在明年上半年完工。而享有"世界第一人工洞体""地下长城"美誉的涪陵816地下核工程，于2010年4月作为景区开发，现对外开放。它是目前国内唯一解密并以旅游景区为形式的核工程遗址。

延长工业旅游产业链

市旅游商会会长刘放表示，重庆作为中国著名的"老工业基地"，曾有工业企业1万多家，在全国少有。随着历史发展、新兴产业突起，这些曾经辉煌的工业企业根植在百姓记忆中，可以成为旅游资源。发展的过程中应有效整合资源，做好旅游"+"的文章。

重庆师范大学重庆旅游发展中心主任罗兹柏对记者表示，重庆工业发展历史悠久，开埠、民国、抗战、改革开放等时期都留存下丰富多元的工业遗产旅游资源。如今，重庆拥有门类齐全、数量众多的工业企业，如冶金、汽摩、电子、化工、造船、机械、制药、建筑轻工以及军事工业等，其中许多工业资源可进行旅游开发。"作为发展迅速的旅游城市，拥有众多工业优质资源的重庆发展工业游潜力巨大。"罗兹柏认为，这不仅是一种旅游的创新，更是一种跨界的产物。工业旅游把旅游、科普、教育结合在一起，通过工业场景加上科普内容，以及教育知识，形成了一种合力，产出非常好的旅游产品的同时，又是一种科普产品或教育产品。

冰火两重天　重庆工业如何做好旅游"大文章"

重庆商报记者　严薇　孙磊

工业旅游带来的红利，让不少企业纷纷上马工业景点、线路，但近日记者调查发现，十多年来，我市工业旅游上演"冰火两重天"，不少工业游景点不温不火，不受旅行社待见，而一些旧厂房却借助文化元素成为打卡地标，带来诸多启示，重庆工业如何做好旅游"大文章"。

沉寂
很多工业旅游项目半死不活

作为中国著名的"老工业基地"，重庆自然不乏工业旅游的试水者。其实，早在1999年6月，重钢集团就以重钢六厂和七厂为重点开辟了"钢铁是怎样炼成的"旅游线路。随后，长安汽车、太极集团、诗仙太白等也纷纷跟进，加入工业旅游行业。

记者了解到，彼时，长安汽车设定的工业旅游线路包括长安集团总部展厅、"长安之星"生产线、渝北长安工业园的CM8生产线，以及江北大石坝的长安发动机生产线等。太极集团则为工业旅游设计了五条线路，参观藿香正气口服液、急支糖浆、曲美等药品、保健品的生产、加工、包装过程，以及太极榨菜生产线、太极森林公园等。

然而，宣传企业形象，推广企业产品，获取更多的经济收益的初衷均未达到。彼时的工业游的游客大多数是单位团体，普通市民问者寥寥。长安集团靠收取5~15元的门票钱，收支勉强持平，而太极集团实行免费参观，还倒贴了不少钱。

"经过10多年的发展，重庆的工业旅游仍然不成熟，市民知之甚少，当年的很多项目如今要么停止，要么处于半死不活的状态。"此前曾参与我市多个工业景点合作的海外旅行社门店经理龚明坦言，由于推广不够，他们基本上已停止向游客推荐工业游产品。"目前我们做的工业游，大多都是客户定制的，比如去奥迪、奔驰等工厂参观学习。"

龚明表示，重庆工业旅游从理论上讲是很有前景的，但操作起来难度较大，重庆工业作为旅游产品，没有寻常旅游产品的客户大众，不仅游客怀疑这些企业及其产品是否"值得一看"，旅行社也会觉得不赚钱，所以不想操作。

记者随后又走访了中青旅、渝之旅等多个旅行社咨询，但是从目前来看，这些大众平时接触较多的旅行社都没有工业旅游路线，往往只是根据客户定制，甚至一些旅行社还坦言，客户需要自己联系企业，旅行社只负责协调和制定路线。

火爆
火锅体验园：吃也赚钱

"哎哟，原来咱们吃的火锅底料是这样做出来的！"在位于九龙坡的周君记火锅食品工业体验园里，不少游客前来赴一场"火锅底料"的文化之旅。

占地40余亩的体验园里，游客不仅可以登上观光走廊，透过玻璃，从底料炒制车间，到包装车间，将火锅底料制作过程看得一清二楚；在火锅文化长廊，一睹各种火锅底料制作原料真面目，了解悠久的重庆火锅历史；在儿童火锅馆，用火锅底料熬制火锅，现场大饱口福；甚至今年开始，游客还可以DIY一锅火锅底料包装好带回家。

周君记火锅食品有限公司副总经理王渝晋称，早在2006年即斥资6000万元推出工业旅游项目，有游客接待中心、研发中心、企业文化展览馆、火锅原料展示厅、火锅底料炒制车间、香水鱼调料炒制车间、火锅底料包装车间、香水鱼调料包装车间、成品库房，以及产品品尝·展示·购物大厅等12个旅游景点。2007年创建了重庆同行业唯一一家"全国工业旅游示范点"。2015年12月27日，该体验园晋升为国家AAAA级景区授牌，成为重庆第一家工业旅游AAAA旅游景区。

王渝晋表示，通过不断创新，丰富工业旅游体验项目，周君记工业游做得风生水起。自开展工业旅游以来，总游客人数达400万人次，每年约40万人次，旅游年收入达2000多万元，占公司总收入的10%。

老印钞厂：打"文创"牌"很吃皮"

同样，前身为印制二厂的鹅岭二厂，曾是民国时期的"中央银行印钞厂"，印制二厂倒闭多年，中央银行只剩旧址。但通过改造、加建使老厂旧颜换新容，同时也尽可能地保存了原有工业遗迹，二厂不仅逃脱了老厂房被拆迁的命运，还成为重庆文创产业园区的新地标。

2016年，一部名为《从你的全世界路过》的电影让当时还在改造中的二厂名声大噪。2017年6月，正式开园的二厂便迎来众多寻找电影场景的文艺青年"打卡"。其中最有名的便是幺鸡翻跟斗的天台，也因为如此，这里被赋予了一个浪漫的名字，"中国最美爱情天台"。

而彼时在挑选入驻商户时，二厂提出商家必须符合他们对创意方面的要求才能入驻的"苛刻"条件，如今也对引客产生了积极效应。拥有各式旧物、由老厂房改造而来的"懒鱼时光馆"、有网红直播间、可体验办公家居原创设计打造的 showroom 的意大利 GRADO 品牌……各种摄影艺术展览，各种设计师的小店，在分享来自世界各地的创意，又能重温老重庆的记忆，让这个鹅岭之上新生的无界创意之地成为"有趣"的聚集地。

"如今，周末期间，鹅岭二厂每日的流量可达几万人。"该项目相关负责人称。

渝中区商务局副局长陈皎在接受记者采访时表示，与其他文创产业园不同，还在于鹅岭二厂这个项目很好地将渝中区的历史文化和文创产业很好地融合在一起，这种历史资源是无法复制的。

分析
缺开发少营销　部分工业游项目停留在"参观"层面

为何重庆拥有大量工业资源，部分工业旅游叫好不叫座？记者采访中发现，究其原因还在于工业游只停留在简单的参观工厂阶段，缺乏深度开发和深度体验。

伴随城市拆迁，不少具有历史、文化、艺术和科学价值的工业遗产旅游资源都化为乌有。如在松藻煤电公司铁路专用线服役了二三十年后退役的 3 台古董"蒸汽火车"被当废铁解体，令人扼腕。

由于宣传的问题，不少市民对工业游也知之甚少。家住大渡口区的赵学文，在大渡口居住了超过 30 年，退休后他和几个老友经常一起组团去玩，无论是重庆区县还是其他省市，他已经走遍了。但是他对工业游却一点都不熟悉。"以前在重庆钢铁老厂区转过，觉得很有意思，但是去旅行社问过，并没有去工厂的旅游产品，鹅岭二厂最近很火，我也去了，文化和时尚结合得很好，希望重庆本土这样的工业游越来越多。"

在重庆师范大学重庆旅游发展中心主任罗兹柏看来，工业旅游存在参与数量少、产品粗放单一、客源市场小等问题。他表示，目前重庆很多企业知名度高，在历史、文化、艺术和科技含量方面具有典型性，但是做工业游项目的企业少之又少。

"生产企业工业游产品往往利用原有的厂房、设备等作为旅游吸引物，主要依附在制造工艺线上，或设计厂史陈列馆和工业博物馆，旅游产品的设计附加投入少，特色不鲜明，产品雷同度高。"罗兹柏认为，工业旅游市场决定工业旅游产品的销量和效益，实际上可以带动企业的发展。"由于一些企业看不到直接收益，舍不得花钱开发工业旅游，加上产业不成规模，尚未找到成功的赢利模式，所以工业企业、工业旅游经营者和管理者等均不重视工业旅游市场营销，基本是放任自流的状态。如曾经向游客开放的三峡库区一酿酒企业，由于重视不足等原因，后来不得不停止工业旅游。"

支招
留下文化符号让工业游焕发新机

如何让重庆的工业旅游摆脱"不好玩"的尴尬，焕发新机？

有人说重工业城市的风光资源不够丰富。对此，中欧国际工商学院工商管理硕士、到欧美多地考察过旅游的吴存荣有不同看法。他认为，旅游产业应该是创意产业。

"旅游+文化是可以让游客重复旅游的。"吴存荣称，重庆是一座老工业城市，巴人的故乡，抗战的大后方，有很多人文典故，包括神话传说，但重庆旅游缺乏特色品牌。品牌价值的实质是文化内涵。重工业城市的旅游产品开发要深入研究，街区要有特色，文化要深入挖掘，故事要讲够。

市旅游商会会长刘放表示，工业旅游的打造，突出文化内涵显得非常重要。不同于其他旅游类别，工业旅游没有大海、湖泊等自然风光，则更强调文化对心灵的洗礼。如曾经引领全市工业发展的重钢打造工业文化博览园，把厂房、车间、锅炉等留下，实际上保存的是一座城市的文化符号和城市记忆，让大家看到城市发展的轨迹和人类自己创造的历史。

罗兹柏表示，工业游是企业公关活动和企业文化建设活动的一个重要组成部分，对企业形象塑造、品牌美誉度提升都有着重要作用。因此，政府部门应积极引导企业打开大门，完善旅游配套设施和手段。旅行社也应与企业联手开发旅游产品，开辟旅游线路。

他山之石
大众汽车透明工厂　汽车巨头的工艺秀

大众汽车投资 1.8662 亿欧元建立了这座占地总面积为 8.3 公顷的透明工厂。长 140 米、高 20 米的玻璃建筑是透明工厂的生产区，外观光彩夺目、棱角分明，和城市植物园相距仅数百米，与市容和植物园和谐地融为一体。透明工厂，游客可以看到对车辆线路、车身密封条、仪表台、动力系统、前后保险杠的装配，还能看到对车辆内部配件的装配和最后的检测等，既宣传了企业产品，又拓展了盈利的渠道。

北京 798　旧厂房的创意新生

鼎鼎有名的 798 艺术区，堪称国内工业旅游发展的一个典范，也是探讨国内工业旅游发展不可能绕过的话题。原为国营 798 厂等电子工业的老厂区所在地，从 2002 年开始，一些艺术家和文化机构成规模地租用和改造空置厂房，逐渐发展成为画廊、艺术中心、艺术家工作室，形成了具有国际化色彩的 "SOHO 式艺术聚落" 和 "LOFT 生活方式"，成为北京的新符号。

青岛啤酒博物馆　穿越前世今生的博物馆

在青岛登州路上，有着一栋百余年历史的建筑，这就是青岛啤酒的发源地。虽然，这里目前还有生产，但它更著名的称号是青岛啤酒博物馆。大部分到青岛旅行的游客都会到这里参观游览。青岛啤酒博物馆内完整保存了百年前酿造啤酒的机械。展出的不仅有百年前的历史，还融入不少高科技元素，让百年前的啤酒酿造技术更鲜活。在博物馆里的一个发酵展厅，采用了当下最流行的 AR 技术，酿酒大师奥古特本人向参观者展示啤酒如何酿造，最后展厅上方忽然喷射出水珠，让参观者身临其境地感受到刚酿造出的新鲜啤酒。除了感受啤酒酿造行业的历史，参观者在青岛啤酒博物馆还能看到一个现代化的青岛啤酒。走在高空走廊上，可以清晰地看见工人正在流水线上对啤酒进行包装，成千上万箱啤酒从这里走向世界各地。

作品标题　**重庆工业旅游　如何焕发新机**
参评项目　**通讯**
作　者　**严薇　孙磊**
责任编辑　**冯盛雍**
刊播单位　**重庆商报**
首发日期　**2018-10-25**
刊播版面　**第 9 版、第 10 版公司观察周刊**

作品评价

作为老工业基地，重庆发展工业旅游具有完备的硬件和深厚的历史文化沉淀。专题以两江新区新开辟的工业旅游项目切入，再次就如何发展重庆工业旅游进行了深入探讨，体现了很强的接近性和话题性。第 9 版稿件全方位展示重庆工业旅游发展现状，探讨未来发展路径。版面以点缀城市楼房的齿轮图形和工业设备剪影装点，配发工厂实景图片，较好地表达了报道主题。第10版稿件针对重庆工业旅游目前存在的问题、对比一些企业的成功做法，从文化符号、旅游营销等方面进行了深入探讨，对做大做强重庆工业旅游具有积极建言价值。

采编过程

记者从两江新区全域旅游计划切入，阐释了两江新区将如何发展工业旅游，进而延伸到重庆目前各大企业发展工业旅游的新动态，重庆具有哪些新的工业旅游资源，如何延长工业旅游产业链，挖掘商机，工业旅游市场前景等，采访相关企业、专家。同时，对重庆目前发展工业旅游的现状，存在的瓶颈、问题，以及做得好的案例进行深度调查，采访市民、企业、旅行社、专家等，通过各方声音为重庆工业旅游把脉，建言献策。

社会效果

稿件一经刊发，被大渝网、重庆晨报等多家媒体网站转载，获得两江新区宣传部表扬，相关资讯数量达到数千条。

全媒体传播效果

稿件同时在今日头条、上游财经、上游新闻等新媒体平台转载，点击率达到14000多条。

"万州公交车坠江事故" 系列报道

华龙网记者 黄宇 董进 杨光志 刘嵩 谢鹏飞

重庆万州坠江公交车初步核实 15 人失联 车辆位置基本确定

10 月 28 日 10 时 8 分，一辆公交车在重庆市万州区长江二桥坠入江中。

经公安机关走访调查并综合接报警情况，初步核实失联人员 15 人（含公交车驾驶员 1 人）。万州区已按照应急预案，正开展失联人员亲属的心理疏导、安抚慰问等善后工作。应急救援指挥部组织法医、痕迹等专业人员，提取失联人员家属 DNA，为确认身份作准备。目前，报案失联人员亲属的血样已采集完毕。

重庆长航等单位的专业打捞船采用多波束声呐，发现一长约 11 米、宽约 3 米的物体，基本确定为坠江公交车。打捞面临的主要难点是水域复杂、江水较深，定位、探测工作正进一步开展。待准确定位后，完善方案，迅速开展打捞工作。

下一步，将继续科学、有序、安全、全力开展相关工作，严防次生事故发生。进一步核实失联人员情况，全力做好善后安抚工作。进一步查清原因，举一反三抓好安全稳定工作。

公交车坠江 女司机 "躺枪"
等一等真相，很难？

10 月 28 日 10 时 8 分，重庆万州区长江二桥上一辆公交车与一辆轿车相撞后冲破护栏坠入长江。截至目前，初步核实 15 人失联。

悲剧让人痛心，而围绕这一悲剧消息的网络传播，其剧情反转的过程，也引起了大家的关注和热议。

"小轿车逆行导致大巴坠桥""女司机已被警方控制"……28 日，在官方正式通报悲剧原因之前，一些媒体说得有鼻子有眼，将女司机开小轿车逆行描述得言之凿凿，很多人在线上线下骂了女司机一整天，甚至涉及整个女司机群体。

真相浮出水面需要时间，剧情反转也是常事，关键是，我们在这样的传播过程中，扮演了什么角色？

我认为，对于过错，规则处罚、道德谴责是必要的，而在过错是否成立还没有权威论断前，我们的警惕，我们的反思，也是必须的。

平心而论，这一次，当地官方对这一突发事件，其救援反应和舆情应对是及时的。但在这之前，有些媒体，太过心急，连带着不少网民的认知也被带跑偏了。

我们得承认，很多时候抢跑是一个主动意识，在全民皆记者的网络媒体时代，传媒争胜，速度是重要一环。但抢跑有风险，也是一个不争的事实。

某些网友对热点的传播，是借自以为是的"真相"，继而夸大其词抨击，比如让女司机"躺枪"，让高跟鞋成了"背锅侠"，甚至从一个女司机波及所有女司机，有的甚至讨论起要不要禁止给女人发驾照的问题。如此将平时累积的资讯个案或自身经历加以密集爆发地呈现，将标签乱贴，轻率地用主观臆断及情感判词，让整体人群受伤。

针对某些藏匿夹带私货的主观恶意传播，不能任其野蛮生长，必须有"规矩"来管制。必须抑制蹭热点谋私利的冲动，必须抑制低俗的窥私欲的膨胀，必须抑制那种自以为是的假想结论，必须抑制那种无理性、情绪化、习惯于"一竹竿扫一船人"的扩大攻击。

当然，对一般的围观网友，我建议遇到类似情况，可适当耐心等一等，看剧情是否会反转，不轻易使用结论语句传播"正在进行时"的热闻。

当事实和真相还在穿鞋时，情绪和谣言已经跑了好几条街。

这样的事情，不能一次又一次发生。

作为普通民众，我觉得要提高的媒介素养有三点：一是必须敦促官媒负责任地提供权威准确真实的信息；二是必须警惕自媒体的未经证实的"博眼球"行为；三是多等一等，有图不一定有真相（可能图有角度和主观取舍），有视频也不一定有真相（视频也有不全面或主观裁剪），在确凿事实没出来时，不要轻易信谣和传谣。

而主流话语媒体必须有伦理，慎重求证，最大化地厘清事实，接近真相。不能偷懒，要去做更专业的事，要去进行必要的核实，不能把自己的"官宣"地位，沦落为"自媒体"级别，不能挟话语强势地位用虚假新闻或道听途说将网友带入坑，同时也把自己的声名信誉赔进去。那种看到一车祸，死了一男三女，现场连线便满嘴跑舌头："初步猜想是四角恋爱"，这是某些肥皂剧的乱编。我们不能鼓励"傻得有理"，不能鼓励"江湖乱炖"，不能让网络里充斥着千奇百怪的口水，我们得受规矩制约，我们也得自觉成长。

雪崩发生时，没有一片雪花是无辜的。

改善舆论生态，提升网络公信力，是全社会的事情。为此，需要让更专业更权威的传播受到鼓励，需要让那些心怀恶意的传播受到打击，需要每个人都来尽义务，遏制网上违法违规有害信息，为提高公共话语品质，净化网络环境空间出一份力。

重庆万州公交车坠江原因公布：
乘客与司机激烈争执互殴致车辆失控（附车内黑匣子视频）

记者刚刚从重庆万州公交车坠江事故原因新闻通气会上获悉，公交车坠江原因公布，据车内黑匣子监控视频显示，系乘客与司机激烈争执互殴致车辆失控。

通报全文如下：

10月28日10时8分，重庆市万州区一辆公交车与一辆小轿车在万州区长江二桥相撞后，公交车坠入江中。事故发生后，党中央、国务院高度重视，国家应急管理部、公安部、交通运输部派员赴渝现场指导调查处置。市、区两级党委、政府组织公安、应急、海事、消防、长航、卫生等部门组建现场指挥部，全力开展搜救打捞、现场勘查、事故调查、善后处置等工作。

现场指挥部组织70余艘专业打捞船只，蛙人救援队、水下机器人、吊船等专业力量围绕公交车坠江水域全面开展搜救打捞工作。事发后，通过细致调查摸排，明确15名驾乘人员身份。同时克服水域情况复杂、水深70余米等实际困难，先后打捞出13名遇难者遗体并确认身份。精确定位坠江车辆位置，于10月31日23时28分将坠江公交车打捞上岸。目前，善后工作正有序开展。

公安机关先后调取监控录像2300余小时、行车记录仪录像220余个片断，排查事发前后过往车辆160余车次，调查走访现场目击证人、现场周边车辆驾乘人员、涉事车辆先期下车乘客、公交公司相关人员及涉事人员关系人132人。10月31日0时50分，潜水人员将车载行车记录仪及SD卡打捞出水后，公安机关多次模拟试验，对SD卡数据成功恢复，提取到事发前车辆内部监控视频。

公安机关对22路公交车行进路线的36个站点进行全面排查，通过走访事发前两站（南山岔路口站、回澜塔站）下车的4名乘客，均证实当时车内有一名中等身材、着浅蓝色牛仔衣的女乘客，因错过下车地点与驾驶员发生争吵。经进一步调查，该女乘客系刘某（48岁，万州区人）。综合前期调查走访情况，与提取到的车辆内部视频监控相互印证，还原事发当时情况。

10月28日5时1分，公交公司早班车驾驶员冉某（男，42岁，万州区人）离家上班，5时50分驾驶22路公交车在起始站万达广场发车，沿22路公交车路线正常行驶。事发时系冉某第3趟发车。9时35分，乘客刘某在龙都广场四季花城站上车，其目的地为壹号家居馆站。由于道路维修改道，22路公交车不再行经壹号家居馆站。当车行至南滨公园站时，驾驶员冉某提醒到壹号家居馆的乘客在此站下车，刘某未下车。当车继续行驶途中，刘某发现车辆已过自己的目的地站，要求下车，但该处无公交车站，驾驶员冉某未停车。10时3分32秒，刘某从座位起身走到正在驾驶的冉某右后侧，靠在冉某旁边的扶手立柱上指责冉某，冉某多次转头与刘某解释、争吵，双方争执逐步升级，并相互有攻击性语言。10时8分49秒，当车行驶至万州长江二桥距南桥头348米处时，刘某右手持手机击向冉某头部右侧，10时8分50秒，冉某右手放开方向盘还击，侧身挥拳击中刘某颈部。随后，刘某再次用手机击打冉某肩部，冉某用右手格挡并抓住刘某右上臂。10时8分51秒，冉某收回右手并用右手往左侧急打方向（车辆时速为51公里），导致车辆失控向左偏离越过中心实线，与对向正常行驶的红色小轿车（车辆时速为58公里）相撞后，冲上路沿、撞断护栏坠入江中。

对驾驶员冉某事发前几日生活轨迹调查，其行为无异常。事发前一晚，驾驶员冉某与父母一起用晚餐，未饮酒，21时许回到自己房间，精神情况正常。事发时天气晴朗，事发路段平整，无坑洼及障碍物，行车视线良好。车辆打捞上岸后，经重庆市鑫道交通事故司法鉴定所鉴定，事发前车辆灯光信号、转向及制动有效，传动及行驶系统技术状况正常，排除因故障导致车辆失控的因素。

根据调查事实，乘客刘某在乘坐公交车过程中，与正在驾车行驶中的公交车驾驶员冉某发生争吵，两次持手机攻击正在驾驶的公交车驾驶员冉某，实施危害车辆行驶安全的行为，严重危害车辆行驶安全。冉某作为公交车驾驶人员，在驾驶公交车行进中，与乘客刘某发生争吵，遭遇刘某攻击后，应当认识到还击及抓扯行为会严重危害车辆行驶安全，但未采取有效措施确保行车安全，将右手放开方向盘还击刘某，后又用右手格挡刘某的攻击，并与刘某抓扯，其行为严重违反公交车驾驶人职业规定。乘客刘某和驾驶员冉某之间的互殴行为，造成车辆失控，致使车辆与对向正常行驶的小轿车撞击后坠江，造成重大人员伤亡。因此，乘客刘某和驾驶员冉某的互殴行为与危害后果具有刑法意义上的因果关系，两人的行为严重危害公共安全，已触犯《刑法》第一百一十五条之规定，涉嫌犯罪。

坠江公交车真相不能止于无语凝噎：
冲动是魔鬼　制止当及时

公交车捞出了，黑匣子提交给警方了，事件真相原因也随之而出，据最新新闻：车内黑匣子监控视频显示，系乘客与司机激烈争执互殴致车辆失控。

因为一起小争执，发展到互殴，结果，导致了一个大悲剧。

倒也不是死者为大，就不忍说其过错，但事分两面。A 面是当事司机与争执乘客的主观方面，不用多表。但 B 面，客观方面，无视秩序，挑战规则，危害公共安全，就是不尊重生命，正是代价惨重的大祸起因。代价惨重的客观结果，让我们无语凝噎，扼腕浩叹，难以释怀。

司机为自己的"冲动"埋单，当事女乘客为她的"不讲理"埋单，最后都付出了沉重的代价……

作为生者，我们当在其中得到教训

在完善公序良俗方面，作为社会的一员，这时候，我们要去好好掂量，"忍一时风平浪静，退一步海阔天高"这一古训的睿智。

这时候，我们要去认真思考，在公共场合，遵守秩序、敬畏规则、强化职业操守的重要。

这时候，我们要去反思修为，一个文明人的素质，该具备怎样的底线自律精神，该如何学会控制脾气，该怎样去修身养性，不那么戾气冲天。

而在具体事件发生的应对方面，我们得提倡一种"该管的闲事一定要管"的精神。若只会一味隔岸观火，有时火也会烧到自身，我们可去假设，作为同车乘客，在某些悲剧之始，一个"该出手时就出手"的有力规劝制止，是多么重要。那么，这样的高度警觉心与高效率的规劝与出手，是不是该成为道德建设、文明修为和社会监督体系中的市民应知应会内容，甚至列入见义勇为的内容？

逝者已矣，而生活将继续。静下心来想想，其实，我们所有的人，都坐在同一辆"公交车"上，这就是我们共同的家园——地球。所以，学会和谐相处，是我们每个人在这世上追求诗意栖居的必需。作为风雨同舟的群居的人，"同舟共济"的意思，就是希望我们共同挽救、共同度过，让我们在"各自珍重、好自为之"的祝福中，添加一些"关爱他人就是关爱自己""让我们彼此遮风挡雨"的共济意识，团结互助，同心协力，无疑，这是让社会减少悲剧的重要一环。

作品标题　"万州公交车坠江事故"系列报道
参评项目　系列报道
作　　者　黄宇　董进　杨光志　刘嵩　谢鹏飞
责任编辑　张一叶　康延芳　张译文
刊播单位　华龙网
首发日期　2018-10-28
刊播版面　华龙网首页小头条、"重庆"客户端、华龙网官方微博、华龙网官方微信

作品评价

习近平总书记曾在党的新闻舆论工作座谈会时指出如何应对突发事件，要直面工作中存在的问题，快速回应关切，同时发表批评性报道要事实准确、分析客观。此外，中共中央办公厅《关于全面推进政务公开工作的意见》中也要求把新闻媒体作为党和政府联系群众的桥梁纽带，运用主要新闻媒体及时发布信息，解读政策，引领社会舆论。"事实准确，分析客观"在此次万州公交车坠江事件中，华龙网也是牢记习总书记嘱托，公平客观准确权威地深入一线报道，华龙网在事件发生后，立即派记者奔赴现场，第一时间响应，值得肯定。前后方主动和上级部门对接，成为此次事件几乎唯一的官方消息发布渠道，彰显了网站影响力。特别是，随着事件发展，在各重要节点提前策划发布了系列评论，主动发声，对舆论起到了良好的引导作用，受到上级部门肯定。

采编过程

10月28日，万州公交车与小轿车碰撞坠江，华龙网记者第一时间赶往现场，与市委宣传部对接，拿到诸多一手素材，并作为首发媒体发布权威信息，为全国媒体提供通稿。重大事件中发声，体现了华龙网的媒体责任和权威公信力。

华龙网先后首发披露了失联人员15人、潜水员首次进入车内勘测、已发现9名遇难者、行车记录仪情况、下潜打捞难度、整车打捞时间等核心信息，特别是失联人员在披露后迅速成为关注热点，登上微博热搜榜，超百万人次关注。31日夜，公交车被打捞出水，华龙网首发的快讯十分钟内登上微博热搜首位。诸多权威信息的及时披露，均正面回应了引导了社会舆论，体现了华龙网的价值所在。

同时，在响应上级指令同时，记者想办法利用融媒体手段进行创新，制作了图解、图示，在多个重大节点撰写发布多篇评论文章，梳理万州公交车

坠江的权威信息，增加了正面核心信息的传播力度。

社会效果

本次事件中，华龙网作为重庆官方权威信息首发的唯一网络媒体，在全网受到极大关注。相关稿件发出后，均会被全国媒体转载，多个核心内容甚至登上微博等社交平台热搜排行前列。

在事件发生后，因信息不对称，在网络和现实社会中造成了一定程度的误解和谣言，华龙网第一时间披露的核心信息，及时引导了舆论扭转，将关注度聚焦在搜救失联人员身上，有效防止了次生舆情事故发生，体现了官方主流媒体的责任和价值。

全媒体传播效果

稿件刊发后，在 PC 端、微博、微信等多个平台上引起关注。"重庆"客户端上的相关稿件点击量均达数百万次。作为重庆官方权威信息首发的唯一网络媒体，在全网受到极大关注，相关稿件发出后，均会被全国媒体转载，多个核心内容甚至登上微博等社交平台热搜排行前列。

亲爱的三毛，我们去你的南山故居，找到了那棵黄桷树

新女报记者　龚正星

引言

"我是重庆的，黄桷垭！"1988 年，你在台北演讲，用重庆话说了你的来处。后来，重庆南山的黄桷垭，就成了你传闻中的故居。

如今，隔着七十多年时光荏苒，你的姐姐从台湾赶来，倚靠着那棵沉默骄傲的、曾被你荡过秋千的老树，温柔笃定地告诉我们，"三毛是 1943 年在重庆南山的黄桷垭口出生的。"

01 探访南山故居：遇见三毛的童年

21 日一大早，南山上的黄桷垭突然热闹起来。

三毛的大姐陈田心、小弟陈杰、弟媳陈素珍、侄女黄齐芸，以及台湾艺术家、三毛生前闺蜜薛幼春特地从台湾赶来，寻找三毛留下的痕迹。

三毛故友、著名人像摄影师肖全，新女报时尚传媒集团董事长李友凡，概念 98 主事人季鸿全程陪同。

从黄葛古道往里头走 800 米，走到尽头，就是三毛故居。抗战时期，大律师陈嗣庆从沦陷区上海举家迁往重庆。

1943 年春，次女出生。为表对和平的期盼，她为次女取名陈懋平。

陈懋平便是三毛的本名，后来她嫌"懋"这个字太多笔画，难记难写，自己改名陈平。

时局纷乱，三毛故居几易其主，有关三毛的点点滴滴，也渐渐隐没于岁月的洪流。然而，跟在三毛姐姐的身后，听她讲那些触手可及的童年趣事，好像又看到了三毛——那个天马行空的、无所畏惧的小姑娘。

"三毛是很勇敢、很好奇、很有探索精神，她冬天会把雪藏在小罐子里，想等明年夏天就可以挖雪糕出来吃；她喜欢用火柴烧小蚂蚁，笑人家落荒而逃……"

"她胆子大得出奇，住家旁有一块墓地，别的小朋友都躲得远远的，偏她在坟头玩泥巴，玩得不亦乐乎。"

木屋的左侧，有一条隐蔽的小石板路。往下走，会遇见一棵繁茂的大树，树干是深褐色的，三五人环臂方可勉强抱住。

听说它有200岁了，听说它是三毛最爱的"玩具"。那个时候，树上扎了秋千，三毛每次都荡得好高好高，在姐姐的惊叫声中快活地大笑。

物是人非，桃面已改。被战乱、时光迷散的故居，正在慢慢修复。很想问问那个女孩，倘若在天国待得倦了，你会不会回到这棵树下，再荡一回秋千？

明年，明年5月中，请你来南山黄桷垭，读三毛，遇见三毛，拥抱三毛。

02 西西弗书店：拥抱三毛的勇敢

虽未谋面，触手生温。爱读三毛的人，也爱三毛的家人。当天下午，由新女报时尚传媒集团、重庆日报报业集团旅游发展中心联合主办的"重识故乡"三毛亲友归渝会，在时代天街西西弗书店举行。热情的书迷将现场围得水泄不通，室内的气温都升高了好几度。

有20年的资深书粉如肥桃女士，不能赶到现场，于是捶胸顿足，"大姐美丽吗？三毛写大姐很美丽，小学时总是演公主，演到倒下去的戏时，总是跌得太小心；小弟帅吗？她曾用刷头发的刷子打他，一下过去，脸上冒起一片血珠。"

我肯定地回答她，大姐很美丽，小弟也很帅气。还讲了很多书上没有刊印的小故事，肥桃又殷殷嘱托我，"你多听听，全部告诉我。"

亲爱的三毛迷们，假如你也没有去到现场，那我把听到的故事，都讲给你们听。

大姐80岁了，但一讲到三毛，总是眼眶含泪，她说，"有一回，三毛做身体检查，想写假条跟医生请假，理由是'出外逛街'，果然被无情拒绝。陈平成为三毛之后，依然保持一种持续的纯真，她在我眼里，是平常又不平凡的人。"

她想三毛。

小弟的头发快白完了，但风趣幽默，中气很足的样子，身体应该很健朗，他说，"三毛抽烟很凶，喜欢用火柴点烟，因为火柴有硫黄的味道，可以激发灵感；三毛酒量不错，喜欢喝威士忌，写滚滚红尘的时候，酒醉逃到四楼的小木屋，在楼梯间摔断了肋骨，都变成气胸了……所以大家少喝一点酒。"

"三毛其实对吃一点不讲究。喜欢做饭？那是做给荷西吃的，她只需要专心地投入写作，其他不重要。有一次我去沙漠里看她，见她在吃冰箱里的生香肠!"

陈杰先生的妻子解释了三毛生吃香肠的理由，简直令人绝倒，"三毛说，各种菜放到一起，在锅里炒一炒，和在肚子里炒一炒，都是可以熟的。"

他们都想三毛。

在家人的口中，三毛很好相处——但写作的时候很不好相处；她不算漂亮，可是很有风情，每每出入夜市，都有书迷围观的排场，甚至有书迷摸到她一片衣角，都会兴奋大叫——"啊！我摸到三毛的衣角了！

在闺蜜幼春的眼中，三毛很浪漫——她最爱《红楼梦》，擦香奈儿的玫瑰香水，最爱白颜色的花，每次都穿得很特别，像一袭风，从沙漠里走来，叮叮当当的，好看极了！

在故友肖全的心里，三毛是自由的——"三毛教会大家，'我决定做什么'，我才是自己的主人。她的勇敢、独立，她的精神，她的文字，都是有生命力的，值得一直被更年轻的一代传承下去。"

黄桷垭有一句民谣，"黄桷垭，黄桷垭，黄桷垭下有个家；生个儿子会打仗，生个女儿写文章"。当年谁能想得到呢？这个从小小的黄桷垭走出来的女儿，将掀起一股流浪文学的风潮，激励万千女性关注自我、探寻生命的意义。

亲爱的三毛，你潇洒不羁，浪迹天涯，爱恨分明，随心所欲，你是盛开的黎明之花。

假如你在的话，也 75 岁了。

你离开的第 27 年，花又开了，花又成海，我们在你的文字里，找到繁花似锦，看见了蔚蓝的海水，你呢？你还好吗？有没有找到荷西？

愿现在的你快乐，愿读三毛的人爱自己，也爱生活。

作品标题　**亲爱的三毛，我们去你的南山故居，找到了那棵黄桷树**
参评项目　**全媒体**
作　者　**龚正星**
责任编辑　**林文**
刊播单位　**新女报**
首发日期　**2018-10-22**
刊播版面　**第 13 版活动**

作品评价

本文以细腻、活泼、生动的文字，借三毛亲友的口吻，塑造了一个立体的三毛形象，报道了许多不为人知的三毛故事、三毛的重庆记忆。

采编过程

记者全程随访，陪同三毛家人及亲友探访南山黄桷垭故居、举行书店分享会，获得一手信息与资料；并以读者的视角，与三毛展开跨时空对话，抒发对一代文化名人的怀念。

社会效果

通过文章，塑造三毛"重庆女儿"的形象、探访三毛与重庆这座城市的文脉联结，具有显著的文学意义和社会意义。

全媒体传播效果

本文在新女报官方微信发布，在新女报读者群引起广泛传播、讨论；此外，新华网和概念98等自媒体对本文内容进行转载、借鉴，取得了很好的社会传播效果。

把民生警务从"案头"送到百姓"心头"

——市交巡警总队多措并举服务民生出成效

重庆法制报记者　朱颂扬

通过车管所智慧柜台自助选号机，不到 5 分钟就能选取心仪的号牌；流动车管所主动进企业开展上门服务；在全国率先试点推行车辆购置税电子审核，群众无须提交购置税证明或发票即可办理车辆登记业务……2017 年 7 月以来，市交巡警总队把公安部交管"放管服"改革与市公安局服务民营经济发展 30 条及新 10 条、服务学校 29 条、服务旅游发展实施意见有机结合，通过推出交管业务就近办、网上办、自助办、上门办、一次办"五办"服务新举措，全力构建网上与网下结合、公安与社会联动、管理与服务并重的立体化、便捷化、高效化服务体系，切实把民生警务从办公"案头"送到百姓"心头"。

"大数据+精准服务"让群众"少跑路"

"今年 9 月，交管业务综合办理机开始在车管所投用，老百姓可以用它自助办理车驾管业务，十几分钟便可取证。"昨日，巴山车管一分所相关负责人介绍，目前全市共有 180 台交管业务综合办理机，分布于 56 个网点，可办理违法处理、驾驶证业务、机动车业务、打印业务等。

市交巡警总队紧密围绕"大数据+精准服务"，依托大数据、互联网等技术，关联整合公安对外服务事项，大力推行"网上"服务、"掌上"服务、"自助"服务，改群众办事"面对面"为"端对端"，数据"多跑腿"为群众"少跑路"，极大提升了服务效能。

该总队积极普及"网上"服务，针对全市近 900 万驾驶人群体以及每天数万笔的交管业务量，整合、汇聚公安内外数据资源，研发具有重庆特色的"e 交管"服务平台，相继在 12123 互联网综合服务平台、微信、支付宝上推出车驾管业务申办、线上支付、交通设施故障上报、货车通行证办理、违法举报等 12 大类 160 余项交管服务，切实变"线下服务"为"线上服务"。目前，平台注册用户达 1101 余万人，累计办理互联网业务 3160 余万起，交管网上业务占比由以前不足一成提升到五成以上，位居全国前列。

同时，推广"掌上"服务，自主开发事故快处快赔、交通违法查询缴款等手机 APP，全面开通车驾管业务申请、远程审核、预约检车、预约办证、自选号牌、补牌补证等服务，实现了业务受理、审核、制证、缴费、送达"一键对接"。民警只需在后台进行业务审核和办理，减少中间环节，极大节约了有限警力，有效缓解了服务窗口工作压力，大幅提高工作效率，逐步形成了"指尖上"服务矩阵。目前，我市线上业务办理占比已从起初的 20% 提升到了 55% 以上，日均信息查询量 30 余万次，在线业务办理量达 5 万余笔。

此外，该总队积极打造"自助"服务，利用人脸识别等智能技术开发应用交通管理智能自助服务终端，依托车管所、车驾管服务站及人员密集场所，借助保险、银行、医院、邮政等社会资源，在全市推广集车驾管业务办理、交通违法处理、行政事业收费、罚款缴纳等为一体的"公安交通管理自助服务区"，投放自助服务机 140 余台，逐步形成城区 3～5 公里范围的便民"服务圈"，并依托涪陵、江津等地的农村劝导站、电商平台，试点开展车驾管业务代办，方便农村群众就近快办。

同时，为让群众"少跑腿"，在全国率先试点推行车辆购置税电子审核，群众无须提交购置税证明或发票即可办理车辆登记业务，既方便了群众，又确保了缴税信息的真实性。

"警保联动"让快处快赔比例达 96%

记者了解到，市交巡警总队积极探索社会治理新方法，于今年 4 月全面启动与保险

合作的"警保联动"工作模式，通过"渝警骁骑"摩巡队与"保险理赔员"勘查车勤务融合，事故快处系统与保险系统跨界融合，逐渐形成集"编组巡逻""远程定责""线上理赔"为一体的"警保联动"新型勤务模式，实现交通事故快处理赔最快 15 分钟到账。

据了解，该总队与人保财险重庆分公司签订战略合作协议，组建由人保员工组成的摩托车骑行队，与"渝警骁骑"结队上路、联勤联动，确保道路交通事故快速发现、快速处置和快速理赔。目前，已共计投入"警保联动"队员 147 人、摩托车和查勘理赔车 98 台、快处快赔工作车 3 台，处理道路交通事故 5.5 万余件。

市交巡警总队还在指挥中心增设了"警保联动"席位，设有远程定责、电话咨询、在线理赔等 3 个岗位，对路面交巡警和保险理赔员进行双重调度，第一时间开展财损事故现场查勘，指导、协助当事人快速做好拍照固证、撤离现场、上传信息、线上理赔等工作，并对争议事故进行远程定责，以短信

形式推送至当事人手机，再履行理赔程序，极大缩短了现场处置用时、减少了事故致堵时间。目前，全市通过"警保联动"队员现场协助处理、组织当事人自行协商达成协议并上传"交管12123"系统快处快赔比例达96%。

此外，该总队加快推动"警保联动"向农村地区延伸，依托全市7200个农村交通安全劝导站、农村地区近千个保险服务站点以及3000多名三农保险服务人员，通过"警保联动"为交通劝导站赋能，将保险农网、交通劝导站等平台资源有效整合，实现双方网点、队伍等资源的跨界共享，推动"警保联动"走向"村村通"，并依托保险公司网点多的优势，借助警保技术后台的系统融合，推出"警保联动"车驾管服务站，将以往只能在车管所办理的传统车驾管业务植入保险公司服务网点，为广大车主提供办理机动车号牌、6年内免检机动车申领检验合格标志、打印12123系统事故认定书等柜面服务，以及交通违法查询、处理、缴款，补换领机动车号牌、机动车行驶证，补领机动车检验标志等自助服务。

行程5万余公里让群众在家门口享受车驾管服务

今年2月，万州汽车运输集团万启分公司为应对春运客流增多，新购置了59台小型客车，如果按照常规流程办理注册登记很难赶上春运。接到该公司求助后，市交巡警总队车管四分所立即组织启动绿色快速通道，专门安排机动车查验、登记审核、档案管理岗民警和工作人员一直加班到深夜，为这批车辆办结了注册登记业务。

据了解，市交巡警总队针对企业、群众普遍关心的"6年免检标志申领""驾驶证补证换证"等服务事宜，依托13台"流动车管所"，配备身份证读卡器、4G公安无线网卡，证件加密打印机、LED视频播放器等专用设备，安排流动体检车、摩托车流动检测车，利用节假日开展人性化错时服务，形成集材料申领、体检查验、证件制作、安全宣传于一体的"流动式""一站式"服务格局。

一年来，全市流动车管所大力开展进乡镇、进企业、进学校、进商圈、进单位等"五进"服务，足迹遍布41个区县500多个行政乡镇600多家企业单位，共出动2000多次，行程5万余公里，上门现场办理车辆查验、补证换证、驾驶员体检等37项业务2.5万笔。

新型交通组织技术让治乱疏堵"更智慧"

"结合我市'山地城市''组团布局''桥隧相连'等道路交通特点，在全国首创多车道汇入自适应控制、定向车道等新型交通组织技术，推广应用共享转换车道、潮汐车道、左转远引、单向交通等交通组织手段，缓解交通拥堵'城市病'。"市交巡警总队相关负责人介绍，该总队针对"路网纵深小"，紧盯大型路口、异型路口通行效率低等问题，在路口内设置"待行区"，通过 LED 屏动态指引车辆在"红灯"时间提前进入路口，通过压缩路口空间以减少车辆通过路口的清空时间。目前已在新溉路立交、新牌坊转盘等 68 个路口运用，平均通行能力提高了 10%~20%。

同时，在路口设置"共享转换车道"，利用灯控路口信号灯放行车流的"时间差"，通过 LED 屏动态指引排队等候车辆提前"逆向"进入对向车道等候放行和通行。现已在大庆村立交、龙山路天竺路、东水门大桥南桥头、巴南区龙洲大道巴滨路等 4 处进行了运用，左转通行效率提高了 50% 以上。

此外，针对"瓶颈节点多"，根据我市路网呈沿江自由式布局，道路间高差大、间距小，干道交通、桥隧交通特征明显，极易在桥隧、立交节点形成车流交织的交通瓶颈等特点，该总队首创多车道汇入自适应控制技术，并在鹅公岩大桥南桥头、黄花园大桥南桥头、五里店立交、袁家岗立交、四公里立交等 42 处桥隧立交节点开展建设应用，取得路段高峰"延时指数"从平均 4.5 降低到平均 2.5、高峰"平均车速"从平均 18 公里/时提高到 25 公里/时、交通事故数量从平均 4 起/天降低到 0.4 起/天的显著成效。

作品标题　**把民生警务从"案头"送到百姓"心头"——市交巡警总队多措并举服务民生出成效**

参评项目　通讯

作　　者　朱颂扬

责任编辑　陈洁

刊播单位　重庆法制报

首发日期　**2018-10-26**

刊播版面　头版头条

作品评价

　　本篇报道采用通讯的手法描述了市交巡警总队贯彻落实"市公安局服务民营经济发展 30 条，全力构建网上与网下结合、公安与社会联动、管理与服务并重的立体化、便捷化、高效化服务体系，切实把民生警务从办公"案头"送到百姓"心头"。文中记者由具体事例入手，报道了交巡警总队采取多种方式服务民营经济发展所取得的成果，广大市民从中也感受到了实实在在的好处。全文事例丰富，引人入胜，描写朴实，通篇读来耐人寻味，是一篇值得一看的稿件。

采编过程

记者当天深入交巡警总队车管一分所、"警保联动"车驾管服务站、"警保联动"理赔点等实地采访，了解到该总队通过推出交管业务就近办、网上办、自助办、上门办、一次办"五办"服务以及一些新举措，切实服务民营经济发展，让群众"少跑路"，在家门口就能享受到一些实实在在的服务。记者敏感地抓住这条新闻线索，跟随市交巡警总队工作人员了解情况，并走访联系采访群众补充采访素材，从而形成了一篇"以小见大"的采访报道。

社会效果

该作品在《重庆法制报》头版头条刊发后，部分网友通过转发评论对市交巡警总队服务民营经济发展的举措和效果表示肯定，并对记者挖掘精彩故事，传播正能量表示赞许。

全媒体传播效果

该作品在《重庆法制报》头版头条刊发后，重庆长安网、重庆法制在线、重庆法制报微信公众号以及重庆法制报微博分别转发，部分网友发表评论对记者挖掘精彩故事，传播正能量表示赞许。

2018 年 11 月重庆日报报业集团新闻奖获奖作品

"烂泥坝"又成"艳山红"

重庆日报记者　姜春勇　龙丹梅

20 世纪 50 年代，因漫山遍野开满红艳艳的映山红，武隆乌江北岸的烂泥坝村改名艳山红村。但后来，艳山红村环境脏乱、人心不齐、产业空虚，村名虽变了，却仍是个"烂泥坝"。全面实施乡村振兴战略以来，武隆区通过提升乡风文明激发乡村振兴内生动力。

今年 6 月，武隆区羊角镇艳山红村发生了一件"大事"：老屋基院子里的百年土墙被拆了！

10 月 25 日，记者来到村里，正赶上村里的乡村大课堂在老屋基院子院坝为村民讲乡村礼仪。斑驳凹凸的石头屋基、渍着岁月痕迹的老木屋、敞亮整洁的院坝，一百多名村民冒雨在聚精会神地听讲……

村支书钱代兵说，几个月前，可看不到这样的场景。老屋基院子曾是龚家 8 兄弟居住之地，清乾隆年间，兄弟失和，筑墙而隔，鸡犬相闻，数世不往。后来，房屋主人几番更迭，但土墙始终横亘其间，不仅让居住在此的 13 户乡亲进出不便，也在邻里之间埋下了"心墙"。

党的十九大以来，武隆区以提升乡风文明助推乡村振兴，开展以"孝贤洁序"为重点的公序良俗建设，更新思想观念、革除陈规陋习，营造文明乡风。在村干部的引导下，村民理事会组织村民一商量，大家合力拆除土墙，打通横院，将院坝、木屋修葺整洁，原本冷清的老屋基院子变成了村民聚集交往、娱乐休闲的场所。

拆掉土墙，打通"心墙"，小小一堵墙的消失却折射出乡村文明的大变化。

整环境改陋习
"烂泥坝"成了美丽乡村

记者在艳山红村看到，沿途水泥路面干净整洁，道路两旁、农家屋边盛开着波斯菊等花卉；农家墙面统一刷成土黄色，簸箕、扁担、斗笠等农具摆放整齐有序；家家户户都改造了厕所，院落里摆放着垃圾桶、别具乡村风味……

驻村第一书记游四海介绍，艳山红村过去叫"烂泥坝"，因漫山都开着红艳艳的杜鹃花（映山红）在 20 世纪 50 年代改成现名。去年底，游四海上任第一书记，沿着崎岖的山路来到村里，心里凉了一半：屋前屋后不时看见一堆堆垃圾，农家院落脏乱差，年轻人大量外出、产业空虚，田头看不到几个干活的村民，落寞破败，村民没有心劲和能力发展产业，"这里还是个'烂泥坝'嘛。"游四海跺脚叹道。

穷山村要振兴必须先从改善人居环境为突破，环境的好坏，直接关系到老百姓的幸福感、获得感。结合武隆区"洁美宜居"农村人居环境整治工程，游四海和艳山红村党员干部一起带领村民开展环境大整治，美化农院、改厨改厕、种植花草、安装垃圾箱、路灯……过去脏乱差的小山村逐渐变了样。

为改变多年的陋习，由村干部和村民组成考评组每月对农户打分，定期公布，每半年对排名靠前的农户进行表彰。村民们很在意这份荣誉，逐步开始改变不良生活习惯。一些村民还花心思收集"废品"，打扮自己的家园：乌江里捞起的废旧轮胎固定在土墙上，加上几名暑期返乡大学生的巧手彩绘，村民罗年强家的土墙上便添了拖拉机满载而归的丰收情景；村民钱小军将废弃的水车安装在猪圈屋旁，便成了充满艺术气息的乡村小品；收集废弃石磨盘镶在地上就成了颇有艺术味的村道。昔日脏乱差的"烂泥坝"开始变成名副其实的"艳山红"了。村子变美了，村里的第一间民宿也开始动工，乡村旅游业即将起步，修葺后的老屋基院子成了游客青睐的景点。

开课堂聚民心
淳朴乡风又回到小山村

记者看到的"乡村礼仪课"已经是艳山红村乡村大课堂举行的第 39 场课了。羊角镇党委书记杨涌介绍，该村乡村大课堂坚持每月至少两次开展学习活动，村民提高了思想认识，文明素养得到提升。老屋基院子的龚、代、关、谢、贺五姓 13 户农家还将各姓家风家训张贴上墙，邻里往来互助，和谐共生。

艳山红村集体经济薄弱，乡村大课堂通过宣讲，帮助群众转变观念，树立"合作共赢"理念，推行村集体经济股份制，村民入股 656 股，股金达 32.8 万元，其中贫困户入股 243 股，股金达 12.5 万元，为脱贫致富打下基础。

在村里，记者遇到了村民理事会总理事长龚向兰。已从机关退休的龚向兰出生在这里，父亲龚南村是村里 20 世纪 50 年代有名的全国劳模。但这个贫穷、人气落寞的山村曾经让龚向兰心灰意冷，十多年前将父亲接到城里居住后，龚向兰再也没回过老家。

去年年底，艳山红村探索建立村民理事会，鼓励村民自己的事自己办。龚向兰在游四海的动员下当上村理事会总理事长，带领 100 多名成员，帮助村里开展产业招商、村务自治等事务。十多年都没回过老家的龚向兰这大半年就往村里跑了十多趟，她说，大伙儿积极参与到村里公共事务中，人心齐了，互助友善的氛围浓了，脱贫致富的劲头足了。理事会组织村民制定艳山红村"红九条"乡规民约，并有相应奖罚。例如对按规定办理红白酒席的农户，可由理事会提供免费餐厨具，厨师服务。今年，村里实施亮化工程，在理事会组织下，村民们很快就自筹 30 余万元，安装 100 多盏路灯。今年秋季，理事会动员村里出去创业的老板给予支持，加上村民筹资共 10 多万元，办了一个热热闹闹的丰收节活动，吸引了不少游客参与。

兴产业振乡村
艳山红村人均收入 3 年要翻番

课程结束后，贫困户傅光兰叫住游四海，向他打听，能不能凑钱再入几股。

艳山红村过去没什么集体经济，村民致富乏术。全村 1715 人，就有 800 多人外出务工。2017 年，全村人均年收入不足 6000 元。

村里今年成立了人字崖水果专业合作社，由合作社、村集体、村民共同入股，三方"联产联业、联股联心"。过去一直致富无门的傅光兰用 1500 元贫困户产业补贴入股，成为股东。和她一起成为股东的，还有村里的另外 162 户村民。年终，合作社将按照村民 40%、合作社 30%、村集体 30% 的比例进行利润分成。其中，村集体收益全部用于村公益事业和村民二次分红。村里今年引进的鲜花、水果种植、鳅田稻产业，到目前为止已实现集体经济收入 30 万元。

为减少贫困户、农户顾虑，还由村第一书记、村支书、村主任个人投入资金共 10 万元设立了入股风险基金，确保资金安全。傅光兰说，自己单干能力差，但有集体经济领路，就有了信心和劲头。

村里目前规划了高山生态蔬果、鲜花种植、稻鳅养殖园、鸽鸡养殖基地等十大产业，还借武隆区全域旅游契机发展乡村旅游，打造纤夫摄影花海基地，注册了五里滩纤夫酒商标，挖掘和打造乌江纤夫文化，修建民宿，吸引更多的游客到艳山红村来。

游四海说，到 2020 年人均收入达到 18000 元，有信心！

作品标题　"烂泥坝"又成"艳山红"
参评项目　通讯

作　　者　姜春勇　龙丹梅
责任编辑　周雨　张珂
刊播单位　重庆日报
首发日期　**2018-11-13**
刊播版面　第 1 版

作品评价

　　乡风文明建设既是乡村振兴的重要内容，也是实现乡村振兴的重要保障。本文以当地村民主动拆除一扇横亘在邻里间的百年土墙为切口，以小小一堵墙的消失折射出乡村文明的大变化。本文有故事、有细节，以小见大，行文流畅自然，是一篇接地气有深度的报道。

采编过程

　　10 月 25 日、26 日，记者赴武隆区羊角镇艳山红村，深入采访当地如何以"尽孝、尚贤、整洁、有序"农村公序良俗建设为抓手，通过提升乡风文明来助推乡村振兴的举措，历经两天采访后成文。

社会效果

　　本文见报后，被新浪网、中新网、人民网、华龙网等多家媒体转载，引起了强烈的社会反响。

"第一书记"卖米记

重庆日报记者　李波

11月8日，记者节。杨翼德赶回綦江日报社参加完区里举办的记者节活动后，忙不迭往会场外走。

除了记者，杨翼德现在还有另一个身份——扶欢镇插旗村"第一书记"。几天的阴雨后，天气终于放晴，让他心里轻松不少。前几天天气不好，他帮村里贫困户在綦江日报红蚂蚁商城卖出的米，一直没有发货，客户来过好几个电话催了。他要赶回村里招呼大家赶紧把米晒出来。

两个多月前到任后，帮贫困户卖米是他目前"最看重"的事之一。"一是答应了乡亲的事，做到才能取信于民；二是卖米是村里的农产品首次'触网'销售，搞成功了自己的宏伟计划才能顺利推进。"杨翼德说。

插旗村离城区约一小时车程。听名字就知道，村里的地势"抬头仰望是山，低头俯视是山，极目远眺还是山"，最低海拔230米，最高海拔980米，5.4平方公里的一个小村落，海拔落差达700多米，村中最好用的一块平地，面积不足100亩。村里户籍人口1390人，但是留在村上的常住人口只有300多人，经济条件好一些的村民，纷纷选择在扶欢、三江、盖石等地买房，搬出了大山，外面有实力的业主却又不愿意到山上发展。

恶劣的地理条件，根本不利于农业产业规模化发展，这让甫至村里的杨翼德愁上眉头，"过去当记者，看到很多村特色产业发展风生水起。现在到农村工作，想做点事，却有力不从心的感觉。"

9月30日，杨翼德到插旗村一组动员贫困户敖体斌改造危房，遇到敖体斌正在割稻子。"等我把稻谷收了卖成钱再说哦！"敖体斌答复道。杨翼德一打听，敖体斌种了10多亩稻田，背到镇上去，每斤米卖两块五，最高可以卖两块七。

"卖是好卖，就是背起累。一次背个百把斤，来回一趟半天就除脱了。"敖体斌告诉杨翼德，自己的田地势高，海拔八九百米，要国庆节后才能割完。"我种的都是优质稻，生长周期长，无病害，不需要打农药。每年栽秧子时，我还要买几十个鸭子放养在田头，稻鸭共生。"

"要不我帮你卖米吧！早点卖完早点起房子。"杨翼德对敖体斌说。媒体出身的杨翼德知道，这样的生态大米，其实可以卖出更高的价。很快，一个想法在杨翼德脑海里诞生：从卖米开始，试试能不能把村里现有的优质农产品直接卖进城里。

杨翼德回到村里跟村支部和村委会一班人一合计：干！集体成立合作社，以每斤3块收购村民的高山生态大米。农民每斤可以多卖3~5角，送到村办公室就行。他又回到"娘家"綦江日报社求助，领导爽快地答应帮忙。10月中旬，綦江日报社《周末去哪儿》栏目推出一期视频节目，专题宣传插旗的特色农产品。10月19日，插旗村扶贫大米在报社的红蚂蚁商城上线销售，每斤售价三块五。

质优价廉、生态绿色，插旗村的大米迅速得到消费者认可，10天时间卖了1000多斤。

但问题紧随而来。收的米没有包装，都是一个背心口袋装十斤这样送，运输极为不便。10月24日，杨翼德将第一批600斤米送到城区，却被挂破两袋，遂两袋并成一袋，成了590斤。不足10斤那袋，只好提回家自己消费了。

"这种卖法可不行。"杨翼德反思道，一是必须要有包装，二是要有品牌。

现在，杨翼德请广告公司设计的包装正在印制中。他的想法是，今后有了包装，简装大米每斤卖四块五，精品包装10斤大米配一点紫薯、绿豆、红枣、玉米瓣等，将"生态"二字宣传到位，将养生的理念注入进去，每盒定价98元。

"至于商标，我们已经拿到'狮口馋''溱州土货'两个商标注册申请受理书。"杨翼德说，插旗村山上还有40亩核桃、30亩枇杷、30亩血橙、200亩蜂糖李、100群蜜蜂、300只山羊，以后，这些大山中的土货都会有牌子。

合作社不直接参与生产环节，而是承担唱响品牌，把大山中的宝贝卖到城市的任务。同时，要严格把控质量关，鼓励农户扩大规模生产。这样，农户收入增加，积极性提高了，合作社也为村集体增加了收入。

"通过卖米，我觉得找到了一条适合插旗村产业发展的路子。"杨翼德说。

作品标题　"第一书记"卖米记
参评项目　通讯
作　　者　李波
责任编辑　周雨　许阳
刊播单位　重庆日报
首发日期　2018-11-14
刊播版面　第5版

作品评价

写作风格继承了老一辈新闻工作者写稿的优良传统，非常干净，没有废话和刻意渲染，又有细节和现场。这十几年，新闻专业主义、网络化新闻，对新闻写作带来一些变化，但党报传统基因中的好东西，仍值得传承。

采编过程

文中主人公是重庆日报通讯员，记者从其朋友圈了解到他被组织派到一个贫困村担任第一书记，并了解到他对贫困村脱贫的一些思考和正在做的努力，包括为贫困农户卖米。

第一书记作为脱贫攻坚第一线的主要群体，广受关注，也值得报道，他们在最一线用最实际的行动向贫困宣战。于是，记者专程前往綦江插旗村采访，选取了他为贫困农户卖米的"小事"切入，生动地展现了一位普通第一书记在脱贫攻坚一线的努力和担当。

社会效果

报道受到读者广泛好评和肯定，获众多网站、APP 转载。綦江区委书记专门托宣传部表扬此文。

土窑"烧"出新天地

重庆日报记者　刘集贤　李波

1996年5月5日，《重庆日报》头版发表新闻《土窑"烧"出红旗车》，报道了当时的荣昌县安富镇垭口村村民梁先才，自筹资金100万元，办起了当地的传统产业"窑罐厂"，几经拼搏，企业成型。为了业务发展，梁先才一拍腿买了一辆国产品牌"红旗"轿车，一时四乡传播，村民围观，成为陶乡"头条新闻"。

22年后的2018年11月10日，记者重访荣昌，再到安富，又见梁先才，看到的不仅是以梁先才为董事长的重庆市鸦屿陶瓷有限公司高大的厂房，繁忙的制作车间，精品琳琅的工艺陶展示间，更看到安富镇乃至整个荣昌在改革开放大潮中的窑火兴旺耀渝西！

"红旗"车新闻后的"新闻"

二十几年前，在一个城里人月收入才几百块钱的年代，一个农民居然花34万元买了辆代表中国形象的"红旗"轿车，当然是新闻，但其"新闻"并未就此结束。

正应了"欢喜不知愁来到"的老话。报道见报不久，税务部门找上门来——有这么多钱买车，必定偷税漏税。

"差点儿把我弄去关起！"回忆起此事，梁先才笑道，那时才办企业，作为农民真不知怎样纳税，幸好一位县领导出面，最终补交企业税款30万元才算过关。

但亦因红旗车新闻，梁先才业务勃兴，闻其名者纷至沓来。一位安徽合肥客商，专程到重庆四处打听梁先才的陶瓷厂，却久寻不得，到火车站准备打道回府。临上车前在站前买香烟，顺口向烟摊摊主打听了一句。"土窑'烧'出红旗车的陶瓷厂嗦，在荣昌嘛，从旁边的长途汽车站坐到荣昌的班车，一车就到了。"摊主的回答让这位客商喜出望外。客商由此一路顺畅找到梁先才，谈妥业务，从腰间扯出一条长布带，将里面裹装的现金5万元一股脑儿甩给梁先才，"尽管给我发货，收据都不用，我相信你！"梁先才按约发货，从此往来熟络。

记者开玩笑："想不到我们的新闻帮你打了免费广告了啊!"

梁先才哈哈大笑：还不止这些呢。他说，有一次他开着红旗车到重庆联系业务，车行至菜园坝，遇到交警检查，让他亮证，他才想起出门太急，驾驶证、行驶证全都忘带了。交警见他一副农民打扮，严肃地说："我可以怀疑你的车是偷的哟。"他急中生智解释道：你们没看《重庆日报》登的《土窑"烧"出红旗车》呀，就是我啊，不信你们去问报社的刘集贤。交警一愣，似有所悟，一挥手："下次记得带证哈。"放行。又是一个"广告效应"!

梁家后院见证农民企业家成长史

随着改革开放的深入，梁先才的陶瓷生产经营日益壮大。产品品种也从创业初期的 200 来种日用陶和简单的工艺陶，发展到现在的 1000 多种生活陶、包装陶、工艺陶、艺术陶、精品陶。如今，"荣昌安陶"产品畅销全国各地，农民梁先才，也成为由自己土窑企业蝶变的重庆市鸦屿陶瓷有限公司的董事长、荣昌区陶瓷商会会长。

"这 20 多年并非都是一帆风顺，也有差点儿关门破产的时候。"梁先才说，2003 年非典肆虐时，产品发不出去，销售一落千丈，工人们的工资半年多没钱发，但没有一个工人找他讨要，没有一个工人提出离开。"工人告诉我，看到仓库堆积如山的产品就知道企业遇到了困难，但我们愿意跟你老梁一起扛。"不仅工人们支持，自己的原材料供应伙伴也撂下话：老梁，货款先欠着，等缓过来再说。回忆往事，梁先才依然感动不已，"在大家的支持帮衬下，非典期间周围的企业大都停产歇业，而鸦屿厂没有停工一天。"非典结束后，仓库屯压的货品很快销售一空，老梁的企业也走出困境。

"老汉其实就是一个陶痴，厂里的生产经营大多都是我在帮他管。"二女儿梁洪萍悄悄告诉我们，近年柴烧陶兴起，父亲为了研究柴烧技艺也点火开烧。为了求证荣昌陶柴烧的极限会是一个什么效果，老梁采取多次高温烧制的方式专门烧了一窑产品。开窑后，几百件东西虽只成功了 3 件，但这 3 件精品引得好几个人出价 7 万元一个收购。

在鸦屿陶瓷的展示室里，梁先才用柴烧技艺烧制的工艺壶、工艺杯个个色彩斑斓，让人爱不释手。难怪老梁烧制的柴烧壶，市场价动辄七八千甚至数万元一把。

这几年，梁先才发明并获国家专利的"一种自动化的陶瓷酒瓶分拣输送装置"和"窑车车轮自动加油装置"投入使用后，不仅大大减轻了工人的体力劳动，更提高了生产效率和产品质量。

在梁先才家的后院，曾经风光一时的"红旗"轿车早已"退休"，静卧一旁，后续购买的"奔驰""雷克萨斯"轿车，也被一辆"讴歌"越野车取代，而梁先才却把淘汰的这些车全部留了下来。

"准备在厂里腾个地方，把这些车和自己做的各个时期的陶器产品陈列出来。"梁先才告诉记者，不单是恋旧，因为这些车记录着我这个农民企业家的成长经历。

一个梁先才变百个"梁先才"

"过去烧窑都要拜窑神，能否成功靠运气。我一个农民企业家能有今天，除了自己的努力，更是托改革开放的福。"谈及自己创办企业以来的经历，梁先才感慨不已。以前税务部门以"罚"代"法"，现在税务部门是服务上门。区里和街道的领导还经常下厂征求意见，帮助企业解决困难。2013年建立"高级技能专家工作室"，政府补助10万元；今年公司被评为"成长型企业"，区里又奖励5万元；全国获奖、个人成"大师"，政府都给予鼓励……

相较于公司董事长的名头，梁先才更看重另一个头衔——国家级非物质文化遗产陶瓷烧制技艺（荣昌陶制作技艺）传承人。他创立荣昌陶制作技艺传习所，携手重庆文理学院建立陶艺实践教学基地，培养后生；他配合政府成立荣昌国际柴烧创作交流中心，促进柴烧陶的技艺交流发展；镇里来了创业的年轻人，他主动上门传授技艺。

最令梁先才欣慰的是，越来越多的人加入荣昌陶技艺的传承中来。比如师兄刘吉芬，不仅在安陶小镇创立安北陶瓷村，经营得风生水起，更带出了侄子刘冬等十几位陶艺制作传承人。上个月，刘吉芬设计，肖文桓、刘冬、肖亚岑制作的陶器"巴蜀遗韵"，在第十九届中国工艺美术大师作品暨手工艺术精品博览会上，获得中国工艺美术最高奖"百花杯"金奖。而梁先才自己虽然只收获一个铜奖，但他却很是开心，"我都64岁了，荣昌陶需要有更多的年轻人才有未来。"

90后小伙子管永双，在四川美院上学时跟随老师到荣昌采风，一下就被这里上好的陶土吸引。2014年毕业后，他与妻子李云杉来到荣昌区，从打工到租民居自己造窑做陶，潜心于荣昌陶天然草木灰釉制作与烧制。结缘于陶，他办起了以陶文化为主题的民宿"通安小栖"民宿，蹄疾而步稳，勇毅而笃行。

"改革开放，使一个梁先才变作百个'梁先才'！"安富街道党工委书记陈龙英感慨道，现在的安富已经成为荣昌陶瓷产业的重要基地，从事传统手工技艺制陶的大小企业和工作室，已从早先的几家发展到40多家，从业人员达到几百人。其中，国家级、市级、区级传承人65名，40岁以下的年轻人有15人；国家级、市级、区级工艺美术大师和民间工艺师103人，40岁以下的有40人。

近年来，荣昌探索陶文化创意产业园和陶瓷工业园"双轮驱动"发展，一方面是在荣昌陶文化创意产业上提升品牌和形象，另一方面是以"优化存量、引进增量"新兴陶瓷产业。来自广东的大型陶瓷企业唯美集团，制作的瓷刻书画精美绝伦，仿古文图惟妙惟肖，批量生产的"马可波罗瓷砖"畅销国内外。

建安陶小镇、修陶瓷公园、传陶瓷文化、辟陶瓷旅游、兴陶瓷工业，"荣昌陶都"通过走"陶文化+旅游""陶文化+工业"之路，增加就业人数达八九千，有望在2020年形成100亿级产业集群。

千年荣昌陶，正"烧"出一片新天地。

作品标题　土窑"烧"出新天地
参评项目　通讯
作　　者　刘集贤　李波
责任编辑　雷太勇　隆梅
刊播单位　重庆日报
首发日期　2018-11-21
刊播版面　第1版

作品评价

重庆日报从11月21日起推出改革开放40年特别报道，这是开栏第一篇。这篇稿子有时间长度，有纵深厚度，以小见大，文字精练，体现了老一辈新闻人的匠心、情怀和功力。

采编过程

22年前，本报记者曾采访过荣昌陶产业情况，采写了《土窑"烧"出红旗车》的报道。此后，本报记者在荣昌采访时，陆续听到荣昌的同志、包括主人公介绍该稿刊发后发生的一些有趣的事。今年，陈敏尔书记在荣昌考察时，对荣昌提出了做好"一头猪、一匹布、一片陶、一把扇"四篇文章的要求。

今年是改革开放40周年，本报编委会策划了一组老报道回访的专题，记者于是重访当年报道的主人公，从一个普通人在改革开放中所经历的故事，生动再现了改革开放为普通百姓带来的获得感、幸福感。

社会效果

稿件刊发后，受到社会广泛关注和好评，认为稿件接地气、很生动，很好地体现了改革开放为人民群众带来的幸福感、获得感。人民网、新华网、上游新闻等纷纷予以转载。

改革开放壮美画卷里的重庆力量

重庆日报记者赴京细探
"伟大的变革——庆祝改革开放 40 周年大型展览"

重庆日报记者　张莎

日前，"伟大的变革——庆祝改革开放 40 周年大型展览"在国家博物馆开展。重庆以怎样的姿态呈现在全国的画卷中？11 月 16 日，记者前往北京，为重庆市民一探究竟。

此次展览包括 6 个主题内容展区，展示了改革开放 40 年来，我国在政治、经济、文化、民生、生态、科技、军事、党建等领域取得的成就。一路走来，记者在镜头里找到不少重庆的发展成就和变革缩影。

走进第二展厅"壮美篇章"的"开放合作共赢"单元，一个大型的中欧班列线路图沙盘吸引了记者注意，仔细一看，其中就有中欧班列（重庆）。解说员介绍：中欧班列是促进"一带一路"沿线国家和地区互联互通、提升经贸合作水平的重要平台，也是中国西部地区对外开放的新通道。截至 2018 年 9 月，中欧班列开行数量超过 1 万列，到达欧洲 15 个国家 44 个城市。

在第三展厅"关键抉择"，一幅重庆夜景照片挂在墙上。这张照片意义重大，下方写着"1997 年 3 月 14 日，八届全国人大五次会议审议通过将原四川省重庆市、万县市、涪陵市、黔江地区合并，成立重庆直辖市的议案。"

走出第三展厅，外墙上展出着我国改革开放 40 年部分优秀美术作品。重庆当代画家罗中立于 1980 年创作完成的油画《父亲》冲击着观众们的视觉，不少观众掏出手机翻拍这张油画。

第四展厅"历史巨变"中有呈"品"字状的三块屏幕，主办方设计了一个"榜样的力量"互动环节，让观众与"改革开放以来 100 个优秀基层党组织和先进党员代表"合影。在第一排，记者见到了重庆市民、"全国优秀共产党员"马善祥的名字。

连接第四展厅与第五展厅的是"大美中国"影像长廊。走进这里如同走进"时光隧道","和谐号"驶过后，记者在缓慢滑过的照片中找到了"重庆奉节白帝城和三峡瞿塘峡口"，这是新华社记者拍摄的精彩瞬间。

更让观众们连呼"太美了""震撼""漂亮"的，是绵延数十米、满屏展示的"长江经济带之重庆洪崖洞"。这是两个 24 小时延时摄影视频，一边是充满立体感和层次感的渝中半岛，一边是雄伟的千厮门大桥和壮观的江北嘴。白天云卷云舒，夜晚流光溢彩，美不胜收。

在第五展厅"大国气象"中，记者一举找到了 8 个重庆元素——

在"蓬勃发展的中国企业"单元，三张重庆照片分别是：西南铝业环件生产车间、重庆四联仪器仪表集团流量仪表智能生产线、长安汽车江北发动机工厂车间中的职工正在学习党的十九大精神的场景，他们分别代表着企业综合实力显著增强、企业创新活力全面迸发、企业政治优势充分发挥。

再往前走，实现中欧国际货运大通道与长江黄金水道"无缝衔接"的果园港，带动农村经济发展的黑山谷农村公路，中国西部地区首条城市轨道交通线、中国首条跨座式单轨交通线路的重庆轨道交通 2 号线，三峡重庆库区生态茶园，中国第一个实现商业开发的页岩气田、年均产能达 100 亿立方米的涪陵页岩气田，向观众讲述着重庆经济社会建设的突飞猛进。

现场直击>>>

观众眼中巨变的重庆

重庆日报记者　张莎

11 月 17 日，北京，国家博物馆西侧广场巨型的红色花坛之上，"伟大的变革"五个大字巍然矗立。时值周末，前来参观"伟大的变革——庆祝改革开放 40 周年大型展览"的群众络绎不绝。记者采访到几位与重庆相关的观众，请他们谈谈变革的重庆。

重庆的投资环境让他心动

"重庆成立直辖市后发展太快了。"在第三展厅"关键抉择"，一名中年男子指着墙上的重庆夜景照片，与友人交谈。

说话人叫魏翔茂，是北京一家科技公司的创始人。他告诉记者，自己如此关注重庆，与在重庆发展的商界朋友不无关系，"好友一直想拉我入伙去重庆投资，请我去重庆考察过几次。"

魏翔茂对重庆的印象是：产业配套能力日益增强、市场潜力可供挖掘、政府办事效率较高，是一座开放、包容、自信、充满活力的魅力之城。他说，重庆对科技型民营企业敞开大门，自己很为这一良好的投资环境心动。

"改革犹如大潮奔涌，由此可见，重庆并没有辜负党中央的关键抉择。"他说。

重庆成为她最爱的旅游目的地

在"大美中国"影像长廊，几乎每一位见到长达数十米的 24 小时延时摄影视频作品——"长江经济带之重庆洪崖洞"，都会呼朋唤友拍照留念。

在此流连许久的郭蓉，刚结束在重庆的旅游。

"重庆现在是我最爱的旅游目的地。"郭蓉笑着说，今年 5 月，她在朋友圈见到"行千里·致广大"重庆城市形象宣传片后，就被深深吸引，与老同学们一合计，大家决定国庆节造访重庆，在重庆庆祝相识 20 年。

逛山城老街、赏巴渝文化、看两江汇流、品火辣美食，郭蓉告诉记者，一周时间，他们还没把重庆逛够。

见到长廊两边播出的渝中半岛和江北嘴美景，郭蓉掏出手机拍摄了好几段小视频，又发送到同学群里，"我们再重温一遍重庆最美风情。"

她是重庆交通变迁受益者

展馆内还设置了多个互动体验区域，记者在"我爱我的家乡"互动项目旁见到，一个年轻女孩给重庆点了好几个赞，她是在北京打拼的重庆巴南人周潇。

周潇告诉记者，观展下来，她感受最深的就是重庆基础设施的日新月异。

"有张图片是黑山谷农村公路，其实我也是农村公路的受益者。"原来，周潇家住巴南云篆山，山上风景秀美，她的父母在 10 年前就想开农家乐。只因家门前是土路，小车开不进，农家乐计划搁浅了。

5 年前，周潇家门前的公路硬化了，不久后，家中农家乐正式开业，因为妈妈做得一手好菜，加上交通方便，周末常常爆满。

家中农家乐不错的收入，让周潇没有后顾之忧，可以安心在北京打拼。

见证者说>>>

市口岸物流办主任聂红焰：
中欧班列（重庆）的开行是里程碑式的事件

重庆日报记者　杨骏

"自中欧班列（重庆）开行以来，它一直在不断突破、完善。如今，中欧班列（重庆）不仅是重庆对外开放的重要载体，更是全国中欧班列的重要代表与品牌。"11月18日，市口岸物流办主任聂红焰说。

中欧班列（重庆）的开行，可以说是一次里程碑式的事件。国务院曾召开专业会议指出，以中欧班列（重庆）为代表的中欧铁路集装箱班列打通了我国西向通道，带动了沿线地区经济发展和经贸交流，是"一带一路"建设的重要基础和支撑。"重庆市和有关部门为中欧班列的开通和发展做了大量开创性工作，探索出可复制、可推广的经验。"会议评价道。

开行7年以来，中欧班列（重庆）在多个领域实现突破：它率先与跨境电商携手，实现跨境电商与铁路的合作；率先为西部地区运回首批平行进口车；率先实现铁路运邮……

"今年，中欧班列（重庆）去回程开行比例为1.15∶1。这些都标志着，这趟班列正在不断地'成熟'。"聂红焰表示，在中欧班列（重庆）的带动下，重庆铁路大通道建设正逐步提速，东南西北四个方向均有国际铁路或联运大通道。

当代艺术家罗中立：
改革开放改变了我的命运

重庆日报记者　赵迎昭

"改革开放初期，是我人生中最难忘、最激情澎湃的时光。改革开放改变了我的命运：我不但赶上了恢复高考第一年入学考试的末班车，考上四川美术学院，改革开放之后第一次举办的全国青年美展，又让还是大学生的我一举成名。"著名当代画家罗中立说。

罗中立1978年考入四川美术学院油画专业，油画《父亲》就是在这期间创作的。1980年12月，《父亲》参加第二届全国青年美展，并于次年获得一等奖。许多人都会记得，这幅巨幅尺寸的农民头像，曾以强烈的视觉效果和情感力量打动了中国人的心。《父亲》见证了改革开放40年的伟大历程。改革开放给了艺术家施展才华、自由创作的机遇。

1983年底，作为改革开放后第一批公派出国的留学生，罗中立前往比利时安特卫普皇家美术学院学习美术。如何从学习、模仿真正转向本土化、当代性探索，自此成为罗中立一直思考的问题。"科技界一直在提倡'掌握核心技术'，在油画上，则要在大量学习后消化，在作品中体现中国精神、中国气派。"

"表现农民，就画自己熟悉的大巴山农民的平凡生活，画劳动人民的悲欢喜怒、爱憎生死。"这是罗中立1980年12月14日写下的，至今仍然把人民性体现在创作中，目前，他仍在创作大巴山题材的油画，只是绘画语言在不断变化、丰富之中。

全国优秀共产党员马善祥：
我见证了调解工作的变迁

重庆日报记者　周尤

"改革开放40年，我见证了江北区观音桥街道调解工作方方面面的变迁和发展。在国家政策的支持下，基层人民调解员的工作环境变得更好。"全国优秀共产党员马善祥说。

2012年，街道党工委决定以马善祥为核心组建"老马工作室"专门从事群众矛盾纠纷调解工作，办公室配备了现代化的办公设备，办公效率得到提升。"随着时间的推移，我发现，群众反映的问题类型从征地拆迁、企业改制等方面转变到物业纠纷、情感诉求等方面。调解类型变得更复杂，要求调解员的工作能力也必须不断提高。"在此期间，马善祥梳理了60多项具体调解方法，总结形成了"老马工作法"。如今，他不仅要从事调解工作，还经常受邀前往党政机关、高校等地作报告，向更多人分享自己的工作经验。在工作中老马发现，老百姓对人民调解工作的态度也在转变。随着普法教育的深化，群众的法律意识不断提高，开始懂法服法，让调解工作变得更加顺利。

改革开放40年，江北区发生了翻天覆地的变化。随着嘉陵化工厂搬离了江北、煤炭渣和化学废料被清理，主城的居住环境越来越好，人民群众身体也越来越健康。江北的发展与巨变是改革开放40年的一个缩影。"现在很多群众都向我反映，党的政策好，不活到100岁都对不起这么好的政策。"

中铝西南铝总经理、党委副书记黎勇：
西南铝为国家提供上千种铝材

重庆日报记者　夏元

"改革开放40年，是中铝西南铝技术创新、装备升级的40年，是为国家航空航天及国防军工贡献力量的40年。"中铝西南铝总经理、党委副书记黎勇说。

打开记忆闸门，回首改革开放40年，西南铝在研发制造领域取得的成绩不胜枚举：

它研制的铝材是国内最早获波音、空客、赛峰认证的产品，通过了中、英、法、美、日、韩等多个国家船级社认证；

它率先研制"亚洲第一环"3.5 米级铝合金锻环，并不断将其直径扩大至 5 米、6 米、9 米、10 米，极大地推动了我国航空航天事业发展；

它生产的国内最大截面 7050 合金超宽超厚预拉伸板，为我国制造的全球最大射电望远镜提供了全部反射面面板及铝板结构件⋯⋯

如今，我国几乎每一个航空航天及国防军工重大关键项目，都有"西南铝造"铝材作为配套。40 年来，西南铝先后为我国第一座高能加速器、"东风""长征"系列火箭、"天宫"系列目标飞行器、"神舟"系列飞船、"嫦娥"系列探月卫星、新型战机、舰船、国产大飞机等数十项航空航天及国防军工重点建设项目，累计提供上千个品种的高性能、高品质关键铝材。

重庆市轨道交通院士专家工作站专家沈晓阳：重庆轨道交通运营总里程居全球第十三位

重庆日报记者　杨永芹

"可以说没有改革开放，就没有重庆轨道交通。"重庆市轨道交通院士专家工作站专家沈晓阳说，改革开放，为重庆城市轨道交通规划、建设、运营和发展创造了资金引进、技术创新、政策支持的外部环境条件。

沈晓阳从 20 世纪 80 年代开始参与重庆公共交通系统规划与建设，见证了重庆轨道交通从无到有，从单一线路到网络化运营的全过程。

为缓解主城"出行难""坐车难"，选择大运量轨道交通成为重庆应对之策。2000 年，被列为国家西部开发十大重点工程和国债项目及利用日本政府贷款项目——2 号线开建。2005 年 6 月，我国首条跨座式单轨线路—2 号线一期（较场口至动物园）正式开通运营，从此不塞车、不赖站、准点运行的轨道列车，成为市民出行首选。

截至目前，重庆主城共开通 6 条轨道交通线，运营总里程规模 264 公里，位居全国第六、全球第十三，日均客运量 200 多万人次。

不仅如此，日前出台的《重庆市城市提升行动计划》，更为市民便捷出行展示了美好前景。到 2022 年，我市运营及在建的城市轨道交通里程将达到"850 公里+"，日均客运量超过 600 万人次。

沈晓阳说，令他更欣慰的是，以重庆跨座式单轨交通及产业为重要代表的中运量轨道交通体系，已成为我国许多大中城市轨道交通制式首选，并作为重要的高端装备制造业代表，正走向越来越多的国外城市。

作品标题　改革开放壮美画卷里的重庆力量
参评项目　策划
作　　者　张莎　杨骏　赵迎昭　周尤　夏元　杨永芹
责任编辑　李鹏　余虎　张莎　付爱农
刊播单位　重庆日报
首发日期　2018-11-19
刊播版面　第 4 版、第 5 版

作品评价

报道策划精心，版面设计大气醒目，内容丰富精致。重庆日报用两个整版以跨版的形式刊发《改革开放壮美画卷里的重庆力量》《观众眼中巨变的重庆》等专题报道，报道透过记者观展"伟大的变革——庆祝改革开放 40 周年大型展览"，发掘重庆元素，通过"现场直击"现场采访观众谈变革的重庆，结合"见证者说"采访重庆元素的代表谈发展变迁，生动展现重庆在我国改革开放 40 周年期间取得的成就与发展。

采编过程

文字记者与摄影记者专程前往北京，在国家博物馆内观展两天，仔细寻找重庆元素，其间多次与重庆后方沟通，最终定下以"现场直击"现场采访观众谈变革的重庆，结合"见证者说"采访重庆元素的代表谈发展变迁。

社会效果

社会反响强烈，网络转载众多。

重庆万州公交车坠江原因公布
搜救、调查全程回顾（存目）

作品标题　重庆万州公交车坠江原因公布　搜救、调查全程回顾
参评项目　全媒体
作　者　廖异　谢澄　何田田
责任编辑　廖异
刊播单位　上游新闻
首发日期　2018-11-02
刊播版面　上游新闻

作品评价

内容丰富全面，设计精美，发布及时。

采编过程

万州公交坠江事故是网友关注的焦点。编辑提前策划，梳理媒体公开报道和官方消息制作图示，回顾事故搜救调查全程。经历多次设计上的改版后最终在事故原因发布当天及时推出。

社会效果

上级领导好评。

全媒体传播效果

64 万阅读。

俊俏姑娘爱上不戴面具的重度烧伤者

重庆晚报记者　刘春燕　黄艳春

每天中午 12 点打开某直播平台，搜"励志毛毛虫"，对毫无心理建设的人来说，是一次历险：画面上会出现一张烧伤者的脸：鼻子是一个黑洞，嘴部变形，没有眼睑，眼角的颜色像未干的血迹。

多数时候，直播画面里还有一个姑娘，妆容精致，俊俏。他们是一对恋人，杨兴在唐辉烧伤后才认识他，"追求"他，网上有人骂她"恋残癖"。

唐辉的残疾不仅在脸上，还有手、腿、腰、全身……

直播

重庆忠县白石镇华山村，小商店小饭馆集中在一条百多米的短街上，唐辉住街尾。上午 10 点，半小时都难得看到一辆车。

早上起来，唐辉用黑色懒人布胶带，绑一把牙刷，缠绕在右边的半截手掌上，开始洗漱。五指没了，半截手掌还可以按压毛巾，左臂高位截肢，做不了什么。那条布胶带是唐辉的神器，吃饭的时候绑叉子，唱歌的时候绑话筒。

杨兴自己也在梳洗打扮，收拾屋子，准备 12 点的直播。基本的自理都是唐辉自己完成，他有一把装了万向轮的电脑椅，右边小腿没了，他用尚可行动的左腿蹬地，滑向他想去的地方。

直播前，唐辉要反复喊杨兴给他梳头发，整理衣领，这边高那边低，语气又急又任性。杨兴就笑："我们毛毛特别爱干净爱美，每天洗头，要梳得蓬松。今天已经很帅了。"

唐辉的直播主页上，放着他受伤前的照片，留着乡村少年迷之热爱的杀马特发型，浓密，高耸，飞扬，他喜欢那时的自己。

网上大部分直播都没有实质内容，就是互相随意聊，天气、经历、心情、推销产品……说一些场面话，客套话，口水话，忙的人嫌无聊，寂寞的人互相需要，挣扎求存的人多一条活路。

唐辉和慢新闻曾经报道的云阳瓷娃娃三姐妹，都在一个残疾人微信群里，群里很多人都做直播，互相鼓励，分享产品售卖经验。

唐辉卖手链、牙膏、洗发水，最近和家人做麻辣牙签肉卖。两个小时直播，说话，唱歌，他平均两三分钟要咳一次痰，咽喉烧伤过，又疼又痒。

他不戴面具直播时，一张异于常人的抽象的脸，提示着所经历过的最恐怖、最惨痛的伤害，直接杵到手机那端的无数人眼前。

怎么面对那些好奇、惊恐、刻薄？唐辉说："我要生存。"

断头路

2013 年的春节唯独不是唐辉的春节。

国道上的三岔路口，大拖车左转，甩尾的瞬间，唐辉骑着摩托车，行驶在最右侧。快过年了，他心里想着快一点把蔬菜送到亲戚家，还要给女友送鸡蛋、年货。过了年，他们就要准备结婚的事。

拖车尾部横扫过来，钢铁对血肉，眼前的一切都在滚动，他失去了意识。目击者后来告诉他，大货车尾部甩到了摩托车，他被砸到地面上，摩托车压在身上。公路边的一位大叔想来救，用力抬起摩托，力量不够，又落下去，油管砸脱，汽油流出来，流过滚烫的排气筒，高温引发燃烧。

10 分钟以后，他成了另一个人。深三度烧伤，面积 85%。21 岁，世间所有的路，都成了断头路。

唐辉醒来的时候，全身没有知觉，不痛不痒，不冷不热，动不了，想不起发生了什么，都是听别人说。

没哭，痛还没有来临。

两岁的时候，唐辉被抱养给大伯，他从此喊这个男人为爸爸。爸爸不识字，一辈子打工、务农，一辈子没结婚。爸爸搞不懂复杂的医院系统，病床上的唐辉要操心自己的赔偿、手术、护理、费用，要一一安排给亲人。

烧伤的特护病床，要经常给病人翻身，翻过去面朝地下，地下有块不锈钢板，照得出人的模样。拆了纱布，唐辉第一次在钢板上看到自己的脸，他朝地上那个人吐口水，咳干喉咙也要吐，看见一次吐一次。

本来要结婚的女友，在六一儿童节那天，很平静地说，我去上班了，你好好养伤。像一个平常的上班日那样离开，结果就再也没有回来。

恨

皮肤不断渗出脓液，浸上被子和床单，慢慢结起一层硬壳，一推门就能闻到浓烈的气味，臭，酸腐，暗沉沉纠结成一团麻，不是健康、鲜活的人气。

这已经是出院后两年了，农村的老房子里，唐辉单独住了一间。他拒绝家人换洗衣服和被子。他瘫痪在床上，坐不起来，翻不了身，他愤怒，没有来由，没有对象，无处发泄。不准人碰，是他的抵抗。

他反复想起 9 岁辍学，赶骡子运货打工；12 岁赚了 3200 元，买了自己的骡子；14 岁去上海学做白案，开叉车；18 岁回重庆在工地上制模，带两个徒弟，2000 年就能月收入上万……"恨过那个大车司机，但恨没意义。没见过面，不见更好，大脑里没有人的样子，恨就过去得快些。"

被子渐渐长进了皮肤，粘住了身体，他成了床的一部分。爸爸受不了他的坏脾气和自我放弃，跟他说话越来越少。80 岁的奶奶，躬着腰，进屋来给他喂汤，给他换尿盆。

"是不是以后，一辈子都要奶奶端屎倒尿？奶奶端不动了怎么办？"

问完这个问题，他用自己的残肢把被子蹬下床，喊亲人换，爸爸扔了锄头就从地里跑过来。粘住的皮肤被撕开，粉红的肉混着灰白的焦壳，腿上的骨头白森森露着。他放弃了需要分阶段多次进行的修复植皮手术，残躯上到处是这种"未完成"。

这一天他撬断一小块腿上支着的骨头，包好，保存下来。"不痛，都是坏死的了。"

唐辉开始学习用手机。身体还是不能动，他用舌头舔。常人用手打字，慢一点的 1 秒一个字，他用舌头打，要 5 秒一个字。残疾人的 QQ 群里，在讲如何赚钱，在网上帮人发广告，一天要转发 60 多条。

他用舌头一个键一个键点，一条一条转。烧伤后皮肤牵拉，嘴是歪斜的，唇舌比常人活动都更难。唐辉第一次赚到 7 块钱，用了一整天，舌头僵了，嘴唇干得爆皮。他跟奶奶说，"以后会更好。我不会死。"

三年已过去，他用车祸赔偿的 20 万给爸爸和自己买了临公路的房子，离开撕开被子就像撕开一层皮的老屋；白石镇政府给爸爸安排了公益岗位，每天清扫 6 公里村公路，每月有 1130 元工资；他自己学习翻身、坐立、穿衣服、刷牙、吃饭，学习一切生而为人最基本的生存技能。

"摔在地上起不来，只有等爸爸回家，一等二等等不来，心里气愤，想发脾气，等他带可乐回来，气就消了。"可乐是生活里为数不多的甜，唐辉很贪恋。

能坐，能动，能说了，再往前呢？"要挣点钱，爸爸老了，以后还要靠我。"父子俩想过收养一个孩子，以后老了，身后有个人，互相也是个拉扯。

爱情

2018 年 7 月，这天又是 40℃，江北红旗河沟长途汽车站，忠县到重庆的大巴车到站，冲过来一个汗流浃背的姑娘，热气腾腾的，主动要背唐辉。这是杨兴和唐辉的第一次见面，但杨兴已经知道他的一切。

直播是从去年夏天开始的。骂什么的都有，"像鬼、恶心、要饭要到网上来了……"最开始是杨兴住在白石镇的姨妈转给杨兴的："看，我们镇上的娃儿，太不容易了……"姨妈的丈夫也是残疾人。

杨兴父亲去世得早，妈妈再婚，外出打工，还没成年，她就去了北京工作。她比唐辉大三岁，相同的时间，不同的地方，铺展着相似的命运。

唐辉当时上传到某直播平台的视频有 57 个，杨兴花了 2 天 1 夜全部看完。

7 月的时候，唐辉要来重庆帮助一个烧伤的残疾人，20 多岁的四川姑娘，一直没勇气做手术，各种担心害怕。唐辉说，"西南医院我住了一年，很熟，帮你跑个手续，跑检查这些，也是我尽一点力。"

杨兴就是这个时候去红旗河沟接他。她觉得唐辉自己就已经是最弱小、最需要别人帮一把的人了。

天太热，唐辉不戴面具，医院过道里，两三岁的娃娃突然看到，被吓哭。他让杨兴离他轮椅远点，不要让人误会，旁人指点漂亮健全姑娘，一定是比指点残疾人多。杨兴偏不，越说她，她越攥着轮椅不放。

一个星期，7 天，唐辉发现每天杨兴都在变化，一天比一天更黏着他。每天都像一个盒子，只有打开才知道里面有什么。

"要勇敢。"两个人后来才知道那几天彼此都在做同样的自我说服。

另一个人

唐辉家住在 5 楼，每天中午直播结束，只要不下雨，杨兴都会背着唐辉下楼，去户外活动。杨兴 95 斤，唐辉 100 斤，杨兴负重起身最难，她要箍住他双腿往背上提三次，才能固定住。上梯坎，她身体几乎弯成 90°。80 多步梯坎，杨兴每一步都很慢。

他们要沿着爸爸扫的这条路走很远，天气好的时候，他们去路边野餐，去河边钓鱼，去山上摘野花。

也会去户外做直播。短街另一头的餐馆老板毛连芳说，每次直播，镇上的观众都里三层外三层地围过来，一些靠不拢边的就把手机举得很高拍照。直播完后，一家人还在她的餐馆吃饭。

镇上铝合金门市老板袁光英说，每周一四七是当地赶场的日子，每次赶场都会看到杨兴陪唐辉在街上做直播，镇上喜欢唐辉的女粉丝保守估计有四五十人。

杨兴从江北松树桥搬到忠县白石镇唐辉家，已经快四个月了。"你喜欢他什么"，每一个见过的人，和直播间没见过的人，都要问她这个问题。

网上的人给她做了很多"诊断"：圣母病、恋残癖、童年阴影、想红想疯了、男的家里有矿……

杨兴说，给你讲两个细节。

夏天她背唐辉下楼，每走一步落一滴汗，唐辉趴在她背上，轻轻给她脖子吹风，她心里凉快了好几度。河边钓鱼，唐辉要坐太阳照过来的方向，杨兴怕晒黑，他说他高，能挡一点阳光。晚上耍晚了，她饿，想吃藤椒方便面，第二天他就让爸爸买了一箱。杨兴十天半月要回一次重庆，唐辉每次都要让爸爸背下楼，再坐轮椅，再搭农村小巴，去镇上接送，再不方便，也没断过一次。

"你说他心好，细致，健全的男人也有很多；你说他特别顽强，健全的男人也有很多……是的，健全的男人中间，什么类型都有，但是我还没遇到喜欢的人的时候，先遇到他了。"

杨兴做微商，卖减肥和养生产品，"一个月收入四千到一万不等，反正养活自己没问题。我每天都在直播中露脸，要是唐辉家真的有矿，欢迎大家都来挖……"一开始的气话，她现在说起都是笑话。

"以后？以后的事情谁知道呢？"现在的事，是唐辉想要孩子，已经在跟杨兴谈到婚嫁。杨兴想要先给唐辉安装假肢，"他伤没好完，骨头露在外面，要再做手术，植皮把骨头包裹住，才能装假肢。"

唐辉其实是另一个人，他原名叫唐光军。车祸之后，他改了名字，把后面两个字"光军"合并在一起，变成"辉"。他觉得"我是另外一个人了，是辉，以前那个光军已经没了"。

作品标题　**俊俏姑娘爱上不戴面具的重度烧伤者**
参评项目　**通讯**
作　　者　**刘春燕　黄艳春**
责任编辑　**杨昇**
刊播单位　**重庆晚报**
首发日期　**2018-11-12**
刊播版面　**慢新闻 APP**

作品评价

这篇人物特稿突破了一般社会新闻对烧伤者、残疾人婚恋的猎奇趣味，从人物的生活细节和人生经历，去展开人性的复杂和个人成长。尤其是展现了人在最大程度的痛苦中，如何去重新发现自己，去挣扎蜕变，展现了人与人之间既有的共同的价值追求：比如奋斗、自尊；同时有不同的价值追求：比如俊俏女孩去追求一个残疾人。

行文没有任何说教、猎奇，平静的叙述中用细节打动读者，让细节自然发光。

采编过程

记者到忠县白石镇，到采访对象的家里，跟随这个家庭生活了一天，参与了他们的直播，见证了他们的日常生活，吃喝拉撒，上楼下楼，洗漱吃饭，观察生活中人与人相处的情绪、情感自然流露。采访了镇上的村主任、饭馆的老板、小卖部的老板、五金铺的老板，从侧面印证这个家庭的其他信息。

社会效果

稿件推出后，文中主人公的直播账号，粉丝有明显增长，读者用自己的方式对自强的人给予帮助，稿件在各个平台的转发下面的留言，都有读者主动表示要加他账号提供帮助。有整形医院主动联系愿意为他进行后续治疗。

全媒体传播效果

新浪、腾讯、网易、凤凰网、搜狐、一点资讯等转载，爱奇艺等视频平台转发视频。

为了两元一支的救命药他们和时间赛跑

重庆晨报记者　顾小娟

两天两夜，不眠不休，找遍全国，最终，医生们赢了！

10月5日晚8点过，一名25岁的小伙子被紧急送往重医附一院神经内科重症监护室。入院时，他全身抽搐，已陷入昏迷。而此前，他已经在从广西赶往重庆的高速公路上，颠簸了十多个小时。

刻不容缓！但医生发现，小伙几乎对所有的治疗药物不敏感。他妈妈也说不清儿子到底是怎么了，只记得临行前，广西的医生千叮咛万嘱咐："赶紧到重医附一院，还有50%的希望！"

希望，就是找到"救命药"！

10月5日
"赶紧到重医附一院，还有50%的希望！"

广西、重庆，相隔千里。

神经内科护士长刘光维记得当时的情况，当晚8点过，小伙一到医院就被收入重症监护室，同行的有他的妈妈和哥哥，两人都很疲惫且焦急。刘光维得知，一家人包了辆小车，从广西连夜赶到重庆。

小伙姓龙，贵州人，是一名癫痫患者，有20多年的病史，之前在广西打工。前两天，他突发癫痫，被送到当地的医院抢救，经过急救处理后，当地医生立即建议家属："赶紧送重医附一院，还有50%的希望！"

龙某的妈妈也说不清儿子到底是怎么了，龙某以前也发过病，但过一两分钟就好，这次病情反反复复，总是得不到控制。听了医生的话，一家人没敢耽搁，赶紧花了1900元包车赶到重庆。

在重症监护室内，治疗和监护24小时不停歇。

重医附一院神经内科主任王学峰教授介绍，癫痫是一种发作性疾病，每次只发作2~3分钟，一般清醒过来就好了。而小伙的症状被称为"癫痫持续状态"，是一种很危险的疾病，多则发作十几二十小时，一般情况下，连续抽搐8分钟以上，脑细胞就会坏死。因此，必须通过药物迅速终止疾病发作。

全城无货！医院只剩下4支！

12日下午
医生发现，龙某几乎对所有的治疗药物不敏感。

王学峰教授介绍，他们试过五六种治疗药物，但效果都不好。科室专家组织多次大讨论，最后发现，龙某仅对一种药物——氯胺酮敏感，且效果非常好，这样的病情非常少见。

然而，医院药剂科查询发现，这个只卖2元一支的药，全重庆都没有货！而医院里，仅存此前实验剩下的4支氯胺酮！

理论上，4支氯胺酮，药效只能持续4个小时。10月12日下午，在麻醉科医生的配合下，医生们开始使用氯胺酮，并联合多种治疗方法控制小伙病情。整个用药过程都在动态脑电图的严密监控下完成，精准到毫克，一滴也不能浪费。

但只有4支药，再高明的医生，也是巧妇难为无米之炊。

找药！但去哪里找呢？

"从那天下午，一直到深夜、第二天凌晨，我们整个科室，甚至是整个医院都在找药！"王学峰教授迅速将这一消息发到网上，通过同行、微信群、医药公司、医院药剂科、院长办公室呼救……北京、上海……王学峰教授不停地用手机打电话、发消息，全国寻找氯胺酮！

在合江找到10支氯胺酮！

就在当天下午，重医附一院麻醉科主任闵苏通过泸州市卫计委惊喜地发现，泸州市合江县人民医院可能有这个药！

因为氯胺酮是一种静脉使用的全身麻醉药，属于国家第一类精神药品，其生产、销售受到严格管控，使用过的每一个药瓶药房都要回收清点，而合江县人民医院并没有回收药瓶的记录。

果然，合江县人民医院还真有10支氯胺酮！

但药品的使用却并不容易！根据相关法律规定，第一类精神药品从采购到使用，乃至报残损等，都有严格的规定。

"我们面临的第一个问题，就是药品不能拿出医院。"王学峰教授找到当地警方，他们可以护送药品，但手续严格。几个小时内把病人从重庆送到合江，也来不及了。

生命经不起等待！

王学峰教授立即找到泸州市卫计委，最终决定通过合江县人民医院的救护车和医护人员送药，让患者在合江县人民医院的救护车内，完成氯胺酮的使用。

救护车一去一来，花费不小，这笔费用谁出？王学峰教授并没有将这一切告知龙某的家属，"仅救护车一项，就是 900 元，两名医护人员还住了一个晚上。这个药，2 块钱一支，你让家属到合江去买，说不定他一听就放弃了。而且，家属并不知道这样做的重要性。"

12 日晚
借来苯巴比妥争取时间

从合江县人民医院，到重医附一院，办理各种手续再加上路途就需要两个多小时，而正在使用的 4 支氯胺酮，很快就会用完。

时间从哪里来？

作为补救办法，王学峰教授决定使用针剂苯巴比妥，为小伙争取等待时间。但这种药，全市仅重医儿童医院有库存。苯巴比妥作为一类作用于中枢神经系统的镇静剂，其管理和使用同样有着严格的要求——药不能拿出医院。

怎么办？

当晚，重医附一院院长值班室立即联系重庆市卫计委进行协调，随后，医生找到重医儿童医院办理了药品借用手续。当晚，小伙需要的苯巴比妥，终于接上了！

与此同时，从泸州合江县人民医院紧急调送的 10 支氯胺酮，也通过救护车，连夜送往重医附一院。

14 日中午
从潼南又找到 10 支入库

13 日凌晨 3 点，10 支"救命药"氯胺酮，终于一点一滴，注入小伙体内。

龙某的生命，终于保住了！

王学峰教授介绍，虽然龙某的生命保住了，但药效不会马上显现出来，那一夜，医疗团队严密监控着小伙的情况，药物的效果很好，病情也控制住了，但小伙脑电图痫性放电情况仍未完全阻断，而要维持治疗的效果，还需要更多的药剂。

10 支氯胺酮，药效将持续 10 个小时，那么，到下午 1 点，将再一次面临停药！

就在这时，一直参与寻找药物的医药公司传来了好消息，他们发现潼南区人民医院妇产科抢救室也有 10 支氯胺酮，但和合江县人民医院一样，同样面临药拿不出来的情况。

但好在这 10 支药在重庆，由同一家医药公司出售，医药公司想到一个好办法——退货！这样一来，10 支氯胺酮通过医院药剂科退货到医药公司，医药公司重新入库再卖给重医附一院。

14 日早上 6 点多，医药公司的小车，早早便等在了潼南区人民医院，只等拿到药，办好了相关手续便一路飞奔赶回重医附一院，当天中午，10 支氯胺酮终于入库。

而就在当天下午，龙某终于在药物的帮助下，清醒过来。

背后故事>>>
患者家属对找药毫不知情
医生们就是这样默默工作

看着儿子终于清醒，一直守候在重症监护室外的龙某妈妈和哥哥，终于放下了十多天来一直悬着的心——50% 的希望，他们赌赢了！儿子得救了！

但两天两夜间发生了什么？母子俩毫不知情。

龙某的妈妈说："她就看到医生在忙，忙里忙外，进进出出。"直到记者来采访，她才晓得原来发生了这么大的事情，"一个贵州来的打工仔，从广西赶到重庆救命，我们就是死马当作活马医，没想到，重庆的医生默默地为我们做了那么多！"

龙某的哥哥也很感动，龙某使用的氯胺酮，还是 2 元一支，寻药的操心、背后的奔波、其他的费用……都是重医附一院神经内科科室承担了。

"其实，大多数医生都是这样，默默无闻地为普通患者做着自己的工作，因为这就是医生这个行业的职责。"王学峰教授说，医生这个行业，默默无闻，但永远存在，作为一名医生，只有职责所在。

有人会说，医生完全可以把这件事告诉患者，王学峰教授却说，"医生都难找的药，让患者去找，他一听，可能头都大了，说不定就放弃了。而只有我们这样的大医院，才有可能调到这样的药。"

出院后，小龙康复良好。

作品标题　为了两元一支的救命药他们和时间赛跑
参评项目　通讯
作　　者　顾小娟
责任编辑　罗皓皓
刊播单位　重庆晨报
首发日期　2018-11-14
刊播版面　第 5 版都市圈

作品评价

独家稿件。事件罕见、曲折，记录了一场从广西到重庆千里急救背后几经周折寻找救命药的故事。事件曲折、紧迫，充满正能量，展现了重庆医务工作者默默奉献却永远存在的职责坚守。记者抓住"两元一支"和"救命药"的强烈对比，以及事件中几个重要的时间节点，环环紧扣、引人入胜。对稿件中涉及的专业知识也进行了仔细的查证和详细的解读。

采编过程

这是记者跑口获得的线索，获得线索后，记者立即找到医院进行采访，牵出一个两天两夜、不眠不休，全国寻找救命药的感人故事，为了20支每支两元的救命药，医生们想尽办法，也付出了远远高于药价本身的金钱代价，但为了一个25岁小伙子的生命，哪怕这个小伙子只是一名很普通、很偶然的患者——一名从广西远赴重庆求医的贵州小伙，医生们却只是坚守自己的职责。而记者后来采访患者家属，竟得知，他们虽然看见医生在忙碌，却根本不知道发生了天大的事情，为整个稿件注入浓浓一笔。

社会效果

廉价救命药全国告急有着深层次的原因，有药品本身的管制问题，医保限价原因，药品价格过低导致生产厂家无利可图等，仍需政府和全社会的关注和逐步推进，但在医疗体制改革的大背景下，希望本报报道可以作为一个案例，引起关注。

全媒体传播效果

本报报道引发社会大量关注，上游新闻评论400＋，网友为好医生点赞的同时，廉价救命药全国告急也引发了关注。

市值 495 亿元
龙湖吴亚军将控股股东传给女儿

重庆商报首席记者 刘勇

11 月 22 日晚间，龙湖集团（00960.HK）发布公告，作为家族财富及传承计划的一部分，2018 年 11 月 21 日，SilverSea 全部已发行股本由母亲信托（吴氏家族信托）分派至女儿信托。

如此，吴亚军女儿通过女儿信托，获得市值 559.92 亿元港币（折合约 495.7 亿元人民币）龙湖集团控股股份。据了解，吴亚军仍继续实际控制龙湖集团。

控股股份由母亲信托转到女儿信托

据了解，CharmTalent 持有龙湖集团控股权益，即 26.09148201 亿股股份，占公司已发行股本总额约 43.98%。CharmTalent 为 SilverSea 的全资附属公司，而 SilverSea 为汇丰信托作为母亲信托的受托人身份全资拥有的公司

母亲信托的受益对象为吴亚军的若干家族成员，包括吴亚军的女儿。此次汇丰信托告知龙湖集团，吴女士的女儿作为设立人成立了女儿信托，并委任汇丰信托为受托人，于 2018 年 11 月 21 日将 SilverSea 的全部已发行股本，由母亲信托分派予女儿信托。

继分派后，SilverSea 的全部已发行股本，由汇丰信托以其作为女儿信托的受托人身份全资拥有。这样，女儿信托便间接持有了龙湖已发行股本总额约 43.98%。

吴亚军仍实际控制龙湖集团

公告显示，进行分派的目的是吴亚军及吴亚军的女儿家族财富管理及传承。资产分派之后，吴亚军仍将担任为龙湖集团董事局主席兼执行董事。

据了解，吴亚军的女儿无条件承诺及保证促使 CharmTalent 根据吴亚军的指示行使 CharmTalent 所持龙湖集团股份的投票权。所以，吴亚军仍继续实际

控制龙湖集团。11 月 22 日，龙湖集团报收 21.45 元港币，龙湖集团总市值为 1272.13 元港币，43.98% 控股权市值为 559.92 亿元港币，折合约 495.7 亿元人民币（1 港元兑换 0.8853 元人民币）。

吴亚军女儿未在龙湖任职

对于此次公告，龙湖人士表示，本次股权分派（从母亲信托派至女儿信托），系女儿日渐成年后，家族财富管理及传承的正常安排；龙湖集团控股股东一直都是吴氏家族，而非吴亚军个人。本次安排只涉及信托层面，对公司营运没有影响。

有业内人士分析，财富管理传承通过信托方式，并非个例。在地产圈里，就有碧桂园创始人杨国强之女杨惠妍 25 岁便通过类似方式获得超 500 亿身家的例子。吴亚军女儿的案例，与之相同点在于财富传承，不同点在于龙湖的管理。据了解，龙湖已经全面职业经理人化，吴亚军女儿蔡馨仪不在龙湖任职，目前关于蔡馨仪的公开资料甚少。

延伸阅读
家族信托成为财富传承工具

作为一个权益配置的工具，家族信托成为高净值家族财富传承选择之一。

资料显示，龙湖于 2009 年在香港挂牌上市，自龙湖地产上市起，吴亚军和蔡奎的股权就一直分属两个家族信托持有，且蔡奎从未在龙湖担任职务，因此 2012 年两者离婚一事不涉及股权变动，对公司的运营也没有任何影响，如今龙湖也越做越大。

就吴氏家族信托而言，该家族信托并没有直接持有上市公司的股权，而是通过两层 BVI 架构间接持有龙湖的股份。吴亚军放弃了对于龙湖最终权益的所有权，将最终权益作为信托财产置入了家族信托。吴亚军虽然放弃了所有权，但是保留了对上市公司控制权。

这样，吴亚军通过吴氏家族信托安排，对其持有的龙湖最终权益，进行了所有权、控制权、经营权及收益权的再配置，既享有了家族信托的基于财产隔离所带来的所有功能，又没有影响到家族的最终权益。

作品标题　市值 495 亿元　龙湖吴亚军将控股股东传给女儿
参评项目　消息
作　者　刘勇
责任编辑　吴光亮

刊播单位　**重庆商报**
首发日期　**2018-11-23**
刊播版面　**第 5 版公司上下游**

作品评价

龙湖集团吴亚军为重庆乃至中国有影响力的经济人物。

该文独家深度报道财富人物吴亚军财产动态，显示出吴亚军财富传承给女儿的重要步骤，该传承方式"家族信托"在时下财富人群中颇为流行，令读者耳目一新。

采编过程

作者及时根据公告，独家选取了市值财富的角度，并采访到龙湖有关人士，进行了解读，而延伸阅读"家族信托成为财富传承工具"，对家族信托知识进行了普及。

社会效果

该财经报道为有揭秘的性质，为老百姓喜闻乐见，也对股民和其他相关读者有参考性。

全媒体传播效果

该报道为腾讯、人民网等各大网站转载，大渝网头条转载，阅读量78.2 万。

18 岁，两个中国新闻奖一等奖
开启我的成人礼（存目）

作品标题　**18 岁，两个中国新闻奖一等奖开启我的成人礼**
参评项目　**全媒体**
作　　者　**张一叶　康延芳　周梦莹　张译文　李裊　李春雪　王雨蜻　宋卫　李聪冲**
责任编辑　**刘颜**
刊播单位　**华龙网**
首发日期　**2018-11-07**
刊播版面　**华龙网、"重庆"客户端、微博**

作品评价

该作品采用透视关系比较明确的长图滑动形式，展示了华龙网从诞生以来到现在 18 年的成长史。其中着重展示了历年来我们所获得的中国新闻奖作品以及今年的"双黄蛋"一等奖。整体画面清新美观，且转场动态效果层次分明的体现，最后 rap 视频 MV 是一亮点，集纳了华龙网采编团队努力工作，奋进拼搏的工作风采。整个作品视觉和体验都有不错的表现。

采编过程

2018 年，是华龙网成立第 18 个年头。在这个特殊的日子里，我们再一次打破纪录，获得了两个中国新闻奖。为此，华龙网采编团队特意策划了融媒体作品《18 岁，两个中国新闻一等奖开启我的成人礼》。在作品中，我们回顾了 18 年以来，华龙网成长的点滴。讲述了我们一等奖背后的故事。心酸、奋进、成果，都是我们努力工作、踏实奋进收获的。

社会效果

作品上线后，收到不少网友及行业人士的点赞，大家纷纷转发，在朋友圈快速刷屏，提高了华龙网的影响力。

全媒体传播效果

作品在华龙网，"重庆"客户端全媒体平台发布。浏览量达到 10 万+，收获了网友的大量点赞和祝福，引起大家的广泛关注，扩大了华龙网的影响力。

重庆煤炭供给保障存在战略忧虑

重报内参记者　陈丹　徐艺真　李北陵

记者近日在采访中了解到，我市多个涉煤机构的专家深入调研后认为，重庆城市发展必须坚持以电力为中心、以煤炭为基础的能源战略，但在实施这一战略中，客观存在煤炭有效供给不确定性，特别是本地煤炭对重庆经济发展和社会稳定的"压舱石"作用正在不断削弱，这一情况值得引起高度关注。

重庆能源供给保障存在战略忧虑

来自市能源局、市应急管理局、重庆市煤炭学会和重庆市能源集团的多位煤炭行业专家认为，重庆在能源供给保障体系建设上的战略忧虑，主要体现在两个层面：

一是从资源与产能上看，重庆本地能源资源储量与产能，总体上不足以支撑经济与社会发展。重庆能源资源禀赋不足，无油少气富煤，可再生能源资源短缺。全市常规能源总储量约35亿吨标准煤，煤炭、电力和天然气分别占51%、42%和7%。重庆能源需求不能不长期依靠煤炭和电力，未来受全国资源条件、能源市场和输送条件的制约，也不能不继续坚持"以电力为中心、以煤炭为基础"的方针，形成以电为中心的能源消费模式。

在全市能源消费总量中占绝对比重的煤炭和电力，市内产量已越来越不能满足需求，市外调入量越来越大。目前，电力跨省跨区净购入量已经升至全社会消费电量的25%。煤炭从2004年由净调出变为净调入，之后调入量持续上升，到现在已近70%。

据市经信委预测，2020年后重庆煤炭消费量将接近5000万吨，原市煤管局预测中远期重庆煤炭需求突破5000万吨的概率极高。重庆煤炭去产能后目前产能只有1900万吨（这里面还包括部分矿井地处自然保护区内，处于停产状态。），这意味着届时供给缺口需要从市外调入的煤炭量将达3000多万吨。

但市外调入存在不确定性。尽管全国煤炭与电力市场供大于求，重庆中长期能源供应紧张局面却不会有改观。能源供给资源不足、煤炭供不应求成为重庆社会经济发展难以轻看的战略忧虑。

二是从能源供应保障看，能源供应对外依存度越来越大，风险也越来越大。专家分析，在全国能源供求形势缓和大背景下，大量调入能源似乎不成问题。但大量调入会使能源供给保障的可靠性越来越差，风险越来越大。风险主要来自几个方面：首先是调入量太大，远距离输送随时可能因遭遇意外而断供。从掌握情况看，目前入渝电力输送能力不足，中长期难以满足需求。煤炭作为大宗物资，公路运输污染太大、成本太高。煤炭"海进江"运入也受限制，三峡通过能力目前已超设计能力 38%，未来大宗物资通过将更困难。铁路运输方面，虽然国家计划通过三年集中攻坚，使全国铁路货运量在三年后比 2017 年增加 11 亿吨，但这些增加量中汾渭平原铁路货运量只占 25%，即 2.75 亿吨。而汾渭平原铁路增加的货运量，不只是给陕西，还有山西、河南和内蒙，为的是解决沿海和中南、西部的能源紧缺。给陕西的货运增量不只是往重庆运煤，还有更缺煤的中南"一江两湖"（江西、湖北、湖南）。这样剩下来给陕煤的货运增量可能不足 4000 万吨。考虑到铁路运输必保持来回平衡，避免车皮单边空转，于是再折半计算就只剩下 2000 万吨。2000 万吨增量还要运矿石、钢铁、煤焦，再减去一半，往重庆的煤炭货运增量顶多也就 1000 万吨。加上原来的煤炭通过能力，运往重庆的煤炭最多也只有 2000 余万吨，缺口达 1/3 以上，明显不能满足 3000 多万吨的运量需求。

其次，远距离运煤和输电，通道难以始终保持通畅，断供（即"煤荒""电荒"）的风险客观存在。随着煤与电购入量增大，风险也将相应增大。去年，中国煤炭工业协会就提醒，资源条件相对较差的西南（包括重庆）和东北、中南三个地区，将长期存在区域性、时段性、品种性煤炭供应结构性紧张问题。即使未来铁路货运能力增加，在特殊时段、高峰季节，煤炭运输依然存在极高的忽然中断概率。应对可能的断供，储备煤炭是良策，但煤炭储备的成本很高。重庆能源集团煤炭运销部门粗算，煤炭落地成本每吨约 70 元，长期储备会导致质量严重下降。煤炭因此不宜过多、长期储备。储备有限，功能发挥就有限。这决定了我市能源外购面临的忧患。

再次是外购煤炭的运卸、分销高成本，以及煤源为少数外省煤炭销售公司独家垄断，必然带来能源高价格。这不利于地方经济社会发展，尤其不利于落实党和国家的扶贫战略。目前贫穷又能源短缺的渝东南黔江、酉阳、秀山等地区，煤炭价格比主城电厂用煤进价高一倍至两倍，居民和企业难以承受。

化解忧虑须让重庆煤发挥"压舱石"作用

重庆市煤炭学会理事长杨晓峰表示，化解大城市的能源战略忧虑，防范高峰负荷时城市能源系统出现能源短缺供应，是各级政府的职责。而重庆本地煤炭储量和产能，则是我市化解能源战略忧虑可以倚重的"压舱石"和"调节阀"。

据市规划和自然资源局资料显示，我市煤炭资源已勘探查明的煤炭保有资源储量42.94亿吨，基础储量18.03亿吨。尽管这些资源的质量不够好，开发条件也较差，但却是天赐重庆的宝贵资源，值得格外珍惜。

据市能源局提供数据，去产能后，重庆保有煤矿42个，产能1900万吨，产量1700万吨。而全市火电的实际耗煤量，2016年1377万吨、2017年也只1458万吨。这表明，重庆本地煤炭产能和产量，有就近满足重庆火电用煤需求的空间。

按煤电机组发电煤耗平均325千克/千瓦时计算，1700万吨煤可发电336亿千瓦时，约为全市年电力消费量的1/3。这336亿千瓦时发电量，也足以应对外调煤和电意外断供时民用与特殊负荷救急之需。

"重庆本地自产煤，价格相对便宜，就地分销也相对方便，可以打破外来煤对市场的垄断，起到平抑市场煤价的作用。重庆本地煤炭和电力的产能和产量，是重庆市经济社会发展值得倚重的。"重庆能源集团渝新能源公司副总经济师谢文平说。

专家建议，三管齐下发挥重庆煤"压舱石"作用

重庆市煤炭学会智库专家组提出建议，希望市政府三管齐下推进重庆煤炭业健康发展，使之更好地发挥"压舱石"的作用。

第一，建议市政府在政策上对本地煤炭业高质量发展给予支持。一是鼓励保留煤矿扩大产能。建议规划和自然资源部门收回关闭破产煤矿剩余的煤炭储量，再按就近原则，优先划拨给市属国有煤矿作为接续资源。对有保留必要但需扩大产能的区县小矿，在资源划拨上给予支持。二是支持保留煤矿四化建设。建议将部分外购煤和电的财政补贴设立为煤炭产业高质量发展专项资金，用于煤矿技术改造扩大产能的投资；用于煤矿"四化"建设的补贴；用于煤炭清洁开采与利用补贴，比如瓦斯抽采和利用、煤炭洗选加工、煤矸石利用等。三是调整政策鼓励健康发展。对小煤矿改造升级的政策保持相对稳定。民营矿资金本来短缺，政策多变更害怕投入。保持政策稳定，可让其在技改上吃政策"定心丸"。

第二，科学优化对国有煤矿下达保电厂用煤和煤矿坑口电厂储备煤炭的刚性指标。在保证政府部门向煤矿下达电煤供给指标和适度储备的基础上，科学优化指标，实行动态管理，适度放宽煤炭企业的市场自主经营权，进一步改变煤矿长期低价供煤利益受到损害的局面，激发煤炭企业的安全生产积极性。

第三，适度调整财政对电网公司购买外地电网负荷的补贴政策，以及火电企业购外省煤的补贴政策。减少行政干预政策带来的负面效应对市场机制的影响，促进本地煤电机组设计产能的有效释放，降低火电企业利用行政干预获得的优势压低本地煤炭价格带来的产业负作用。

作品标题　重庆煤炭供给保障存在战略忧虑
参评项目　内参
作　　者　陈丹　徐艺真　李北陵
责任编辑　田娟
刊播单位　内参
首发日期　2018-11-13
刊播版面　重报内参总第 325 期

作品评价

来自市能源局、市应急管理局、重庆市煤炭学会和重庆市能源集团的多位煤炭行业专家认为，重庆在能源供给保障体系建设上的战略忧虑体现在两个层面。此稿记者经过多方采访，由各方专家建议，提出了一些可供参考的解决办法。

采编过程

记者近日在采访中了解到，我市多个涉煤机构的专家深入调研后认为，重庆城市发展必须坚持以电力为中心、以煤炭为基础的能源战略，但在实施这一战略中，客观存在煤炭有效供给不确定性，特别是本地煤炭对重庆经济发展和社会稳定的"压舱石"作用正在不断削弱，这一情况值得引起高度关注。

社会效果

此稿经重报内参刊发后，获得副市长李殿勋同志批示。批示提到：须创造性解决问题，确保我市能源供给稳定有序有力。

全媒体传播效果

内参稿件不公开刊发。

2018 年 12 月重庆日报报业集团新闻奖获奖作品

南湖革命纪念馆确认
《重庆报告》为中共一大会议文件
填补中国早期共产主义运动版图西部地区空白

　　《四川省重庆共产主义组织的报告》（以下简称《重庆报告》）与北京、广州共产主义组织的报告一道，作为中共一大会议的重要档案，在浙江嘉兴南湖革命纪念馆正式展出。最终确认这份报告是中共一大会议文件，填补了中国早期共产主义运动版图上西部地区的空白。这是 12 月 23 日记者获得的消息。

　　据了解，《重庆报告》为俄文译稿，来源于苏联共产国际档案馆。它记载，四川省重庆共产主义组织于 1920 年 3 月 12 日成立，有 40 位正式成员和一批候补成员，机构有书记处和宣传、财务、出版三部，在川西、川西南、川东南、川北和川东建有支部，重庆是"总的组织"正式组织"，宣称"共产主义是现在和未来与邪恶进行斗争的手段"，主张建立一支红军队伍。

　　1956 年，苏共中央向中共中央移交了中共档案，其中包括一大的《中国共产党第一个纲领》《中国共产党第一个决议》《中国共产党第一次代表大会》，以及北京、广州和重庆三个地方组织报告俄译稿。中央档案馆曾将主要文件中译稿送给毛泽东等中央领导同志审查，毛泽东作了批示，董必武认可了这批档案的真实性，此后这批档案密藏于中央档案馆。改革开放以来，《重庆报告》内容逐渐披露。因为中共一大没有四川代表出席，所以，《重庆报告》被称为史学界的"哥德巴赫猜想"。2003 年以后，重庆市委宣传部、市委党史研究室酝酿并重新启动了这一研究，取得重大进展。《重庆日报》于 2011 年 3 月 12 日以《91 年前的今天，中国最早的共产主义组织在重庆诞生》为题进行报道，引起轰动。

　　如今，南湖革命纪念馆将《重庆报告》列入该馆基本陈列《开天辟地大事变——中国共产党第一次全国代表大会史料陈列》，作为中共一大 1921 年 7 月 23 日会议议程的一项重要内容（听取各地小组活动情况的报告——记者注），与《北京报告》《广州报告》一道第一次公开展出，这是中共党史研究重要的新进展。

中国史学会会长李捷认为，《重庆报告》是研究中国共产党建党史和早期组织史的珍贵史料，使我们对中国共产党的创建过程及其规律有了更深入认识。重庆市地方史研究会会长、市委党史研究室原主任周勇表示："《重庆报告》入列中共一大议程，进一步确认了重庆共产主义组织是中国共产党成立之前的共产主义组织，特别是肯定了重庆组织与中共一大直接相连，填补了中国早期共产主义运动版图上西部地区的空白。"

作品标题　南湖革命纪念馆确认《重庆报告》为中共一大会议文件　填补中国早期共产主义运动版图西部地区空白

参评项目　消息

作　　者　匡丽娜

责任编辑　吴国红　隆梅

刊播单位　重庆日报

首发日期　2018-12-24

刊播版面　第 1 版要闻

作品评价

此稿讲述了《重庆报告》与北京、广州共产主义组织的报告一道，作为中共一大会议的重要档案，在浙江嘉兴南湖革命纪念馆正式展出这一新闻事件。此乃中共党史研究重要的新进展，揭示了中共党史重大的研究成果，彰显出重庆党史研究的丰硕成果。

记者敏锐地捕捉到这一新闻线索，并及时前往浙江嘉兴南湖革命纪念馆和上海中共一大会址纪念馆采访后成稿。

此稿史料翔实，行文流畅，叙述精准，不失为一条新闻点突出、冲击力较强的硬新闻。

采编过程

记者在采访中获知《重庆报告》在浙江嘉兴南湖革命纪念馆正式展出这一线索，立即前往浙江嘉兴南湖革命纪念馆和上海中共一大会址纪念馆实地了解情况，查阅了大量资料，并采访数位专家后及时成稿。

社会效果

社会反响强烈，新浪网、新华网、光明网、中国新闻网等纷纷转载，并得到国内党史研究专家的一致肯定。

这一江清水来之不易

重庆日报记者 龙丹梅

截至目前，长江干流重庆段水质为优，长江支流水质总体优良，长江流域重庆段未发生重特大污染事件。

12月11日，奉节县鹤峰乡乡级总河长陈洪林和往常一样，来到横贯鹤峰乡场镇的墨溪河巡河。

就在去年初，鹤峰乡境内3公里墨溪河河道上还密密麻麻地排列着8家非法采砂场，不但破坏了河道、污染了河水，而且常年采砂、运砂带来的粉尘也让周边居民叫苦不迭。

重庆全面推行河长制后，奉节县重拳打击非法采砂违法行为，陈洪林也以鹤峰乡乡级河长的身份，带着同事们取缔了辖区8家非法采砂场。如今，清澈的墨溪河水顺着河道缓缓流淌，原本美丽的墨溪河正在恢复水清河畅岸绿的原貌。

墨溪河的变化，只是重庆全面推行河长制的一个缩影。2018年，重庆针对"水脏""水浑"等水环境问题，将河长制纳入全市经济社会发展大局统筹考虑，与中央环保督察整改、乡村振兴战略和长江经济带保护发展等深入融合推进。截至目前，长江干流重庆段水质为优，长江支流水质总体优良，长江流域重庆段未发生重特大污染事件，实现了"一江清水向东流"。

全面推行河长制 已成重庆生态环境保护中心工

深冬时节，行走在永川区临江河边，河水清澈、两岸绿树成荫。

临江河是长江上游一级支流，也是永川的"母亲河"。临江河全长100.18公里，永川段占86.18公里，曾承载了永川三分之二人口的生活用水和2.5万公顷土地的农用水功能。然而，就在一年多前，临江河永川段因污染加剧成为沿河居民避之不及的臭水沟，并因城区内的黑臭水体被挂牌整治。随着河长制在我市全面推行，永川区把治理临江河流域工程作为全区最大的"一号民生工程"来抓，通过河外截污、河内清淤、清水补给、生态修复等措施，使临江河正在恢复水清岸绿的原貌。今年，临江河中山路段还入围重庆市河长办主办的"重庆最美河流"评选中。

临江河的转变，得益于我市全面落实河长制。如今，重庆各级党政部门已将保护长江母亲河和三峡库区水生态安全作为生态环境保护的中心工作。

市河长办主任吴盛海介绍，重庆地处长江上游和三峡库区腹心地带，是国家重要淡水资源战略储备库，承担着保护三峡库区和长江母亲河的重大职责，在长江流域乃至国家生态安全战略格局中肩负重大使命。2018 年，重庆在河库保护中积极融入长江经济带发展大局，不断强化"上游意识"、担起"上游责任"、体现"上游水平"。同时，将河长制工作纳入区县经济社会发展实绩考核和市级机关党政目标绩效考核，对区县总河长履职不到位情况实行倒扣分。

市委、市政府高度重视河长制工作，创新实施了"双总河长制"，即由市、区县、街镇三级党政"一把手"同时担任"双总河长"，齐抓共管河长制工作。同时，两次充实完善全市河长制组织体系，将市级河长由 3 名增至 20 名，市级河流由 3 条增至 23 条，市级责任单位由 22 个增至 30 个，建立了市、区县、街镇三级"双总河长"架构和市、区县、街镇、村社区四级河长体系。目前，全市分级分段设置河长共 17551 名，实现全市 5300 余条河流、3000 余座水库"一河一长"全覆盖。重庆实行的"双总河长制"也获得了水利部、长江委肯定，并在全国进行推广。

重庆水系发达、河流众多，要管好这些"毛细血管"，必须凝聚社会力量形成治水"合力"。吴盛海介绍，在市、区县、街镇、村社区四级河长体系以外，我市还活跃着一大批民间河长。江津区石蟆镇是长江入渝第一镇，当地成立了一支由镇、村两级河长及民间河长 196 人组成的护河队伍，共同守护长江一江碧水、两岸青山，使得过去猖獗的非法采砂、电鱼等现象得以收敛。而在荣昌区安富街道斑竹村，当地种植大户宣善文为了种植出更高品质的蔬菜，自掏 10 万元治理该村九眼桥河，他也因此被聘任为荣昌区首名民间河长。

聚焦"水里"抓改革　建流域横向生态保护补偿机制

我市实行河长制的近期目标是治理"水脏"，也就是水环境污染问题。但河流有上下游，流动的河水不受行政区划的限制，上游来水如果有污染，下游的水质自然好不了。

为了保护水环境，我市聚焦"水里"抓改革，建立了流域横向生态补偿机制。流域横向生态保护补偿机制实施方案提出，以各流域区县间交界断面的水质为依据，达标并较上年度提升的，下游补偿上游，反之则上游补偿下游。另外，对上下游区县建立流域保护治理联席会议制度、联防共治的，给予一次性奖励200万元；对上下游区县有效协同治理、水环境质量持续改善的，进行市级转移支付倾斜。对补偿机制建立滞后的区县，将以考核基金的形式加以调控，水质超标者，相应扣减考核基金。通过流域横向生态保护补偿，守住水环境"只能变好、不能变坏"底线，搭建上下游联动、合作共治的政策平台。

今年2月份，永川、璧山、江津3区签署协议，率先在璧南河建立流域横向补偿机制。机制建立后，引导和带动作用凸显，目前璧山区正采取组合措施提升境内流域水环境，两年内将整治工业污染源1600多家，同时升级改造生活污水处理设施，以确保出水稳定达标排放。按照计划，2020年前，重庆全市19条流域面积500平方公里以上且跨两个或多个区县的次级河流将全部建成流域横向生态保护补偿机制。

同时，我市与四川、湖北等相邻省市打破区域界限，上下游区县、市州通过跨界联动、共治共管，共同保护河流水环境。今年6月，四川、重庆签订《重庆市河长办公室、四川省河长制办公室跨省界河流联防联控合作协议》，双方约定建立联络员制度、信息共享制度等7个方面机制，打破管理现状困境，共抓跨省界河流联防联控工作；今年9月底，重庆市黔江区与湖北省利川市签订郁江联防联控框架协议，实现郁江流域携手共治；今年11月19日，重庆市铜梁区、潼南区与四川省遂宁市、资阳市四地的河长办共同签署了《河长制领域战略合作框架协议》，双方约定通过合作力争在2020年底前实现琼江水质总体上保持在Ⅲ类。

我市各流域上下游区县也加强协作，实现跨界联动治理。

龙溪河为长江左岸一级支流，流经梁平、垫江、长寿三个区县，河长221公里，流域面积3213平方公里，近年来污染严重，部分河段几乎成了"六彩河"。近年来，市级各部门协同推进龙溪河流域污染治理，对龙溪河流域生态空间布局、产业发展布局、生态修复治理及防洪工程项目进行统筹谋划，印发《重庆市龙溪河流域水体达标方案（2015—2017年）》，划定了龙溪河流域水功能区，明确了各个水功能区水质管理目标，并确定了水域纳污能力及限排总量，编制了《龙溪河流域生态修复与治理（试点）实施方案（2017—2025年）》，并成功争取将龙溪河流域纳入国家首批16个流域水环境综合治理与可持续发展试点，梁平、垫江、长寿三个区县也建立跨境联动机制，全面开展联合执法、风险排查、应急处置，使龙溪河水质持续改善。重庆统筹规划、精准治理龙溪河的经验做法，日前也被纳入国务院第五次大督查发现的典型经验做法，给予全国通报表扬。

调"远水"解"近渴"　兴建水利工程实现生态补水

在山高坡陡的重庆，工程性缺水一直是我市水利工程最大的"短板"，已成为我市经济社会发展的主要矛盾之一。在我市，水资源分布极不平衡，渝西地区水资源短缺，渝东南、渝东北由于大江大河过境，水资源则相对丰富。

在发展中保护，在保护中发展！2018年，重庆实施了全市水源工程建设三年行动，通过加强骨干水源工程建设，发挥工程性措施对修复河库生态环境的重要作用。"这一系列工程建设的目的，就是通过工程调蓄，让水多起来。"吴盛海介绍，未来3年，我市将计划启动建设124座水库，其中包括7座大型水库、67座中型水库以及50座小型水库，建成后将新增供水能力20亿立方米，不但能为当地经济社会发展提供水源保障，同时也能减少流入长江干流泥沙总量，使当地的水生态环境得以明显改善。

如何解决渝西因水资源短缺而导致的河流生态需水量不足，从而使当地的水生态环境得以根本性改善？今年11月底，渝西水资源配置工程（试验段）在江津区油溪镇华龙村正式开工。该工程由水源泵站、调蓄水库和445公里长的输水管线组成，估算总投资约为160亿元，施工总工期为54个月，建成后，将实现从长江、嘉陵江提水输送至渝西地区。届时，渝西水资源配置工程年供水量可达11.35亿立方米，可解决渝西1354万居民生活用水，支撑地区生产总值17950亿元，新增保灌面积42.2万亩，改善灌溉面积78.4万亩。同时，还可退还渝西地区因生产生活挤占的生态和农业用水5.76亿立方米，保障河流生态环境用水。

紧邻重庆主城西郊的璧山区属于典型的低山丘陵缺水地区，但在日前却通过了国家水生态文明城市建设试点验收，其经验之一，就是通过江河湖库水系连通工程加强对水的调控，将境内"一河六湖十八湿地"连通，在丰水期对富余水进行有效拦蓄，从而改变璧山工程性缺水的状况，恢复河库生态环境。巴南区也启动了"四水联通"、北水南调工程，从五步河、一品河跨流域向南彭水库、花溪河调水，在满足下游场镇生产生活用水的同时，也提高了花溪河生态流量和纳污能力，改善了流域生态环境。

作品标题　这一江清水来之不易
参评项目　通讯
作　　者　龙丹梅
责任编辑　周雨　李薇帆
刊播单位　重庆日报
首发日期　2018-12-12

刊播版面 第4版

作品评价

市委书记陈敏尔到任重庆后，高度重视河长制工作，在全国创新实施了"双总河长制"，主动担任市级总河长，并两次充实完善重庆河长制体系，一年间，重庆河长制工作取得突出成效，受到水利部及长江委表彰。本文对重庆一年来所实施的河长制工作进行了综述式报道，用通俗易懂又不失严谨的语言对重庆一年来创新推进的河长制工作进行了深入解读，深度剖析了重庆河长制的改革措施、创新举措以及所取得成效，既契合了党委政府的中心工作，又具有可读性。

采编过程

重庆日报记者历时四天，深入奉节县、永川区、铜梁区、市水利局等多个区县采访后成稿。

社会效果

本文见报后，引起了强烈的社会反响。在被新华网、凤凰网、中新网、人民网等多个门户网站转载的同时，也在水利行业网站、报刊中进行转载，体现了党报报道的权威性、引领性，对下一步深入推进"河长制"工作具有一定引导作用。

对挑战文明底线的行为要敢于亮剑

重庆日报记者　单士兵

针对发生在公共场域的一些挑战文明底线的行为，最近不少地方迅速作出回应：辽宁省沈阳高新技术产业开发区法院接连宣判 3 起拉拽公交司机案，3 名被告人的行为致使正在行驶中的公交车失控，司机或乘客受伤，均构成以危险方法危害公共安全罪；浙江杭州整治不文明养犬，不在规定时间段内遛狗，或纵容宠物狗随地排泄不及时清理的，将面临罚款。

对不讲文明、不守规则的行为，以制度惩罚及时亮剑，果断说不，值得激赏。此前，公交车上乘客抢夺司机方向盘，制造险情；小区遛狗未拴绳吓到孩子，孩子妈妈赶狗反遭狗主人拳打脚踢……这类场景刺目刺耳，刺痛人心。如何回应人们对涵养社会文明、提升公共治理水平的期待，已经成为中国现代化进程中的一道必答题。

社会文明的养成，是一个不断演进的过程。在社会文明的肌体中，规则是筋和骨。一些人权利意识高涨了，规则意识却没有跟上来，在私德上"光着脚"，让公德"无法跑"。正如有网友批评高铁"霸座"者，"你的素质配不上你乘坐的高铁"。解决这种"文明的剪刀差"，不能止于舆论批评，还要不断强化制度弥合。因为文明不仅是道德教化出来的，也是严管约束出来的。

不讲文明，害人害己；不守规则，破坏秩序。在现实中，"医闹"虚伪欺诈的丑陋，航班延误者大闹机场的蛮横，行人三三两两闯红灯的随意……这些行为，是现代文明不应承受也不能承受之重。当前，需要通过一场文明提升，来发挥教育文化的唤醒作用，在人们内心不断注入道德因子，让人们成为美德的"继承者"。更重要的是敢于亮剑，惩前毖后，让不守规则的人付出代价，让守规则的意识深入人心。

从"醉驾入刑"到"医闹入刑"，再到抢公交方向盘以危害公共安全罪定性，这些制度惩罚正在持续不断释放出良好的治理效应。"开车不喝酒，喝酒不开车"的蔚然成风，"医闹首要分子可判 7 年"的现实警示，让人们看到刚性的制度在不断助推文明"提速"，在有效防范不文明对文明的挤出效应，也在诠注法律格言所说的"在一个多少算得上是文明的社会里，一个人所能够拥有的一切权利，其唯一的来由是法律"。

不可否认的是，对有些不讲文明、不守规则的行为，法律还缺乏足够针对性，在执行层面还存在着一定的弹性操作空间。甚至，有些威胁到公共安全的行为，制度惩罚也还是停留在教育、罚款的层面，而没有上升到追究刑责的地步。这些都削弱了法治的震慑力。要像"醉驾入刑"那样，像惩罚乘客在飞机上闹事那样，从立法和执法层面，迅速弥合相关制度缺陷，不断加大惩罚力度，对种种挑战文明底线的行为及时亮剑，以避免出现一些法治的"局外人"。

对挑战文明底线的行为，只有敢于亮剑，捍卫以法律制度和公序良俗为基础的规则，才能让文明跟上人们的前行脚步，让法治跟上现实的需要，构建起匹配时代需要的精神文明。

作品标题　对挑战文明底线的行为要敢于亮剑
参评项目　评论
作　　者　单士兵
责任编辑　侯金亮　张燕
刊播单位　重庆日报
首发日期　2018-12-14
刊播版面　第 5 版民生

作品评价

这篇评论在题材选择、观点锐度、文本技术、社会影响方面，都体现了评论推动法治和文明的重大作用。本文针对 2018 年出现的种种文明危机，特别是乘客抢夺公交方向盘这样的极端恶劣事件，敢于发声，强调既要解决这种"文明的剪刀差"，不仅要道德教化，更要制度惩罚。认为要像"醉驾入刑""医闹入刑"那样，通过及时亮剑，来避免让挑战文明底线者成为法治的"局外人"。

文章既讲认识论，更重方法论，既通"天线"，又接"地气"，既以情境带入感与读者形成共情，又以观点尖锐性与读者形成共鸣。在写作方面，特别注重对标中国新闻奖同类作品特征，充满锐气，立意高远，层次分明，充分力量，是一篇优秀的评论文章。

采编过程

重庆万州公司坠江事件刺痛人心，教训深刻。然而，这起恶性事件发生后的一个月内，全国各地仍在频繁发生抢盘公交方向盘事件，此外还有不文明养犬造成恶性伤害等等不文明事件，持续形成"文明冲突"，造成社会伤害。本文由头是地方法院以危险方法危害公共安全罪宣判 3 起拉拽公交司机案，以及地方立法形式对不文明养犬进行惩罚，明确呼吁要对挑战文明底线的行为敢于亮剑，让法治跟上现实的需要。

社会效果

这篇评论既注重批评，又强调建设，有效进行议程设置，着眼问题解决。这篇评论发表以后，在理论头条、重庆日报网、上游新闻、华龙网、新华网、东方网等移动新媒体上得到广泛传播，被多家网络媒体和微信公众号转载，引起读者热到反响，发挥了舆论推动法治文明进步的价值作用，体现了党报人的价值担当。

力帆卖掉汽车了？久未露面的尹明善出面回应

上游新闻记者 杨野

力帆与车和家战略合作落地：资源互换、技术共享

12 月 17 日，上游新闻从力帆实业（集团）股份有限公司获悉，力帆将以 6.5 亿元向"重庆新帆机械设备有限公司"出售旗下重庆力帆汽车有限公司 100% 股权。

当天，力帆实业（集团）股份有限公司发布公告，将以 6.5 亿元向"重庆新帆机械设备有限公司"出售旗下重庆力帆汽车有限公司 100% 股权。而重庆新帆的实际控制方正是车和家。

此外，力帆还宣布与车和家签署战略合作协议。协议完成后，车和家将获新能源车生产资质。

主要合作内容包括"增程式纯电动动力模块控制技术的研发成果共享、车载人机交互系统的研发成果共享、针对 B 端共享和网约车领域定制车型的研发成果共享、基于车联网应用的数据分析，应用场景的探讨和数据共享"等等。

而在此前，11 月 22 日，江苏省环保厅公告显示，已受理"重庆力帆汽车有限公司常州分公司年产 10 万辆增程式纯电动 SUV 项目"环境影响报告书（表）。据悉，该项目总投资 18.18 亿元，预计于 2019 年 8 月投产。

力帆汽车此前并未有相关增程式纯电动 SUV 产品规划发布，而车和家首款产品理想智造 ONE，定位为中大型增程式 SUV。

消息一出，外界便有消息表示，车和家尚未获得造车资质，车和家很有可能将借用力帆资质造车。当时，车和家并未做出回应。

今年 10 月 18 日，理想智造 ONE 正式亮相，官方宣布其补贴前的价格在 40 万元以内，首批量产车于 2019 年第四季度交付。随着产品亮相、交付日期确定，车和家需要尽快解决生产、资质等一系列问题。

此前车和家创始人李想曾表示，正在积极申请纯电动乘用车资质，他认为相比代工，自建工厂更能够保证产品的质量和品质。因此外界均传闻，车和家极有可能以力帆出租工厂方式合作。

如今随着力帆正式发布公告，出租工厂的合作方式被否定。力帆共有两个汽车公司，此次出售的是"重庆力帆汽车有限公司"，保留下的公司是"重庆力帆乘用车有限公司"。

力帆"联姻"车和家　战略合作将迎来共赢

12月17日，力帆将旗下力帆汽车有限公司100%股权出售给车和家，收益6.5亿元。

此外，双方还宣布签署战略合作协议，未来将在哪些方面进行合作，对两家企业今后的发展产生什么影响呢？上游新闻记者采访了力帆相关负责人。

重庆市将增加一个新汽车厂

力帆方面表示，本次将力帆汽车有限公司股权出售之后，力帆还有重庆力帆乘用车有限公司，其年产能达到15万辆，具有燃油车和新能源汽车的生产资质，足以满足未来3年的生产需求。

他们表示，此外，投资75亿元的力帆新工厂正在紧锣密鼓的建设之中，新工厂拥有更高的工艺水平和更加智能化的生产线，投入使用后，无论是在产能，还是智能化方面，都将脱胎换骨，实现质的飞跃。

双方将在新能源技术领域、新能源汽车的开发领域、车联网领域、人车交互及数据共享等领域进行战略合作。

力帆集团总裁马可表示，此次与车和家的战略合作，是力帆汽车的产业升级战略的重要组成部分，双方将通过资源互补、技术互补等有效合作方式，充分发挥各自的优势，形成有效的技术联盟。

力帆与车和家智能化共享

根据《战略合作框架协议》，力帆股份与车和家将在新能源技术、新能源汽车的开发、车联网、人车交互及数据共享，加速技术向产品的有效过渡等领域进行战略合作，共同为绿色出行、智能网联和智慧交通领域提供全面、系统、可靠的实施方案。

据悉，双方的合作内容和模式包括六个方面：增程式纯电动动力模块控制技术的研发成果共享、车载人机交互系统的研发成果共享、针对B端共享和网约车领域定制车型的研发成果共享、基于车联网应用的数据分析，应用场景的探讨和数据共享、车辆后市场服务模式的共同探讨和共享。

同时，合作内容还包括：力帆股份有权出资且车和家同意接受力帆股份出资参与车和家最近一轮轮融资等。

两者战略合作将迎来双赢

此次双方合作，在力帆集团总裁马可看来，这将是一次双赢的合作。

马可表示："力帆有 26 年制造业和 10 余年新能源的产业积淀，目前正积极配置资源，全力推进力帆汽车的电动化、智能化、互联化等方面的产业升级。车和家作为新兴互联网造车企业，在智能化、车联网、软件开发和数据交互与应用方面走在了行业前列。这种资源互补、技术互补的合作方式有利于我们'新产品、新模式、新品牌'战略的实施。"

据了解，力帆在今年 8 月向外界公开了其"新产品、新模式、新品牌"战略。其核心是在研发新一代智能汽车产品的同时，推出全新汽车品牌。

新闻延伸>>>
明年四季度"车和家"交车有保证

车和家创始人李想一直是代工模式的反对者。

在今年 8 月底，苏州市环保局进行了一个项目公示：重庆力帆汽车将在常州分公司组建年产 10 万辆增程式纯电动 SUV 项目，且将租用车和家常州厂房进行改建。

当时就有外界猜测：力帆将代工"车和家"的首款量产车型。随后李想曾出面多次否认这一说法。

此外的 10 月 18 日，车和家旗下电动车品牌"理想智造"的首款车型——理想智造 ONE 正式亮相。该车搭载全球领先的增程电动技术，NEDC 综合续航超过 700 公里，市区工况续航超过 1000 公里。

此次与力帆的联姻，对于立志为用户打造史无前例没有里程焦虑的智能电动车的车和家来说，将为明年四季度实现顺利交车提供有力的保证。

今后电动车多种生产方式并存

此前，国家收紧新造车企业的"准生证"，也使得一众即将量产的新造车企业不得不另觅蹊径，收购现有资质，或选择代工生产。此前，蔚来、小鹏等选择了代工生产。蔚来创始人李斌称不会采用收购、购买的方法取得生产资质，尽量采用正向申请的方法获得"准生证"。

而车和家的李想，便与蔚来李斌的做法，反其道而行之。因此选择了和力帆的联姻。相信随着越来越多的新能源汽车上市，今后的新能源汽车市场上，将出现代工生产和收购生产、正向研发自产的多种方式。

而不管生产方式如何，提供质量可靠、行驶里程更长、电池衰减可控的电动汽车，将是不二的追求价值。其中，解决消费者的里程焦虑是要务。

在两者联姻后，车和家第一时间表示："此次与力帆达成战略合作，正是考虑到力帆有20多年制造业和10余年新能源行业的产业积淀，他们智能化、数据化的产业升级思路和决心与车和家发展方向非常契合。"

力帆卖掉汽车了？久未露面的尹明善出面回应

12月17日，力帆股份发布消息称，以6.5亿元转让重庆力帆汽车有限公司100%股权给车和家，消息一出激起千层浪，各种解读、分析甚至谣言纷纷在网上出现。18日，力帆集团召开新闻发布会，集团高管出席，表示此次转让并非力帆挥刀自宫，而是一次战略升级。

久未露面的尹明善，也给朋友发微信以正视听：企业有收益，我市又增加了一个新汽车公司，这是利好和双赢！

出售企业前身为"重庆专汽"

公告显示，收购价格按照以评估基准日2018年11月30日，由评估机构出具的评估报告值83.56万元为基础协商确定，股权转让总价为6.5亿元。

力帆股份的汽车产业拥有重庆力帆汽车有限公司和重庆力帆乘用车有限公司两家全资子公司，此次转让股份权的是重庆力帆汽车有限公司。

力帆集团总裁马克介绍，"重庆力帆汽车有限公司"前身为重庆专用汽车制造总厂（重庆专汽）。2003年8月，准备进军汽车行业的力帆集团收购其股份后，正式进入汽车行业。当时，仅具有"1-6字头"生产资质，产能为3万台。

进军汽车产业后，力帆汽车一直以发展乘用车为主，其间又获得国家发改委批准的"7字头"生产资质，获批15万台乘用车产能。

实质出售为闲置"壳"资源

马克表示，此次出售旗下力帆汽车有限公司100%股权，实质上只是出售了一个闲置的"壳"资源。原有的土地、厂房、设备、员工都依然是力帆集团所有，将并入力帆乘用车有限公司。"因为力帆汽车有限公司与市场在售'力帆汽车'名称，容易引发歧义，外界以为力帆卖掉了整个力帆汽车板块。"

马可说，其实出售股权后，力帆股份仍保留重庆力帆乘用车有限公司，仍具有 15 万台产能的燃油车和新能源汽车生产资质，足以满足未来几年的生产需求。"此次出售对力帆股份今后的汽车产销没有影响。"他进而解释称，一直以来力帆集团进军汽车行业后，其研发、生产、销售的主体都在"力帆乘用车有限公司"。

马可表示，在此前力帆就与车和家李想进行长时间的接触，双方对未来汽车发展理念高度契合，有共同的价值权，因此快速确定了此次合作。

尹明善出面否认谣言以正视听

力帆在公告发出后不久，立即在汽车业界引发强烈关注。消息满天飞，有人认为，力帆此举是卖掉了整个汽车板块，是挥刀自宫的体现，甚至有谣言称，力帆此举是表明将彻底告别汽车行业。

谣言惊动了老爷子尹明善，久未露面的他在给朋友的微信里以正视听：力帆有两块汽车牌照，在市政府支持下，卖掉力帆汽车有限公司，留下力帆乘用车有限公司，对继续产销汽车没有任何影响。

"企业有收益，我市又增加了一个新汽车公司，这是利好和双赢！"尹明善表示，对历经太多淬炼的中国民族工业代表的力帆来说，"唯有自强不息，砥砺前行才是对所有关注者最好的表达！力帆，永远屹立不倒！"

同时，他表示，此次与车和家的合作，是力帆的汽车升级战略。力帆将与车和家实现汽车智能化技术共享，"力帆面临困难，我们迎难而进。"

重庆再添一家造车新势力

此次与力帆合作的车和家，是目国内造车新势力的代表之一。其第一款产品大型增程式电动 SUV "理想智造 ONE"已经投产，并将在 2019 年上海车展开始预订，2019 年第四季度开始交付。

但是国家发改委于去年 6 月已暂停了新造车项目的批复，从国家公示信息看，电动车生产资质规定制定三年以来，仅有 16 家企业拿到了生产资质。而力帆是最后一批拿到资质的民营汽车企业。

与全国众多造车新势力不同，车和家创始人李想一直不愿采用代工的方式进行生产。

没有生产资质，又不愿意采用代工形式，使得一众即将量产的新造车企业不得不另觅蹊径，收购现有资质，或选择代工生产。上游新闻了解到，在此前，蔚来、小鹏等选择了代工生产。而威马、电咖、拜腾则选择收购资质。

2017 年，威马汽车收购具有乘用车生产资质的大连黄海 100% 股权，花费

11.8亿元；今年7月，电咖汽车以10亿元收购西虎，以此获得生产资质；今年9月底，拜腾汽车大约以8.5亿元成本，从B轮领投方一汽集团那里获得了生产资质。

在这个节点上，力帆正好具有双牌照的优势显现出来，其中一块牌照其实一直处于闲置状态，因此此次与车和家合作，既解决了车和家生产资质的问题，也收获一笔可观的收入，并且不影响力帆现有的汽车生产销。

有了此次与力帆的联姻，车和家将顺利入驻重庆，目前已确认智能汽车制造基地选址位于两家新区。

力帆将推出全新汽车品牌

在新闻发布会上，马可表示，此次与车和家的联姻，力帆将实现战略升级，明年年初将举行新品牌发布会，代表力帆推出一款全汽车新品牌，主打具有数据采集、数据交换、数据应用的智能化汽车。此项技术，将与车和家共同研发并运用到实际产品中，这也是双方合作的六方面内容之一。

在会后接受上游新闻记者采访时，马可表示，新品牌汽车将于2020年投产并与消费者见面。他坦言，力帆此前车型较多，涵盖轿车、SUV、MPV、厢式面包车等，但多而不精，力帆已经意识到弊端所在。所以未来的力帆将考虑将产品做精，专注于智能化汽车这一块业务。

未来力帆还会尝试进军网约车阵营。马可表示，在共享汽车出行方面，力帆已经走在了全国的前列，目前盼达规模已做到了全国前三，用户量全国第一。未来不排除盼达单独谋划上市。

此外，媒体也比较关注力帆与车和家合作内容的第六条，"力帆股份有权出资且车和家同意接受力帆股份出资参与车和家最近一轮融资……"是否代表力帆将参与投资车和家，力帆相关负责人表示，不排除投资车和家的可能，但具体如何投资，投资多少金额，这是后话。

相关新闻>>>
车和家110亿智能汽车制造基地落户重庆

随着与力帆合作尘动埃落定，车和家入驻重庆建设智能汽车制造基地已成定局。

其实早在8月24日，车和家已接前行动，与重庆市两江新区正式签约，将投资110亿元在该地区建设"智能汽车制造基地"。这一制造基地总投资110亿元，占地1800亩，总产能40万台每年。基地将分两期建设，一期工程20万产能，计划在2021年内建成，将用于投产至少两款智能电动车产品，量产后年产值或超 400 亿元。

车和家由李想等人于 2015 年 7 月创立，致力于打造全新智能电动交通工具，改变用户传统的出行体验。根据车和家的规划，今年下半年，车和家首款面向零售市场的智能电动车产品将正式发布，并于 2019 年交付用户。该车车身长度超过 5 米，动力上将采用增程式混合动力，最大续航里程将超过 1000 公里，NEDC 续航里程超过 700 公里。

根据李想的计划，车和家在 2019 年的初期产能可达 10 万辆；而在出行领域，今年 3 月份，滴滴与车和家达成战略合作，双方将在 2020 年共同推出适合共享出行的定制化新能源汽车；与此同时，车和家还计划于 2021 年率先落地 Level 4 无人网约车的规模化商用。

作品标题　**力帆卖掉汽车了？久未露面的尹明善出面回应**
参评项目　**系列报道**
作　　者　**杨野**
责任编辑　**刘登　饶治美**
刊播单位　**上游新闻**
首发日期　**2018-12-18**
刊播版面　**上游新闻财富频道**

作品评价

这组稿件采访发稿及时，被多家媒体转载。力帆买厂，从重庆制造业和经济发展层面来看，似是一条负面新闻。但记者经多方采访探寻其交易幕后新闻，发现这其实是力帆业务重组、产业升级的战略大调整。记者观点与大量网络传言迥异，将这则谣言乱传、质疑不断的事件，做成正面报道，以正视听。

采编过程

记者得知力帆 6.5 亿卖汽车厂后，第一时间与力帆方面取得联系，在得到确认后，快速成稿，做到首发消息。随后，记者深入采访力帆负责人，在消息发出不久，刊发第二篇深度报道。次日，记者再次赶到力帆公司，采访了力帆总裁马克，并获悉久未露面的尹明善也出面对此事进行正面回应，以正视听。第三篇独家报道随后刊发，被多家媒体转载。

社会效果

这组稿件被各大门户网站转载后，网络上的"力帆卖厂维持生计""重庆汽车工业走下坡路"等谣言得以澄清。

全媒体传播效果

广泛转载，稿件阅读量超 10 万+。

一张船票　20年还了16万元

重庆晚报记者　刘春燕　黄艳春

朱砂河的水冬天像刀，碧玉刀，又绿又硬，孩子们上学不敢赤足蹚水过河，都是家长穿胶靴踩着浅底的石头，背过去。冬天水瘦，冰硬；夏天水宽，危险。

这是聂万顺离开村子6年后了，以前，聂万顺用自家打的木船送人过河，大人小孩，都不收钱，不卖票，义渡渡了20年。

6年前夏天的大水冲走了木船，聂万顺去了黔江区打工。此后村民过河，经常想起他。怎么才叫想起？今年7月聂万顺妻子安仕树患了肺癌，村民自发组织或者直接交给他本人，捐了超2万元；有当年坐过他义渡的娃，帮他发起网络筹款，筹得救助款超过14万元。

这在彭水县郁山镇米场坝村，是头一次。义渡从来没卖过票，但每个人心里都有张船票。

过河

下午3点多，朱砂河对岸坡上的小学，下课的铃声响了，是和弦电音，传到米场坝村5组这边来，像在弹拨河水，脆响。小学一直在这里，小学旁边的场镇几年前搬了，没搬之前，两岸沿途好几公里，山上山脚的村民，每逢集日，都挑箩背筐来这里赶场。

路也是有的，上游有个绳桥，沿着河走泥巴小路，要走一个多小时，来回就是三小时。下游有个石桥，脚程差不多。聂万顺家正好在两桥中间，正好在河边。

"聂"是村里大姓，往上数，出不了三代，总会沾点亲。"这匹山，后面湾湾那匹山，四个大队，几百户姓聂的，姓安的，都要从聂万顺门口过河，从聂万顺他爸算起，1982年左右就开始撑船了。"聂万书是聂万顺隔房的堂兄，他在自家院坝指着聂万顺背影说："这个老实人，不晓得开腔。"

正在说，聂万书三岁的小孙子就去抓橘子吃，一扑爬跌在院坝里，站在角落"不开腔"的聂万顺，比所有人反应都快，两大步跑过去抱起娃娃，拍拍衣服上的灰，把橘子放到他手里。

聂万书说，冬天冷，天没亮，学生读书要过河，走到门口喊一声伯伯，聂万顺一边穿棉衣一边就出门来。下午放学，聂万顺在坡上挖地，对岸孩子们一起喊，他放下锄头就往河边跑。哪怕是端起碗在吃饭，有人喊，他应一声，放下碗就出来。

过河只要三五分钟，一只小木船，装得下10多个娃。聂万顺也是要"开腔"的，他定了个"规矩"，不厌其烦地给娃娃们讲：上了船不准搞水，不准费（打闹），哪个闹我要拿竹竿打。"打过没有？""没有。"

我们问他，当年接过父亲的竹竿，撑一船大人小孩，没想过要钱，没给人看过脸色，没推诿没怠慢，怎么想的？觉得亏不亏？

他垂着头，不好意思看我们："哪家还没得个难处呢，我使把力气，亏啥子呢？"

夏天发大水河面宽出十几米，水急漩涡多，深的地方三四米，危险了，孩子们也放假了。聂万顺收了竹竿，村民都知道这是不开船了，也不强求。都知道朱砂河每年发大水，都有人遇险的传闻，于是大家赶个场、办个事，都绕远路走桥过。

大水最猛的时候不撑船，聂万顺救人。

光屁股的放牛娃，坡上晒一天，热了烦了，下河洗澡，水花没扑腾几下就喊救命，聂万顺扑进河拉出来，娃娃怕家里大人骂，悄悄跑了。过了一年多，家里人从村民传了几道的消息里晓得，专门来说声感谢。

聂万顺自己的船，被大水冲走几次，他又喊外面的木匠重新来打，打木船工钱要两倍。有时候，他中间应急，也自己砍了竹子，扎成两层厚的竹筏。竹筏危险，村里还劝过。6年前，最后一只木船冲走，他也走了。

熬

安仕树嫁到聂家的时候，聂万顺的父亲已经在撑义渡，聂万顺也经常撑。她觉得帮人渡河就不是个事儿："有个船，我们自己过河也方便些嘛，我们自家叔伯娃娃也要过河的嘛。"

7月腹痛，查出肺癌，几个月的治疗，她的头发掉得遮不住头皮。

聂万顺在黔江做那种"工程游击队"，有时候抱个工具箱在街上等活儿，有时候老乡介绍一点。米场坝村那几匹山，当年坐过他船的人，大人小孩，大多数都已经不在老家了，去得多的是彭水县城、重庆主城和黔江区，远的温州、福州都有。

聂家大女儿在黔江城里嫁了人，全职妈妈带三个孩子；小儿子在重庆打工，有了女朋友。眼看着生活慢慢在变好，义渡口只是春节回老家的一个归处。

安仕树病了。老聂发愁，发愁的时候发呆。

按同村聂万明的说法，聂万顺和安仕树都是老实人，老实到多的话都不会说，看见熟人点个头，嘿嘿笑两声，问啥，就答一句，答完了，又没话了，更别说跟村里人起矛盾，吵架。

这个疗程从 11 月的中旬开始，聂万顺租的房子离医院有 3 公里，每天他要带着安仕树走 20 多分钟，步行去医院输液。安仕树生病走得慢，有时候要半小时。两人都是沉默的人，一路上不说一句话，有时候聂万顺扶一扶妻子，他不问，只是看看她，她也不答，回看一眼。

他不跟安仕树讨论她的病情，背地里我们问，他只说"好点了……"，然后低头不响。

钱当然是最急迫的问题，聂万顺租了 5 年的房子，连张像样的沙发都没有，灯极暗，仅够潦草地照明。

生活的刀子在肉身上扎，他本来就这么熬着受着，以为以后也只能这么熬着，从来没想过有人，很多人，心里都惦着一张船票。

船票

晚上 6 点刚过，聂万明就关了他的小店铺。店铺开在彭水县比较繁华的滨江路绍庆广场背后，是个废品收购站。做废旧生意的聂万明，是米场坝村聂姓大家族，"万"字辈里面，数一数二的人物，彭水县城里，他自己修了两栋楼。

他还有另一种号召力。20 多年前，村里有一片老屋起火，八九家人遭了火灾，粮仓也被烧成灰，粮食刚刚收进去，心痛得很。"我从几家兄弟那里买了些粮食，给受灾的，挨家挨户挑了一百斤送去。那时候粮食 9 角钱一斤，钱不多，就是给人救个急。"

聂家大家族，在村里就是这么个风格，聂万明算是他这一辈里，中间的那根梁。

最开始晓得聂万顺妻子生病，是聂万明大哥聂万红跟他讲的。大哥的意思是，能不能发动大家捐点钱，帮一下。聂万明想了想，说试一下，每个人想法不同，做到什么程度，他心里也没底。

他编辑了一条短信，发给他认识的、老家在米场坝村、高家塘、板栗坪、兴隆坪的亲朋："聂万顺家属身患肺癌，愿她早日康复，如自愿捐助请联系聂万明"，这条短信，他按通讯录上存了的聂家族人电话，群发了几十条。

这些族人，大部分已经不在村里住，都是春节回老家碰到，点个头的联系。就是这些星散天涯的族人，在接下来的几天里，一个一个通过电话号码，加了聂万明的微信，把捐款转给他。

各人条件不同，少的几十一百，多的几百元，三天后，聂万明就收到了4000多元，10多天后，就超过7000元。族人们大多在外地打工，一散十几年，一说就能想起这个没说过几句话的聂万顺，聂万明觉得有点意外。

这里面，大部分姓聂，也有外姓，牵着这些人唯一的一条共同的线，是他们都坐过聂万顺的船。有人提到那条船，也有人没提。以前村里从来没发起过这种互助捐助，这是第一次，聂万明说："不是这件事，平时也还想不起，那条船还真的是渡了好多的人，渡了的人都还记到心里的。"

聂万明整理了电子版和纸质版两种明细，详细写着姓名、金额、人物关系、哪村哪组。有些人重名，一模一样的名字，人物关系理清楚了，谁家的外甥、谁家的老表，都一清二楚。他建了亲情互助群，把电子版随时滚动更新发到群里。

有个同样叫聂万顺的，也给聂万顺捐了100元。他在重庆做建筑行业，他老家距米场坝村5组2公里多，幼年时坐过聂家木船。

住在聂万顺对岸的杨全文78岁，在聂家这边有几个老朋友，没事的时候，他总要坐船过来找朋友耍。农忙的时候，又互相搞互助，你帮我家耕地，我帮你家收粮，要过河就在岸边喊一声聂万顺。他在路上碰到聂万顺，硬塞了100元给他。

聂超这张船票最为珍贵。

聂超上小学要坐船去对岸，有时上岸困难，聂万顺的爸爸还会先下到岸边，把孩子们一个接一个牵上去。聂万明给聂超打了电话，他想起那个沉默的撑船人，想起小学时候的朱砂河，想起冬天冰冷的河水。

他在重庆主城开公司，创业，年轻一代想得更多，除了个人捐款外，怎样筹集更多的医疗费用？聂超想到网络筹款。他找到聂万顺，了解基本情况，收集安仕树的病历资料，向医院核实……聂超帮聂万顺发起的网络筹款期为1个月，筹款金额为15万元。"我也没抱特别大的希望。没想到，筹款期截止，筹到14.2万多元。在网络平台上，献爱心的陌生人超过老家人。"

按聂超的统计，网络筹款平台上所有捐款者中，知晓（坐过）聂万顺父子义渡山里娃，以及乡村赶场者有1000多人，捐款金额约6万元；从未谋面的捐款者约4000人，捐款金额有8万余元。

聂超说："借用'为众人抱薪者，不可使其冻毙于风雪'这句话，我认为，大家是在还一张聂万顺当年应得的'船票'。"

聂超和聂万明，分别把筹到的善款交给了聂万顺，聂万顺很意外，说不出来其他话，只会反复说"谢谢"。

安仕树走路越来越累。11月19日这天，安仕树是超声科最后一个病人，做完B超，已经快接近晚上7点。聂万顺把妻子安顿在堂屋的塑料凳子上，自己去厨房煮点稀饭，安仕树正对着厨房，她看偶尔看一眼聂万顺，更多的时间，沉默地盯着地上的某处，一声不响。

聂万顺翻出那些一笔一画抄写的，捐款的人的明细，厚厚一叠，就放在安仕树的身边。

作品标题　一张船票　20年还了16万元
参评项目　通讯
作　　者　刘春燕　黄艳春
责任编辑　龙春晖
刊播单位　重庆晚报
首发日期　2018-12-03
刊播版面　慢新闻APP

作品评价

稿件写了一个"善有善报"的故事。彭水农村村民聂万顺，因为家住河边，父子两代人义务为村民撑船过河，解决了周围几个村数百村民过河的难题。两代人几十年撑船，从来不收任何费用，村民过河都是随叫随到。这几年聂万顺到黔江打工，义渡无人，村民送孩子上学都是穿胶靴蹚水过河。

故事仅止于此，也就泯然于众多同类新闻故事中。如今聂万顺妻子重病，在村民自发的组织下，当年坐过他义渡的村民，都纷纷为他捐款，这些村民，大多数已经离开当地，在全国各地打工，但人心里，都记得当年欠他的一张船票。

稿件用聂万顺作为人物主线，穿插数位当年受惠于他，现在积极帮助他的村民作为副线，细节生动，故事感人，没有说教，但"善"的力量跃然而出。

采编过程

记者在黔江采访了正在治疗中的聂万顺夫妻，在医院和租住的房子两个空间中观察这对平凡但又如此有号召力的夫妻。又去彭水采访了积极为他发动捐款的村民聂万明，再回到聂万顺当年义渡的村里，采访聂万书等十多位村民，印证当年的细节。同时还采访了在重庆发展、为聂万顺发起网络筹款的晚辈聂超，采访人数近20人。

社会效果

稿件推出后，各个转载平台都网友寻找聂万顺联系方式，愿意为他的善举捐款。

光明网、腾讯、新浪、网易等转载。

两江奔流

重庆晨报记者　蒋艳　李晟　王梓涵　冯锐　刘波

罗薛梅　陈翔　郭发祥　王倩　王淳

马善祥：
还没回重庆　上班第一天的群众预约已排满

"老马荣获'改革先锋'称号！"昨天，这个消息成了观音桥街道居民们热议的话题。

居民们口中的"老马"，就是 63 岁的马善祥，江北区观音桥街道"老马工作室"的负责人。

马善祥扎根基层，从事基层调解和群众思想政治工作 30 年，总结出了一套行之有效的"老马工作法"，成功化解了很多群众矛盾。

《中共中央国务院关于表彰改革开放杰出贡献人员的决定》称他是"基层社会治理创新的优秀人民调解员"。

昨天下午，马善祥通过电话向重庆晨报记者分享了自己的获奖感受。

赴京受奖
他每天坚持写一篇笔记

接到记者电话时，马善祥正在写笔记。

马善祥一年要写上百篇笔记。在北京的这几天，他坚持每天写一篇笔记。他写道："改革开放 40 年，我很庆幸自己能与改革同行，与时代同行。"

庆祝改革开放 40 周年大会结束后，马善祥就回到自己房间，学习习近平总书记在大会上的重要讲话精神，并把学习的心得体会记录下来。

"我在改革开放中实现了自己的理想。"马善祥说，自己的理想就是做好群众工作，服务好群众。

"我们每个人的事业都融入改革开放的事业中。"马善祥以自己的基层群众工作为例，"这是一项公益事业，既平凡又琐碎，但这却是一项高尚的事业。"马善祥说，基层社会治理创新和自己的"老马工作法"，都与改革开放密不可分。

荣获"改革先锋"称号，马善祥最想感谢的是他服务过的每一位群众。因为，做好基层群众工作，要有一颗全心全意为人民服务的心。同时，也离不开群众的支持和信任。

同坐一排
马云为他的工作点赞

在庆祝改革开放 40 周年大会现场，马善祥和马云坐在了同一排。

"我们聊了几次，他称赞我的工作'不简单'。"马善祥说，自己的基层群众工作得到了马云的点赞。

后来，马善祥以《我与马云平起平坐》为题，写了一篇笔记。这篇笔记的主题是想告诉大家要有一颗平常心，要保持内心平静。

"我们在改革开放的不同战线上工作，没有哪条战线的工作是不重要的。"马善祥说，只要坚持不懈，努力奋斗，每个人都是劳动者和创造者。

马善祥表示，他将继续扎根基层，与时俱进，积极创新工作方法，发挥"改革先锋"的先锋模范作用，服务好每一位群众。

言传身教
老马带出更多"小马"

昨天上午，观音桥街道的不少居民都收看了庆祝改革开放 40 周年大会的现场直播。当看到老马出现在电视上时，大家都纷纷拿出手机拍照，热烈鼓掌。

"老马的群众工作做得好，我们每个人都看在眼里。"富力海洋社区居民汪宣桂一边说，一边竖起大拇指。

马善祥去北京的这几天，"老马工作室"的工作并没有停下来。每天，"老马工作室"的"小马"们都会帮群众解决不少问题。

这几年，马善祥除做好群众工作外，还有一项重要任务就是培养"小马"。如今，江北区已先后成立了 60 多个"小马工作室"，老马常去讲课，介绍经验。

观音桥街道所辖的 20 个社区每月轮流抽调两名年轻工作人员，到"老马工作室"学习实践。也正如此，"老马工作室"走出了很多"小马"。

"他通过自己的言传身教，让我们每天都在学习进步。"来自鹏润蓝海社区的"小马"白玲说，老马服务群众既细心、又贴心。

天天满座
回渝上班首日"约满"

"热心帮助群众解决实际困难，耐心帮助群众化解思想困惑"。这是"老马工作室"墙上的一句话。

来自洋河社区的"小马"赖寒是第二次来"老马工作室"学习实践。6月份，赖寒经过"老马工作室"一个月的"传帮带"，学会了如何耐心地安抚群众情绪，在工作的复杂矛盾中抓重点。"老马去北京前，还叮嘱我们要多看书，多写工作笔记。"

这几天，"老马工作室"每天都有群众来找老马，问老马什么时候回来。白玲和赖寒记下了这些群众反映的基本情况，帮他们登记预约。老马上班第一天的预约已排满了。

马善祥知道群众需要他的帮助。他说，自己今天晚上就会回到重庆。明天一大早就会到"老马工作室"上班，继续服务群众。

冉绍之：
我的殊荣　离不开三峡移民的无私奉献

12月18日，在庆祝改革开放40周年大会上，党中央、国务院决定，授予于敏等100名同志改革先锋称号，颁授"改革先锋"奖章。在此次获表彰的100人中，来自奉节县的冉绍之名列其中。会后，他告诉记者，能够获此殊荣离不开百万三峡移民的无私奉献。如今已经退休的他，还将继续做好自己力所能及的工作，相信重庆和三峡库区的明天会更好。

开启库区安置移民开端

三峡工程，百万移民，如何解决这一世界级难题，这位来自基层的乡官给出了自己的答案。

65岁的冉绍之，从1993年便开始参与移民搬迁的工作，先后任安坪乡（现安坪镇）乡长、党委书记、县移民局副局长、副调研员、县移民局退休党支部书记等职。

1992年，奉节县安坪乡被确定为首批三峡移民试点乡，当时被选为安坪乡乡长的冉绍之，一来就压力不小——全乡沿长江岸线达30公里，受淹1101户，涉及动迁人口5000余人，淹没房屋近11万平方米、耕地5880亩。

如何开展移民工作？冉绍之选定在大堡三社进行试点。起初，村民们对于移民工作并不支持，大家祖祖辈辈在这里繁衍生息，他们认为迁建会让自己的利益受到一定损害，移民补偿也无法满足他们较高的要求。为此，冉绍之在认真分析各种矛盾后，挨家挨户做思想工作，宣讲国家移民政策，仅在大堡三社就开了 30 多次村民大会。村民们看见冉绍之心贴心地做工作，最终全都愿意搬迁。一年后，43 户农民全部搬进了宽敞明亮的新居，成为库区安置移民的开端。

3000 多万移民资金专款专用

作为三峡移民试点乡，安坪乡的移民任务重，涉及移民的资金就有 3000 多万元。面对这笔巨款，冉绍之定下了不少制度，为的就是管好用好这笔移民资金。他为此制定了"五支笔"联审制度。

此外，为了杜绝腐败，冉绍之还表示决不让亲戚朋友染指移民迁建工程。做钢筋工的外甥想包工程，冉绍之却叫他去当挑撮箕的小工。此外，他提出：不准将移民资金用于与移民安置规划无关的项目，不准随意调整移民工程项目，不准挪用移民资金作为行政开支的"三个不准"；同时，还主动接受人大的监督，接受纪检监察机关、财政、审计部门和银行的监督，接受移民群众监督，接受新闻舆论监督的"四个监督"，确保移民资金专款专用。

对于三峡库区移民而言，他们的顾虑不仅来源于离开世世代代生活的地方，也是担忧搬迁之后如何发展致富。针对这一问题，冉绍之结合奉节当地自然条件受限、交通不便等方面的问题，提出了"就地后靠安置"的移民思路，即让库区移民从淹没线以下搬到淹没线以上，不必离开原来的乡村，重建新家园。到 1997 年底，安坪乡人均收入比移民前的 1992 年翻了两番。

感谢三峡移民的无私奉献

此次赴京参加庆祝改革开放 40 周年大会，并获得"改革先锋"的殊荣，冉绍之的内心充满感谢。"感谢党这么多年对我的培养，感谢跟我一起站在移民工作一线的领导和同事们，感谢百万三峡移民的无私奉献。"

冉绍之告诉记者，作为改革开放的亲历者和参与者的他，如今已成为受益者。虽已退休，但他觉得自己依旧要继续奋斗下去。"40 年来的巨大变化，证明改革开放的道路是完全正确的，也说明了这 40 年的发展与变化是来之不易的，这是全国人民为之奋斗所收获的成果。"

如今成为"改革先锋"，冉绍之表示这份殊荣属于每一位参与三峡移民的工作者，也离不开三峡移民的无私奉献，正是三峡移民对于自己工作的支持，才为破解这一"世界性难题"提供了其中的一个答案。"'改革先锋'是对我过去的工作给予的肯定,也将激励着我未来的工作。"冉绍之表示,自己将继续传播正能量,维护大局,做好自己力所能及的工作。他相信,在改革开放的政策之下,重庆和三峡库区的明天一定会更好!

拿好"接力棒" 重庆人要跑出"好成绩"(上)

习近平总书记在大会上说,建成社会主义现代化强国,实现中华民族伟大复兴,是一场接力跑,我们要一棒接着一棒跑下去,每一代人都要为下一代人跑出一个好成绩。

总书记的讲话,进一步激发了重庆人民干事创业的激情:改革开放40周年之际,就是这场接力跑新出发之时。3000多万重庆人,要拿好"接力棒",跑出"好成绩"。

长江航运史上唯一一位女总船长王嘉玲:
改革开放让长江水运快速发展 培养航运人才交好"接力棒"

"40年来,我国基础设施建设成就显著,信息畅通,公路成网,铁路密布,高坝矗立,西气东输,南水北调,高铁飞驰,巨轮远航,飞机翱翔,天堑变通途。中国人民在富起来、强起来的征程上迈出了决定性的步伐!"昨日,庆祝改革开放40周年大会上出现的这段话让60岁的王嘉玲激动不已。

作为中国长江航运历史上唯一一位从水手一步一步走到高级船长的女总船长,投身航运事业已42年的她是改革开放的亲历者,更是水运交通历史变迁的见证者。

从水手到女船长

1976年12月,怀揣着船长梦的王嘉玲正式上船成为水手,两年后,改革开放开始实行时,她是同批上船女水手中唯一坚持下来的人。

"从水手做起,成为长江上的女船长,是那时最大的梦想。"王嘉玲一边向老船长虚心学习,一边刻苦发奋自学,没有在专业学校系统学习过船舶驾驶的她需要比别人付出更多。

在三峡成库之前,川江航段上礁石密布,航道狭窄,滩多水急,河床弯曲,船舶发生触礁、搁浅、碰撞事故也非常多。特别是西陵峡,暗礁泡漩,滩上有滩,被称为"绝地"。

当同事们都在休息时，王嘉玲躲在船舱里背地名、记旗语、认信号，学习各种驾驶专业理论，写下了 50 多万字笔记，将当时重庆至上海 2400 公里航线上的上万个航标、3000 多处暗礁险滩熟记于心。

1981 年，王嘉玲考上三副，1983 年当上大副，1988 年考上船长，1991年正式当上船长。

从 4000 万吨到 25 亿吨

"改革开放 40 年，让我感受最深的就是我国航运事业的飞速发展。"提起这 40 年来的变化，王嘉玲感慨万分。

改革开放之初，长江航运量不到 4000 万吨，而去年干线货物通过量已经突破 25 亿吨。

川江航道，重庆至宜昌航段，从弯曲狭窄、滩多水急、礁石林立变成了库区一级航道，通航能力大幅度提升；船型种类在散货船、客船的基础上又增加了集装箱船、化危品船、滚装船等，专业化程度越来越高。

货船由 200 吨、500 吨、800 吨、1000 吨驳船，船队下行最多 3000 吨、上行最多 2000 吨，变为 5000 吨、8000 吨乃至 10000 吨自航船。客船由 500吨、1000 吨、最大 3000 吨级代步工具变成旅游船和万吨级豪华邮轮。

40 年物换星移，岁月如歌。黄金水道潜能不断释放，已经发展成为世界上运量最大、通航最繁忙的河流。

重庆水运快速发展

21 年前的第八届全国人民代表大会，王嘉玲作为全国人大代表参会，见证了重庆的直辖。

"这些年重庆水运得到了快速发展。"王嘉玲回忆说，直辖后，重庆启动了长江上游航运中心的打造，加之三峡大坝成功蓄水至 175 米，使重庆库区航道条件得到显著改善，重庆水运得到了快速发展。专业化的大型码头不断涌现，集装箱码头实现了从无到有；运输船舶向专业化、标准化、大型化方向发展，船舶总量也迅猛增加；集装箱运输多年来更以 30% 左右的速度不断增长。

"一代人有一代人的因缘际遇，一代人有一代人的历史责任。"在观看了庆祝改革开放 40 周年大会后，王嘉玲感叹道，自己这代人遇上改革开放是最大的幸运，长江水运还要靠后来人继续努力。

从总船长的岗位退休后，王嘉玲又被聘为重庆长江轮船有限公司顾问，为长江航运事业发挥余热。她现在的任务是培养航运人才，指导帮助下一代航运企业经营者、管理者的成长，"交好'接力棒'。"

重庆高速集团建设管理部总经理王文广：
接棒成渝高速加宽工作　为接力者提供技术经验积累

"对于我们修路人来说，接力棒如今就在我们手上，我们要做的，就是为下一个接棒人跑出好成绩！"昨日，王文广在收看了庆祝改革开放40周年大会后激动地说，总书记的重要讲话让所有基础设施建设者们为之振奋，他们也将从重庆第一批高速公路加宽工作入手，为未来的重庆高速建设接力者们跑出好成绩。

公路成网，让他们激动不已

"总书记的重要讲话，肯定了各行各业的杰出贡献，对于我们来说是巨大的激励与鼓励。"王文广说，总书记在提到我国基础设施建设成就显著时，说到了"公路成网"，"作为修路人，我们心潮澎湃，激动不已。"

王文广曾是重庆重点公路建设指挥部技术处工程师，毕业于重庆大学土岩结构专业，参与了"华夏第一洞"中梁山隧道的建设，也见证了成渝高速的顺利通车。

也就是成渝高速通车前后，重庆开始计划修建第一条环线高速公路，"重庆交通部门的领导那时就下定决心，要把这条环线高速修成六车道，而在那时，全国还没有一条高速公路是六车道。"

直辖前夕，重庆的高速建设已进入到一个快速发展的阶段，当时渝长高速与川黔高速（现渝黔高速）已开始规划建设，这两条高速的建成，就能够实现上桥—童家院子—界石的半环线结构，只要再修一条界石至上桥段的"南半环"，就构成了重庆内环高速。

2002年，重庆内环高速公路全线通车。2010年，内环高速公路改名为内环快速公路并取消收费。

做拓宽重庆首批高速公路的接力者

王文广说，对于修路人来说，需要为未来的接力者做出更多的贡献。

王文广介绍，2007年，重庆直辖10周年，那时重庆高速里程达到了1000公里，去成都、贵阳更加便利。在改革开放所带来的巨大动力下，重庆高速发展也越来越快，2010 年 2000 公里，2017 年 3000 公里，如今规划的 4000 公里也计划于 2022 年实现，2025 年预计将达到 5000 公里。

不过，如今的接棒人也发现，随着人们的物质生活水平不断提高，重庆第一批高速公路的通行能力遭遇到了巨大的挑战。"成渝高速的部分路段每天都会拥堵，我们既是建设者也是接棒人，就需要去解决这个问题，带给未来的接力者新思路。"

王文广介绍，目前他们已经加快了对成渝高速加宽工作的进程，只为以后能够为未来重庆修路人的工作提供新的技术和经验积累，"我们希望成渝高速的加宽能够成为具有参考性的工程。"

整条高速路段都要依照环境来研究

"成渝高速重庆段是按照一级公路的标准建设的，车道都是四车道。"王文广说，要把四车道加宽到八车道，就需要对每一段路进行研究。

成渝高速公路上，有两座隧道为人所熟知，一座是中梁山隧道，一座是缙云山隧道。"如今中梁山隧道的改造工程已经完成。"通过改造，中梁山新老隧道形成全国最长的双向四洞八车道隧道群，日均通行量可达 15 万辆。

缙云山隧道的情况则要复杂一些。"中梁山隧道临近城市，车速也都不会太快，这种通过修建独立隧道来拓宽车道的方式比较合适。"王文广介绍，如果缙云山隧道也采用同样的模式，就会在行车安全上存在风险。因为在该路段的车速基本都在 100 公里/时，甚至达到 120 公里/时，如果修建独立隧道，高速路就会分道，如果驾驶员在进隧道时犹豫，就可能带来危险，"这就需要我们认真进行研究。"

不过，王文广对成渝高速的加宽工程大有信心。"在就地加宽的情况下，我们目前所需要加宽的区域，在 30 年前建设时就已经完成了征地工作，这或许就是老一辈接力人为我们提供的便利吧。"

重庆社科院研究员康庄：
跑好"接力跑"　把改革发展稳定统一起来

"跑好'接力跑'，把改革发展稳定统一起来。"昨日，在集中收看了庆祝改革开放 40 周年大会后，重庆社科院研究员康庄在接受重庆晨报记者采访时称。

要跑好接力跑　　首先要有所坚持

康庄称，要跑好"接力跑"首先要有所坚持。

"过去四十年的实践充分证明了，要跑好这场接力赛，跑出好成绩，必须坚持党对一切工作的领导，不断加强和改善党的领导；必须坚持以人民为中心，不断实现人民对美好生活的向往；必须坚持马克思主义指导地位，不断推进实践基础上的理论创新；必须坚持走中国特色社会主义道路，不断坚持和发展中国特色社会主义；必须坚持完善和发展中国特色社会主义制度，不断发挥和增强我国制度优势；必须坚持以发展为第一要务，不断增强我国综合国力；必须坚持扩大开放，不断推动共建人类命运共同体；必须坚持全面从严治党，不断提高党的创造力、凝聚力、战斗力；必须坚持辩证唯物主义和历史唯物主义世界观和方法论，正确处理改革发展稳定关系。"

要把改革发展稳定统一起来

康庄说，就重庆而言，"重点在于坚持以习近平新时代中国特色社会主义思想为指导，全面贯彻落实党的十九大和十九届二中、三中全会精神和习总书记系列对重庆工作的重要指示，'要敢为天下先、敢闯敢试，又要积极稳妥、蹄疾步稳，把改革发展稳定统一起来'，全力打好防范化解重大风险、精准脱贫和污染防治'三大攻坚战'，以发展为第一要务，坚决贯彻创新、协调、绿色、开放、共享的发展理念，统筹推进'五位一体'总体布局、协调推进'四个全面'战略布局，深入实施乡村振兴战略、城市提升战略，推动高质量发展，创造高品质生活。"

同时，还要推动新型工业化、信息化、城镇化、农业现代化同步发展，加快建设现代化经济体系。深化"放管服"改革。

持续扩大内需。推进高水平开放。积极主动融入国家"一带一路"建设、长江经济带发展等对外开放和区域发展战略，充分发挥中欧班列（重庆）、中新（重庆）战略性互联互通示范项目"国际陆海贸易新通道"等开放大通道的作用，努力推动内陆开放高地建设，形成陆海内外联动、东西双向互济的全方位、多层次、宽领域全方位开放格局。

在保障和改善民生上，则要切实推进各项行动计划，增强"四个自信"，让人民共享经济、政治、文化、社会、生态等各方面发展成果，有更多、更直接、更实在的获得感、幸福感、安全感，不断促进人的全面发展。

拿好"接力棒" 重庆人要跑出"好成绩"（下）

重庆市桥梁协会首任会长顾庭勇：
"天堑变通途" 重庆从江河阻隔到"中国桥都"

76 岁的顾庭勇曾任重庆市桥梁协会首任会长。改革开放后，重庆的首座城市长江大桥——重庆长江大桥，是他参与建设的第一座桥梁。改革开放 40 年来，他见证了重庆桥梁建设的飞速发展，是重庆成为"中国桥都"的重要见证者和推动者。

昨天早上，顾庭勇打开电视机，全程收看庆祝改革开放 40 周年大会直播。每一段话、每一个镜头，都让他心潮澎湃。

改革开放后重庆桥梁史开篇

"习近平总书记的重要讲话中，我印象最深刻的是'天堑变通途'这句话。"顾庭勇说，作为一个桥梁建设者，对这句话的感受非常深。正是一座座桥梁的修建，让重庆打破长江、嘉陵江的阻隔，成为"中国桥都"。

看着电视上播出的庆祝改革开放 40 周年大会，顾庭勇的思绪也拉回到 20 世纪 80 年代。

1960 年，白沙沱长江大桥（又名小南海大桥）竣工，这是一座铁路大桥，是继武汉长江大桥后的第二座长江大桥，也是重庆最早修建的跨长江大桥；1966 年，工期几度延长的牛角沱嘉陵江大桥，在历经 8 年之后，终于竣工通车，这座桥梁跨越嘉陵江，成为我市第一座城市跨江公路大桥。

1978 年之前的重庆，两江之上只有这两座桥；1978 年之后，重庆每年在建的跨江桥梁都有好几座，无论是桥型还是数量上，已堪称桥都。

1965 年，顾庭勇从同济大学毕业，分配到重庆。此后的 12 年里，重庆没有造一座跨江大桥，这让专攻城市建设专业的顾庭勇颇感郁闷。

"现在看来，正是从邓小平提出改革开放，重庆桥梁史才真正开篇，重庆的发展进入了一个新的历史时期。"

参与首座长江公路大桥修建

1977 年 11 月，重庆长江大桥（也称"石板坡长江大桥"）开建，顾庭勇终于得到实践机会。这是重庆横跨长江的第一座公路大桥，这座大桥的建设，给顾庭勇留下了难忘的记忆。很多重庆人都参加了义务劳动，珊瑚坝上，经常是万人齐聚，很多市民还记得"万人齐碎鹅卵石"的盛况。

当时的顾庭勇，是6号墩施工负责人。顾庭勇说，大桥提前半年完工，于1980年7月1日通车，向党的生日献礼。顾庭勇也慢慢从一个技术人员，成长为桥梁建设管理者，先后担任市建委副主任、重庆市桥梁协会会长。

顾庭勇收看庆祝改革开放40周年大会之后，思绪万千。"改革开放40年成果巨大，我们身处其中，是经历人、见证人、受益人。"顾庭勇说，改革开放后，重庆的城市建设、桥梁建设突飞猛进，让人很自豪，"中国桥都日新月异，真正让天堑变通途。"

现在，顾庭勇虽然年过七旬，仍然很关心桥梁建设。"每一次有桥梁通车，我还是习惯去走走、看看。"顾庭勇说，大家还肩负着历史使命，现在是"进行时"，还要"再出发"。

重庆精益高登连锁有限公司董事长刘大伟：
未来精益如何走，都在总书记字字句句之中

创办于1937年的重庆精益，一直是行业内的老行尊。20世纪80年代，重庆精益就采取了当时行业内颇为先进的前店后厂的模式，让消费者感受到专业的服务。

说起精益的发展之路，刘大伟颇为感叹，"如果没有改革开放的春风，就不会有精益高登的今天。"

昨天上午，刘大伟依然准时守在了电视机旁边，"改革开放给我一生的影响太大了，未来精益如何走，其实都在习近平总书记的字字句句中。"

改革开放让精益从国营走向私企

回忆起40年前的点点滴滴，刘大伟至今记忆犹新，当时，他还是重庆精益的一名员工，而当时的精益还是一家国有企业。

所有的变化，开始于改革开放的浪潮席卷入重庆的时候，"处于内陆的重庆，改革开放的步子要比沿海来得慢些，但并没有影响到敢闯敢拼的重庆人走上时代的浪尖。"刘大伟说。

当时已经是精益店长的他，就是第一批时代弄潮儿中的一员。

私营化，是精益眼镜迈出的第一步。

"说实话，我当时也是'初生牛犊不怕虎'，所以一手就接过了重庆精益的'全副身家'。"

刘大伟现在虽然已经退居二线，但依然对自己当初的选择很是自豪。

20 世纪 90 年代，精益眼镜经营模式发生变化，成立了重庆精益高登眼镜连锁有限公司，凭借专业的验光、配镜服务，走进了重庆的各区市县，规模迅速扩张。

2002 年，精益眼镜为维护自身知识产权，注册了"精益高登"商标；从 2003 年至今，连续被重庆市认定为"知名字号"企业；2006 年，被国家商务部首批认定为"中华老字号"企业。

2007 年，重庆精益成立 70 周年大庆之际，公司首发专业验光车，将自己优良的专业服务带进各大社区、厂矿、学校，以回馈广大消费者。

2008 年，精益眼镜打破传统的眼镜店经营模式，于北城天街开设 VIP 会所店，集休闲、娱乐、配镜为一体，为顾客提供更优质的服务，在行业内部产生了积极的影响。

"你看，这一步步的，哪一个离得了改革，离得了创新？但所有的一切，都是基于国家给出了一系列经济政策，才能支撑精益不断前行。"刘大伟说。

主动求变才能与时代同行

看完习近平总书记在庆祝改革开放 40 周年大会上的讲话后，刘大伟说，给他印象最深的，是总书记说道"只有顺应历史潮流，积极应变，主动求变，才能与时代同行。'行之力则知愈进，知之深则行愈达'"。

"对如今的精益高登来说，的确到了主动求变的时候了。"刘大伟说，重庆眼镜市场现在已发展到相对成熟阶段，透明度很高，产品价格趋于稳定，价格战已经没有多大空间。

"我也相信，随着老百姓消费观念的日趋成熟和消费水平的提高，对验配专业的认同和对品牌的追求将更加强烈，这些都为专业化的竞争和品牌的竞争提供了有利条件。"刘大伟说，现在除了互相竞争，精益高登还要跟国际眼镜零售商竞争，必须做好在更高层面进行竞争的各项准备，加强专业和品牌意识，这是当务之急。

此外，刘大伟还注意到，随着互联网新时代的日益成熟，人们的消费方式发生了巨大的改变，尤其是当今社会的主力消费人群是 80 后、90 后，商家的竞争也由线下转战到了线上。

目前，精益高登眼镜已经与京东商城达成初步战略合作共识，建立精益高登眼镜自营店，为下一步进军电商平台打下坚实的基础。

"我们将会在未来两年内实现百城百店计划，并在五年内实现线上线下 O2O 完美闭环。"刘大伟说，这就是精益高登第一步的顺应时代之变。

重庆秋田齿轮有限责任公司董事长付中秋：
赶上了好时代，秋田齿轮将守好"产品阵地"

"发展的机遇可遇不可求，我们赶上了好时代，必须坚守自己的本分，脚踏实地干好民营企业。"付中秋说，习近平总书记在讲话中提到伟大梦想不是等得来、喊得来的，而是拼出来、干出来的。

付中秋表示，作为民营企业，秋田齿轮将继续干好本行，为民营经济发展贡献自己的力量。

创业为了改善生活

1951 年，在付中秋出生的年代，吃不饱饭还是一个很普遍的问题。

"家里一共有四兄妹，和父母一起住在一间 22 平方米的屋子里。"付中秋回忆，在长达 10 年的时间里，吃饱饭是最大的难题，饥饿感在很长一段时间困扰着他。

1970 年底，付中秋成了庆江机器厂机修钳工，并从学徒成为厂里的技师。到 20 世纪 90 年代初，伴随着改革开放的推进，重庆火锅店开始增多。

"那时候很喜欢吃火锅，但一个月工资就够吃两三次火锅。"付中秋说，想好好享受美食，无奈囊中羞涩，挣更多的钱成了他的头等大事。

为了改善生活，1993 年，付中秋凭借 1 万元承包的几台设备做起了摩托车配件，走上了创业之路。

"当时常跟朋友开玩笑说，厂开起来就把火锅搬到车间里去，毛肚挂起，干累了就烫两块吃，然后接着干。"付中秋说，当时的想法很简单，如果做机械加工不亏本的话，赚点钱买套房子，好好地装修下，天天有火锅吃就可以了。

付中秋说，创业初期，公司只有 3 个工人和几台旧设备。为了将产品质量搞上去，他和工人一起，不分昼夜地修设备、改机器，甚至将旧机床改造成了数控机床。凭借着不怕苦、不怕累的精神，克服了技术落后、资金短缺等问题。

在奋力拼搏 25 年之后，秋田齿轮已成为一家集研发、制造、销售为一体的现代化民营企业，成为本田、隆鑫、意大利比亚乔、德国宝马、印度马恒达等知名企业的齿轮配套供应商，成为重庆乃至全国中小模数齿轮的重要生产基地。

坚守为了美好未来

事实上，创业时为了买房子吃得起火锅的"初衷"，现在早已不是问题。

"干了 25 年民营企业，如今更多的是责任和担子。"付中秋说，现在的他觉得吃得上一碗回锅肉就满足了。企业要考虑的也不只是企业本身，还有 2700 多名员工和上下游的配套企业。

在付中秋看来，秋田齿轮能够坚守下来，是因为赶上改革开放的好时代，充分释放了民营企业参与改革和经济发展的动能。

今年，秋田齿轮的产品直接、间接出口预计将达到 70%，市场增长 8%。全球 5000 多万辆摩托车中，有 17%~18% 的摩托车装有秋田齿轮的产品。

"伟大梦想不是等得来、喊得来的，而是拼出来、干出来的。我们现在所处的，是一个船到中流浪更急、人到半山路更陡的时候，是一个愈进愈难、愈进愈险而又不进则退、非进不可的时候。"付中秋说，看完庆祝改革开放 40 周年大会，习近平总书记的讲话让他备受鼓舞。改革开放 40 年的成果是有目共睹的，民营企业的发展离不开党和国家政策的支持，民营企业发展也遇到了各种各样的问题，而发展的机遇却是可遇不可求的，秋田齿轮将继续感恩前行。

目前，秋田齿轮产品主要集中在摩托车和汽车两个领域，其中摩托车齿轮国内市场占有率在 35% 左右，大排量摩托车齿轮国内市场占有率在 70% 左右。

"传统制造业，特别是民营企业，唯有坚守自己的阵地，脚踏实地做好自己的产品，才能够更加适应开放的市场，为民营经济发展贡献自己的力量。"付中秋说。

作品标题 两江奔流
参评项目 系列报道
作　　者 蒋艳　李晟　王梓涵　冯锐　刘波　罗薛梅　陈翔　郭发祥
　　　　　　王倩　王淳
责任编辑 罗皓皓　李德强
刊播单位 重庆晨报
首发日期 2018-12-18
刊播版面 第 5 版今要闻

作品评价

改革开放 40 周年系列报道，全面详细报道了改革开放 40 周年来，重庆取得的巨大发展。关注纪念改革开放 40 周年大会，及时报道反响报道，从多个视角报道了改革开放 40 周年大会在重庆的巨大社会反响。稿件内容丰富，条理清晰，可读性高。

采编过程

稿件采写精心策划，特刊重点回顾了重庆 40 年发展变化，很多内容都采写不易，几经周折才找寻到当事人。反响报道及时，改革开放 40 周年大会召开同时，记者及时采写报道重庆市民收看大会直播的情况，并围绕大会内容，及时采写报道了重庆社会各界备受鼓舞的热烈反响。

社会效果

系列报道在社会上取得了很好的效果，特刊发行当天，重庆晨报一报难求，关注度极高。

全媒体传播效果

新媒体产品阅读量突破 100 万+。

重庆长租公寓调查

重庆商报记者　郑三波　谈书

又一家长租公寓出事　2000 万元押金款将打水漂？

今年 9 月以来，杭州、成都等地陆续曝出小家联行拖欠房主租金的事件。如今，相同事件在重庆上演。

从今年 10 月开始，重庆不少房东被重庆小家联行房地产经纪公司（以下简称"重庆小家联行"）拖欠租金，房东只有强制要求租户退房。据悉，小家联行在重庆托管的房源有 1.4 万套，其中 1 万套已经出租，空置 4000 多套。小家联行拖欠租金风波愈演愈烈。记者对此事展开了调查。

个案>>>
房租迟迟不到账　原是公司关门了

去年 12 月 7 日，余女士和重庆小家联行签订了为期三年的出租托管代理合同，将位于黄泥磅的房子交给对方出租。

"我和小家联行约定，第一年每月租金是 1550 元，第二年和第三年是 1600 元，每年还有一个月的免租期。"昨日，余女士告诉记者，2018 年 12 月 6 日以前的租金，小家联行已经支付完了，12 月 7 日该支付 2018 年 12 月 7 日到 2019 年 3 月 6 日的租金，但余女士等到 12 月 12 日都没有收到这笔钱款。

余女士给以前联系的小家联行房屋管家打电话，对方却表示已辞职，还告诉余女士，公司出事了，让她去看看。

12 月 12 日上午，余女士一早就赶到了位于龙头寺的重庆小家联行第十分公司。"公司已人去楼空，办公室里乱七八糟，垃圾到处都是。"她说，她找到一名留守人员，希望对方带着自己去看房，并收回房屋，但对方让她自己去。

"他们不给我钥匙，即使有钥匙，我开了门，有啥问题，我说都说不清楚。"余女士表示，她如果自行收回房屋，水电气和物管费却没结清，自己会亏更多。

昨日，记者联系上租余女士房屋的租客。租客表示，自己得知重庆小家联行出事后，已于12月4日搬离。"我搬家后，想找小家联行退1550元的押金，却找不到人经办。"对方告诉记者。

调查>>>
不少租户"被"贷款缴租

昨日，记者来到龙头寺的重庆小家联行第十分公司，不时还有其他房东找上门来。

在现场正和公司留守人员交涉的房东何女士告诉记者，她去年12月和重庆小家联行签订了为期3年的托管协议，租金每个月2500元，签约时一次性扣除了3个月的免租期。而从今年9月份开始，重庆小家联行却表示要退租，而且该付的租金也没给。"找到公司，一会儿这样说，一会儿那样说，就是没有一个准信。"她说。

房东有困扰，租户遭遇的问题也很具体。

通过重庆小家联行租房的租户朱淋琪告诉记者，她在租房时被要求绑定"会分期"业务。相当于在租房伊始，"会分期"贷款平台就已经将一年的房款打给了公司，她需要每个月将钱还给贷款平台。如今，朱淋琪等不少被绑定"会分期"业务的租客被没收到钱的房东要求退房，可即使退了房，他们每月依然要为这笔贷款买单。他们担心，如果不买单，自己的贷款征信出现问题了咋办？

有房东告诉记者，此前自己联系上重庆小家联行一名负责人要租金，对方却声称只有上报到总公司，由北京小家联行总部来解决。

涉及押金已超过2000万元

记者在重庆小家联行第十分公司找到了多个随意丢弃的文件夹，里面均是房东和租客的相关信息。比如位于江北区黄葛新村某套房屋。代理时间是从2017年10月10日到2020年10月10日，每个月租金1500元。房屋由两室改成三室。从记录来看，房东的租金只支付到10月3日，下次支付租金的时间是2019年1月3日。

记者联系上重庆小家联行第十分公司原主管陈志彬。他告诉记者，他在7月因工资一直没有拿到便辞职了。他表示公司实际从年初就因资金问题，出现了工资支付困难，部分押金退还难的问题。

在重庆小家联行做房屋管家的刘某则告诉记者，重庆小家联行在重庆已出租了 1 万多套房屋，每套房屋的押金是按一个月收，押金从 1500～4000 元不等。"平均一套房屋押金 2000 元，涉及的押金超过 2000 万元。"他表示，现在租客退房越来越多，但押金只能由总公司分期退还，签订"会分期"按揭的，他们会和平台解除合约，而到期的房屋则是解除代理合同。

重庆有空置房 4000 多套

重庆小家联行相关负责人告诉记者，公司还在正常营业，只是找他们的人实在是太多了。同时，因工资无法正常支付，延迟特别严重，很多员工扛不住压力，自行离职。"重庆每个分公司员工自行离职已经成了普遍现象。"

记者从重庆小家联行拿到一个问题报告，在这份报告中，重庆小家联行提醒，由于国家对托管代理行业的整顿，以及"租房贷"停止放款，公司出现了资金短缺，人员流失等各种问题。

记者还在该报告中发现，重庆小家联行的房屋空置率很高，有空置房 4000 多间。因为公司缺少现金流，很多房子无法按时结算水电气物管等费用，导致很多房子停电停水等情况，造成无法正常出租，已经有租客要求退租。

"我们目前还遇到的问题就是付款退款难，投诉多。"这名负责人表示，因为房租无法正常支付，租客退款不能及时到账，每天到公司来的房东和租客特别多，他们也无法正常工作，每天的工作重点就是解决业主租客的投诉。

对于这些问题有什么解决办法呢？

这名负责人表示，分公司没有解决办法，目前分公司没有任何备用资金，只能给业主租客办理手续，然后上报由总公司通过转账直接支付。

记者获悉，北京总公司现在已经把各个分公司的现金流全部收入总公司，由总公司来分配每天的资金，优化资源。"对于业主房租目前有两种方法，一是和业主暂时月付房租，二是退掉一部分房子。"该负责人说，对于租客退租钱款，总公司是分批次在支付，过一段时间能退一部分。

昨日，记者多次拨打小家联行房地产经纪（北京）有限公司的客服电话，均无人接听。

纵深>>>
利用第三方金融贷款
风险租客承担

小家联行是一家什么公司呢？

小家联行房地产经纪（北京）有限公司主要经营房屋租赁托管。2015 年创立了连锁租赁品牌。2015 年 12 月，小家联行北京第一家公司正式成立。短短 2 年时间，截至 2017 年底，小家联行已涉足全国 30 多个城市，包括武汉、成都、合肥、西安、苏州等城市，拥有 130 多家分公司，旗下员工近 6000 人，堪称商业奇迹，被行业内称为"托管行业巨星"。今年 9 月以来，杭州、成都、昆明等地就开始陆续曝出小家联行拖欠房主租金的事件。

有 12 年房屋中介经验、拥有 10 家房屋中介店的业内人士吉世林说，小家联行的经营模式看透了很简单，或许就是一场"空手套白狼"的套路：利用第三方金融贷款疯狂扩张，但风险由租客承担。

"这个经营模式中，小家联行是最大的受益方。"他说，托管公司用房东的房子做抵押，拿走贷款。托管公司出现问题之后，贷款则需要租客来偿还。

主城区一家大型房屋中介公司负责人莫某说，类似小家联行的经营模式风险非常大。其中最大隐患就是如果公司是一个"空壳"公司，一旦公司出现资金、政策等问题，公司就有倒闭危险。

记者了解到，重庆本土一家房屋托管公司经营模式和小家联行等不少托管公司非常相似，也是通过让租客贷款提前缴租。今年 5 月份开始，这家房屋托管公司出现资金链断裂而倒闭，大量房东拿不到房租，租客的租金也无法退回，还要继续偿还贷款。

声音>>>
过度金融化易出问题
托管公司需要为房东租客负责

重庆某大型房地产中介负责人屈某说，创业黑马董事长牛文文曾在朋友圈上发文称，"一个行当，如果过度金融化、过度放杠杆，必然会造成金融风险和社会风险，最后毁灭整个行业。"共享单车就是如此。现在连最传统的房屋租赁中介行业，也被快速金融化，过度化了。

"2 年时间在全国扩张 30 多个城市，130 多家分公司，这是疯狂无序扩张，隐患已埋上。"屈某说，小家联行利用房屋抵押贷款，租客做按揭，实际变成了双边贷款，金融杠杆加倍，风险更大。这样的经营模式，迟早要出事。结果现在真的出问题了。

一名业内人士告诉记者，托管房屋出现的问题，主管部门早已注意到了，特别是出现第三方金融贷款租赁后，主管部门加快了对长租市场的金融监管。"现在整个市场对金融机构的监管变严，公司的资金回笼速度放缓，导致了小家联行等中介公司资金链出现严重问题。"这名人士说，外来资金可以使用，但是一旦过度金融化，跟不上需求，很有可能崩盘。同时，作为托管公司，不仅要为自己负责，还需要为房东、租客负责。托管公司自己经营不善导致的问题不能归咎于长租市场监管变严，也不能成为糊弄行业的最终理由。

租赁市场超万亿　长租公寓如何常驻？

12 月 12 日下午，渝中区大溪沟某小区内的可加公寓楼，几个即将入住的租客将行李放到了一楼的大厅，让公寓楼管家黎喻丹帮忙照看一下。

25 岁的黎喻丹是可加公寓的一名专属管家，负责该小区内的可加公寓所有事情。他告诉记者，可加在这个小区拥有 120 套房源，多为两室和单间配套，都是从业主手里租过来，进行统一装修，然后再统一出租。

高新区火炬大道保利九悦荟是一个今年才接房的新楼盘，里面几乎都是空高 5.1 米的 LOFT 户型，在这个小区里，每客逸家从业主手里租了 40 套房源。记者在小区一间房内看到，经过每客逸家的统一设计装修之后，一套 LOFT 公寓变成了"两套"单间配套，上下两层均有独立的厨房和卫生间，装修后的房间瞬间高颜值，"上下两层面积和装修都一样，独立成套，均可单独出租。"工作人员张云飞说。

甲醛风波、资金链断裂……负面事件将长租公寓推上风口浪尖。与此同时，在租售并举的背景下，长租公寓又一直在快速发展，同时吸引了众多企业及各路资本涌入。据统计，目前一线城市长租公寓品牌数量已达 300 多家，长租公寓市场规模还在加速扩张。那么，在重庆，长租公寓的运营模式以及经营情况具体怎么样？连续多日，记者进行了实地走访调查。

集中式公寓比例较高

记者连日来采访发现，目前重庆市场上最早一批长租公寓管理公司，项目大多起步于 2015 年。他们有的是房地产开发商对租赁市场的探索，有的是传统中介转型而来，还有的是互联网公司做的项目。

在经营模式上，一般分为集中式和分散式两种。集中式公寓是对整栋楼或集中几层进行统一装修运营，分散式则是把零散在城市的各处房子进行标准化的装修改造，再出租出去。其中，集中式公寓比例较高。

调查时记者发现，集中式长租公寓，大多是开发商自持项目，比如龙湖冠寓、万科泊寓、旭辉领寓等。

除此之外，重庆嘛嘛公寓管理有限公司旗下的长租公寓也是属于集中式，该公司总经理刘健告诉记者，他们有一半房源是自有开发的新房，还有一半房源是从业主手里租的。

此外，还有不少长租公寓管理公司采用的是分散式。重庆每客逸家商业管理有限公司总经理熊友军称，他们管理的长租公寓采用的就是分散式，"我们将业主买来投资的公寓，签订 4~6 年的长租，然后由公司统一进行装修出租管理。"值得注意的是，每客逸家旗下的长租公寓均为挑高 5.1 米的 LOFT 户型，从业主手里租来时全部都是清水房，再按照工厂化、标准化进行装修。

在经营模式上，也有公司采用"集中+分散"式。重庆可加公寓管理有限公司总经理罗曾渝就向记者表示，他们一方面通过整层或几层签订多年租赁合约，然后统一装修运营；另一方面依靠整合分散的户主房源，进行标准化装修后对外出租。

与业主签租约多在 10 年以上

"我们所有房源都满租了。"黎喻丹称，因为渝中区大溪沟的可加公寓位置好，交通方便，加上装修风格符合年轻人的口味，房子一直供不应求。记者实地测算，这处可加公寓距离轻轨站只有 5 分钟步行距离。那么装修风格又是怎样的？记者在该小区可加公寓楼 45 楼一个不到 30 平方米的单间配套看到，大门配备的是智能密码锁，房间虽然小，不过干净温馨，电视、冰箱、空调等家电一应俱全，"租客直接拎包入住就行了。"

记者走访重庆长租公寓时发现，在公寓管理公司装修时，均有一些统一模板，多为时下年轻人偏爱的工业风、日系、简约现代等风格，大多集中式长租公寓装修费用都是由公寓管理公司负责，比如可加公寓、嘛嘛公寓等。

不过，并非所有装修费用都全部由公寓管理公司出钱，每客逸家采取的方式是公司出设计方案—业主选择装修版本—公司负责装修—业主监督验收，而这部分装修费用则由业主出。"我们所拿的都是 LOFT 清水房，我们的设计方案可以将一套变成独立的两套进行分别出租，水电气均符合标准。"熊友军透露，他们是在重庆市场最先采取"一门两户"方式的，因为运营得不错，现在已经有不少公司来"取经"。

不少长租公寓管理公司负责人表示，长租公寓属于回报周期漫长的产业，因此和业主签订的都是长租约，记者整理发现，集中式公寓的租约大多在 10 年以上，分散式的租约在 4~6 年。

房源出租率普遍超 90%

"租我们公寓的租客年龄在 25 岁左右。"可加公寓管家黎喻丹向记者透露，他们对租客的年龄有一定要求，最好是 35 岁以下的年轻人。事实上，无论是从地段、户型还是装修风格和价格，长租公寓针对的几乎都是刚毕业的大学生，或者年轻小情侣。

那么重庆长租公寓的房源分布和出租率究竟怎么样？龙湖冠寓公寓运营负责人刘定焱称，目前冠寓已开业的有 5 家，共计 1084 间，其中龙湖自持 4

家，共计 1021 间，"我们目前重庆开业半年以上门店出租率在 98%。"

每客逸家总经理熊友军透露，目前他们在主城区的茶园、西永、空港、巴南等地拥有的 1000 多套房全部满租，在装的房源近 300 套；嘛嘛公寓总经理刘健表示，公司在大学城、江北、南坪、歇台子等地拥有 400 套自有房源，600 套业主房源，明年还将在深圳、北京、武汉、成都等城市布局；可加公寓总经理罗曾渝称，除了重庆，在苏州和杭州都有布局，分散式的长租公寓全国有 4000 余间，集中式的在重庆有 3 个点，总共 500 多间，综合出租率 96% 以上。

采访时，一些托管给机构房屋的业主表示，稳定和省心是他们愿意将房屋拿出来做长租公寓的原因；不少年轻租户则看中长租公寓的服务和风格，"虽然是出租屋，但是住进去像新房子一样，有任何事直接给管家打电话就是。" 28 岁的米先生毕业后在微电园租过一次长租公寓，工作地点换到江北区后，他再次找了同品牌的公寓。

据悉，像黎喻丹这样的管家在每个长租公寓都有，他们 24 小时住在公寓里，租客有任何问题能够第一时间出现。此外，在上一位租客离开之后，会对整套房屋进行彻底清洁，对坏掉的家具进行更换，保证新租客入住的舒适度。

前景>>>
市场超万亿　智能化品质化是方向

尽管之前长租公寓爆出一些负面消息，在接受记者采访时，业内人士却无一例外仍看好这个市场。"肯定不缺市场，不过产品需要提档升级。"熊友军称，公寓管理公司不能将思想还停留在"出租房"上，他认为，未来长租公寓必然会朝智能化和品质化方向发展。刘健表示，长租公寓有很大需求，"特别是一、二线城市，市场很大。"

东方证券一份研究报告指出，目前我国租赁人口预计为 1.9 亿人，租赁市场规模已超万亿元。经测算，全国租赁人口 1.9 亿人中，主要由流动人口及高校毕业生构成。未来中国租赁市场的"主战场"就在一二线城市，在选取 4 个一线城市及 23 个二线城市进行详细的拆分计算，测得目前我国的租赁市场规模已达 1.3 万亿元，其中一二线城市的份额占比分别为 31%、20%。但与发达国家的成熟市场相比，无论租赁人口还是整体租赁市场规模都还有较大的发展空间。此外，该报告预测，至 2030 年，我国租赁人口将达 2.7 亿人，整体市场规模将达 4.2 万亿元。

在公寓租金方面，虽然都是小户型，不过根据地段和面积不同，重庆的长租公寓价格在 1000~2500 元/月不等。东方证券的研究报告同时提到，租赁人口的增长来源于持续增长的流动人口规模，这将给一、二线城市提供增量租赁人口。

"总的来说，长租公寓还是在初级探索阶段，整个市场要良性发展还需要时间。"罗曾渝谈道，虽然房屋租赁市场很大，不过长租公寓所占的比例不到10%，还有很大的市场可以挖掘。与此同时，重庆租房的供应体量又非常大，可供租者的选择很多。

市场不规范，从业人员素质参差不齐也是业内人士广泛谈到的问题。"没有设置标准门槛，有的刚进入市场的小公司，不注重品质，仅仅为了和你拼价格，形成一个恶性竞争。"熊友军认为，这对整个行业的发展都非常不利。罗曾渝也谈到，一些小规模的中介转型来经营长租公寓，没有高品质的服务，缺乏有序和规范的管理，仅仅是为了拿房"跑量"，这些都是目前行业存在的普遍问题。

"长租公寓属于回报周期漫长的行业，想找快钱的公司并不适合做这行。"刘健谈道，一些出问题的长租公寓很多都是急于拿房，快速扩张，最后导致房屋空置率过高，成本控制失衡，出现资金链断裂。这些过于激进的操作模式，最后受损的不仅是企业，同时也是整个行业。

长租公寓还有一个无法回避的问题就是"N+1"（租房隔断）。记者采访时了解到，目前不少公寓企业已经投入大量成本做了"N+1"房源。将客厅打隔断做出一个居住单间的做法相当普遍，而"N+1"模式也被运用在分散式长租公寓中，多出来的房间租金早已成为这些企业盈利的重要来源。

记者发现，"N+1"是否合规合法，国内并没有一个统一标准，每个地方标准都不同，有的地方合法，有的地方违规。"我们也希望，有一个明确的标准出来，让企业有法可依。"罗曾渝坦言，应该进一步细化监管规则，让管理跟上发展速度。

记者从重庆市房地产业协会了解到，重庆市房协租赁专委会在今年已经成立，其定位在于"提供服务、反映诉求、规范行为"，据悉，这也将对配合构建住房租赁制度体系，建立租售并举的住房制度起到重要的推动作用。

作品标题　重庆长租公寓调查
参评项目　系列报道
作　　者　郑三波　谈书
责任编辑　吴光亮
刊播单位　重庆商报
首发日期　**2018-12-14**
刊播版面　头版、第4版、财经头条

作品评价

针对今年9月以来杭州、成都等地陆续曝出的小家联行拖欠房主租金事件，稿件立足第二落点，报道重庆本地小家联行经营状况，揭示出了从10月份开始重庆不少房东被拖欠租金真相。

头版稿件通过对房东、租户和小家联行工作人员的采访，印证了市场传言，报道了拖欠租金原因。4版稿件从长租市场角度，深入解析长租公寓业态点和存在的不足，以及蕴含的市场商机。

采编过程

12月开始，重庆小家联行开始拖欠房主租金和不退还租客押金，多名房东向本报反映此事。记者分两路，一路对房东、租客、小家联行进行多方采访，一路深入了解重庆长租公寓的情况。

社会效果

为当下长租公寓行业健康发展方向提供了警示作用。

全媒体传播效果

截至12月14日下午4:00，稿件在大渝网首页头条置顶转发，阅读量67.2万。还被网易财经、新浪财经、东方财富网等数十家知名网站转载，提升了媒体影响力。

进的是药店，买的是日用品，刷的是医保卡！
定点药店骗保乱象调查

华龙网记者　黄宇　冯司宇

医保，和民生息息相关。在今年 10 月印发的重庆市深化医药卫生体制改革 2018 年下半年重点工作任务中，明确提出提高基本医保和大病保险保障水平，居民基本医保人均财政补助标准在 450 元基础上再增加 40 元。如今，重庆居民通过全市覆盖的具有金融功能的医保卡，在全市定点医疗机构、定点药店、卫生室等可刷卡即时结算，着实方便了不少。

但近日，有网友向华龙网报料，市内一些医保定点药店在国家医保资金上动了歪心思，公然刷卡销售卫生纸、大米、食用油等日用商品，套取百姓保命钱。对此，记者进行了走访调查。

走访调查>>>
乱象一：
日用商品应有尽有　导购收银各有分工

按照网友的报料，记者首先来到沙坪坝区三峡广场附近的沙坪坝正街，这里街道两旁分布着不少零售药店。

在知联大厦旁，一名为"同生药房"的医保定点药店生意看起来不错。记者一进门，便有几位热情的导购迎上来，询问需要购买什么。听着导购的介绍，记者观察发现，货架上各类日用商品应有尽有，牙刷、牙膏、肥皂、沐浴露、洗发水、卫生纸……整个药店布置得跟超市一般。

记者发现，很多在此消费的人，手里都拿着医保卡。有人指着一箱牛奶问导购："这个牛奶能刷医保卡不？""晓得可不可以哟，你去收银台问问。"导购答。

为搞清楚医保卡是如何起作用的，记者拿了一瓶洗发水去收银台准备付款。此时，负责推荐商品的导购也跟过来"叮嘱"收银员："你就刷嘛，和平时一样。"

记者出示医保卡后，导购又迅速走向货架拿了两瓶洗发水出来塞到记者手里，称反正是刷医保卡可以多买几瓶囤着。收银员熟练地开着收据，随后将医保卡还给记者。

乱象二：
见人犹豫忙推销　明知违法却依然骗保

随后，记者又来到重庆大学 B 校区对面的一家善仁堂药房。这家店看起来很规范，货架上，处方药区、非处方药区等都贴着标签，在门口看不到有日用商品在售卖。但看不到不代表没有。在店员引导下，往店里走，经过处方药区、非处方药区，才看到生活用品区，货架上清晰地贴着"非医保卡刷卡"标签。

在这里，一个年轻女子正在挑选暖宝宝。她拿起一盒暖宝宝，问道："这个能刷医保卡吗？"

"可以给你刷，但不要出去说，就说是用现金买的，不然发现了我们要遭。"该店员用手遮住嘴巴悄悄地说。

记者仔细观察，整个药店除了油、米、卫生纸外，还有牛奶、饮料等，将近 1/3 的营业场所卖的商品，都和药品无关。看着记者在货架前犹豫，该店员上前来拿起一瓶香油推销："不用你真花钱，这里的东西，只要刷卡就能买。"

乱象三：
售卖商品价格多数更贵　单据明细开成药品

在药店售卖日用商品，是因为这些商品更便宜吗？为了搞清楚商品的价格，记者在多个药店随意购买或拍下了产品，并到沃尔玛、新世纪、永辉超市和网购平台寻找同款商品进行价格比对。最终，记者随意抽取的三种商品，超市或网络售价都比药店低。

在两江新区大竹林街道一家名为康众大药房的定点药店，记者购买了一箱 250mL×12 瓶的特仑苏纯牛奶、一瓶红蜻蜓芝麻香油，总共刷卡 88.9 元。但在永辉超市里，同一款特仑苏纯牛奶仅售 58 元，较康众大药房便宜 9.2%；同款香油网购仅售 24 元，较康众大药房便宜 4%。

而在同生药房购买的售价 98 元一瓶的征服牌生姜养发止痒洗发水，网购仅售 48 元一瓶，药房里的价格翻了近一倍。善仁堂药房里售价 25 元的同一款 10 片装暖宝宝，在超市里仅售 12 元，价格更是差了一倍不止。

更让记者疑惑的是，明明买的是日用商品，但在药店开出的单据上，类别栏里却清清楚楚写着药店购药，单据上依次显示着医保卡号、药品数量、价格、金额。还没等记者开口，收银员便解释道，因为这是药店，收据只能开药品，他们开不了日用商品。

不等记者问清楚，一张开好的单据已经递到记者的手里，仔细一看，消费的纯牛奶和香油，在药店的单据上，瞬间变成了同样价格的鱼油软胶囊。在其他药店，收银员也均是同样操作。

医保部门>>>
对定点药店骗保零容忍　核实或解除协议

居民基本医保，是百姓在紧急情况下获得保障的救命钱。针对走访调查所见所闻，记者分别拨打了两江新区和沙坪坝区医保服务监督部门电话，将情况向他们进行了反馈。

两江新区医保部门相关工作人员表示，药店在申请成为医疗保险定点零售药店时，都会签署一份《医疗保险定点零售药店服务协议书》，里面针对销售日用品、刷医保卡支付等均有详细规定。

该工作人员介绍，根据该协议规定，定点药店不得使用基本医疗保险个人账户金刷卡销售基本医疗保险基金支付范围外的商品，包括化妆品、日用品、主副食品等。

"若有以上行为，将视情节轻重暂停药店医保业务 3 个月，甚至解除定点协议。"该工作人员表示。

沙坪坝区医保部门相关工作人员表示，将对记者反馈的情况进行核实，如发现药房确实存在盗刷医保卡行为，则会根据医疗服务协议的相关规定，针对定点医药机构欺诈骗保行为实行零容忍，违法违规案件一经查实，将依法依规从严、从重、从快处理。

开展专项行动　这些问题将被重点检查

事实上，重庆打击欺诈骗取医疗保障基金的行动早在今年 9 月便已开展。记者从市医保局获悉，截至 10 月底，全市专项行动共检查定点药店 3281 家，暂停网络结算 204 家（定点医疗机构 56 家，定点药店 148 家），解除定点协议 9 家（定点医疗机构 2 家，定点药店 7 家）。

11 月底，市医疗保障局决定在全市范围内开展专项行动自查工作"回头看"行动，以查处欺诈骗保典型案件为重点，确保专项行动取得实效。

具体来看，在检查督查内容上，将重点检查有案不查、查处不力和举报投诉问题较多的区县，重点复查国家医疗保障局及市委、市政府交办问题线索处理情况，重点核查市医疗保障局接收的举报投诉问题线索等。

主要内容包括：通过虚假宣传，以体检等名目诱导、骗取参保人员住院的行为；留存、盗刷、冒用参保人员社会保障卡的行为；虚构医疗服务、伪造医疗文书或票据的行为；虚记或多记药品、诊疗项目、医用耗材、医疗服务设施费用的行为；串换药品、器械、诊疗项目等恶意骗取医保基金的行为。

全市各区县还设立了"回头看"举报电话，接受群众举报和监督。

作品标题　进的是药店，买的是日用品，刷的是医保卡！定点药店骗保乱象调查
参评项目　通讯
作　　者　黄宇　冯司宇
责任编辑　张一叶　康延芳　张译文
刊播单位　华龙网
首发日期　2018-12-21
刊播版面　华龙网首页小头条、"新重庆"客户端

作品评价

居民基本医保，是百姓在紧急情况下获得保障的救命钱。在 2018 年 10 月印发的《重庆市深化医药卫生体制改革 2018 年下半年重点工作任务》中，明确提出提高基本医保和大病保险保障水平，居民基本医保人均财政补助标准在 450 元基础上再增加 40 元。同时，早在 2018 年 9 月，重庆便启动了打击欺诈骗取医疗保障基金专项行动，以查处欺诈骗保典型案件为重点，并明确提出接受媒体监督。

该调查报道以主流责任媒体的担当，从服务市民日常生活真实需求的视点出发，做了有温度、有担当、有价值的民生调查稿件，其调查结果获得相关主管部门的迅速正面回应，不仅为规范医疗保障基金使用、明晰定点药店责任建设做出了贡献，还传播了主流媒体的价值。

作为主流媒体，就要做好党和政府的喉舌和镜鉴，引导社会同心协力，共同推动高质量发展、创造高品质生活，在同城媒体中，这一类型的调查稿件还不多见，其展现的正面价值和促进作用让人眼前一亮。

采编过程

选题的一个背景是：2018 年 11 月底，重庆市医疗保障局决定在全市范围内开展打击欺诈骗取医疗保障基金专项行动自查工作"回头看"，以查处欺诈骗保典型案件为重点，确保专项行动取得实效。

如今，重庆居民通过全市覆盖的具有金融功能的医保卡，在全市定点医

疗机构、定点药店、卫生室等可刷卡即时结算，着实方便了不少。但有网友向华龙网报料，市内一些医保定点药店在国家医保资金上动了歪心思，公然刷卡销售卫生纸、大米、食用油等日用商品，套取百姓保命钱。对此，记者进行了走访调查。

在走访过程中，记者以消费者身份观察了整个过程，发现药店人员存在盗刷医保卡行为，对整个过程进行记录，并将情况与监管部门进行了反馈。稿子发布后引起了各区县相关部门的重视，并对涉事药店及时进行了处罚，并表示将对相关类似情况进行规范。

社会效果

2018 年 12 月 21 日，稿件发布当天，两江新区医保管理部门联系华龙网，表示其对涉事的药店进行了核查，发现药店存在串换药品违规事项，两江新区医保部门随即对药店进行处理，责成该药店根据相关规定缴纳违约金，并暂停该药店的网络结算及医疗保险服务资格 3 个月。

同时，市医保局及时联系了稿件涉及区县，对反映的相关问题进行了了解，并将相关处置情况向华龙网进行了反馈。

全媒体传播效果

稿件发布后，该调查在"新重庆"客户端上的点击量共计近 10 万次，不少网友在稿件下留言表达共鸣。人民网、中国网等中央重点新闻网站，搜狐、腾讯等主要商业网站，大众网、东方网、红网等省级重点新闻网站进行了转载推荐。

H5 | 40 年时光馆：岁月不老，共期未来
（存目）

作品标题　**H5 | 40 年时光馆：岁月不老，共期未来**
参评项目　**全媒体**
作　　者　**刘颜　佘振芳　陈程　宋卫**
责任编辑　**康延芳**
刊播单位　**华龙网**
首发日期　**2018-12-18**
刊播版面　**华龙网、"重庆"客户端、微博**

作品评价

12 月 18 日是改革开放四十周年纪念日，"改革开放"四个字，既连接过去，也通向未来；既指引方向，也决定命运。过去的四十年，党和国家迈出的每一个重要步伐都值得铭记。该作品梳理四十年来全国和重庆改革开放的重要节点，将那些历史长河中激动人心的片段，通过手绘漫画长卷的形式进行呈现，并配以充满年代感的音效，让人如同穿越时光，重温经典瞬间。以人物视角贯穿始终，大气磅礴。

采编过程

此作品以"改革开放 40 年"为主题，通过策划推出手绘长卷的 H5 形式来贯穿，将 40 年的光阴故事重要节点以画面、音效、旁白等方式表达，作品深入人心，非常有共鸣感。

社会效果

作品上线后，收到不少网友及行业人士的点赞，大家纷纷转发，在朋友圈快速刷屏，提高了华龙网影响力。

全媒体传播效果

作品在华龙网，"重庆"客户端全媒体平台发布。H5 上线 12 小时内，收获点击 60 万次，在朋友圈刷屏。

生命的长度无法丈量他璀璨征程

重庆法制报记者　张柳妞

12月17日，周一，清晨的雾气还未散去，温暖的阳光透过薄雾依稀洒在大地上。

丰都县法院旁的街头早已人群熙熙攘攘。忙着送孩子的、赶着上班的、吃早餐的，还有锻炼健身，勤着出摊的……难得的好天气似乎让大家的脚步都变得轻快一些。

原本，丰都县法院的院长龚海南也该是他们中的一员，迎着朝阳踩着大地去上班的。

然而，快九点了，他的办公室还是空空的。本该忙碌的空间寂静了，桌上的文件没人动过，翻了一半的书籍也无人再看，甚至桌椅上都有了那么一点儿尘印。

"他，不会再来上班了。"看着空荡荡的办公室，丰都法院副院长余宗权自言自语道。

因病去世
年轻的生命定格在 43 岁

龚海南的桌上，还放着他生前最后一个会议的资料——"丰都县人民法院司法责任制改革工作汇报材料"，上面落满了他的笔记。就在10月24日，龚海南参加了市委政法委对丰都司法体制改革重点任务贯彻落实情况的督察座谈会，他在会上侃侃而谈，精气神不错，大家以为他已经病愈。

可谁曾想到，离开工作岗位短短数日，龚海南竟然"走"了，和大家永远告别。

11月16日，龚海南因病医治无效，生命的时钟定格在了43岁。此时，距离其离开工作岗位就医治疗仅仅21天。

龚海南去世的消息一传出，在微信朋友圈、公众号、微信群迅速"炸开了锅"，一篇篇悼念文章如雪片般纷至沓来，有人错愕、有人惋惜、有人悲痛，让更多的人泪目。

惊闻此消息，市高法院院长杨临萍缅怀道："海南同志是一名好党员、好法官、好干部，他的离世，是全市法院的损失，更是人民司法事业的损失。"

"上个月，他还在审案子，怎么突然就走了!"对于龚海南的突然离去，丰都县法院刑庭庭长王春燕难以接受。她说，就在 10 月 22 日，龚院长还和自己共同审理一起刑事附带民事的公益诉讼案件。考虑到这是该院受理的第一起公益诉讼案件，为保证审判质量，龚海南亲自担任审判长，在查清案情的情况下，对案件进行当庭宣判。判决生效后，当事人自动履行了民事部分的义务。

"我不相信……"不只是龚海南的同事们不能接受这个消息，连曾被他受理过案子的当事人孙劲松也不敢相信，那个让他心服口服的院长就这么走了。再三确认之后，孙劲松忍住眼里的泪水，半晌后长叹一声：龚院长是不是累死的哦。

孙劲松是一起产权纠纷案的被告，他回忆起今年 8 月第一次见到龚海南的情景，唏嘘不已。"最初我只觉得这个法官很亲和，案子审理到一半才知道他居然是院长。我头一次看到这么接地气这么有亲和力的院长。"孙劲松说，当天审理完已过中午，龚海南却坚持将调解文书拟好后才去吃饭，"我记得很清楚，他写完文书已经是下午两点半了。真的太让人感动了。"

说起龚海南让人感动的事，重庆力隆律师事务所的律师曾勃也深有体会。作为律师的他跟龚海南不时会有交道，让他印象最深的是有一回因案子去法院送材料，正在开会的龚海南让他将材料转交给别的同事。"我心想龚院长事情繁多，估计要过一段时间才会有回音，哪想到第三天龚院长就给我打电话了。"曾勃说，因为当时双方对案件有部分不同意见，便约好互相再查阅下相关资料后沟通，没想到这么快龚海南便又联系了他。"当时是国庆节，我作为案件委托人都还在外面耍，没想到龚院长还在工作，还在为这个案件操心，想来我都觉得有点惭愧。"

曾勃表示，跟龚海南相处以来，逐渐发现他是一位兢兢业业的好法官好院长，"以前觉得优秀共产党员距离自己很遥远，接触龚院长以后，才发现优秀共产党员优秀国家干部其实就在自己身边。"

四楼他点起的灯光
大家再也看不到了

龚海南的家在重庆主城，跟妻女分开的他，为了方便上班便在丰都当地租了一个房子，距离丰都法院只有 20 分钟的路程。他喜欢走着上下班，每天早起当锻炼，每天晚归路上电话跟家人聊聊天。

只要在院里，龚海南每天早上 7 点半准时到办公室，直到晚上 10 点才离开。"每天上下班，很多干警都会不由自主地往四楼龚海南院长办公室看上一眼，灯亮着，我们就知道龚院长已经上班了或是还在加班。"丰都县法院政治处副主任黄福荣谈起龚海南有些哽咽，"他房里的灯光催人奋进，谁能想到，再也看不到了呢。"

丰都县法院刑庭法官助理秦伟杰至今忘不了第一次送公文给龚海南的情形："那时我刚到法院，对公文写作很不熟悉，龚院长不厌其烦逐字逐句修改，并鼓励我，只要愿意写，无论什么时候他都愿意帮忙修改。"

龚海南就是以这样的言传身教，感染着身边的每一个人。无论是在以前工作的重庆三中院，还是在丰都县法院，他一直是青年干警心中的标杆，是指引青年人生方向的明灯。私下里大家亲切地称呼他"海哥"或者"南哥"，久而久之，"青年当学龚海南"成为重庆三中院多位领导教育青年干警的口头禅。

得知龚海南突然离世的噩耗，重庆三中院原院长邹钢扼腕痛惜，立刻赶到龚海南灵前送别，他在悼文中追思："海南始终走在榜样的路上，他儒雅的神情，常常给人以坚定、友善、谦虚和忠诚，把任务交给他，很放心；把团队交给他，很放心；把职务和职责交给他，很放心……"

龚海南喜欢和青年交朋友，喜欢和他们谈法治、谈理想、谈人生。他经常与青年分享的一句话是："作为一个法官，任何一个案子都要尊重法律和良知，有不同意见可以探讨，但绝不能受非理性因素的影响。"

"我对海南哥，可谓未见其人，先闻其名。到三中院行政庭上班第一天，当时的庭长便告诉我年轻人要向海南学习。"重庆三中院法官刘厚勇说，他人生的第一粒纽扣，就是这样扣上的。此后，他和龚海南成为至交好友。

龚海南曾经的同事，后到检察系统工作的杨君相，至今还记得他离开法院时龚海南跟他说的话："你从事刑事检察工作，一定要谨小慎微，千万不能有丝毫的疏忽，一个小失误对你来说可能只是 1%，但对嫌疑人来说就是 100%。"

……

是啊，谁能想到，才 43 岁的他，就永远回不到办公室，点燃年轻人心中那盏灯了。

微笑的背后
是无畏重疾的坚毅

其实，工作中沉稳干练、生活中勤于锻炼、平日里总是以微笑示人、正能量满满的龚海南，早就病了。

2017 年 11 月，在单位的例行体检中，龚海南被确诊为膀胱癌，幸运的是，经过有效的治疗，病情得到明显好转，医生告诉他仍需休息静养。但是放心不下工作的龚海南，还是迅速回到单位，一边接受治疗，一边坚持工作。

今年 8 月，还在治疗恢复期的龚海南，还去往丰都县龙河镇铁炉沟村，巡回审理一起拖欠工程款案件，当场促成案件调解成功。回单位的路上，龚海南身体出现不适，每到一个加油站或是便民服务中心，他都要下车上厕所。但当他向同行人员展示龙河法庭负责人转发来的当事人感谢短信时，又是精神奕奕的样子，没人察觉到他的不适。

的确，龚海南的坚毅，骗过了所有人。

"老婆，快点，来不及了，帮我穿上制服。"11 月 15 日，成都华西医院一间普通病床里，身着病号服的龚海南正极度虚弱地催促曾璐，帮忙脱掉病号服，换上他心爱的法官制服。

等到妻子为他穿上白衬衫，打上红领带，披上黑色制服，别上红色的小法徽没多久，龚海南便陷入了长久的昏迷。

接到龚海南病危的消息，丰都县法院政治处主任刘俊华久久没能缓过神来："不可能啊，昨天龚院长还通过微信和我交流院里的工作，每件事都安排得仔细妥当，我还以为他很快就能回来工作了。"

"之前，龚院长让我为他准备法官制服，我还以为是他要外出开会时着装，谁都没有想到，原来这竟是他临终前的遗愿。"丰都县法院干警郭文飞心情沉重。

曾赴医院看望龚海南的重庆三中院院长卢君喟然长叹："海南就是这样一个纯粹的人，一名纯粹的法官，对家人、同事，对事业都无时无刻充满着爱和奉献。"正是坚定着这样的精神信念，在去世前的几天，哪怕因为病痛已无法用语言进行顺畅交流，龚海南仍然在通过微信回复亲朋好友的关心问候和安排法院工作，直到时间停留在 11 月 16 日。

最后的惦记
是那不忘初心的情怀

"步入社会后，人与人的差距是在每一个下班后的两小时里逐步拉开的。"和朋友、同事交谈时，龚海南总爱把这句话挂在嘴边。

他是这样说的，也是这样做的。

1999 年 6 月，龚海南从四川师范大学法律系毕业后，进入重庆三中院成为一名书记员。走上工作岗位，龚海南就给自己拟定了一个终身学习计划：工作之外，每天不少于 2 小时学习时间。

从孟德斯鸠、庞德，到史尚宽、王泽鉴，古今中外法律大家的著作被他读了个遍。日积月累的学习，龚海南的法律素养有了很大的提升。但他仍不满足，报考了西南政法大学在职研究生，很快顺利毕业，取得了法律硕士学位。

好学的龚海南很快在同龄人中脱颖而出，先后被任命为重庆三中院研究室副主任、主任、审监庭庭长。进入研究室后，他更加钻研学术，《人民司法》《法律适用》等杂志上开始发表他的学术论文，在全国法院学术讨论会、中国法学青年论坛征文中他也多次捧回大奖。据不完全统计，龚海南生前发表的学术论文、调研文章多达100余篇。

2013年8月，龚海南被派到丰都县法院挂职担任副院长期间，除了尽心尽责协助院长工作外，他还考取了西南政法大学的民商法专业博士研究生。即使后来被任命为丰都县法院院长后，面对繁重的工作和严重的疾病，他仍然没有懈怠博士论文的撰写，并最终完成。

令人扼腕的是，11月16日凌晨3点12分，怀着对亲人的爱恋，对法治事业的不舍，龚海南永远地离开了……

龚海南走了，可他的精神鼓舞着身边的每一个人。

一位法律人在朋友圈里写下了这样一段话：生命的长度永远无法丈量您走过的路，余下的路，我们会替您接着走！"

作品标题 **生命的长度无法丈量他璀璨征程**
参评项目 **通讯**
作　　者 **张柳妞**
责任编辑 **王海成**
刊播单位 **重庆法制报**
首发日期 **2018-12-19**
刊播版面 **第7版天平专刊**

作品评价

该文语言生动、细腻、质朴、故事感人，阅读后一位秉公办案的好法官、儒雅博学的博士院长、青年人的楷模和榜样、正能量满满的共产党人形象跃然纸上。记者通过采访追忆者，用翔实的材料讲述了一位基层人民法院的院长爱岗敬业、乐于奉献，最后累倒在工作岗位上的故事，充满了正能量，既感动，又鼓舞人心。读完此文，一位共产党员的无私奉献，兢兢业业，有情有义的基层法官感动着无数人，广大读者深深为这位优秀法官早逝惋惜。

采编过程

2018年11月16日，重庆市丰都县人民法院党组书记、院长龚海南，因病医治无效，生命的时钟定格在了 43 岁。此时，距离其离开工作岗位就医治疗仅仅 21 天。

龚海南去世的消息一传出，在微信朋友圈、公众号、微信群迅速"炸开了锅"，一篇篇悼念文章如雪片般纷至沓来，有人错愕、有人惋惜、有人悲痛，更多的人泪目。

究竟是一位什么样的院长，能够得到社会各界的高度肯定与赞扬？记者接到信息立即来到龚海南曾经工作、奋斗过的地方，深入采访法院、律所，采访了龚海南生前同事、案件当事人和其家人，挖掘出丰富的细节和故事，随后及时写成了这篇《生命的长度无法丈量他璀璨征程》一文。

社会效果

文章见报后，引起多家媒体转载，读者纷纷留言称，龚海南是身边的好共产党员，是优秀法律人的杰出代表，这样的报道既让大家深感惋惜，又为我国法治社会的建立健全充满了信心。

全媒体传播效果

稿件在报纸上发表后，推送到报社微信、微博等新媒体平台，并被其他省市的长安网、微信公众号和普通读者先后转发，点击率不断上升。据不完全统计，全媒体累计传播超过 10 万+。